百变王牌

王牌旅途
WILD CARDS

[美] 乔治·R.R. 马丁 / 编

王凌 / 译

重庆出版集团　重庆出版社

WILD CARDS Ⅳ: ACES ABROAD
Copyright © 1988 by George R. R. Martin
Expanded edition © 2014 by George R. R. Martin and the Wild Cards Trust
This edition arranged with The Lotts Agency Ltd. through Andrew Nurnberg Associates International Limited.
Simplified Chinese edition copyright © 2019 Chongqing Publishing & Media Co., Ltd.
All rights reserved.

版贸核渝字（2017）第136号

图书在版编目(CIP)数据

百变王牌.王牌旅途/（美）乔治·R.R.马丁编；王凌译.—重庆：重庆出版社，2019.10
ISBN 978-7-229-14286-5

Ⅰ.①百… Ⅱ.①乔… ②王… Ⅲ.①长篇小说—美国—现代 Ⅳ.①I712.45

中国版本图书馆CIP数据核字（2019）第141124号

百变王牌·王牌旅途
BAI BIAN WANGPAI · WANGPAI LÜTU
[美]乔治·R.R.马丁 编
王 凌 译

责任编辑：邹 禾 魏 雯 方 媛
装帧设计：谢颖设计工作室
封面图案设计：罗 烜
责任校对：刘小燕

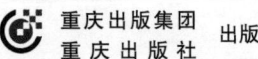
重庆出版集团
重庆出版社 出版

重庆市南岸区南滨路162号1幢 邮政编码：400061 http://www.cqph.com
重庆出版社艺术设计有限公司 制版
重庆市鹏程印务有限公司 印刷
重庆出版集团图书发行有限公司 发行
E-MAIL：fxchu@cqph.com 邮购电话：023-61520646
全国新华书店经销

开本：890mm×1230mm 1/32 印张：18.625 字数：472千
2019年10月第1版 2019年10月第1次印刷
ISBN 978-7-229-14286-5
定价：84.00元

如有印装质量问题，请向本集团图书发行有限公司调换：023-61520678

版权所有 侵权必究

目录 Contents

序	1
仇恨的色彩（序）　　斯蒂芬·利　著	1
仇恨的色彩·第一部	5
负重牲口　　约翰·J.米勒　著	21
仇恨的色彩·第二部	65
血之权利　　利安娜·C.哈珀　著	73
"毫不遮丑"　　凯文·安德鲁·墨菲　著	129
仇恨的色彩·第三部	169
仇恨的色彩·第四部	186
尼罗河畔　　盖尔·格斯特纳-米勒　著	196

仇恨的色彩·第五部	237
印度之泪　沃尔顿·西蒙斯　著	270
梦境时光　爱德华·布莱恩特　著	308
零　时　刘易斯·夏尔纳　著	360
永远的布拉格之春　　卡里·沃刚　著	398
玩　偶　　维克托·W.米兰　著	437
灵魂的镜子　　梅琳达·M.斯诺德格拉斯　著	494
传　奇　　迈克尔·卡苏特　著	546
洗　牌	577

编者的话

《百变王牌》这部作品完全架构在一个虚构的世界中,它的历史与现实历史完全平行。《百变王牌》中呈现的所有姓名、角色、地点和事件纯属虚构,或当虚构使用。任何与真实事件、场所及在世或已死亡的真实人物的相似之处,纯属巧合。例如,本选集中的论文和文章以及其他相关文献都是虚构之作,本书完全无意于描述或暗示任何真实存在的作者或诸如此类的人物曾经确实写过、出版过或对本书中的论文、文章及其他相关文献做出过贡献。

乔治·R.R.马丁

序

"超级英雄"的文学之旅

对我来说,长久以来,古代、太空歌剧或幻想的第二世界都是我的兴趣点,凡是现当代的通俗文化产品,我更希望是描写自己熟悉的生活场景,显而易见,这样更能引起共鸣,也更能获得享受,而不是非得去一大堆自己完全陌生的地点、食物、玩笑、音乐等等中间刨梳和理解。因此我把《百变王牌》自然而然地划归"美国都市社区传说"一类。

作为乔治·马丁的译者、研究者和狂热爱好者,在相当长一段时间内,我疯狂地寻找和阅读了乔治·马丁所有出版过的文字,但对占用他创作时间第二位(除《冰与火之歌》之外)的《百变王牌》系列,却一直束之高阁(部分原因也是该系列篇幅太长)。直到最近几年,随着阅读眼界的不断拓展,观看这套书的理由不断累积,我才说服自己拿起书本来试一试。好奇我的理由吗?具体而言,打动我的有如下几个方面:

其一,我终于明确了一点——其实这一点原本就非常明确,无奈提到超级英雄,总不免第一时间想到漫画——《百变王牌》是文字小说系列,在这个领域,它能直接发挥乔治

WILD CARDS

·马丁作为作家的特长,也能让熟悉和景仰马丁的我较为轻松地进入。《百变王牌》的确脱胎于美国超级英雄漫画的文化,乔治·马丁也的确从几岁起就是超级英雄漫画的粉丝……但它的基础载体是小说,它是文学宇宙,不同于DC或漫威的漫画宇宙乃至电影宇宙。

从基本介绍中即可得知,《百变王牌》先后有超过四十位作家参与,而乔治·马丁作为总编辑和作者是其灵魂人物。该系列小说不但均由他过目和整合,而且他自己还实际参与了其中若干中短篇的写作。《百变王牌》至今(截至2018年底)已出版了二十七部小说,大致可分为三类:

A类,同一故事背景下不同作者创作的中篇小说合集;

B类,单一作者的长篇小说;

C类,"马赛克小说",即长篇小说的各部分由不同作者写就,最后经马丁本人发挥"导演"和"乐队指挥"的功能,将其融为一体。其中最后一类是马丁的得意之作,最能彰显他的创作成就。

其二,《百变王牌》源自桌面角色扮演游戏。虽然我对超级英雄漫画说不上知根知底,对美国文化背景更显陌生,但作为游戏迷和奇幻迷,对角色扮演游戏却是熟悉和喜爱的,尤其是《龙与地下城》及其衍生和改编的各类电子游戏。

整理和翻译《梦歌——乔治·马丁作品回顾集》的时候,我就清楚乔治·马丁对角色扮演游戏的狂热。他于1980年搬家到新墨西哥州圣塔菲市(至今依然定居于此),不久便加入了当地的角色扮演游戏聚会（聚会成员一半以上是作家），起初玩的是"克苏鲁的召唤",1983年开始玩"超人世界",从此一发不可收拾。乔治·马丁喜欢游戏主持人（GM）的角色,在游戏过程中创造了数以百计的NPC和反派（据说其中许多人物至今还没捞到在《百变王牌》小说里的出场机会!),也创造出《百变王牌》的基础设定。很大程度上,《百变王牌》的创作过程就是我们自身"跑团"经历的翻版（跟《龙枪》的诞生过程非常相似),这大大拉近了我跟它的心理距离。

其三,《百变王牌》虽根植于美国文化,与我们中国人的日常生活环境相距颇远,但乔治·马丁的指导理念是一脉相承的现实主义。《百变王牌》与其他超级英雄作品在立意上的最大不同,在于它的创作者是一群思想活络的作家（而非单纯的漫画从业者),他们从最初的游戏过程开始就彼此"争奇斗艳",试图把笔下人物当成活生生的"人"来考察。它并不像许多超级英雄作品一样追求肤浅的"合家欢",回避现实中怯于提及的问题,它不但着重考察了超级英雄（即《百变王牌》中的"王牌")对人类社会方方面面的影响,还把力量对超级英雄自身的影响作为重点。

此外,《百变王牌》横跨二战以后的整个时空,故事背景从上世纪40—50年代种族主义和麦卡锡主义泛滥的美国一直到当前的网络社会。它的视野并不若我最初以为的那样局限于"乡土美国"和"都市美国",真实的历史人物和历史事件在

WILD CARDS

小说中频频出现,从西方到东方,从总统选举到世界和谈,光怪陆离的多元化犹如《冰与火之歌》中神秘莫测的魔法一样吸引着我。

　　基于这三点,我从最初的排斥到逐步试探,展开了对《百变王牌》系列的了解和阅读。根据乔治·马丁及其同伴作家们的说法,他们当年并不甘心自娱自乐,舍不得告别自己创造的精彩人物,于是在一年多酣畅淋漓的游戏之后,萌生了将游戏的设定和故事进行商业化、推向市场的念头,由此诞生出《百变王牌》。梳理从上世纪80年代中叶商业化至今的全部作品,这个IP(一度号称世界上延续时间最长的共用世界系列)大致可分为如下几个发展阶段:

　　第一阶段,黄金时期。乔治·马丁等人最初寻找的合作者是著名的巴兰亭出版社,于1987年到1993年间一共推出了十二部小说(包括上面提到的中篇合集、长篇小说和"马赛克小说"这三种形式)。作为巴兰亭出版社重点栽培的书籍,《百年王牌》系列不负所望地一炮走红,并在评论界获得极大赞誉,1988年即进入雨果奖决选,只是惜败给阿兰·莫尔那本极其出色的《守望者》。它也迅速被改编为漫画、桌面角色扮演游戏,并卖出电影版权,培养了大批至今仍支持着它的忠实读者。

　　顺带一提,重庆出版社简体中文版《百变王牌》最初出版的七本小说全部来自这个时期,它们是"元祖三部曲"的《百变王牌》《王牌云巅》和《疯狂鬼牌》,"木偶师四部曲"的《王牌旅途》《深入污秽》《最后王牌》和《亡者之手》。

通过这些最经典的著作，读者可迅速进入《百变王牌》的世界。

第二阶段，沉沦时期。随着《百变王牌》在巴兰亭出版社的销量缓慢走低，马丁等人为了眼前利益，轻率地将出版权转交给较小的巴恩出版社。1993年到1995年间该出版社出版的《百变王牌》第十三到第十五部小说在商业上迎来惨败，此后便是长达七年的空白期。2001年，马丁等人寻到新出版商IBOOKS，然而到2006年为止，勉强推出《百变王牌》的第十六和第十七部小说（及再版了以前的部分小说）之后，该出版商宣告破产。

不过，乔治·马丁的《冰与火之歌》系列前三卷就出版于《百变王牌》的七年空白期之内，并让他的作家生涯更上一层楼。真可谓塞翁失马焉知非福，或者说失之东隅收之桑榆——如果《百变王牌》不遭遇滑铁卢，说不定读者们还看不到《冰与火之歌》呢！

第三阶段，复兴时期。2007年IBOOKS破产以后，美国最大的幻想文学出版社托尔出版社趁机将《百变王牌》纳入帐下。此后伴随乔治·马丁声誉的节节高升，也得益于市场大环境的变化（如超级英雄题材在电影领域的极大成功），《百变王牌》逐渐恢复了过去的辉煌。2008年到2018年这十一年间，托尔出版社一共出版了十部《百变王牌》的新小说，再版了以前的大部分小说，还在网站上发表了近二十篇中篇小说，《百变王牌》也再度被改编为漫画和桌上角色扮演游戏。

更激动人心的消息来自2018年底，HULU电视台宣布将

WILD CARDS

与马丁合作开发两个《百变王牌》的电视剧。在这个眼球经济的时代，这无疑是该系列顺利延续和发展的最大利好。

那"百变王牌"究竟是什么？《百变王牌》系列又在说什么呢？本着不剧透的态度，我可以简单地回答，"百变王牌"是与地球人高度相似的塔基斯星人研究出来的一种改写基因的外来病毒，其研究的最初目的是制造超能力，却发生了可怕的意外。它于1946年被释放在美国的纽约市（当即造成近两万人的死亡），随后又经携带扩散到世界各大城市。

事实证明，"百变王牌"病毒是可怕的，它对所有人一视同仁，没有免疫可能；但它同时又像神奇的阿拉丁神灯，透过人类的潜意识诱发变异，经由人类的欲望、个性和恐惧而产生神奇的力量。"百变王牌"的基因还可以在人体内潜伏下去，并以百分之五十的概率传递给后代，所以该系列的宇宙里，至今仍有人会突然激发自己的能力，由新时代的欲望而产生新的英雄（或怪物）。

成为英雄的条件非常苛刻，也非常不公平。一百个人中，九十个人会抽到"黑桃皇后"（变异失败，迅速死亡），九个人抽到"鬼牌"（变成怪物，甚至宁愿自己去死），只有唯一的一人能抽到"王牌"（激发潜在能力，成为超级英雄）。

《百变王牌》讲述的，就是这百分之一的英雄的故事。

屈畅

仇恨的色彩

斯蒂芬·利

序

1986年11月27日，周四，华盛顿特区

　　索尼电视闪烁的光线投在萨拉的感恩节大餐上：一份放在茶几上冒着蒸汽、盖了锡纸的斯旺森火鸡。电视屏幕里，一群怪异的鬼牌在一个闷热的夏日午后走上纽约街头，他们的嘴唇在动，无声地尖叫诅咒着。颗粒感的图像有种老纪录片的感觉。突然间一张照片插播了进来，照片上的英俊男子是参议员格雷格·哈特曼。这是他1976年时的照片。那时的他三十来岁，卷着袖子，西装外套搭在一边肩膀上，领带松松地挂在脖子上。哈特曼穿过用来封锁鬼牌的警戒线，完全不理睬前来阻挡的安保人员，还冲着警察大喊。他独自站在当局和前来的鬼牌之间，示意他们后退。

　　然后镜头对准鬼牌当中出现的一阵骚乱。画面乱七八糟，而且完全失焦：中间的是名叫女妖的王牌兼妓女，她的身体像是水银做的一般，可以令外表随时改变。百变王牌赋予了她性移情的能力。女妖能够变成客人喜欢的任何模样，但是现在这种能力失控了，她身边的人都对她的能力产生了反应，伸出手去想抓住她，脸上还带着奇异的渴求。在场的人群、警方和鬼牌都向她扑来，她张开嘴发出一声恳求的尖叫，伸出胳膊乞求。接着镜头向后拉，哈特曼又出现了，他因为看到了女妖而大张着嘴巴。她将胳膊伸向他，向他乞求。之后她被一群人压倒在地。在随后的几秒钟里，她被人群覆盖，失去了踪迹。但是突然间，人们开始恐惧地向后退。摄像机对准了哈特曼：他愤怒地推开女妖身边的人群。

WILD CARDS

　　萨拉去拿录像机的遥控器。她按下暂停键，停在了这一个画面，这就是改变了她一生的时刻。她还能感觉到热泪划过自己的脸。女妖身形扭曲地躺在血泊里，她的身体受了伤，哈特曼将她的头抬起来，看着她，眼里的恐惧和萨拉一样。

　　不管女妖原本是谁，萨拉知道她死之前的那副模样是谁。这副年轻的容貌自童年就一直萦绕在萨拉心头，女妖幻化成的是安德莉亚·惠特曼的脸。

　　萨拉的姐姐。1950年，十三岁的安德莉亚死于一场凶残的谋杀。萨拉知道谁会将安德莉亚青春期的模样深深锁在脑海中这么多年。她知道是谁将安德莉亚的模样安放在百变女妖身上的。她能想象女妖幻化成安德莉亚的模样和他躺在一起，这个想法伤害萨拉最深。

　　"你这个混蛋。"萨拉对着哈特曼议员轻声说道，她的声音有些哽咽，"你这个该死的混蛋。你杀了我姐姐，甚至还不允许她安息。"

泽维尔·德斯蒙德的日志

11月30日，鬼牌镇

我的名字叫泽维尔·德斯蒙德，我是一个鬼牌。

鬼牌永远都是怪胎，即使是在我们出生的街道上也没有归属感，而我，即将拜访不少奇怪的地方。在今后的五个月里，我会见到草原和群山、里约和开罗、开伯尔山口和直布罗陀海峡、澳洲内陆和香榭丽舍大街。对于被称为鬼牌镇镇长的人来说，这些地方都离家太远了。当然了，鬼牌镇并没有镇长。这是个社区，一个贫民窟，并不是个城镇。不过鬼牌镇不仅仅是个地方，而是一种状态、一种心理。也许从这个角度来说，我的头衔"鬼牌镇镇长"并无不恰当之处。

从一开始我就是鬼牌。四十年前，喷气机小子死在曼哈顿上空，把百变王牌病毒洒向了整个世界。那时我二十九岁，是个投资银行家，有可爱的妻子和两岁大的女儿，我的未来一片光明。一个月之后，我终于出院了。我变成了一个怪物——脸的中央长出了大象一样粗壮的粉红长鼻子，鼻子的尾端还有七根功能完全正常的手指。这么些年来，我已经完全适应了这"第三只手"，要是现在突然恢复成了所谓的正常人，我反而会觉得备受打击，就好像自己被截肢了一样。讽刺的是，有了长鼻子之后，我更像人了，但也更不像人了。

出院之后不到两周，我可爱的妻子就离开了我，差不多就在那时，大通银行通知我不需要再去工作了。九个月后，我搬到了鬼牌镇，在此之前，我位于河畔路的公寓以"健康原因"为由将我逐出家门。我最后一次见到女儿是1948年。她1964年6月结婚，1969年离婚，1972年6月再婚。她似乎很喜欢在6月举办婚礼。两场婚礼都没有邀请我。我雇用的私家侦探告诉我她和她丈夫现在住在俄勒冈州的塞勒姆。我有一个外孙一个外孙女，来自两段婚姻。我真心觉得他们都不知道他们的外祖父是鬼牌镇的镇长。

WILD CARDS

我是鬼牌反诽谤联盟（JADL）的发起者及名誉主席。在所有保护百变王牌病毒感染者的公民权益组织中，我们的联盟最资深，规模也最大。鬼牌反诽谤联盟也有失败的时候，但是总体来说，它取得了巨大的成效。我也算是个比较成功的商人。我的开心屋是纽约最高级也最优雅的夜店之一。近二十年来，鬼牌、耐特（普通人）和王牌都在这里欣赏顶级的鬼牌卡巴莱歌舞表演。在最近五年里，开心屋一直都在赔钱，但是除了我和我的会计之外，没别人知道这个。我一直开着这家店，因为——这是开心屋，如果没有它，鬼牌镇看起来会更穷更糟。

下个月我就快七十岁了。

我的医生说我活不过七十一岁。我的癌症在被诊断出来之前就已经扩散了。虽然鬼牌的生命力都很顽强，我也已经接受了半年的化疗和放疗，但癌症还是没有好转的迹象。

我的医生说我要进行的那趟旅程可能会让我少活好几个月。我带了药品，会老老实实地按时吃药，但是既然要全世界跑，放疗就肯定要停止了。我已经接受了这一事实。

我和太太玛丽经常说起要环游世界，那时我还没有被感染，我俩都还年轻，而且彼此很相爱。我从没想过自己会在晚年独自一人踏上这趟旅程。此行是政府报销，在联合国与世界卫生组织的官方支持下，参议院王牌资源强化委员会开展了情况考察项目，我就是此次项目的代表之一。我们会走遍除南极洲之外的所有大陆，拜访三十九个不同国家（有的只停留数小时），官方给我们的命令是调查世界上不同文化中百变王牌受害者的待遇。

总共有二十一位代表，仅有五个是鬼牌。我猜选中我是份荣耀，是对我取得的成绩和作为群体领袖地位的认可。我相信这该感谢我的好朋友塔基扬医生。

不过，除此以外，还有好多事情得感谢我这位好朋友。

♣ ♦ ♠ ♥

仇恨的色彩

第一部

1986年12月1日，周一，叙利亚

一阵干燥的凉风自阿拉维山脉中吹来，刮过叙利亚沙漠上的熔岩和砾石。风拍打在村庄里一簇簇的帐篷顶部。市场里的人扎紧长袍腰带，抵御狂风带来的寒冷。在村庄中最大的一座砖混建筑物蜂巢似的屋顶下，一阵狂风吹动了珐琅茶壶下面的火焰。

一名娇小的女性裹着全黑的罩袍，正在往两只小杯子里倒茶。除了头巾上的一排亮蓝色珠子之外，她全身没有其他装饰物。她将一杯茶递给房间里的另一个人。这人有着乌黑的头发，中等身材，穿着一身蓝色的锦缎长袍。长袍下的皮肤闪着柔和的翠绿色微光。她能感觉到他周身散发出的温暖。

"过几天还会更冷的，纳吉布。"她抿了一口甜得刺骨的甜茶说道，"至少你会更舒适。"

纳吉布耸耸肩，就好像她的话毫无意义。他的嘴唇紧抿着，深色的眼睛诱惑地盯着她。"是真神的光芒在闪烁。"他声音粗哑，带着一贯的傲慢，"你从未听到过我的抱怨，米莎，就算是在夏日的高温之中。难不成你以为我是个女人，只会向着天空抱怨我毫无意义的不幸？"

米莎面纱上方的眼睛眯了起来。"我是女巫，是预言家，纳吉布。"她回答道，声音里透露出一点挑衅，"我知道很多隐秘的事情。我知道当热浪流过岩石的时候，我的哥哥纳吉布会期望自己并非真神之光。"

纳吉布突然反手给了妹妹一个耳光。她的头猛地向一侧偏去，手和手腕都被热茶烫伤了。她倒在他的脚边，茶杯也因此摔裂在地毯上。她伸出手去抚摸疼痛的脸颊，而此时纳吉布的脸上放出冷光，一双眼珠已经完全暗下去了。当米莎将手伸向自己刺痛的脖子时，他一直狠狠地瞪着她。她知道自己不敢再多说了，于是安静地跪在地上捡拾茶杯碎片，擦拭长袍边缘留下的水渍。

"赛义德今天早上来找我了。"纳吉布看着她说道，"他又在抱怨，说你不是个贤惠的妻子。"

"赛义德是头肥猪。"米莎回答道，并没有抬头。

"他说他必须强迫自己跟你发生关系。"

"他不必这样对我。"

纳吉布满面怒容，发出厌恶的声音："赛义德为我带领军队。他计划横扫卡菲尔人，让他们滚回大海。他被赐予神一般的躯体和征服者的头脑，而他臣服于我，所以我把你许配给他。经典里说过：'男人有权控制女人，因为真神让一方优于另一方。好女人都是顺从的。'你在嘲讽真神之光的礼物。"

"真神之光不该将能使他完整的东西赠予他人。"现在她用目光挑战着他，同时用小手遮盖着碎瓷片，"我们曾经住在同一个子宫，哥哥。真神创造了我们。他赋予你他的光亮和声音，赋予我他的远见。你是他的嘴，你是先知；而我是目视未来的眼睛。别弄瞎自己，这太愚蠢了。你的骄傲会击败你。"

"那么，倾听真理，保持谦逊。你应该高兴赛义德没有让你守在深闺。他知道你是女巫，所以没有强迫你隐居。我们的父亲根本不该送你去大马士革学习，无信仰者的影响潜伏在你身上了。米莎，让赛义德满意，因为这也会让我满意。我的意愿就是真神的意愿。"

"并不总是，哥哥……"她停顿了一下，眼神忽然飘远，手指紧握。瓷片划伤了她的手掌，她尖叫起来。鲜血从浅浅的伤口流下，米莎摇晃着，呻吟着，然后目光再次聚焦。

纳吉布向她走近一步："是什么？你看见了什么？"

米莎将受伤的手护在胸前，她的瞳孔因为伤痛而放大。"能够触碰你的才是最重要的，纳吉布。我受伤了，我憎恨我的丈夫，纳吉布和她的妹妹米莎迷失在真神给他们的任务中，这些都不重要。重要的是女巫能告诉真神之光什么。"

"女人……"纳吉布警告道。他的声音里带着一股强烈的压迫感，这低沉的嗓音让米莎抬起了头，她开始说话，不假思索地就顺从了他的意思。她全身颤抖，仿佛外面的狂风正吹在她身上。

"别在我身上使用你的那项天赋，纳吉布。"她的声音有些刺耳，仿佛在和她的哥哥针锋相对，"我不是乞求者。你如果频繁用真神之声来强迫我，终有一天我会让你知道，我会亲手挖出你那双真神之眼。"

"那就当你的女巫，妹妹。"纳吉布回答道，但用的是自己的声音。他看着她走向一个嵌入式的衣柜，拿出一块布，慢慢包扎受伤的手。"告诉我你刚刚看见了什么。是圣战的景象吗？你见到我再次擎起领袖的权杖了吗？"

米莎闭上眼睛，回忆着那场快速醒来的梦境。"不。"她告诉他，"这是新画面。我看见远处有一只猎鹰，后面是太阳。鸟越飞越近，我注意到它的爪子上抓着一百个人。一个巨人站在山下，手里拿着一张弓。他向猎鹰放箭，后者受伤之后愤怒地尖叫，被它抓住的那些人也在尖叫。巨人又搭上了第二支箭，但是他手上的弓却开始扭曲，箭反而射中了巨人自己的胸膛。我看见巨人倒下……"米莎的眼睛睁开了，"就这些。"

纳吉布不太高兴，他发光的手捂住眼睛："这是什么意思？"

"我不知道是什么意思。这些梦境是真神给我的，但是有时候不会给我解释。也许那个巨人是赛义德——"

"那是在你的梦里，不是真神的梦里。"纳吉布从她身边走开，她知道他在生气。"我是猎鹰,手握命运之箭。"他说,"你是巨人,这是因为你属于赛义德,而他身形巨大,是真神在提醒你反抗的恶果。"他扭头不再看米莎,关上了窗户上隔绝沙漠烈日的百叶窗。村里的寺庙传来一声呼喊:伟大的真神,我知道真神是世上唯一的神灵。

"你只想着征服和圣战。你想成为新的先知。"米莎鄙夷地回答道,"你不会允许其他任何事情来打扰你。"

"如果这是真神的期望的话。"纳吉布回答道。他拒绝与她面对面,"有些人真神已经用可怕的鞭子惩治过了,用他们扭曲腐败的皮肉展示着他们的罪恶。其他人,比如赛义德,真神偏爱他们,赐予他们天赋。每个人都得到了应得的。我已经被选中来领导忠诚的信徒。我会做我应该做的——我拥有赛义德,他领导我的军队,我也和穆安金那样的隐藏力量一同合作。你也是领袖。你是女巫,人们都会向你寻求指导。"

真神之光回到房间里。在这一片百叶窗遮挡起来的暗淡里,他是幽灵一般的存在。"我会遵从真神的意愿,而你,也要遵从我的意愿。"

1986年12月1日,星期一,纽约

媒体见面会一团混乱。

参议员格雷格·哈特曼逃到了一个没人的角落,躲在其中一棵圣诞树后面,他的妻子艾伦和助手约翰·沃森跟着他。格雷格紧紧皱起眉头扫视这个房间。他冲着司法部的王牌比利·雷——刽子手——和想要凑过来的政府安保人员直摇头,挥手示意他们后退。

最后的一个小时里,格雷格一直忙于避开记者,对着摄影机露出苍白的笑容,冲着如暴风雨之夜的闪电一样频频亮起的闪光灯眨眼。房间里吵闹不堪,不停地有人大声提问,高速尼康相机咔哒咔哒拍个不停。穆萨克管乐在喇叭中响起，演奏的是圣诞歌曲。

　　主要的媒体代表团正围着塔基扬医生、蝶蛹和游隼。塔基扬的红发像一个信标一样在人群中闪耀。蝶蛹和游隼似乎在比拼谁在摄像机前摆的姿势更挑逗。在他们旁边的杰克·布劳恩——黄金男孩，犹大王牌——则被直接忽略了。自从海勒姆·沃切斯特的员工开始布置自助餐桌之后，人群好像散开了一些。有的媒体人已经在满满的餐盘旁边安营扎寨了。

　　"对不起了老大。"约翰在格雷格旁边说。就算是在最冷的屋子里，这位助手也在流汗。一闪一闪的圣诞节灯光在他光滑的前额上反射着：红色，随后是蓝色，随后是绿色。"机场员工里有人犯错误了。本来不应该是这样一涌而上的。我告诉过他们，等到你们安顿好再陪着记者进来，他们会问一些问题，然后……"他耸耸肩，"我来承担责任。我应该先检查一下，确保事情都做好了。"

　　艾伦狠狠瞥了一眼约翰，但并没有说什么。

　　"要是约翰真心想道歉，让他卑躬屈膝一点，参议员。真是一团糟。"这最后一句是耳语——格雷格的另一个长期助手，艾米·索伦森正像安保人员一样在人群中转悠。她的双向无线电直接通过格雷格耳朵里的无线接收器传递消息。她给他提示，比如在他会见别人的时候告诉他对方的姓名和其他细节。格雷格自己本身就很擅长记忆名字和长相，但艾米是个优秀的后备计划。他们两人一同合作，格雷格永远能给身边人贴心的私人问候。

　　约翰害怕格雷格会对他发火，在他的所有情绪中，这种是明亮跳动的紫色。格雷格能感受到艾伦平静地接受了目前的情况，略微带点恼怒的色彩。"没事的，约翰。"格雷格温柔地说，不过他心里还是怒气冲冲。他心里被他认为是玩偶人的那部分不安地扭动着，祈求着想要自由自在地和屋子里的各种情感一起玩耍。一半都是我们的玩偶，是可控的。看。看鱿鱼神父在门旁边，试图离开那个女记者。虽然他在笑，但是你能感觉到他那大红色的紧张吗？他很想溜走，但是他太讲礼貌，不好意思这么做。我们可以加把火，让他的沮丧变为暴怒，让他诅咒那个女人。我们以此为食。只需要轻轻地推一下。"

但是格雷格不能这样做，因为这里聚集着不少王牌。有的他不敢拿来当玩偶，因为他们本身也有心灵能力，有的仅仅是因为他觉得太冒险：黄金男孩、幻想、西北风、蝶蛹，还有他最害怕的那一个：塔基扬。如果他们有一丁点察觉到玩偶人的存在，如果他们知道他在用什么喂养玩偶人，塔基扬会让他们一起来对付我，就像他对待共济会那样。

格雷格深深吸了一口气。角落里的松树味过于浓重了。"谢谢，老大。"约翰说，他的恐惧已经在消退中了。格雷格看见房间那头的鱿鱼神父终于从记者那里脱身了，正摇晃着走向海勒姆的自助餐。与此同时，那名记者看见了格雷格，给了他一个意味深长的古怪眼神，大步向他走来。

艾米也看见了她的行动。"萨拉·摩根斯特恩，邮报记者。"她在格雷格的耳边说道，"76年因为报道鬼牌镇大暴乱而获得普利策奖。在7月的《新闻周刊》上写了那篇关于参议院王牌资源强化委员会的可怕文章。她改了造型，现在完全变了样。"

艾米的警告吓到了格雷格——他并没有认出她来。格雷格记得那篇文章，几乎就是诽谤。文章里说，格雷格和参议院王牌资源强化委员会都曾跟政府一起掩盖"群虫之母"袭击的真相。他记得摩根斯特恩参加过不少次记者招待会，永远都能问出难答的问题，声音也很尖锐。他原本可以拿她当玩偶——即使仅仅是出于厌恶，但是她靠他总是不够近。就算他俩因为种种事务而处在同一场合，她也一直离他有一段距离。

现在，看到她过来，他愣了一下。她确实变了。萨拉一直很瘦，像个男孩，可今晚她看起来更瘦了。她穿着紧身黑色长裤和贴身衬衣，头发染成了金色，妆面突出了她的颧骨和淡蓝色的大眼睛。她看起来熟悉得让人害怕。

格雷格突然间感到寒冷和恐惧。

在他内心的玩偶人因为某个记忆中的缺失而呼号着。

"格雷格，你还好吧？"艾伦的手搭在他的肩膀上。格雷格因为伴侣的触碰而颤抖，继而摇摇头。

"我很好。"他直率地说道，然后挂上了职业性的微笑，从角落里走出来。艾伦和约翰像是排过舞一样站在他两侧。"摩根斯特恩女士。"格雷格一边温和地问候，一边伸出手去，他强迫自己伪装成冷静的样子，"我猜你认识约翰，但是我的妻子艾伦……"

萨拉·摩根斯特恩对艾伦敷衍地点点头，但目光一直盯紧格雷格。她的脸上持续着一种古怪的紧张笑容，半是挑战半是邀请。"参议员。"她说，"我希望你像我一样期待这趟旅程。"

她握住他伸出的手。玩偶人毫不犹豫地利用了这片刻的接触。就像他之前遇到的所有新玩偶一样，他沿着神经回路追溯至大脑，打开了那扇今后可以让他远距离操控的门。他发现了上锁的情感大门，汹涌的色彩在后面搅动。他贪婪地触碰着它们。他成功解锁，入口大开。

随之喷涌而出的红黑色的厌恶之情害得他后撤了几步。厌恶是冲着他来的，全部都是。他在毫无准备的情况下面对着不曾见过的暴怒，强度之大简直要将他淹没。他被推了回来。玩偶人喘着粗气，格雷格逼迫自己装作无事发生。玩偶人在他脑海里呻吟时他将手放下了，片刻之前心中浮现的恐惧如今加倍了。

她看起来很像安德莉亚，像女妖——这惊人的相似度。而且她讨厌我。上帝啊，她非常憎恨我。

"参议员？"萨拉重复道。

"嗯，我非常期待这次的旅程。"他打着官腔，"我们的社会对百

WILD CARDS

变王牌受害者的态度在近几年里愈发糟糕。从某些角度来说，里维尔的里奥·巴奈特等人想让我们重新回到充满压迫的五十年代。对于那些不太开明的国家而言，情况还要更糟。我们可以向他们提供理解、希望和帮助，同时我们自己也能学到东西。塔基扬医生及我本人对这趟旅程很乐观，否则我们不会如此尽力地牵线搭桥。"

这些彩排过的话语顺畅地回荡在耳边，而他利用这个机会恢复元气。他听到自己的声音里带着友好和随意，感觉到自己的嘴正咧成半个骄傲的微笑。但这些对他没有触动。他勉强能够控制自己不要粗鲁地盯着萨拉看。这个女人实在会让他想起安德莉亚·惠特曼和女妖。

我爱她，我无法救她。

萨拉似乎感觉到了他的着迷，因为她抬起头，带着同样古怪的挑战表情。"也是有趣的小冒险。用纳税人的钱环游世界三个月。你的妻子陪着你，你的好朋友塔基扬医生和海勒姆·沃切斯特……"

格雷格感到身边的艾伦在生气。她是个经验老到的政客之妻，所以她不会回应。但是他能感觉到她突如其来的警觉，像是一只野猫观察着猎物的弱点。失衡了，格雷格的皱眉晚了一点。"我很惊讶像你这么有资历的记者居然会相信这个，摩根斯特恩女士。这趟旅程也意味着要放弃假期——通常我在国会放假的时候就回家了。而且我并不是去知名的度假景点，这意味着会议、简报、无穷无尽的记者会，还有数不清的文书工作，全都是我乐意跳过的。我向你保证这不是一趟找乐子的旅程。我要做的不仅仅是观察记录然后写个一千字传回国内。"

他感到黑色的憎恨在她身边翻涌，他心中的力量渴望着被使用。*让我来对付她。让我来扑灭那堆火焰。让我将那份憎恶带走，她就会告诉你她所知道的一切。让她放下武器。*

*她是你的，*他回答道。玩偶人跳跃而出。格雷格之前曾数百次遇到憎恶，但都并非指向他。他发现对情感的掌控变幻莫测，难以捉

摸。她的厌恶像个活着的实体一样推开他的控制，玩偶人被挡了回去。

她到底在隐藏什么？这是怎么造成的？

"你听上去好像在防备我，参议员。"萨拉说，"但是，作为记者，总会情不自禁地想到这趟旅程的主要目的是彻底擦除十年前的回忆，尤其是作为88年总统的候选人。"

格雷格无法自控地倒吸了一口气：安德莉亚，女妖。萨拉咧嘴一笑——猎食者的笑容。他已经准备好再次攻击她的恨意了。

"我想说我和你一样被鬼牌镇大暴乱困扰着，参议员。"她继续说，声调里的轻快是假的，"所以我才会写出来。女妖死后你的举动让你失去了当年的民主党提名。毕竟，她只是一个妓女。对吗，参议员？不值得你……你小小的崩溃。"这句提醒让他突然脸红。"我愿意打赌，自那之后的每一天里我们都在回想那一刻。"萨拉继续说，"距今已经十年了，我依然记得。"

玩偶人呼号着撤退了。格雷格惊讶之余陷入了沉默。我的天，她知道些什么，她在暗示什么？

他没时间组织起一个回答了。艾米的声音再次在他耳边响起："挖掘者唐斯①正小跑着过去了，参议员。他是《王牌》杂志的，负责娱乐版。要我说，他是个真正的卑鄙小人。我猜他是看到了摩根斯特恩，想偷听一下真正的好记者——"

"你们好啊，各位。"艾米话还没说完，唐斯的声音就闯了进来。格雷格立刻将目光从萨拉身上移开，看到了一个矮小苍白的年轻男人。唐斯紧张不安，像是得了伤风一样吸着鼻子："介意其他记者跟着一起聊聊吗，亲爱的萨拉？"

唐斯的打扰令人发狂，他举止粗鲁，虚伪又自来熟。他似乎感知

---

① 唐斯名为Digger，意为挖掘者。本书注释如未标明编注均为译注，下同。

WILD CARDS

到了格雷格的内心躁动,咧嘴一笑,目光在萨拉和格雷格间游移,无视了艾伦与约翰。

"我觉得我想说的已经说完了,暂时是这样。"萨拉回答道,她水蓝色的眼睛锁定了格雷格的双目。她的脸上一副孩童模样,带着虚假的天真。之后她轻盈地转身离开,朝着塔基扬走去。格雷格盯着她的背影。"这小妞长得真不错,对吧,参议员?"唐斯再次咧嘴一笑,"当然了,请你不要介意,哈特曼夫人。嘿,让我自我介绍一下。我是挖掘者唐斯,是《王牌》杂志的,我会加入你们的这趟小冒险,我们今后会经常见面了。"

格雷格眼看着萨拉消失在塔基扬身边的人群中,这才意识到唐斯正古怪地看着自己。他费了一番努力才将注意力从萨拉身上移开。"很高兴见到你。"他对唐斯说。

他感到自己笑容僵硬,脸颊酸痛。

泽维尔·德斯蒙德的日志

12月1日，纽约

这段旅程有一个不祥的开端。我们已经在汤姆林国际机场的跑道上待了一个小时，等待着起飞许可。我们被告知，问题并非出在我们这里，而是在哈瓦那，所以我们只能等。

我们坐的是747客机，媒体将其称为"一叠卡牌"。整个中央客舱都根据我们的要求做了改变，座位被改成了医疗实验室、纸媒的媒体室及电视媒体的小型演播室。新闻记者已经被安置在后部，这会儿他们已经在这里过得舒适惬意了。我二十分钟前去那里，发现已经有一局扑克在打了。公务舱里满是助手、助理、秘书、公关人员和安保。头等舱应该是留给代表们的。

因为只有二十一名代表，所以我们像豆荚里的豆子一样四处滚动。就算在这里，鬼牌也和鬼牌坐在一起，耐特和耐特，王牌和王牌。

哈特曼是在座唯一一个跟三方都关系融洽的人。他在记者招待会上温和地跟我打招呼，登机之后没多久就与我和霍华德坐在了一起，真挚地谈起他对旅程的希望。很难不喜欢这个参议员。他每次参加竞选都能获得鬼牌镇的绝对多数选票，这甚至可以追溯到他当市长那个时候，不过这也没什么奇怪的，没有哪个政客像他一样长久地为鬼牌的权益努力奋斗。哈特曼给我希望，他就是活生生的证据——鬼牌和耐特能够互相尊重、互相信赖的证据。他是一个可敬的体面人。在里奥·巴奈特之类的疯子煽动旧日的仇恨与偏见时，鬼牌需要所有能搭得上的朋友，尤其是手握权力的那些。

塔基扬医生和哈特曼参议员都是代表团的主席。塔基扬穿的风衣有腰带、纽扣和肩章，头上的帽檐可翻式软呢帽还轻佻地斜戴着，如同经典黑色电影里走出来的驻外记者。软呢帽上插着一根长长的红色羽毛。但我怎么也想不出他是在哪里买到这件浅灰蓝色拷花丝绒风衣的,可惜的是关于驻外记者的那些电影都是黑白片。

塔基扬自认为和哈特曼一样对鬼牌没有偏见,但事实并非如此。他片刻不停地在医院工作,没有人会质疑他对鬼牌真切的关心……许多鬼牌认为他是圣人,是英雄……可我跟这个医生相识太久,更深层的真相也就很明显了:他自己不会这么说,但是他将在鬼牌镇做善事看作是一种苦修。他尽力隐藏,可这么多年之后你还是能在他的眼睛里看到厌恶。塔基扬医生和我是"朋友",我们认识了几十年,我真心相信他是关心我的……但我从来不曾认为他像哈特曼一样将我看做一个与他平等的人。参议员将我看做一个人,一个重要的人,就像政客对选民那样讨好。但对于塔基扬医生而言,我永远都是个鬼牌。

这是他的战略,还是我的?

塔基扬并不知道癌症的事。这也说明我们的友谊像我的身体一样病态吗?也许吧。他很久以前就不是我的私人医师了。我现在的医生是个鬼牌,我的会计、律师、掮客甚至我的银行家都是。大通银行开除我之后世界已经改变了许多,作为鬼牌镇的镇长,我有责任践行我自己的平权运动。

我们已经被准许起飞,不允许再在座位之间走动了,人们都开始系上安全带。似乎无论我去哪儿,鬼牌镇都在我身边——霍华德·穆勒坐得离我最近,他的椅子是特殊定制的,适合他九英尺的身高和超长的胳膊。他通常被称为巨魔,是塔基扬医院里的首席安保,但是我注意到他并没有和塔基扬一起坐在王牌中间。另外三个鬼牌代表——鱿鱼神父、蝶蛹和诗人多里安·王尔德——都坐在头等舱中部。我们为什么会坐在离窗户最远的地方,是因为巧合、偏见还是羞愧?恐怕鬼牌都会对这种事情莫名地在意。国内和联合国的各位政客聚集在我们右侧，王牌在我们前方左侧（王牌在前面，这是当然的）。必须停笔了，空姐已经要求我收起小桌板了。

我们飞向空中。纽约和罗伯特·汤姆林机场离我们远去，古巴在前方等待着。据我所知，这个第一站会轻松愉快。哈瓦那跟拉斯维加斯或者迈阿密沙滩一样具有美国味道，只不过更颓废更古怪。我在那里可能还有朋友——许多顶级王牌表演者在开心屋或混乱俱乐部成功起步之后就回去哈瓦那的赌场继续发展。但是我必须提醒自己远离赌桌：鬼牌的运气出了名的差。

♠

安全带的信号刚一熄灭，几个王牌就起身前往头等舱休息室。我能听到他们的笑声从旋转楼梯飘下来——游隼，还有年轻的西北风——她看起来就像个大学生，不过她不带飞行器械的时候确实就是；喧闹的海勒姆·沃切斯特，以及阿斯塔·伦泽，这个来自美国芭蕾舞剧院的芭蕾舞女的王牌名字叫幻想。他们现在已经形成个亲密的小圈子了。这群人玩玩闹闹，好像没有什么糟糕的事情会发生。金色一族和塔基扬差不多也和他们在一起。吸引他的是王牌还是女人？我猜测着。就连我的好朋友，爱了他二十多年的安杰拉都承认，在女人的事情上，塔基扬先生只会用他的下半身来思考。

不过就算在王牌之中也有不合群的。琼斯，来自哈莱姆的强壮黑人（他和巨魔、海勒姆以及游隼一样，椅子是定制的，为了支撑住他非凡的体重），正喝着一杯啤酒，读《体育画报》。拉达·奥莱利独自坐着，凝视窗外。她似乎非常安静。比利·雷与乔安娜·杰佛逊这两个来自司法部的王牌径直走向安保团队，这两人不是代表，所以坐在机舱第二节。

还有就是杰克·布劳恩。他身边围绕的紧张气氛甚至肉眼都能看见。大部分代表对他都很客气，但是没有人对他友好，有些人，比如海勒姆·沃切斯特明显在回避他。对于塔基扬先生而言，布劳恩根本就不存在。我在想，是谁提议把他带上的？肯定不是塔基扬，哈特曼也不会冒这样的政治风险。也许是为了安抚参议院王牌资源强化委员会里的保守派，或者涉及什么我没有考虑到的方面？

布劳恩时不时地瞥一眼楼梯，就好像他也很想加入楼上的欢乐团体似的，但还是老实待在座位上。很难相信这个皮肤光滑、身着剪裁极佳的旅行外套的金发男孩就是五十年代臭名昭著的犹大王牌。他跟我年纪相近，但是看上去只有二十岁左右……像他这样的男孩前几年可以带着年轻漂亮的西北风参加高中舞会，然后在午夜之前送她回家。

刚才有个记者过来，他的名字叫唐斯，来自《王牌》杂志，他想采访布劳恩。虽然他非常坚持，但是布劳恩还是坚定地拒绝了，最终唐斯只好放弃。他发放了几份最新的《王牌》杂志之后就上楼去休息室了，毫无疑问是要去骚扰别人。我不常阅读《王牌》杂志，但是我还是拿了一份，并且建议唐斯让他的出版社考虑再弄一个叫《鬼牌》杂志的周刊。他对这个想法不是特别感兴趣。

这一期的封面颇具冲击力，橙红色的落日余晖勾勒出一只灵龟龟壳的边沿，旁边写着大字"灵龟——是生是死？"9月的百变王牌纪念日之后就没有人再见过灵龟了，那个时候他被汽油弹炸了，还沉入了哈德逊河。在河床上找到了被烧焦的扭曲龟壳，不过没有尸体。有数百人宣称在第二天黎明看到了灵龟，坐在一个老旧一些的龟壳里飞过鬼牌镇上空，但他自那之后就再没出现过，所以有人觉得那些所谓的目击者要么是疯了，要么就是太过想念所以出现幻觉。

我对灵龟没什么想法，但我也不愿意去想他真的死了。许多鬼牌都认为他是我们当中的一员，他将不可言说的畸形藏在了龟壳中。不管这是真是假，这么多年以来他一直都是鬼牌镇的好朋友。

但是，这趟旅程中的有一个方面没人聊起，只在唐斯的文章提起过。也许该由我来谈论没人谈论的东西。真相就是，楼上的那些笑声里带着细微的紧张。已经讨论了这么多年的这趟行程在短短两个月内快速组织起来也绝非巧合。他们想要我们离开一段时间——不仅是鬼牌，王牌也一样。甚至可以说，尤其是要引王牌出去。

上一次百变王牌纪念日对这座城市以及世界各地的每一个百变王牌受害者来说都是一场灾难。暴力等级令人震惊，全国上下都在头条位置进行了报道。咆哮者被谋杀，到现在还是悬案；在喷气机小子墓前的密集人群中一个儿童王牌被肢解；对王牌高级餐厅的袭击；灵龟被摧毁（至少是他的龟壳）；修道院里的屠杀，十几具躯体被抬出来的时候已经是碎片，破晓之前的空战点亮了整个东海岸……几天，甚至几周之后，当局依旧没能拿出确切的死亡人数。

一个老人被发现嵌在石墙里，字面意义上的嵌。当人们想把他从墙上弄下来的时候，却不知道哪里是墙，哪里是他的肉体。尸检结果令人震惊：他的内部器官和洞穿它们的石块融合在了一起。

邮报摄影记者拍下了老人被困墙中的照片。他看起来如此温和甜蜜。后来警察宣布这个老人本身是个王牌，而且还是个臭名昭著的罪犯。他犯下的罪行有：谋杀恐龙子与咆哮者、谋杀灵龟未遂、袭击王牌高级餐厅、东河上的战斗、血洗修道院以及其他林林总总。不少王牌出来支持这一解释，但公众似乎并不买账。根据民调，大部分人相信《国家告密者》提出的阴谋论——这些案子都是独立的，有名的没名的王牌为了私人恩怨而犯罪，他们滥用能力，不顾法律和公共安全，尔后王牌们与警方互相勾结，将全部责任推到一个刚好在此时死去的瘸腿老人身上，他显然也是被某个王牌杀死的。

这个时候已经有好几本解密书出版了——出版界从来都不缺乏不在乎道德的机会主义者，这群人毫无底线。科赫注意到这股强劲的民意之后下令重新审理几个案子，还要求IAD调查警方。

鬼牌令人同情，惹人厌恶，王牌拥有非凡能力。这么多年来，民

WILD CARDS

众之中第一次有数量如此众多的人开始不相信王牌,并对他们的力量感到恐惧。难怪里奥·巴奈特那样的煽动分子后来会赢得那么广泛的支持。

所以我确定我们的旅程还有一个隐藏目的:用些好墨水洗掉血迹——有些人可能会这么说。稀释恐惧,赢回民心,让所有人忘记百变王牌纪念日。

我承认对王牌感情复杂,有些人确实滥用能力。可作为一个鬼牌,我发现自己迫切地希望我们能成功——但也极其恐惧我们失败之后要面临的后果。

负重牲口

约翰·J. 米勒

"主啊，请将我们从邪恶、仇恨、恶意，以及所有冷酷无情中拯救出来。"

——连祷，《公祷书》

他退化的性器官已经失去了功能，但是他的嵌入体觉得他非常具有男子气概，可能是因为他矮小无用的躯体看起来更像男人而非女人。他觉得自己是一本未打开的书。他从来没有跟任何人谈起过这一类事情。

他没有名字，于是他的嵌入体们从传说里借来一个称呼他——"恶意"——他并不在乎它们怎么称呼自己，只要称呼的时候带着尊敬就可以了。他喜欢黑暗，因为他虚弱的双眼对光线过于敏感。他从不吃东西，因为他没有牙齿来咀嚼，也没有舌头来品尝。他从来不喝酒，因为他身体里算是胃部的袋子无法消化酒精。性生活更是不可能。

但他还是能够享受美食、陈年佳酿和昂贵酒水，还有各种各样的性生活。他有他的嵌入体。

他总在寻找更多。

I

蝶蛹住在鬼牌镇这个贫民窟里，开着一家酒吧，所以她见惯了贫穷和困苦。但是，鬼牌镇是地球上最富裕的国家当中的贫民窟，而位

WILD CARDS

于海地的海滨首都太子港的贫民区是贫民窟中最穷的。

从外面看，医院就像是 B 级恐怖片里的 18 世纪疯人院。围墙由杂乱的石头堆成，通向它的人行道由风化的水泥铺就，这座建筑本身肮脏不堪，沾满了经年累月的鸟屎和污垢。里面更糟糕。

墙壁上剥落的颜料和霉斑构成了抽象的图案。光秃秃的木质地板发出令人不安的吱吱响声。四百五十磅的王牌，就是人称哈莱姆铁锤的末底改·琼斯刚走过一个区域，那儿就塌了。他原本应该直直摔下去，不过警觉的海勒姆·沃切斯特迅速释放了他十分之九的体重。楼梯上萦绕的气味无法描述，但主要是各种死亡臭味的混合体。

但蝶蛹觉得最糟糕的地方还是病人，尤其是那些孩子。他们也不抱怨，就躺在没遮没盖的肮脏床垫上。这些床垫无不散发着汗液、尿液和霉菌的臭味，孩子们的身体因为美国早已消失的疾病而备受折磨，同时还因为营养不良而肿胀。他们看着探访者来来回回，眼睛里没有好奇或者理解，只有安静的绝望。

她心想，当个鬼牌还好一些。不过她还是愤恨百变王牌病毒摧毁了她曾经曼妙的模样。

蝶蛹难以再承受这种无法疏解的折磨。她只走过了一个病房就离开医院，回到等待的车队中。被指派给她的吉普司机好奇地看着她，但是没说什么。在等待其他人的时候，他哼着欢乐的小调，偶尔用海地的克里奥尔语唱几句跑调的词。

热带的太阳很毒辣。蝶蛹穿着严实的斗篷，这能保护她娇嫩的皮肉，抵御阳光的灼热射线。她在破败的医院门口看着街对面的一群孩子玩耍。汗水像小溪一样从她后背上流下，她几乎要嫉妒那些孩子了，能穿得那么少，享受清凉。他们似乎是在街道下面的雨水沟里钓着什么东西。过了一会儿蝶蛹才明白他们在做什么，她刚想明白，所有的嫉妒就都烟消云散了——他们正在从雨水沟里打水，倒入又破又锈的瓶瓶罐罐。有时候他们会停下来喝一大口。

她把目光移开,想着加入塔基扬的小小旅程是否是个错误。塔基扬邀请她的时候听上去像是个好主意,毕竟有机会用公款环游世界,还能接触到各种有影响力的重要人物,不知能收到怎样有趣的信息。那个时候这个想法听起来很棒……

"好吧,亲爱的,如果我不是亲眼所见,我肯定觉得你不会对这种东西有兴趣。"

多里安·王尔德跳进吉普车的后座,坐在了蝶蛹旁边,她不太高兴地笑了笑。她现在没心情欣赏诗人的打趣。

"我显然是没有预料到会是这种待遇。"她用讲究的英式口音说道。此时塔基扬医生、哈特曼参议员、海勒姆·沃切斯特和其他有影响力的重要政客以及王牌涌向等待着他们的豪车。而蝶蛹、王尔德和其他明显是鬼牌的代表只好钻进队伍后面凹痕累累的肮脏吉普。

"你应该料到的。"王尔德说。他是个胖子,曾经英俊精致的模样因为肉体的膨胀而完全消失。他穿着一件急需清洗熨烫的爱德华时代式样的外套,身上的花香味无比浓重。蝶蛹很庆幸他们处在一个敞篷车里。他说话的时候左手疲惫地挥动着,右手则一直放在夹克的口袋里。"毕竟鬼牌是世上的黑鬼。"他噘着嘴瞥了一眼司机,后者跟海地百分之九十五的人口一样,是黑人,"在这个岛上,这种话可算是有点讽刺的意思。"

吉普颠簸着驶离路边,跟着大部队一起离开医院,蝶蛹抓住司机座椅的后部。她层层遮盖着的脸庞感受到了凉风,但是身体的其他部分已被汗水浸透。他们花了一个小时穿行在太子港狭窄蜿蜒的道路上,在此期间,蝶蛹一直想象着能喝一大杯冰爽的饮料,洗一个畅快的冷水澡。终于,队伍到达了皇家海地宾馆。她几乎是在吉普还没停稳时就走上了街道,急切地盼望着大厅里的清凉。但她却被汹涌澎湃的人群淹没了,每个人的脸上都带着恳求,嘴里的海地语说个不停。她不明白这些人在说什么,但她不需要听懂对方的语言就能够看出他们眼中的渴求和绝望、破烂的衣衫和瘦弱憔悴的身躯。

涌动的乞求者将她牢牢定在吉普的侧面。她一感觉到他们明显的需求就萌生了一阵同情,但此刻,她被可怜巴巴的声音环绕,数十条树枝一样的纤瘦胳膊伸向她,她心里的同情已经被恐惧取代。

她还没开口也没做动作,司机就从仪表板里拿出一根长木棍——像是除去下端的扫帚——站起来,冲着乞求者挥舞,同时语气不善地快速说着克里奥尔语。

蝶蛹听到也看到了一个小男孩的细胳膊挨了第一下,第二下打在一个老人的头皮上,第三下没打到,目标人物躲开了。

司机再次用武器袭击。蝶蛹通常都谨言慎行,但此刻她怒气上涌,转向他吼道:"停下!停下!"这个突发的动作导致她的头巾掉落下来,第一次展现出她的模样。展现出她的特点。

她的皮肤像品相最佳的吹制玻璃一样清透,没有任何瑕疵或气泡。除了贴近她头骨和下巴的肌肉之外,唯一可见的肉是她的嘴唇。在她闪着微光的头骨上附着两片深红色的嘴唇。天蓝色的眼睛漂浮在空荡荡的眼眶里。

司机目瞪口呆地看着她。强行乞求的人群原本已经开始发出恐惧的哀号声,现在则彻底沉默了,就好像是同时被一条隐形章鱼用触手扇了一巴掌。六次心跳之后,沉默被打破了,其中一个乞求者充满敬畏地轻声念出一个名字。

"布里奇特女士。"

这一句像是祈祷一样在乞求者口中传诵,后来甚至连围绕着其他车辆的人也伸着脖子想看她一眼。她的后背紧贴着吉普,众人的目光都集中在她身上,这目光里混合着恐惧、敬畏与惊奇,让她害怕。这种情况持续了一会儿,直到司机破口大骂并用棍子示意,人群才立刻四散开来,却纷纷带着敬畏和悲伤看了蝶蛹最后一眼。

蝶蛹转向司机。他是个高瘦的黑人,穿着不合身的廉价蓝色西装，衬衣领口敞开。他也阴沉地看着她，但是她无法看清他的表情，因为他戴着墨镜。

"你会说英语吗？"她问道。

"会，一点点。"蝶蛹听出来他的声音因为恐惧而有些尖锐，她不知道这恐惧从何而来。

"你为什么打他们？"

他耸耸肩。"这些乞求者都是农民。乡下的人渣，来到太子港寻求你这种人的慷慨。我把他们赶走。"

"大声点，带上大棍子。"王尔德坐在吉普后座上嘲讽地说。

蝶蛹瞪了他一眼："你可真会帮忙。"

他打了个哈欠。"我从来不在街上大吵大闹，太粗鄙。"

蝶蛹轻哼了一声，转头继续看着司机，问道："谁是布里奇特女士？"

司机以一种非常法国的方式耸耸肩，解释说约两百多年前海地从法国政治独立出来，但与法国还维持着文化纽带。"她是个'罗阿'，也是周日男爵的妻子。"

"周日男爵？"

"最有力量的罗阿。他是坟墓的帝王和守护者。十字路口的看守者。"

"什么是罗阿？"

他皱着眉头耸肩，几乎像是生了气。"罗阿是一种灵魂，神的一部分，非常强大且神圣。"

"我和布里奇特女士长得很像？"

他什么都没说，但继续透过墨镜盯着她。虽然烈日当头，她却感受到一股毛骨悚然的寒意。虽然她身着厚重斗篷，但还是觉得像是赤裸着一般。不是身体上的赤裸。实际上她早就习惯了半裸面对公众，她愿意向世人展示下流姿态。她想让世人都能看到她每一天在镜子里看到的。现在她感到的是精神上的赤裸，像是每个盯着她看的人都想看透她的真面目，想探查她的秘密，揭开她唯一的面具。她迫切地想要逃离那些目光，但是她不能任由自己仓皇离开。她鼓足全部勇气，尽全力保持冷静，才得以踏着一丝不苟的慎重步伐走进酒店大厅。

大厅里凉爽黑暗。蝶蛹靠在一张疑似制造于上个世纪，并且在这儿落了十年灰的高背椅上。她深深吸了一口气又缓缓吐出，让自己冷静下来。

"你怎么了？"

她回头越过自己的肩膀向后看，发现游隼正满眼担忧地盯着自己。这个带翅膀的女人坐在队伍前面的豪车里，但是她显然看见了吉普旁边以蝶蛹为中心的小插曲。游隼那副漂亮如绸缎般的翅膀只不过给她轻盈的、小麦色的性感外形增添了一点异域风情。她很容易遭人嫉恨，蝶蛹想。她的苦难给她带来了好名声和坏名声，她甚至还有自己的电视节目。不过她的担忧看起来非常真诚，蝶蛹觉得自己需要一个有同情心的同伴。

但是她没法向游隼解释一件自己也没太懂的事情。她耸耸肩。"没什么。"她环视着突然充满旅行者的大厅，"我想找个清静的地方待一会儿，再喝杯东西。"

"我也是。"游隼还没回答，一个男性的声音却响起了，"我们找个酒吧，我来和你们聊聊海地的生活。"

两个女人转头看向说话的男人。他大概有六英尺高，身材健壮，穿轻薄的白色亚麻衫，脸有些奇怪。他的容貌有些不协调，下巴太长，鼻子太宽，眼睛一高一低，而且太过明亮。蝶蛹只听过他的名号，他是司法部的王牌比利·雷，政府派来协助这次旅程的安保人员之一。司法部受过高等教育的智囊管他叫刽子手，他也喜欢这个昵称。是个纯正的狠角色。

"你什么意思？"蝶蛹问道。

雷看看大厅，嘴唇一噘，"我们找个酒吧聊聊，单独聊。"

蝶蛹瞥了游隼一眼，带翅膀的女人读出了她眼中的请求。

"介意我跟着一起吗？"

"当然不介意。"雷明显倾慕她柔软轻盈的身躯，还有那身让一切显露无遗的黑白条纹裙。游隼与蝶蛹交换了一个难以置信的眼神，雷舔了舔嘴唇。

酒店休息室里人们随意地聊着事情。他们三个找到了一处四周都是空桌子的地方，跟穿着红制服的服务员点单，后者不知道该盯着谁看，游隼还是蝶蛹。三个人沉默地坐着，直到服务员端着饮料回来，蝶蛹喝光了那一小杯苦杏酒。

"按照旅行手册上的说法，海地是个该死的热带天堂。"她这话的就是在暗示她觉得手册撒谎了。

"我会带你去天堂的，宝贝。"雷说。

蝶蛹喜欢男人注意她，有时候太过于喜欢了。她时不时地会意识到自己因此而做了不少荒唐事。就连布伦南（自由民，她提醒自己，那个自由民啊。她想起自己甚至不应该知道他的真名）都能成为她的情人，而且是她自己贴上去的。她推测让自己高兴的是拥有力量感和吸引男人的控制力，但作为一个定期进行严苛自省的人，让男人与她做爱同样是在惩罚这个让她极其厌恶的世界。但是她从来没有厌恶过布伦南（自由民，真该死）。他从未在亲吻她之前要求她关灯，与她做爱时也永远睁开双眼，凝视她的心跳、她肺部的吼叫，还有紧咬的牙关与急促的呼吸。

雷的脚在桌子下面移动，碰上了她的，把她从过去的回忆中拽出来，那些都已经结束了。她懒懒地向他微笑着，闪光的头颅上贝齿闪烁。雷身上有些让人不安的东西：他说话声音太吵，微笑太多，永远在动。他一直以爱用暴力出名。不是说她讨厌暴力——只要不是冲着她身上没问题。看在上帝的份上，自由民送来领赏的男人多到她都数不清了。但是布伦南并不是个暴力的人,雷则喜欢乱砍乱杀。两人相比,雷是个自我中心的无趣男人。她在想她会不会将所有认识的男人都拿来和她的弓箭手相比,这一想法让她一阵恼怒与后悔。

"我觉得你没办法将我从鬼牌镇最穷的那个鬼地方转移出来,亲爱的男孩,更别说天堂了。"

游隼露出一个紧张兮兮的笑容,看向了别处。蝶蛹感到比利的脚离开了,眼睛还紧紧盯着她,面露危险之色。他正要说些恶毒的话就被塔基扬医生给打断,医生一下子拉开了游隼旁边的空椅子。雷狠狠瞪了蝶蛹,意思是他不会忘记她之前的那番话。

"亲爱的。"塔基扬弯腰亲吻游隼的手,并跟其他人点头致意。大家都知道他很喜欢这个光彩照人的飞行者,但是,蝶蛹心想,大部分男人都爱她。不过塔基扬足够自信,敢于坚定地追求她,脸皮又够厚,就算游隼再三婉拒,他依旧不放弃。

"跟泰西耶医生的会面怎么样?"游隼轻轻地将手从塔基扬的手中抽开,因为她看得出塔基扬自己是不打算放手的。

塔基扬皱着眉头,也许是不满游隼的冷淡,也许是想起了在海地医院看到的景象。蝶蛹看不出来。

"可怕。"他喃喃自语,"完全就是可怕。"他与一个服务员四目相接,然后示意对方过来。"给我弄点冰爽的,多放点朗姆酒。"他看看桌旁的各位,"还有人要吗?"

蝶蛹抬起涂着红色指甲油的手指——看起来就像是漂浮在骨头上的玫瑰花瓣——指了指空空的酒杯。

"我也要。多倒一点,嗯?"

"苦杏酒。"

"给这位女士一杯苦杏酒。"

服务生来到蝶蛹身旁,拿走了杯子,其间没有与她进行任何眼神接触。她能感觉到他的恐惧。从某种角度来说,有人会害怕她是件有趣的事,但同样让她生气,就好像是每次看向塔基扬时他眼神中的内疚。

塔基扬夸张地用手揉着自己长长的红色卷发。"我看到的大多不是百变王牌病毒引发的。"接着他沉默了,重重叹了口气,"泰西耶自己也不太担心病毒。但是其他的一切……其他的一切……"

"什么意思?"游隼问道。

"你也看到了。医院像周六晚上鬼牌镇的酒吧一样拥挤,卫生状况也类似。斑疹伤寒的病人、肺结核病人、象皮病病人、艾滋病人还有文明世界里已经消失的五十多种疾病的受害者都挤在这里。我在和医院管理者单独聊天的那一会儿就断电两次。我想给酒店打电话,但是电话用不了。泰西耶医生说他们的血液、抗生素、止痛药和其他所有药品存量都过低。还好,泰西耶和其他许多医生都是利用海地当地植物作为药用的高手。泰西耶向我展示了他用普通野草的萃取物所做的事情,非常了不起。实际上,应该有人给他们调制的东西写篇文章,有些发现可以为外部世界所用。但是尽管他们尽全力奉献,依旧敌不过现实。"服务员给塔基扬端来一个细长杯子,里面除了酒水还插着一片水果和一把纸伞。塔基扬扔掉了水果和纸伞,一口喝下半杯。"我从未见过这样的悲苦与折磨。"

"欢迎来到第三世界。"雷说。

"确实。"塔基扬喝完自己的饮品后,淡紫色的眼睛就一直盯着蝶蛹。

"说说,酒店前的骚动是怎么回事?"

蝶蛹耸耸肩,"司机开始用棍子打乞求者。"

"一根可可马卡可。"

"不好意思,你说的是?"塔基扬转向雷。

"那叫可可马卡可。是用油抛光过的手杖,像铁棍一样硬,是种很要命的武器。"雷的语气中有赞许之意,"黄麻袋大叔会用这种武器。"

"什么?"三个声音一同问道。

雷露出一副见多识广的得意笑容。"黄麻袋大叔,农民是这么称呼他们的。一开始还叫他们妖怪。他们的官方名称是 VSN——国家安全志愿者。"雷说话的口音很难听,"他们是杜瓦利埃的秘密警察,为首的叫查理曼·卡利斯特。他像午夜的煤矿一样黑,丑得简直是犯罪。有人曾经想毒死他,但是他没死,不过脸被毁得很严重。杜瓦利埃现在还能在位靠的就是他。"

"杜瓦利埃派他的秘密警察来当我们的司机?"塔基扬吃惊地问道,"这是为什么?"

雷像看小孩一样看着他。"这样他们就可以监视我们了。他们监视每个人。这是他们的工作。"雷突然哈哈大笑,"这些人太容易被看出来了,都戴深色墨镜,穿蓝色西装,有点像是工作制服。那边就有一个。"

雷示意休息室远处的角落。一个黄麻袋大叔坐在空桌子旁边,身前放着一瓶朗姆酒和半满的酒杯。尽管休息室里灯光暗淡,他还是戴着墨镜。他的蓝色西装和多里安·王尔德的一样脏乱。

"我会注意的。"塔基扬说话的声音很愤怒。他原本想站起来,但是看到一个身形高大愁眉不展的男人走进休息室,大步向他们走来,于是重新坐回椅子上。

"是他。"雷低声道,"查理曼·卡利斯特。"

不必等他说大家也能看出来。卡利斯特是个肤色很深的黑人,比蝶蛹见过的所有海地人都更高更壮,也更丑。他的奇怪短发上带有零星的白色,眼睛藏在墨镜后面,皱起的疤痕盘踞在右脸上。他的一举一动都辐射着权力、自信与残酷的效率。

"你们好。"他以精准的角度微微欠身。他的声音深沉粗粝,好像摧残了他那半张脸的毒药也影响了他的舌头和上颌。

"你好。"塔基扬替所有人回答，欠身幅度比卡利斯特小一毫米。

"我的名字是查理曼·卡利斯特。"他的声音像沙砾一般粗糙，仅比耳语略高一点，"终身总统杜瓦利埃让我负责你来岛期间的安全。"

"跟我们一起吧。"塔基扬指着最后一把空椅子提议道。

卡利斯特摇摇头，动作同欠身一样精准。"很可惜，塔基扬先生，我不能加入你们，我下午有一场重要会议。我只是过来确保在酒店门口的那场可怕动乱之后一切正常。"他说着，直接看向蝶蛹。

"一切都好。"塔基扬在蝶蛹还没开口之前率先表态，"不过我想知道为什么叔叔——"

"大叔。"雷纠正道。

塔基扬瞥了他一眼："没错。什么什么大叔，你的人，在监视我们。"

卡利斯特客气地惊讶了一下："为了在之前那一类的事情出现时保护你。"

"保护我？他没有在保护我。"蝶蛹说，"他是在打人。"

卡利斯特盯着她。"那些人看起来像是乞讨者，但这个城市里出现了许多新的元素。"他看着几乎空无一人的休息室，用勉强能听清的声音低语道，"共产主义元素，你知道的。他们不满意终身总统杜瓦利埃的进步政权，曾经威胁过要推翻他的政府。毫无疑问，这些所谓的乞讨者就是激进的共产主义者，试图引发一场骚乱。"

蝶蛹保持沉默，意识到无论她说什么都没用。塔基扬看起来也很不悦，但是决定暂时不纠结这件事。毕竟他们只会在海地多待一天，然后就要去另一端的多米尼加共和国。

"还有。"卡利斯特的微笑和伤疤一样丑陋，"我过来通知你们今天于国家宫殿的晚宴是正式活动。"

"晚宴之后呢？"雷问道，直接盯着卡利斯特上下打量。

WILD CARDS

"不好意思，什么？"

"晚宴之后还有什么计划吗？"

"当然。安排了一些娱乐活动，比如在铁市场购买本地手工制品，愿意去探索本国文化遗产的话国家博物院会延迟关门。你们明白的。"卡利斯特说，"我们正在展出圣玛丽亚号的锚，哥伦布第一次发现新大陆的时候这艘船就在我们的岸边搁浅的。还有，我们这里不少世界闻名的夜店也准备了晚会。如果有兴趣尝试更有异域风情的本地习俗，也可以安排去巫毒教神殿。"

"巫毒教神殿？"游隼问道。

"对，是个寺庙，一座教堂，巫毒教教堂。"

"听起来很有趣。"蝶蛹说道。

"肯定比看锚更有趣。"雷漫不经心地说道。

卡利斯特微笑着，但是他的幽默也就到嘴边为止了。"如你所愿，先生。我必须走了。"

"那些警察呢？"塔基扬问道。

"他们会继续保护你们。"卡利斯特鄙夷地说着，然后离开了。

"不用担心他们。"雷说，"只要我在就没问题。"他故意摆出一副英雄般的姿态，然后瞥了一眼游隼，而后者低头看着饮料。

蝶蛹希望自己能够跟雷一样自信。坐在休息室角落里监视他们的黄麻袋大叔让她隐隐不安。他的眼睛藏在墨镜后面，连眼都不眨，耐心得好像一条蛇，有种恶毒的感觉。蝶蛹不相信他是来帮助他们的。一秒钟都不可能。

◆

恶意最喜欢与性相关的感受。当他有此兴致的时候，通常会利用女性嵌入体，因为比起男性，总体来说女性能够更长时间地保持高潮状态，尤其是那些习惯于取悦自己的女性。当然了，性带来的感受也有区别，有的微妙细腻，有的直白疯狂，不同的行为他会选用不同的嵌入体。

今天下午他没想着做些独特的事情，所以他将自己与一个年轻女性相连，这位女性有着无比敏感的触觉，并且非常乐于自我享受，此时他的嵌入体来汇报了。

"他们会来参加晚宴，之后这群人会分开，去参加不同的娱乐活动。抓到其中一个不会太难，也许还能抓到更多。"

他完全明白嵌入体的意思。毕竟这是它们的世界，所以他必须做一些自我调整，比如将它们嘴里吐出的声音和相关的意思连接起来。当然了，就算他想，也无法用言语回复。首先，他的嘴、舌头及上颌不适应他们的语言系统；其二，他的嘴一直都固定在嵌入体的脖子一侧，他舌头上的细空管正插在嵌入体的颈动脉上。

但他很懂他的嵌入体，明白它们的需求。比如说来汇报的嵌入体有两个需求：它的眼睛锁定着正在取悦自我的裸女身上，但它也需要他的亲吻。

所以他刚摆了摆苍白瘦弱的手，嵌入体就急切地上前，脱掉裤子爬到那名女性身上。它进入的时候这个女性发出一声爆发性的呻吟。

他吐出大量唾液，通过舌头进入嵌入体的颈动脉，堵住其中的缺口，又像只孱弱苍白的猴子般小心翼翼地爬上男性的后背，抓住他的肩膀，将自己的舌头收回到嵌入体脖子一侧的伤疤下面。

男性发出的呻吟不只是性快感。因为他正搅动舌头，将嵌入体的血液吸入到自己身体里，他需要其中的氧气和营养物来维生。他骑在男性的背上，而男性骑着女性，他们三个被难以言传的快感连结在一起。

突然之间女性的颈动脉破裂了，这种事情时有发生。他们三个都被鲜亮、温暖、浓稠的血液淋了一身，但并没有停下来。这是最刺激最愉悦的体验。结束之后，他意识到他会怀念这个女嵌入体——它拥有最不可思议的敏感肌肤——但他已经预料到了会失去它，所以失落感减轻了。

想想新的嵌入体和它们具有的非凡能力。

II

国家宫殿坐落于太子港中央附近，在一座大型市民广场的北角。它的建筑师抄袭了华盛顿特区的国会大厦，设计了同样的廊柱、白色长立面和中央圆顶。南角正对着它的像是个军营，确实也是。

宫殿内部跟蝶蛹在海地看到的其他任何东西都完全相反，唯一能用来形容它的词是"丰裕"——长毛绒的地毯很蓬松，身着华丽制服的守卫护送他们下楼的时候，那个走廊上摆放着的家具和小摆件都是货真价实的古董，高高的穹顶上垂下来的吊灯上满是切工上佳的水晶。

终身总统让-克洛德·杜瓦利埃及其夫人米歇尔·杜瓦利埃女士连同海地其他高官显要一起列队等待着。人称娃娃医生的杜瓦利埃1971年从他去世的父亲弗朗索瓦·"娃娃医生"·杜瓦利埃手上继承了海地的统治权。他看起来就像是个胖男孩，穿着过小的晚礼服。蝶蛹觉得他看起来暴躁，不怎么聪明，贪婪，而非狡猾。很难想象他是怎样在国家明显要分崩离析的情况下抓紧权力的。

塔基扬穿着一身荒唐的桃红色拷花丝绒晚礼服，站在杜瓦利埃的右侧，给自己的团员们做介绍。到蝶蛹的时候，娃娃医生牵过她的手，入迷地盯着她看，像是个得了新玩具的小男孩。他礼貌地用法语对她低语，然后一直盯着她，直到她随着团员向前走。

米歇尔·杜瓦利埃站在他旁边。她有着高端时尚界模特的修养和脆弱感。很高很瘦，肤色很浅。她的妆容完美无瑕，她的礼服是最新潮的露肩款，由设计师特别定制，她的耳朵、脖子和手腕上都戴着价值不菲的花哨珠宝。蝶蛹就算不钦佩她的品位，也要钦佩她在穿着上的花销。

蝶蛹走近的时候她略微后退一点,冷冷地点了头,幅度很精确地保持在一毫米,并没有向她伸手。蝶蛹快速行了个简略版的屈膝礼就向前走了,心想,贱人。

卡利斯特是下一个,这展现出了他在杜瓦利埃政府中的显贵地位。他什么都没和她说,也没有以任何方式承认她的存在,但一路走来,蝶蛹都感觉得到他具有穿透力的目光。这是一种非常让人不安的感觉,同时她意识到,这也进一步展示了卡利斯特的魅力和力量。她不明白为什么他会允许杜瓦利埃这个有名无实的领袖到处闲晃。

迎宾队伍的其他人则是一群面容模糊的疑惑脸庞和伸出的手。最后他们来到一扇大门前,通向洞穴似的餐厅,长条木桌上盖着亚麻桌布,餐具都是银质,中央的装饰品是芳香的兰花和玫瑰喷雾。就在被送到座椅前时,蝶蛹发现她和其他鬼牌、泽维尔·德斯蒙德、鱿鱼神父、巨魔以及多里安·王尔德挤在桌尾。一阵窃窃私语中听闻到此事是杜瓦利埃夫人安排的,让他们坐得越远越好,这样一来这群人就不至于影响她的食欲。

但是,就在鱼菜(服务生称之为红鱼,红鲷鱼佐以新鲜豆角和炸薯条)和相配的酒被端上来之后,多里安·王尔德就站起来吟诵了一首即兴诗歌,故意夸张地赞美杜瓦利埃夫人,同时他的右手,也就是一堆触手正扭曲着、蠕动着,湿漉漉地滴着水。杜瓦利埃夫人脸色铁青,不过王尔德触须流下的液体比她脸色还黑。之后的几道菜她都吃得很少。和其他贵客一样坐在杜瓦利埃夫妇旁边的格雷格·哈特曼派遣自己的跟班杜宾犬——也就是比利·雷——将王尔德送回座位。晚餐继续,气氛压抑了一些,没之前那么有趣了。

最后一杯餐后酒上来之后,晚宴就开始分离成小团体之间的对话,挖掘者唐斯接近蝶蛹,镜头几乎要贴到她的脸。

"笑一个吧,蝶蛹?或者我应该称呼你为黛博拉-乔?也许你应该告诉我的读者为什么生长于俄克拉荷马州塔尔萨的人会带英国口音?"

蝶蛹脆弱地一笑,脸上没有将震惊和愤怒显示出来。他知道她是谁!这个男人探查了她的过去,发现了她最深,也可能是最重要的秘密。他是怎么做到的?她心想,他还知道什么?她环视四周,但是似乎没有别人在注意她这边。比利·雷和阿斯塔·伦泽,就是被称为"幻想"的芭蕾王牌,离他们最近,但是他俩似乎专注于自己的小交锋。比利一只手搭在她瘦削的身侧,将她拉近。她缓缓地一笑,高深莫测。蝶蛹回头看向挖掘者,不知怎的没有在声音中展现她心中的愤怒。

"我不知道你在说什么。"

挖掘者微笑起来。他是个满脸皱纹、面色土灰的男人。蝶蛹以前跟他相处过,知道他有探听别人隐私的癖好,任何故事都不会放过,尤其是吸引眼球的爆料。

"说吧说吧,乔小姐。都白纸黑字地写在你的护照申请表上了。"

她原本可以长舒一口气,但她保持了冷酷的敌意。申请表上确实有她的真名,但如果挖掘者只探查到这一个,那么她是安全的。关于家人的想法像毒药一样流过她的脑海。她小的时候一头金发,笑容纯真,是家里人的亲亲宝贝。给她什么都不过分。她拥有小马和娃娃,练过棒操和钢琴,学过跳舞,她的爸爸用俄克拉荷马州石油赚的钱给她提供了全部。她的妈妈带她去了各种地方,从独唱会到教堂集会再到社团里的茶会。但是她在青春期时遭到了百变王牌病毒的攻击,她的皮肤变得透明,成为一个活着的可憎之物,于是他们将她关在乡间别墅的厢房,当然了这是为她好,然后带走了她的小马、玩伴和与外部世界的全部联系。她被关了七年,整整七年……

蝶蛹切断了脑海里可恶的回忆。她意识到她还在和狡猾的挖掘者对抗。她必须忘记那个被她抢夺之后逃离的家庭。

"这个信息是保密的。"她冷冷地对挖掘者说。

他大笑。"这话从你嘴里说出来真有意思。"他说道。看着她一脸无法抑制的震怒,他突然清醒了。"当然,关于你过去的真实故事我的读者们可能不太感兴趣。"他苍白的脸上带上了抚慰的表情,"我知道你了解鬼牌镇的一切。也许你知道关于他的趣事。"

挖掘者抬了抬下巴,眼神飘到哈特曼参议员的方向。

"他什么?"哈特曼是个有能力有影响力的政客,非常关心鬼牌的权益。他是蝶蛹为数不多在经济上进行支持的政客,因为她喜欢他的政策,而不是因为她需要疏通关系。

"我们找个私密的地方聊聊。"

挖掘者明显不愿意在公开场合谈论哈特曼。蝶蛹觉得这一点很有趣,她瞥了一眼礼服上衣上佩戴的胸针式怀表。"我十分钟后就要走。"她笑起来就像是万圣节骷髅,"我要去看巫毒表演。你也可以一起来,也许我们能找到时间聊一聊,就本人过去的可报道性达成某种一致。"挖掘者笑了:"听起来不错。巫毒表演,对吧?会在玩偶身上扎针之类的?也许还有某种献祭?"

蝶蛹耸耸肩,"我不知道。我从来没看过这种表演。"

"你觉得他们会介意我拍照吗?"

蝶蛹温柔一笑,她希望她在一片熟悉的土地上,希望她能有什么办法对付这种爱说闲话的人,但是最重要的是,她想知道为什么他会对格雷格·哈特曼有兴趣。

♥

为了最大程度地体验感觉,恶意挑选了手下年纪最大的嵌入体来做他今晚的战马,这个男性和他自己一样孱弱衰老。尽管这个嵌入体的血肉已经老去,但大脑依旧聪慧,并且比恶意遇到的其他人都更意志坚定。实际上,能够控制住这样倔强的老马,也在很大程度上证实了恶意本人决不服输的硬气。骑它的时候同时进行心理上的剑术交锋，这是最让他愉悦的活动。

他将见面地点选在地牢。这是一间安静舒适的老屋子，里面尽是愉快的景象、气味和回忆。灯光昏暗，空气凉爽潮湿。他最喜欢的工具，还有之前玩这个时的同伴的遗体，全都混乱地散落一地，但也不惹人烦乱。他让嵌入体拿来一把表面鲜血已经凝结的剥皮刀，在它结着老茧的手掌上测试了一下。正当他沉浸在愉快的回忆中时，楼梯道里传来一声吼叫，通报公牛来了。

公牛-三-种子，他之前给这个嵌入体取的名字。它是个高大的男性，全身都是结实的肌肉，从因为日晒而褪色的衬衣破洞里，透出浓密的长胡子和一丛丛黑色毛发。它穿着磨损严重的旧牛仔裤，明显的猛烈勃起撑起了包裹着胯部的布料。它一直都是这样。

"我有个任务给你。"恶意让他的嵌入体帮他说，公牛大吼一声，摇头晃脑，隔着裤子抚摸胯部。"一些新嵌入体在去贝松市的路上等你了。选一队人马，让它们过来见我。"

"女人？"公牛带着垂涎的哼声问道。

"也许。"恶意通过嵌入体回答，"但你不会拥有它们，也许以后会的。"

公牛发出一声失望的吼叫，但知道最好不要争辩。

"小心点。"恶意警告道，"其中的某些嵌入体可能会有特殊能力，可能会很强壮。"

公牛叫了一声，挂在旁边墙上壁龛里破烂的半截骷髅因此发出咔哒咔哒的声音。"不像我这么壮！"他用长满老茧的手捶击自己宽阔的胸膛。

"也许比得过你，也许比不过。总之小心。他们我全要。"他停下，等着嵌入体传达完意思，"别让我失望。如果你做不到，你就再也尝不到我的亲吻。"

公牛号叫着，如同一头被带向屠宰场的肉牛。他退出房间，怒气冲冲地鞠了个躬，然后离开了。

恶意和他的嵌入体等待着。

过了一会儿，一个女性体走进房间。它的皮肤是咖啡和牛奶等比例混合后的颜色，一头及腰长发浓密狂野。它光着脚，而且很显然薄薄的白裙子下面什么都没穿。它胳膊纤细，胸脯饱满，双腿柔软但有肌肉。它的眼睛是黑色虹膜漂浮于一汪红色之上。恶意要是能笑的话，看见它一定会笑，因为这是他最喜欢的嵌入体。

"艾泽里-我-红。"他透过嵌入体柔声说道，"你必须要等待公牛离开，因为你要是跟公牛共享一屋，肯定是活不下来的。"

它笑了起来，展现出洁白完美的牙齿。"这可能是种很有趣的死法。""有可能。"恶意考虑着。他从来没有通过媒介体会过死亡。"但我需要你去做些别的事。过来拜访我们的那些白人很富有也很重要。他们住在美国，我确定他们能够接触到他们那个贫穷小岛上体验不到的各种感触。"

艾泽里点点头，舔了舔红色的嘴唇。

"我已经有了计划，要将几个白人收过来，但是为了确保成功，我希望你去他们的酒店，再带一个，让它准备好迎接我的吻。选一个强壮的。"

艾泽里点点头。"你会带我和你一起去美国吗？"她紧张地问道。恶意让他的嵌入体伸出苍老的手爱抚艾泽里饱满坚挺的胸口。它因为这只手的触碰而愉悦地颤动。

"当然了，亲爱的，当然。"

Ⅲ

"一辆豪车？"蝶蛹一脸冷若冰霜的笑容，戴着墨镜的男人咧嘴笑着，为她开门。"真棒。我正期盼着四轮驱动的东西。"

WILD CARDS

她爬上豪车后座，挖掘者紧随其后。"我不会抱怨。"他说，"他们哪儿也不让记者去。你可不知道为了闯入晚宴我都经历了什么。我觉得他们这里人不太喜欢记者。"

待他在后座上坐好，注意到蝶蛹的表情时，声音就小了下去。她盯着对面的座位和上面坐着的两个男人。一个是多里安·王尔德，他看起来不仅是一点点的微醺，手上还把玩着一根可可马卡可，和蝶蛹下午见到的那根类似。这棍子明显是他旁边那个男人的，他正看着蝶蛹，他脸上带着凝固的笑容，十分可怕，笑容将它布满伤痕的脸转化为了一张死神面具。

"蝶蛹，亲爱的！"豪车驶入夜色时王尔德喊道，"还有极负盛名的第四方。最近挖掘出什么猛料了吗？"挖掘者的眼神从蝶蛹转到王尔德再转到旁边那个男人，决定保持沉默是最佳应对方式。"我真是太粗鲁了。"王尔德继续说，"我还没有介绍我们的主持人。这位令人愉悦的先生有个美妙的名字，查理曼·卡利斯特。我记得他是个警察之类的。他和我们一起去巫毒教神殿。"

挖掘者点点头，卡利斯特领首，姿态精准，不露一丝敬意。

"你是巫毒的信徒吗，卡利斯特先生？"蝶蛹问道。

"那是农民的迷信。"他声音粗粝，一边思索，一边用手指抚摸着右脸上的一大片疤痕，"不过看见你能让人变成信徒。"

"什么意思？"

"你有着罗阿的外表。你可能是布里奇特女士，周日男爵的妻子。"

"你可不信这些，对吗？"蝶蛹问道。

卡利斯特大笑。声音像砂石像犬吠，跟他的微笑一样让人愉快。"不信。但是我是个受过教育的人。造成这一切的是疾病。我知道，我见过其他人。"

"其他鬼牌？"挖掘者问道，蝶蛹心想，这应该是他的惯用伎俩。

"我不明白你的意思。我见过其他非自然的畸变，见过一些。"

"他们现在在哪里？"

卡利斯特只是微笑。

没人想要再聊下去。挖掘者一直向蝶蛹投射疑问的眼神，但是她不知道该说些什么，就算她对当前的局面有一点点想法，也不宜公开在卡利斯特面前讲。王尔德继续玩着卡利斯特的手杖，时不时地喝上几口某种便宜的白朗姆酒，这个海地人自己也时常会喝几口。卡利斯特在二十分钟里喝了半瓶，喝的时候还用充血的两道目光锐利地盯着蝶蛹。

蝶蛹试图避开卡利斯特的凝视，于是看向窗外，却震惊地发现他们已经离开城市，在一片除了道路之外未被开发过的森林中穿行。

"我们去哪儿？"她问卡利斯特，努力地保持音量，不想显示出恐惧。他从王尔德手中拿过酒瓶，饮了一大口，然后耸耸肩："我们去巫毒教神殿。在贝松市，太子港郊区的一个小城。"

"太子港自己没有巫毒教神殿？"

卡利斯特笑容璀璨。"表演都没有那里的精彩。"

沉默再次降临。蝶蛹知道惹上麻烦了，但是她不知道卡利斯特具体想从他们身上获得什么。她觉得自己是颗棋子，但她甚至不知道自己身处棋局之中。她瞥了一眼另外几个人。挖掘者看起来迷惑得要死，王尔德已经醉了。该死。她无比后悔居然离开了熟悉舒适的鬼牌镇，跟着塔基扬踏上这趟毫无价值的疯狂旅程。像往常一样，她只能依靠自己。一直以来都是这样，以后也会这样。她内心的一小部分低语她曾经可以依靠布伦南，但是她拒绝倾听这句。一旦遇到真正的试炼，他会和其他人一样不值得信赖。他肯定是的。

司机突然靠边停车，并且熄灭了引擎。她凝视窗外，但是并不能看出什么，外面很黑，只有半月的光芒时不时地会从云层里漏出来，照亮街道。看起来他们是停在了十字路口旁边，这片海地森林里胡乱

WILD CARDS

开辟的两股小道在此交会。卡利斯特打开他那一侧的车门,虽然他在不到半小时时间内喝掉了几乎一整瓶酒,但跳下车的动作还是轻巧稳健。司机也下车了,靠在豪车的侧面,不知道他从哪里变出来一个一头尖的鼓,开始击打上面的雨燕刺青。

"什么情况?"挖掘者质问道。

"引擎故障。"卡利斯特简单明了地说。随手将空朗姆酒瓶扔进了丛林。

"司机正在呼叫海地机动车俱乐部。"王尔德趴在后座上,吱吱地笑着说。

蝶蛹戳了挖掘者一下,示意他出去。他照做了,下车之后迷惑地看着周围,她跟在他后面。不管马上会发生什么,她都不想被困在豪车的后座上。至少在车外面她还有机会逃跑,不过她穿着及地长裙和高跟鞋,估计也跑不了多远,而且这是在森林里,又是昏暗的晚上。

"所以说,"挖掘者突然明白了目前的情况,"我们被绑架了。我受不了这个,我是个记者。"

卡利斯特从夹克口袋里掏出一把小型短管左轮手枪,随意地对着挖掘者,说:"闭嘴。"

唐斯很聪明地照做了。

他们没有等待太久。与他们停车这条路交会的另一条路上传来有节奏的脚步声。蝶蛹转头盯着道路,看到的是一群像萤火虫一样的东西,上上下下地飘动着,冲着他们这个方向来了。她过了一会儿才意识到这其实是一队行军的男人。他们穿着长长的白色袍子,边缘擦过路面。每个人左手都举着一根细长的蜡烛,额头上还用布料绑着一根蜡烛,所以看起来才像萤火虫。都戴着面具,十五人左右。

领头的是个身形巨大的男人,强壮如牛,穿着海地农民那种廉价破烂的衣服。他是蝶蛹见过的最健壮的男人之一,而当他一看见她,就立刻朝她走了过来。他来到她面前时还在揉搓自己的胯部,那里肿胀着，撑开了牛仔裤破旧的布料，这让蝶蛹很吃惊，她可不喜欢看到这种景象。

"老天啊。"挖掘者喃喃自语，"我们有麻烦了。他是个王牌。"

蝶蛹瞥了这个记者一眼："你怎么知道？"

"呃，他看起来挺像的，不是吗？"

蝶蛹心想，他看起来确实像是染上了百变王牌病毒，但这并不意味着他就是王牌。她还没来得及进一步向记者发问，那个公牛一样的男人用克里奥尔语说了些什么，卡利斯特用喉音回复"不行"。

公牛男一瞬间似乎要想要违抗卡利斯特的意思，但随后决定退后。他继续怒视蝶蛹，并一边揉搓自己的勃起一边对衣着怪异的同伴们说着什么。

其中的三个人将抗议着的多里安·王尔德从豪车后座上拖出来。这个诗人困惑地看着四周，一双蒙眬的醉眼锁定了公牛男，还在咯咯直笑。

卡利斯特一脸苦相地从王尔德手里抢过可可马卡可，发起来火，一边抽打一边吐出马西西这个词。

这一棍打在王尔德脖子和肩膀的连接处，这个诗人呻吟了一声便摔倒在地，旁边的三个人都没能扶住他，他直直摔在地上，像是大祸临头那样。

扑通声、啪嗒声和小型武器开火的声音从路旁的树叶中传来，头上莫名地戴着蜡烛的男人中有几个倒下了。公牛男暴怒地低吼着，冲向灌木丛。听到第一声枪响就趴在地上的蝶蛹看见他上半身被击中至少两枪，但是他连踉跄都没有。他冲进灌木丛，片刻之后，一声高音调的尖叫混合着他的吼声传了出来。

卡利斯特弯腰躲在豪车后面，冷静地开枪回击，挖掘者和蝶蛹一样在地上乱爬，而王尔德只是躺着呻吟。蝶蛹决定是时候勇敢一次了。她爬到车底，感觉身上昂贵的礼服本来就极其碍事，现在还已经

WILD CARDS

弄坏了，不禁咒骂了好几声。

卡利斯特跟在她后面，伸手想抓她的左脚，但是只抓到了鞋子。她扭动左脚，鞋子掉落，她也自由了。她急急地从车底拼命爬过，又从另一边出来，滚入了路旁的丛林中。

她花了点时间来平复呼吸，然后开始跑。她尽可能低下身子，打算有多远跑多远。很快她就离开了冲突中心。她现在很安全，不过孤身一人，而且很快意识到自己完全迷路了。

她告诉自己，应该跟道路平行着跑，而不是在森林里乱转。她有好些事情应该做，比如在纽约过冬，而非加入这趟疯狂的旅程。但是现在担心那些都太迟了。现在她唯一能做的就是继续向前。

蝶蛹从来没想过一个热带森林、一片丛林居然会如此孤寂。她看不到任何移动的东西，只有树枝在晚风中摇晃，也听不到任何声音，除了这股风声。这是一种孤独可怕的感觉，尤其是对于已经习惯了整个城市都在身旁环绕的人而言。

她钻到豪车车底时把胸针式怀表弄丢了，所以她只能根据身体的酸痛程度和喉咙的干渴程度来度量时间。过了好几个小时之后，她才偶然找到一道踪迹。这条路粗糙狭窄不平坦，很明显是人类的足迹走出来的，但是这条路让她内心充满了希望。这是有人居住的痕迹。它通向某个地方。她要做的就是跟着走，在某个地方，某个时刻，会有人来帮助她。

她开始沿着踪迹走，目前的情况太过紧急，现在她一心只求自救，根本没时间去想卡利斯特为什么要带他们几个人来到十字路口，那些头戴蜡烛衣着古怪的人又是谁，甚至没去猜那些神秘的救兵是谁——如果伏击了绑架者的人真的是来救他们的话。

她在黑暗之中前行。

这一路走得很艰难。刚刚开始跋涉的时候她就把右边鞋子脱了，只为让步伐更平衡，过了一会儿她把鞋子丢了。地面上有些树枝、石块和其他尖锐物体,所以没过多久她的脚就疼得不行。她详细地记下所受的苦,这样如果她还能回到太子港,就知道要从塔基扬那里索要多少赔偿。

不是"如果",她不断告诉自己,是"当我回去",会回去的。

她不断念叨着这些话,像是在唱一首简短但充满生机的进行曲,然后她突然意识到有人在这条小道上,面对着她走来。在这样的光线下很难看清,但似乎是个男人,一个瘦弱的男人肩膀上扛着锄头或者铁锹或者别的什么。他正朝着她走来。

她停下来靠在旁边的一棵树上长叹一口气。刚才她有一瞬间以为对方来自卡利斯特的古怪帮派,但是据她观察,他的穿着像是农民,带的也是某种农场工具。他可能就是个本地人,晚上出来干点杂活。她突然害怕自己还没开口求救,对方就被她的外表吓跑了,但是又反应过来,对方应该早就看到她了,但还是在稳步走近。

"你好!"她喊道,她的法语词汇量已经几乎用尽了。但是那个男人好像没听见。他继续走,走过她靠着的那棵树。

"嘿!你聋了吗?"他走过的时候她伸手拽住了他的胳膊,就在此时,他停下来转过头,两人四目相对。蝶蛹觉得一片夜色戳中了她的心。她浑身冰凉颤抖,有一瞬间她无法感觉到自己的呼吸,她的目光无法从他的眼睛上移开。

它们张开着,移动着,变换着焦点,甚至缓慢而呆板地眨着,但是它们看不见。它们所处的这张脸没她那么像骷髅,但也就好一点点:眉骨、眼窝、颧骨和下巴全都凸显出来,细节看得清清楚楚,就好像骨头和包裹它们的黝黑皮肤之间一点血肉都没有。她能够轻松地数出那件破烂的劳作衬衣下面有多少根肋骨,就像任何人都能数出她自己的一样。她盯着他,他朝着她看,然后她再次屏住呼吸,因为她发现他并没有在呼吸。她应该尖叫、逃跑或者至少做些什么,但是就在她盯着他时,他长长地吸了一口浅浅的气,凹陷的胸腔只是微微膨胀。她仔细观察着，二十秒之后他又吸了一口。

她突然意识到自己依旧抓着他破烂的袖子，于是赶紧放手。他盯着她的方向又看了一会儿后，转头回到自己原本要去的方向，走开了。

蝶蛹着盯着他的背影看了一会儿，尽管夜晚很温暖，她还是全身颤抖。她意识到，她刚刚看到了一个僵尸，还和他说话了，甚至还碰了他。作为鬼牌镇的居民，再加上自己也是鬼牌，她以为已经适应了怪事，习惯了奇闻，但显然不是这样的。她这辈子还不曾这么害怕过。她刚走出青春期的时候偷走了爸爸保险箱里的钱，逃出了已是牢笼的家，那时候她都没这么心惊胆战过。

她重重地咽下一口唾沫。不管是不是僵尸，他绝对是要去某个地方。那个地方也许有些……活人……

她也没有其他事情可做，于是胆战心惊地跟着他。

他们并没有走多远。他很快转到一条人迹罕至的岔路，这条路绕着一座陡峭山峰向下。转过一个大弯之后，蝶蛹发现前面有灯。

他朝着灯光前进，她跟在后面。那是一盏煤油灯，被挂在一根杆子上，后面看起来像是座摇摇欲坠的小屋，连着险峻山体的下半部分。小屋前面有个小花园，花园前面有个妇女正盯着夜色。

她是蝶蛹在国家宫殿之外见过的看起来最富庶的人。她体态丰满，身上的棉布裙子很干净，像是新做的，头上还包着马德拉斯棉布印花大手帕。蝶蛹和她跟随的怪人走近的时候，这个女人笑了起来。

"啊，马赛尔，瞧瞧是谁跟着你回家啦？"她轻笑，"布里奇特女士本人，如果我没看错的话。"她简单行了个屈膝礼，她体格很是丰满，但动作很优雅。"欢迎来到我家。"

马赛尔径直走过她身旁，没有理她，直接去往小屋的后面。蝶蛹在她身前停住，她正大方地打量她，带着欢迎的表情和好奇，但并不过分，也没有恶意。

"谢谢。"蝶蛹有些犹豫地说道。她有几千句话可以说，但她必须要先问灼烧她内心的问题："我必须问你，关于马赛尔的事情。"

"什么事？"

"他不是僵尸，对吧？"

"当然是，我亲爱的孩子，他当然是。来，过来。"她用手示意她过来，"我必须进去告诉我男人停止搜救。"

蝶蛹迟疑地问道："搜救？"

"搜救你，我的孩子，搜救你。"女人摇摇头，发出啧啧的声音，"你不应该那样跑掉。给我们带来了很多麻烦，我们都很担心，还以为扎波普队把你抓住了。"

"扎波普？扎波普是什么？"蝶蛹觉得这词听起来像是在指某种爵士爱好者。她好不容易才忍住没有歇斯底里地嘲笑这个想法。

"扎波普是——"女人的手在空中含糊地挥动了几下，像是正试着用简单的言语描述一个巨大且复杂的东西，"邪恶巫师的助手，这些人将自己卖给他以获得物质财富，永远听从他的命令，通常会绑架巫师选中的受害人。"

"我……明白了……如果你不介意的话，我想问那你是谁？"

这个女人像是被逗乐一样笑起来。"不，孩子，我一点都不介意。它展现出了你可敬的谨慎。我是曼波·茱莉亚，彼赞戈的女祭司和以前的王后。"她肯定读懂了蝶蛹脸上的困惑表情，因为她大笑起来，"你们白人真有意思！你们以为自己无所不知，坐着你们的飞机来到海地，到处逛了一天，再分发你们的神奇建议，就能治好我们所有的疾病。而你们这些人没有一个离开过太子港！"曼波·茱莉亚再次大笑，这一次带上了一丝嘲讽。"你们根本不了解海地，真正的海地。太子港就是巨型癌症，保护着所有从海地身体里吸取养分的水蛭。但是乡村，啊，乡村是海地的心脏！

"好吧，我的孩子，我会把一切都告诉你，之后你就会懂了。一切，不止是你想要知道的那些。进我的小屋来。休息，喝点吃点。然后倾听。"

蝶蛹考虑了一下这个女人的邀请。现在她更担心她自己的困境而非海地的，但是曼波·茱莉亚的提议听起来不错。她想让疼痛的双脚稍作休息，喝点冰爽的东西。有食物吃这一点也很诱惑。她上一次吃东西似乎已经是好久之前的事了。

"好吧。"她说完跟着曼波·茱莉亚向小屋走去。两人还没走到门口，一个男人从后面过来，他像大部分海地人一样瘦，虽然样子像中年人，却有一头茂密的白发。

"巴普蒂斯特！"曼波·茱莉亚喊道，"你喂过僵尸了吗？"男人点点头，冲着蝶蛹的方向礼貌地欠身。"好的。告诉其他人布里奇特女士找到路回家了。"

他再次欠身，接着蝶蛹和曼波·茱莉亚走进小屋。

里面的装饰和家具朴素整洁舒适。曼波·茱莉亚带着蝶蛹走向粗制的厚木板桌子，端上了清水和一份新鲜多汁的热带水果拼盘，其中的大部分水果她都不认识，但很好吃。

外面，响起了一阵复杂的鼓点，里面，曼波·茱莉亚开始说话。

♣

恶意的其中一个嵌入体在午夜带回了艾泽里的消息。它成功完成了他布置的任务。一个新嵌入体被下了药，正昏睡在皇家海地酒店，等待它的第一个吻。

恶意宛如圣诞节早晨的孩童一样兴奋，他决定不继续在城堡里等待公牛抓回另外那些嵌入体。他需要新鲜血液，现在就要。

他从原先的最爱之处移动到了另一个嵌入体，这个女孩和他身形差不多，已经在一个特制的盒子里等待了，制作这个盒子就是以便某日他有在公共场合移动的需要。这个盒子跟大型行李箱差不多，很拥挤，不舒适，但是能够提供他公开出行时的隐秘性。虽然花了点功夫，但是恶意还是成功在没人发现的情况下被带上了皇家海地酒店的三楼。浑身赤裸、头发飞扬的艾泽里领着他进了房间，抬着他的嵌入体们打开盒盖，后退一步。他从女孩的胸口移开，来到了它的背上和肩上，这个姿势更舒服。

艾泽里带他来到卧室，他的新嵌入体正安睡着。

"他一看见我就想要我。"艾泽里说，"很容易就让他把我带到这里来了，他拥有我之后把药剂倒进他的酒水里就更容易了。"她噘起嘴，用手指摸了摸左胸上深色的大乳头，"他是个草草了事的爱人。"她的言语里有点失望。

"等一会儿。"恶意通过他的嵌入体说道，"你会收到奖励。"

艾泽里笑得很开心，此时恶意命令嵌入体将他送到床前。嵌入体听命，向着沉睡的男人弯腰，恶意快速将自己转移过去。他抱紧男人的胸膛，用鼻子蹭对方的脖子。男人扭动了一下，在熟睡中呻吟了一声。恶意发现了自己需要的那个点，用他唯一一颗尖牙咬上去，并把舌头送了出去。

新嵌入体虚弱地呻吟着，无力地伸手想触摸它的脖子。但是恶意已经牢牢固定住了位置，将自己的唾液和嵌入体的血液混合在了一起。嵌入体慢慢平静下来，仿佛是个做了小小噩梦的孩子。恶意将它据为己有时，它深深陷入了睡眠。

这是个棒极了的嵌入体，强壮有力。它的血风味绝妙。

IV

"一直以来都有两个海地。"曼波·茱莉亚说道，"一个是城市，太子港，由政府和法律管辖。一个是乡村，由彼赞戈统治。"

"你之前也说到过这个词。"蝶蛹说着，擦掉了多汁的热带水果在她下巴上留下的汁液，"是什么意思？"

"就好像你的骨骼,我能清晰地看到它们一起支撑着你的身体,彼赞戈也将乡村地区的人凝聚在一起。这是个组织,一个社会,有着一系列义务和规矩。不是所有人都从属于它,但是每个人都有一席之地,都要遵从它的决定。彼赞戈解决那些会让我们四分五裂的争端。有时候很简单,有时候有人会被判成为僵尸,那就很困难。"

"彼赞戈判处马赛尔成为僵尸?"

曼波·茱莉亚点点头,"他是个坏人。在某些事情上,我们海地人比你们美国人更宽容。马赛尔喜欢女孩,这点本身没错。许多人都拥有好几个女人。只要能够养活这些女人和孩子们就没关系。但是马赛尔喜欢年轻女孩。非常年轻的女孩。他无法控制自己,所以彼赞戈就作出了裁决,判他成为僵尸。"

"他们把他变成了僵尸?"

"不,亲爱的。他们审判了他。"曼波·茱莉亚不再是一副欢快愉悦的样子,"是我把他变成今天的样子,并且每天喂他药剂让他保持这种状态。"蝶蛹将抓在手里吃了一半的水果放回盘子里,她突然失去了胃口。"这是最明智的解决方式。马赛尔不再伤害年轻女孩,而是成为了不知疲倦的劳工,为社区奉献。"

"他永远都会是僵尸?"

"唔,有几个僵尸,原本已经被埋了,后来被当作僵尸利用,但是不知道怎么的又恢复成了活着的状态。"曼波·茱莉亚沉思着摸摸下巴,"但是这样的人会一直保持……受损状态。"蝶蛹重重咽了下口水。"感谢你为我做的一切。我……我不确定卡利斯特的意图,但是我确定他想伤害我。但是现在我自由了,我想回到太子港。"

"当然了,你会回去的。实际上我们正在筹划。"

曼波·茱莉亚的话听起来不错,但是蝶蛹觉得语气不对:"什么意思?"

曼波·茱莉亚严肃地看着她。"我也不确定卡利斯特想对你做什么。不过我知道他在搜集像你这样的人。那些被改变的人。我不知道他怎么对待那些人，但是他们成了他的人。他们做的脏活连黄麻袋大叔都会拒绝。而且他一直在让那些人忙碌。"她牙关紧锁。

"查理曼·卡利斯特是我们的敌人。他是太子港的权贵。让-克洛德·杜瓦利埃的父亲弗朗索瓦是个了不起的人物，不过他有自己的做事方式。他残酷无情，野心勃勃。他在权力斗争中找到一条路，并且在最高位置待了很久。他第一个组织起黄麻袋大叔，在他们的帮助下，整个国家的财富都进了他的口袋。

"但让-克洛德和他的父亲不一样。他愚不可及意志薄弱。他让大权流落到卡利斯特的手中，这个魔鬼无比贪婪，威胁要像狼人一样把我们的生命都吸走。"她摇摇头。"必须有人来阻止他。必须松开他的钳制，海地的鲜血才能重新流动。但他的权力不仅限于黄麻袋大叔。他要么是个强大的巫师，要么就是在跟一个巫师合作，这个人的魔力很强大，我们好几次意图刺杀卡利斯特都没成功。不过其中一次，至少，"她的语气里都有某种得意，"在他身上留下了痕迹。"

"这一切跟我有什么关系？"蝶蛹问道，"你应该去联合国或者告诉媒体，把你们的故事说出去。"

"世界知道我们的故事。"曼波·茱莉亚说道，"但是没人在乎。我们不值得他们注意，也许最好让我们以自己的方式自行解决问题。"

"怎么解决？"蝶蛹问道，但她也不确定是否想知道这个答案。

"彼赞戈在乡村的力量比在城市大，但是我们在太子港也有眼线。自从你们这些白人到达，我们就开始观察了，我们觉得卡利斯特胆子够大，可能会利用你的存在，甚至会试图让你成为他的帮手。但是在你公开对抗了黄麻袋大叔之后，我们就知道卡利斯特可能会报复你。我们盯紧你，所以能够阻止他绑架你。但是他捉住了你的朋友们。"

"他们不是我的朋友。"蝶蛹现在开始明白曼波·茱莉亚打算说什么了，"就算他们是，我也不能帮你去救他们。"她抬起手，手部的骨骼上覆盖着纵横交错的神经、肌腱和血管。"病毒将我变成这样，但没有给我任何特殊能力。你需要比利·雷或者黑女士或者黄金男孩那样的人来帮你——"

曼波·茱莉亚摇头，"我们需要你。你是布里奇特女士，是周日男爵的妻子——"

"你不会真心这么认为吧。"

"我确实不这么认为。"她说，"但是那些住在小村镇里的人，他们没有报纸或者电视可看，完全不知道你所说的这个病毒，他们一看到你就会鼓起勇气去做他们今晚必须做的事。他们可能不会完全相信，但是他们如果相信，就不会再去想击败巫师和他的超强魔法是有多么的不可能。"

"而且。"她话语里有股一锤定音的味道，"你是唯一能引诱他上钩的人。你是唯一一个逃过抓捕的人。你也是唯一一个会被准许进入他们的大本营的。"

曼波·茱莉亚的话语让蝶蛹既心寒又愤怒。心寒，是因为她不想再次见到卡利斯特，她不愿意再次受他控制。愤怒，是因为她不想卷入他们的问题，为她完全不知道的某件事情而丧命。她是酒馆的老板，做着交换信息的生意。她不是个什么事都要插手的王牌。她什么样的王牌都不是。

蝶蛹将椅子向后推，站了起来。"嗯，对不起，我不能帮你。再说，我跟你一样不知道卡利斯特把挖掘者和王尔德带去了哪里。"

"但我们知道他们在哪里。"曼波·茱莉亚给出一个毫无幽默感的笑容，"尽管你逃脱了去营救你的猎人，但他们却收获了几个扎波普，劝了他们一阵之后，其中一个终于开口了，告诉我们卡利斯特的大本营是周三堡垒，能俯瞰太子港的那个废弃堡垒。"

"魔法中心就在那里。"曼波·茱莉亚自己也站起来去开门。一群男人站在小屋门口，他们看起来很乡村，一个个都穿着粗糙的农场服装,手脚长满老茧,身形瘦削但满身肌肉。"今晚。"曼波·茱莉亚说,"巫师将彻底死去。"

男人们定睛看清她之后发出一阵惊讶又敬畏的低语声,大部分人带着敬意鞠躬。曼波·茱莉亚指着蝶蛹,用克里奥尔语喊了几句,男人们欢快地大声回答。过了一会儿,她关上门,转身看着蝶蛹,微笑起来。

蝶蛹叹了口气。这个妇女已经展现出了创造僵尸的能力,自己居然还和她争执,实在太愚蠢。落在她身上的无助感很熟悉,来自她的少年时期。在纽约,她控制一切;在这里,似乎她被一切控制。她不喜欢这样,但是她没办法,只能听从曼波·茱莉亚的计划。

计划很简单。两个猎人——这是他们在彼赞戈里的等级,曼波·茱莉亚解释道——会穿着之前抓到的那些扎波普人的长袍,戴上他们的面具,送蝶蛹去卡利斯特的堡垒,告诉对方在森林里抓住了她。时机一到(蝶蛹不喜欢如此含糊不清的时间点,但是觉得最好别说话)就放同伴进来,摧毁卡利斯特和他的手下。

蝶蛹不喜欢这个计划,尽管曼波·茱莉亚愉快地向她保证了她百分之百安全,而且罗阿也会保护她。为了进一步确保安全——不过这完全是没有必要的,曼波·茱莉亚说——女祭司给了她一小捆油布包起来的东西。

"这是刚果包。"曼波·茱莉亚告诉她,"我自己做的。它具有强大的魔法力量,能保护你不受邪恶侵袭。如果你受到威胁,就打开它,将里面的东西洒在你身边。但是不要碰里面的东西。其中的魔法力量非常非常强大。你只能用最简单的方式利用它。"

说完之后,曼波·茱莉亚让一个猎人带她走了。这群人总共有十个或者十二个,有的是年轻人,有的人到中年。曼波·茱莉亚的男人巴普蒂斯特也在其中。他们继续聊天开玩笑,就好像是在野餐。他们对待蝶蛹的态度无比尊重和顺从,路上但凡有难走的地方都会帮助她。两个人拿着晚上早些时候从扎波普身上抢下来的长袍。

脚下的步行小道通向一条高低不平的大路,这里停着一辆小客车或者小货车之类的车辆,它很古老,看起来好像根本开不了,但是所有人上车之后它的引擎立马就打着了。这一路走得缓慢颠簸,但车子拐上一条更宽阔的高等级道路之后情况就好转了一些,这条路是回太子港的。

城里很安静,虽然时不时会有其他车辆从旁边开过。让蝶蛹心中一惊的是他们正在熟悉的景色中穿行,她突然意识到他们是在伯罗斯,这是太子港的贫民窟,早上造访的医院就在这里,一晃好像已经是好久以前的事了。

男人们唱歌、聊天、欢笑、逗趣,很难想象这是要去刺杀海地政府最重要的人物,同时此人还被认为是个邪恶巫师。他们表现得像是要去看球赛。这并不是在虚张声势,也不是因为她作为布里奇特女士安抚了军心。不管是什么造成了他们的态度,蝶蛹都没有共情。反正她是被吓坏了。

司机突然靠边,将车停在了满是破烂建筑的狭窄街道旁,指着外面说了几句克里奥尔语,整个车厢安静下来。猎人开始下车,有个人礼貌地伸手帮助蝶蛹下车。在那一瞬间她想逃跑,却看到巴普蒂斯特正警觉地盯着自己,不过不明显。她叹了口气,跟着这群男人在街上安静地走着。

这是条陡峭的上山之路,走起来很费劲。过了一会儿蝶蛹就意识到正前往一个城堡的废墟,今天早些时候他们路过附近区域时她就注意到了这个地方,曼波·茱莉亚管它叫"周三城堡"。早上看起来风景如画,现在它是一片黑暗阴影,弥漫着恐怖气氛。队伍在废墟前的小树丛前面停步,巴普蒂斯特和另一个猎手换上扎波普长袍和面具之后,礼貌地示意蝶蛹向前走。她深吸一口气,用强大的意志力阻止双腿颤抖,向前走去。巴普蒂斯特抓着她上臂,假装她是个犯人,但是她很感激人类触碰带来的温暖感觉。夜晚像一支箭,插入她的心中,并且不断扩大,直到变成一道黑暗冰凉的帷幕,完全包裹她的胸膛。

堡垒周围是一圈干涸的护城河,上面架着一座荒凉的木桥。快到木桥的时候有个声音用克里奥尔语喊了个问题,巴普蒂斯特直接说出了口令,让对方很满意——蝶蛹猜测,不幸被彼赞戈抓住的扎波普吐出了不少有用信息——他们跨过了木桥。

两个男人穿着几乎可以算是黄麻袋大叔标配的蓝西装在桥的另一侧休息,墨镜插在胸前口袋里。巴普蒂斯特跟他们说了一个又长又绕的故事,他们一副钦佩的样子,让队伍通过了城堡的外围防线。到了后面的院子里又被盘问了一番,又通过了,这次,一队守卫将他们放进了破旧城堡的内部。

蝶蛹听不懂周围人在说什么,这快把她逼疯了。气氛越来越紧张,她的心越来越冷,恐惧在心上越压越重,让她仿佛成了一个被压扁了的弹簧。但她没有办法,只能忍耐,不管多么绝望都要保持希望。

堡垒的内部似乎修缮得还不错。墙上的凹槽里点着火把,很有中世纪风情。墙壁和地面都以石头铺就,摸上去干燥冰凉。走道的尽头是碎石造的无扶手螺旋楼梯。黄麻袋大叔带着他们下楼。

一幅潮湿地牢的景象出现在蝶蛹的脑海里。空气当中有种潮湿的感觉,还有发霉的味道。楼梯本身很滑,上面沾着无法识别的液体,曼波·茱莉亚给她的那双由废旧车胎制作的拖鞋穿着很难走。火把稀疏,它们释放出的光亮并没有覆盖到所有地方,所以有时候他们必须走在完全的黑暗之中。

楼梯的尽头是一块宽阔的空地,上面有几样一看就不舒服的木质家具。这块区域旁边连着几个房间,他们被带进了其中一个。

房间的一边有二十英尺长,光线比他们刚刚穿过的那个走道要好,但是天花板、角落以及后面墙上的某些点还是黑暗一片。火把上跳动的火焰让人很难看清细节，蝶蛹瞥了一眼房间之后，知道看一眼就够了。

这是个酷刑室，里面摆放的古老用具看上去像是精心养护且最近才用过的。一个铁处女靠着墙，半开着，内部的尖刺上带着星星点点的锈迹或者血迹。一张桌子上放满了重物，比如拨火棍、切肉刀、解剖刀，以及拇指螺丝和地脚螺丝，旁边那个蝶蛹猜测是座拷问台。她也不能确定，因为从没见过，也从没想过自己会见到，更是一点都不想见到。

她的目光从刑具上移开，聚焦到房间后面那六个男人身上。其中两个是黄麻袋大叔，正享受着审讯过程，另外四个是挖掘者唐斯、多里安·王尔德、领导扎波普的公牛男，还有查理曼·卡利斯特。唐斯被铐在墙上，旁边另有一具冒烟的骸骨。王尔德是每个人关注的中心。

后面的墙上突出来一根低矮粗壮的柱子，跟地面平行。柱子上垂下一只滑轮，底部装着看起来很古怪的金属尖钩，上面挂了绳子。多里安·王尔德的胳膊被绳子捆住，正在晃荡，他想把自己拉上去，但是缺乏力量，右手的那堆触角甚至无法牢牢抓住绳子。他满头大汗，双眼圆睁，虽用尽了全力仍只能绝望地摆动。正在这时，卡利斯特转动曲柄放下绳子，直到王尔德的赤脚快要挨着冒着红光的热煤炭，这盆燃烧的煤炭刚刚被放到绞刑架之下。王尔德原本应该绝望地摇晃双脚，试图远离灼人的热量，然后卡利斯特转动曲柄，让他喘息片刻，再放下。不过他没这么做，因为公牛男瞥了一眼前门，注意到蝶蛹，吼了一声。

卡利斯特看向她，两人的眼神交汇了。他脸上满是狂喜之情，尽管地牢又冷又湿，他仍是大汗淋漓。他微笑着，对后面的人用克里奥尔语说了几句，那些人跑上前来把王尔德从绞刑架上抬了下去。他又和巴普蒂斯特以及其他猎手说了几句，巴普蒂斯特给出的回答肯定很令他满意,因为他点点头,随后说了一个简短的词,动了动头,就让那些人解散了。

他们鞠了躬之后就走开了。蝶蛹本能地跟着走了一步,但被公牛男挡住了。他喘着粗气,眼神古怪地盯着她。她注意到他的勃起依旧汹涌,这让她有点恶心。

"好!"卡利斯特用英语低吼道,"我们又都聚在一起了。"他走向蝶蛹,一只手放在了公牛男的肩膀上,将他推开。"我们正在玩乐。这个白人冒犯了我,我正在教他讲礼貌。"他冲着王尔德点点头,此时他正缩在潮湿的石板地上,颤抖地喘着气。卡利斯特的眼神一直投向蝶蛹。他眼神明亮炽热,燃烧着无法言说的兴奋和愉悦。"你也挺难办的。"他抚摸着在火把的光亮下像玻璃一样发光的伤痕,似乎深深陷入了疯狂的想法。"我觉得,也得给你上一课。"他似乎下定了决心,"他会拥有其他人。我觉得他不会介意少你一个,公牛。"他转向公牛男,说了几句克里奥尔话。

蝶蛹没明白他什么意思,尽管他说的是英语。他说话时口音浓重,含混不清,比往常还严重。他要么喝醉了,嗨大了,要么是疯了。她意识到,也许三者都有。恐惧快把她逼疯了。猎手不应该离开,她慌乱地想道,他们应该杀掉卡利斯特!她的心跳比海地夜晚的鼓声还快。盘踞在她胸口那浓黑的恐惧好像要喷薄而出,笼罩她整个人。在某个瞬间,她甚至要冲破那条细细的理智之线了,接着公牛走上前来,哼着气流着口水,巨大的手掌正在拉开牛仔裤的拉链。蝶蛹知道接下去会怎么发展。

她紧紧抓住曼波·茱莉亚给她的袋子,用疯狂颤抖的手指剥开包装,里面是个小皮袋子,用一条细绳封口。她扯开袋口,用战栗发抖的双手将袋子和里面的东西一同扔向公牛。

袋子打中了他的脸,他径直走入袋里喷出的一片细密灰色粉末。这粉末沾上了他的手、胳膊、胸膛和脸。他停了下来,哼了一声,摇摇头，然后继续向前。

　　蝶蛹崩溃了。她呜咽着开始奔跑，脑子里断断续续地想着她应该明智一些，曼波·茱莉亚是个很有说服力的骗子，她这一辈子都要被卡利斯特控制了，跟这个比起来马上会发生的事根本算不上什么。接着她听到一声可怕的吼叫，她浑身上下的每一根神经、肌肉和肌腱都冻住了。

　　她转过身。公牛直直地站着，他在颤抖，从头到脚的每一块硕大肌肉都在痉挛。他盯着蝶蛹的时候眼睛几乎从脑袋上突出来，他再次尖叫，拉长了的可怕哀号完全不似人声。他的手握紧又松开，然后开始抓自己的脸，又粗又钝的指甲将一道道血肉从脸颊上抠下来，与此同时，他号叫着，好像被诅咒的灵魂在燃烧。

　　记忆涌上蝶蛹心头，关于不久之前，一间阴暗凉爽的酒吧、一杯舒心的饮品、一段塔基扬关于海地草药的简短演说——曼波·茱莉亚的刚果包里没有魔法力量，不是让人恐惧的仪式和给巫毒教罗阿供奉之后所获得的混合物，而仅仅是准备好的草药，某种药效很快、局部见效的神经毒素。至少她是这么告诉自己的，她也几乎信以为真了。

　　这恐怖的画面只持续了一会儿，然后卡利斯特冲着看呆了的黄麻袋大叔喊了一个词。其中一人上前将手放在公牛男肩膀上。公牛的反应速度像一只神经紧绷的猫，他抓住对方的手腕和肩膀，生生扯下了一条胳膊。这位黄麻袋大叔满眼难以置信地看着公牛，片刻之后，鲜血从肩膀喷薄而出。他哭着倒在地上，想要用剩下的那只手止血，但只是徒劳。

　　公牛举起扯下的手臂冲着蝶蛹挥舞，像挥着根血淋淋的球杆。血液溅在蝶蛹的脸上，喉咙里涌起的胆汁让她哽咽。

　　卡利斯特用克里奥尔语喊了一句命令，蝶蛹不知道对着公牛还是其他人，但是公牛疯了一样地转着圈试图用他疯狂而可怕、因恐惧而瞳孔扩张的眼睛同时看着所有人，连黄麻袋大叔都奔跑着离开了房间。

卡利斯特还在冲着公牛大喊,后者颤抖战栗,浑身肌肉痉挛。他的脸像是被折磨过的疯子,皮肤颜色比之前变得要深,嘴唇明显变蓝。他摇摇晃晃地走向卡利斯特,叫嚷着什么,虽然蝶蛹不懂他们的语言,但也知道他说的是胡话。

卡利斯特冷静地掏出手枪对准公牛,再次冲他喊叫。但公牛毫不理会,继续向前。卡利斯特一枪击中他胸口左上部,但公牛还在继续。于是卡利斯特连开了三枪,疯狂的公牛来到他面前,最后一枪正中公牛双眼之间。

可公牛还没停下。他扔掉扯下的手臂,抓住卡利斯特,用尽巨大的力气,将卡利斯特扔向房间的后墙。卡利斯特尖叫起来。他伸手去抓绞刑架上的绳子,但没抓到。不过他错过了绳子,没错过绳子上面的挂钩。

钩子扎到了公牛的腹部,撕裂他的膈膜,刺穿了右肺。鲜血洒了一身,他一阵尖叫,随着身体抽搐的节奏而踢腿摇晃着。

公牛步履蹒跚,皱着伤痕累累的前额,倒在了满是炭火的盆上。过了一会儿他不再吼叫,随后飘来焦脆的嗞嗞声和烤肉的香味。

蝶蛹的五脏六腑剧烈翻涌。用手背擦完嘴之后,她看到王尔德站在查理曼·卡利斯特晃动的软弱身躯,微笑着吟诵道:

> "伴着小提琴起舞,多么甜蜜
> 爱与生活总是美好
> 伴着长笛,伴着琵琶
> 更是罕见,更为纤巧
> 但是甜蜜不再,在空中晃动
> 敏捷的双脚!"

WILD CARDS

挖掘者唐斯虚弱地摇晃了自己的锁链。"来人帮帮我。"他乞求道。

蝶蛹听到堡垒上方有小型武器开火的声音,但是彼赞戈猎手们已迟了一步。在地牢上方的钩子上晃荡的巫师已经死了。

当然,这件事被掩盖下去了。

哈特曼参议员要求蝶蛹保持沉默,以免扩散现已在美国熊熊燃烧的对百变王牌的恐惧。他不希望有任何人认为美国的鬼牌和王牌在掺和外国政治。她同意了,原因有两个:第一,她希望他欠自己一个人情,第二,她本来也会避免公开宣传自己。就连唐斯都没写故事。他一开始还很抗拒,后来哈特曼参议员和他私下聊了一次,聊完之后唐斯显得很高兴,一脸笑容,出乎意料地闭紧了嘴巴。

查理曼·卡利斯特的死因被归结为一场突如其来的疾病。"周三堡垒"中的其他数十具尸体并没有被提及,随后的一周多里有二十多位官员或自杀或离奇身亡,但没人将其与卡利斯特的死联系起来。

让-克洛德·杜瓦利埃突然发现自己要管理一个心怀愠怒且贫穷交加的国度,他很感激没人大肆宣传。但当事件收尾时他发现了某些让人困惑又害怕的东西,他小心翼翼地没让任何人知道。

在"周三堡垒"找到的所有尸体当中有一具非常非常老。当让-克洛德看到这具尸体时,他整个人变得煞白,当晚就匆匆忙忙地将其埋葬在了外部公墓,也没有举行仪式。因为一旦有人看见就会认出尸体来,并且会问为什么弗朗索瓦·杜瓦利埃这个应该已经死了十五年的人一直到最近还活着。

唯一能回答这个问题的人已经不在海地了。他启程去了美国,将要踏上一场漫长有趣且卓有成效的寻找新奇感觉之旅。

♣ ♦ ♠ ♥

泽维尔·德斯蒙德的日志

1986 年，12 月 8 日，墨西哥城

今晚又是国家晚宴，但是我以有病在身为由推脱了。多几个小时在酒店房间休息，写写日记是最舒服的。我的理由也不完全是编造的——恐怕紧密的日程安排和旅程的压力开始显现威力了。我有时候吃不下饭，但我竭尽全力隐藏我的痛苦。如果塔基扬发现了，他会坚持要求我进行检查，一旦他发现事实，就会把我送回家。

我不会允许这种事发生。我想看到玛丽和我曾经梦想着一同前往的那些传说中的遥远之地，但很明显我们的任务比寻欢作乐重要得多。古巴不是迈阿密海滩，只要往哈瓦那外面看看就知道。死在甘蔗田里的鬼牌比在舞台上欢快地跳着卡巴莱舞的更多。而且我注意到，海地和多米尼加共和国比这里还要糟糕无数倍。

一个鬼牌形象，一个强大的鬼牌为他们发声——如果想要做成什么，我们急切地需要这些东西。我不允许自己因为身体原因而被遣返。我们的人数已经少了一个——多里安·王尔德没有留在墨西哥，他回纽约去了，对此，我承认我心情复杂。启程时，我对这位"鬼牌镇的桂冠诗人"没有多大尊重，这个名号跟我的镇长头衔一样毫无依据，不过他确实拿过普利策奖。他喜欢对着别人的脸挥动他那些沾着黏液的潮湿触角，似乎能从中得到一种不正常的快乐，他故意展示自己的畸形，就为了刺激别人的反应。我估计那股咄咄逼人的冷漠是由自我厌弃引发的，也正是这种情绪使得许多鬼牌选择戴上面具，还有些可怜人试图截掉自己身上畸变的那部分。还有，因为他对爱德华七世时代荒谬的热爱，他的着装风格和塔基扬一样糟糕。不仅如此，他喜欢喷香水而非去洗澡，跟他在一起待着对任何人的嗅觉而言都是酷刑。老天，我的嗅觉很灵敏。

要不是他身上有普利策的光环，我猜测他根本不可能被提名加入

这趟旅程，不过几乎没有鬼牌能取得这样的世界级认可。我原本只是觉得他的诗歌没多少优点，但在他永无止境且矫揉造作的吟诵中我还发现了不少自相矛盾的东西。

话虽然这么说，我还是承认我有些敬佩他在杜瓦利埃面前的即兴表演。我猜政客们狠狠收拾了他一顿。快离开海地的时候哈特曼跟他单独聊了很久，在那之后这个多里安似乎老实了不少。

尽管王尔德说的话我都不太赞成，但是我觉得他有权利说。我们会想念他的。我希望我能知道他为什么离开。我问过他，也劝过他为了所有的鬼牌坚持下去。他作了一首邪恶的小诗，粗鲁地提了一个关于如何在性行为中使用我的象鼻的建议。真是个摸不透的人。

王尔德走了之后，我觉得看起来只有鱿鱼神父和我自己是鬼牌真正的代表。霍华德（也就是巨魔）是个令人恐惧的存在，他有九英尺高，强壮非凡，带点绿色的皮肤像角一样坚固，我也知道他是个相当正派的好人，很有才能和智慧，但是……他从本质上来说是个追随者，不是领袖，他心里有种羞涩而沉默的气质，所以不喜欢大胆把想法说出来。他的身高让他很难融入人群，但我有时候觉得他最希望的就是融入。

蝶蛹则完全不同，她有着自己独特的魅力。我无法否认她是个广受尊重的社区领袖，是最亮眼（不是双关）最强大的鬼牌之一。但我一直不太喜欢蝶蛹。也许这是我的偏见和私心。水晶宫殿的崛起很大程度上造成了开心屋的衰落。但还有更深层的问题：蝶蛹在鬼牌镇握有相当强大的势力，但她从来都只顾自己，没给其他任何人带来过好处。她非常激进地不涉政治，小心翼翼地远离反诽谤联盟以及其他鬼牌争取权益的斗争。当时代需要激情和承诺时她淡然地置身事外，藏在烟斗、酒精和上流社会后面。英国口音。

蝶蛹只为自己发言，巨魔几乎不发言，所以只有我自己和鱿鱼神父会为鬼牌们发言。我很乐意这么做，但我太过疲惫……

◆

　　我很早就睡了，吵醒我的是其他代表晚宴结束后回来的声音。我意识到晚宴很顺利，这很棒。我们需要些胜利。霍华德告诉我哈特曼做了一番精彩演讲，似乎一场晚宴之后就赢得了乌尔塔多总统的心。根据汇报，游隼赢得了其他男性的心。我想知道其他女性是否嫉妒。西北风很漂亮，幻想跳起舞来也很迷人，拉达·奥莱利也很引人注目，爱尔兰和印第安血统在她身上融合，带来了真正的异域风情，但是游隼让他们全部黯然无光。她们会怎么看她？

　　男性王牌自然乐意她这么做。一叠卡牌地方不大，流言快速顺着过道传开。据说，塔基扬医生和杰克·布劳恩都尝试过追求她，都被坚定地拒绝了。游隼似乎跟她的摄影师最亲密，这是个普通人，跟其他记者一起坐在后面。她在制作关于这趟旅程的纪录片。

　　海勒姆也跟游隼关系很近，虽然俩人之间总是斗嘴，有种调情的意味，但是他们的关系还是偏向柏拉图式。沃切斯特只有一个真爱，那就是食物，对此，他已经许下郑重的承诺。他似乎知道我们所到的每个城市里的最佳餐厅，常常会有当地大厨来打扰他的隐私，悄悄端着特色菜溜进他的酒店房间，请求他花一点时间尝一口，给一句赞许。海勒姆乐在其中。

　　在海地，他找到了一个非常心仪的厨师，以至于当场雇用了他，还说服哈特曼去给 INS 打了几个电话，搞定了签证和工作许可。我们在太子港机场看到这个男人了，他推着塞满铸铁厨房用具的巨大箱子，海勒姆让箱子变得足够轻，以让他的新雇员（他不会说英语，但海勒姆坚持说香料是全球通用语言）能够扛在肩膀上。今天晚餐的时候，霍华德告诉我，沃切斯特坚持参观厨房，为的是弄到主厨做墨西哥魔力鸡的食谱，但他在厨房的时候，也为感谢主人而制作了某种燃烧的甜点。

WILD CARDS

按理说，我应该憎恨海勒姆·沃切斯特，因为在我认识的所有人中，他最喜欢展示王牌特性，但是他太会享受生活了，而且总给身边人带去快乐，这样的人我讨厌不起来。此外，虽然他尽全力隐瞒，我还是清楚地知道他匿名在鬼牌镇搞了不少慈善事业。所以尽管海勒姆和塔基扬一样，跟我们这种人在一起时总显得局促不安，可我还是确信在他宽广的身躯里跳动着一颗热忱而慈悲的心。

明天代表团将再次分开。哈特曼参议员和莱昂斯参议员、国会议员拉比诺维茨以及世界卫生组织的埃里克森将去会见墨西哥领导党派"革命制度党"的领袖们，塔基扬和我们的医疗人员将前往一座医院，据说那里用苦杏仁苷治疗病毒已经取得了非凡的成功。我们的王牌被安排跟三个墨西哥王牌一起吃午餐。我很高兴地看到巨魔也被邀请了——至少在某些地方，他的超人力量和近乎刀枪不入的躯体会被认定够格当王牌。当然这只是个小小的突破，不过也算是突破。

我们剩下的人会到尤卡坦和金塔纳罗奥州去看看玛雅遗址和几个报道过的反鬼牌暴行发生的地点。似乎墨西哥的乡村不像墨西哥城那么令人愉悦。其他人明天会跟我们在奇琴伊察会合，我们在墨西哥的最后一天是自行游览。

然后他们去危地马拉……也许吧。每天例行的记者会上都是关于那里暴乱的消息，印第安人对抗中央政府，我们有几个记者已经先过去了，因为觉得那边的事比我们这里更轰动。如果局势太不稳定，我们会被迫跳过这一站。

♣ ♦ ♠ ♥

仇恨的色彩

第二部

1986 年 12 月 9 日，周二，墨西哥

"我所在的地方是奇琴伊察的美洲虎庙。在尤卡坦的烈日下，拱门显得非常雄伟，两根粗壮的柱子被雕刻得就像两条巨蛇，它们巨大而风格化的头就在入口两侧，相连的尾巴支撑着过梁。

"旅行指南告诉我们，一千年前，玛雅祭司为大球场中的球员欢呼，现在这座球场在二十五英尺的地下。这种比赛我们都很熟悉。球员们用自己的膝盖、手肘和髋部击打坚硬的橡皮球，狭窄的场地两边立着长长的石墙，墙上有圆环，要是球反弹之后穿过圆环，就算得分。这个简单的比赛，是为了一位神灵的荣耀而进行，当地人管它叫羽蛇神或者库库尔坎。

"作为嘉奖，胜者一方的队长会被送到神庙，败者一方的队长用一把黑曜石刀砍掉对手的头，送他去光荣的来生。对我们来说，这种嘉奖可够古怪的。

"跟我们差别太大，让我们很难接受。

"我在这块古老的地方四处看，墙壁是棕色的，沾着血液，但那不是玛雅人的血，而是鬼牌的。百变王牌瘟疫后来才袭击这里，影响巨大。有些科学家假设说受害人的心态会影响病毒，因此如果你是个为恐龙着迷的青少年，你就会成为恐龙小子；如果你是海勒姆·沃切斯特那样的超重大厨，你就会成为能够控制重力的人。被问到这个的时候，塔基扬含糊其词，因为这种说法就暗示了畸变的鬼牌在以某种方式惩罚自己。其实这算是一种情感养料，反社会分子最喜欢利用其来达到自己的目的，比如原教旨主义传教士里奥·巴奈特，或者真神

之光那种疯狂的'先知'。

"尽管如此,也许不难理解为什么玛雅这片古老的土地上近些年里出现过数十条巨蛇:库库尔坎本身的形象。在墨西哥,如果印第安人有决定权,那也许就连鬼牌们都会被好生对待,因为玛雅人觉得畸形是神灵的祝福。但是玛雅后人不是这里的统治者。

"仅在一年前,就有超过五十个鬼牌在奇琴伊察被杀。

"他们中的大部分(不是全部)是新玛雅教的追随者。就在这些废墟里拜神。他们认为病毒爆发意味着回归古老的方式。他们不认为自己是受害者。神灵扭曲了他们的身体,宣告了他们的特别和神圣。

"他们的宗教是想回到充满暴力的过去。而且因为他们与众不同,所以人们害怕他们。当地的西班牙和欧洲后裔都恨他们。有传言说他们用动物甚至人类进行血祭。这些是不是真的不重要,从来都不重要。他们与众不同。他们自己的邻居们联合起来消除这种被动威胁。他们尖叫着被从附近的村落里拖走。

"奇琴伊察的鬼牌被绑起来系在这里,他们哀求怜悯。他们的喉咙以类似玛雅祭祀的方式被划开——鲜血四溅,雕刻的巨蛇都染上了红色;他们的身体被扔进下面的球场。又一场暴行,一场'普通人对鬼牌'的事故。古老的偏见放大了新的偏见。

"但是,在这里发生的事情虽然可怕,却远远比不上在我们的祖国已经发生、正在发生和即将要发生在鬼牌身上的一切。对于所有读者而言,你和你认识的某些人可能也怀有同样的偏见。我们也一样容易被对异类的恐惧影响。"

萨拉关上了录音机,把它放在巨蛇的头上。她眯着眼睛看向灿烂的太阳,看到代表团的主要成员们站在长须神庙附近,背后的库库尔坎金字塔在草地上投下长长的阴影。

"像你这样明显富有同情心的女性肯定心胸很开阔,对吗?"

恐慌爬上她的后背。萨拉转身,发现哈特曼参议员在看着自己。

她花了好一会儿才恢复镇定。"你吓到我了,参议员。你的随从们都在哪里呢?"

哈特曼满怀歉意地微笑着。"这样悄悄接近你我很抱歉,摩根斯特恩女士。相信我,我不想吓到你。至于其他人——我告诉海勒姆我有私事要跟你谈。他是个很好的朋友,帮我逃出来了。"他温柔地笑着,好像心里想到什么趣事,"我不能完全逃开。比利·雷在下面,他是个尽职尽责的保镖。"

萨拉皱起眉头看着他的笑容。她拿起录音机,放进皮包。"我觉得你跟我没什么'私事'好谈,参议员,不好意思,让一下……"

她从他身旁走开,向神庙的入口走去。她以为他会采取些行动来抓她,所以她全身紧绷,但他礼貌地让开了。

"我说同情心的时候是认真的。"她快要走到楼梯时他说道,"我知道为什么你不喜欢我。我知道为什么你看起来面熟。安德莉亚是你的姐姐。"

这些话像一记重拳,击中了萨拉。她痛苦地倒抽一口气。

"我也相信你是个公正的人。"哈特曼继续说,一字一句都打在她的心上,"我想如果你最终被告知了真相,你会理解的。"

萨拉大叫一声,还带着啜泣,她控制不住了。她把一只手放在寒冷粗糙的石头上,转过身来。哈特曼眼中的同情让她恐惧。

"让我一个人待一会儿,参议员。"

"我们都参加了这趟旅程,摩根斯特恩女士。我们不该成为敌人,我们没理由这样做。"

他的声音温柔、极具说服力,且充满善意。他原本可以指责她,或者试图贿赂她威胁她,这么做简单得多。然后她可以轻易发起反击,可以发泄愤怒。但是哈特曼站在那里,两手放在体侧,看起来很悲伤。她想象过哈特曼的表现,但从来没想过他会这样。"怎么……?"她开口,却发现声音哽咽,"你是什么时候知道安德莉

WILD CARDS

亚的事的?"

"媒体见面会上我们对话之后,我让助手艾米做了个背景调查。她发现你是在辛辛那提出生的,姓惠特曼,住在索恩威尔,跟我隔两条街。安德莉亚大概,比你大七八岁?你长得跟她很像,她长大了会是你这样。"他把双手放在额头上,用食指揉揉眼角,"我不喜欢撒谎或者逃避话题,摩根斯特恩女士。这不是我的风格。从你直白的文章看来,我想你也是一样。我能猜到为什么我们有矛盾,我也知道那是个错误。"

"意思就是说你觉得是我的错。"

"我可从来没有在文章中攻击过你。"

"我从来不在文章里撒谎,参议员。里面都是实话。如果你对我写过的事情有疑问,告诉我,我会给你证据。"

"摩根斯特恩女士——"哈特曼开口,声音里带着一丝恼怒。然后他很古怪地往后仰头,大笑起来。

"老天,又开始了。"他说完叹了口气,"我真的读过你的文章。我并非总是与你看法相同,但是我会第一个承认你写得很好,调查也做足了。我甚至觉得如果有机会互相认识,我可能会喜欢那个写文章的人。"他灰蓝色的眼睛迎上了她的,"我们中间的阻隔是你姐姐的鬼魂。"

他的最后一句话让她窒息。她难以相信他居然真的说出了口,这么多年后他就这样随随便便地说出来了,还带着无辜的笑容。"你杀了她。"她喘息着,都没意识到自己把这句话说出口了,接着她看到了哈特曼脸上的震惊。议员瞬间脸色惨白。他张大了嘴巴,然后猛地闭上。他摇摇头。

"你不该相信这个。"他说,"是罗杰·铂尔曼杀了她。这一点毫无疑问。那个可怜的智障孩子……"哈特曼摇摇头,"我如何才能讲述得不那么残忍?他赤裸着从树林里出来,号叫得好像是地狱里的恶魔正在追赶他。他身上满是安德莉亚的血,他也承认杀了她。"

哈特曼脸依然苍白,他前额冒出一串串汗珠,同时目光闪躲。"该死的,我就在那里,摩根斯特恩女士。铂尔曼在街上说着疯话乱跑的时候我就站在前面院子外边,他跑进了他的房子,邻居们都看见了。我们都听见了他妈妈的尖叫。然后警察来了,一开始去了铂尔曼家,然后带着罗杰跟他们一起回到树林里。我看到他们抬出裹起来的尸体。我妈妈张开双臂拥抱你妈妈。她歇斯底里地哀号着。这件事影响了我们所有人。我们都在哭,所有的孩子,虽然我们还不太明白发生了什么。他们铐起了罗杰,把他带走了……"

萨拉困惑地盯着哈特曼心神不宁的脸。他放在身侧的双手握成拳头。"你怎么能说是我杀了她?"他轻声问道,"你难道不知道我爱她,以一个十一岁男孩所能做到的全部来爱她?我永远不会做任何伤害安德莉亚的事。在那之后我做了几个月的噩梦。我们把罗杰·铂尔曼送到朗维尤精神病院的时候,我愤怒不已。我希望他被绞死。我愿意做行刑的那个人。"

这不可能。坚决否认的声音敲击着她的大脑。但她看到哈特曼就知道她也许真的错了。火一般的仇恨开始沾上疑惑。"女妖。"她说着,发现自己喉咙干哑。她舔舔嘴唇。"你也在那里,她拥有安德莉亚的脸。"

哈特曼深吸了一口气。一时间,他的目光从她身上移开,看向北边的神庙。萨拉跟着他的目光,看到一叠卡牌的团员已经进去了。球场已经荒废,一片寂静。"我认识女妖。"哈特曼最后还是开口了,依然没有直视她,但她能感受到他声音里颤抖着的情绪,"我是在她的公共事业快到尾声时与她相识的,我们时不时会见面。我那时还没结婚,女妖……"他转向萨拉,她很惊讶地发现他的眼睛里闪烁着泪光,"女妖可以成为任何人,你知道的。她是所有人的理想爱人。当跟她在一起的时候,她就是你想要的那个人。"

在这一时刻，萨拉知道他将要说什么。她已经开始摇头否认了。

"对我来说，经常。"哈特曼继续说，"她是安德莉亚。你说我们都太纠缠于过去，你说得很对。我们被安德莉亚和她的死深深困扰。如果那件事没有发生，我也许六个月后就会忘记对她的迷恋，所有人都是这样对待青春期幻想对象的。但是罗杰·铂尔曼所做的一切将安德莉亚印在我的脑海中。女妖在人们的脑海漫步，使用了她所找到的素材。在我这里，她找到的是安德莉亚。所以当她在暴乱中看到我时，当她说希望我从暴民手中救出她时，她用了对我最常使用的那张脸：安德莉亚的脸。

"我没有杀你的姐姐，摩根斯特恩女士。我承认我确实将她当作幻想中的爱人，但仅此而已。你姐姐是我的理想爱人。我永远不会伤害她，我做不到。"

这不可能。

她还记得第一次看到女妖之死的录像带后花了几个月找到的各种古怪联系。在那之前，她以为她逃脱了父母对安德莉亚无止境的怀念，以为这辈子都不用再想起被杀害的姐姐。女妖的脸将这一切击碎。就在她双手颤抖着写下那篇最终帮她赢得普利策奖的文章之后，她还是觉得这是个错误，是命运无情的作弄。但哈特曼就在那里。她一直都知道参议员来自俄亥俄州，但后来才发现他不仅来自辛辛那提，而且就住在她家附近，还是安德莉亚的同学。她做了更多调查，突然之间有了怀疑。哈特曼这一生被许多神秘的死亡和暴力行动环绕：在法学院里，作为纽约市议员，作为市长，作为参议员。没有一个是哈特曼的错。总是别人做的，别人有动机和欲望。但是……

她继续深挖，发现五岁的哈特曼曾和他父母一起去纽约度假，恰逢喷气机小子死去，病毒毫无预警地洒向世界。他们是幸运的，都没有显示出感染的迹象。不过，如果哈特曼是一个隐藏王牌，用我们的话来说就是袖子里藏着秘密……

她作为记者的直觉在汹涌的情绪中高喊着"要客观！"但她还是恨他。她心里有种感觉，就是他干的。不是罗杰·铂尔曼，不是其他被定罪的人，就是哈特曼。

之前的九年左右时间里，她是这么认为的。

但是哈特曼现在看起来并不危险也没有恶意。他耐心地站在那里——长相平常，前额高耸，在骄阳下大汗淋漓，腹部因为多年坐在办公桌前而堆积了柔软的赘肉。他任由她盯着，无所畏惧地由着她在他的目光里搜寻。萨拉发现自己无法想象他会杀人或者伤人。像她以为的那样享受痛苦的人肯定会泄漏出来：从他的肢体语言，眼睛，声音。哈特曼身上一点都没有。他有一种存在感，确实，一种魅力，但是他不让人觉得危险。

如果他在意，会不会告诉你女妖的事？谋杀犯会对一个不太熟悉且带有敌意的记者这样敞开心扉吗？暴力难道不是伴随着我们每个人的一生吗？给他点信任吧。

"我……我必须想想。"她说。

"我的要求也就是这样而已。"他轻柔地回答。他深吸一口气，环视阳光下的废墟。"我得快点回去，不然估计会有人议论纷纷的。唐斯在我身边各种打探，他会开始传各种流言的。"他难过地笑笑。

哈特曼向着神庙楼梯走去。萨拉看着他，因为内心的矛盾思绪而皱眉。参议员走过她身边时停住了。

他的手触碰了她的肩膀。

他的触碰轻柔温暖，他的脸上满是同情。"我将安德莉亚的脸放在女妖身上，我很抱歉这让你生气。这也困扰着我。"他的手放了下去，被他触碰的地方一下子冷了。他瞥了一眼门两旁的蛇头："铂尔曼杀了安德莉亚。没有别人。我只是个不小心出现在故事里的人。我觉得我们更适合做朋友而非敌人。"

他似乎犹豫了片刻，好像是在等待一个回答。萨拉看向金字塔，

WILD CARDS

觉得自己现在不适合说话。各种相互矛盾的情绪在她心里涌起：暴怒，痛苦的失去，苦涩，还有其他上千种。萨拉的眼神刻意避开哈特曼，不想他看见。

当她确定他已经离开之后，她跌坐在地上，背靠着一根巨蛇石柱。她的头枕在膝盖上，她的泪落了下来。

♥

格雷格走到最下面的台阶时向上看了神庙一眼，他现在心满意足。到最后他感觉到萨拉的恨意像阳光下的雾气一样消散了，只留下一点淡淡的痕迹。我不用靠你就能做到，他跟体内的力量说。她的恨意把你赶跑了，但是没关系。她是女妖，她是安德莉亚。我靠自己就能把她引过来。她是我的。我不需要你来强迫她。

玩偶人一片沉默。

♣ ♦ ♠ ♥

血之权利

利安娜·C. 哈珀

刚刚清理过的田野里飘来一阵烟雾,年轻的玛雅拉坎墩随之咳嗽起来。他们剪下的灌木化为灰烬,之后会被用来滋养栽培地,必须留个人在这里看着。火烧得很均匀,所以他走回到烟尘范围之外。下午其他人都在家里睡觉,温暖潮湿的天气也让他有些困倦。他将白色长袍铺平在光腿上,吃了冷的塔马利①当晚饭。

他躺在阴影里,开始眨眼,然后再次陷入梦境的召唤。自孩童时期以来,他就会梦到众神之地,但是他很少会记得神灵说过什么做过什么。他从幻境醒来,却只能回忆起感觉和没用的细节,何塞,也就是老萨满总是因此生他的气。唯一的希望是他的梦一次比一次更清晰。他一直没告诉何塞他又开始做梦了,他想等到记得的内容足够多,能让何塞都觉得了不起的时候再说,但萨满知道他在撒谎。

梦境把他带到了西瓦尔巴,死亡之神普切的领地。西瓦尔巴一直都带有烟和血的气味。死亡的气息进入他的肺部之后他就开始咳嗽了。他随之醒来,过了一会儿才意识到不再身处地下世界。他满眼泪水地向后退,远离火焰,离开被风吹来的烟雾。也许他的祖先也在生他的气。

他盯着现在已经渐渐熄灭的火焰,略微靠近栽培地中心的篝火。他睁大眼睛卧倒在火焰前面,仔细观察。何塞一再告诉过他要相信感

---

① 又名墨西哥粽,面皮以玉米粉制成,内馅可塞肉、水果、辣椒等,外包裹玉米叶或蕉叶蒸制而成。

觉，让直觉带领他。这一次，他能够这样做，虽然害怕，但也庆幸没人在看着他。

他双手将黑色头发推到耳朵后面，伸手从灌木堆边缘拽下一根带叶子的短树枝，放在了面前的地面上。慢慢的，他左手微颤，从身侧污损的皮套里掏出弯刀。他舒展右手，举到身前，与胸齐平。他牙关紧闭，头微抬，不看自己的手。当他的弯刀划过右手手掌时，汗液从他的额头滴到眼睛里，流过贵族式的鼻子。

他没有发出声音，也没有动。鲜红的血液流过指尖，落在深绿的树叶上。他眯起眼睛，下巴抬高。当树枝上沾满他的血液时，他用左手将其拿起来，扔进火焰中。空气中有了股西瓦尔巴的味道，又像是先人们古老仪式的味道，他再次回到了地下世界。

跟往常一样，一只兔子书记员招呼了他，说着他们族人的古老语言。它抓着树皮纸，刷过毛茸茸的胸膛，用一种古怪低沉的声音让他跟上。普切在等他。

空气中全是鲜血燃烧的气味。

男人和兔子走过由废旧茅草屋组成的村庄，很像他自己的村庄。但在这里，村庄的屋顶并没有茅草块。无覆盖的门口像是骷髅的嘴一样大张着，墙上的泥和草像腐尸身上的血肉一样褪去。

兔子领着他在球场高高的石墙中穿行，墙上还有雕刻着的石环。他不记得曾经到过球场，但是他知道他可以在这里比赛，而且他曾经在这里比过赛，还得过分。他想起坚硬的橡胶球撞击着他手肘上的棉护具，飞向石环上刻着的卷曲蛇形。

他的眼神从巨蛇身上移开，看向死亡之神的脸，他就在正前方，坐在球场尽头高台上的一张芦苇垫上。一条白色带子横贯他的头颅，上面的黑色坑洞就是他的眼睛。普切的嘴和鼻子永远敞开，身上散发着强烈的血液和腐肉味道。

"胡那普，我的球员，你回来了。"

男人在普切面前跪下,额头磕在地上,但是他没有感到恐惧,他在梦里什么都感觉不到。

"胡那普,孩子啊。"男人听到左边传来老妇人的声音,便抬起了头。埃克斯·雪尔和比她更老的丈夫伊察姆纳盘腿坐在芦苇垫上,兔子书记员也在旁边。他们的高台由两只一模一样的巨龟支撑着,要不是它们时不时眨一下眼睛,根本看不出它们还活着。

"轮回结束了。"祖母继续说,"拉坎墩人的机会到了。白人在自取灭亡。你,胡那普,巴兰克的兄弟就是信使。去卡米纳柳尤找你的兄弟。你的道路已经很清晰,球手。"

"别忘记我们,球手。"普切开口道,他的声音邪恶空洞,好像正透过面具说话,"你的血是我们的。你的敌人的血是我们的。"

真正的恐惧第一次穿透胡那普的麻木。他的手因为疼痛而随着普切说话的节奏抽搐,但尽管恐惧,他还是从跪姿中站了起来。

可他还没开口,一颗边缘全是尖利刀锋的球划过空中,冲着他过来了。随后西瓦尔巴消失了,他回到了熄灭的火堆旁,只听到旧神说了一个词。

"记住。"

♣

这个矮小健壮的玛雅劳动者站在其中一个工作帐篷的阴影里,看着最后一群考古学学生和教授解散。当他们步入睡眠帐篷时,他后退得更远来保护帐篷。他有着典型的玛雅背景,也就是说是纯种的印第安人,危地马拉社会等级中的最底层。但跟这群金发学生在一起时,这种血统让他成为一个战利品。以前的学生很难和活的僧侣王种族代表住在一起。这个劳动者穿着过大的蓝色牛仔裤与肮脏的宾夕法尼亚州立大学T恤衫,他觉得没有理由阻止学生们的这种印象。但是他尽可能让自己毫无魅力,再看着对方又渴望又反感的样子。他小心翼翼

WILD CARDS

地走在帐篷之间狭窄的通道上,来到了金属薄片建造的仓库。

这个印第安人再次确认无人在看后才抓住挂锁,将牙签插进锁眼。他对着闪烁的火光眯起眼睛,又试了几次,终于打开了锁。他龇着闪亮的牙齿轻蔑地看向教授的帐篷。把锁放进裤子口袋之后,他开了门侧身进入这个小屋。跟考古学家不一样的是,他不需要弯腰前行。

他等待了一会儿,直到眼睛适应了才从后面口袋里掏出手电筒。手电筒的前部用橡皮筋扎着一块碎布,暗淡的光亮在房间里近乎随意地漫步着,之后定在了一个摆满东西的架子上,这些东西是从周围的坟墓和壕沟里挖掘出来的。这个小偷沿着中央过道的墙面侧身行走,小心地避开两边架子上的罐子、雕塑和其他清理了一部分的古物。矮小的男人从架子上拿了几只小罐子和小雕像,都不是放在架子前排的,也不是品质最好的,但是它们除了因为长时间埋在地下而品相略差之外,还算是完整无缺。他把它们放进了一个棉质抽绳袋。

他对着一排排的陶瓷和玉雕轻蔑地哼了一声,他想知道为什么北美洲人以前那样诅咒盗墓者,现在却如此高效地做着同样的事情。他侧身回到过道上,这一动作险些将架子边缘的一个红黑色罐子碰掉,还好他伸手抓住。快速挑走一个磨损的玉耳栓之后,他停了下来,手电筒再次扫过房间。两样东西引起了他的注意:黄貂鱼的脊柱和一瓶添加利金酒①,都是为了不让工人们发现锁在这里的。

他将瓶子和脊柱抓在胸口,头靠在门上倾听异响。他只听到附近一个帐篷里做爱的闷声,听起来像是高个子红头发的那个。既然没人注意到他,他就心满意足地溜出去,锁上了门。他一直等到爬上较高的一座山之后才开酒。教授说山上都是神庙。他也看过他们画的这座山以前的样子。他不相信那些人给他看的东西:广场和顶上有屋脊的

---

① 添加利金酒(tanqueray gin),一种英式干金酒。

高耸神庙，全都刷成黄色和红色。他尤其不相信主持神庙的会是高挑瘦削的男人。不像他，不像他认识的人，甚至不像神庙墙上的壁画。但是教授说那是他的祖先。真是典型的北美洲人。不过这也意味着他不过是在拿他自己该继承的东西。

他弯下身子开瓶子时有东西戳了体侧。他把黄貂鱼脊柱从口袋里拿出来。其中一个金发——不对，是红发——的人曾经告诉过他古时皇帝会做什么。恶——心，她说。他暗自同意。跟他睡过的北美洲女人总是问他关于古时生活的各种问题。他们似乎认为他拥有男巫般的知识量，就因为他是印第安人。外国佬。他从这些人身上学到的比从家人身上学到的多太多了。他们教给他哪些东西有价值，更重要的是，哪些一少了就会被发现。他现在已经有一些小小收藏了。去危地马拉把这些卖了之后他就有钱了。

这金酒不错。旁边正好有个树桩，他靠在上面看着月亮。那个老妇人埃克斯·雪尔是月亮女神。旧神们很丑陋，不像圣母玛利亚，或者耶稣，或者他成长的那个教堂里的上帝那样。

他拿起黄貂鱼脊柱。某个人很久以前将它带到高地上的这个城市来。整根脊柱上都刻有复杂的图案。他把它放在腿边，跟大腿比照着度量长度，发现有大腿那么长。所有那些故事。他伸手去拿金酒酒瓶，但是没够到，而且还向前倒去，他用空闲的那只手撑住自己。他醉了。

月光照在他汗津津的躯体上，他已经脱掉了 T 恤衫，随便叠起来搭在右肩膀上。他闭上眼睛，向左移动，又睁开，快速眨眼。他试图把腿摆成好多绘画里的样子。这需要费一番功夫。他必须撑着岩石，用右手把腿摆好。他用下巴和抬起的肩膀夹住 T 恤衫。

虽然他喝醉了，但心里依旧确定自己要做的是对的，于是他拿起脊柱，刺穿了右耳。

疼痛让他倒吸一口气，骂了两句。鲜血从刺破的耳廓流下来，滴

WILD CARDS

在T恤衫上,这股疼痛直击他心灵深处,逼出了酒精,带来了欢愉,让他颤抖。这比金酒好,比研究生带来的大麻好,比他有次从教授那里偷来吸的可卡因还好。

一种感觉穿透了他阴影中的心灵——这个神庙里不止他一个人。他睁开眼睛,甚至没意识到眼睛是闭着的。在那一瞬间,神庙像曾经那样在月光中闪耀,微弱的光线让明亮的红色都暗淡了。他的妻子跪在他面前,一根荆棘绳子穿过她的舌头。他们身边环绕着随从。沉重的装饰性头饰覆盖着他的眼睛。他眨眼了。

神庙是丛林里的一堆石头。这里没有戴着玉的妻子,没有随从。他还穿着肮脏的牛仔裤。他重重地摇摇头,甩掉了上一场幻想。疼,哎,真够疼的。肯定是因为金酒和那些女人说的话。据她们所说,他好像弄错了古老的仪式。力量应该在燃烧的鲜血之中。

T恤衫从肩膀上掉下来了。它已经沾满鲜血,变得鲜红。他想了一会儿,拿出从某个教授那里偷来的打火机,想要烧了这件衣服。但是衣服太湿,火焰总是一会儿就熄灭了。于是他从地上捡了点树枝开始生火。等到终于燃起小火苗时,他把衣服扔了进去。燃烧的鲜血上冒起一丝烟雾和一阵几乎让他呕吐的臭味。他坐在火焰前面,模仿着在许多陶罐上看到的盘腿坐姿,一只手向前伸向火焰。他开始疲倦了,盯着火焰出神。

他对西瓦尔巴知之甚少,因此他以为那就是个黑暗和火焰交织的地方,像是小时候神父们警告过的地狱。但那不是。那里几乎像是个遥远的村落,所有人都还保持着旧时的生活方式。没有电视天线,也没有广播里来自危地马拉的吵闹摇滚乐。一切安静无比。他走在一座座小屋中时,并没有看到人。唯一的动静就是有只蝙蝠从其中一个茅草屋低矮的门口飞出来。屋顶全都打着补丁,像神庙房间的天花板一样又高又窄,一直向上几乎汇聚成一个点。他觉得自己像是在神庙的壁画上游走。一切都太熟悉。他知道自己往常酒醉后的梦境绝不会如此清晰。

一阵有节奏的嘎嘣声领着他穿过寂静之地来到球场。三个人类身型坐在墙壁顶上的台子上。他认出他们是普切、伊察姆纳和埃克斯·雪尔，也就是死亡之神、老男人和老妇人，玛雅万神殿中的最高一层，或者说是所有神灵中最高的级别。他们三个身边围绕着给他们当书记员或者助理的动物。他将目光从石墙移到泥土球场，发现了噪声的来源。一个半人半美洲虎的生物都懒得看他，自顾自地不停尝试着让球穿过球场墙上雕刻着复杂花纹的石环。这个生物没有用他的爪子，用的是头、髋、手肘和膝盖让球弹跳着飞向墙壁和石环。美洲虎人的尖牙让他害怕。自从梦境开始以来，他只感到好奇，只想知道怎么把石环偷走，这是他第一次有别的感觉。他注视着黑色斑点下的肌肉舒张，同时在考虑为什么这一切都完全不显得奇怪。他抬起头来看着观察者们。

通过眼角余光他看到一个球正向自己飞来。它的运动方式跟先前的村落一样熟悉。他一个闪身，抬起手肘击中球的下部，后者直接飞入了最近的一个石环，连石头都没有碰到。观察者们倒吸一口气，互相低语着。他也同样吃惊，但是他意识到敏捷性在这里是很重要的。

"啊，不赖！"他冲着他们用西班牙语喊道。死亡之神摇摇头，盯着老夫妇。伊察姆纳用纯正的玛雅语和他说话。尽管他这辈子从未说过这种语言，但却立马识别出来，并且明白了意思。

"欢迎来到西瓦尔巴，巴兰克。你人如其名，是个优秀的球手。"

"我的名字不叫巴兰克。"

"现在开始，这就是你的名字。"戴着黑色死亡面具的普切对他怒目而视，于是他把下一句评论吞回了肚子里。

"好，这是个梦，我就是巴兰克。"他双手摊开，点点头，"你说什么就是什么。"

普切的目光移开了。

"你与众不同,你一直都知道这一点。"埃克斯·雪尔微笑着俯视他。这是鳄鱼的微笑,不是祖母的微笑。他冲着她咧嘴笑,希望自己现在就醒来。

"你是个贼。"

他开始考虑如何才能逃脱这场梦境。他记得古老神话里还有更可怕的部分——斩首,带有各种恐怖的房屋……

"你应该利用你的能力来获取权力。"

"嘿,这个我愿意。你说得对,没问题。我一回去就开始。"三个神身边的兔子中有一只心无旁骛地看着他,它的头偏向一边,鼻孔抖动着。它有时会用一杆刷子似的笔在一张古怪地卷起来的纸上疯狂书写。这让他想起了曾经看过的一本漫画——《爱丽丝漫游仙境》。她的梦里也有兔子。现在他开始生气了。

"到城市里去,巴兰克。"伊察姆纳的声音又高又尖,甚至比他妻子还尖细。

"嘿,是不是还说到过一个什么兄弟?"他开始想起这个传说的更多细节。

"你会找到他的,去。"球场在他眼前开始颤动,接着美洲虎的爪子击中了他的后脑勺。

巴兰克的头从被他当作枕头的石头上滑下,他因为疼痛而嘟囔了几句。他把自己撑起来,后背靠着粗糙的石灰岩。那个梦还在脑海里萦绕,让他无法集中精神想其他事情。他昏睡过去的时候月亮已经西沉。现在这里很黑,废墟中没被遮住的石头发出本身的光芒,好像坟墓里被打扰的骨头。饱含先祖们往日荣耀的骨头。

他弯下腰捡起偷来的宝物,身体不稳,单膝跪了下去。他忍不住把金酒和塔马利都吐了出来。老天啊,他感到很不舒服。他身体空空,而且还在颤抖,他跟跄着从金字塔上下来。也许那梦里说的是真的。他应该离开,现在去危地马拉城。带上他所拥有的,足够他舒舒服服地过一阵子了。

　　天啊,他头痛欲裂。宿醉未醒又醉了。这不公平。他最后拿起的是黄貂鱼的脊柱,它的倒钩上还沾着自己的血。巴兰克轻轻地伸手触碰耳朵。手指碰到了耳廓上的洞,让他又疼痛又恶心。手上也沾了血,这绝对不是梦境的一部分。他摇晃着在口袋里摸索,直到摸到耳栓。他试图将其塞进耳廓,但是太疼了,而且那里的皮肉已经撕裂,无法支撑。他差点又要吐了。

　　巴兰克试图记住这个古怪的梦。但它正在消散。后来他就只能记得梦里让他去城市。这听起来是个好主意。之后他一会儿绊一跤,一会儿从山坡上滑下去,与此同时,他决定要偷一辆吉普,意气风发地进城。也许他们不会怀念这辆车子。他头疼得不行,不可能一路走到城里。

♠

　　何塞坐在漆黑一片、烟雾缭绕的茅草屋里,严肃地听着胡那普说他幻境的故事。胡那普说到那群神灵的时候,这位萨满点了点头。他说完之后,看向老人寻求解释和指导。

　　"你的幻想是真的,胡那普。"萨满坐直身体,从吊床上滑下来,站在泥土地上。他站在蹲着的胡那普面前,往火里添了点柯巴脂香。"你必须按照神灵的旨意去做,不然会给我们所有人带来不幸。"

　　"但我要去哪里?卡米纳柳尤是什么?"胡那普困惑地耸肩,"我不明白。我没有兄弟,只有姐妹。我也不参加球赛。为什么是我?"

　　"你被神灵选中并触碰了。他们能看到我们看不到的。"何塞将手放在年轻人的肩膀上,"质疑他们是很危险的。他们很容易发怒。"

　　"卡米纳柳尤是危地马拉城。那就是你必须去的地方。但是我们要先帮你做好准备。"萨满的目光穿过他,"今晚先睡吧。明天就去。"

WILD CARDS

当他早上回到萨满的屋子时，村庄里的大部分人都聚集在这里分享神迹。他离开人群之后，何塞拎着包裹，带着他走向雨林。走出村庄的视线之外后，萨满给胡那普的手肘和膝盖处都包上了特意带来的棉质护具。这位老人告诉他前一晚在何塞的梦中他就是这样穿的。这是证实胡那普幻境为真的另一个标志。何塞警告他不要随便告诉别人自己的任务，除非对方可以信赖，并且是拉坎墩人。

就同他自己一样。如果拉丁人知道了肯定会试图阻止他。

◆

车帮很小。大概有三十座各种颜色的房子聚集在广场上的教堂附近。它们身上的粉色、蓝色和黄色油漆已经褪色，看起来就像是弓着背面对早些时候开始落下的雨水。巴兰克颠簸着从山路来到这个小镇时，很高兴能看到小酒馆。他之前在驾驶座下面找到一张破烂的地图，之后决定要选一条最偏僻的路进城。

他一开始准备停在小酒馆前，但后来又决定停到旁边去，避开好奇的眼神。自进入镇子以来他就没见到过一个人，这让他感到很奇怪，不过这种天气也不适合出门，尤其他这样还在宿醉中的。他穿着北美洲人送的锐步鞋走在通向小酒馆的木制走道上，啪嗒啪嗒直响，他来到了敞开的门口。在一片寂静中，原本只有滴水声和雨打在锡制屋顶的声音，现在却出现了令人不安的声音。外面虽然昏暗，但屋里是漆黑一片，数年的雪茄味道依旧被困在狭窄的墙壁里。几条破烂褪色的"生日快乐"横幅从灰色的天花板上垂下来。

"你想要什么？"右边墙前的长吧台后传出不善的声音，是西班牙语。言语中的力道和敌意让他头疼。一个矮胖的印第安老女人站在吧台后面瞪着他。

"啤酒。"

她并没有询问他的偏好，直接从吧台后面的冰箱里拿出一瓶，打开瓶盖。他走过去的时候,她把瓶子放在了沾有污渍的坑坑洼洼的木吧台上。巴兰克伸手去拿的时候,她粗糙的小手握住瓶子,向他抬抬下巴。他从口袋里拿出几张皱皱的格查尔①,放在吧台上。附近响起一声雷,两人都紧张起来。他第一次意识到,她这么有敌意,可能与自己这个早来的客人其实没有任何关系。她一把抓起钱,好像在否认她的恐惧,塞进了脏兮兮的惠皮尔连衣裙②的腰带里。

"你这里有什么吃的?"不管这里是什么情况,都肯定和他没有关系。啤酒尝起来不错,但不是他真正需要的。

"黑豆汤。"妇女的回答是个陈述,并不是邀请。与此同时,阵阵雷声响彻山谷。

"还有什么?"巴兰克环顾四周,终于迟钝地意识到有些东西完全不对劲。他去过的每一个小酒馆,无论在哪儿,无论是大是小,总会有几个老酒鬼坐在里面等待着一杯免费的酒。而且,小村庄里的女人很少会在酒馆工作,就算这么老的也不会。

"没了。"他在搜寻线索想了解此处的情况时,她的脸靠他很近。

又一声雷鸣化为卡车引擎的低沉轰鸣声。两人的头都猛地转向门口。巴兰克从吧台边走开,想找个后门出去,但是这里没有后门。当他再次看向老妇人时,发现对方背对着他,于是他跑向前门。

穿绿色衣服的士兵们正从停在广场中央的军用车辆后面下来。卡车的车辙上散落着破碎的长椅和灌木,是开过小公园时轧到的。士兵们刚一落地,就举起机关枪,摆出射击姿势。二人小队迅速离开重要区域,搜索广场周围的房子,其他带着武器的人离开广场,去扫荡村庄的其他部分。

巴兰克手掌摊开按在石膏墙面上,为了安全而贴着小酒馆的外墙

---

① quetzal,危地马拉货币。
② 中美洲地区女性的一种传统服饰(huipil),通常颜色艳丽、款式宽松,既有短款上衣,又有连衣裙。

走。如果他能上吉普车，就有机会逃走，此时已经走到墙角，却被一个士兵发现了。就在对方命令他停步时，他跳到街上，在泥土里滑了一下，然后冲吉普狂奔而去。

一阵子弹打在他前面的地上，溅了他一身的泥巴。巴兰克抬起手来护住眼睛，摔倒在地。他还没来得及站起来，一个面色阴沉的士兵就拽住了他的胳膊，将他拖回广场。他的脚在厚厚的泥土里挣扎了一番之后，才勉强站起来开始走动。

巴兰克被猛推一把，头栽进泥土里，还被搜了身。整个过程中都有一个年轻的拉丁士兵用乌兹冲锋枪对着巴兰克的头。巴兰克把古玩都藏在吉普里了，但是士兵们发现了他藏在锐步里的格查尔。其中一个士兵把这些皱巴巴的钞票交给负责的中尉，中尉似乎觉得从鞋里搜出的钱有些恶心，但还是放进了自己的口袋里。巴兰克并没有抗议。虽然从刚开始躲避士兵就感到头部剧痛，但他还是强忍着，思考该说些什么才能让自己逃脱困境。如果这些人知道吉普是偷来的，他就死定了。

更密集的枪声让他往泥土里躲。他微微抬头，撞上了头上的枪管。拿枪的士兵后退了一点，好让他看到又有一个人被从广场西侧黄色的破旧学校里拖出来。第二个犯人是个高个子的印第安人，狭窄的脸上眼镜已经歪歪斜斜。护送他的两个士兵先让他站好，这才带给中尉看。

这个老师戴好眼镜后，直直盯着中尉反光的墨镜。巴兰克知道他有麻烦了。老师故意想要激怒军官。这只会带来比目前更严重的后果。

中尉拿起轻便手杖，把眼镜从老师脸上扫了下来。老师弯腰去捡的瞬间军官一下子打中了他的头。鲜血从脸上流下来，滴在他白色的欧洲衬衣上。老师拿到了自己的眼镜。右边镜片碎了。巴兰克开始搜索逃跑路线。他希望这会让对方的守卫分心。他偏着头看向那种持乌兹冲锋枪的年轻人,却发现这男孩仍然盯着自己。

"你是个叛党。"中尉冲着老师说,这是个定论,不是提问。老师还没回答,军官就厌烦地瞥了一眼学校校舍。里面的孩子还在哭泣。他冲着学校甩甩手杖,然后对着左边的士兵点点头。士兵没有瞄准就直接对着建筑扫射,玻璃碎了,墙上全是坑洞。里面先是传来几声尖叫,随后一片沉寂。

"你这个叛徒,是危地马拉的敌人。"他的手杖击中了老师头部的另一侧。更多鲜血涌出,巴兰克开始感到恶心,并且莫名觉得不正常。

"其他的叛徒在哪里?"

"没有其他的叛徒。"老师耸耸肩微笑着说。

"费尔南德斯,教堂!"中尉对着一个靠在卡车上抽香烟的士兵说道。费尔南德斯扔掉香烟,拿起旁边靠在车上的粗管子。就在他瞄准的时候,卡车附近的另一个男人往发射器里填装了一枚火箭弹。

巴兰克转头看向古老的殖民地教堂,第一次发现村庄里的神父正站在外面跟一个搜索队争执,士兵们抓着银质烛台。火箭弹发射器发出一声爆炸声,瞬间之后,传来了教堂坍塌的声音。教堂外的士兵们知道会发生什么,所以都匍匐在地了,神父则因为震惊或受伤而瘫倒,巴兰克不确定具体原因。但现在,他的每一处关节和肌肉都感到疼痛。

雨水夹杂着老师脸上的血滴落下来,将衬衣染成粉色。巴兰克看不见了。剧烈的疼痛让他蜷缩在泥土里,膝盖贴紧胸口。有事情要发生。肯定是的,因为他从来不曾感到如此恐惧。他知道自己快要死了。该死的旧神将他领到了这里。

他勉强听到了将他带往墙边靠着老师的命令。中尉甚至不在乎他是谁。出于某种原因,最让他觉得受到侮辱的就是军官都没想询问他的身份。

WILD CARDS

巴兰克背靠布满弹孔的墙壁站起来时浑身颤抖。士兵们把他们留在这里,接着就后退到射击范围以外。痛苦开始像潮水一样涌来,他的恐惧因此消退了,所有一切都消退了,只剩下身体上的剧痛。他的目光穿过正在组建行刑队的士兵们,看到此时太阳终于出来了,鲜艳翠绿的山上挂着一道彩虹。老师拍拍他的肩膀。

"你还好吧?"他的同伴看起来真的很关切。巴兰克保持着沉默,他需要力量来支撑自己,不可瘫倒在地。

"看,上帝有独特的幽默感。"这个疯子看着他微笑,好像他是个哭泣的孩童。巴兰克用玛雅祖母的话咒骂他,在梦见西瓦尔巴之前他都不曾用过这种语言。

"我们为我们的人民而死。"士兵们举起枪对准他们时,老师的头高昂着,直面士兵的枪口。

"不,能不再这样了!"巴兰克在对方开枪时冲了出去。他的力道把旁边人撞得双膝跪地。就在他移动的时候,巴兰克意识到脑海里有一小部分区域已经不再感受到彻骨疼痛了。他冲出去,遇上飞来的子弹,但却让他感到自己比以往更强壮更有力量。子弹逐渐接近他。

被子弹打中时,巴兰克犹豫了。在那一刻,他等待着必然到来的疼痛与最终的黑暗。但这一切并没有来。他看着士兵,士兵们也瞪大了眼睛看着他。有些人跑向卡车,其他人扔下枪就跑了,还有几个依旧待在原地继续射击。他们看着中尉,后者一边缓慢向卡车后退,一边高喊费尔南德斯。

这名斗士从街上抄起一块砖头,用一种混合着恐惧和狂喜的声音大喊自己的名字,之后尽全力砸向一辆卡车。砖头在飞行的过程中砸中了一个士兵,他被砸得头破血流脑浆四溢,先是溅在四散奔逃的战友身上,接着飞向车辆。这个士兵减缓了砖头的飞行速度。它朝着卡车的方向下落,最后击中了油箱,整辆车爆炸了。

巴兰克停下了冲向士兵的脚步,盯着火光冲天的景象。躲在卡车旁边的士兵们着火了，正在尖叫着。这景象就像是他在城里看过的美国片。但是电影里没有汽油、燃烧的帆布和橡胶的味道，以及皮肉烧焦的臭味。他开始后退。

他感觉到有人抓着他的胳膊，但动作很轻，就好像隔着厚厚的护具一般。巴兰克以为是敌人，正要转身攻击，却发现是那位老师，此刻正透过碎裂的镜片盯着他。

"你会说西班牙语吗？"老师领着他离开广场，来到旁边的一条街上。

"会的，会的。"巴兰克终于有时间思考发生的一切。他知道他以前根本没能力做到刚才的那些事。不对劲。那场幻象对他造成了什么影响？他不自觉地放松下来，感到力量耗尽。他靠在一栋浅红色房屋的外墙上。

"老天啊，我们必须继续前进。"老师把他拉起来，"他们会带大炮来的。你能对付子弹，但是能搞定火箭弹吗？"

"我不知道……"巴兰克停下来想了想。

"我们很快就会知道了。快点。"

巴兰克意识到老师说得没错，但是太难了。死亡的恐惧散去之后，不仅他新生的力量不见了，原先的体力也消失了。他抬头看着通往山林的路，那里又高又远，草木丛生。树林就是安全地带。士兵们绝对不会跟着他们进去，因为游击队可能会在那里伏击他们。一声枪响将他的思绪带回来。

老师把他从房子旁边拉走，手一直放在巴兰克的胳膊下面，引领着他避开前面的绿色避难所。他们向左转，走进了两座小房子中间，之后走在狭窄泥泞的小巷一侧。巴兰克现在移动着，脚步在滑溜的棕色泥地上不停打滑。过了屋后花园，小巷连接上了一条通向树林的陡峭山路。人和树林之间至少有十五米无遮无拦的开阔区域。

他跑向他的同胞，另一个人则停下来偷偷观察右边房子的拐角。

"没人。"老师没有松开巴兰克的胳膊,"你能跑吗?"

"能。"

巴兰克心惊胆战地狂奔到树林之后还没多远就瘫倒了。雨林里树木茂密,只要保持安静,不要乱动,就不会被发现。他们听到下面有士兵在争执,后来有个中士出现了,命令两个人回到广场。老师紧张地流着汗。巴兰克在想,这是因为他们不得已成了受害人,还是因为意想不到地逃脱了?背后中了一颗子弹可不像行刑队那么浪漫。

♥

就在他们深入山林,以期躲开士兵时,巴兰克的同伴进行了自我介绍。老师名叫艾斯特班·阿卡巴,一个忠诚的共产党员和自由斗士。巴兰克听了一长段关于目前的政府如何邪恶以及革命即将到来的演说,并没有发表评论。他只想知道阿卡巴是从哪里找到的前进动力。阿卡巴后来还是放慢了速度,两个人喘着粗气爬一条艰难的路径时,巴兰克问对方为什么会跟拉丁人一起工作。

"跟他们合作是为了更伟大的益处。我们所处的压迫式统治制造并鼓励着玛雅人和拉丁人之间的裂缝。这种裂缝都是那些人伪造的,一旦移除,工人阶级自然会团结起来。"两个人在这条道的平坦部分停下来休息。

"拉丁人会利用我们,但是他们的感觉和我的感觉都不会变。"巴兰克摇摇头,"我不愿意加入你们的工人队伍。哪里有通向城市的路?"

"你不能走大路。士兵们会当场射杀你。"阿卡巴看着巴兰克给他们的四肢上带来的伤口和瘀痕,"你的天份似乎很特别。"

"我不觉得我有天分。"巴兰克在牛仔裤上蹭掉了干涸的血迹,"我梦到过神灵,他们给了我这个名字和能力。在那个梦之后我才能做到我在车帮做到的那些。"

"北美人给了你能力。你是被称为王牌的人。"阿卡巴仔细帮他检查,"我认识美国南部的一些这种人。"

"实际上是一种疾病。一个红头发的外星人带到地球上来的——至少他们是这么宣称的,毕竟生化战争是违法的。大部分染上这个病的人都死了。有些被改变了。"

"我见过他们在城市里乞讨。有时候很可怕。"巴兰克耸耸肩,"但我不是那样的。"

"极少数人比原来更强大。北美人崇拜这些王牌。"阿卡巴摇头,"典型的通过法西斯媒体巨头利用民众的手法。"

"你知道,你在我们的战斗中也许能发挥很重要的作用。"老师向前靠,"神秘元素,跟我们族人的过去相连。可能对我们有很大很大的好处。"

"我不这么认为。我要去城里。"巴兰克懊恼地想起自己遗落在吉普里的宝物,"先回车帮。"

"人民需要你。你能成为伟大的领袖。"

"这个我听说过。"巴兰克不太确定。这个提议很有吸引力,但他想要的不仅是给人民军队充门面。他想用能力来做些事情,能赚钱的事情。但首先他要到达危地马拉城。

"让我来帮你。"阿卡巴脸上流露出强烈的欲望,这种表情巴兰克曾在想跟玛雅僧侣王翻云覆雨的考古学研究生脸上见过,虽然巴兰克不是僧侣王,但其中一个学生说过,反正都是玛雅人,也可以算是差不多了。这种表情加上阿卡巴脸上已经凝固结块的鲜血,使得他就像恶魔本人。巴兰克后退了几步。

"不用了,谢谢。我早上回车帮,拿我的吉普,然后就走。"他回到了路径上,又回头越过肩膀对阿卡巴说:"谢谢你的帮助。"

"等一下。天快黑了,晚上你不可能回去的。"老师坐在路径旁边的石头上,"我们走得够远了,就算他们人再多一点,也不敢跟过来。今晚我们就待在这里，明天早上再回村庄，那时候就安全了。中尉至少要花上一天时间才能解释为什么会失去一辆卡车又得到增援。"

巴兰克停下来转过身。

"别再说军队了，行吗？"

"不说了，我保证。"阿卡巴微笑着示意巴兰克坐在另一块石头上。

"你有吃的吗？我很饿。"巴克兰印象中从来没这么饿过，就算是童年最糟糕的时候也比现在好。

"没有。但是如果你在纽约，可以去一个叫王牌高级餐厅的地方，那就是为你们这种人准备的……"

就在阿卡巴大谈王牌们在美国的生活时，巴兰克找了一些树枝铺在潮湿的地面上，躺在上面。阿卡巴演讲完毕的时候他早就睡着了。

清晨天还没亮，他们就回到了路径上。阿卡巴找到一些坚果和可食用植物来当早饭，但巴兰克还是又饿又痛。不过两人还是顺利回到了村庄，所用时间比前一天费劲离开时要少得多。

♣

胡那普发现绑着厚重的棉质护具走起路来很笨拙而且很热，所以就解下来系在背上。他走了一天一夜都没有睡觉，终于来到一个只比他的家乡大一点的印第安小村落。胡那普停下来，按照何塞之前那样绑好护具。这是战士和球手的模样，他骄傲地想着，扬起头。这里的人不是拉坎墩人，他在日出时进入村庄，人们都怀疑地看着他。

一个老人走进了茅草屋间的大路。他用熟悉的语调向胡那普问好，但跟他族人的预言不完全一样。胡那普走过去时向老人介绍了他自己。

村庄的护卫盯着这个年轻人看了整整一分钟，一番思量之后才邀请他进入自己的家，这里是胡那普去过的最大的房子。

基本上全村的人都在屋外等护卫告诉他们发生了什么，与此同时他们两人在屋里聊天喝咖啡。一开始，对话很困难，但胡那普很快就明白了老人的发音，并让对方理解了自己和自己的任务。胡那普说完之后，老人往回坐，把他的三个儿子喊来了。在他和胡那普说话时，儿子们就站在他身后等待着。

"我相信你是回归到我们当中的胡那普。世界末日很快会到来，神灵们派你来送信。"护卫示意他的一个儿子——那个侏儒走上前来，"查金会跟你一起去。你也看到了，神灵们触碰了你，你可以直接替我们带话给他们。如果你是真正的拉坎墩人，他会知道的。如果你不是，他也会知道。"

侏儒走到胡那普旁边，回头看向父亲，点点头。

"波尔也会和你一起走。"说这句的时候最年轻的儿子动了一下，瞪着他的父亲，"他不喜欢古老的生活方式，他也不信任你。但是他尊敬我，会在旅途当中保护他的哥哥。波尔，拿上你的枪，收拾好要带的东西。查金，我有话和你说。留下。"老人放下咖啡站起身来。"我会告诉整个村庄你的幻想和旅程。也许有人会想和你一起。"

胡那普和他一起来到屋外，在他告诉村民这个年轻人的幻境和他应该被尊敬之时，胡那普一直保持沉默。大部分人听完就走了，但还是有一部分人留了下来，胡那普和他们聊了自己的旅程。尽管都是印第安人，但他和他们说话时却感到不太自在——因为村民们穿着拉丁人似的衬衣和裤子，而非拉坎墩人的长袍。

查金和波尔穿好适合跋涉的村庄传统服饰拿起行李过来找到他时，只剩下三个人还在听他说话。胡那普站起来，那几个人就走开，自己聊了起来。查金很冷静。他的脸上面无表情，不知道他此刻感觉如何，是否不愿意踏上这趟显然会给他扭曲的身体带来伤害的旅程？但是波尔显然对父亲的命令感到愤怒。胡那普在想这个高个子会不会一找到机会就一枪崩了他的后脑勺，然后回到自己的生活中。他没有选择,他必须继续神灵为他选择的道路。他不太明白为什么神灵会为他选择如此衣着华丽的同伴。对于习惯了简朴衣衫的他来说,这些人身上亮眼的红紫色刺绣和腰带更像是拉丁人的衣服,不是真正的人该穿的。毫无疑问,在去见兄弟的旅途中,他会看到许多前所未见的东西。他希望他的兄弟知道该穿什么。

离开山林比爬山简单多了。黎明之后,巴兰克和阿卡巴走了几个小时回到车帮。这一次村庄里人群熙攘。巴兰克满心骄傲地看到卡车的残骸还在广场,也就是村庄的活动中心上。他后知后觉地开始意识到自己逃跑之后整个村庄要付出怎样的代价。也许这些人对阿卡巴的印象没那么深刻,后者带着他在一些村民愤怒的目光与许多妇女眼泪闪闪的恨意中穿行。现场人太多,而且阿卡巴牢牢抓住他的胳膊,所以他根本没机会奔向吉普之后逃跑。他们来到小酒馆后面,今天这里是村庄会议的据点。

两人的到来引发了一阵喧闹,有些人喊着让他去死,另一些人则高呼他是英雄。巴兰克什么都没说。他不敢张嘴。他站在一边,背靠着木制吧台的边缘,阿卡巴爬上台去对围在下面的人大声演讲。西班牙语和玛雅语好几个来回的大喊和辱骂之后,所有人的注意力才集中到了他身上。

他忙着观察那些端详着他、想看出暴力痕迹的人,所以过了一会儿才开始注意到阿卡巴在说什么。阿卡巴再次用混杂着玛雅语和西班牙语的方式演讲,主题是巴兰克和他的任务。阿卡巴借用了巴兰克跟自己说过的话,并将其与古代神父预言的基督再临和世界末日联系起来。

一个新时代即将到来,印第安人会像数个世纪之前那样夺回土地,成为土地上的统治者,而巴兰克就是晨星,是先驱。即将到来的末日是拉丁人和北美洲人的末日,玛雅人会成为地球的主人。玛雅人将不再追随外人或各色党派。他们要么追随他们自己,要么永远失去自我。巴兰克就是一个预兆。神灵给予了他力量。巴兰克困惑不解，他还记得阿卡巴解释过他的力量源自疾病。但就连这个神灵之子也无法单枪匹马赢得对抗法西斯主义入侵者的战斗。他被送到这里来寻找追随者，来与自己一同战斗，直到夺回被拉丁人在这几个世纪里抢走的一切。

阿卡巴说完之后就把巴兰克拖上吧台，自己跳了下来。这个矮小敦实的男人穿着肮脏的T恤衫和蓝色牛仔裤独自站在拥挤的人群上方。阿卡巴转身面对巴兰克，将拳头伸向空中，一遍遍高喊巴兰克的名字，人群的热情也逐渐高涨，后来房间里的每个人都照着老师的样子做，不少人还举起了步枪。

整个屋子都因为人群的高喊而颤动，面对这一切，巴兰克紧张地咽了下口水，甚至忘记了饥饿。他希望自己只需担心军队就好。他还没准备好成为神灵口中的领袖。这跟他想象中的完全不同。他没有穿着脑子里设计好的华丽制服，眼前的队伍也算不上训练有素纪律优良，不可能带给他权力，帮他进驻总统府。人们都盯着他，脸上的表情他不曾见过。这是崇拜和信任。他颤抖着缓慢地举起了自己的拳头，向众人与神灵致敬。他暗地里向神灵祈祷，保佑自己不要把一切搞砸。

一个肮脏的矮小男人，拉丁人的梦魇有了生命。他知道自己也不是这些人梦中的完美领袖。但是他明白，现在自己是他们唯一的希望。不管他是由北美洲人的病毒偶然创造而来还是神灵的孩子，他向所有他知晓的神灵起誓——无论玛雅神还是欧洲神，耶稣、圣母玛利亚还是伊察姆纳，他会尽全力为他的族人而战。

但他的兄弟胡那普的日子肯定比他好过得多。

◆

刚出村庄，胡那普正在松开棉质护具的时候，刚才和他说过话的

WILD CARDS

一个人就加入进来了。一行人安静地走在佩滕森林里，每个人都怀着心事。因为有查金，所以前行得不快，但是也没胡那普预想的那么慢。这个侏儒很明显已经习惯了自己搞定一切，几乎不需要别人帮忙。胡那普的村子里没有侏儒，但是据说这样的人会带来好运，同时代表着神灵的声音，所以这些小矮人是广受尊敬的。何塞经常说胡那普本应是个侏儒，因为他被神灵触碰过。胡那普期盼着能向查金学到些东西。

太阳到达最高处时队伍休息了片刻。胡那普盯着天空正中的太阳。查金蹒跚着向他走来。侏儒依旧面无表情。两人在一起安静地坐了一会儿，之后查金开口了。

"明天，黎明，献祭。神灵希望确保你的价值。"查金巨大的黑眼睛紧盯胡那普，他点头表示同意。查金站起来，回到他弟弟旁边坐下。波尔依然一副希望胡那普去死的样子。

人们就在这样炎热漫长的下午跋涉。昆虫很碍事，又没什么能把它们赶走。终于到达亚尔皮纳时，天差不多全黑了。查金先进去和村庄里的老人们对话。在得到准许之后，他派一个小孩去通知在树林里等待的小队。胡那普穿着盔甲大步走向极小的乡镇广场。每一个人都聚在这里听查金和胡那普说话。人们显然认识查金，他的名声也给胡那普的演讲带来了分量。孩子们因为胡那普的棉质盔甲和裸露的双腿咯咯直笑，直到他们的母亲让他们噤声。但当胡那普开始宣讲寻找兄弟、复兴印第安文化的任务时，人群都被他的梦想迷住了。他们有自己的预兆。

十五年前，一个孩子出生在村庄里，浑身都生着丛林鸟那样鲜亮的羽毛。这个姑娘被人群不断往前推挤。她很美丽，周身覆盖的羽毛反而为她增色。她说她一直都在等待那个天选之人的到来，肯定就是胡那普。他拉着她的手，她站在了他的身旁。

当晚，村子里的很多人都来到姑娘父母的家里，也就是胡那普和查金借宿的地方，跟他们聊未来。这个姑娘玛利亚一直不离胡那普左右。最后一个村民离开之后，他们在火堆边蜷缩着，玛利亚看着他们睡着。

黎明之前，查金唤醒胡那普，去森林里跋涉。玛利亚独自为离开做准备。胡那普只有弯刀，查金有一把轻薄的欧洲小刀。胡那普跪下，双手放在身前，掌心向上，准备接受侏儒的刀。他的左手触到了刀，右手上弯刀的伤已经愈合，正因为即将发生的事情颤动着。胡那普毫不畏缩，也不见丝毫犹豫，以刀划开右手手掌，刀则保持原位。他头往后仰，身体因狂喜而颤抖。

有那么一瞬间，查金本就巨大的双眼瞪得更大了。他一动不动地看着眼前的人气喘吁吁，鲜血从手掌滴落。随后他恢复镇定，将一块织布机织出的棉布摆放在胡那普双手下方的地面上，接着走到胡那普身侧，扭过对方的头，好让两人四目相对。查金凝视着对方空洞无神的双眼，仿佛想要窥探他的心灵。

几分钟之后，胡那普瘫倒在地，查金抓住了沾满鲜血的布料。他利用打火石刮擦钢条之后产生的火花制造出了一股小火苗。就在胡那普逐渐恢复意识之际，他将祭品扔向火焰。胡那普爬了过去，两人就看着烟雾飘向天空，跟升起的太阳交融。

"你看到了什么？"查金先开口，脸上毫无表情，让人猜不透他的想法，"神灵对我很满意，但是我们必须加快速度，召集更多的人。我认为……我看到了巴兰克正带领着一支人民组成的军队。"胡那普对自己点点头，又拍了拍手。"这就是他们想要的。"

"这是个开端。但我们还有很长的路要走，还有很多事要做。"胡那普看着查金。

侏儒坐着，发育不良的腿在身前伸开，手撑着下巴。"目前，我们必须回到亚尔皮纳，吃点东西。"他勉强站起来，"我看到一些卡车。我们可以弄一辆，以后就可以开着车上路了。"

WILD CARDS

  他们的讨论被玛利亚打断,她气喘吁吁地跑到这片空地上来。"酋长现在就想跟你们谈谈。你们必须马上离开。"她恳求地看着他们,身上的羽毛被清晨的阳光照亮。
  胡那普冲着她点点头。
  "我会在村庄里和你碰面。准备好了跟我们一起走。对于别人来说,你会是一个征兆。"胡那普再次转向查金,闭上眼睛集中精神。空地后面的树木开始幻化为亚尔皮纳的房屋。村庄似乎在向他靠近。他最后看见的是惊讶的查金和跪倒在地的玛利亚。
  查金和玛利亚回到亚尔皮纳的时候,交通已经被安排好了。他们尚有时间快速吃个早饭,之后胡那普便和他同伴坐一辆老旧的福特皮卡离开,前方一路向南就是首都。同伴中除了玛利亚之外还有六个来自亚尔皮纳的男人。其他加入队伍的人去了佩滕的其他印第安村庄,或者向北去了墨西哥的恰帕斯,那里有上万印第安人在等待,他们都是被拉丁人赶出家园的。

♥

  巴兰克的军队在前往危地马拉城的过程中愈发壮大。他在车帮的英勇事迹也传开了。他不想让群众们传播这种故事,但是阿卡巴向他解释,让人们相信这样奇异的传言是很重要的。巴兰克将信将疑地听从了阿卡巴的判断。他现在似乎总是在接受阿卡巴的决定。成为人民的领袖并不是他所想象的那样。
  他的吉普和车里的珍藏都完好无损。他和阿卡巴坐在里面打头阵,后面跟着发出吱呀声的各式老旧车辆。到目前为止,他们拥有了几百个拥护者,全都携带武器,做好了战斗准备。在车帮,人们给了他村庄里的裤子和衬衣,不过到达的每个村庄都各有自己的样式和设计。每次村民给他他自己的衣服,以及丈夫儿子们的衣服,他都觉得必须要穿上。

现在队伍里有妇女了。大部分是为了照顾自己的男人而跟过来的，也有些是为了战斗而来。这让巴兰克不太舒服，但是阿卡巴很欢迎她们。巴兰克大部分时间都在试图给他的军队提供食物，或者担心政府或袭击队伍。巴兰克和阿卡巴都认为这一切得来太过容易了。

阿卡巴一门心思地想让电视、广播和报纸记者都加入行军。只要到达的村镇有电话，阿卡巴就会开始拨号。结果就是反对派媒体尽其所能，在不引起秘密警察怀疑的情况下派来了人手。那些人指望着有几个在被抓捕之前靠近巴兰克。

在到达祖库阿巴之前，消息传来了。一个年轻男孩告诉他们军队已经设立了路障，共有两辆坦克和五辆装甲运输车。两百名全副武装的士兵准备好了用轻型火炮和火箭炮来阻挡他们前进的步伐。

巴兰克和阿卡巴召集有战斗经验的游击队队长开了个会。手头的武器只有旧步枪和猎枪，跟军队的 M−16 型步枪和火箭弹没法比。他们唯一的机会就是利用游击队经验这一优势。他们将队伍分成小组，分散在祖库阿巴旁边的山上，也派了人去祖库阿巴后面的村镇送信，想要吸引一些战士从政府军后面袭击，但因为要从偏远的路径绕远，得花费点时间。巴兰克可以成为队伍的主要防护和士气来源。这对他来说是一场真正的考验。如果过了关，他就是个合格的领袖。如果没过关，他就将他们引向死亡。

巴兰克回到吉普，从驾驶座下面的隔层里取出黄貂鱼脊柱。阿卡巴试图和他一起进入丛林，但是巴兰克要求他留在原地。军方可能会有狙击手，两人不能同时冒险。

这主要是借口。巴兰克害怕那种力量不再回来。他需要时间再次献祭，之前拥有的力量他后来再也没感受到过，他必须想办法集中精神。他知道阿卡巴肯定会跟着他，但他需要独处。巴兰克发现一圈树木中间有一小块空地，于是坐了下来，试图重拾那个梦境之前的感觉。他甚至没办法从营地里拿一瓶啤酒出来。如果喝醉才是关键呢？

WILD CARDS

那些学生给他解释的东西必须是对的，否则每个追随他的人都会死去。他带来了路上别人给他的一件白色棉质衬衣，上面复杂的纹样由单一亮红色丝线构成。他把衣服放在腿间的泥土上。

他的耳朵很快愈合了，那个耳栓他也已经戴了好几天了。这一次他从哪里弄血？他在脑海里搜寻了一下通常用来取血的身体部位，拉出的单子让他害怕。对了，那里可以。他用衬衣清理了雕刻着花纹的脊柱，然后把下嘴唇往外拉。他一边向所有记得名字的神灵祷告，一边刺了下嘴唇。他靠近衬衣，让血通过黑色的脊柱滴落在白色衬衣上，创造出新的纹路。

只有在鲜血滴上衬衣的时候他才把脊柱一推到底，从嘴唇的另一端出来。令人恶心的铜味血液从嘴里涌出，他干呕着，闭上眼睛攥紧拳头。他在控制自己，不让血液流进喉咙。他用之前的那个打火机从四个角开始点燃沾血的衬衣。

这一次没有梦到西瓦尔巴，他完全不记得梦到了什么，但烟雾和失血让他再次昏迷。当他醒来时，月亮高挂，夜晚已经过半。这一次没有宿醉，肌肉也没有适应新生力量的痛感。他感觉不错，这感觉很棒。

他站起来穿过空地，来到最大的一棵树前，用拳头击打树干。树木炸开了，倒下时飞溅起一阵木片和枝干。他抬头看向群星，感谢众神。

巴兰克在回营地的路上停了下来，因为有个男人从树后面走出来，站在了空地上。在那一瞬间他担心是政府军找上了门，但是那个男人向他鞠躬。守卫高举着枪，让巴兰克回到其他人当中。

这一整晚，除了最有经验的那些，所有人都因为士兵们备战的声音而彻夜难眠。阿卡巴在吉普旁边踱步，听着坦克移动位置或者因为某个错以为的目标而移动机枪的轰隆声。这声音在山谷里阵阵回响。巴兰克安静地看了他一会儿。"我能够打败他们。我有这种感觉。"

巴兰克试图鼓励阿卡巴,"我只要拿石头砸他们就可以了。"

"你无法保护每个人。也许你甚至无法保护你自己。他们有火箭弹,很多火箭弹,还有坦克。你要怎么做才能对抗一辆坦克?"

"据说履带是薄弱点。所以我打算先摧毁履带。"巴兰克冲着老师点点头,"阿卡巴,神灵与我们同在。我与你同在。"

"你跟我们在一起。什么时候你变成神灵了?"阿卡巴瞪着靠在吉普方向盘上的男人。

"我想我一直都知道。只是其他人需要花一些时间才能意识到我的力量。"巴兰克像是陷入梦境一样看着天空,"晨星。那就是我,你知道的。"

"圣母玛利亚啊!你疯了!"阿卡巴不再踱步,冲着巴兰克摇头,"我觉得我们都不应该再那样说了。那是……不对的,从各方面来看。"

"从各方面来看?你——"有人从村庄里飞奔而来,打断了他俩的对话,尔后更多活动的声音从下面传来。

他们又跟游击队队长们开了个短会。阿卡巴再次过了一遍巴兰克承担的任务,"会有空卡车跟着你上桥。它们会吸引政府军的火力。"这位曾经的学校老师盯着他无动于衷的冷淡面庞说道。巴兰克不觉得害怕,他心中只有一片欢愉,遮盖了其他所有情绪。"但过了一开始的几分钟之后,就需要更积极的反抗。那时你就上场。你要好好发挥,掩护我们在山上的狙击手。"

他的石头已经被装到他系在吉普后面的简易雪橇上,同时也将雪橇和后面的卡车系在了一起。随着营地越来越亮,所有人都就位完毕了。游击队司机们发动了引擎。阿卡巴走上吉普。

"尽量别死。我们需要你。"他挥手道别。

"别担心。我会没事的。"巴兰克拍拍阿卡巴的肩膀,"进山吧。"

巴兰克独自在狭窄的路上前进,这是个信号,意味着整个队伍该

WILD CARDS

开始短暂的旅程了。巴兰克一绕过拐角，就看到前面的桥和两边的坦克，枪口都对着他。就在对方开火的时候，他从吉普上跳下，因翻滚的动势而增重的身体在地上撞出了坑。吉普的碎片向他飞来。他感到身体的每一部分都充满力量，金属碎片撞到他之后又弹开了。但他仍低着头，连滚带爬地来到装着弹药的雪橇旁。他抓起第一块石头，扔向空中，用力一拍，石头在空中呼啸向前，击中了军队上方的山坡。士兵们身上沾了泥土，但是仅此而已。还要再瞄准点。下一块石头他尽量瞄准，打中了左手边坦克的履带。下一块卡住了炮台，于是炮管停止了转向。印第安战士们已经开火了，士兵们纷纷倒下，他又冲着军队扔了不少石头，看到对方不断有人倒下，一时间鲜血横飞。士兵们拿来一枚火箭弹，但还没来得及发射就被印第安狙击手打中了。他尽全力又快又狠地扔石头。

有时子弹会打到他，但是都被他的皮肤阻挡在外了。巴兰克越来越不顾一切，他直面敌人，不用任何掩护。"导弹"造成了一些麻烦，但大部分士兵是被斜坡上的印第安人开枪打死的。指挥官注意到了这一点，所以指挥士兵朝山坡开火。坦克和火箭弹的火力在森林里打出了不少大洞。尽管巴兰克很有力量，但他无法阻止另一辆坦克。角度有问题，不管他扔什么，都打不中。

这场战斗中又加入了一个新声音。来了一架直升飞机。巴兰克意识到这样一来军队就拥有了空中优势，他的人很容易被看到。飞机来得很快，盘旋在战斗区域上方不远处。巴兰克抓起一块石头，却发现手边只剩下几块小的了。他疯狂地四处寻找可以扔的东西，发现无法再找到之后，他就放弃了，拽下了吉普残骸上一块扭曲的金属，扔向直升机。两者在空中相撞，直升机爆炸了。双方都被碎片击中，灼烧的机械宛如火球掉入山涧，火苗蹿得比桥还高。

剩下的那台坦克的引擎加速后开始后退。士兵也离开道路，准备撤退。巴兰克现在能瞄准装甲运输车了。他利用从吉普上扯下来的金属块摧毁了两辆。之后他所有关于成为伟大斗士的幻想都停住了——因为他看见一个男孩从山上跳下来,飞奔到撤退的坦克上,一把从外面打开坦克舱门,在被射中之前扔了一枚手榴弹进去。在坦克爆炸前的那一瞬间,这个男孩的尸体飘荡在敞开的舱门口,像棺材上盖着的旗帜。之后,火焰将男孩和坦克一同吞没。

士兵们既然已经陆续撤退,也就意味着桥上的战斗逐渐结束,印第安人开始从树梢间落地,朝着桥前进。一切都安静下来。伤者的呻吟声打破宁静,随后又加上了归巢鸟儿的声音。

阿卡巴从靠路边的山坡上跳下来,走到巴兰克身旁。他在笑着。

"我们赢了!我们的办法奏效了!你太厉害了。"阿卡巴抓住巴兰克,想要摇晃他,好却发现这个矮小的男人根本一动不动。

"好多血。"看到小男孩身亡的场景后巴兰克没兴致庆祝胜利。

"但都是拉丁人的血。这才是最重要的。"其中一个副官过来加入他们。

"不全是。"

"但他们流了足够多的血。"副官更仔细地看着巴兰克,"你以前没见过这种场景,对吗?你不能让你的人民看到你这副样子。这是你的职责。"

"古老的神灵今天一定很满足。"巴兰克的目光穿过桥梁,看到另一头的尸体,"也许这就是他们想要的。"

巴兰克被带着急急忙忙地过桥。他没时间停下来看看真正摧毁了坦克的小男孩。这一次,他的人民带着他向前。

♣

媒体赶在军队前头找到了他们。胡那普、查金和波尔站在帐篷外,在清晨的凉意中,他们看到两架直升机飞过南边的群山,一架停在昨晚他们跳舞和演讲的空地上。另一架停在马匹附近。胡那普见过拉丁飞机，但没见过这些古怪机械。拉丁人的一项古怪本性就是试图跟神灵匹敌。

　　人群开始聚集在两架直升机旁边。营地虽然只有一些帐篷和不多的老旧卡车，但现在已经住了几百号人，大部分都睡在地上。他的人中有不少被神灵触碰过，必须依靠他人的帮助。看到这么多人在承受痛苦，真是让人心酸，但是很明显，神灵在人们生活中的作用在他被选中之前就已经很重要了。有这么多与神灵亲近的人陪伴着他，他感到强壮有力，决心满满。他肯定是走在神灵选择的道路上。

　　玛利亚走向他，把手放在他的胳膊上，她身上细小的羽毛轻轻拂过他的皮肤。

　　"他们想从我们这里得到什么？"玛利亚慌乱地说。她见过拉丁人如何对待被神灵触碰的人。

　　"他们想要我们加入一个马戏团，为他们表演，给他们逗乐子！"查金愤怒地回答道。在前往卡米纳柳尤的路上，他不想被打扰。

　　"我们会知道他们想要什么的，玛利亚。别害怕他们。他们是火柴人，没有力量也没有真正的灵魂。"胡那普抚摸着玛利亚的肩膀，"待在这里，帮助大家保持冷静。"

　　胡那普和查金开始走向营地中心的直升机。波尔跟在后面，像往常一样安静，他携带步枪，观察着从直升机里下来的人。那些人带着照相机，站在那里盯着眼前安静的众人。当直升机的叶片停下时，几乎什么声音都没有了。

　　三个人缓缓在人群中穿梭。他们小心地没有走得太快，等着前面的人让路。在胡那普走过的时候，手、爪子、翅膀和扭曲的手脚都伸向他，他试图触碰每一个，但是他无法停下来说些什么，否则他永远也到不了直升机。

　　到达直升机之后，三个人发现两侧和底部都涂着大大的手写体"媒体"字样，记者们就拥在直升机下面，眼中是恐惧和厌恶。当其中一个被神灵触碰的人向前走时，记者们全都后退了。他们不懂，神灵触碰过的人比他们更真实。拉丁人总是对真理视而不见。

"我是胡那普。你们是谁？为什么到这里来？"胡那普先用玛雅语提问，又用西班牙语重复了一遍。他站在记者和摄影师面前，穿着棉质护甲。摄影师们刚从人群里认出他来就开始录像了。

"老天啊，他真以为自己是英雄双子之一。"他面前的一个人用糟糕的西班牙语评论道。他看着挤成一团的记者们。想找的人就在眼前，但他们还是紧张不安。

"我是胡那普。"他重复道。

"我是NBC电视台中美分部的汤姆·彼德森。我们听说你搞了一个鬼牌行军活动。好吧，鬼牌和印第安人。看来显然是真的。"这个高个子的金发男人越过胡那普看到了人群。他的西班牙语带着古怪的口音。他说得很慢，而且拖拖拉拉，胡那普从没听过这样说话的。"我猜你是负责人。我们想和你谈谈你的计划，要不找一个安静点的地方？"

"我们会在这里和你谈。"查金向上看着穿白色棉质欧式西装的男人。彼德森之前没注意到胡那普身旁的这个侏儒。目光与之交汇之后，让步的是金发男。

"好吧。这里也不错。乔，确保收音正常。"另一个男的移动到彼德森和胡那普之间，手上的麦克风对着彼德森，等待他说话。但是胡那普的注意力已经被别的东西吸引了。

第二架直升机的记者注意到了中心区域正在发生的情况，于是推开人群，试图来到胡那普身旁。他转头看向那群记者，他们正将设备高举，不让胡那普的人碰到，像是正在穿越河流。

"停下。"他用的是玛雅语，但他的声音不仅吸引了自己人，也引起了记者们的注意。一切都暂停了，目光都聚集在他身上。"波尔，把他们带过来。"

波尔瞥了一眼他的哥哥，这才向着记者走去。人群为他而分开，他就带着记者来到前面。他用步枪示意这些人不要动，之后回到了胡那普和查金身旁。

彼德森又开始问问题了。

"你们的目的地是哪里？"

"我们要去卡米纳柳尤。"

"就在危地马拉城外面，对吧？为什么去那里？"

"我会在那里见到我的兄弟。"

"好吧，那见面之后你打算做什么呢？"

胡那普还没回答，就被第二架直升机里下来的一个女人打断了。"玛克辛·陈，CBS电视台的。你的兄弟巴兰克打败了被派去阻止他的政府军，你对此怎么看？"

"巴兰克在跟军队作战？"

"你没听说？他正穿过高地，每一个印第安革命团体都被他吸引过去了。每次和政府军有冲突都是他的队伍获胜。高地现在处于紧急状态，但是巴兰克速度依旧不减。"这个身高跟胡那普类似的东方女性环视对方的追随者们。

"高地的每棵树后面都有一个反叛者，这已经持续好几年了，但是佩滕一直没什么动静，直到现在。你的目标是什么？"她的注意力回到他身上。

"在我见到我的兄弟巴兰克时，我们会决定我们要做什么。"

"那现在，你计划如何对付派来阻止你的政府军队？"

胡那普和查金交换了一个眼神。

"这个你也不知道？天啊，他们过几个小时就到了。不然你以为为什么我们这么急着要找你？日落的时候你们可能就不在了。"

侏儒开始向玛克辛·陈提问。

"有多少人？有多远？"查金冷漠的黑色眼睛盯着她的眼睛。

"大概六十人,也许会稍多一些。这里没有多少真正的军力——"

"玛克辛!"彼德森失去了记者的冷静,"别搭理这些,真要命。我们都会被抓起来的。"

"忍着吧,彼德森。你跟我一样知道军队在这里进行大屠杀已经好多年了。这些人终于还击了,对他们来说是好事。"她跪在地上开始为胡那普和查金画地图。

"我要走了。"彼德森在空中挥手,直升机的叶片再次转动。记者和摄影师要么爬回直升机,要么奔向马场旁边的那一架。

玛克辛从地图上抬起头来看她的摄影师。

"罗伯特,留下来,我们就有独家了。"

摄影师从一个准备跑路的技术人员身上撤下了收音设备,绑在自己身上。

"玛克辛,我总有一天会被你害死,然后变成鬼回来缠着你。"

玛克辛已经在继续看地图了。

"但现在还没有,罗伯特。你看到政府军有什么重型火炮了吗?"

只花了一会儿就把他的人民组织起来,统计出拥有多少武器——有一些步枪和猎枪,没有更强力的了。大部分人有弯刀。胡那普把查金和波尔喊到身旁,一起决定最佳行动方式。波尔主导了讨论,胡那普吃惊地发现他很专业。尽管他们面对的只有一小拨士兵,但武器和经验上的确不占优势。波尔建议在军队出峡谷进入草原时发动袭击,把他们的人分成两组能最好地利用地形。胡那普猜测着波尔是从哪里得来的知识,他估计这个高个子的沉默男人曾经是个反叛者。

跟手下的人交代过作战计划之后,胡那普将训练交给波尔,自己又做了一次血祭。他希望自己真诚的祈祷能够带来所需的力量,以保护他的人民。神灵肯定会站在他们这一边,否则他们全都会被杀死。

胡那普回到营地时发现训练已经结束,能够对战军队的勇士有一半已经上了马。他也骑上马,把查金拉上去坐在身后。他简单地和等待着的印第安战士们说了几句,半鼓励半命令众人为神灵英勇作战。

看到有人骑马冲他们奔袭而来,士兵们在峡谷口停下卡车,跳了出来。前后的运输车和吉普里的士兵也都下来了。就在此时,波尔派去藏在灌木丛里的狙击手开枪射中了他们。迎接胡那普进攻的只有稀稀拉拉的一群士兵,而且因为两旁倒下的战友分了心——这都是拜狙击手所赐。一些更年长的人无视死亡,待在原地对抗大叫着冲过来的敌人,中士大喊着保持队形,同时冲着肮脏的印第安人开火。

胡那普的骑兵还不习惯骑在马上开火,所以只能勉强拿好枪,无法瞄准。军队的人意识到这一点之后,就开始将火力一个个地集中于骑兵。现在胡那普离士兵已经足够近了,恐惧和困惑在他眼前开始蒸发,纪律占据了上风。一个男人站起来跟上胡那普,乌兹冲锋枪对准了这个拉坎墩人的头。查金大喊着发出警报,接着胡那普不见了。查金独自待在无人掌控的马上,面对士兵的子弹。就在子弹打开查金头颅的瞬间,胡那普重新出现在士兵后面,以黑曜石刀刃割开了他的喉咙,血花溅了士兵的战友们一身,随即胡那普又消失了。

举着火箭弹发射器的男人刚准备对狙击手藏身的灌木丛开火,就被胡那普用步枪枪柄猛击了头部。在其他士兵都还没反应过来时,胡那普调转步枪,对男人开了一枪,他抢过火箭弹发射器后再次消失,瞬间又重新出现时,发射器已经没有了。这一次他杀掉了中士。

胡那普浑身沾满鲜血,不断消失后又出现,对士兵而言,就像是魔鬼。他们无法与幻影作战,瞄准了一处,幻影又出现在另一处。士兵们不再关注胡那普的勇士们,转而专心对抗他本人,但这毫无用处。这些士兵扔下枪支跪倒在地,向圣母玛利亚和所有神灵乞求自己不是下一个,中尉的踢打和威胁也不能让他们继续战斗。

胡那普抓到了三十六个俘虏,中尉也在其中。二十个士兵身亡。胡那普的人死了十七个,包括查金。拉丁人被击败了,他们不是不可战胜的。

当天晚上,就在胡那普的人民庆祝胜利时,他在哀悼查金。他再一次穿上了拉坎墩人的传统白色长袍。波尔过来取回哥哥的遗体。这名高个子印第安人告诉他查金曾经预见过自己的死亡,所以早已明了自身的命运。查金的尸体被包裹在白色布料里,上面沾着他的血。波尔抱着小小的遗体,越过火堆看着胡那普疲惫悲伤的脸。

"我会跟你在卡米纳柳尤见面。"胡那普一脸惊讶地抬起头。"我的哥哥看见我在那里,就算他不去,我也要去。希望我们的旅程都能一路平安,或者踏着敌人的死亡。"

♠

尽管兄弟俩在旅程初期都经历了不少胜利,但到达危地马拉时,都已损失不小。巴兰克因为一次刺杀行动而受伤,虽以超自然的速度愈合了,但两个跟随指导他的游击队队长被杀死。北边传来消息说危地马拉空军在扫射和轰炸那些离开墨西哥恰帕斯难民营前往危地马拉城的印第安人。据报道,已有数百人身亡,但仍有上千人继续赶来。

训练有素的警察精英部队和军事小队对巴兰克他们造成了持续打击。巴兰克速度减缓了,但是随同的人群并没有停下,每次交火,他们都从死去的士兵身上拿走武器来武装自己。现在他们拥有了火箭弹,甚至还有了一辆坦克,这是被吓坏的敌人丢下的。

胡那普的状况略差一些。他的人民来自佩滕,经验较少。许多人都在与军队的冲突中丧生。经历过一场难说谁胜谁负的战斗之后,末了,他才终于发现指挥官的所在,瞬移过去将其杀死,这才结束战斗。此时胡那普发现正面对抗军队和警察太过愚蠢,便让手下的人分散开来,各自单独上路,或者几人结伴去卡米纳柳尤。否则的话,政府必然会召集足够的力量来阻挡他们。

WILD CARDS

◆

　　巴兰克先到。他的队伍接近危地马拉城时就宣布停战。阿卡巴一次又一次地在采访中强调他们的目的不是颠覆危地马拉政府。面对媒体和即将到来的联合国百变王牌代表团的提问，负责的将军命令军队护送巴兰克及其追随者，而且除非受到攻击，否则不许对他们开火。巴兰克和阿卡巴确保了军队没有任何发起攻击的借口，随后，国家领袖允许了巴兰克进入卡米纳柳尤。

　　卡米纳柳尤的废墟中满是兄弟俩的追随者。人们在低矮的土丘上搭帐篷，还建起了简易庇护所。越过驻守在卡米纳柳尤周边的士兵、卡车和坦克，能俯视环绕四周的危地马拉城郊。这个营地里已经有五千人了，有更多人在来的路上。除了危地马拉的玛雅人和墨西哥的难民，有的还来自洪都拉斯和萨尔瓦多。

　　整个世界都在关注着这个圣诞危地马拉城会发生什么。《六十分钟新闻》上播放了整整一小时玛克辛·陈有关胡那普的印第安人与鬼牌追随者对阵危地马拉军队的特别报道。美国的所有主要媒体和欧洲频道都会报道英雄双子的会面。

　　胡那普之前从没见过这么多人聚集在一个地方。当他走过营地周边的守卫和玛雅哨兵时，被人群的规模惊到了。他和波尔绕了远路以避开麻烦，这一路走了很久。跟佩滕的人不同，巴兰克的追随者穿着几百种不同样式的衣服，全都色彩明亮，很有节日气息。胡那普觉得庆祝的氛围不太适当。这些人好像并不崇拜为他们铺平道路并引领方向的众神，而像是在享受一场嘉年华——其中有些人看上去就像是嘉年华本身。

　　胡那普穿过三个熙攘的营地都没被认出来。在太阳的照射下，他看见乳白色的羽毛散发着光芒，就在此时玛利亚转身看到了他。她喊出他的名字，然后向他奔来。听到有人喊英雄双子中一个人的名字，在场的群众都开始团聚过来。

玛利亚拉住他的手握了一会儿,看着他开心地微笑。

"我很担心。我很害怕……"玛利亚低头,不看胡那普。

"神灵给我们的任务还没完成。"胡那普伸手抚摸她的侧脸,"而且波尔回了村庄之后又跟我一起完成了大部分的旅程。"

玛利亚低头看着紧握的手,因为窘迫而松开了。

"你肯定很想见你的兄弟。他在卡米纳柳尤中心区的一个房子里。如果让我带你过去,我会觉得很荣幸。"她退后几步,示意从帐篷中的一条路过去。胡那普跟着她,聚集的人群在他面前分开。就在他走过时,印第安人低语着他的名字在他身后排起了队。

没走几步就有记者上来搭话。电视摄影机的灯光照过来,记者们用英语和西班牙语高喊着问题。胡那普瞥了一眼波尔,后者上前推开那些靠得太近的。他们无视了那些问题,胡那普只是走着,时不时和认识的人聊天,这就是玛克辛口中的标志性镜头,拍了几分钟之后摄影记者们就撤了。

卡米纳柳尤的大部分建筑物都是帐篷,或者是用能找到的各种废弃材料搭建的房屋,所以废墟中央区域的广场上那两个一模一样的木屋算是让人印象深刻的永久性建筑。屋顶上装饰着垂直条脊,类似于神庙废墟,还挂有横幅和护身符。

他们到达广场的开阔区域之后,跟着他的人群停步了。胡那普在和波尔以及玛利亚一起走向左侧房屋时,能听到照相机的声音,还能感觉到记者们互相推挤着争抢位置。他们还没到门口,一个穿着红紫色高地服饰的男人走了出来。他身后跟着个高瘦的高地玛雅人,戴眼镜,穿欧式衣服,不过腰间扎着腰带。

胡那普认出了巴兰克,因为他在那场西瓦尔巴的梦里见过,但巴兰克在梦里看起来更年轻。这个男人似乎更严肃,但是他也注意到了对方手腕上昂贵的欧洲手表和拉丁人才穿的跑鞋,这和他戴的玉耳栓形成鲜明对比。胡那普想了解一下这个耳栓,是神灵给他的吗?巴兰克的同伴发现胡那普在检视他的兄弟,按住胡那普的肩膀让他转身面对一排相机。巴兰克把手放在胡那普的左肩上,用高地玛雅语轻声对他说话,不过胡那普只能勉强听明白。

"我们要做的头一件事就是给你弄点儿真正的衣服。对着相机挥手。"巴兰克照着他自己的提议做了。

"然后要想办法给营地多带来点食物。"巴兰克让他转身,现在两个人面对面站着,他紧紧抓住胡那普的手。

"保持这个姿势,这样他们就能帮我们拍照。你看,太阳,我已经开始担心你了。"

胡那普看着对面男人的眼睛。见到这个应该是自己兄弟的陌生人以来,他第一次在对方眼中看到西瓦尔巴的阴影,他知道自己眼中也有一样的阴影。很明显,对于如何正确地崇拜神灵,巴兰克还有很多需要学习的地方,但是显然他也跟自己一样被选中替众神发言。

"到里面来。阿卡巴会宣布我们稍后将发表声明。我们走吧!"巴兰克说最后一句用的是拉坎墩玛雅语。胡那普开始觉得这个高地有钱人也许是个值得尊敬的伙伴。他突然想起玛利亚和波尔,于是瞥了一眼,发现在走进巴兰克的房子时他们已经融入人群。他的兄弟似乎感知到了他的想法。

"她很美,而且倾心于你,对吗?她会照顾你的保镖的。她会把媒体赶走,让他休息一会儿的。我们还要讨论计划。阿卡巴有些很棒的想法,能够帮到我们的人民。"

在之后的几天里,这对兄弟私下开了几次会议,时间很长,一直到天黑。但是到了第三天早晨,阿卡巴走出来宣布中午他们会在关押俘房的建筑之外发表声明。

太阳高挂头顶时,巴兰克、胡那普和阿卡巴走出巴兰克的小屋来到关押俘房的建筑。三人走动的时候,身旁围着追随者和记者,胡那普的肩膀紧张起来,因为他听到有军队正在低空飞过,直升机的声音总是让他紧张。到达那里时,他们被要求等待测试声音设备,好几个技术人员都穿着英雄双子的T恤衫。阿卡巴解释声明会分成两部分,一开始由胡那普来念,之后是巴兰克。他们会用玛雅语,由阿卡巴翻译成西班牙语和英语。胡那普紧张地抓着他的发言稿。之前阿卡巴发现他竟然不认字后惊呆了,他必须要记住老师所写的演讲内容。他感谢了众神,还好何塞训练过他记住仪式和咒语。

胡那普走近麦克风,看到玛克辛挥手鼓励他。他在心里默默向众神乞求,希望自己别像个傻瓜。他刚开口,紧张就消散在了愤怒里。"自你们第一次来到我们的土地,就谋杀了我们的孩子们。你们想要摧毁我们的信仰。你们偷了我们的土地和我们的圣物。你们奴役了我们。你们毁掉我们的家园还不许我们说话。如果我们敢开口,你们就会绑架我们、折磨我们然后杀死我们,就只是因为我们想当人,而非任你们操纵的孩童。

"现在,这种循环应该到头了。我们玛雅人,真正的人会再次自由地以我们希望的方式活着。从冰天雪地的遥远北方到热浪滚滚的南方,我们会看到一个新世界的到来,在那个世界里,我们的所有人民都是自由的。

"神灵现在正看着我们,他们希望能以古老正统的方式被崇拜。作为回报,他们会给我们足够的力量来对抗想要击败我们的人。新世界即将到来,我和我的兄弟就是预兆。"

胡那普后退时听到卡米纳柳尤的数千人用玛雅语喊着自己的名字。他骄傲地看着废墟,人民的崇拜让他全身充满力量。玛利亚站在人群的最前端。她赞许地向他抬起手臂,身边的数百人也学着她的样子,后来整个人群都效仿起这个动作。等到似乎在场的每个人都抬起手乞求他的帮助时,胡那普仰起头,将手伸向天空。人群的声音汹涌澎湃,随后他放下手臂,凝视众人。一阵沉默降临。

巴兰克走向前。

"我们不是拉丁人。我们不想要战争或是更多的死亡。我们只想公正地获得属于我们的东西：一块土地，一个国家——我们自己的。这块土地将成为所有美洲印第安人的家乡，无论他们出生在美洲的哪里。等世界卫生组织百变王牌代表团到达危地马拉城时，我们希望能见到他们。我们会寻求他们的帮助和支持，建立一个属于玛雅人的家园。我们当中被上帝触碰过的那些，尤其需要立即援助。

"我们不是在询问，而是在告知你们。让我们自由吧！"

巴兰克将拳头举到空中，一遍遍地喊着拉坎墩短语，直到在场的每个印第安人都一起喊起来。胡那普也在喊，他再次感到力量席卷全身。看着巴兰克，他知道他的兄弟也有同样的感觉。这感觉很对。很明显众神与他们同在。

阿卡巴翻译的时候胡那普与巴兰克就站在他两边。英雄双子一动不动地站着，沉默不语，老师也拒绝回答任何问题。他们的人民面对着他们，和他们一样沉默坚定。在阿卡巴领着他们回到房子等待世界卫生组织代表团的消息时，他们的追随者们则一声不吭地散开，让他们通过，复又合拢，拒绝媒体人通过。

♥

"好吧，不能说他们没有政治悟性。"参议员格雷格·哈特曼放下二郎腿，从殖民地风格的椅子上站起来，关上了房间里的电视。

"脸皮厚一点总没坏处，格雷格。"海勒姆·沃切斯特用手撑着头，看着哈特曼，"但你觉得我们应该怎么回应？"

"回应！我们能怎么回应？"哈特曼刚想说话就被莱昂斯参议员打断了，"我们是来帮助百变王牌病毒受害者的，我没觉得跟这个有什么关系。这些……革命者之类的，只是想利用我们。我们有责任无视他们。我们不应该卷入这种琐碎的争端。"

莱昂斯双手抱臂，走向窗前。一个年轻的印第安女仆被叫进来，默默地收拾了吃完的午餐。她低着头，瞥了瞥他们几个人后，端着沉重的餐盘出了门。哈特曼冲着莱昂斯参议员摇头。

"我明白你的意思，但是你看没看过那里的人？好多追随英雄双子的都是鬼牌，我们难道对他们没有义务？"哈特曼后背靠在椅背上，为了坐得舒服还调整了坐姿，"而且，我们不能无视他们。如果我们只是假装他们和他们的问题不存在，那我们的任务也会受影响。这里的世界和我们习惯看到的很不同，跟印第安保留地的生活也不一样。现在有各种态度。自欧洲人征服新大陆以来，印第安人就一直在受苦。他们这是在为长远考虑。对他们来说，病毒不过是另一个要承受的十字架。"

"你在偏袒，参议员，你真的觉得这些人像记者所说，是王牌吗？"末底改·琼斯看着房间另一端的怀俄明州参议员，"不得不说，他们想做的事情我有点同情。奴隶制——不管这里叫什么，总归是错的。"

"很显然我们已经卷入其中了，就算不为别的，也要为这些百变王牌病毒受害者。如果跟他们会面能让他们获得帮助，我们就有责任做到我们能做的。"塔基扬坐在椅子上说，"而且，我听到他们一直在说家园，但是没看到多少解决实际问题的努力，比如说受害者们的生活水平只是勉强维生而已。能看出来他们需要医疗救助。你觉得呢，海勒姆？"

"格雷格说得对。我们无法避开会面环节。已经有太多人在关注了。除此之外，我们到这里来就是要看其他国家是怎么对待鬼牌的。据所看到的，我们能够依靠一点政府帮助这里的人，这种做法应该会有效果。我们不必支持他们的行动，只要表达关切。"

"听起来很有道理。你来对付政治相关的事务，我去医院。"塔基扬按摩着太阳穴，"我厌倦了跟政府对话。我想看看这里的情况。"

WILD CARDS

客厅的门开了，比利·雷把头伸进来："电话响个不停，还有记者顺着消防楼梯往上爬，我们应该怎么跟他们说？"哈特曼冲塔基扬点点头，回答道："我们之中有人能从计划好的行程里抽出时间去会见英雄双子。但是得确保他们知道，这么做是为了百变王牌的受害者们，没有政治原因。"

"很好。鱿鱼神父、蝶蛹和泽维尔应该很快就会回来。他们去了营地，还跟那里的鬼牌聊天了。"他预料到了塔基扬的下一个问题，冲着塔基扬微笑道，"你的车在楼下等着。但是尽快给我记者会的官方声明，越快越好。"

"我会让我的人马上就起草一个，比利。"哈特曼明显对这种事熟悉，"一个小时之内你就能拿到。"

♣

早上，每个人都因前一晚的庆祝活动而宿醉未醒，双眼蒙眬，但也做好准备要出发去见联合国代表团了。胡那普和巴兰克从房子里出来时，人群瞬间安静下来。巴兰克看着众人，心里希望能够带着他们一起进城，那样照出来的相片会很棒。但是阿卡巴坚信，那样的话政府也正好有理由对他们开火。他跳上被选来载他们进城的巴士。他说了快半个小时，人们似乎才愿意待在卡米纳柳尤。

他们一路顺畅地来到卡米诺实。唯一让他们惊讶的是在路过的街道两旁站着成群的印第安人。这些人安静地看着他们，面无表情，但是胡那普和巴兰克因为他们的到来而充满力量。到达卡米诺实之后，他们跳下车子，两个他们自己的护卫和将近二十个联合国安保人员护送几人走进一栋建筑。

巴兰克和胡那普穿着自己所有衣服中与古代君王最相似的款型，头发在头顶梳成一个战士的髻，身上是棉质长袍和染了色的棉质裹裙。胡那普习惯只穿及膝长袍，这让他觉得回到了古时候。巴兰克一早上都在拉扯自己的裹裙,暴露双腿让他有些不自在。就在他好奇地环视酒店时,他在墙镜里看到了自己。镜子里那个看着自己的玛雅战士差一点让他因为惊讶而停步。巴兰克站直身体抬起头,炫耀着玉质耳栓。

胡那普的眼神从大厅的一端飞向另一端。他从来没见过这么大的建筑,而且里面有这么多装饰奇怪、衣着古怪的人。一个肥胖的男人穿着闪亮的白衬衣和带花朵图案的艳色短裤,正盯着他们看。这个游客抓住自己妻子的胳膊——后者的裙子和他的短裤是同一花色——指了指他们。此时巴兰克正好骄傲地走在沉稳的胡那普旁边。

但是当他们走进一间比他家房子略小的房间时,门在没人触碰的情况下自己关上了,他好不容易才忍住没有大声向神灵祈祷。这个房间开始移动时他以为自己可能马上就要死了,直到看到巴兰克冷静的面庞才略微放松下来。他瞥了一眼阿卡巴。这个穿着西式服装的玛雅人正有节奏地握紧、放松拳头。胡那普猜想他是否也在祈祷。虽然巴兰克表面上全然没有反应,但电梯到达目的地时,他是第一个走出去的。这一拨人走在铺着地毯的过道上,来到一个被两名联合国士兵护卫着的门口。简短讨论了一会儿之后,众人达成了一致,印第安护卫先检查会议室,之后会退出去,直到会议结束。不过英雄双子可以带上仪式用的石刀。在讨论期间,巴兰克和胡那普什么都没说,交给阿卡巴来安排。胡那普试图摆出勇士国王的模样。这样的封闭空间让他紧张。他不断看向他的兄弟寻求指导。

世界卫生组织的代表团在酒店房间里等待他们。阿卡巴立刻注意到了游隼的摄影师。"出去。不要摄像机,不要录像。"高个子印第安人转向哈特曼,"约定好了的。而且你再三坚持我们才来的。"

"游隼,就是有翅膀的那位女士,是我们中的一员。她只是想制作一个历史纪录——"

"然后你们可以根据你们的目的来剪辑。不行。"

哈特曼微笑着向游隼耸耸肩,"也许,最好是能够……"

"当然,没问题。"她懒懒地扇着翅膀,指示摄影师离开。

巴兰克注意到实现愿望后阿卡巴好像放松了下来。他转头看向他的兄弟。胡那普好像正在和神灵直接交流。看着他明显能知道,这里的一切他都没有兴趣。巴兰克试着像他一样淡定。

"很好,现在,我们来讨论——"阿卡巴开始了准备好的介绍,但是被哈特曼打断了。"我们别这么正式。大家都坐下吧。阿卡巴先生,你就坐在我旁边吧,因为我猜你是翻译,对吧?"哈特曼坐在桌头,这张桌子显然是为了开会而搬进来的,因为其他家具都被移到墙边了,"其他先生会说英语吗?"

巴兰克正要回答,却看到了阿卡巴警示的眼神。于是他没说话,带着胡那普走到座椅旁边。

"不会。我会帮他们翻译。"

胡那普诚挚地盯着长有触手的神父和鼻子同雨神查亚克一样长的男人。他很高兴这些被神灵触碰过的人也在代表团里。这是个祥兆。但他也很吃惊神父会被神灵这样祝福。也许神父能教他的比他之前以为的要多。他将自己的想法跟阿卡巴提了一下,后者为哈特曼翻译成英语。

"在我们的人民中,百变王牌病毒的受害者被当作是神灵优待。他们被尊敬,不会被迫害。"

"这就是我们在这里要聊的,不是吗?你的人民。"他们进入房间以来哈特曼就没有停止过微笑。巴兰克不信任一个过多展示牙齿的人。

下一个说话的是拥有象鼻的男人:"你的这个新国家,会对所有鬼牌敞开吗?"巴兰克假装在听阿卡巴的翻译。他用玛雅语回应,心里知道阿卡巴肯定会改变他的话。

"这个家园只占我们被偷去的土地当中的一小部分。这是为了我们的人民,无论是否被神灵触碰过。被触碰过的拉丁人自有他们寻求帮助的地方。"

"但为什么你觉得需要一个独立的国家?在我看来,你们展现出来的政治力量能够给危地马拉政府施压,他们必然引进你们希望的改革。"哈特曼将对话重新交给阿卡巴,这没有让胡那普生气。他能够感到房间里的敌意,这里缺少理解。不管在场的人还有其他什么身份,他们也是拉丁人。他看着回答北美洲人问题的阿卡巴。

"你没在听。我们不想要改革。我们只想要回我们的土地,而且只要一小块。四百年来,这里进行了各种各样的改革。我们厌倦了等待。"阿卡巴情绪激动,"你知不知道,对于大部分印第安人而言,这个百变王牌病毒不过是另一场天花?白人带来的另一种疾病,想要尽可能多地杀死我们。"

"荒谬!"对于这项指控,莱昂斯参议员怒不可遏,"百变王牌病毒跟人类毫无关系。"

"我们是来帮助你们的,这是我们唯一的目的。为了帮你们,我们觉得必须跟政府合作。"莱昂斯参议员似乎在防御,"我们跟将军谈过了。他计划着在偏远区域建立诊所,还要将受百变王牌影响严重的病人带到城里来治疗。"

兄弟俩交换了一个眼神。显然,这些来自北方的陌生人不会给予任何帮助。胡那普开始有些不耐烦了。他们在卡米纳柳尤还有好多事情要做。他想要让那些无知的人了解旧神,以及如何崇拜他们。

"我们无法改变过去,这点我们都知道。所以这有什么意义呢?你们为什么要到这里来?"哈特曼不再微笑。

"我们将要建立一个印第安国度。但是我们需要帮助。"阿卡巴坚定地说。他不愿意东扯西扯,这一点巴兰克很赞同。但他也不太确定阿卡巴所计划的社会主义政府。

"你是不是完全不了解联合国是什么?我们肯定不会给你们的战

争提供武器。"莱昂斯的嘴唇因为愤怒而发白。

"不，不要武器。但你们如果来看看我们的追随者，就会明白拉丁医生是怎么对他们不闻不问，就盼着他们不要活下去的。还有，没错，我知道将军跟你们说了什么。最开始，我们需要医疗救助来照顾这些人。之后我们需要帮助建立学校、道路、交通、农业。一个真正的国家能够提供的东西。"

"你明白我们这趟旅程只是为了探索事实吧？我们无权要求联合国做什么，而且甚至无权要求美国政府。"哈特曼靠在椅背上，双手摊开，"在这个时候我们唯一能提供的就是同情。"

"我们不可能因为你们的军事冒险行为而损害我们在国际社会上的位置！"莱昂斯参议员的眼睛扫过三个印第安人。胡那普不为所动。女人就不该参与严肃的决策。

"这是一项和平任务。人民受苦这件事没有什么政治性，我也不希望你们利用百变王牌病毒来作为吸引注意力的棋子。"莱昂斯说。

"我在想欧洲的犹太人会不会认为受苦与政治无关，参议员。"阿卡巴看见莱昂斯变得懊恼起来，"百变王牌病毒影响了我的人民，这是事实。我的人民面对屠杀，这也是事实。如果你不希望百变王牌病毒被卷入其中，想法很好，但是不可能，对吧？"

"我们希望你们做什么？只有两件事，人道主义援助和认可。"阿卡巴第一次有些不自信，"很快危地马拉政府就会试图摧毁我们。他们在等你们离开，等记者们跟着你们离开。我们不打算让他们得逞。我们有些……优势。"

"那么，他们是王牌？"哈特曼之前一直在安静地沉思。

有些记者用过这个词，阿卡巴也提到过，但巴兰克第一次感到这个词很合适。他觉得自己就是个王牌，还有他的兄弟，这个小个子拉坎墩人，他们联手可以拿下任何人。他们就是先祖僧侣王的转世，不管是得到了众神祝福还是外星疾病感染，这无所谓。他们会带领人民走向胜利。他转向胡那普，看见他的兄弟似乎也有同样的想法。"至于他们，他们被召唤来服务旧神，成为新时代的先驱，现在就是新纪元的开端。根据我们的历法，那将是你们的 2008 年。他们到这里来准备通向新世纪之路。"阿卡巴再次看向北美洲人，"但是没错，我相信他们是王牌。迹象都符合。王牌展现出的似乎是从文化遗产中汲取的力量，这点也不算很异常吧。"

三声短促的敲门声响起。巴兰克看到了被称为刽子手的安保主管，他正向里面看。他想了一下有没有可能这一切都是个精心设计的陷阱。

"飞机准备好了，我们一小时内得离开。"

"谢谢。"哈特曼把手放在下巴上思考着，"我仅作为一个美国参议员发表一下想法，我愿意看看我们能达成什么结果，阿卡巴先生。我们可以单独聊一会儿吗？"

阿卡巴点点头，"也许神父想跟巴兰克和胡那普聊聊？兄弟俩会说西班牙语，如果有翻译的话。"

哈特曼和阿卡巴讨论完之后，就回到了人群中，此时巴兰克已经准备好离开了。听过胡那普的话，他有些担心他的兄弟会当场演示和众神对话。他知道这不是个好主意。

巴兰克正解释这个，哈特曼跟阿卡巴握手道别。在巴兰克看来，他握手的时间太长了。北美洲人的习俗。

他继续劝说胡那普不要把黑曜石刀拿出来，并且开始拉着他往外走。

联合国安保人员将他们护送到电梯上时，巴兰克用玛雅语问阿卡巴哈特曼说了什么。

"什么都没说。他只说会试图建立一个委员会来研究这件事。他说话跟所有北方佬一样。至少他们看到我们了。在世界眼中我们也有了些正当性。这部分还是有用的。"

WILD CARDS

"他们不相信我们是在执行神灵的意愿,对吗?"胡那普遏制不住自己的怒气了。巴兰克小心翼翼地看着他的眼睛:"我们会向他们展示神灵的力量,之后他们就明白了。"

♠

在之后的二十四小时里,做报道的记者有一半都跟着联合国代表团走了。政府军大批集结,更不祥的是,他们开始疏散旁边的郊区。最终,通向营地的每一条路都被切断了。人类学家要出去是可以的,但是卡米纳柳尤的每个人都明白此举的意图——营地里不准有非战斗人员。

见过哈特曼和代表团之后的那三天,每天日出与中午胡那普都在城里最高的神殿上用自己的血献祭。第二和第三天日出时巴兰克也和他一起。阿卡巴请他们有点常识,但这话被无视了。随着卡米纳柳尤内部气氛逐渐紧张,兄弟俩也更加封闭。他们只和彼此讨论计划,常常不去参加阿卡巴与反叛者领袖们举办的计划会议。玛利亚整天待在胡那普旁边,要么就是为献祭准备祭台。波尔一直在训练战士。

巴兰克和胡那普站在被追随者围住的神庙废墟上。已经快到第四天的黎明了。玛利亚将一个装饰华丽的碗送到他们中间。他们俩都拿出黑曜石刀,放在手掌上。随着太阳初生,切开皮肉,让血液流下来,在碗里混合,最后放在玛利亚用雕像及花朵装饰的祭台上燃烧。太阳还在危地马拉城东部火山的后面,这火山向天空吐着烟,仿佛在给神灵献上神圣的烟草。

第一束光。刀锋反射着光芒。血液在流动、混合,填满了碗。手,覆盖着红色,伸向太阳。数千种声音一齐呼喊着向神灵乞求宽恕,迎接新一天。阳光照在他们身上时,两座茅草屋爆炸了。

泥土和碎片像雨点一样落在人们身上。最接近小屋的人最先看到是政府军的火箭弹炸毁了小屋。战士们跑向边界,试图阻止入侵,而那些无法作战的人聚集在营地的中央。就在数千人跪下祈祷或者尖叫时，政府军的火箭弹瞄准了广场的中心区域，火箭弹飞过上空，落在附近。

玛克辛·陈是为数不多留下来报道英雄双子征途的记者。她和团队躲在一座神庙背后，玛克辛在这里录制了一段关于袭击的介绍。一个七八岁模样的印第安女孩从神庙侧面跑过，闯进了玛克辛的镜头。她的脸和绣花白裙子上覆盖着鲜血，一边跑一边害怕地哭泣。玛克辛试图拽住她却没拽到，女孩跑了。

"罗伯特……"玛克辛看着她的摄影师。他卸下摄影机，交给负责声音的那个人，后者勉强拿住，接着他俩都跑向人群，让大家都站起来，朝土丘上的小庇护所跑。

英雄双子的人民正在废墟边缘朝下射击士兵，虽然对方有些慌乱，但没受到多大伤害。除了冲在前线的士兵们，军队还配备了轰隆作响的坦克，但并不向前推进，只是待在后方用火箭弹轰击。猛攻之下废墟彻底被毁，藏身其中的防御者也死伤一片。

巴兰克和胡那普好不容易才穿过涌向卡米纳柳尤中央的人群，抵达前线。刚一看到他们，人群就发出了欢呼。巴兰克站在开阔地带，向军队扔他能找到的一切东西。这有效果。与他正面对抗的部队本想后退，但被阻止了，甚至被命令向前。子弹从巴兰克的皮肤上弹开。防御的印第安人眼见这一幕都大受鼓舞。他们更小心地瞄准，也渐渐对敌军造成了影响。但是火箭弹持续着发射，巴兰克他们一直能听见被困在营地中央的人民的喊叫声。

胡那普不断前后来回，用刀割开最近的士兵的喉咙，并快速归位。他听从阿卡巴的告诫，以军官为目标，但是敌方士兵正被后面的人推挤着向前，即便想远离魔鬼，也还是会遭受连带伤害。

巴兰克扔完手头的东西，退到了一座土丘后面。他身边有两个经验丰富的游击队队长，但还是被这样的大屠杀吓坏了。这跟丛林之战完全不同。此时一直在战场上神出鬼没的胡那普突然出现，巴兰克在他再次消失之前抓住了他。胡那普的棉质护甲浸满了士兵的鲜血，这个味道就连反叛者都忍不住干呕。血液和枪射击时的烟味让巴兰克回想起了第一次体验类似场景的时候。

"西瓦尔巴。"他对自己的兄弟说。

"对。"胡那普点点头，"神灵饥饿了。我们血不够。神灵们想要更多鲜血，有力量的血。国王的血。"

"你觉得他们会接受一个将军的血吗？一个战争指挥官的血？"巴兰克越过肩膀回头看土丘另一边的军队。

两个游击队队长仔细聆听着兄弟的对话，想要找寻胜利的希望。两个队长点头赞同这个想法。

"如果你能拿下将军，对方就会全线崩溃。士兵们是被征召到此地来的，并非自愿的。"这个男人抹了一把眼睛前面沾上灰尘的黑发，耸耸肩，"这是我听过最棒的主意。"

"战争的指挥官在哪里？"胡那普盯上了远处的一个目标，"我会把他带回来。方法必须正确，否则神灵不会满意。"

"他肯定在队伍后面。我看到后面有辆卡车，上面很多天线，是通讯中心。就在东边。"巴兰克不安地看着他的兄弟，觉得他身上有些不对劲，"你还好吧？"

"我为我的人民和我的神灵服务。"胡那普走了几步，之后随着一声轻响，消失了。

"我不确定这是个好主意。"巴兰克不知道胡那普心里在想什么。

"你有更好的主意？他会没事的。"反叛者想要耸肩，但是肩膀因为直升机的声音而保持了抬起的状态。

"巴兰克，你必须解决他们，如果对方搞空袭，我们就完了。"这人还没说完，巴兰克已经跑向了直升机和卡米纳柳尤中央。看到休伊直升机之后，他拿起一块和他头差不多大小的石头扔了过去。左方的直升机爆炸了，火光四射。它的同伴很快抬升，离开了营地，但是巴兰克没有意识到他摧毁的直升机在什么位置——燃烧的碎片落在聚集的追随者身上，造成的死亡和痛苦跟政府军的火箭弹不相上下。

巴兰克转身离开，咒骂着自己对人民的无视，这时看到胡那普站在最高的山丘上。他的兄弟站在玛利亚的祭台旁，抓着一个绵软无力、半躺在地的人。巴兰克朝神庙跑去。

站在另一边的阿卡巴看到胡那普带着俘虏出现。第一场迫击炮袭击之后开始了一场混战，阿卡巴就是在那时和双子分开的。现在，他转身离开了挤在中央土丘的群众，玛克辛·陈拽着他的手臂。她现在跟他在一起，脸上脏兮兮地流着汗，两个男同伴也一脸憔悴。罗伯特拿回摄影机，拍下他在卡米纳柳尤能拍到的一切。

"怎么了？"在人潮和枪声之中，她只有大喊才能被听见，"跟胡那普在一起的是谁？是巴兰克吗？"

阿卡巴摇摇头，继续跟在后面。

当她看到阿卡巴是想爬到开阔区域的那个土丘时，她和罗伯特都犹豫了一瞬，复又跟上。这个可靠的男人摇摇头，弯腰走在神庙的底座处。巴兰克见到了玛利亚，他们从一侧向上爬，摄影师则后退，六个人一登上高处就开始拍摄。

看到巴兰克之后，胡那普抬起头，朝着天空呼喊。他的刀没了，覆盖了大部分脸庞的血迹在风干后像是祭祀用的面具。巴兰克听了一会儿，摇摇头。他用古老玛雅语和胡那普争执起来，但是后者继续呼喊，没有搭理巴兰克的干扰。玛克辛问阿卡巴发生了什么，但是他也疑惑地摇摇头。将危地马拉将军抬上泥土做的祭台，玛利亚脱下了他的制服。

枪炮停止开火时胡那普的呼喊正好也停了。现场一片寂静，玛克辛用双手捂着耳朵，玛利亚端着碗跪在将军旁边，而巴兰克正摇着头后退。巴兰克正摇着头后退。猛然间，胡那普将胳膊伸向巴兰克。巴兰克越过他的胳膊向后看,政府的坦克正轰隆着前进,篱笆撕裂,印第安人被压得粉身碎骨。

就在巴兰克犹豫的时候,将军醒了。他发现自己四肢张开躺在祭台上,咒骂着试图下来。玛利亚把他推了回去。在注意到她的羽毛之后,将军向后躲避,像是怕被传染一样,接着他用西班牙语训斥胡那普和巴兰克。

"你到底在做什么?日内瓦公约明确提出军官俘虏应受到有尊严的对待!把我的衣服还给我!"

就在这名危地马拉军官咒骂时,巴兰克听到后面的坦克声与尖叫声。他把黑曜石刀扔向胡那普,抓住了将军不断扑腾的手臂。

"让我走!你们这些野蛮人要干什么?"胡那普举起刀的时候,这个男人双眼睛瞪得很大,"你们不能这样做!拜托,现在是1986年。你们全都疯了!听着,我会让他们停下,全都停下。让我站起来!求你们了,上帝啊,让我起来!"

巴兰克把将军按回到祭台上,抬头看着胡那普手起刀落。

"圣母玛利亚啊,真是——"

黑曜石刀划开血肉与软骨,喷溅的血沾到了兄弟俩和玛利亚。巴兰克神情复杂地看着胡那普割开将军的脖子,切断脊柱,拉丁人的头被提在空中。

巴兰克松开死者的胳膊,颤抖着从玛利亚手中接过满是鲜血的碗。他把尸体从祭台上推下去,点燃了血液,与此同时,玛利亚点起了柯巴脂香。他头朝后仰,向着天空高喊神灵的名字。他的人民附和着他的声音,聚集在下方,手伸向空中,直指神庙的方向。

坦克不再前进,开始缓慢撤退。步兵扔了枪就跑。有几个军官本想阻止逃兵,但后来也跟着一起跑了。政府武装在混乱中四分五裂,逃往城市,连装备和武器都丢弃了。

看清献祭场景后,玛克辛呕吐了,但是摄像师全部记录了下来。

她面色苍白地颤抖着问阿卡巴发生了什么。他低头看着她，双目瞪大。

"是第四次创造的时候了。乌拉坎的诞生，天堂的心脏，我们的家园。神灵已经回到我们身边，敌人的死期到了！"阿卡巴双膝跪地，向英雄双子伸出手臂，"带领我们走向荣耀吧，被神灵宠爱之人！"

◆

卡米诺实的502房间里，穿着花短裤和浅蓝聚酯纤维衬衣的游客将最后一件织物纪念品塞进旅行箱。他环顾房间寻找妻子，发现她站在窗前。

"玛莎，下一次不要买装不进旅行箱的东西。"他可观的重量压上箱子，把它合上了，"那小子呢？我们是半个小时以前通电话的。外面有什么有趣的东西啊？"

"人群，西蒙。像是某种游行。我猜或许和宗教有关。"

"暴乱？加上之前看到的关于动乱的消息，我觉得我们越快离开越好。"

"不是，他们好像是要到什么地方去。"他的妻子继续看着满是男人、女人和儿童的街道，"全是印第安人。看服饰就知道。"

"上帝啊，要是他们再不赶点儿，我们会错过飞机的。"他瞥了一眼手表，好像手表该负有责任，"你再给他打个电话，好吗？那小子到底去哪儿了？"

♣♦♠♥

WILD CARDS

泽维尔·德斯蒙德的日志

1986年12月15日,秘鲁,去利马的路上

我的日志写得有些拖拉——昨天和前天都没写。我只能用疲惫和一定程度的沮丧来做借口。

恐怕是危地马拉损伤了我的精神。当然,我们是完全中立的,但当我看到电视上关于暴乱的报道,听到用来描述玛雅革命者的修辞时,我大着胆子燃起一点希望。当我们真的见到印第安首领后,我甚至短暂地兴奋了一下。他们认为我的存在是一种荣耀,是好兆头,对待我的时候似乎带有某种尊重(又或者缺乏尊重)。而对待塔基扬和哈特曼都没有。另外他们对待鬼牌的方式给了我勇气和信心。

好吧,我是个老人——老鬼牌——我想要抓住稻草。现在玛雅革命者宣布建立了一个新国家,印第安人的家乡,他们的鬼牌在这里会被欢迎、被尊重。其他人不能进入。并不是说我想要生活在危地马拉的丛林里——就算在这里有个自治的鬼牌家园也不会在鬼牌镇引起波澜,更不要说大规模的跋涉了。不过,这世界上没几个地方是欢迎鬼牌、让我们能够安安静静生活的……我们走的地方越多,看的东西越多,就越是不得不得出一个结论:鬼牌镇是最适合我们的地方,是我们唯一的真正家园。我不知道该怎么表达这个结论给我带来的悲伤与恐惧。

我们为什么要划这些线,用这些精细的区分和标签、壁垒来将人类分成不同类别?王牌、耐特和鬼牌,资本主义者和共产主义者,天主教徒和新教徒,阿拉伯人和犹太人,印第安人和拉丁人……世界各地还有很多很多这样的区分。当然,真正的人性只能在我们这一边,我们完全可以欺压、强暴、杀死别人,不管那个人是谁。

一叠卡牌上有人认为危地马拉人原本就在故意屠杀当地的印第安人,有人认为新国家是件好事,但是我有些疑虑。

♥

玛雅人认为鬼牌是被神灵触碰过的，是被特别祝福的。显然，被崇拜比因为各种残疾和畸形而遭到辱骂要好，这点毫无疑问。

在开明的美国呢？里奥·巴奈特这样的人到处宣讲，说鬼牌是因为自身的罪孽而受到惩罚。哦，对了，是有区别的，我记得。巴奈特说他恨罪孽，但是爱罪人，如果我们专心忏悔、心怀信仰、深爱耶稣，肯定就会得救。

不，恐怕到最后巴奈特和阿亚图拉还有玛雅祭司都会开始宣扬同一种信条——我们的身体在某种程度上反映了我们的灵魂，某些神灵为了自身的快乐或者不满直接伸手将我们扭曲成了现在的模样。最重要的是，他们表达的都是：鬼牌是不同的。

我的信条简单到可悲——我认为鬼牌、王牌和耐特都是人，应该被平等对待。在我的灵魂被黑暗覆盖的夜晚，我思考过是否只有我一个人有这种念头。

♣

我还在想着危地马拉和玛雅人。有一点我之前没有说明白——我禁不住意识到这场光荣的理想主义革命是由两个王牌和一个普通人领导的。就算在这里，在鬼牌被认为是受到神灵青睐的地方，仍是王牌领导，鬼牌追随。

几天之前，我记得是在我们参观巴拿马运河的时候，挖掘者唐斯问我觉得美国以后会不会有个鬼牌总统。我告诉他有个鬼牌国会议员我就满足了（恐怕内森·拉比诺维茨听到了这个评论，并且将其当成了对他当选的某种批评，因为他的选区就包括鬼牌镇）。之后挖掘者又想问我觉得会不会有王牌总统。我必须承认，这个问题更有趣。唐斯总是看起来半睡不醒，但他其实头脑清晰，虽然比不上飞机上的其他记者，比如美国联合通讯社的赫尔曼或者华盛顿邮报的摩根斯特恩。

我告诉唐斯，如果上一次百变王牌纪念日的事故不曾发生，王牌总统是有可能的……勉强吧。某些王牌，比如灵龟（依然不知所终，至少最新的纽约报纸上是这么说的）、游隼、飓风和其他第一档的名人，都足够讨人喜欢。但当中有多少喜爱能转化为选票，在你来我往的总统竞选交锋中，这种喜爱又能剩下多少？这才是更难回答的问题。英雄主义是个容易过期的商品。

杰克·布劳恩站得很近，足以听清挖掘者的问题和我的回答。我还没总结——我想说在今年9月，整个等式都改变了，随着百变王牌纪念日的惨剧，王牌当选总统的微小可能也被一同葬送——布劳恩插话了："他们会把他撕碎的。"他告诉我们。

那如果是他们喜爱的人呢？挖掘者问道。

"他们还爱过四大王牌呢。"布劳恩说。

布劳恩已经不再是旅程之初那个不被搭理的人了。塔基扬依然拒绝承认他的存在，海勒姆只是礼貌地待他，但是其他王牌似乎不知道或者不在乎他是谁。在巴拿马时，他经常和幻想在一起，护送她从这里到那里，我还听到有传言说黄金男孩和莱昂斯参议员的媒体秘书之间有联络，那是个迷人的金发小伙。毫无疑问，在男性王牌中，以传统眼光来看，布劳恩是最英俊的，虽然末底改·琼斯也有一股特殊的深沉感。唐斯对他们俩都很有兴趣，他告诉我，下一期的《王牌》杂志里会有一篇比较黄金男孩和哈莱姆铁锤的文章。

♣ ♦ ♠ ♥

"毫不遮丑"

凯文·安德鲁·墨菲

1986年12月18日，利马

　　一排盆栽靠着拉蔻博物馆粉刷过的墙边摆放着。后方的多肉植物混合了繁茂的一年生灌木，细长的藤蔓攀在格子架上向天空伸展，花朵展示出各种颜色。霍华德·穆勒小时候拥有一本安德鲁·朗创作的《彩色童话故事》，书里的颜色跟这些花朵的一样：红，蓝，黄，粉，橙，绯红，淡紫，深紫。还有绿色的仙人掌，大部分都表面起皱，有疣。

　　霍华德也是这模样，鬼牌镇的大部分人叫他巨魔。

　　游客们对着景色拍照，有些人调整角度，希望把他也拍进去。

　　霍华德早就习惯了。你要是从小就是个鬼牌，那你就会明白，别人难免盯着你看。要是你身高还长到了九英尺，那就更是无法避开他人的目光。幸运的是，霍华德也长出了相当厚的皮肤，至少身体上是如此。

　　他听到咔哒的快门声，以及突然音量变小的西班牙语在惊呼声"哎呀，有麻烦了！看那个普托！"秘鲁人的口音和他习惯的波多黎各口音不太一样，但是脏话就那么几个词——而且你要是在医院当安保的话，保证每个都听过，尤其是鬼牌镇的医院。

　　"普托"直译过来就是"男娼妓"，但是在俗语里可以泛指你想表达的侮辱性含义。霍华德希望自己的西班牙语更好一些。

　　作为一个九英尺高的人，他也学会了如何相应地安排自己的日子。在纽约的时候，一天的工作结束，霍华德最喜爱的休憩地点是纽约公共图书馆的阅览室。爱书的人都会喜欢那里的藏书。而且，霍华德喜欢屋顶很高或者没有屋顶的场地。

他弯腰从木架子上取下一本小册子。他选了英语版，然后瞥了一眼花园里各种蝴蝶和蛾子的图示。文章介绍了猫头鹰蝴蝶：由于翅膀上有黄色斑点，酷似猫头鹰的脸而得名；漂亮的金色天蚕蛾和白色魔女蛾，这是两种最大的蛾子，在拉丁美洲地区有各种色彩缤纷的名字。魔女蛾还有黑色的，法语名字叫黑巫师。据说如果有一只飞过你的头顶，你就会秃顶，如果落在你的手上，你就会中大奖。霍华德被百变王牌感染之后就一直是秃顶。不过要是能中大奖就好了。

小册子里提到的几只在花园里翻飞，它们令人惊叹，尤其是白色魔女蛾，有普通人的手掌那么大。

霍华德的手更大，而且是绿色的，看上去就像仙人掌叶片。一只蛾子落在上面。霍华德凑了过去，"所以，"他轻声问，"我会中大奖吗？"白色魔女像安徒生的冰雪皇后把玩扇子一样冷淡地扇动翅膀，显然在思考他的问题，最后它飞到了草坪的另一边。

霍华德看着她离去，轻笑起来，花了一点时间调整在纽约买的超大款新奇墨镜的绑带。"超大"是相对的，对于很多鬼牌来说就是正常大小，包括霍华德。新奇是因为要根据他的需求来调整。几乎一切都是特制的。

霍华德继续翻看蝴蝶简介。魔女蛾的另一个名字是死神的蝴蝶，不过册子里说这个名号更适合给大蚕蛾。它的幼虫被称为毛毛虫中的刺客，因为它能从有刺的古怪脊椎中发射出有毒的抗凝剂，每年都能造成好几起死亡。绒蛾更加危险。它的幼虫绰号为角蜂，虽然毒性比刺客小，但是长得可爱，令人着迷。从照片来看，它们的外表就像是毛茸茸的假发，可有毒的脊柱正藏在丝一般的黄色毛发里。

霍华德本人不太担心毒液。他的皮肤跟大象皮一样厚。可绒蛾幼虫似乎对小孩而言是个问题，毕竟他们喜欢把毛毛虫拿起来玩耍。

不过魔女蛾是无害的——至少从科学的角度来说。但是在秘鲁，当地的盖丘亚族间，它们被称为塔琵拉古，并在当地传说"一个黑信使"中担当重要角色。在这个故事里，一个黑暗的陌生人将一只神秘的盒子带给了印加国王瓦伊纳卡帕克。当国王打开之时，蛾子和蝴蝶飞了出来，像是传说中的二十四只黑鸫①，不过他们并没有为国王歌唱或咬掉女仆的鼻子，而是传播了一场瘟疫。传说里的人物总是会做这种傻事。读朗的彩色童话故事教会了霍华德一件事，那就是如果有人给你个神秘的盒子，千万别打开。里面从来都不是好东西。问问潘多拉。

霍华德把册子塞在裤子后面的口袋里，弯着腰穿过博物馆的大门。之前他一不小心听到幻想提过拉蔻博物馆有着世界闻名的前哥伦布时期色情陶器收藏。他已经很久没有跟人睡过了。

藏品没有让他失望。霍华德不得不单膝跪下，才能看见展示柜里的东西，但他有了一个收获，他发现前哥伦比亚时期的陶器上，普通人尽可能地展现了他们的放荡。里面似乎有些鬼牌：一个像鸟似的女性，乳房坚挺；几个羊驼鬼牌，也可能只是羊驼，在做一些狂野的事情；还有个骷髅脸的鬼牌，生殖器很大，就像是查尔斯·达顿②的头被按在了前哥伦布时期的普通人身上；再加上一个，呃，霍华德自己的生殖器，不过没什么疣，而且不是绿的，是棕色。

霍华德买了一本拉蔻博物馆的咖啡馆里的书，然后回到花园中等待豪车接他回酒店。花园的一个角落里长着紫色的九重葛，构成一处让人愉快的阴凉，这里还摆着一个倒置巨大陶缸，正好给他当凳子。蝴蝶和蛾子在附近扇着翅膀，似乎是在用它们猫头鹰的眼睛和翅膀上的斑点观察他。他从衬衣口袋里拿出一根雪茄。这是他们在哈瓦那短

---

① "二十四只黑鸫"出自英国童谣《六便士之歌》。
② 美国黑人演员，身材偏胖。

WILD CARDS

暂停留时,年事已高的古巴总统巴蒂斯塔送给他的上好礼物。他闻了闻,最后一次沉浸在气味之中,然后用自己泛黄的龅牙咬掉了尾端,这样比所有雪茄剪更好。霍华德把尾端吐到九重葛里,再在皮肤上划了一根安全火柴。

他才刚刚让肺里充满美妙的烟味,豪车就靠边停下了,联合国的旗帜显眼地飘扬着。霍华德叹了口气,一阵烟雾飘出来,赶跑了他误以为是仙人掌的蝴蝶。他站起来,在陶缸上掐灭了雪茄。

司机无视了霍华德,转而去开车门,里面走出来一个身穿亚麻西装的男人,跟普通人比这男人算是个高个子,长着一头金发,下来之后绅士地伸手扶了一位娇小但明艳动人的女性下车。他就是杰克·布劳恩——臭名昭著的黄金男孩,女的是阿斯塔·伦泽,美国芭蕾剧院的首席芭蕾舞演员,"幻想"这个称号更出名。作为一个王牌,她的舞蹈能让所有男人(甚至还包括一些女人)倾心。

霍华德卧室墙上贴了一张她的海报。阿斯塔曾扮演发条玩偶葛蓓莉亚,演的是同名舞剧——那晚塔基扬把大都会艺术中心的戏票给他了,这海报就是纪念品。表演当天她戴着一头紧扎的金色小卷假发,弹簧一般弹跳着。今天她梳银白色胭脂鱼发型,就像是大卫·鲍伊演的妖精国王。她是妖精女王,而且是个很迷人的妖精女王。

"喔!"她喊道,她的双手和双臂优雅又夸张地指向博物馆上空,"看,杰克!多美啊!"

霍华德也抬头看了过去,一群飞蛾和蝴蝶正飞过这座曾经的殖民地宅邸的屋顶,有黄绿的、深红的、杏黄的、蔚蓝的,还有硫黄色和紫红色,有的甚至是半透明的,像是透过丝纱罗窗户看到的五彩纸屑小瀑布——而且是被魔法赋予了生命的纸屑。它们的翅膀交织成了彩虹的颜色。

花园里的参观者吃惊地张大了嘴。孩童们指着这个景象欢笑着。霍华德自己也出神地盯着,不明白为什么会有这种场面。万花筒一样的鳞翅类动物旋转着，幻化出各种形状，如同装饰了珠宝碎片的华服。

在某一个瞬间，一群黑色魔女蛾仿佛召开女巫大会一般聚到了一起，组成类似戴兜帽者的形象，酷似托尔金笔下的戒灵，但很快它们又分开了，成为彩色同伴中的黑色装饰。霍华德没能看到后面的变幻，因为幻想开始跳舞了。

她不能仅仅用美来形容。应该说她完完全全地迷住了所有人才对。阿斯塔是个舞者，柔软但有肌肉，灵巧超乎寻常，同时对身体的控制不差分毫。她全身心地沉浸在舞蹈家的快乐中。

她所做的那些动作，霍华德不全知道名字——击足跳，脚尖旋转，单足趾间旋转，优雅的阿拉贝斯舞姿，还有美妙的小跳——他只知道他想要她。她移动起来宛如一只蝴蝶，优美的蜜桃色丝绸包裹着她的曼妙身躯，裙子的开衩很高，炫耀着惊艳的双腿。艳丽的本地产围巾挂在肩膀上，延伸至双手，由仙人掌果实般的粉色和矢车菊蓝色丝线织成，显然是最近某位爱慕者赠予的礼物。

阿斯塔将其举过头顶，让围巾像蛾子的翅膀一样摆动，蝴蝶纷纷围绕在她身旁，既是被围巾的颜色吸引，也是陶醉于她的动作和磁场。

所有在看的男人，包括霍华德都被她的美丽惊呆，变成了鳞翅目学家手中以大头针钉住的标本。他们当中肯定有女人，因为霍华德隐约听到了照相机快门声。他除了观看之外什么都做不了，只能调动起用来观看她动作的肌肉，他已经入迷了。

阿斯塔的即兴舞蹈以旋转结束，她倒在了草坪中央，扇着围巾，像一只正在休憩中的蝴蝶扇动着翅膀。她的头靠着膝盖，双手前伸触碰小腿，完全展示出围巾的色彩，给舞蹈画上句点。

掌声自发地响起，巨大的声音和震动使得蛾子和蝴蝶四散飞去。霍华德摇摇头，从恍惚的状态回过神来，他有些尴尬地意识到自己裤子前部支起了一个巨大的帐篷。更让他尴尬的是,他的这个部分正好跟普通人的眼部平齐。

幻想站起身来,为刚才的即兴芭蕾舞表演鞠躬,同时观察着她的爱慕者和观众们。余光瞥到霍华德的胯部时,她停了一下,好像被逗乐了。"突然想到,"她顽皮地评价道,"我们还没看色情陶艺展呢,对吧杰克?"

"是的,阿斯塔。"

阿斯塔只是大笑。杰克·布劳恩仅仅是觉得有趣,因为他知道她今晚会跟自己在一起,阿斯塔·伦泽并不真正属于任何人,她只属于自己。

1986 年 12 月 19 日,前往库斯科的路上

在一叠卡牌的飞机上,人们换座位就像幻想换床伴,只有霍华德和末底改·琼斯没换位置。哈莱姆铁锤需要特殊加强的椅子来支撑他的巨大重量。霍华德不仅需要这个,还得加上额外的头部、腿部空间并且增加宽度。他甚至不能在飞机上站起来。他大部分时间都斜躺着休息,盯着飞机天花板,或者跟随便哪个坐在旁边位置上的人聊天。

今天早上他旁边的是鱿鱼神父和大主教菲茨莫里斯,团队里天主教慈善机构的代表。大主教是个六十多岁的普通人,满头的白发里带着一丝红色,虽然戴着银丝边的远近视两用眼镜,但是一张圆脸让他显得和蔼可亲。他也格外镇定,饶有兴趣地翻看着霍华德买的前哥伦布时期色情书籍,"老天啊。"他惊呼,"这里面有的让我想起某些圣人。"他轻敲书页,笑道,"这位先生长得像圣波提纽斯[1]。"

霍华德探过头去看图片。又是一个生殖器巨大的鬼牌。"我们,呃,医院里有个人差不多也是这样。"

---

[1] 一位圣人,据说可以帮助不孕不育的男女恢复生殖力。

"噢?"鱿鱼神父询问道,他的触手因为兴趣而蜷曲着,"是菲利普,新来的清洁工,对吗?我告诉过他鬼牌的身体没什么好羞愧的,但他还是不愿意展示他在工作服下面藏了什么。而且,恐怕教堂里的有些女士已经开始猜测了。"

"呃,不是。"霍华德说,"不是菲利普,是另一个。"

大主教还在惊讶于图片。"我希望这个可怜的男人跟圣波提纽斯不完全一样。"

"这个,比例更协调一点……"霍华德不自在地承认。

"那就好了,但我不完全是这个意思。"大主教菲茨莫里斯澄清道,"圣人的其中一个雕塑被放在法国的一个小教区里。女人们趁着神父不注意的时候悄悄把手伸进圣人的袍子里触碰他,以确保生育力,有时候甚至会刮下小碎屑。"他神神秘秘地凑到霍华德旁边耳语,显然这是个很流行的下流逸事。"你可能会以为圣人的那个部分会被磨光,但它奇迹般地保持了原样!也许算不上有多奇迹。中世纪的人够聪明,在雕像上钻了个洞,把木棒插进去了。每隔一段时间,如果有必要,神父就会拿木槌把棒子往外面敲一点。"

霍华德在思考。和大部分鬼牌一样,他并不太满意百变王牌对自己身体造成的影响。但是至少病毒没有拿扫帚柄捅他的屁股。

"这是教会里的官方圣人吗?"鱿鱼神父问道。

"跟圣克里斯托弗一样官方,不过没那么出名。"大主教菲茨莫里斯的手伸向衬衣领,拉出一个印制的圆形浮雕,上面的人像是个拄拐杖的胡子男,背上背了一个顶着光晕的小孩。"教皇陛下将他们俩人的日子从礼拜日历上除去,包括其他不出名的圣人,但是献给他们的教区依然可以庆祝,任何对他有特殊崇拜的人都可以。克里斯托弗是我的基督教名字,如果没有我的守护神,我绝对不坐飞机去任何地方。"大主教亲吻了圆形浮雕,然后将它收起来,给了霍华德一个打量的眼神,"你知道吗,穆勒先生,你很像圣克里斯托弗。他在普通人中也算是身形巨大——五腕尺高。也就是七英尺半。"

"我比这高。"

"我能看出来。"大主教表示同意,"如果我听到的传言不假,你还很强壮。但是圣克里斯托弗更强壮,因为他背着圣婴以及身上背负的世间全部罪孽穿过了一条河流。我猜连布劳恩先生都无法承担那样的负担。"

"黄金男孩有自己的罪孽要背负。"鱿鱼神父说道。

"确实。"大主教也赞同,"犹大之罪是最深重的罪孽。"

这场对话开始离题,走向让人不舒服的区域,尤其是考虑到黄金男孩就坐在几排之外和幻想调情,于是霍华德问道:"圣克里斯托弗也有疣?"

"据我所知没有。"大主教菲茨莫里斯愉快地说,"但最开始时,他的形象是狗头。"

"水晶宫殿里有人就是那样。"霍华德提到,"卢波,马提尼调的很棒。"

"那我要去拜访一下。"大主教说,"我喜欢上好的马提尼。"

"所以狗头后来怎么了?"霍华德问道。

"他背着主过了河之后受到嘉奖,获得了人类的面容。"大主教很快又继续说,"提醒你,我只是在重复我小时候听到的《圣经言行录》,那是在百变王牌病毒暴发之前很多年了。"

"耶稣是个鬼牌。"鱿鱼神父虔诚地说,他的触手抽动着,"而且是雌雄同体。我不明白为什么他或她会认为将一个人变成普通人是种奖赏。"

"我们有什么资格质疑圣人无法言说的智慧?"

"就是这样。"鱿鱼神父很赞同,"但我会质疑的是,为什么圣母教会还没有接受鬼牌基督教会作为她的教区之一,还有为什么没想过为百变王牌受害者们指定一个守护神。"

"鱿鱼神父。"大主教叹了口气,"你还是个年轻神父,这些事情要慢慢来。已经有很多负责瘟疫的守护神了——洛克、塞巴斯蒂安、古德博塔、卡美卢斯①。而且,说句实话,病毒暴发到现在只有四十年,还涉及到尊严和政治问题,另外好些组织也想要守护神,他们所在的领域跟百变王牌病毒一样重要。"

"百变王牌不是一般的瘟疫。"鱿鱼神父淡淡地说。

"我同意。"大主教菲茨莫里斯让步了,"那么问题来了,还有哪个圣人能负责这个呢?能让一切成为可能的圣犹达②?苦难局面的守护者欧斯塔希乌斯和他的同伴③?能创造奇迹的圣斯派莱顿④?我个人建议所有受百变王牌影响的人向圣妇丽达⑤祈祷,因为她似乎是最

---

① 均为天主教圣人。

② 圣犹达(Jude),耶稣的十二门徒之一,他强调只要有不可动摇的信仰,一切就都能实现,所以当形势似乎一片黑暗毫无希望时,人们通常会向他求助,注意,他不是背叛了耶稣的犹大 Judas。

③ 欧斯塔希乌斯原名 Placidus,是罗马皇帝图拉真(Trajan)手下的将领,有一天他在一头巨鹿的鹿角之间看到了被钉在十字架上的耶稣,还听到了来自天堂的声音,于是转投基督教,改名为 Eustachius。此后他虽然立下战功,但还是遭到迫害。皇帝把他和他的妻儿丢给两头饥饿的狮子,但狮子没有伤害上帝的追随者,于是皇帝又把他们扔进巨大的铜牛中,点火炙烤,就在生命的最后时刻,欧斯塔希乌斯和他的妻儿还在高唱圣歌。因为永远镇定地面对困境,坚持自我,所以欧斯塔希乌斯和他的同伴被称为困难局面的守护者。

④ 创造过许多奇迹,最著名的事迹是驱逐了瘟疫,保护了他所在的科孚岛。

⑤ 听从父母的安排,在十二岁时嫁人。她的丈夫经常对她施暴,但她最终用善良和耐心感化了丈夫。在丈夫被仇家谋杀之后,她劝服儿子们放弃报仇,并且最终与仇家和解。后来她成为修女,由于她的祈祷过于虔诚,房间里十字架上的一根尖刺居然刺中了她的额头,自此之后,她得以分担耶稣的痛苦。丽达在最艰难困苦的时候也不曾放弃,而是坚守教义,所以当人们觉得毫无希望时会向她求助,而且在腺鼠疫横行时期,她悉心照料众多病患,却不曾感染,因此她被认为能行不可能之事。

适宜的。虽然如此，可丽达的组织很小，而且属于奥斯丁会①。斯派莱顿处理的是奇迹和瘟疫，所以他现在是领跑者。但是不应该把丽达排除在外。"

霍华德在思考，试图想起自己曾经在哪里听说过丽达。"卡斯特罗②是不是说过她几年前帮助道奇队③赢得了冠军？"

"异端邪说！"大主教菲茨莫里斯宣布，"这是魔鬼干的事！"他打开航空公司的瓶装金酒，想找点东西混在里面喝却没找到，于是就直接喝了。"冠军应该是红袜队！"

"我知道你是红袜队的粉丝，克里斯托弗。"鱿鱼神父用他头足类动物的眼睛瞥了一眼大主教，"但你是多明我会④的？"

"你在说什么？"大主教沉默了一下，然后继续说，"但你是对的。我是方济会⑤的。我最关心的就是救济穷人、治愈病人。还有就是惹恼耶稣会⑥信徒。我必须让多明我会的人来对付异端邪说。"他拍拍鱿鱼神父的手臂，"就像你，我的好朋友，一个异端分子。"

"我不是异端分子！"鱿鱼神父怒了。

"她也是这么说的。"大主教菲茨莫里斯笑道。

"谁？"

"圣女贞德。"大主教说着，蓝眼闪烁，"现在她是个圣人了。"他举起金酒祝酒。"所以说你有好些不错的同伴。"

---

① 天主教托钵修会之一，要求成员按福音书所说抛弃家庭、财产而追随基督，在教会内集体过清贫生活，脱离世俗事务；除日常祈祷外，从事济贫和传教工作等。
② 古巴革命家、军事家、政治家。
③ 洛杉矶道奇棒球队。
④ 天主教托钵修会之一，以布道为宗旨，着重劝化异教徒和排斥异端。
⑤ 天主教托钵修会之一，此派修道士的特点是：将所有财物都捐给穷人、靠布施行乞过生活、直属罗马教宗的管辖、潜心研究学问、四处讲道。
⑥ 耶稣会是天主教修会，该会的特点是仿效军队编制，组织严密，等级森严，特别强调无条件地绝对效忠于教宗。

1986年12月19日，库斯科

"印加的卡帕克就是在这里沉下了他的金棍子！"巨大的白色天竺鼠穿着彩虹色条纹的披风宣布。她看起来就像是老鼠先生和鼹鼠先生的秘鲁表亲，来自某本未出版的阿瑟·雷克汉姆插画集。她指着殖民地旧喷泉附近的鹅卵石。

窃笑和一遍遍重复"金棍子"的声音在阿马斯广场回荡，这里曾经是印加帝国的心脏，现在成了库斯科旅游业的中心。霍华德不知道秘鲁人到底是格外喜欢下半身笑话抑或只是比纽约人更轻松随意，也许两者都有。广场上有两座教堂，小的是特里温福教堂，大一点的是耶稣会教堂。还有一个棕色石头建造的圣多明戈大教堂。霍华德看着鱿鱼神父和大主教菲茨莫里斯溜进大教堂的哥特式外观里，同时还在快乐地聊天。霍华德对教堂没什么兴趣，尽管大教堂的顶够高。不过上一个酒店里的床是古怪地拼在一起的，他刚飞过来，早上在广场上走一圈听起来是个伸展双腿的好办法。

霍华德想念家里的床。他青春期的时候还在飞速生长，连自己都不知道会长到多高，床是他的老朋友帮他用一堆黄铜床架制作的。

猎豹还让他参与了入室抢劫。后来霍华德靠为米索先生当保镖才付清这些床架的钱。

米索家具早就不在了，米索先生也一样。霍华德不知道猎豹怎么样了。他们的成长方向不同——各种意义上的。

当你超过六英尺半高时，你头部旁边的空间就全是你的了。就算在鬼牌镇也一样。长到了九英尺时，能与霍华德视线平齐的只剩下树人、人，有时候还有飘浮者——取决于他那一刻离地的高度。在阿马斯广场上，飘浮在霍华德头部附近的是更多蝴蝶，一部分跟利马那些一样，来自季节性迁徙。游客们到处跑着给它们拍照，有时候一不小心会拍到他。霍华德试图不去介意这些。

WILD CARDS

但是在广场上散步也是个看鬼牌同胞的好机会。霍华德有一双安保人员的眼睛，同时也知道人群喜欢看哪些鬼牌。在场的鬼牌不少，让他想起了开心屋的员工们。天竺鼠导游显然是精心打扮的，她的白发明显洗过还做了造型，牙齿刚被锉短过。一个有着美洲虎的斑点、皮毛、尖牙、爪子和未生长完全的粗短尾巴的男人站在树荫下，以专业水准表演抛蝴蝶棒。一个双头羊驼站在卖水果杯的摊子旁边以招揽生意，一个头在用女人的声音尖叫，另一个是男人声音，两个头上都戴着毛毡做的红色驯鹿角头箍，毕竟下个周就是圣诞节了。还有喷泉附近，一群外形各异的鬼牌音乐人戴着圣诞老人的帽子，一会儿演奏国际节日曲目，一会儿则表演传统安第斯山脉长笛曲。他们并没有像人们预料的那样让半人半羊的哪个演奏牧羊神之笛，而是让一名金色皮肤的木头少女用她的手指为笛。一个黄铜色鳞片的女巨蛇在她旁边舞蹈，鳞片像铃铛一样叮叮作响。那些有碍观瞻的当地鬼牌要么被警方赶走了，要么是当地的生意人付钱让他们去了别处。霍华德不知道是哪个。

"女士们先生们！"巨大的天竺鼠喊道，"请大家关注广场！第一个民间舞蹈是羊驼牧人之舞！"

舞者全是穿着民族服饰的普通人，除了双头羊驼——两个头朝向两端，就像是《怪医杜利德》里的双头驼马。舞者们的裤子和裙子都是黄褐色，衬衣是金色的，腰带是华丽的撞色。似乎大部分秘鲁织布者都很青睐这种颜色搭配。头上的三角形帽子既像是共济会的仪式头巾，又像茶壶套，还像霍华德的普通人祖母最喜欢的流苏灯罩。帽顶上装饰着几个绒球，正面贴着羊驼形状的毛毡，还有个字母 u，霍华德没明白是出于什么原因。

音乐很欢快，舞蹈中包含不少鼓掌、跺脚、晃动裙摆的动作，是为了追逐羊驼在广场上跑动，或者至少是能让那个双头羊驼鬼牌跑起来。两颗头的中间被舞者挡住的时候那鬼牌真的很像两只羊驼。霍华德想知道羊驼怎么上厕所,最好是不需要使用导尿管。他买了一个水果杯,大口咀嚼着菠萝、蜜瓜和名叫曼密苹果的粉色异域水果片,尝起来有南瓜樱桃加桃子的风味,但又不完全一样。跟所有好吃的水果一样,它尝起来是自己独特的味道。后来霍华德单独买了这种有足球那么大的米色水果,用又黑又尖而且比牙齿直得多的手指把外皮剥开。曼密苹果的核像牛油果似的,被他连同装满外壳的塑料包装一起扔进了垃圾桶。垃圾桶旁边飞来了更多蝴蝶,用长长的舌头吸食溅出的花蜜,似乎仍然在用翅膀上的斑点盯着他。

下一支舞更加具有传统印加风格——巫医之舞。那个树神以手指为笛,吹奏了一曲,巫医们穿着羊驼毛披风,戴着饰有蝴蝶结的草帽,旋转着。他们的背包在危险地甩动。然后他们将背包从背上取下,夸张地拉开抽绳,分发里面的东西。之后他们在广场上跑动,敲击葫芦沙球,试图向围观人群,尤其是在场的鬼牌们兜售一丛丛草药、样子可疑的民间装饰品,以及各种葫芦。

霍华德不知道葫芦里装的是什么酒,但它们散发出甘草的气味,而且不是那种好闻的草莓味。他看到那个长美洲虎斑点、玩耍蝴蝶棒的杂耍艺人买了一杯,作为一个当地人,他大声且迅速的讨价还价让人生疑,他拿出了帽子里收到的所有零钱,喝下了那杯东西。斑点一个接一个地消失了,皮毛褪去,爪子回缩,尖牙不再,就连粗短的尾巴也回到了体内,他变成了一个拉丁与印第安混血的帅小伙。

"我被治愈了!"刚刚还是鬼牌的小伙喊道。

"治好啦!治好啦!"小伙的秘鲁口音很重,不过霍华德听出来了西班牙语单词,他猜测这说的是巴西葡萄牙语。虽然他不知道具体意思,但在这个场景下很容易就能猜出来。

他摇头叹息。霍华德曾见过鬼牌被治愈。有很多可能的反应,最常见的是尖叫和昏倒。因为某些身体部位不再存在或者出现了不曾拥有的身体部位而发疯的也不少。但是会变形的王牌当了个很棒的诱饵，不少鬼牌旅行者受骗买下了神奇的治疗酒。他们喝完之后什么都没发生，只有一个身上褥疮结痂、头发像金针虫一样扭曲蠕动的女人有点反应：她的头发冷静了一会儿。后来她开始哭，语速很快地和身边的同伴说话，还不断用粗糙的手抚摸自己的胸部。

霍华德猜测安慰剂效果也许对某些人有好处。他无视了巫医的百般推销，没有买他们葫芦里的蛇油或者什么甘草味的药水，不过他又买了一个水果杯，欣赏乐队演奏新曲目。

"霍华德，对吗？"一个声音问道。

"什么？"霍华德向下看去。声音来自一个女人，这女人大概有他肚脐那么高，长着一头有光泽的黑发，戴超大号时尚墨镜，穿着富贵的深灰色羊驼毛斗篷，外形像蛾子的翅膀，里面穿的是蓝色波纹绸背心裙。一条匀称且有肌肉线条的白腿向前伸，摆出舞者的样子。她抬着头看他，露出白皙的脖颈，同时还能瞥到一对令人垂涎的小巧玲珑的胸部。

对方的假发虽然品质上好，但霍华德还是靠着自己的有利位置和在鬼牌镇的多年生活经验，看了出来。他在心里面把假发和斗篷除去。"幻想。"他得出了结论。

"嘘。"她神神秘秘地让他噤声，迷人的红色指甲挡在嘴唇前面。"我现在是微服出游。"她把墨镜向下推，用明亮活泼的淡紫色眼睛看着他，"就叫我阿斯塔，好吗？"

"你不是——"

"塔基紫。"她回答道，"现在很流行。我喜欢有颜色的隐形眼镜。"她又把墨镜推回原位。"你看到那个海地女人了吗？我也想买一副妖女红的，不过我猜她的是天生的。"

霍华德轻推下自己的墨镜，"我这也是天生的。"

阿斯塔的红唇噘起来也很完美。"我不明白你为什么要藏着它们。它们是你身上最突出的特点。"她斜瞟了他的胯部一眼，"最突出的特点之一吧。"

"我对光有点敏感。"霍华德把墨镜重新戴好,"我有什么可以帮你的吗,阿斯塔?"

"有好几件事情呢。"她在调情,"但目前,能不能请你先把我举起来?你的高度比我有优势多了,我想学习。"

"学跳舞?"霍华德重复道。

"医生和律师之舞。"阿斯塔解释道,"是一种西班牙舞。"她示意了一下,广场上又来了一批新舞者,正在摆姿势,一群围观者的肩膀组成了一堵墙,阿斯塔这种身高的人显然会被挡住视线。

霍华德去过演唱会,也曾有过女孩坐在他的肩头,不过那是很久以前了。"黄金男孩现在没空?"

"杰克跟我差不多,也是社交花蝴蝶。"阿斯塔突然摆摆手,惊到了一群真实的蝴蝶。"他决定去别的地方。"她笑起来,露出酒窝,"而且,你比他高。"

霍华德轻笑,"确实。"他向下伸手,阿斯塔没有反抗,于是他用手环住她的腰部,抱起她坐在自己的右肩上。

"不是我经历过的最优雅的一次托举,但是最高的一次。"她愉快地评价道,"我们可以让你成为一个芭蕾舞男演员。"

"那就有意思了。"霍华德说。

幻想看着舞者们就位。"我认为我可以让全世界注意到这种舞。"她的双腿紧紧缠在霍华德的肩膀上,而且很有专业风范,"毕竟,伟大的巴甫洛娃就将墨西哥帽子舞发扬光大了。"

"我似乎没见过。"

"真的?"阿斯塔的一只手轻巧地放在他另一边肩膀上,"你从没见过墨西哥帽子舞?"

"呃,对……"霍华德感到自己脸上发烧了,这总是让他很尴尬,因为这时他脸上就会泛深绿色,"我们才刚到墨西哥。"

WILD CARDS

"墨西哥舞很好，但是跟埃尔南德斯的不能比。还有，噢，我又这样了，太刻薄。我应该就说'它很棒'。"她捏捏他的肩膀，"你在现场。跳得棒极了，对吗？"

"嗯，对。"

"好，我猜你可以为我保守秘密。"霍华德带她去看蜥蜴王和命运时，她的腿像蛇一样滑动，"如果我对杰克也那么坦率，后果我一想到就颤抖……"

霍华德轻笑。医生律师之舞和墨西哥帽子舞很像，同样是西班牙舞，都是裙摆沙沙作响，挑逗意味十足。不过跳帽子舞时要戴帽子，女孩穿传统裙装，而在医生律师舞时女性会变装，戴上面具，穿上披风，变成滑稽的旧时西班牙医生和律师。男性则扮成西班牙恶魔，右脚上套着恶魔的蹄子，左脚是鸟爪，脸上有邪笑的黄色面具，像是恶魔约翰·右脚①和鸡脚女士患有黄疸病的私生子。

黄脸恶魔昂首阔步地走动，音乐中带着尖啸声和颤抖声，他们邪恶地摆动着面具，歪歪斜斜地踏步，蹄子和鸟爪跺在地上。接着医生开始朝他们挥动看似专利药品或者是尿液样本的东西，律师则挥舞起貌似诉状的纸张。经过一阵转圈和挑逗之后，女人开始在广场上追逐男人。霍华德不知道阿斯塔是怎么想的，但是在他看来，这一切就像是鬼牌镇的萨迪·霍金日活动。

天竺鼠用西班牙语喊着什么。阿斯塔高兴地拍着手，跟霍华德解释道："这个舞蹈是用来纪念科斯尼帕塔牧场里疟疾肆虐时医生的工作。"

医生和律师将最后一个疟疾幽灵赶走之后，霍华德评价道："塔基扬肯定喜欢这个。我们应该……"

后面的话他没有说出口，因为他看到男人们换了面具——一副苍

---

① 鬼牌，特征是右腿为山羊腿。——编注

白的小精灵模样，带有红铜色的卷曲鬃毛，三个火枪手的帽子上还有鸵鸟羽毛。"也许他不会喜欢……"

处理官司的律师和手持专利药品的医生似乎不太擅长对付百变王牌病毒，至少霍华德是这么理解这出民间芭蕾舞剧的。塔基斯星恶魔把其他所有舞者都赶出了广场——除了鬼牌主持人——舞蹈就结束了。音乐家们准备休息一会儿。

阿斯塔拍拍霍华德的肩膀："我们的小秘密不能说出去。"

"没问题。"

阿斯塔大笑，声音中带有熟练的天真朴实，她从他肩膀上沿着胳膊滑下来，好像那是个消防滑竿。她双脚着地，一只手还搭在他身上以保持平衡。

她很快就收回了手。"噢，我的天。"她意识到自己刚刚做了什么，"我太无礼了。"

霍华德耸耸肩，俯视着她："这种事常常发生。"

"我请你吃午餐作为补偿吧。你喜欢街边小吃吗？"

霍华德咧嘴一笑："我什么都愿意尝试。"

"我的格言也是这个！"阿斯塔看着他的胯部，然后看向他的脸，然后又看回胯部。"在这里等着！"她跑开了，"我很快就回来！"

蝴蝶跟在她身后，显然和霍华德一样被迷住了。她拿着食物回来时，霍华德已经汹涌地勃起了，这次不是因为她的舞蹈。他坐在一座喷泉边缘等待，它经历了几百年的风雨，也能承受一个几百磅的鬼牌。

"他们这里有些很棒的小吃。"阿斯塔捧着几个棕色纸袋和杯子，动作娴熟得像个训练有素的女招待，"主要是为你买的，但我猜你不介意我拿一点。"她坐在他旁边，轻灵得如同仙子，将纸袋叠成餐桌纸垫，放在喷泉边缘。她说着打开了第一个餐盒。"天竺鼠加花生酱。"又打开了第二个，里面是一堆看上去很美味的肉串，下面垫着一层谷物,"还有烤羊驼肉加藜麦饭。这个我也没吃过。"

"我吃过藜麦。"霍华德承认,"'宇宙南瓜'的健康食品区里有。"

"一个勇于冒险的男人。"阿斯塔钦佩地说,"我喜欢。"她把杯子递给他。"我肯定宇宙南瓜里没有这个东西。"她咧嘴笑道,"纯草本,纯有机,向你保证。"

这个杯子和绝大多数杯子一样,跟霍华德的手相比太小了,他只好用指尖捏住。这杯茶泛着让人愉快的黄绿色,像是淡淡的绿茶,还有几片颜色和他皮肤一样的大叶子漂在上面。他抿了一口,苦中带甜,还算好喝,比绿茶略甜。现在人们管绿茶叫草本茶,但是穆勒祖母说它是汤药。

"古柯树叶?"霍华德把杯子放低,看着叶子,"可卡因就是从这里面提炼出来的吧?"

"不是唯一的来源,但通常是的。"阿斯塔大笑,"茶是用甜的叶子泡的。苦的叶子里会有更多可卡因,但是安第斯人更喜欢拿甜的来咀嚼或者饮用。"她冲着茶摊挥挥手。

霍华德看见那里有一对当地女孩,穿白色弗拉明戈风格裙子,裙边和领口装饰着更多同样的绿叶子。柜台上的篮子里有很多叶子,都晾干了,很新鲜。闪亮的泡沫塑料拐杖糖放在摊子的角落,看起来很不协调。

"他们说一个淫荡的女人被她两个妒火中烧的爱人撕成两半的地方长出了古柯树。"阿斯塔微笑着,"她成了古柯大妈,掌管健康和幸福的印加神灵,古柯植物的女神。"她又喝了一口茶。"他们还说,男人没有在床上满足过女人时不能咀嚼古柯叶子。"她冲他眨眨眼,"我想我们可以不遵守规则一次。"

霍华德不安地动来动去。"你喜欢传说故事?"

"一个职业弱点。"她承认了,"我喜欢跳舞,最棒的芭蕾都是源于传说故事。"她向下看这一堆烤羊驼肉。"我是在朱利亚德音乐学院念二年级时被百变王牌击中的。"她选了一串,"我们当时正在排练《吉赛尔》。"她开始吃烤肉串,姿态优美,但又有些暗示性。"我是其中一个薇丽。"

"威利?"

"不是那种威利①,你这个调皮的男孩。"阿斯塔又开始一点点地小口吃肉,"还是你的意思是威力?不管了!"她轻笑,惊起了几只好奇的蝴蝶。"薇丽是在婚礼之前死去的弃妇的灵魂。她们在森林里游荡,希望找到男人,并让他们舞蹈至死。我当时真的全情投入,因为我的男朋友之前刚把我甩了,原因就是我在芭蕾舞团的时候,他已经在演阿尔博特②了。"阿斯塔狠狠地用她的小白牙咬下一块羊驼肉,"我希望他想我,希望他受点苦,但是我最希望的就是他能停止舞蹈。我的愿望实现了。"她示意吃了一半的肉串。"在那之后一切都还算顺利。"她停下来想了一下,然后茫然地噘着嘴承认:"不过,如果我要是和男舞伴一起跳舞,那他必须是个彻头彻尾的同性恋,否则他

---

① 威利原文 willie,意为阴茎。
② 前文提到的芭蕾舞剧《吉赛尔》中的男主。《吉赛尔》故事梗概:在第一场中,天真纯朴的村妇吉赛尔(Giselle)爱上了一个她只知道名字叫莱斯(Loys)的男子。但事实上这名男子其实是个贵族,名叫阿尔博特(Albrecht),为了逃避订婚妻子才乔装成农民来到这村落的。及后吉赛尔发现了真相,她心碎得失去了常理,不久便死去。有人说她是由于心碎而死的,也有人认为她是疯狂之下自杀而死的。到了第二场,森林中的很多弃妇的亡灵施法逼使来到森林的年轻男子跳舞,至死方休。一日阿尔博特来到吉赛尔的墓前,女鬼们欲对阿尔博特施以毒手之际,原来吉赛尔对阿尔博特的爱没有因为她自身的死亡而消失,她的灵魂一再跟女鬼纠缠,救回阿尔博特。到了日出时分,吉赛尔在快要跟女鬼们散去之前,向阿尔博特表白自己已原谅他的变节,二人缔结爱盟。可惜二人已阴阳永隔,而吉赛尔亦成为了一个精灵。

肯定跳不了舞。"她瞥了一眼霍华德,"你的故事呢?太喜欢《三只羊》① 的故事了。"

"对,但跟我的百变王牌没什么关系。"霍华德笑道,"我还小的时候就长了疣子,让我觉得很难堪。其他孩子都捉弄我,叫我蛤蟆先生。后来我染上病毒,疣子变多了,皮肤还成了绿色,但是再没人捉弄我——不过蛤蟆先生这个名字留下了。"他耸耸肩,挑了几串羊驼肉串。"可我一直很喜欢《柳林风声》②,我生日的时候祖母给了一本精装版。我也喜欢车子,所以我决定成为第一个参加全美赛车协会比赛的鬼牌。像我这么强壮的好处就是不管怎么撞车我都安然无恙。"霍华德选了一根肉串,他觉得羊驼肉的味道介于牛肉和羔羊肉之间——其实这就是秘鲁版的沙瓦玛③。"但百变王牌另有打算。才刚拿到驾照不久,我的第一个生长发育期就到来了。"霍华德大口吃着肉串,"但我的生长期真的让我长了很多。所以再见蛤蟆先生,你好巨魔。"

"你好巨魔。"阿斯塔在调情。她挑了一点天竺鼠配花生酱,小口吃着,未加点评。此时乐队又开始演奏了。

霍华德吃完了剩下的。他觉得天竺鼠味道不错,尝起来像鸡肉,就像是兔子肉吃起来像鸡肉一样——所以其实意思是它吃起来像兔子肉。

他有些不太好意思地看向天竺鼠鬼牌导游。她宣布下一支舞会是

---

① 挪威童话,大中小三只羊要过河吃草,躲在桥下的巨魔要吃小羊时,小羊劝服它放过自己,因为下一只羊更肥;中羊也用了同样的理由;大羊过桥时用角把巨魔顶翻,巨魔被水流冲走,从此这座桥安全了。

② 英国童话,以性格各异的动物们为主角,描述大自然里发生的一系列故事。其中一个角色是蛤蟆,他追求刺激,追求新奇,追求生命乐趣的彻底张扬,是一个率真顽童的形象。

③ 沙瓦玛是中东地区常见的烤肉卷,也被称为中东地区的三明治,通常指的是在皮塔面包(希腊和中东地区的一种食物)中夹上羊肉,鸡肉或者蔬菜。

丛林人民之舞。

霍华德继续坐着，阿斯塔站在旁边，头靠着他的肩膀。

在广场上跳舞的女性舞者戴着各种颜色的花环，类似在文艺复兴集市上会看见的那种，还拿着装饰了缎带的棍子，顶上有丝绸花束。男性舞者戴着羽毛头饰，面罩是滑稽的大胡子普通人。他们拿着拐杖跳跃，像是一群秘鲁柏贞格①。

丛林野兽出现了。女人戴着鹦鹉面具和头饰，羽毛五颜六色，正好搭配她们的裙子，普通男人打扮成熊和猴子，酷肖动物的鬼牌扮演成动物的样子。半人半美洲虎的那个王牌追着天竺鼠跑进广场，从完全的人变成完全的美洲虎，不过他一直都穿着披风和裤子，让他看上去像是《小黑山姆》里那些虚荣老虎的南美洲版本，不过他没有像书里的老虎那样变成酥油，而是被自己的裤子绊倒了。

而后，大教堂的钟声雷鸣般响起，这是整点报时，现在是早上九点。

幻想凑近。"我们能不能去一个清静点的地方？"钟声一下下响起的时候她在霍华德耳边低语，"我被监视了。"

最后一声响起，霍华德环视四周。有不少人在看着他们，大部分是普通人，还有几个鬼牌，都用相机偷拍着鬼牌巨人，这很平常。他们拍完会转过身去假装是在拍大教堂，或者在被他发现时不好意思地看着他。这对霍华德来说稀松平常，他周末去中央公园或动物园时也都会遇到这样的情况。

不同之处在于那些蝴蝶。它们依然像一团云朵般飘浮于垃圾箱和水果贩子的小货车旁，还有的栖息于喷泉上一层的边沿，时不时偷饮一口流水。但他确实意外地发现了不少猫头鹰蝴蝶和其他带眼睛状花纹的鳞翅类，像是摄像机镜头一样正对着他们。

---

① 指美国著名踢踏舞者比尔·柏贞格·罗宾逊。

WILD CARDS

　　霍华德直直地盯着其中一个。过了一会儿，这只蝴蝶扑扇翅膀飞到了高处，就好像一切只不过是巧合，是他的脑子在胡思乱想。但他墨镜后的眼睛余光注意到其他几只蝴蝶立马像潮水般的摄影师一样聚焦于他。他站起来伸个懒腰，同时观察着蝴蝶和蛾子。有些还在聚焦于他，但大部分的假眼睛都转向了阿斯塔。

　　霍华德感受过太多王牌的力量，所以他明白，不能仅仅将怪事归结为巧合，大多数时候是出于某些更邪恶的原因，尤其是他在拉蔻博物馆时瞥到过蝴蝶如万花筒般变化时曾经幻化出戴帽兜的形象。那个形象就是在幻想到达时出现的。

　　霍华德回忆起蝴蝶对雪茄的反应。他知道自己吐出来的烟雾不可能覆盖整个阿玛斯广场，但是附近有三个教堂，天主教徒们可是很喜欢焚香、点蜡烛的。

　　"你想去做晨祷吗？"霍华德问道，"大主教菲茨莫里斯说他会进行一个特殊的假日祷告，鱿鱼神父也会去。"

　　阿斯塔看上去也不像是个经常去教堂的人，但还是弯起一个最甜美的笑容："听起来很神圣。"

　　圣多明戈大教堂有着配得上大教堂的雄伟大门，圣水池肯定是有的，一排排身着同样服饰的修女在诵经，各种形象的神父与祭台助手捧着的各色香炉中插了一些正在燃烧的香。一个主教，不是大主教菲茨莫里斯，站在讲道台后说着拉丁文，霍华德听不懂，但是这不重要。重要的是香起到了预期效果，跟着阿斯塔的蛾子和蝴蝶被赶走了。

　　大教堂还连接着更小更闷的特里温福教堂，出于某种原因，这里有个圣人杀害印加人的雕塑，可能和某段政治不正确的历史有关。圣母玛利亚的雕塑前还有熊熊燃烧的许愿蜡烛。

　　在闷热的空气中，霍华德双膝跪地，坐在自己的脚踝上，这样一来他的头和阿斯塔差不多平齐。她就在此时拥抱了他，在他耳边低语:"去火车站。买到温泉镇的票。别告诉任何人。求求你,我会解释一切的。"她吻着他的脸颊。"一个女孩的命运由你决定。"

说完后阿斯塔走到一边,画了个十字,往破旧的募捐箱里投了点钱,然后拿上根火柴点燃了一支许愿蜡烛。

霍华德不怎么喜欢教堂,尤其不喜欢这一座,因为他看见几只深色蛾子还在蜡烛范围之外的角落里飞着。

他站起来,慢慢走到和主教堂的连接处,他逗留了不短的时间,就为了不引起任何人的怀疑,他表现得好像是来听大主角菲茨莫里斯和鱿鱼神父给人们布道的。他悄悄从前门溜出去,尽力装成一副不知道下一站该去哪里的游客模样。

又有几只蝴蝶和蛾子跟在他后面,但不像阿斯塔坐在他肩膀上时那么有兴趣。他点燃雪茄,然后细细品味了一会儿后,它们就更没兴趣了。

巴蒂斯塔挑选雪茄的品味绝赞。步行去火车站的路上他一直在抽。到站之后他买了两张票,坐在长椅上翻看温泉镇的旅游小册子,思考自己到底摊上了什么事情。作为一个身高九英尺而且像犀牛一样强壮的人,他并不太常为自己担心——阿斯塔也不像是需要别人过多担心的女人——但是一想到某个孩子正身处困境,他就觉得不太舒服。

站里老旧的黄铜时钟指向 10 点 25 分,还有五分钟去往温泉镇的车就开了。霍华德看出了几只苔藓一样颜色的蛾子,在铜锈绿的表盘上近乎隐身。一个穿长袍的身影静静地移动到他旁边。霍华德吃了一惊,以为是魔女蛾幻化出的那个戴兜帽形象成真了,但只是个修女。

这名修女坐在霍华德旁边,瞥了他一眼,愉快地微笑着,之后回到站台上,双目低垂,虔诚地数着念珠。她的脸刚刚洗过,生气勃勃,干净清爽,没有一丝化妆的痕迹。她有一双棕色的大眼睛,虹膜上有些小颗粒,那其实是高质量的戏剧专用隐形眼镜。

WILD CARDS

这辆火车是老式的普尔曼豪华车，车厢全由手工打造的木头和黄铜组成，有种老式的优雅。霍华德找到一个空的隔间，等待着。汽笛声响起，火车猛地开动，接着轰隆向前，车轮咔哒咔哒作响，这种舒心的节奏很快就成了背景的一部分。窗外风景闪过，多石的群山和铁锈色的土壤，树和灌木展示出深浅不一的绿色，火车就这样进入了安德斯山。

几分钟之后修女也过来了，她微笑着，拉下了遮光帘。

列车员看过他们的票之后，阿斯塔关上门，检查了隔间里有没有虫子——蝴蝶蛾子那种虫子——然后她坐了下去。

"所以蝴蝶是什么情况？"霍华德问道。

"是个王牌。"阿斯塔解释道。

"我猜到了。哪个？"

她激动地将双手举在空中。"我怎么知道！蛾子男。蝴蝶搜集者。鳞翅类学者。你想个名字！"

"黑色信使？"

"霍坦西欧提到过这个名字，但是太奇怪了。"她看起来很困惑，"你是怎么知道的？"

霍华德从背包里取出在拉蔻博物馆拿的小册子。

"该死的民间传说。"阿斯塔读完之后说，"是不是每个人看完一本童话书之后都会显现出特殊能力？"

"我就没有。"

"嗯对。巨魔。"阿斯塔翻了个白眼，把小册子还给他。

"霍坦西欧是谁？"

"记得巴蒂斯塔在古巴有孩子吗？"

"记得。我没跟他们在一起待很久。"

"嗯。"她反驳道，"但是我有，至少是其中一个。"她等着霍华德答话。"别那样看我。别假装你自己不想跟我一起。不过谁知道呢，也许你真不想。我无聊或者好奇或者害怕的时候就会想宣泄，我跟你说，现在我他妈的怕得要死。"

火车还在突突地向前，车轮在轨道上发出有节奏的声音。"所以你跟霍坦西欧·巴蒂斯塔之间发生了什么？"

"性。"她简单直白地说，"当然了，我这边没什么可炫耀的，但他大概是吹嘘过。他经常吹牛，说他家和黑道有关系，这点人人都知道。还说加比恩家族跟其他毒品集团在做可卡因生意，包括在秘鲁的一家。他还说某个毒品巨头绑架了另一个巨头的女儿，要挟对方付赎金，你猜怎么，加比恩家族打算要么杀了这个孩子，要么把她绑架过来，当作对付第一个巨头的筹码，他们还没决定要怎么做，但是不管采取哪种方式，他们都知道她在哪里，而且打算明天就行动。"

"这些全是他告诉你的？"

"不是。"她一副难以置信的样子，想了一会儿该怎么说才不那么刻薄，"他放出过很多暗示，后来昏过去了——做爱太少，嗑药太多。所以我就去读了他的文件。"她耸耸肩。"我不能去找警察——他们全都腐败了，而且就连那些不腐败的都更倾向于'为大局着想'，只要能搅乱毒品交易，牺牲一个小女孩他们根本不在乎。所以我就决定了，'干他的！我是王牌！我可以搞定！'于是我自己的疯狂计划成型了。别瞧不起我，但是我愿意承认，我向阿尔玛·斯普莱科斯学习过：我宁愿当老男人的玩物，也不要当年轻男人的奴隶。[①]所以我给一个我认识的老男人打了电话，答应他如果给我安排好私人直升机和护卫，在小孩被偷袭之前送我们出秘鲁，那我一回到纽约就

[①] 阿尔玛·斯普莱科斯是旧金山社交名流、慈善家，出身贫寒，但高挑美貌，一开始为艺术家做模特，后来觉得这样没有前途，于是在二十二岁时嫁给了一个年长她二十四岁的糖业大亨。十六年后丈夫去世，她得到巨额遗产，换算之后大约相当于现在的一亿美元，使得她成为当时全世界最富有的女人。她曾经说过"我宁愿当老男人的玩物，也不要当年轻人的奴隶"。

各种方式任他睡。"阿斯塔把手伸到长袍下面,在裙子口袋里摸索。"我的意思是,你看看她。"她拿着一张相片放在霍华德眼前,"她肯定还不到七岁。最多八岁。"她紧咬嘴唇,泪光闪烁,"我曾经也是这样一个小女孩。我的意思,我那会儿已经穿上了芭蕾舞鞋,要是能有这么漂亮的裙子我会开心得要命,但是她只是个小女孩。没有哪个小孩子应该去死。"

霍华德看着照片,阿斯塔说得对,女孩看起来六七岁的样子,可能有八岁,脸颊胖嘟嘟的,深色瞳孔,是当地人长相。她穿着白色蓬蓬裙,上面有过多的水晶、亮片和蕾丝,她的笑容像是被迫的,不是真正开心。摄影师还在她旁边用上了一些俗气的闪光效果,看起来就像是诡异的私房照。

霍华德把相片翻过来。后面写着劳拉,下面还写了个古柯大妈。"古柯树女神?"

"行动代号。"阿斯塔拿过照片,"或者是恶心的玩笑,意思是女孩会被撕成两半。"

霍华德摇头。"你打算一个人搞定?"

"操,不可能!"阿斯塔说了脏话,"我打算让杰克帮我。黄金男孩一直在说他当年是怎么教训胡安·贝隆的。问题在于,我完全忘记了,这个男人会为了自保而泄露秘密。抓走劳拉的那个毒品巨头要么是个王牌,要么手下有王牌,其中一个就是这个黑色信使,他能用蝴蝶和蛾子来监视别人。更糟糕的是那个叫箭毒的鬼牌、王牌杀手,是个特别吓人的毒箭蛙,这种情况我一个人没法对付,所以我一直在到处寻找我能信任的替代者。"

"你选了我。"

"不是你就是哈莱姆铁锤。"阿斯塔耸肩,"而且虽然我不讨厌秃顶的黑人,但据我所知,末底改是个快乐的已婚男人。我不会破坏别人的家庭。"她做了个鬼脸,"就算我会,也不敢跟来自哈莱姆区的女人交锋。"

"那秃顶的绿人呢?"

"霍华德,"阿斯塔坦言,"我跳葛蓓莉亚时就在人群中看见你了,当时我就在关注你。而且我现在很害怕,要去温泉镇还要坐很久的火车。"

"你知道你正穿着修女的长袍吧。"

"你是天主教徒吗?"

"不是。"

"很好。"她咧嘴一笑,"我也不是。"她开始拉开他的拉链。"我的老天。看来你也不是犹太人。"她不再说话,用她的小手触碰他。

霍华德下体一痛。这是个尴尬的时刻。他的阴茎虽然是绿色的,但和身体尺寸协调。不过这就意味着有一英尺长,还长着疣子。它不像是人类身体上的器官,更像是根英式黄瓜。看到这个之后不少他喜欢的女性都会告诉他"不是你的问题,是我不好",最后又是孤独的一夜。

"你知道。"阿斯塔说出了他最害怕的那句话,"我怀疑我无法承受。"她撸动着他的阴茎。"但我愿意试试。"她的笑容更加灿烂了,"你看过薇丽之舞吗?"

"没有。"

"缺乏艺术修养。"她责备道,"这一点要改。"

阿斯塔准备好了,而霍华德早就好了。

1986 年 12 月 19 日,温泉镇

阿斯塔已经脱下修女的长袍,穿上了羊驼毛斗篷。她下面的裙子是天蓝色,头发也是,而且像安妮·蓝妮克丝[①]一样剪得很短。她的

[①] 英国歌手,两座格莱美奖得主,通常打扮中性,头发很短。

双目是青蓝色，如同拜占庭时期的画像那样明亮。霍华德没有检查过是不是隐形眼镜，但跟她很配，让她看起来像个水中仙女。这样打扮是因为她马上要跳水中仙这场芭蕾舞剧中仙女的舞蹈。

吉普上的磁带机开始大声播放古典乐，这是在暗示霍华德不要再向后看了。他应该制造一些噪音。黄金男孩可以举起一辆坦克并靠这个出名，但是巨魔没有那么强壮。不过霍华德能够掀翻一辆雪弗兰，这也足以造成一阵骚动。

持枪的男人从房子里跑出来，他们停下脚步，敬畏又惊奇地看着眼前的景象，就好像眼前是一片超越一切的美丽景象，而且……他们也同样想上她。

霍华德明白他们的感受。

大门和主要的窗户都被挤满了人，所以他来到侧门，一脚踢上去，随着让人心满意足的刺耳声音，大门脱离了铰链。

这栋建筑有两层，霍华德一瞬间最直观的反应就是墙上展示的蝴蝶标本数量实在太多了。他的牙齿紧紧咬住雪茄，狠狠地抽着，以防其中某一只突然活过来，但是它们一动不动。不知道黑色信使怎么看待他的手下——是战利品还是木乃伊化的宠物，或者是曾经的合伙人，又或是其他什么。

霍华德大步慢跑上了楼梯，走到顶端时因为天花板的低矮而弯下了腰。他打穿了一扇扇的门，直到看见一间塞满娃娃和玩具的房间，里面装有四根帷柱的床是儿童床，上面坐着个小女孩，身后站着一个女人，正用枪瞄准他。在她打开枪的保险时，他将坏掉的门扔了出去，将枪连同女人一起砸进墙壁。女人倒在地板上时枪响了，一个娃娃的头被子弹打爆，撒下了一阵石膏粉末。

小女孩尖叫了一声，之后是持续不断的尖叫，以及霍华德听不懂的语言。他只知道不是西班牙语。"没事的。"他安抚道，"一切都会没事的，劳拉。我们会带你离开这里。"

她并没有停止尖叫，于是他拽着床单，裹着她和床上的枕头、娃娃还有其他所有东西，将这一床的东西和里面蠕动的孩子抱在胸前，快速走下楼梯。出了侧门，他紧紧闭上眼睛，跟跟跄跄地朝着汉斯·维尔纳·亨策①的管弦乐曲声走去。小孩高音调地尖叫着，还撞击着他的胸腔，给他的任务增加了难度。

　　他的前额碰到了有顶回廊的上方边缘，但这种事绝不是第一次发生。霍华德的头直接砸过去，怒吼道："阿斯塔！你在哪里？"

　　"在这里！"然后，"操，那只蛙！"

　　"劳拉！"一个呱呱的声音响起，"劳拉！"

　　霍华德觉得自己好像在玩一个扭曲版本的马可波罗②。他感到有一只手放在自己腿上，一边引导他一边还在舞蹈。"把她放下，放这里！"霍华德听到吉普车门嘭的一声关上。"你来开！我必须要跳舞！"

　　"我看不见怎么开车？"

　　"你很快就能看见了！把我举起来，别看后视镜！"

　　霍华德照她说的做了。他把她举到肩头，她的双腿锁住他的脖子，像是骑在辛巴德身上的海中老人③，但毫无疑问，他的海中老女人更热辣也更古怪，因为她是反着坐的。她的脚踝扣在霍华德的下巴下面，大腿挤压着他的太阳穴，屁股坐在他头上，裙子后摆像面纱一样罩着霍华德的眼睛。

---

　　① 德国作曲家，阿斯塔跳的《水中仙》就是他的作品。

　　② 类似于捉迷藏的游戏，捉的一方喊马可，藏的一方回答波罗，捉的一方根据声音判断位置来抓人。

　　③ 在阿拉伯故事《航海家辛巴达》中，辛巴达在一座岛上遇到了海中老人，他以为对方行动不便需要帮助，于是让老人骑在他的肩头，但在岛上走了一会儿后却发现老人并没有下来的意思，而且双腿紧紧夹住辛巴达的头，还对他又踢又打，把他当骡子对待。终于有一天，辛巴达骗老人喝下了葡萄酒，等到他喝醉之后把他从身上甩了下来。

WILD CARDS

他估计水中仙的舞蹈一般都不是这么跳的，但阿斯塔是个技巧高超的舞者，完全能够自由发挥。霍华德睁开眼睛。幻想的王牌能力并没有让他呆住，不过他能感受到她在他头顶转移重心。她跳的是形意舞，现在前前后后地扭动是在模仿水流，就是奥林匹亚啤酒标志上的水中仙女。

霍华德调整了一下座位，其实是把它整个扯掉了。后排座位他坐着刚好，脚很容易够到油门，高中以来第一次，蛤蟆先生真的要在路上狂飙。他一路穿过安第斯山脉里的丛林，芭蕾舞曲还在喇叭里放着，阿斯塔坐在他头顶休息。

"我们在他们视野之外了。"她抓着车顶的横杆下来，坐到后排座位上，"开得越快越好！"

突然，有东西落在了吉普的引擎盖上。"臭婊子！"巨型青蛙呱呱地说道，虽然霍华德西班牙语词汇有限，但也听懂了是在骂幻想是各种各样的婊子，"绿色怪物！放下劳拉！"

这只蛙有一双巨大的金色眼睛，黑色皮肤上生着钢青色痕迹，身材类似一个九岁左右的男孩，不过确实有很多较为矮小的成年鬼牌，毕竟体型庞大的鬼牌也同样不少。他还穿着钢青色的泳裤。他用细长的手指和具有黏性的蹼爬上挡风玻璃，后背上流下乳白色的黏液。

箭毒，长得像毒箭蛙的鬼牌加杀手。

这个鬼牌男孩利用青蛙黏液滑动，突然的一击，抓住了霍华德的脸。此时男孩脚趾头还紧紧贴在挡风玻璃上，毒液让霍华德感到轻微麻木，因为他皮肤又厚又粗糙，唯一真正的弱点就是眼睛，相当于阿基里斯之踵和齐格弗里德之肩。

青蛙肯定是猜到了这一点，因为他突然伸出舌头黏住了霍华德的超大墨镜的右镜片。舌头缩回去了。这时来自可罗斯眼镜带发挥了作用，霍华德在新泽西一家冲浪商店专门定制了氯丁橡胶材质的带子以从脑后固定眼镜，就是为了防止精神病人干这种事。他觉得这是一项英明的投资。

不过镜片还是被箭毒的舌头扯下来了。杀手沾满毒液的手指伸向霍华德。

霍华德用膝盖抵住方向盘,抓住挡风玻璃两侧,直接将其卸掉,扔到道路旁边,他们加速离开时青蛙还在玻璃上。

"胡安!"霍华德身后响起了小女孩的喊声,随后是一阵啜泣。

"安静点,蠢货小婊子!"阿斯塔咆哮道,"你的朋友,那只青蛙,已经走了!我们要带你去美国,你会拥有你喜欢的所有娃娃和其他东西,你唯一要做的就是为普克先生制作可卡因,同意吗?"

"我不明白!"女孩边哭边喊,"我不明白!"她又说了几句,但明显用的不是西班牙语。

"操!"阿斯塔咒骂道,"她连西班牙语都不会说!"

"她说什么了?"霍华德开着车问道,"你说了什么?"

"她说她不会说西班牙语!"阿斯塔故意把带子从录音机里弹出来,粗暴地打断了《水中仙》的乐曲,"我告诉她我们会把她带到美国,她不用担心被绑架,一个好心的老人会给她地方住。"

"就这样?"霍华德很确定他听到阿斯塔喊这孩子"小婊子"。

"对!"阿斯塔突然发火,"我只不过没说如果基恩付钱让她念寄宿学校我就给他来个口活那一段——喔,你休想!"阿斯塔喊道。随后是猛的一巴掌,哭喊声也更响了。阿斯塔还拿出一副手铐,把孩子铐在了车顶的杆子上。

阿斯塔有手铐霍华德并不意外,但是其他的……"这样有必要吗?她是个孩子!"

"那你是更希望她从移动的车辆中跳出去?"

现在霍华德不太确定他更希望哪件事发生。他让引擎加速,顺着阿斯塔之前指引的方向在丛林里狂飙。"为什么你的王牌力量对青蛙男孩不奏效?"

"对男孩没效果。"阿斯塔不假思索地说,"只对男人有效。可能还没到青春期。"

霍华德倒吸一口气:"那也算个小孩?"

"也许他是同性恋,也可能那是母青蛙。我的意思是,箭毒也可能是女孩的名字。"

"没错,但是胡安?"

"不是还有首歌叫《一个叫强尼的女孩》吗?"阿斯塔想了一下,"水孩子合唱团吧?我还跳过舞。"

这是一首好歌,但她的谎话很差劲。"我刚刚把一个孩子扔下了车?"

"这有什么要紧的?"阿斯塔尖叫道,她气坏了,"他是个有毒的人!这些混蛋卖毒品!你觉得他们会在乎用孩子来当杀手?"

她说得有道理,但霍华德没有因此让步。他不想伤害了孩子之后还祈祷自己没有。

女孩哭喊道:"胡安!胡安!"

丽达或者大主教菲茨莫里斯提到过的其他百变王牌有可能的守护者肯定是在聆听着:霍华德看见一个身影在树木之间跳动,如同黑色阴影和蓝色天空的混合体,他抓着树冠的时候这伪装很完美,但是越过道路的时候就很显眼了。这个青蛙男孩有着树蛙一样惊人的弹跳力,而且这种能力还按照他的身形等比例放大了。从物理角度来说肯定不符合立方法则,可这就像是游隼的飞行能力一样,受到百变王牌的影响之后物理法则已不再适用。

蝴蝶也在树冠附近飞舞,人类树蛙在枝干间跳跃时,蛾子就从树皮上发起干扰,这是一支集结起来的军队——而且能看出来将军是哪个,一个幽灵般的阴暗形象,只要有一群魔女蛾聚集在一起,瞬间就会组成这个形象。

吉普驶出丛林,眼前是林木线上方一片耀眼的光亮以及峡谷全景,车子向上爬坡,朝着马丘比丘前进,这是印加古城的古时要塞。霍华德因为刺目的光芒而眯起眼睛——他的墨镜只剩一半了。

换作其他时候,霍华德肯定很愿意停下来拍拍照,欣赏一下这个失落已久的雄伟城市:灰色石墙和城垛,长满青草的广场和大街。但现在,重要的只有一个:在中央广场等待的直升机,旁边还有三个人影。"那里!"阿斯塔指着说,"普克派他们来的!"

霍华德在想这个普克是谁,因为他还没问过阿斯塔她赞助人的详细情况,所以只能猜测是在选角沙发上遇到的贵人,不过他也没有资格评价。但那个哭泣的女孩是另一个问题。"求求你们,放了我!"霍华德停车时她乞求道,"求求你们了。"

阿斯塔翻了个白眼,"现在她倒会说西班牙语了。"

"我不明白!"

"别再说她了。"霍华德说,"她经历的够多了。"他转向那个女孩,"没事的,亲爱的。"他告诉劳拉,同时拭去她脸颊上的泪水,虽然他的手很粗糙,但他动作尽可能轻柔。"没事了。"

眼泪在他手指上聚集起来不愿散去,瞬间就结成了晶体。他感到疣子之间的缝隙有些麻木。霍华德向下看,女孩裙子上的并不是亮片,而是凝结的眼泪。吉普的后排全是这些东西,像是《癞蛤蟆与钻石》故事里好妹妹哭出来的眼泪一样。

霍华德用手指将眼泪送到嘴边,伸舌头舔了一下。尝起来苦甜参半,但知觉变得有点轻飘飘的,麻木感从舌头上舔眼泪的那一点蔓延开来。

不是钻石,是可卡因结晶。

"她就是古柯大妈。"霍华德反应过来了,"那不是代号,那就是她的王牌能力。"

"我撒谎了。"阿斯塔耸耸肩,"我跟你说的大部分都是真话。她不是毒品巨头的女儿,不过她确实是被从加比恩的合伙人那里偷出来的,如果不能把她弄回去,他们宁愿杀掉下金蛋的鸡。要是能把她弄回去,那就会把她锁在地窖里,让她点石成金,点糖成可卡因,反正就是童话故事之类的。我们还是拯救了她。"

"也许吧。"霍华德听了她的话,"但这个普克又他妈的是谁?又一个毒品巨头?"

"他是个智慧的投资者,手上有各种各样的证券。"阿斯塔的解释很圆滑,"而且他很会照顾自己人。劳拉不会再需要任何东西,你也不会。"她咧嘴一笑。"基恩会格外感恩,尤其是你还有特殊天赋。"

霍华德依然不为所动,所以阿斯塔继续说:"听着,我从古巴给基恩打电话的时候,他也很震惊,虽然某些王牌在偷她时干掉了几个加比恩的小伙子,但是怎么会就因为这个想到要杀了这么一个有天赋的小女孩呢。"阿斯塔解开劳拉铐在车顶杆子上的手铐。"而且黑色信使和杀手蛙又不是我编出来的。有几个黑手党被毛毛虫蜇了之后眼睛就开始流血了。"阿斯塔咔哒一声将手铐扣在自己的手腕上,"霍坦西欧吓得嘴都干了。"

女孩周围的空气像粘着一圈闪粉一样发着光,她把手放在了阿斯塔身上。"别来这套!"阿斯塔扇了孩子一个耳光,"我抽过的可卡因比你能哭出来的还多,亲爱的。"

劳拉开始哭泣,可卡因钻石像雨一样落在草地上。

"放她走!"霍华德低吼道。

"怎么,留她跟杀手们在一起?我不这么认为。"阿斯塔看上去很困惑,"我看你对加入基恩的组织完全没有兴趣对吧?"

"看起来是这样的。"

"就算我们时不时能睡上一觉,你也还是不想加入组织?"

霍华德有些心动,就算是能再睡一次也足够了,但他还是觉得心里不舒坦。"不想。"

"你的损失。"阿斯塔叹了口气,"但我猜到你会这么说。杰克是个大嘴巴外加童子军,但他最大的问题在于他刀枪不入。"她茫然地笑着。"你不是。"她抬起没被铐上的手,夸张地做了个手势,"女士们?"

一时间响起了枪械上膛的声音。霍华德越过阿斯塔看到三个手持大口径步枪的亚洲女人,这是猎象枪,能打倒大象,对付犀牛更是轻松,巨魔也一样。

直升机里也发出了声音,是一段过分熟悉的假日曲调:柴可夫斯基的《胡桃夹子》组曲中的《糖梅仙子之舞》。阿斯塔就位了。

"噢,好吧。"霍华德痛苦不堪时她评论道,"我本来想着给基恩带一个巨魔作为圣诞礼物。我猜他只能勉强接受一个有魔力的毒品婊子了。"她在女孩身边跳舞,通过手铐带动劳拉,逼着她也脚尖点地站立。"要练习,亲爱的。练习!要是不好好拉伸,永远成不了芭蕾舞者!"

劳拉被拽向直升机时一直在哭,可卡因钻石像断线的珠子落在身后。阿斯塔停了一下,让女孩休息片刻,同时演示了如何进行戏剧性的踢腿。

这是个错误。劳拉踢了她的胫部。踢得很重。阿斯塔摔倒了。

霍华德将凝视的目光从她身上移开,就在亚洲女人们发射猎象枪的一瞬,他跳到了吉普后面。

子弹撕开了吉普的侧面。"杜马!杜马!"阿斯塔大喊,霍华德猜测是越南语。此时柴可夫斯基钢琴曲中的叮当铃声音量陡增三倍。他从车底看过去,五双女人的脚正进入直升飞机。

他一眼就认出了阿斯塔的脚,一点都不美丽。这双脚扭曲着,像她的灵魂一样满是瘀青,丑陋不堪。

随着呼呼的声响,直升机的叶片开始转动了,尘土和可卡因结晶向各个方向散去,蛾子和蝴蝶也被吹走了,但还有一大群其他种类的蝶与蛾，牺牲自己向直升机的叶片冲去，妄图阻止起飞，不过这纯属徒劳。它还是飞起来了，霍华德也站起来了，躲避着女枪手的又一发射击。

他身后不远处的草地爆开了，一道青黑色在空中闪现，是箭毒，他落在了直升飞机的侧面。这个青蛙男孩的细长手指抹在探出左门的女枪手脸上。

她怔住了，像霍华德看见阿斯塔的舞蹈时一样麻痹无力。

霍华德看见了机会。他奔跑着，低头避开上升的直升机的叶片，然后一跳，抓住了左侧起落橇。接着他把自己往上拉，拽住被麻痹的女枪手，把她扔到一边。直升机因为霍华德这个几百磅的鬼牌而倾斜，结果就是枪手飞向了叶片。一阵血雨洒向地面。

他把舱门扯下来，拳头越过机舱打中了另一个女枪手，后者撞上了墙。阿斯塔和小女孩已经在座位上系好了安全带，但是霍华德直接把她们的长椅卸下来了，在两人的尖叫声中，他把长椅翻转过来举在头上，这样至少可以保护孩子的安全，他跳出直升机，落在下面的广场上。

霍华德像一头犀牛一样背部着地，下落的冲击力让他一时间无法呼吸，长椅在他的胸口弹跳，而阿斯塔和劳拉在尖叫。他不知道自己下落的距离有多少，但至少比以前都长。

他看见直升机在上方的天空中旋转，而且越转越高，数千只蛾子和蝴蝶聚集在周围，此时一只青蛙跳了出来。之后这架直升机就迷失在了鳞翅类的万花筒中，也离开了他的视野范围。过了一会儿，他听到了爆炸声，一分钟之后又闻到了燃烧的汽油味，以及数万只昆虫烧焦时类似头发烧焦的臭味。

阿斯塔给自己和劳拉解开安全带，一瘸一拐地拽着小女孩走了几步，空长椅滚落一旁。霍华德意识到自己还在用右胳膊抓着它。

他推开长椅，坐了起来，看见箭毒蜷伏在一堆古老的碎石上，钢青色的手指和脚趾抓着灰色石头。眨巴着金色大眼睛上的薄膜，正看着蝴蝶万花筒形成漏斗状的漩涡，上下翻飞，形成一个戴兜帽者的形象。上千双彩色翅膀在其中旋转，构成彩虹色的线条，这是世上最奢侈最鲜活的锦缎，深色的外部面料由上千只黑色魔女蛾构成，一只猫头鹰蝴蝶是它的面部，而两只白色大魔女蛾组成了手。

"去你的，霍华德！"阿斯塔咆哮道，因为痛苦而言语不清，"去你的，你个死青蛙！去你的，你，不管你是个什么鬼东西！"她骂骂咧咧地指着黑色信使。"去你的，毒孩子！我他妈的是个超级女星！"她想要摆开架势，但是摔倒了，她的胫骨被劳拉踢过之后一直在流血，"你们所有人都消失吧！"

"对，"黑色信使低语道，与其说它是在说话，不如说是上千只蛾子翅膀协调而成的沙沙声，"对。消失。这是个绝佳的建议……"

它飘向她，打开了自己的长袍，或者说长袍的幻象，构成袖子和外层衣料的黑色魔女蛾散开，正像是《圣诞颂歌》中的"现在之灵"展示无知和贪婪时一样。从霍华德的角度看不到黑色信使展示了什么，但是肯定很可怕，因为阿斯塔看得呆住，下巴都伸长了。幽灵指向她，充当手部的白色魔女蛾飞进了阿斯塔张开的嘴。这个芭蕾舞女倒吸一口气，窒息了，倒在地上一动不动。黑色信使合上长袍，微微转向，一阵嗡嗡声响起，蛾子扑扇翅膀的声音似乎是想表达什么，但用的不是任何一种霍华德能明白的语言。但是，信使的目标并不是他。劳拉点点头，开始在阿斯塔的口袋里翻找，她找到钥匙，打开了手铐。

她额外踢了幻想一脚，跑过去拥抱箭毒。她的周围闪烁着白色的光芒，原本乳白色的毒液都变成了透明的。

黑色信使转霍华德，白色魔女蛾组成的手像魔法师的纸牌一样变成了两只，"穆勒先生，"这个身影低语着，亲切地摊开手，"谢谢你协助营救我的被监护人，虽然我不会忘记你犯下的错误，但我会原谅你，因为你是被欺骗的，你原本是好意。"它那副猫头鹰眼睛一样的花纹看着他。"大部分时候是的。"

"呃，谢谢。"

"你们来到我的领地之后我就一直在观察你和你的同伴，但我必须警告你，幻想不是你同伴中唯一一个两面派。她动机低劣，但只算是人性弱点。另一个人展现给世界的面孔和我漂亮的小东西们看见的完全不同，那副面孔之后的样子我想到就不寒而栗。"

"谁？"霍华德问道，"为什么？"

"我不敢说，害怕怪兽的眼睛盯向我和我的眼睛。我只想给你一记警告，并要求你带幻想回去。她昨天的记忆会消失。用你毫无疑问的诚实编织一些谎言来解释她的意外遭遇。不能让任何人知道这里发生的事情，至少为了保护孩子们的安全。"

霍华德瞥向孩子们，他们抱在一起，紧紧抓住彼此。"告诉他们我很抱歉。"

信使转过去嗡嗡地说着小女孩之前说的语言。她严肃地点点头，然后站起来，胳膊环绕着霍华德的脖子，在他的脸颊上亲了一口。她触碰的地方微微发麻，他触摸着被亲吻的脸颊，有些刺痛。

"希望我们下次见面的时候，是在更愉快的情况下。"

说话时信使抬起手臂，幻化成了蝴蝶和蛾子的万花筒遮天蔽日地向各个方向飞去。朗的童话书里的颜色一条条出现在眼前：红、蓝、黄、粉、橙、深红、淡紫、深紫，甚至还有绿色。

古柯大妈抱着箭毒，劳拉抱着胡安，之后青蛙男孩驮着他的玩伴跳走了，像是比尔宾绘制的安第斯传说故事的插图。

霍华德看着阿斯塔昏迷不醒的躯体，她还穿着水中仙的服装，不过胫骨部分开了口子，腿上还有瘀青。她看起来就像是受到海中巫婆诅咒之后每一步都像踩在刀刃上的小美人鱼。

他从来都觉得小美人鱼不该受那样的苦，直到现在。

1986 年 12 月 20 日，前往拉巴斯的路上

阿斯塔醒来时发现自己被铐住了，比利·雷召来一把钥匙帮她打开。官方说法是她遭遇了高原反应。

"那真实的故事是什么？"挖掘者唐斯问道。这个记者想方设法坐到了幻想旁边，而后者这一程都和霍华德坐在一起。

"比利不陪我坐吗？"阿斯塔哀怨地问道，"他那么关心我……"

"没错，但是有人把一杯血腥玛丽洒在他身上了。"唐斯告诉她，"相信我，他要在洗手间里待好一会儿。"

霍华德咧嘴一笑："真实的故事就是我告诉你的：我离开团队去温泉镇想试试温泉，酒店里的床弄得我腰酸背痛。我出来之后看到阿斯塔在徘徊，因为高原反应，整个人都迷迷糊糊的。"

"还戴着手铐。"

幻想瞪了他一眼："如果有任何一点出现在报纸上，我会告你的。"

"新闻自由。"唐斯反驳道，"更重要的问题是，手铐是你的吗？"

她一巴掌扇过去。

唐斯揉揉脸颊，"所以就是承认咯？"

阿斯塔气到发抖。"我是美国芭蕾舞队的首席舞者！我认识纽约的大人物！我会让他们把你当虫子一样踩！"

她说最后几个词的时候看起来有些不安，唐斯重复道："虫子？"

阿斯塔看上去更加不安了，她打了个喷嚏。一阵闪光的白色粉末从她鼻子里喷出来，像蛾子翅膀一样闪烁。

她伸手拿了一张纸巾开始擦鼻子，一副受到侮辱的样子。"你怎么敢……"她威胁道，"你再说一句话……"

"再说一句话我就会丢掉工作，因为昨天的报纸上写的是训练狗狗，还有你和你在'五四俱乐部'里的那些事？这都是老新闻啦，

姑娘，过时啦。"唐斯大笑，"现在要想你的故事大卖，除非你跟一些有意思的人做爱了。你们俩……"他的手指在她和霍华德之间晃动。

阿斯塔的表情从受辱变成厌恶。"我和……你这已经不仅是卑鄙下流了，完全是胡说八道。"她转向霍华德，又加了一句，"无意冒犯，你是个好人，我肯定你有很多优秀品质，但是完全不现实……"她摇摇头，解开安全带，走到客舱前部，"我想找比利。"

唐斯盯着她的背影。"我嗅到里面有故事，因为我相信她但是不相信你，哥们儿。"他越过走道瞥了霍华德一眼，"而且故事对不上。"他用手指点点鼻子一侧。"但可能是我想多了。我猜幻想抵挡不住秘鲁这个随便吸的可卡因自助餐，之后去了温泉镇。既然你也在那里，你就拥有了每个人的幻想——而且我的意思是每个人都能拥有的幻想。对吧，哥们儿。"

"也许吧。"霍华德轻笑道，"但绅士是不会谈论这些的。"

♣ ♦ ♠ ♥

仇恨的色彩

第三部

1986年12月23日，周二，里约
萨拉憎恨里约。

她站在大西洋世界里的卢克索酒店往下看，这座城市就像是弯曲的迈阿密沙滩：一排排闪烁光芒的白色高档酒店，后面是宽阔的沙滩和蓝绿色的海浪，渐渐消失在阳光笼罩的远方。

代表团中的大部分人都快速完成了义务，然后利用在里约停留的时间休闲娱乐，毕竟就快到圣诞节了，跟团队走了一个月，大部分人身上的理想主义都剩不下多少了。海勒姆·沃切斯特纵情享乐，吃遍了城市里大大小小的餐厅。媒体已经选好了当地的啤酒馆，纷纷在当地啤酒中尝鲜。美元在这里能兑换一大把克鲁扎多，物价也很低廉。队伍里富有的那些似乎还通过每个酒店都有的珠宝柜台给巴西的宝石市场投了钱。

但萨拉很明白现实情况。标准游客警告已经暗示得很明显了：不要在街上佩戴任何珠宝，不要坐公交车，不要相信出租车司机，小心孩子和鬼牌。不要一个人出门，尤其是女人，要是想把东西保管好，要么一直带着身上，要么锁起来。小心，对于里约的众多穷人来说，任何游客都是富有的，而富人正是猎物。

不过现实是，百无聊赖又焦躁不安的她还是离开了酒店，准备前往塔基扬所在的一家当地诊所。她拦了一辆随处可见的黄黑色大众甲壳虫出租车。离海边两个街区之后，闪烁的里约暗了下来。这里多山，拥挤而且悲惨。通过建筑之间的小巷，她瞥见了旧时地标基督山，救世主耶稣的巨大雕塑矗立在城市中心一座山峰的顶端。基督山

WILD CARDS

提醒着人们百变王牌病毒怎样摧毁的这个国家。1948 年，里约的病毒大爆发。这个城市一直都狂野且贫穷，受压迫的人民在粉饰的和平外表下躁动不安。病毒的到来引发了长达数月的恐慌和暴力。没人知道哪个心怀不满的王牌应该对基督山负责。一天早上，人们发现基督的形象"改变了"，就好像是被冉冉升起的太阳熔化了——救世主耶稣变成了鬼牌，畸形的怪物，驼背的东西，伸出的手臂中有一只完全消失了，另一只扭曲地支撑着变形的躯体。鱿鱼神父昨天去过那里做了弥撒，有二十万民众聚集在畸形的塑像下一同祷告。

萨拉让出租车司机送她去圣特丽萨，里约老城中的一个区域。那里就像是纽约的鬼牌镇，是鬼牌的聚集地，人们躲在同样遭受苦难的基督山的阴影里，好像能够得到慰藉。圣特丽萨也是当局警告游客不要进入的地方。到达基督山附近时，她拍拍司机的肩膀，"停这儿。"她说。司机用葡萄牙语飞快地说了些什么，然后摇摇头，靠边了。

她发现这个司机和其他司机没什么两样。从酒店出发时她也忘了坚持要求他打表。"多少钱？"这一句葡萄牙语她会，是问价钱的。他大声地坚持说车费是一千克鲁扎多，也就是四十美元。萨拉很恼火，她受够了各种各样的小额敲诈，于是用英语跟对方争执起来。最后她扔了张一百克鲁扎多的票子过去，这其实也比正常车费多很多了。他收下后，车轮马上吱呀一声开走了。"圣诞节快乐！"他语带讽刺地说道。

萨拉向他比了个中指，不过这没给她带来什么满足感。她开始寻找诊所。

那天下午下雨了，雨季常见的暴雨，整个城市被雨水浇灌了一个小时后，阳光又重现了。不过就连这样都没有减轻里约陈旧的下水道系统散发的臭味。走在向下的陡峭街道上，她身边一直环绕着一股恶臭。跟其他人一样，她走在狭窄街道的中央，听到车声时才靠边。很快，她感到自己有些显眼，因为太阳开始下山了。她身边大部分都是鬼牌，或者过于贫穷住不起其他地方的人。没看到旅游景区常见的巡逻警察。有个长着猪鼻子的人撞了她之后往前走，还斜睨了她一眼，一个人类大小的蜗牛在她右边的人行道上滑行，双头的妓女在门口游荡。在鬼牌镇的时候，她偶尔会有点被害妄想症，但跟现在完全不能比。在鬼牌镇时她至少能明白身边的人在说什么，知道两三个街区之外就是相对安全的曼哈顿，而且在街角的电话亭能打电话求助，但是在这里她什么都做不了。她只是大概知道自己身处何方。她要是消失了，得过好几个小时才会有人意识到……

所以当她看到诊所就在前面时很是松了一口气，小跑着来到敞开的门口。

这个地方和昨天媒体记者团采访的时候一样，拥挤喧闹，一团糟。这间诊所闻起来就很肮脏，混合着防腐剂、疾病和人类排泄物的味道。地板也污秽不堪，器械更是陈旧，至于病床，就是行军床尽可能靠近地摆放着。塔基扬看到这番景象之后就咆哮了，但还是立刻投入战斗。

他还在这里，看上去像是没有离开过。"下午好，摩根斯特恩女士。"他说。他的缎子外套不见了，衬衣袖子卷在细长的手臂上。他正从一个昏睡的年轻女孩身上抽取血样，后者的皮肤像蜥蜴一样呈鳞片状。"你是来工作的，还是来观察的？"

"我以为这里是桑巴俱乐部。"

对方听到之后疲惫地轻笑起来。"后面需要帮忙。"他说，"节日快乐。"萨拉冲塔基扬挥挥手，侧身走在一排排行军床之间。到了诊所后部，她吃惊地停了下来，眉头紧锁。她连呼吸都屏住了。

格雷格·哈特曼弯着腰站在其中一张行军床旁边。一个浑身像豪猪一样长满尖刺的鬼牌坐在床上，身上散发出独特的麝香味。参议员穿着医用蓝布衣服，正小心翼翼地清理这个鬼牌上臂的伤口，萨拉看到他脸上只有关怀，他不在乎气味，不在乎病人的长相。看到萨拉之后哈特曼就微笑起来:"摩根斯特恩女士,你好。"

"参议员。"

他摇摇头。"你不用这么正式吧。叫我格雷格就好了。"她能看到他眼睛周围疲惫的痕迹,能听出他声音里的沙哑,显然他已在这里待了很久。在墨西哥的那次交流之后,萨拉就一直躲开两人可能单独见面的场合。但是她一直在观察他,希望能够理清自己的情绪,希望不要再对这个男人有种糊涂的喜爱。她观察了他如何同其他人互动,如何回应他们,然后她会思考。她的心灵告诉她可能真的误会他了,她的情感又把她拉向南辕北辙的方向。

他耐心亲切地看着她。她手指捋过短发,点点头,"好,格雷格。我叫萨拉。塔基扬让我过来帮忙。"

"太好了,这是马里恩,被别人的刀弄伤了。"格雷格说的是那个鬼牌,后者正凶狠地盯着萨拉,双眼一眨不眨。他的瞳孔略带红色,嘴唇后缩,呈现咆哮的样子。他什么都没说,要么是不愿意,要么是不会说话。

"我猜我能找到点事做。"萨拉看看四周,想要离开。

"我希望有人能帮我一起照看马里恩。"

不,她想这样说。我不想了解你。我不想承认我错了。过了一会儿萨拉摇摇头:"呃,好吧,当然可以。你想我怎么做?"

他们安静地协同合作。伤口已经缝合好了,格雷格轻柔地清理着,萨拉则负责把头上的尖刺拨开。而后他在长长的伤口上抹好抗生素软膏,缠上纱布。萨拉注意到他的动作虽然有时笨拙,但一直很轻柔。之后他后退一步。"好了,给你弄好了,马里恩。"格雷格小心地拍着鬼牌的肩膀。长满尖刺的头微微点了点,然后轻手轻脚地走了,一句话也没说。萨拉意识到格雷格在看她,诊所里的热度让他满头是汗。"谢谢。"

"不客气。"她感到不太自在,于是向后退了一步,"马里恩的情况你处理得很好。"

格雷格大笑着伸出双手，萨拉看到上面全是愤怒的红色抓痕。"你出现之前马里恩给我制造了不少麻烦。我在这里是十足的业余。不过我们俩合作得不错。塔基扬叫我去卸补给，你想去帮忙吗？"

这个时候没办法体面地拒绝。两人在沉默中合作了一会儿，把补给放上架子。"我没想过会在这里见到你。"合力将一个储物箱搬进储藏室时，萨拉评论道。

萨拉发现他注意到自己话中有话，有些受冒犯的样子。"你的意思是没有让摄影师来跟拍？"他微笑着说，"艾伦和游隼一起出去购物了。约翰和艾米准备了这么厚一摞文书要我处理。"格雷格的两只手相隔两英尺。"到这里来似乎实用得多。而且，塔基扬太敬业了，让我觉得很愧疚。我给安保留了张便条说我出去一下。我猜比利·雷现在可能正在大发脾气。答应我，别去告状好吗？"

他的脸上带着纯真的顽皮，她情不自禁跟着笑了起来。在这笑声中，那本就脆弱的恨意又消散了不少。"你总是带来惊喜，参议员。"

"叫我格雷格，好吗？"他声音轻柔。

"对不起。"她笑容褪去。有一瞬间，她觉得有股强大的力量将自己拉向他。她将这股力量压了下去，她在抗拒。我不想拥有这样的情绪。这不是真的。就算有什么感觉，也是因为恨了他太久之后的反弹。她环顾四周，看着储藏室里布满灰尘的空架子，狠狠弄开了纸箱。

她能感觉到他的双眼盯着自己。"我说的关于安德莉亚的那些话，你还是不相信。"他说得又像陈述句又像疑问句。他的用词和她最近心里想的非常接近，她突然脸红了。

"我什么都无法确定。"

"你还是恨我。"

"不。"她说着从箱子里取出塑料泡沫填充物，突然之间她冲动地说了实话:"对我来说,这可能更加可怕。"

坦白之后她的心扉敞开了,也就更加脆弱。让萨拉高兴的是她看不见他的脸。她骂自己不该坦白。这暗示了她喜欢格雷格,意味着她不讨厌他,而且对他的态度还一百八十度转变了,她不希望他知道这件事。暂时还不希望。至少要到她能确定之后再说。

两人之间的气氛充满了紧张感。她在想办法缓和。格雷格随便说句话就能伤害她,随便一个表情就能让她的心滴血。

随后格雷格的举动让萨拉希望自己从未在女妖的身上见到过安德莉亚的脸,让她后悔她曾经厌恶他那么多年。

他什么都没做。

他只是越过她的肩膀递给她一盒无菌绷带。"我觉得这应该放在架子顶上。"他说。

♠

"我觉得这应该放在架子顶上。"

玩偶人在他体内尖叫,捶打着关住他的心灵围栏。这股力量迫不及待地想要释放,撕碎萨拉敞开的心扉,以便大快朵颐。在纽约时将他逼退的仇恨已经不复存在,他能够看见萨拉的喜爱,他能够尝到,像是血里的盐。光芒四射,温暖的朱红色。

太简单了,玩偶人呻吟道。实在太简单了。那样丰沛饱满。我们可以制造一场势不可挡的浪潮。你可以带她到这里来。她会乞求你让她释放,无论你要什么她都会给你——痛苦,顺从,任何东西。求求你……

格雷格几乎无法控制这股力量。它从来不曾如此迫切,如此疯狂。他知道这趟旅程会有风险。玩偶人——他体内的力量——必须被喂养,而它的食粮只能是痛苦和折磨,那些暗红色的愤怒情绪。在纽约和华盛顿时这很容易办到,那里总会有玩偶,找到一些心灵,让其打开，留待以后使用。那些是牲口，是力量的养料。在那里，他很容易就能悄悄溜走，能小心追踪，并一击即中。

但现在不行，在旅途中没那么简单。缺席就会被怀疑，需要作出解释。他必须谨慎，也就不得不让这股力量挨饿。他本习惯于每周喂养，但飞机从纽约出发之后，他只在危地马拉喂养过一次，那已经是太久以前了。

玩偶人已经饥饿难耐。他的渴求无法抑制。

等一会儿，格雷格乞求道。记得马里恩吗？记得我们在他身上看到的丰富潜能吗？我们触碰了他，我们打开了他。现在就去吧——看，你还能感受到他，就在一个街区之外。几个小时之后我们就能被喂饱。但是别碰萨拉。我不能让你拥有安德莉亚或者女妖，也不能让你拥有萨拉。

你觉得她知道真相之后还会爱你吗？玩偶人嘲讽道。你觉得你把一切告诉她后她还会对你倾心？你觉得她会拥抱你、亲吻你，热情对待你？如果你真的希望她爱你真实的样子，就把一切都告诉她。

闭嘴！格雷格喊道。闭嘴！你可以拥有马里恩。萨拉是我的！

他强行压下那股力量，让自己挤出微笑。三个小时之后他才找到借口离开，萨拉决定留下，这让他很高兴。他走上夜晚的街道，身体因抑制玩偶人而颤抖。

圣特丽萨和鬼牌镇一样，在夜晚生机勃勃，黑暗生物让这里充满活力。里约本身似乎从来不会沉睡。他俯视着这个城市，看到在陡峭的山峰之间，山谷里灯火通明，还有一些光芒攀上了斜坡。这个景象值得停留一会儿，思考一下杂乱无序的人类生活在不经意间创造的小小美好。

格雷格没有注意到，因心中大发雷霆的而产生力量驱动着他。马里恩，感受他，找到他。

将流血的马里恩带来的那个鬼牌能说一点英语。他和塔基扬说来龙去脉时被格雷格偷听到了。他说，马里恩疯了。因为卡拉对他不错，所以他就一直缠着她。卡拉的丈夫若昂让马里恩滚远点，说他只是个鬼牌，要是再接近卡拉就杀了他。马里恩不听。他还是跟着卡拉，把她吓得不轻。最后若昂就砍了他。

塔基扬缝好针之后格雷格自告奋勇帮他包扎，因为他感觉到玩偶人在体内叹息。他触碰了令人作呕的马里恩，让内心的力量打开他的心灵，体会狂暴的情绪在沸腾。他立刻知道——就是他了。

他能够感受到敞开的心灵散发的气味，正在他感觉的边缘地带，大概半英里之外。他在狭窄弯曲的街道里前进，还穿着医院的蓝色制服。他的焦灼情绪肯定泄漏出来了，因为没有任何人过来打扰他。之前有一群小孩围过来，拉扯他的口袋，但他看了他们一圈后，孩子们就沉默了，随后四散跑开，消失在黑暗中。他继续向前走，越来越靠近马里恩，直到再次看到他。

马里恩站在一座摇摇欲坠的三层公寓楼外面，盯着二层的一个窗户。格雷格感受到了跳动的黑色暴怒，知道若昂肯定在里面。马里恩对他的情绪很简单，就是野兽般的残暴，对卡拉的情绪则复杂一些——变换着的金属般的尊重，天蓝色的喜爱还交织着一丝丝压抑着的欲望。长着一身刺的他可能永远不会拥有一个心甘情愿的爱人，格雷格知道，但是他能感觉到马里恩心中的各种幻想。就现在吧。格雷格颤抖着吸了一口气。他放下屏障，玩偶人笑了。

他抚摸着归他所有的马里恩心灵的表面，轻柔地对他自己低语。他移开了漠不关心的社会和教会放在马里恩心上的极少限制。对，愤怒起来，他冲着马里恩低语。充满怒火吧。他阻挠了你和她。他侮辱你，伤害你。点燃你的怒火，它会使你盲目，使你眼中再无他物，只剩下熊熊燃烧的心。马里恩不安地在街上走动，手臂挥舞着，好像是内心在激战。格雷格看着玩偶人放大他的沮丧、痛苦和愤怒，直到马里恩声音嘶哑地怒吼起来，跑进公寓楼。格雷格闭上眼睛，靠在阴影里的外墙上。玩偶人和马里恩在一起,他不要通过马里恩的眼睛来看,他要与马里恩共同感受。他听到有人用葡萄牙语大声争吵、木头碎裂的声音,以及突然爆发的愤怒。

玩偶人在汲取养分,他从狂暴的情绪中获取能量。马里恩和若昂在争斗,他能感觉到体内深处有一股痛苦。他将痛苦压抑下去,不让马里恩注意到。争执声中加入了女性的尖叫,马里恩的心灵也纠结起来,格雷格知道卡拉也在那里。玩偶人提升了马里恩的愤怒,直到那刺眼的光芒让他近乎失明。他知道现在马里恩现在感受不到其他的任何东西。女人的尖叫声更响了,在下方的街道上都能清晰地听到砰的一声闷响。格雷格耳朵里传来窗户碎裂的声音和一阵恸哭,他睁开眼睛,看到一具躯体砸上汽车的引擎盖后,滚落在街上。这具躯体脊椎断裂,以一种下流的角度弯折着。马里恩正从上面的窗口向下看。

啊,太棒了。太美味了。这也会很美味的。

马里恩躲回房间之后玩偶人让那股暴怒慢慢消散。现在他玩弄的是他对卡拉的情感。他稀释了有约束力的尊重,让喜爱之情减弱。你需要她。你一直都想要她。她走过时你看着藏在衣服里的胸部,想象着它们会是什么样的,应该柔软又温暖吧。你想着她双腿之间隐秘的位置,尝起来会是怎样,会带来什么样的感觉。你知道肯定很温热,因欲望而湿滑。晚上,你释放自己的欲望时,总是想象她在你身下,随着你的抽动而呻吟。

现在玩偶人开始嘲讽了,用马里恩残存的愤怒来修饰热情。而且你知道,她永远不会想要你,不会像你看她那样看你,她不会和一个长着刺的鬼牌在一起。不会的。她的身体不会属于你。她会嘲笑你,会说粗俗的玩笑。若昂占有她时,他也会嘲笑你,他会说,"马里恩永远不会享有这些。我的快乐马里恩永远得不到。"

卡拉尖叫着。格雷格听到布料撕裂的声音,感受着马里恩无法控制的欲望。他能想象。他能想象马里恩粗暴地将她推倒。他不在乎身上的尖刺是否会伤害她不受保护的皮肤，他只想用一场暴虐痛苦的强暴来释放欲望，并为想象中的恨意复仇。

够了，他心想。这样够了。但玩偶人只是大笑，他一直和马里恩待在一起，直至他高潮之后心灵陷入混乱。此时，饱餐一顿的玩偶人才撤退。他癫狂地大笑着，让马里恩的心灵恢复正常状态，让这个鬼牌惊恐地意识到自己所做的一切。

公寓楼里已经传来了更多尖叫声，格雷格听到远处传来了警笛。他睁开眼睛，喘着粗气，眨眨眼睛，接着拔腿就跑。

内心里的玩偶人在习惯的地方休息，安静地由着格雷格放下围栏。他心满意足地睡去了。

1986年12月26日，周五，叙利亚

米莎汗流浃背地从梦中醒来，坐得笔直。她显然是因为恐惧而惊呼过，因为赛义德也挣扎着想从自己的床上坐起来。

"女人！怎么了？"赛义德是用英雄的模子粗削出来的，足有十英尺高，肌肉宛如天神。睡觉时他也像个深色皮肤的埃及巨人，神话里走出来的人。赛义德是真神之光手下的武器，报告祷告时刻的那些恐怖分子是隐藏的刀片。当赛义德站在信徒们面前俯视所有人时，人们就会意识到真神之光的将军就是真神庇佑的象征。

当全世界都以为真神之光和他的追随者寡不敌众、毫无胜算时，赛义德利用敏锐的大脑想出来的策略，在戈兰高地上击退了武器更好、装备更强的以色列军队。当阿萨德领导的复兴党试图背弃经书时，他一手安排了大马士革的暴动，促成光派和其他教派的联合。当其他信仰的领袖威胁说要颠覆教派的统治地位时，他狡猾地建议真神之光遣信徒去往贝鲁特。当群虫之母在此前一年派她的致命后代来到地球时，他保护了真神之光和信徒们。他心里想的都是胜利。为了圣战，真神赋予了赛义德非凡的智慧。

赛义德英雄般的外表其实也是诅咒，这是个被藏得很好的秘密。真神之光曾经颁布法令，宣布鬼牌是被神灵标记的罪人，他们已经从真理之路上坠落了，最好的结果就是成为真正信徒的奴隶，最坏的结果是被消灭。所以不能让任何人知道真神之光身边的优秀策略家其实差不多是个瘸子，赛义德起伏的肌肉只能勉强支撑他重量过大的躯体——他的身高是翻倍了，体重却增加了四倍。

赛义德总是小心翼翼地摆姿势，就算要移动，也会保持慢速。如果要走得远一些，他就骑马。

那些看过赛义德沐浴的男人都小声嘀咕他全身都像英雄般比例匀称。只有米莎知道他的阴茎和身体其他部位一样不中用。对于只能勃起一小会儿这个问题，他怪的是米莎。今晚，她的身体也被他的重拳打出了铁青的瘀伤，这种事情经常发生。但至少这次没打多久。有时候她以为他那让人窒息的可怕重量永远不会从她身上起来。

"没什么。"她低声说道，"做了个梦。我不是故意吵醒你的。"

赛义德揉揉眼睛，无神地看向她。他已经坐起来了，而这一举动让他气喘吁吁。"一个幻象。真神之光说过——"

"我的兄弟需要睡眠，他的将军也一样。睡吧。"

"你为什么总是要反对我，女人？"赛义德皱起眉头，米莎知道他想起了之前的困窘，他因为受挫而打了她一顿，好像她的痛苦能让他得到释放。"告诉我。"他坚持道，"我来决定需不需要告诉先知。"

我是女巫，她想说。我是真神赐福的那一个。你有什么资格决定是否要唤醒纳吉布？那又不是你的幻象。但是她没有说出口，因为她知道那只会惹火烧身，"意义不明。"她告诉他，"我看到一个男人，从穿着上看是俄国人，他呈给真神之光很多礼物。之后他走了，又来了一个美国人，他带来更多礼物，放在先知脚边。"米莎舔了舔干燥的嘴唇，忆起了梦里的恐慌。"然后突然能感觉到可怕的危险。他纤长的手指上缠着蛛丝，每根丝上还挂着一个人。他的其中一个创造物走上前来奉上礼物。那个礼物是给我的，但是我却很害怕，不敢打开包装。我扯开之后发现里面……"她颤抖着，"我……我看见了我自己。我知道后面还有，但我醒来了。不过我知道，那个送礼物的人快来了。他很快就会到这里来。"

"一个美国人？"赛义德问道。

"是的。"

"那我就明白了。你梦到的是载着西方异教徒的飞机。先知会准备好迎接他们，一个月以后，也许更久。"

米莎点点头，假装安心，但是梦里那股恐惧依然裹挟着她。他要来了，他会微笑着送给她一份礼物。"我早上会告诉真神之光。"她说，"对不起，我打扰你休息了。"

"我还有其他想讨论的。"赛义德回答道。

她知道他要干什么。"求你，我们都累了。"

"我现在完全醒了。"

"赛义德，我不想再次让你失望……"

她希望就这样结束，但知道不可能。赛义德呻吟着站起来。他什么都没说，他从来不说。他笨重地穿过房间，因为用力而喘着粗气。她能看到他巨大的身躯出现在她的床边，黑暗里的一道更暗的阴影。

他压在她身上，"这一次。"他喘息道，"这一次。"

这一次也不行。米莎就算不是女巫也知道永远不可能。

♣ ♦ ♠ ♥

泽维尔·德斯蒙德的日记

1986年12月29日，布宜诺斯艾利斯

阿根廷，别为杰克哭泣……

祸害了贝隆夫人的人回到了布宜诺斯艾利斯。这场音乐剧第一次在百老汇上演时，我就在猜杰克·布劳恩听到鲁普恩唱四大王牌的故事时会怎么想。此时，这个问题显得更加尖锐。面对自己受到的待遇，布劳恩一直很冷静，几乎是毫无反应，但是他的内心呢？

贝隆死了，贝隆夫人也死了，伊莎贝尔成了一段回忆。但贝隆主义者依旧活跃在阿根廷的政治舞台上。他们没有遗忘。不管身处何地，都有各种标语在嘲讽布劳恩，请他立马回家。他是终极外国佬（他们阿根廷人会用这个词吗？我在想），一个邪恶但极具力量的美国人，不请自来地出现在阿根廷，颠覆了一个主权政府，就因为他不喜欢这个政府的政治主张。自拉丁美洲存在以来美国就一直做着这样的事情，我毫不怀疑其他地方也滋长着同样的怨恨。但是美国和可怕的中情局"秘密王牌"都是抽象概念，没有面貌，人们无法对准目标——黄金男孩就不一样了，他有血有肉，真实可见，并且他就在此地。

酒店的某个内部人员泄漏了房间安排，所以杰克第一天走到阳台上时，就被雨点一般的粪便和烂水果袭击了。之后的日子里他不得不待在屋内，除非是参与官方活动，不过就算在那种场合他也不安全。昨天晚上，我们在阿根廷总统府列队。一个工会领导人的妻子走过来，她年轻漂亮，深色的小脸包裹在极富光泽的黑色秀发中。她甜美地微笑着走向杰克，凝视着他的眼睛，然后把酒泼在了他脸上。

现场一阵骚动，我想参议员哈特曼和莱昂斯应该是提出了抗议。布劳恩自己十分克制，可以算是英勇了。接待会过后，唐斯残忍地追着他询问，他正想把这个事件的报道用电报传回《王牌》杂志，希望布劳恩说句话，让他引用。最终布劳恩给了他一句话："我做过一些我并不引以为傲的事情。"他说，"但弄掉胡安·贝隆不是其中之一。"

"好，好。"我听到挖掘者这样对他说，"但被她泼了一身你有什么感觉？"

杰克一脸厌恶。"我不打女人。"他说完就转身走了，一个人找了个地方坐。

布劳恩走了之后唐斯转向我："我不打女人。"他用一种单调的节奏模仿黄金男孩的声音，又加了一句："真是个小……"

不管杰克·布劳恩说什么做什么，世人都能从中看到懦弱和背叛，但是我猜真相要比这复杂得多。看着他青春的模样，有时候会很难想起他到底多少岁——他个性形成的时期是大萧条和二战，他少年时听的是 NBC 蓝色网络，而非 MTV 音乐台——难怪他的好多价值取向都莫名老派。

从很多方面来看，这个犹大王牌似乎都很天真，这个世界变得太复杂，他都有些迷失了。我觉得他在阿根廷受到的待遇给他带来了很大的困扰，只不过他不承认罢了。布劳恩是一个破碎梦境最后的代表，二战之后，四大王牌在阿奇博尔德·福尔摩斯的引领下走入了一场美梦之中，然而短暂的盛放之后，朝鲜战争、参议院非美活动调查委员会听证会和冷战击碎了这场梦。现在，其他人都已消失不见，只剩下布劳恩一人，提醒着人们那段时光真实地存在过。他们曾以为他们能够重塑世界……他们毫不怀疑，整个国家也毫不怀疑，有能力就要使用，他们绝对有自信自己能够分辨出好人和坏人。他们的民主理想和真挚闪光的意图就足够让所做的一切名正言顺。对于早期为数不多的王牌来说，那肯定是黄金年代，所以中心点是黄金男孩，多么顺理成章。

黄金年代会为黑暗年代让路，任何一个学习历史的人都知道，我们最近也发现了这一点。布劳恩和他的同事们能做到其他人做不到的事——他们能飞,能举起坦克,能吸收别人的心灵和记忆,因而产生了一种幻觉,认为自己能在全球范围内都造成真正的影响。当这种幻觉在他们脚下消融时,他们坠落了很久很久。自那以后,没有其他王牌敢做那么大的梦。

就算是面对监禁、绝望、疯狂、羞辱和死亡,四大王牌也取得了不少胜利,其中最亮眼的就算是阿根廷了。对于杰克·布劳恩来说,这该是场多么酸涩的归乡之旅啊。

就好像这样还不够似的,快离开巴西时我们的邮件送来了,那一捆里面包含十几本最新一期的《王牌》杂志,专题内容就是挖掘者之前说的,封面是杰克·布劳恩和末底改·琼斯的侧脸,正怒视彼此(当然了,是精心伪造的,我觉得他俩是我们在汤姆林集合之后才第一次见面),封面上还有一行大标题:《世上最强的男人》。

文章本身以冗长的篇幅讨论了这两个男人和他们的公共生涯,为了增加生动性,其中还带有大量轶闻,描述其以力量作出的壮举,当然还有许多关于谁是世上最强的猜测。

这两个人好像都被文章弄得很尴尬。布劳恩似乎更明显。两个人都不想谈论它,更不愿意一决高下。唐斯的文章出版之后(就这么一次,唐斯的同行们注意到了他)媒体舱响起热烈的讨论,甚至还有人开了赌局,但是这一把的结果可能很久都不会出来。

我一读完就告诉唐纳故事很假,而且很无礼。他似乎很震惊。"我不明白。"他对我说,"你在发什么牢骚?"

我跟他解释,我的牢骚很简单。百变王牌出现以后,布劳恩和琼斯并不是唯一展现出超级力量的人。实际上,这种能力很常见,在塔基扬的最常见能力排行榜上,紧跟在心灵传动和心灵感应后面。我认为是跟最大化肌肉力量有关。我的重点在于,有些优秀的鬼牌也展现出了力量的增加,我随便想想就能列出艾蒙(水晶宫殿的侏儒保镖)、欧尼酒吧烧烤店的欧尼、怪人、类人……还有最著名的霍华德·穆勒。巨魔的力量也许比不上黄金男孩和哈莱姆铁锤，但肯定也很接近。这些鬼牌都没有出现在挖掘者的文章里，不过里面出现了十几个其他超级力量的王牌，为什么会这样？我想知道。

不幸的是，我的话没给他造成什么影响。我说完之后，他只是翻了个白眼说道："你们这些人也太敏感了。"他后来又说，要是这篇的影响够大，他可能会再写一个续篇，讲述世上最强壮的鬼牌，他没明白为什么这种让步会让我更生气。他们还总怪我们太敏感。

霍华德觉得这场争辩非常有趣，有时候我觉得他很奇怪。

其实相比起我们的安全主管比利·雷看到杂志之后的表现，我的愠怒算是合情合理。雷是文章中提到的其他王牌之一，他的力量被认为算不上真正的"大联盟水平"。后来的飞行过程中，一直能听到他在建议唐斯跟他一起离开客舱一会儿，看看他水平有多次。挖掘者拒绝了这项提议。从他脸上的笑容来看，我估计最近《王牌》杂志上不会说刽子手什么好话。

自那以后，雷见人就抱怨这篇文章。他的中心论点是力量并非一切。他可能不像布劳恩或者琼斯那么强壮，但真的比试起来，他能打败他们，而且他愿意打这个赌。

我个人因为这场小小风波得到了一些不太正当的满足感。讽刺的地方在于，他们在讨论谁拥有最多某种其实很微小的能力。我依稀记得70年代初期有过某种展示，是新泽西战舰在新泽西附近的贝永海军供给中心整修的时候。灵龟用念力将战舰从水面抬起好几英尺，并维持在这个位置半分钟。布劳恩和琼斯举起了坦克，还扔了汽车，但完全比不上灵龟所做的。

一个简单的真理就是，人类肌肉的力量就只能提升那么多。物理极限在发挥作用。塔基扬医生说人类心灵的力量也有极限，但是目前还没有被触碰到。

如果灵龟真的像很多人坚信的那样是个鬼牌，我会对这出讽刺剧格外满意。

我猜，我从本质上来说，跟很多人一样是个小人。

♣ ♦ ♠ ♥

仇恨的色彩

第四部

1987年1月1日，周四，南非

夜晚有些凉意。酒店宽阔的阳台前，灌木草原区域褶皱般的地形如同田园风景。白天的最后一丝光亮镀在点缀着淡紫和鲜橙色的草山边缘，山谷里的奥利芬兹河一派萧条，褐色的流水沾上了金色。有猴子睡在河边的一排排洋槐树上，时不时叫上几声。

萨拉看着这一切，感到有些晕眩。这里太美了，但却藏着那样让人恶心的病态。

在这个国家，就连让代表团保持正常状态都成问题。他们要倒时差，进入南非时还遇到种种麻烦，计划好的新年庆祝活动都取消了。在比勒陀利亚，鱿鱼神父、泽维尔·德斯蒙德和巨魔正要和其他人一起吃饭，领班却拒绝带他们进去，指着一块写着英语和南非荷兰语的牌子：只招待白人。"我们不给黑人、有色人种或者鬼牌提供服务。"他很坚持。

哈特曼、塔基扬以及团队里其他几个高职位成员立刻就向博塔政府抗议了，于是双方达成了折中方案。代表团被送到了洛斯科普禁猎区的一家小酒店，这里与世隔绝，成员想怎么来都可以。但政府同时很明确地表示这个方法极为不妥。

终于开启香槟时，酒在他们的嘴中已经发酸了。

下午他们在一个破烂的栅栏村庄里度过，实际上和贫民区差不多。在这里他们直接看到了歧视的双刃剑：新型种族隔离。这里曾经有过一场双边斗争，南非荷兰人连同英国人对抗黑人、有色人种及亚洲人。现在鬼牌是新的外人，被白人黑人同时唾弃。塔基扬看到了这座鬼牌镇的肮脏和悲惨,而萨拉发现他雕塑般的高贵脸庞正因为愤怒而发白——格雷格看起来很不舒服。整个代表团都在攻击陪伴他们从比勒陀利亚来到这里的国家党官员,并开始抱怨这里的情况。

官员们说着早就练好的语句。这就是为什么会有通婚禁令,他们说话的时候完全无视了团队里的鬼牌。种族之间如果没有严格的隔离制度,就会制造出更多的鬼牌,更多有色人种,你们应该也不想看到那种事情。这就是为什么会有《不道德法案》和《政治干预禁令》。让我们以我们的方式解决我们的问题。情况是很糟,但是正在好转。你们受到了非洲人/鬼牌国民大会①干扰。这是个违法组织,他们的领袖曼德拉完全是个疯子,只会制造麻烦。非洲人/鬼牌国民大会把你们带到了最差的营地——如果医生、参议员和其他同事能够遵照我们的安排,看到的就会是另一种景象了。

总而言之,这一年的开头像地狱。

萨拉坐在栏杆上,双手撑着头,盯着日落。在这里你能轻易看到问题,但其实无论在哪里都一样,表层之下都一样可怕。

萨拉听到了脚步声,但她没有回头。有人站在她旁边,栏杆因此晃动了一下。"很讽刺,不是吗,这个地方真够可爱的。"是格雷格的声音。

"我也正好在想这个。"萨拉说。她瞥了他一眼,发现他正盯着群山。阳台上还有一个人,比利·雷,他靠在栏杆上,小心地跟他们隔开一段距离。

"有时候我希望病毒更致命一些,让整个星球的人全部死光,然后重新来过。"格雷格说。"今天见到的那个镇子……"他摇摇头,"你的电话报道我读了文字转录,感觉全回来了,我又开始愤怒了。"

---

① 在现实历史中,曼德拉所在的党派叫做非洲人国民大会,在《百变王牌》的剧情中党派名则被加入了"鬼牌"。

你的感受能够引起别人的共鸣，这是你的天分，萨拉。从长久看，你做的会比我多。也许你可以做些事情来阻止歧视，在这里，还有对国内里奥·巴奈特那样的人。"

"谢谢。"他的手和她的靠得很近。她温柔地触碰了那只手，被他的手指捉住。他不愿松开。她在白天和整个旅程感受到的情绪似乎要将她淹没了，泪水刺痛了她的双眼，"格雷格。"她的声音很轻柔，"我不确定我喜欢我的感受。"

"今天的感受？关于鬼牌们？"

她深吸一口气。落日余晖温暖了她的脸庞。"对。"她停了一下，不知道该不该说下去。"还有，关于你。"她最后说道。

他什么都没说，只是拉着她的手等待着，目视夜晚降临。"我对你的看法变得太快。"萨拉过了一会儿才继续说，"我之前以为你和安德莉亚……"她的呼吸颤抖着。"看到人们被那样对待之后，你很关心他们，你感到痛心。老天，我曾经厌恶你。我用仇恨的眼光去看待哈特曼参议员做的每一件事。我觉得你虚伪狡诈，毫无同情心。现在那种感觉消失了，你说起鬼牌和我们必须做些什么来改变现状时，我看着你的脸，真的……"

她拉了他一把，现在他们面对着彼此。她抬头看着他，不在乎他能看出自己刚刚哭过。"我不习惯将一切藏在心里。我喜欢敞开来说，如果这些不是我该说的，请你原谅。一说到你，我就感到脆弱，格雷格。这让我很害怕。"

"我没想伤害你，萨拉。"他的手抚摸着她的脸，轻轻拭去她眼角的泪痕。

"那么请告诉我，我们将去向何方，你和我。我想知道规则是什么。"

"我……"他停了下来。萨拉看着他的脸，发现他的内心在斗争。他的头低垂下来，萨拉的脸颊上感受到了他温暖甜蜜的气息。他单手托着她的下巴,把她的脸抬高,她的眼睛闭上了。

这个吻非常轻柔,脆弱。萨拉把脸转开,他拥抱了她。"艾伦……"萨拉开口道。

"她知道。"格雷格耳语道。他的手指划过她的头发,"我告诉她了,她不介意。"

"我不希望发生这种事。"

"已经发生了。没关系的。"他告诉她。

她推开他,很庆幸他轻易地就松开了。"所以我们怎么办?"

太阳下山了。格雷格成了一道阴影,他的五官她已经看得不太真切了。"这是你的决定,萨拉。我和艾伦总是订两个房间的套间,我用第二个房间当办公室。我现在就要过去了,如果你愿意的话,比利会带你过去。你可以相信他,不管别人怎么说他。他知道如何小心谨慎。"

他伸手抚摸她的脸颊,然后转身快速离开。萨拉看着他和雷简单说了几句,穿过门走进酒店大厅。雷还在外面。

直到山谷里全黑下来,白天的温度散去,夜晚的寒冷袭来,萨拉还在等待,她做好了决定,但不知道该不该实施。她想等待非洲的夜晚给她一些暗示。她走向比利。他的脸有点畸形,两只眼睛不在同一条水平线上。看着让人很不安。他似乎正用一种评判的眼神看着她。

"我想上楼。"她说。

♣ ♦ ♠ ♥

WILD CARDS

泽维尔·德斯蒙德的日志

1月16日,埃塞俄比亚,亚的斯亚贝巴

在饱经磨难的土地上度过艰难的一天。当地红十字会的代表领着我们中的一些人去看了他们为减轻饥荒所作出的努力。当然,我们早就了解了当地的旱灾和饥荒,但是在电视上看是一回事,身处其中又是另一回事。

这样的一天让我更加意识到自己的失败和缺点。得了癌症之后,我体重锐减(甚至有些没起疑心的朋友告诉我我看起来棒极了),但是在这些人当中游走让我格外注意自己剩下的那一点小肚子。他们就在我的眼前挨饿,而我们的飞机正等着将我们带回首都亚的斯亚贝巴……等回到下榻酒店,又有一场欢迎会,毫无疑问会有精美的埃塞俄比亚大餐。负罪感太强烈了,还伴随着无能为力的感觉。

我猜大家都感受到了。我无法想象海勒姆·沃切斯特作何感想。他在灾民身边走动时一脸难受,某个瞬间他颤抖得太厉害了,甚至独自在阴影里坐了一会儿,他浑身都是汗。后来他又站起来,脸色惨白,开始帮着把我们卸下带来的救济食品。

很多人都辛勤地为救灾工作劳心劳力,但是在这里,一切似乎都是徒劳的。在救灾营地里,唯一的现实就是人人都瘦得皮包骨头,只有肚子是肿胀的,孩子们的眼神涣散无光,源源不绝的热量洒下来,炙烤着这片土地。

这一天的记忆会在我的脑海里待上很久——或者至少在我剩下的时日里会留在我的脑海中。鱿鱼神父给一个濒死的女性做了临终祷告,她的脖子上戴着科普特十字架。游隼和她的摄影师尽可能多地为纪录片留下影像,但很快她就受不了,回到飞机里等我们了。我听说她因为太难受,把早饭都吐光了。

还有一个年轻的母亲,她极其枯瘦憔悴,你都能数清她的肋骨,显然只有十七八岁的模样,但那双眼睛却苍老得不可思议。她的孩子对着干枯的胸口,那孩子早就死了,现在已经散发出味道了,但是她还是不让别人把孩子带走。塔基扬控制了她的心灵,让她保持不动,轻轻将孩子的身体从她手上抱出来带走了。他将这个孩子交给一个工作人员后,坐在地上开始哭泣,身体随着每一声啜泣颤抖。

西北风也哭了。去难民营的路上,她换上了蓝白色的飞行装。这姑娘是个年轻的王牌,能力也很强。毫无疑问她觉得自己能帮上忙。她召唤风的时候,身上的巨大披风在手腕脚腕处收紧,像降落伞一样鼓胀起来,这样她就能飞上天空。就连形形色色的古怪鬼牌都无法吸引难民漠不关心的眼神,可西北风起飞的时候,他们中的大部分——不是全部,但也有大部分——都转头观看,他们的眼神追随着她飞翔在蓝色的天空中,最后回归到毫无生气的绝望里。我猜西北风大概以为自己能够利用风力推动云朵,给这片土地带来降水。这是个多么美妙又自负的梦啊……

她飞了快两个小时,有时候又高又远,消失在了我们的视野里,但就算有王牌力量,她也只能掀起一阵尘土。最后放弃的时候她已是筋疲力尽,那张甜美的年轻脸庞上沾满灰尘和沙子,眼睛又红又肿。

我们快离开的时候,一场暴行更深刻地揭示了这里的苦难。一个脸颊生有痤疮疤痕的高个子年轻人攻击了另一个难民——发狂了,挖出了那个女人的眼睛,众人还没明白发生了什么,他就把那眼睛吃了。讽刺的是,我们刚到的时候见过这个孩子一面——他在基督教学校里待了一年,会说一点英语。他似乎比我们见到的其他人更强壮更健康。西北风飞起来的时候他跳起来冲着她喊:"喷气机小子!"他的声音清晰有力。鱿鱼神父和哈特曼参议员想要和他聊天,但他只会说一些英语中的名词,包括巧克力、电视和耶稣基督。尽管如此,这孩子还是比大部分人有活力——他会瞪大眼睛看着鱿鱼神父,还好奇地伸手触碰他脸上的触手。参议员拍着他的肩膀告诉他代表团是来帮

WILD CARDS

助大家时,他还笑了,虽然我觉得他并没有听懂。看到他被带走的时候我们每个人都很震惊,他一直在尖叫,枯瘦的棕色脸颊上沾着血。

可怕的一天。晚上,我们回到亚的斯亚贝巴,司机送我们到码头,这里有些救灾货物堆了两层楼高。哈特曼满怀愠怒。所有人之中,他最有能力逼迫罪恶的政府采取行动,喂养饥饿的人民。要是我信神的话,肯定会向他祈祷……但是怎样的神灵会允许我们这趟旅程中见到的可怕情景发生呢?

◆

非洲跟地球上的任何一片土地一样美丽。我应该写下之前一个月里我所见到的所有美景。维多利亚瀑布,乞力马扎罗山上的雪,一千匹斑马穿过高高的草丛,像是长着条纹的风。我走过某些高贵的古老王国的废墟,这些王国的名字我没有听说过。我拿起过俾格米人的器具,看到过丛林居民第一次见我时脸上亮起了好奇而非恐惧。有一次去参观禁猎区,我提早醒来,看着窗外的黎明,两头巨大的非洲象来到了我住的这栋建筑前面,拉达就站在它们中间,全身赤裸地沐浴在清晨的阳光中,两头象正用鼻子触碰着她。我把目光移开了,这似乎是个很私人的时刻。

美,确实是美,这片土地和这片土地上的许多人,他们的脸上满是温暖和悲悯。

可除了美之外,非洲带给我的是极大的压抑和痛苦,所以我很高兴要离开了。难民营只是其中的一部分,来到埃塞俄比亚之前我们还去了肯尼亚和南非。现在不是感恩节,但比起美国11月的橄榄球盛会与饕餮大餐,过去几周内所见的场景让我更加懂得感恩。就算是鬼牌,也有值得感恩的东西。我原本也知道,但非洲之行让我更强烈地感受到了这一点。

这一段旅程从南非开始,真是太糟糕了。美国当然也有同样的厌恶和歧视，但是我们终归是文明人，会遵守法律，维持表面上的宽容、友爱和平等。曾经我觉得这是歪理邪说，但现在我在开普敦和比勒陀利亚尝到了现实的滋味。所有的丑恶都摆在明面上，受法律保护，由铁权的强制力保证，就连装装样子他们都不愿意了。还有人说至少南非是公开表达仇恨的，不像美国那么虚伪，也许，也许……但如果真是这样，我宁愿选择虚伪，还会谢谢你的虚伪。

我猜这是非洲教我的第一节课——世界上还有比鬼牌镇更糟糕的地方。第二节就是还有比压迫更可怕的事情，这是肯尼亚教我们的。

跟非洲中部和东部的大部分国家一样，肯尼亚躲过了最严重的百变王牌侵袭，有些孢子因为空气传播来到这儿，更多的是通过海港来的：被污染的货品没有经过严格消毒，或者完全没消毒过。在世界上的大部分地区，美国援外合作署的包裹都是要严查的，这是很有道理的，还有许多船长都极为擅长掩盖他们上一站是纽约的事实。

再往内陆走，百变王牌的受害者就几乎不存在了。有人说去世的伊迪·阿明①是某种疯狂的鬼牌王牌混合体，拥有类似巨魔和哈莱姆铁锤般的力量，还能转变为人形生物、金钱豹、狮子或者鹰隼。阿明说自己能够通过心灵感应搜索出敌人，极少数从他手上逃脱的敌人宣称他是个食人魔，认为需要人的血肉来维持自己的力量。但这些都是流言或者宣传，而且不管他是个鬼牌还是王牌，又或是个神经失常的可怜人，他都已经死了，在世界的这个角落里，几乎无法找到有记载的百变王牌病毒受害者。

然而肯尼亚与周边国家还有着自己的病毒噩梦。如果说百变王牌对他们而言远在天边，那艾滋就是流行病。总统招待哈特曼参议员和团队中的大部分成员时，我们中的一些人精疲力竭地奔波在肯尼亚乡村地区。乘坐的直升机从一个村庄到另一个，总共看了六个诊所。政

---

① 真实人物，乌干达总统。——编注

WILD CARDS

府只派给我们一架老旧的直升机,这还是在塔基扬坚持要求的情况下。他们更愿意访客们去大学里做讲座,见见教育者和政治领袖,去禁猎区和博物馆观光游览。

我的大部分伙伴都很乐意听从安排。百变王牌已经四十岁了,我们已经习惯了它的存在——可艾滋是新出现的恐怖,我们才刚刚开始明白它是什么东西。在美国,很多人认为这是同性恋才会遭遇的不幸,我承认我自己也这样以为。但是在非洲,这种想法不攻自破。这片大陆上感染艾滋病的人数已经超过四十年来感染百变王牌的总人数。

而且艾滋似乎是个更可怕的魔鬼。感染百变王牌的人中有90%会死亡,通常死状凄惨痛苦,但你要是存活下来的那10%,你就会明白90%和100%的差别还是很大的,这是生与死,希望和绝望的差别。有些人宣称去死总比成为鬼牌要好,但我不这么想。尽管我的生活并不总是快乐的,但我拥有我珍惜的回忆和我引以为豪的成就。我很高兴我曾经活过,我不想死。我接受了死亡的必然,但那不意味着我就欢迎它的到来。我有太多事要做。我和罗伯特·汤姆林一样,还没看过《一代歌王》,我们之中没人看过[①]。

在肯尼亚,我们看到了一整个村庄的人都濒临死亡。活着,微笑、说话、能够吃喝拉撒,能做爱,甚至能拥有孩子,从现实的意义上来说都是活生生的人,但却走在死亡的边缘。碰上黑皇后的人死时会感到无法言说的剧痛,但是有药品可以对付疼痛,而且至少死亡来得很快。艾滋就没那么仁慈了。

鬼牌和艾滋病患者有很多相似之处。我离开鬼牌镇之前,我们就

[①] 罗伯特·汤姆林是喷气机小子的原名,他死前说的最后一句话是:"我还不能死,我还没看过《一代歌王》。"《一代歌王》又名《乔尔森故事》,1946年上映,讲述歌王阿尔·乔尔森成名的故事,当年很红,还获得了奥斯卡最佳影片奖。

在计划五月底在开心屋举行鬼牌反诽谤联盟的筹款活动——是个大型活动，会请我们能请得动的最大牌明星。在参观了肯尼亚之后，我打电话回纽约，让那边安排一下，邀请一个合适的艾滋病患者团体参加这个慈善活动。我们这些被社会遗弃的人应该团结起来。也许在我的生命终结之前，我还能够架起几座必要的桥梁。

♣ ♦ ♠ ♥

尼罗河畔

盖尔·格斯特纳 – 米勒

神庙里的火把缓慢稳定地燃烧着，有人经过时会闪烁一下。它们的光芒照亮了聚集在主厅外面小前厅里的人。来的人中有的看起来像普通人，有的很不一样：猫女、豺狼头的男人，还有的长着翅膀、鳄鱼的皮肤以及鸟类的头。

先知地狱判官开口了："带翅膀的来了。"

"她是我们中的一员吗？"

"她会帮助我们吗？"

"不会直接帮助。"地狱判官回答道，"但她体内有一股能成就大事的力量。现在，我们必须等待。"

"我们已经等了很久了。"长着豺狼头的阿努比斯说道，"再久一点也没什么。"

其他人低语着表示赞同。活着的神灵们又回去耐心地等待。

♥

卢克索冬季宫殿酒店的房间闷热难耐，而且这才是早上。房顶上的风扇疲惫地搅动着不流动的空气，游隼正躺在床上，汗水汇成细流从胸腔流下来，她看到乔什·麦考伊在他的摄影机里放上一盒新胶卷。他对她微笑起来。

"我们该走了。"他说。

她躺在床上懒懒地笑着，翅膀轻轻挥动，比起缓慢移动的风扇，她的翅膀更能带来凉意。

"你说了算。"她站起来舒展身体,看到麦考伊正盯着自己。她走过他身边,在他伸手想触碰自己时跳着舞逃开了。"你还没够吗?"她从箱子里取出一条干净的裤子,调笑道。她扭动着身体穿上裤子,挥动翅膀保持平衡。"酒店洗衣房肯定是用滚烫的水洗了这条裤子。"她憋住一口气,拉上了顽固的拉链,"好了。"

"但是看上去还是美极了。"麦考伊说。他从背后拥住她,亲吻她的脖子,抚摸她的胸部,游隼一阵颤动,因为早上那场性爱,她的身体到现在还很敏感。

"你不是说我们要走了吗?"她向后靠着他。

麦考伊叹了口气,恋恋不舍地松开了手。"确实。我们必须去集合了。"他看了下腕表,"还有三分钟。"

"太糟糕了。"游隼调皮地笑着说,"还以为你会哄骗我在床上待一天。"

"还有工作要做。"麦考伊翻箱倒柜地找衣服,游隼穿上了小背心,"而且我很迫切地想知道这些自称是神灵的人能不能做到他们所说的那些。"

她看着他穿衣服,欣赏着那副又瘦又有肌肉的躯体。他一头金发,身材健美,是纪录片导演和摄影师,还是个一级棒的爱人。

"东西带齐了吗?别忘了你的帽子。阳光太毒辣了,就算在冬天也要小心。"

"我需要的东西都带了。"游隼斜睨了一眼,"走吧。"

麦考伊把门把手上挂的"请勿打扰"牌子翻了个面,关门,锁好。酒店走廊安静无人。塔基扬肯定是听到了他们的脚步声,因为他们走过他房间时,他把头探出来了。

"早上好,塔基扬。"游隼说,"乔什、鱿鱼神父、海勒姆和我要去永生神神庙参加下午的庆典活动,你想要一起来吗?"

"早上好,亲爱的。"塔基扬穿着白色的织锦缎晨袍,看上去很华丽,他冷漠地冲着麦考伊点点头。"不用了,谢谢邀请。今天晚上的会议上我能见到想见的一切。现在天气太热了,不适合出门冒险。"塔基扬仔细地看着她,"你还好吧?脸色有点苍白。"

"我觉得是因为天气太热了。"游隼回答道,"还有食物和水。也可能是里面的微生物。"

"我们不希望你生病。"塔基扬严肃地说。"进来,我给你做个快速检查,"他对着他的脸扇风,"就知道你是怎么了,我今天也就有事做了。"

"我们现在没时间。其他人在等我们——"

"隼。"麦考伊打断了他们的对话,脸上一副担忧的表情,"几分钟而已。我先下楼,告诉海勒姆和鱿鱼神父你要耽搁一会儿。"她有些犹豫。"去吧。"他又补充道。

"那好吧。"她冲他微笑道,"楼下见。"

麦考伊点点头,沿着走道继续向前,而游隼跟着塔基扬进了他的豪华套房。客厅够大,比她和麦考伊分享的那一间凉快不少。当然了,她想,他们今天早上就制造了不少热量。

"哇哦。"她扫视了装饰奢华的房间,评论道,"我那间肯定是给服务生住的。"

"确实还不错,对吧?我尤其喜欢这张床。"透过敞开的卧室门,能看到里面那张大床,边上四根柱子,下面挂着白纱。"你得爬个阶梯才能上床。"

"真有趣!"

他调皮地瞥了她一眼:"想试试吗?"

"不用了。我早晨已经做过爱了。"

"隼。"塔基扬用调戏的口吻抱怨道,"我不明白你喜欢那个男人什么。"他从柜子里拿出红色皮质医药包。"坐在那边。"他指着一个丝绒扶手椅,"张嘴,说'啊'。"

"啊。"游隼坐下后就照他说的做了。

塔基扬观察着她的喉咙。"嗯，看起来很好很健康。"他快速检查了她的耳朵，看了看眼睛，"都还好。说说你有什么症状。"他把听诊器从包里拿出来。"恶心，呕吐，头晕？"

"有点恶心，呕吐。"

"什么时候？饭后？"

"不是，随时都会。"

"你每天都恶心？"

"也不是，大概一个周几次吧。"

"嗯……"他把她的外衣往上拉，听诊器贴在她的左胸上。冰冷的不锈钢碰到她温暖的躯体，她猛地一颤。"不好意思……心跳有力，正常。呕吐的情况持续多久了？"

"几个月了，我猜。旅程开始之前吧。我以为是跟压力有关。"

他皱起眉头："你已经吐了几个月了，但都没想过来找我看看？我是你的医生。"

她有点不安。"塔基扬，你一直都很忙。我不想打扰你。我以为就是因为旅程、食物、不同的水源和不同的卫生标准。"

"诊断还是交给我吧，好吗，年轻的女士。你的睡眠充足吗，还是你的新男朋友让你一直无法睡觉？"

"我每天晚上都很早就上床了。"她向他保证。

"我相信你。"他声音干涩，"但我问的不是这个。你的睡眠足够吗？"

游隼脸红了："当然。"

塔基扬把器械放回包里。"你的月经呢？有问题吗？"

"呃……我有段时间没来月经了，但是这种事也不算罕见，而且我还在吃药。"

"游隼，请你稍微精确一点，有段时间是多久？"

她咬着嘴唇，轻轻挥动翅膀。"我不知道，几个月吧。""嗯……过来。"他把她带进卧室，她的翅膀本能地包裹住她的身体。空调开的是大风，感觉比外面凉快二十度。塔基扬示意她躺到床上去。"脱掉裤子，躺下。"

"你确定这是医学检查？"她调笑地问道。

"你想让我找个年长女伴来陪你？"

"别傻了，我相信你。"

"你不应该。"塔基扬斜睨了一眼。游隼脱掉耐克鞋和裤子时，他挑起了眉毛："你没穿内裤？"

"从来不穿。碍事。你想我脱掉上衣吗？"

"你要是脱了就出不了这个房间了！"塔基扬威胁道。

她大笑着亲吻了他的脸颊，"有什么大不了的？你都给我做过一百万次检查了。"

"那是在适宜的环境下，你穿着病号服，还有护士在旁边。"他说道，"还从来没有在你全裸——几乎全裸的情况下。"他修改了一下措辞，"还在我的卧室里。"他扔给她一条毛巾。"来，盖上。"

她在床上调整姿势的时候塔基扬欣赏着那双晒成古铜色的修长双腿和形状美妙的屁股，毛巾小心地盖在她的胯部。她的全身因为空调吹出的强力冷气而起了鸡皮疙瘩，但是被塔基扬无视了。

"你的手最好是暖的。"他在游隼旁边跪下时对方警告道。

"跟我的心一样暖。"塔基扬说按动她的胃部，"疼吗？"

"不疼。"

"这里？这里？"

她摇头。

"别动。"他命令道，"我需要听诊器。"这一次他先用手温暖了前面的金属，这才按压在她的胃部。"你有没有消化不良过？"

"有时候。"

塔基扬扶着她从床上起来的时候，脸上泛起奇怪的表情。"穿好裤子，我给你采个血样，一会儿你就可以和那些人一起游览去了。"

她系好跑鞋的时候他已经准备好了注射器。游隼伸出胳膊，他熟练地找到血管，用棉签擦拭血管上部的皮肤，将注射器插进去，游隼缩了一下。她入迷地看着，然后突然意识到自己有点晕血。

"该死。"她跑进厕所，翅膀慌乱地扇动。她靠着抽水马桶，吐出了早上客房服务送来的早餐，以及昨天的晚饭和香槟。

她吐的时候塔基扬扶着她的肩膀，吐完之后，她筋疲力竭地靠着浴缸，他用温暖潮湿的毛巾帮她擦脸。

"你还好吗？"

"我想是的。"他帮她站起来，"是因为血。不过以前我一点都不晕血。"

"游隼，我觉得你今天不应该去观光了。你需要做的就是一个人待在床上休息，再来一杯热茶。"

"不行。"她抗议道，"我很好。只不过是旅行造成的。我要是觉得不舒服，乔什会把我带回来的。"

"我永远都搞不懂女人。"他伤心地摇摇头，"明明可以拥有我，却要选择一个普通人类。过来，我帮你包扎我在你手臂上弄出来的洞。"他拿来无菌纱布和胶带。

游隼轻柔地微笑着。"你真好，医生，但是你的心被埋在了过去。我现在想要的是长久的关系。我觉得你给不了我。"

"他就能？"

她耸肩，翅膀也跟着肩膀动。"但愿吧。看看吧。"

她从椅子上拿起她的包和帽子，走向门口。

"隼，我希望你能重新考虑。"

"考虑什么？跟你睡还是观光？"

"观光，你这个坏人。"

"我现在好了。别担心了。老实说，这趟旅程中关心我的人比以前多多了。"

"亲爱的，那是因为虽然你在纽约光芒四射，但私底下无比脆弱。你能激起别人的保护欲。"他为她开门，"小心麦考伊，隼。我不希望你被他伤害。"

她离开房间时吻了他。她的翅膀擦过门口，几片细腻的羽毛落在地上。

"该死。"她附身捡起一片，"最近这些好像掉了不少。"

"真的？"塔基扬看起来很好奇，"不用担心。女仆会清理干净的。"

"好，再见，希望你做测试的时候玩得开心。"

塔基扬担忧的双眼盯着游隼优雅的身姿走过走道。他关上门，手里拿着一根羽毛。

"看起来不太妙。"他用羽毛刷过下巴，"很不妙。"

♣

游隼看到麦考伊在大厅里和一个深色皮肤、穿白色制服的壮汉聊天。她的另外两个同伴在附近闲逛。她发现海勒姆·沃切斯特看起来有点憔悴，他是游隼的老朋友了，也是她最好的朋友之一，现在他穿着特别定制的宽大西装，但是好像有点过于宽大了，以至于像是原本三百多磅的他减了重。也许他和她一样，在旅途中太过疲劳。鱿鱼神父，鬼牌基督教会的好心神父，鬼牌。在他的衬托下，海勒姆看起来甚至算是苗条。他是普通人身高，却有普通人两倍宽。一张脸又圆又灰，眼睛被不停眨巴的薄膜覆盖，还有一丛触手蜷曲在他的嘴部，像是不断抖动的胡子。他总是让她想起洛夫克莱夫特虚构的深潜者，但实际上他人还不错。

"隼。"麦考伊说，"这是艾哈迈德先生。他是游客警察部的。艾哈迈德先生，这是游隼。"

"很高兴见到你。"他们的向导说着，弯腰亲吻了她的手。

游隼用微笑回应，并和海勒姆以及神父打招呼。她转向乔什时，对方正仔细盯着她。"你还好吗？"乔什问道，"你看起来很糟糕。塔基扬干什么了？取了一夸脱的血？"

"当然不是。我很好。"她说完就跟着艾哈迈德和其他人一起去等待豪车。她告诉自己，如果一直这么说，也许我真的就会相信。

♠

"怎么回事？"他们在一座金属和玻璃材质的警务站前面停下时游隼问道。两个全副武装的男人站在里面，旁边是高墙，环绕着占地几英亩的荒地，也就是永生神神庙。粉刷过的墙上插着一根根带倒钩的金属丝，还有穿蓝色制服、携带机枪的人在巡逻。监控探头一刻不停地盯着外围区域。纯白的墙壁和闪烁的沙子以及明亮的蓝色埃及天空之间的对比实在炫目。

"因为光人。"艾哈迈德指着一排等待进入神庙的游客解释道，"每个人都要经过两道检查，一个是查金属，一个是硝酸盐，有些疯子坚定地想要摧毁神庙和神灵。他们已经尝试过好几次了，但是每次都没造成多大损害就被阻挡住了。"

"谁是光人？"鱿鱼神父问道。

"真神之光的追随者。"艾哈迈德说，"他还说，真神想要消灭所有因为百变王牌病毒而畸形的人，所以永生神神庙就成了这个教派的攻击目标之一。"

"我们必须和其他游客一样排队等待吗？"海勒姆焦躁地插话，"毕竟，我们是接到特殊邀请的。"

"哦，当然不用，沃切斯特先生。"艾哈迈德赶忙回答，"贵宾通道在这边。你可以直接过去。请跟我来……"

跟艾哈迈德前行时，麦考伊对游隼耳语道："我还从来没走过贵宾通道，只走过媒体通道。"

"跟着我。"她承诺道，"我会带你去很多你从来没去过的地方。"

"你已经做到了。"

贵宾通道也有金属和硝酸盐探测器。他们走了过去，被警卫仔细观察。警卫们都穿着永生神信徒的那种蓝色长袍，认真检查了游隼的包和麦考伊的摄像机。摄像机被还给麦考伊时一个长者走了过来。他身材矮小，被阳光晒得很黑，模样很健康，长着一双灰色眼睛，一头白发，白色胡须非常美丽，和飘扬的蓝色长袍虽然对比鲜明，但又很协调。

"我是欧佩特·科梅尔。"他用低沉悦耳的声音说道，他显然知道怎么运用嗓音来获取注意力和尊重，"我是永生神神庙的大祭司。我们很感激你们能够赏光前来。"他的眼神从鱿鱼神父到游隼、海勒姆、麦考伊，最后回到游隼，"我的孩子们会很高兴看到你来。"

"你介意我们把庆典拍下来吗？"游隼问道。

"完全不介意。"他伸开手臂示意。"这边走，我会带你们去最好的位置。"

"能不能给我们介绍一下神庙的背景信息？"游隼问道。

"当然。"走在众人前面的科梅尔回答道，"1948年塞得港爆发的百变王牌传染病造成了不少变异人，我记得他们自称为纳斯尔——阿尔-哈西斯，卡夫以及其他以前的伟大英雄。当时卢克索有很多人都在塞得港工作，也都染上了病毒。有些人还传给了他们的孩子和孙子。

"十多年前我突然明白了这些变异的真正意义，那天我看见一个男孩操纵云朵让雨水降落在他父亲干涸缺水的土地上。我意识到他就是作物之神的化身，他的存在就是古老信仰即将回归的预兆。

"我当时是个考古学家，刚刚发现了一座保存完好的神庙——"

他指着他们的脚下,"就在我们脚下的泥土下面。听了我的话之后,那个男孩明白了他的命运,又找来其他人加入我们:地狱判官,能预见未来,说出死而复生之人;阿努比斯、陶尔特、透特……这么多年来,他们都来到永生神神庙,倾听请愿者的祈祷,制造神迹。"

"具体是怎样的神迹?"游隼问道。

"有很多种。比如,如果一个孕妇身体很不适,她就会向怀孕和生产女神陶尔特祈祷。陶尔特确保她一切顺利。之后就真的会平安无事。透特能解决争端,因为他知道谁在说真话谁在撒谎。敏,我之前提到过,他能造雨。地狱判官能看到未来的片段。就这么简单。"

"我懂了。"游隼知道病毒能给人类带来什么样的能力,科梅尔所说的似乎很可信,"这里有多少神灵?"

"大概二十五个。有一些没有什么能力。"科梅尔以一种深信不疑的语调说,"他们就是你们所说的鬼牌。但是他们看起来很像旧神——比如说巴斯特,全身都覆盖着皮毛,还有爪子——他们给来祈祷的人带来慰藉。但是……你们自己看吧,庆典就快开始了。"

在他的带领下,几个人穿过在神像旁边摆姿势的游客,路过卖各种东西的小摊子——从柯达胶卷、钥匙环、可口可乐到古董珠宝的复制品还有神灵们的小雕塑。走过摊子之后,经过一条狭窄小道进入紧贴着悬崖壁的砂岩砌块墙中,再沿着老旧的石阶梯向下走。游隼的皮肤上起了鸡皮疙瘩。梯子里很冷,亮着电灯,但看起来像是闪烁的火把。楼梯井用浮雕装饰得很漂亮,上面刻的是古埃及人的日常生活、细节复杂的象形文字,以及各种动物、鸟类、神灵的模样。

"保存得太好了!"游隼惊呼,他们路过的浮雕非常美丽且完全不陈旧,她都入迷了。

"实际上,"科梅尔解释道,"这里的一切和我二十年前发现它时一模一样。我们只是增加了一些现代化的便利设施,比如电力。"他微笑道。

WILD CARDS

他们进入了一个很大的房间,这是座圆形剧场,舞台对面是一排排石头座椅。房间的墙边摆着一个个玻璃柜,科梅尔介绍说里面展示的是神庙里发现的古物。

麦考伊一丝不苟地记录着,他拍了涂有颜色的木雕,上面的颜色就像是昨天才涂的那样鲜艳,还有项链、颈圈、天青石、绿宝石和黄金的胸饰,半透明雪花石膏雕刻的圣杯,翡翠做的药膏瓶,上面刻着精美的动物图案、精心镶嵌的小箱子以及棋盘游戏和椅子……足足拍摄了好几分钟的素材。一个个逝去文明的宝物呈现在他们眼前。游隼想,欧佩特·科梅尔似乎在用他的永生神神庙储藏这个文明。

"我们到了。"科梅尔示意圆形剧场前排靠近舞台的几张长椅,微微欠欠身就离开了。

没过多久,圆形剧场里就坐满了人。灯光暗淡下来之后剧场里安静了。一束聚光灯照亮了舞台,像这个神庙本身一样古老奇异的音乐轻柔地响起,活着的神灵们开始上台。首先是地狱判官,死亡与重生之神,还有他的同伴伊希斯。走在他后面的是哈皮神,拿着金色的旗帜。透特,长着鹮头的仲裁者。休和泰芙努特,一对兄妹,空气之神,在舞台上飘着。索贝克跟在他们后面,他长着鳄鱼一样带裂纹的深色皮肤和鳄鱼似的长嘴。伟大的母亲哈索尔生有牛一样的角。猫女神巴斯特优雅地移动着,她的脸部和身体上都覆盖着黄褐色皮毛,指尖上长着爪子。敏看上去像是普通人,但有一朵云一直飘浮在他头顶,无论他去哪里,云朵都像忠诚的小狗一般追随着。贝斯,英俊的矮人,翻了几个跟头,倒立着上了台。阿努比斯,地下世界之神,有着豺狼的头。荷鲁斯拥有猎鹰般的翅膀……

神灵们一个个上台,缓缓走过,陆续坐在镀金的王座上。与此同时,现场观众听着英语、法语和阿拉伯语对他们的介绍。

介绍完之后这些神灵开始展示他们的力量。休和泰芙努特在空中滑行,和敏的云朵玩捉迷藏,就在此时,震耳欲聋的枪声突然响起,打破了这番平和的景象。圆形剧场内的观众们爆发出恐惧的尖叫声，数百名游客像受惊的牛群一样乱窜，有些人冲向后门口，于是楼梯上挤满了惊慌失措、尖叫不止的游人。第一下枪声响起时麦考伊将游隼扑倒在地，用自己的身体保护她，现在他拉着她躲到了舞台侧面精心雕琢的巨大石柱后面。

"你没事吧？"他喘着气问道，同时看着石柱周围疯狂与毁灭的声音。此刻，他的摄像机依然在呼呼地响。

"嗯。怎么回事？"

"三个男人举着冲锋枪。"他的手很稳，声音里带着一丝激动，"他们似乎没有想打人，只是在射击墙面。"

一颗子弹飞过石柱。接着是玻璃碎裂的声音，恐怖分子们正在扫射装有无价古物的展示柜和雕刻精美的墙壁。

第一声枪响时活着的神灵们就逃跑了。只有一个留下来，就是那个叫敏的。游隼从石柱后面偷看，发现一朵不知从哪里来的云，飘在了恐怖分子们的头顶。大雨如注，不断倾斜而下，恐怖分子们四散逃开，想要找地方躲避这场让人视线模糊的暴雨。游隼立马在包里翻找她的金属爪子，她注意到海勒姆·沃切斯特一个人站着，脸上一副凶猛又专注的表情。这时一个攻击者痛苦地叫了一声，原来他的枪从手上滑落砸到了自己的脚，他崩溃地大叫起来，血液从破碎的小腿上喷射而出。哈莱姆的眼神又转向另一个恐怖分子，此时游隼已经戴上了手套。

"我想试着从上面攻击他们。"她告诉麦考伊。

"小心点。"他说着，准备拍摄下整个过程。

她伸展手指，现在她手上戴着皮质手套，指尖是锋利的钛合金爪子。她跑了几步，翅膀已经开始颤动了，她猛地跳向空中，翅膀扑扇着。

接着，她狠狠摔向地面。

她用手撑着,双膝跪地,粗糙的石头磨破了她的手掌,左膝盖因为凶猛的撞击而一阵钻心疼痛,继而失去知觉。

　　在之后的很长一段时间里游隼都拒绝相信刚才发生的一切。她弯腰站在地板上,再次用力扇动翅膀,任由子弹从她身边飞过。但是只是徒劳。她飞不了。她站在场地中央,无视身边的火力,想要弄明白到底怎么了,她哪里做错了。

　　"游隼。"麦考伊喊道,"趴下!"一个恐怖分子语无伦次地尖叫着,枪口对着她。突然间,一阵恐惧从他脸上掠过,他飞向了房顶。枪从他手上掉落,砸向地面。神庙护卫冲进来把其他恐怖分子打倒在地时,海勒姆随意地让飞起来的这个下坠了三十英尺。科梅尔匆忙跑来,脸上一副难以置信的恐惧。

　　"感谢仁慈的神灵,你们都没有受伤!"他大喊着冲向游隼,后者依旧头昏目眩,不知道自己身上发生了什么。

　　"是啊。"她冷冷地说,眼睛聚焦至这间剧场的墙壁,"但是看看造成了多大的损害吧!"

　　游隼脚边的碎片中,有一个镀金且镶嵌着彩陶与宝石的小木雕。她轻轻地捡起来,但是脆弱的木头被她触碰之后就化为了灰烬,只剩下扭曲的镀金和珠宝外壳。"它们存在了这么久,却被这股疯狂摧毁……"她喃喃自语道。

　　"呃,是的。"科梅尔耸耸肩,"不过墙壁可以重建,我们也还有其他古物可以展出。"

　　"这些人是谁?"鱿鱼神父冷静地拍掉教士服上的灰尘,问道。

　　"光人。"科梅尔说着往地上啐了一口,"疯子!"

　　麦考伊跑来,摄影机扛在肩膀上。"我跟你说过要小心点。"他责备游隼,"神经病用机枪扫射的时候你站在房间中央,这可一点都不小心!感谢老天,海勒姆注意到那个人了。"

　　"我知道。"游隼说,"但不应该是这样的。我想要飞却飞不起来。之前从没发生过这种情况。太奇怪了。"她把眼睛前面的长发捋到旁边,看上去一脸困扰。"我不知道这是怎么了。"

剧场里依然一团混乱。要是恐怖分子们的枪口对着人而不是古老宗教的标志的话,他们肯定能杀掉数百人,幸而现在只有百十个游客受伤,要么是被流弹击中,要么是尝试逃跑时自己弄伤的。神庙的安保人员想要帮助伤员,但是有太多人歪斜地躺在长椅上哀号、哭泣、尖叫、流血……

游隼的目光从麦考伊转向其他人,她恶心到要呕吐,但是胃里已经没什么可吐的了。就在她被干呕折磨时,麦考伊扶住了她。当她不再颤动时,感激地靠在了他身上。

他轻轻握住她的手。"现在最好带你去找塔基扬医生。"

回冬季宫殿酒店的路上,麦考伊的胳膊揽着他,两人贴得很近,"一切都会好的。"他安慰道,"你可能只是累了。"

"万一不是呢?万一我真的出问题了呢?要是,"她战栗着低语道,"要是我不能再飞了呢?"她的脸埋在麦考伊的肩膀上,其他人都默不作声地以同情的目光看着她。他抚摸着她的棕色长发,她的眼泪浸润了他的衬衣。

"一切都会好的,隼,我向你保证。"

◆

"嗯……我应该预料到这种事会发生。"游隼泪流满面地向塔基扬诉说她的事情时,塔基扬这样说道。

"什么意思?"麦考伊问道,"她怎么了?"

塔基扬冷冷地看着乔什·麦考伊。"这是个很私人的事情。是女人和她的医生之间的事,所以……"

"隼的事就是我的事。"

"真的是这样吗?"塔基扬充满敌意地看着麦考伊。

"没关系，乔什。"游隼说着，拥抱了他。

"如果你想这样的话。"麦考伊转身就走，"我在酒吧里等你。"

他刚走塔基扬就关上了门，"现在坐下，擦干眼泪。不是什么严重的事情。你掉羽毛是因为荷尔蒙变化。你的大脑已经意识到了你的情况，所以阻止你运用能力，这是对你的一种保护。"

"情况？保护？我到底出了什么问题？"

游隼坐在沙发边缘。塔基扬坐在她旁边，握住她冰凉的双手。

"过几个月就能解决了。"他淡紫色的眼睛直直看向她的蓝眼睛，"你怀孕了。"

"什么？"游隼向后一倒，背靠着沙发靠垫。"不可能！我怎么会怀孕呢？我一直都在吃药！"她再次坐直，"NBC电视台会怎么说？我在想我的合同里有没有写这个。"

"我建议你不要再吃避孕药或者其他药品了，也别喝酒。毕竟，你希望你的宝宝开心健康。"

"塔基扬，这太荒谬了！我不可能怀孕！你确定吗？"

"相当确定。而且从你的症状来看，我猜已经有大概四个月了。"他对着门口抬了下头，"你的爱人想做父亲吗？"

"乔什不是孩子的父亲。我们才在一起几周。"她的嘴巴张得老大，"我的老天啊！"

"怎么了？"塔基扬问道，声音里和脸上都满是关切。

她从沙发上站起来，在房间里来回走动，心不在焉地扇动翅膀。"医生，如果父母双方都感染过百变王牌病毒，孩子会怎么样？母亲是鬼牌，父亲是王牌之类的。"她走到了大理石壁炉架旁边，把玩着上面沾满灰尘的小玩意。

"为什么这么问？"塔基扬满心疑惑，"如果麦考伊不是孩子的父亲，那是谁？是个王牌？"

"对。"

"谁？"

她叹了一口气，把手上的小物件放下。"我觉得这个不重要。我再没见过他。只是一夜情而已。"她微笑着回忆，"美妙的一晚！"

塔基扬突然想起了百变王牌日在王牌高级餐厅举行的晚餐会。游隼离开餐厅的时候是和——"福尔图纳托？"他喊道，"福尔图纳托是孩子的父亲？你跟他上床了，那个拉皮条的？你就这么没品位吗？你不愿意跟我睡，却愿意跟他！"他停止喊叫，深吸了几口气，走到房间里的吧台旁，给自己倒了一杯白兰地。游隼震惊地看着他。

"真不敢相信。"塔基扬喝了一大口，继续说道，"我能给你的比他多多了。"

少来了，她心想。你只不过就是想睡我。不过可能福尔图纳托也是这么看我的。

"面对现实吧塔基扬。"游隼轻浮地说道，他的自我中心让她有些生气，"他是我睡过的男人中唯一一个能让我心满意足的。那感觉太棒了。"看着塔基扬脸上气急败坏的表情，她心中暗笑，"但现在这个不重要。那个孩子会怎么样？"

好几个想法同时掠过她的心头。我必须改造我的公寓，她心想。真希望他们已经把屋顶修好了，小宝宝可不能住在没有屋顶的房子里。也许我应该搬到内陆去。可能对孩子的成长更有利。她对着自己微笑。大房子加上大草坪，还有树木和花园，再养几条狗。我从没想过会有宝宝。我会是个好母亲吗？是个找到答案的好时机。我已经三十二岁了，变老的生物钟正在滴答作响。

但这是怎么发生的呢？避孕药一直很有效。她意识到，福尔图纳托的能力是基于他强大的生殖力。也许它们不知怎地绕开了避孕药。福尔图纳托……还有乔什！他听到这个消息会有什么反应？会作何感想？

塔基扬的声音打破了她的迷思，"我刚才说的话你听了吗？"他质问道。

游隼脸红了。"对不起。我在想着当妈妈的事。"

他低吼一声："隼，没有那么简单！"但他声音很温柔。

"为什么？"

"你和那个男人都染上过百变王牌，所以这个孩子有90%可能还没出生就会死掉。有9%可能会是鬼牌，还有1%的可能，1%。"他强调，"他可能会是王牌。"他继续喝白兰地。"这种概率太可怕了，非常可怕。这个孩子没机会，一点都没有。"

游隼开始在房间里踱步，"你能不能做些什么，测试之类的，告诉我孩子现在怎么样？"

"呃，可以，可以做个超声波。虽然非常原始，但是能看出来孩子发育是否正常。如果不正常，我建议，不对，我强烈要求你堕胎。这个世界上已经有太多鬼牌了。"他苦涩地说。

"如果孩子很正常呢？"

塔基扬叹了口气。"病毒一般都会到出生之后才发作。如果孩子经历了产伤之后还活着，病毒也没有表现出来，那你就等着。一边等一边猜测会发生什么，什么时候会发生。游隼，如果你允许这个孩子出生，你这辈子都会活在痛苦之中，你会担惊受怕，想要保护它不受任何伤害。想想童年和青春期的压力，任何一点都可能刺激病毒爆发。这对你公平吗？对孩子公平吗？对在楼下等着你的那个男人公平吗？我是说如果。"塔基扬冷酷地补充道，"他在听到这个消息之后还希望留在你的生活中的话。"

"我要去试着和乔什说说。"她轻快地说着，然后再次回到一直盘旋在她心头的事情，"你很快就能做超声波吗？"

"我要看看医院能不能安排。如果在卢克索做不了，就要等回到开罗。如果孩子不正常，那你就得考虑堕胎。实际上不管情况怎样，你都应该堕胎。"

她瞪着他。"摧毁一个有可能无比健康的人类宝宝？它可能很像我。"她争辩道，"也许像福尔图纳托。"

"隼，你不知道病毒待你有多好。你利用好了你的翅膀，赢得了名声和财富，你是极少数的幸运儿。"

"我当然是。我的意思是，我够漂亮，但不够特别。漂亮姑娘到处都是。实际上我的成功还要感谢你。"

"这是第一次有人因为我帮忙摧毁了数百万人的生命而感谢我。"塔基扬阴沉地说。

"你是想阻止它的。"她说得很笃定，"喷气机小子搞砸了，不是你的错。"

"隼。"塔基扬闷闷地说，他想要转移话题，因为过去的错误太过痛苦，他不愿细想，"如果你不终止妊娠，你的肚子很快就会显现出来。你最好现在就想想怎么跟其他人说。"

"怎么，当然是说实话。说我要生宝宝了。"

"如果人们问起孩子的父亲呢？"

"那跟别人无关，是我的私事。"

"那，我就会认为。"塔基扬说，"是麦考伊的。"

"我觉得你说得对。世界没必要知道我跟福尔图纳托的事。求你别告诉任何人。我不希望他在报纸上看到这个消息。我宁愿自己跟他说。"要是以后能再见到他的话，她在心里加上了这一句，"好吗？"

"本来也不应该由我来告诉他。"塔基扬冷淡地说道，"但是他必须知道，这是他的权利。"他皱起眉头。"我不知道你看上那个男人什么。如果是我，这一切根本就不会发生。"

"这话你之前已经说过了。"游隼脸上显现出不耐烦的神情，"但现在说如果也太迟了。最后，一切都会好的。"

"不是一切都会好的。"塔基扬坚定地说，"根据概率，这个孩子要么死要么是鬼牌。我觉得以你的承受力，两种可能性你都应对不了。"

"我只能等待，然后看情况。"游隼说得很务实。她转身要走。"我猜我最好是把这件事告诉乔什。他听到我没什么大碍会很高兴。"

"那听到你怀了另一个男人的孩子呢？"塔基扬问道，"要是你们俩的关系还能继续下去，那麦考伊可以算是个非常不寻常的男人。"

"他是的，医生。"她笃定地对他，也对自己说，"他确实是的。"

♥

游隼慢步走向酒吧，回忆起了她和麦考伊相遇的那天。11月他们在NBC办公室里第一次见面，刚一认识，他就明显表示出对她的兴趣。他是个颇具天赋的摄影师和纪录片导演，一听说有机会纪录这趟路程就跳出来了，后来他向游隼承认，他想要接近她，建立私人关系。游隼对福尔图纳托的迷恋差不多消失了，这有麦考伊的功劳。他们互相调戏、试探，最终在阿根廷时睡到了一起。后来他们就同居一室了。

但是麦考伊没能像福尔图纳托激起她的热情。她觉得可能今后都不会有人能做到了。一夜激情之后游隼又见过他一次。他对她来说就像是毒品。每次电话响起或者有人敲门，他都希望是福尔图纳托。但是他没有回来过。在蝶蛹的帮助下，她找到了他的妈妈，知道这个王牌已经离开纽约，到了东方的某个地方，大概是日本。

她一想到他竟然如此随意地离开她，对他的思念也就淡了，但现在他又冲回了她的脑海。她想着他会怎么看待她怀孕这件事。他也许永远不会知道，她叹息着。

乔什·麦考伊，她坚定地告诉自己，是一个棒极了的男人，你很爱他。别因为一个你可能再也见不到的男人毁掉一切。但如果我还能见到他，那会是怎样？这是她第一百万次重温与福尔图纳托共度的几个小时。就这样回忆一下都能让她想要他。或者麦考伊。

乔什在喝斯特拉啤酒。一看见她,他就示意服务员,服务员和游隼同时到达他的桌子。

"再来一瓶啤酒。"麦考伊告诉服务员,"你要红酒吗,隼?"

"呃,不用了谢谢。你们这里有瓶装水吗?"她问服务生。

"当然了,女士。我们有巴黎水。"

"可以。"

"嗯?"麦考伊问道,"塔基扬说什么了?你没事吧?"

我没有我以为的那么勇敢,我不知道怎么说,游隼心想。要是他接受不了怎么办?她决定,最好的方式就是直接说事实。

"没什么大事。是个过段时间就能解决的事。"她抿了一口服务员放在她面前的饮品,低声说:"我怀了个宝宝。"

"什么?"麦考伊手里的啤酒差点没拿稳,"一个宝宝?"

她点点头,坐下之后第一次直直盯着他的眼睛。我真的很爱你,她无声地说着,请不要让一切变得更加艰难。

"我的?"他冷静地询问道。

这一步会很难。"不是。"她承认了。

乔什把剩下的啤酒一口全喝了,然后又拿起一瓶。"如果不是我的,那是谁的?布鲁斯·威利斯?"游隼表情怪异,"凯斯·埃尔南德斯?鲍勃·威尔?哈特曼参议员?哪个?"

她挑起眉毛:"不管超市小报怎么写,显然你是信了,但是那些跟我扯上关系的男人我并不是都睡过。"她喝了一些巴黎水。"实际上,我对床伴很挑剔。"她调皮地咧嘴一笑,"毕竟,我选择了你。"

"别转移话题。"他警告道,"父亲是谁?"

"你真想知道吗?"

乔什微微点头。

"为什么?"

"因为,"他叹了口气,"我碰巧很爱你,所以想知道你孩子的父亲是谁，我觉得这很重要。他知道吗？"

"怎么可能，我自己才刚刚知道。"

"你爱他吗？"麦考伊皱着眉头问，"为什么你会和他分手？是他的错？"

"乔什。"游隼耐心地解释道，"没有什么分不分手的。只是一夜情而已。我遇到了一个男人，我们上床了，后来我就再没见过他。"不过，她心里补充道，我不是没有尝试过。

麦考伊的眉头皱得更紧了。"你跟任何你看上的人上床吗？这是你的习惯？"

游隼脸红了，"不是的。我刚跟你说过我不是那样的。"

她把手放在他的手上。"请你理解。我见到他的时候并不知道你在未来等我。我们第一次做爱的时候你就知道了你不是我的第一个爱人，而且，"她更进一步，"我也不是你的第一个女人，对吗？"

"不是，但我希望你会是最后一个。"麦考伊用手揉着头发，"我的计划全被打乱了。"

"什么意思？"

"呃，那孩子的父亲怎么办？他就站在旁边，看我娶他孩子的母亲？"

"你想娶我？"游隼第一次感觉到一切问题都会解决。

"对，我想！这有什么好奇怪的？这个人会是个问题吗？他到底是谁？"

"是个王牌。"她缓慢地说。

"谁？"麦考伊追问道。

真要命，她心想。乔什很了解纽约，肯定听说过福尔图纳托。万一他的态度和塔基扬一样怎么办？也许我不该告诉他，也许他有权利知道。"他名叫福尔图纳托——"

"福尔图纳托！"麦考伊爆发了，"跟一大堆妓女在一起的那个？

他管她们叫艺伎！你跟他上床！"他大口喝下了更多啤酒。

"我真的觉得现在这个并不重要。这件事情已经发生了。如果你想知道的话，他很迷人。"

"好，好。"麦考伊怒视着她。

"要是我睡过的所有男人你都要吃醋，那我觉得我们之间没什么机会了。结婚是不可能的。"

"别这样，隼，让我歇歇吧。这可不是我能预料到的事情。"

"对我来说也是个意外。今天早上我以为我只是累了，下午却发现我怀孕了。"

一道阴影投射在两人的桌子上。是塔基扬。他穿了一身淡紫色丝绸西装，和他的瞳色很配。"介意我跟你们一起吗？"他没有等待回复，直接拉开一把椅子，"白兰地。"他冲在附近徘徊的服务员打了个响指。他们就只是盯着彼此，直到服务员微微欠身，离开了。"我问过本地的医院了。"塔基扬终于开口了，"我们明天早上可以做测试。"

"什么测试？"麦考伊问道，眼神从游隼转向塔基扬。

"你告诉他了吗？"塔基扬问。

"我还没来得及和他说病毒的事。"游隼声音很低，只能勉强听清。

"病毒？"

"因为游隼和福——父亲——都携带百变王牌，所以孩子也会携带。"塔基扬直截了当地解释道，"必须尽快进行超声波检查，了解胚胎的状态。如果孩子发育异常，游隼就必须堕胎。就算发育正常，我还是建议终止妊娠，但是当然了，这是她的决定。"

麦考伊盯着游隼，"这你没告诉我！"

"我没机会说。"她自我辩护道。

"这个孩子有1%的机会会是个王牌，9%的可能是鬼牌。"塔基扬无情地补充。

"鬼牌!你的意思是主宰鬼牌镇里的那些可怕、恐怖、暴力的生物?"

"亲爱的年轻人。"塔基扬有些生气,"不是所有鬼牌都——"

"乔什。"游隼轻柔地打断了他的话,"我就是鬼牌。"

两个男人都转头看向她。"我是的。"她坚持道,"鬼牌都有身体上的畸形。"她的翅膀扑扇着。"就像这些。我是个鬼牌。"

"这种讨论不会有任何结果。"长久的沉默之后塔基扬开口了,"隼,晚上我们再见。"他走开了,碰都没碰他的白兰地。

"好吧。"麦考伊说,"塔基扬那番话显然给这个话题带来了不同的角度。"

"你什么意思?"她问道,一阵寒意涌上心头。

"我讨厌鬼牌。"麦考伊吼道,"我看到他们就害怕!"他握着酒瓶的手指节发白。"听着,我坚持不下去了。我会打电话回纽约,让他们派另一个摄影师来。我会把我的东西从你房间里搬出来。"

"你要走?"游隼惊住了。

"对。听着,我们之间有过很多快乐的时刻。"他说得很刻意,"我真的很喜欢你。但是要我花一辈子的时间去抚养那个皮条客的小孩,不可能!尤其是,"他想了一下,补充道,"那个小孩还会变成某种怪物!"

游隼一脸痛苦,像是被人扇了一巴掌。"我以为你爱我。"她的声音和翅膀都在颤抖,"你刚刚还说要娶我。"

"我猜我是弄错了。"他喝完啤酒,站了起来,"再见,隼。"

游隼无法面对他离开的背影,所以她直盯着桌子。浑身冰冷,不住地颤抖,没有注意到麦考伊离开酒吧时还用饱含情感的眼神看了她一会儿。

"呃哼。"

海勒姆·沃切斯特坐到她对面，就是麦考伊刚才坐的那张椅子。游隼一阵颤抖。是真的，他走了，她心想，我永远，永远，她狠狠告诉自己，不会再跟哪个男人在一起。决不！

"麦考伊在哪里？我和鱿鱼神父想知道你们俩要不要跟我们一起吃晚饭。当然。"看到她没回话，他又加了一句，"如果你们另有安排……"

"不。"她麻木地说，"没有其他安排。不过恐怕只有我一个人去了。乔什，呃，去拍本地风情了。"她也不知道为什么要和交情最深的朋友撒谎。

"当然没问题。"海勒姆笑起来，"我们找鱿鱼神父一起去餐厅吧。使用能力之后我总是会饿。"他站起来，帮她把椅子拉开。

晚餐很棒，但她却食不知味。海勒姆狼吞虎咽地吃下不少，然后开始热情地赞美埃及鱼子酱和烤羊肉串，以及与之搭配的红酒，名叫埃及红宝石。塔基扬加入他们时海勒姆极力劝说他尝试一下，但是塔基扬摇摇头拒绝了。

"你准备好去参加会议了吗？"他问游隼，"麦考伊呢？"

"出去拍片了。"哈莱姆回答道，"我建议我们不等他直接过来。"游隼喃喃地表示赞同。

"反正也没邀请他。"塔基扬冷冷地说。

♣

塔基扬、海勒姆·沃切斯特、鱿鱼神父与游隼在小前厅里见了欧佩特·科梅尔，后面的圆形剧场今天早些时候因为恐怖分子袭击而毁坏严重。

"我们当中肯定有光人卧底。"科梅尔环视房间，控诉道，"不然那些狗东西不可能过得了安检。要么就是我的人当中有人被收买了。我们正在查叛徒是谁。三个刺客被抓住之后就自杀了。"科梅尔这样说。但是他声音里的恨意让游隼怀疑这话的可信度。"他们现在是为真神而牺牲的殉道者,这都是受那个疯子的挑唆,真神之光,希望他经历一场痛苦且漫长的死亡。"科梅尔转向塔基扬,"你看,医生,所以我们才需要你们的协助来保护我们自己……"

他一直不停地说啊说,游隼听到海勒姆或者鱿鱼神父或者塔基扬会插话,但是她没有认真听。她知道自己脸上的表情礼貌而好奇。她在节目里遇到说个不停又言之无物的无聊嘉宾时就会摆出这种表情。她在想莱特曼主持的《游隼栖息》是怎么样的,大概还不错。她不想去思考不重要的话题,于是又开始想乔什·麦考伊。她当时要做什么才能让他留下来?什么都不行。如果他对百变王牌受害者的真实态度就是那样,那他离开也许是最好的。她又想到了在阿根廷的时候,他们第一次上床。她鼓足勇气,穿上最性感的裙子,拿着一瓶香槟来到他的房间。麦考伊正和一个从酒店酒吧里带回来的女人在一起。游隼一时间尴尬不已,溜回自己的房间里开始喝香槟。十五分钟之后,麦考伊出现了。他解释说,这么久才过来,是因为要先打发那个女人。

游隼被他的超强自信打动了。他是她在福尔图纳托之后睡的第一个男人,他的触碰美妙无比。之后的每一晚他们都在一起,每天至少做爱一次。今晚只有她一个人。他恨你,她告诉自己,因为你是个鬼牌。她的左手抚上腹部。我们不需要他,游隼告诉孩子,我们不需要任何人。

塔基扬的声音打破了她的沉思。"我会报告给哈特曼参议员、红十字会和联合国。我确定他们有办法帮助你们。"

"谢谢,谢谢!"科梅尔的手穿过桌子,感激地握住了塔基扬的手。"现在。"他微笑着,"也许你们想见见我的孩子们?他们一直说想见你们,尤其是你。"他具有穿透性的目光盯着游隼。

"我?"

科梅尔点点头,站起身来。"这边走。"

他们穿过分割前厅和礼堂的金色帷幔，科梅尔领着他们来到另一个房间，活着的神灵们正在这里等他们。

敏在这里，还有大胡子的地狱判官，长着鸟头的透特，飘在空中的兄妹，以及阿努比斯，剩下的十几个游隼想不起来他们的名字了。他们立刻过来围住这些美国人和塔基扬医生，每个人都在说话。游隼发现自己和一个身材高大的女性面对面，后者正微笑着跟她说着阿拉伯语。

"对不起。"游隼也用微笑回应，"我听不懂。"

这个女人示意了一下就在她们旁边站着的鸟头人，后者立刻加入她们。

"我是透特。"他用英语说，因为是鸟嘴，他说话时带着奇怪的咔哒声，"陶尔特让我告诉你，你肚子里的儿子生出来会健康强壮。"

游隼一脸难以置信。"你怎么知道我怀孕了？"她质问道。

"啊，我们听说你要到神庙来的时候就知道了。"

"但是这趟旅程好几个月前就定好了！"

"对。地狱判官能看到未来的片段，你的未来，这个孩子，就是片段之一。"

陶尔特说了些什么，然后透特微笑了："她说你不用担心。你会是个很好的母亲。"

"真的吗？"

陶尔特递给她一只小小的亚麻育儿袋，上面绣着象形文字。游隼打开之后发现里面有个红色石头制作而成的幸运符。她好奇地查看着。

"这是个护身符。"透特的声音咔哒着响起，"代表着从东方升起的太阳。它会带来太阳神的力量。这是给孩子的。请你替他保存，等到他年纪足够大了再给他。"

"谢谢，我会的。"她冲动地抱住了陶尔特，后者也拥抱了她，然后回到房间里拥挤的人潮中。

"过来，"透特说，"其他人想见你。"

游隼和透特在众神之间走动时，每个人都充满感情地跟她打招呼。"他们为什么会这样？"长得像公牛的哈皮给了她一个强劲有力、让她觉得骨头都要断掉的拥抱之后，游隼问道。

"他们都为你高兴。"透特告诉她，"孩子的出生是一件美妙的事情。尤其是对有翅膀的人来说。"

"我明白了。"她嘴上这么说，但其实并不明白。她感觉透特有什么事情瞒着她，可她还没有问，鸟头人就回到了人群之中。

在一片嘈杂的问候和临时演讲中，她突然感到疲乏。游隼注意到正在和阿努比斯对话的塔基扬看向了自己，于是向他指了指自己的手表。塔基扬向她招招手。她走过去之后听到他在问阿努比斯有关光人威胁的问题。鱿鱼神父也在附近，和地狱判官讨论神学。

"神灵会保护我们。"阿努比斯回答道，眼睛向上看，"而且据我所知，神庙周围的安保也加强了。"

"抱歉打扰一下。"游隼表示了歉意，然后对塔基扬说："我们明天一大早不是还有个会吗？"

"我差点忘了。现在几点了？"他发现已经一点之后挑起了眉毛，"我们得走了。回卢克索还要一个小时，而且你这位年轻的女士需要休息。"

♠

游隼走进她在冬天宫殿酒店的房间，毫不意外地看到麦考伊的东西都不见了。她瘫坐在宽大的扶手椅上，忍了一晚上的眼泪夺眶而出。她一直哭，哭得头痛，直到再也哭不出眼泪。睡觉去吧，她告诉自己。这一天太漫长了。有人想要开枪打你，你发现你怀孕了，你爱的男人离你而去。接下来你就会发现 NBC 砍掉了《游隼栖息》。至少你知道你的孩子会很平安,她一边脱衣服,心里一边这么想着。最后她关上灯,钻进空荡荡的双人床。

但她的大脑还在运转。要是陶尔特错了呢?要是超声波显示孩子是个畸形儿呢?那我不得不堕胎。我不想这样,但是我不能把一个鬼牌带到这个世界上来。堕胎又和我从小到大的信仰相抵触。

可你真的想一辈子照顾一个怪物吗?你又能夺走一个孩子的生命吗,就算是个鬼牌?

她在床上翻来覆去,终于睡着了。睡着前的最后一个清晰想法是关于福尔图纳托的。她在想,他想要什么?

塔基扬的敲门声将她唤醒。

"游隼。"她迷迷糊糊地听见他在喊,"你在吗?七点半了。"

她滚下床,身上裹着床单,过去把锁上的门打开。塔基扬站在门口,脸上写满气恼。

他瞪着她:"你不知道现在几点吗?半个小时之前你就应该在楼下跟我碰面了。"

"我知道,我知道。你继续吼,我穿个衣服。"

她拿起衣服走向卫生间。塔基扬进来后将房门关上了,双眼欣赏着床单包裹的躯体。

"这是怎么了?"他问道,"你的情人呢?"

游隼的头从卫生间探出来,刷着牙说道:"走了。"

"你想聊聊吗?"

"不想!"她梳头的时候瞥了一眼镜子,里面的人面庞疲惫,眼睛红肿。她皱起眉头,心想,你看起来糟透了。她穿好衣服,脚塞进凉鞋里,抓起她的包,跟等在门边的塔基扬一起离开。

他们匆忙穿过大厅来到门口,等待出租车,游隼表示了歉意:"对不起我睡过头了。我花了好长时间才睡着。"

塔基扬帮她坐进出租车时一直聚精会神地看着她。而后他们沉默地坐在车里，她心里想的全是宝宝、麦考伊、福尔图纳托、母性，以及她的事业。她突然开口提问："如果宝宝……如果测试……"她深吸一口气，重新发问："如果测试显示确实有异常，他们今天能做堕胎手术吗？"

塔基扬握住她冰冷的手，"能。"

拜托，她祈求道，请别让我的孩子有问题。塔基扬的声音打断了她的思绪："怎么回事？"

"隼，麦考伊怎么了？"

她的眼睛盯向窗外，同时把手从塔基扬的手中抽了出来。"他走了。"她摆弄着手指干巴巴地说道，"我猜他回纽约去了。"她眨巴着眼睛不让眼泪掉下来，"一切似乎都很好，我的意思是，我说了怀孕还有福尔图纳托的事。但是后来他听到说如果孩子活下来，可能是个鬼牌，他就……"眼泪又涌出来了。塔基扬递给她一条蕾丝边的丝绸手帕，游隼拿过来擦拭眼泪，"然后。"她继续说，"乔什听到之后，就不想要我和这个宝宝了。所以他就走了。"她把塔基扬的手帕揉成一个潮湿的一小团。

"你是真心爱他，对吗？"塔基扬轻柔地问道。

游隼点点头，抹去更多眼泪。

"如果你堕胎，他会回来吗？"

"我不知道，我也不在乎！"她发起火来，"要是他无法接受我本来的样子，那我也不想要他。"

塔基扬摇摇头。"可怜的隼。"他轻声说，"麦考伊是个混蛋。"

似乎过了很久之后出租车才停在医院门口。塔基扬进去询问前台时，游隼靠在等候室冰凉的白墙上，闭上眼睛。她想让大脑放空，但是止不住地去想麦考伊。如果他真的回来了，那你会接受他的，她责备自己。你知道你会的。不过他不会回来，只要我还怀着福尔图纳托的孩子他就不会。有人触碰她的手臂，她睁开了眼睛。

"你还好吗?"塔基扬问道。

"只是累了。"她试图挤出一个微笑。

"害怕吗?"他问道。

"怕。"她承认。"我从来没有认真考虑过要一个孩子,但现在我怀孕了,我只想要孩子。"游隼叹了口气,双臂保护着腹部,"我希望这个孩子一切都好。"

"他们在呼叫进行检查的医生。"塔基扬说,"希望你口渴了,因为你必须喝掉七夸脱水。"护士端着一个托盘来到他们身边,医生从托盘上拿起一个水壶和杯子:"你现在就可以开始喝了。"

游隼喝起来。喝到第六杯时一个穿白大褂的矮个子男人匆忙地出现在他们面前。

"塔基扬医生?"他握着塔基扬的手问道,"我是阿里医生。很高兴见到你,欢迎来到我的医院。"他转向游隼:"这是病人吗?"

塔基扬给双方做了介绍。

阿里医生搓着手,"我们开始吧。"说完,他俩跟着他去了医院的妇产科。

"你,年轻的女士,进那个房间。"他的手一指,"脱掉衣服,换上那里面的袍子。继续喝水。换好衣服后回这里来,我们来做超声图。"

游隼回来的时候塔基扬已经在他的丝绸华服外面套了一件白色外套,阿里医生让她躺在检查台上。她照做了,手中紧紧攥着陶尔特送的护身符。一个护士掀起长袍,在她的肚子上抹上透明胶体。

"传导凝胶。"塔基扬解释道,"能帮助传导超声波。"

护士开始手拿一个话筒状的仪器在游隼肚子上移动。

"是传感器。"塔基扬说着,和阿里仪器研究眼前屏幕上的图像。

"嗯,你们看到什么了?"游隼问道。

"等一下,隼。"塔基扬和阿里低声交谈。

"能不能打印出来?"游隼听到塔基扬在问。阿里医生用阿拉伯语指示护士,很快图像的打印稿就出现了。

"你现在可以下来了。"塔基扬说,"该看的我们都看过了。"

"所以?"游隼焦急地询问。

"看起来一切都还好……暂时是这样。"塔基扬缓慢地回道,"孩子似乎发育得很正常。"

"那太棒了!"他帮她从检查台上下来时,她拥抱了他。

"如果你打算把这个孩子生下来,我建议每四到五周进行一次超声波检测,观察孩子的生长。"

游隼点点头,"声波不会伤害到孩子,对吗?"

"不会的。"塔基扬说,"唯一能伤到孩子的东西已经在孩子体内了。"

游隼看着塔基扬。"我知道你觉得你有义务一遍遍地提醒我,但是孩子会没事的,我知道。"

"游隼,这不是童话故事!没有什么'永远幸福地生活在一起'!这个可能会毁掉你的生活!"

"我十三岁时就长出翅膀了,它可能会毁掉我的生活,但却没有。这个也不会。"

塔基扬叹了口气。"没办法和你讲道理。把衣服穿上,我们要回开罗了。"

◆

塔基扬在更衣室外面等她。

"阿里医生呢?"她看看四周,问道,"我想谢谢他。"

"他还有其他病人要去看。"塔基扬搂着游隼的肩膀,扶着她往楼梯走。"我们回……"他的声音停住了,因为他看见有个人正顺着过道朝他们走来,是乔什·麦考伊。游隼很乐意看到他的样子和自己一样糟。他肯定也没怎么睡觉。他在两人面前停住。

"隼。"他开口,"我一直在想——"

"那太好了。"游隼干脆利落地说,"现在麻烦你让一下——"

麦考伊伸手抓住了她的上臂。"不行。我想和你谈谈,现在就谈。"他把她从塔基扬身边拉开。

她必须和他谈,她告诉自己。也许一切就能理清楚,她是这么希望的。

"没关系的。"她颤抖着告诉塔基扬,"赶紧把这个事解决了也好。"

塔基扬的声音在他们身后响起:"麦考伊,你绝对是个傻瓜。我警告你,你要是伤害她——不管是怎么伤的——你都会后悔很久很久。"

麦考伊无视了他,继续拉着游隼在大厅里走,他推开一扇扇门,直至找到一个空房间。他拽她进去,砰的一声关上门。他松开她的胳膊,开始踱步。

游隼靠墙站,揉着胳膊上被他拽出来的手指印。

麦考伊停下脚步,盯着她:"对不起我伤到你了。"

"我猜会有瘀痕。"她查看胳膊上的痕迹。

"这可不行。"麦考伊取笑道,"美国性感符号身上有瘀痕!"

"那太糟糕了。"她说着,声音低得吓人。

"不过是真话。"他回答道,"你是性感符号。你登上过《花花公子》内页中心位置,王牌高级餐厅里有你的裸体冰雕。安迪·沃霍尔还给你做了裸体海报,叫'堕落天使'?"

"裸体摆造型没什么问题!我并不羞于展示我的身体或者让别人来看。"

"当然了!谁让你脱衣服你都照办!"

她气得脸色发白。"对,我就是!包括你!"她一巴掌扇在麦考伊脸上，冲向门口，翅膀颤动着。"我没必要站在这里听你羞辱。"

她伸手拉门，但是麦考伊冲到她面前，又把门关上了。"不。我要跟你谈谈。"

"你没有在谈话，你只想羞辱我。"游隼反驳道，"我一点都不想听。"

"你根本不知道什么叫羞辱。"他告诉她，棕色眼睛因为愤怒而闪烁，"你为什么不尖叫？塔基扬也许就在外面。他肯定乐意冲进来救你，于是你就跟他睡一觉，作为答谢。"

"你怎么敢说这种话！"游隼喊道，"我不需要他来保护我！他，你，或者任何人！让我走！"她愤怒地要求。

"不行。"他把她压在墙上。她觉得自己像只钉在天鹅绒布料上的蝴蝶。她能感觉到他的体重和温暖贴着她。"是这样的吗？"他怒气冲冲，"总有男人想保护你？男人总是想操你因为你是游隼？我不希望其他任何人碰你。只有我才能碰你。"

"隼。"他的语气温和了一些，"看着我。"但她不愿意，于是他强行抬起她的下巴，直到两人四目相对，眼泪从她的脸颊上滚落。"游隼，我为昨天说的那些话道歉，为刚才说的话道歉。我没想和你发脾气，但是我一看到那个总是衣着华丽、爱吃高档食物的男人把手放在你身上时，我就控制不住。一想到你被别人触过，我就怒不可遏。"捏住她下巴的手指更紧了，"昨天你说福尔图纳托是孩子的父亲，我当时就只能想到他和你睡的样子，抱着你，跟你做爱。"他松开她，走向这个小房间的窗户，心不在焉地看着外面，双手一会儿握紧一会儿松开。"就在那时。"他继续说，"我意识到跟我在一起的人到底是怎样的。你是个明星，又漂亮又性感，所有人都想要你。我不想成为游隼先生。我不想与你的过去相比，我想要你的未来。"

"我昨天说的关于鬼牌那段话不是真的。那是我第一时间想到的借口。我想要让你和我一样痛苦。"他的手穿过自己的金发。"你告诉我你怀孕了的时候我真的很受伤，因为孩子不是我的。我不恨鬼牌。我喜欢小孩，我会喜欢你的孩子，会试着当个好爸爸。要是福尔图纳托现身了，那好，我会尽我所能处理好。隼，我爱你，爱得要命。昨天你不在我身边，我感觉糟糕透了。我体会到了如果我让你离开，我的未来会是怎样。我爱你。"他重复道，"我希望你能够成为我生命的一部分。"

游隼伸出双臂拥抱他，靠在他的背上。"我也爱你。昨晚是我这辈子最可怕的一晚。我意识到了你对我的意义，也明白了孩子的意义。如果你们之中我只能选一个，我会选孩子。对不起我这样说，但是我必须告诉你。但是我也想要你。"

麦考伊转身握住她的手，亲吻着她的手。"听起来你非常笃定。"

"是的。"

麦考伊大笑。"不管孩子出生的时候是怎样，我们都会尽全力照顾。"他微笑着看她，"我有几个外甥和外甥女，所以我连换尿布都会。"

"太好了，那你可以教我。"

"我会的。"他承诺道，然后将她拉近，吻上了她的嘴唇。

门开了。穿着白大褂的身影不满地盯着他们。过了一会儿，塔基扬医生偷偷向里看。"你们结束了没有？"他声音冷淡，"他们要用这个房间。"

"这个房间我们不需要了，但我们之间没有结束。我们刚刚开始。"游隼笑容灿烂。

"呃，你开心就好。"塔基扬缓慢地说。

"我很开心。"她向他保证。

他们和塔基扬一起离开医院。塔基扬进了一辆出租车，而麦考伊和游隼坐上了出租车后面等着的马车。

"我们必须回酒店。"游隼说。

"你是在跟我求欢吗？"

"当然不是。我要收拾一下，才能跟你一起继续开罗之旅。"

"今天？"

"对。"

"那我们最好快点。"

"为什么？"

"为什么？"麦考伊的吻落在她的脸和脖子上，"我们当然要补上昨晚的。"

"噢。"游隼跟车夫说了一句，马车开始加速了，"我们不能再浪费时间了。"

"已经浪费了很多。"麦考伊表示赞同，"你开心吗？"他轻声问道，将她揽在怀里。

"从没这么开心过！"但她心灵的角落里还有个小小的声音在不断跟她说着福尔图纳托。

他的胳膊紧紧抱着她。"我爱你。"

♣ ♦ ♠ ♥

泽维尔·德斯蒙德的日志

1月30日,耶路撒冷

他们管耶路撒冷叫"开放的城市"。这个国际化大都市经联合国授权,由来自以色列、约旦、巴勒斯坦和英国的专员共同管理,这里还是世界三大宗教的圣地。

参议员哈特曼和莱昂斯,还有代表团里的其他政治人物今天跟当地的专员们吃了午餐,而我们中的其他人下午就坐着密闭的豪车在这座自由的国际化大都市里参观。豪车装着防弹玻璃,车身也是能抵抗炸弹冲击的特殊装甲,似乎耶路撒冷欢迎国际游客的方式就是炸飞他们,好像他们并不在乎游客到底是什么人、从哪里来、有什么宗教信仰、政治倾向是什么——这座城市里的摩擦实在太多了,任何人都有人恨。

两天前我们在贝鲁特。从贝鲁特到耶路撒冷,完全是从白天到黑夜。黎巴嫩是个很美丽的城市,贝鲁特非常可爱,一派宁静祥和。虽然也有各种宗教,但似乎已经解决了问题,大致能够和平共处,尽管还是有些小摩擦——中东(或者说这个世界)没有哪个地方是完全安全的。

但是在耶路撒冷,暴力事件已经延续了三十年,而且愈演愈烈。街道就跟闪电战时期的伦敦似的,当地人都习惯了远处响起机枪声,已经毫不在意了。

我们在哭墙的废墟(大部分是1967年被巴勒斯坦恐怖分子损毁的,他们是为了报前一年以色列恐怖分子刺杀阿尔-哈西斯的仇)稍作停留,而且还大胆地走出了豪车。海勒姆凶狠地看着四周,手握成拳头,好像有人敢找他麻烦似的。他最近的状态很奇怪,焦躁易怒,十分情绪化。不过,在非洲看到的场景影响了我们每个人。有一部分墙体还是很壮丽的,我触摸着,想要感受历史,但我只感觉到了墙壁

WILD CARDS

上的弹孔。

我们中的大部分人后来回了酒店,但是鱿鱼神父和我绕路去看了一下鬼牌们待的地方,据说这里是世界上第二大的鬼牌社区,仅次于鬼牌镇……差得很远,但也是第二。我并不吃惊。宗教国家对我们并不友善,所以整个中东的鬼牌都到这里来了,毕竟联合国能提供那么一丁点儿保护,还有一个人数少武器少且士气低落的国际维和队伍在保护他们。

这个区肮脏得难以描述,墙内的人所承受的苦难几乎都能看得见摸得着。讽刺的是,这个区域的街道普遍被认为比耶路撒冷其他地方更安全。这个地方有自己的墙,人们还记得是什么时候建的,最初是用来藏匿我们这些怪物,避免体面人看见我们,但身处墙内的人同样获得了一种安全感。我一进去就发现,里面没有普通人,只有鬼牌,虽然种族和信仰各不相同,但基本上能和平共处。他们可能曾经有不同的信仰,可能是狂热分子或者犹太复国主义者或者真神之光的信徒,但是出了意外之后,他们就只是鬼牌了。鬼牌是了不起的平衡器,平复了各方的仇恨和偏见,用共同的痛苦团结起所有人。鬼牌就是鬼牌,而且就是鬼牌而已,至于身上的其他特质,都不重要。

把王牌们聚在一起也会有这种效果吗?

鬼牌基督教会在耶路撒冷有个教堂,鱿鱼神父带我过去。这个建筑更像寺庙,而不是基督教教堂,至少从外面看是这样的。内部和鬼牌镇的教堂没什么大区别,不过更加年久失修。鱿鱼神父点燃一根蜡烛,开始祷告,之后我们回到了狭小拥挤、摇摇欲坠的牧师住宅,一边喝着酸涩的红酒,鱿鱼神父一边和牧师结结巴巴地用拉丁语对话。他们谈话时,我听到自动武器在夜色中咔哒咔哒响的声音,应该在几个街区之外。我猜,这就是个普普通通的耶路撒冷之夜。

♥

在我死之前,没有人会读到这本日志,而我死之后,就不会受到迫害了。我细细地想了很久我是否应该记录今天晚上发生的事情，最后决定我应该记下。这个世界需要知道1976年的教训，还要时时提醒，鬼牌反歧视联盟并没有为所有鬼牌发声。

我和鱿鱼神父离开教堂时，一个年长的鬼牌妇女塞了一张纸条在我手上。我猜是有人认出了我。

读过纸条之后，我就推脱说身体抱恙，不能去参加官方招待会，但这一次我说谎了。我在房间里和一个被通缉的罪犯一起吃晚饭，我只能用臭名昭著的鬼牌国际恐怖分子来形容他，但是在鬼牌区他被看作英雄。我不会写出他的真实姓名，就算是在这本日记里也不能写，因为我知道他依然时常拜访我居住在特拉维夫的家人。他出"任务"时会戴黑色狗头面具，所以媒体、国际刑警还有管制耶路撒冷的各个帮派叫他黑狗或者地狱猎犬。今晚，他戴了一个完全不同的面具：蝴蝶形状的头罩，上面满是银色发光物，他一路穿过城市走来，并没有什么问题。

"你必须明白。"他告诉我，"普通人从本质上来说都很蠢。同样的面具你戴两次，然后让人拍下照片，他们就开始以为那真是你的脸了。"

猎犬，我是这么叫他的，生于布鲁克林，但在九岁时跟着父母移居以色列，后来成了以色列公民。二十岁的时候成了鬼牌。"我跨越了半个世界，就为了染上百变王牌。"他告诉我，"我就应该待在布鲁克林。"

我们花了好几个小时讨论耶路撒冷、中东和百变王牌的政治。猎犬是"扭曲双拳"的领袖，说实话，我认为这是个鬼牌恐怖组织。他们在以色列和巴勒斯坦都是违法的。他没有直接回答组织中有多少成员，但毫不害羞地承认他们几乎全部财务支持都来自纽约的鬼牌镇。"你可能不喜欢我们，镇长先生。"猎犬告诉我，"但是你的人喜欢我们。"他甚至还暗示说代表团里有个鬼牌也是他们的支持者，不过当然他拒绝透露姓名。

　　猎犬坚信中东会爆发一场战争，而且就在不久之后。"早就该发生了。"他说，"以色列和巴勒斯坦都没有防御边境，而且都不是经济稳定、有发展前途的国家。双方都觉得对方该为各种恐怖活动负责，这也是对的。以色列想要内盖夫和西岸，巴勒斯坦想要地中海上的港口，两个国家都满是1948年分裂之后想要重回家园的难民，所有人都想要耶路撒冷，除了联合国——因为这里已经是联合国的了。见鬼，他们要好好打一场。1948年的时候以色列人看起来占上风，但是后来被纳斯尔教训了一顿。我知道贝纳多特因为《圣地协议》而获得了诺贝尔和平奖，但是我们私下说，要是他们一直打到打出结果——不管什么结果——可能还会更好。"

　　我提到那会导致很多人死亡，但他只是耸耸肩。"是有人会死。但是如果一切都结束了，真正结束了，那一些伤口才会开始愈合。可现在我们得到了两个气急败坏的半国家，他们共享着一小块沙漠，但却连承认对方的存在都不愿意，这里的仇恨、恐怖主义和恐惧延续了四十年，之后还是要打仗，而且很快就会打。而且我想不通贝纳多特怎么让双方签下圣地协议的，不过他后来被刺杀我也不意外。比以色列人更讨厌那些条款的只有巴勒斯坦人。"

　　我指出，虽然《圣地和平条约》很不受欢迎，但也延续了快四十年。他很不屑地说："那只是四十年的僵持状态，算不上真正的和平，双方都有恐惧心理，所以才能奏效。以色列人在军事上一直领先，但是阿拉伯人有塞得港王牌，而且你觉得以色列人会忘记？每一次阿拉伯人建起一座纳斯尔的纪念碑，不管是在巴格达还是马拉喀什还是其他地方，以色列人都要炸掉。相信我，他们从未忘记。只不过现在平衡才开始被打破。我得到消息，以色列正用军队里的志愿者做百变王牌实验，也制造出了几个王牌。你肯定觉得这是疯了，居然自愿被百变王牌感染。再说中东那边，有真神之光，他说以色列是个该死的鬼牌国家，还发誓要将其彻底摧毁。跟他手下那群人比起来，塞得港的王牌都是小猫咪，就连老卡夫都是。战争要来了，就在不久之后。"

"战争爆发之后呢？"我问他。

他带着一把枪，某种半自动手枪，有个很长的俄国名字。他把它拿出来，放在我们中间的桌面上。"之后。"他说，"他们就可以尽情地屠杀对方，但是他们最好别把鬼牌区牵扯进来，否则他们就得对付我们。我们已经给光人上了几课，他们只要杀一个鬼牌，我们就五倍奉还。你以为他们能明白，但是他们学得很慢。"

我告诉他哈特曼参议员希望跟真神之光会面探讨该地区的问题，也许能够有一个和平的解决方式。他大笑起来。我们讨论了很久，关于鬼牌、王牌和普通人，关于暴力和非暴力，关于战争与和平，关于友爱和复仇，关于把另一边脸也送过去让人打以及自己照顾自己，到最后，我们谁也没有说服谁。"你为什么要来？"我终于问出了这个问题。

"我觉得我们应该见见。我们需要你的帮助。你对鬼牌镇的了解，你在普通人世界的关系网，你能募集到的钱。"

"我不会帮助你。"我告诉他，"我知道你们的道路通向何方。汤姆·米勒十年前就走过这条路。"

"吉姆利？"他耸耸肩，"首先，他像臭虫一样疯狂。我跟他不一样。吉姆利希望全世界都来亲一亲，然后一切就都好了。我仅为保护我的人而奋斗。为了保护你，德斯。祈祷你的鬼牌镇永远不需要'扭曲双拳'吧，但是如果你需要，我们就会出现在那里。我读了《时代周刊》关于里奥·巴奈特的封面故事。大概光人不是唯一学得慢的。如果真是这样，也许黑狗应该回家一趟，找到长在布鲁克林的那棵树，对吗？我八岁之后就再没玩过躲避游戏了。"

我看着桌子上的枪，心就快跳到喉咙口了，但是我伸出手，放在了电话上。"我现在就可以打电话给我们的安保人员，确保这一切不

WILD CARDS

会发生，确保你不会再杀害更多无辜的人。"

"但你不会的。"猎犬说，"因为我们有太多相似之处。"

我告诉他我们没有任何相似之处。

"我们都是鬼牌。"他说，"其他的还重要吗？"他把枪放回枪套，调整面具，平静地走出了我的房间。

上帝保佑，我独自一人在那里坐了不知道多久。直至我听见走道里电梯门打开的声音，才把手从电话上拿开。

♣ ♦ ♠ ♥

仇恨的色彩

第五部

1987年2月1日，周日，叙利亚沙漠

纳吉布快速挥了一拳，米莎被打倒了，但是她依然坚持。"他来了。"米莎说，"真神的梦告诉我必须去大马士革见他。"

在一片黑暗的寺庙中，纳吉布站在饰有珠宝的祷告壁龛旁，像绿色路灯信标一样闪着光。夜色中的真神之光是最引人注目的，一个炽热的先知形象，闪耀着真神自身的暴怒。他没有回应米莎的话，而是首先看向了赛义德，后者巨大的身躯正靠在贴着瓷砖的柱子上。

"不行。"赛义德嘟囔道，"不行，真神之光。"他看着跪在兄长面前乞求的米莎，眼睛里充满了燃烧的怒火，她竟然不愿意遵从兄长的意志或者赛义德的建议。"你经常说畸形的怪物应该被杀掉，你经常说要想和异教徒沟通，只能用剑锋。让我来为你履行。复兴社会党政府根本无力阻止我们，真神之光一开口阿萨德都要颤抖。我会带几个信徒去大马士革。我们将会用火焰来净化畸形的怪物和带他们过来的人。"

纳吉布的皮肤忽然更亮了，就好像赛义德的建议让他兴奋起来了。他的嘴角向后扯动，形成一个凶狠的笑容。米莎摇摇头。"兄长。"她恳求道，"也听听女巫的话吧。同样的梦已经持续了三个晚上。我看见我们两人和美国人在一起。我看到了礼物。我看到一条无人踏足的全新道路。"

"再跟真神之光说说吧，说你尖叫着从梦中醒来，感觉到礼物的危险，在你的梦中哈特曼不止一副面孔。"

米莎的目光回到她丈夫身上。"一条全新的道路永远都是危险的。

对接受者而言，礼物也总意味着一种义务。你就能确定地告诉真神之光你的道路，暴力之路就毫无威胁？真神之光已经强大到能够对抗整个西方世界？苏联不会帮忙，他们希望自己的手是干净的。"

"圣战就是要尽全力去拼。"赛义德怒气冲冲地说。

纳吉布点点头。他将明亮的手举在面前，好像是在惊叹它所发出的一点柔光。"真神用他的手击败异教徒。"他说，"我为什么不照做呢？"

"因为真神的梦。"米莎还在坚持。

"真神的还是你的，女人？"赛义德问道，"如果真神之光照我说的做了异教徒会怎样？对于教派扣押的人质，西方国家什么都没做，其他的杀戮他们也无能为力。他们会向大马士革和阿萨德抱怨？虽然没有头衔，但真正统治叙利亚的是真神之光。真神之光将所有教派团结在身后。他们会抱怨，会恫吓。他们会哭泣会呻吟，但是他们不会干涉。他们还能怎么办——拒绝和我们进行贸易往来？呸！"赛义德一口啐在脚边花纹繁复的瓷砖上，"他们会在风中听到真神的笑声。"

"这些美国人有他们的护卫。"米莎反驳道，"那些被称为王牌的人。"

"我们有真神，有他的力量就足够了。我的人里任何一个都愿意成为真神的殉道者。"

米莎转向纳吉布，他俩争执的这段时间她依旧在看纳吉布的手，"兄长，赛义德的建议无视了真神给我们的礼物，无视了梦境的作用，无视了光的力量。"

"你什么意思？"纳吉布的手落下来。

"真神的力量在你的声音里，你的存在里。如果你去见这些人，你一开口，他们就会像信徒一样被你征服。真神的任何信徒都能够杀死他们，但只有真神之光才能让异教徒归顺于真神。对于真神，哪个荣耀更高？"

纳吉布没有回答。她能感觉到他那发光的脸庞上眉头紧皱,之后他转身走了几步。她知道自己赢了。赞美真神!赛义德会因为这个打我,但是值了。脸颊上被纳吉布打过的地方颤动着,但是她毫不在意。

"赛义德?"纳吉布问道。他透过一个有裂缝的窗户看向村庄。发光的面孔传出低沉的声音。

"这是真神之光的决定。他听到了我的建议。"赛义德说,"我不是巫士。我只有在战场上才有远见。真神之光错了——我认为我们应该展示力量。"

纳吉布回到壁龛旁边:"赛义德,你会允许女巫去大马士革见美国人吗?"

"如果这是真神之光的意思。"赛义德僵硬地回答道。

"这就是的。"纳吉布说,"米莎,回你丈夫的房子,做好出发的准备。你去见代表团,把他们的情况告诉我,真神之光会决定如何处理他们。"米莎叩拜,头贴在冰冷的瓷砖上。她的目光一直向下,走过赛义德身旁时感受到了炽热的目光。

她走了之后,纳吉布对着赛义德愠怒的样子摇摇头。"我的朋友,你觉得我因为你的妻子而忽视你?你觉得受到了羞辱?"

"她是你的妹妹,而且她是女巫。"赛义德回答道,声音毫无感情色彩。

纳吉布微笑着,嘴巴像是明亮脸庞上的一个黑洞。"我来问你,赛义德,我们真的像你说的那样强壮吗?"

"当然,如果我不这么认为,我也不会这样说。"

"那么你的计划是在大马士革实施比较简单,还是在这里?——我们自己的地方,依我们自己的安排?"

了然之后赛义德咧嘴笑了:"当然是在这里,真神之光,当然是这里。"

WILD CARDS

1987年2月3日，周二，大马士革

酒店靠近阿尔哈米迪亚广场。在空调老旧压缩机发出的咔哒声中，格雷格仍能听到市场里的喧嚣。广场里熙熙攘攘，满是艳丽的长袍，还有些沉闷的黑色罩袍点缀其中。人群穿过摊点的各色遮阳棚间的小道，涌上街道。在最近的角落里，卖水的人高声叫卖："你要是渴了，就到我这里来！"

不管去哪里都是人潮拥挤，从广场到拥有一千两百年历史的古老寺庙的白色尖塔。"你会觉得百变王牌从未存在过，20世纪也没存在过。"格雷格评论道。

"这是因为真神之光确保了鬼牌都不敢在街道上走。他们会杀了鬼牌。"萨拉坐在床上，把橙子放在沾着果皮的叙利亚官方报纸《复兴报》上，"我还记得《邮报》在这里的特约记者说过一个事情。有个鬼牌在广场上偷东西，很不幸被抓到了。他们把他的头部以下都埋在沙子里，用石头砸他，直到把他砸死。那个审判者——提一下，属于光派——坚持说只能扔小石头，才能让鬼牌在死前有足够的时间反思他的众多罪孽。"

格雷格的手绕着她蓬乱的头发，温柔地把她的头向后抬，然后给了她深深的一吻。"所以我们才会到这里来。"他说，"所以我想见真神之光。"

"到了埃及之后你就一直很焦躁。"

"我觉得这是很重要的一站。"

"因为中东地区是下一任总统最关心的问题之一？"

"你真是个无礼的小母狗。"

"说我小，我就当是夸奖。居然说我是母狗，你这个性别歧视的猪。我觉得能写篇报道出来。"她对着他皱起鼻子。

"意思就是说你会投票给我咯？"

"看情况。"萨拉把床单往旁边一掀，报纸、橙子和橙子皮全都掉到了地板上。她握住格雷格的手，轻轻地吻着他的手指，随后抓着他的手放在了自己身体上。"你能够提供怎样的激励措施呢？"她问道。

"所有我必须做的事我都会做到。"这是实话，玩偶人躁动不安。如果我能让真神之光成为一个玩偶，那我就可以影响他的行为。我能够和他坐在一个桌子上，让他签什么东西他都会签：了不起的谈判者哈特曼，世界最伟大的人道主义者之一。真神之光是这个地区的关键。有了他和其他几个领袖……想到这个他微笑起来，萨拉也放声大笑。

"怎么样的牺牲都可以，哼？"她再次大笑，将他拉过来压着自己，"我喜欢有责任感的男人。嗯，开始争取我的投票吧参议员。从一块湿地开始。"

几个小时之后，外面的门上响起一声小心翼翼的敲门声。格雷格站在窗户旁边，看着外面的城市系领带："哪位？"

"比利，参议员。女巫和她的团队已经来了。我已经告诉其他人了。我要不要带她去会议室？"

"稍等。"

萨拉的声音从开着的洗手间门里传来："我等会儿下楼，回我自己的房间。"她轻声说。

"你最好在这里再待一会儿。比利会确保没人看到你离开。之后有媒体会，所以你最好半个小时之内过去。"格雷格走向门口，把门打开了一点，和比利说话。接着他快步走向连接另一个房间的门，敲了敲："艾伦，女巫在来的路上。"

格雷格穿外套的时候艾伦过来了，萨拉正在梳头发。艾伦对她摆出一个机械化的笑容。格雷格感到他妻子身上有轻微的恼怒、一丁点嫉妒。他让玩偶人安抚这种不平静，用冷静的蓝色将这种情绪钉住。

他并不需要费多大劲,她从刚结婚时就对这段婚姻没有幻想。他们结婚是因为她出身于新英格兰名门博尼斯戴尔家族,他们家的人都会或多或少地参与政治。她知道如何扮演支持丈夫事业的妻子:什么时候站在他身边,说什么,怎么说。她接受"男人有需求"这个说法,而且只要格雷格不在公开场合风流,也不阻止她玩自己的,那她就不在乎。艾伦是他所有玩偶中最容易摆布的。

  他故意拥抱了萨拉,艾伦隐藏起来的厌恶能给他带来小小的乐趣。可能因为艾伦在场,萨拉有点向后躲。我能改变这一点,玩偶人在他脑海里低语,看,她心里没有多少喜爱。只要一小下,我就能……

  不!回应的深度让格雷格有些震惊。我们不强迫她。我们甚至没有触碰女妖。我们也不会触碰萨拉。

  艾伦温和地看着这个拥抱,嘴角的微笑不曾褪去。"希望你们两个人睡得很好。"这句话不带任何语气。她冰冷疏远的目光离开萨拉,微笑着看向格雷格:"亲爱的,我们必须走了。还有我想和你谈谈那个记者,唐斯——他老是问特别奇怪的问题,现在他又去跟蝶蛹聊起来了……"

♣

  尽管约翰·沃森已经和他简单说过基本礼仪了,但见面会还是和他预计的不太一样。阿拉伯人站在墙边护卫,手里拿着乌兹冲锋枪或者苏联制造的自动武器,让人看着就很不安。比利·雷小心地增加了他们自己的安保力量。格雷格、塔基扬和团队里的其他政治人物都参与了会议。王牌和(尤其是)鬼牌都在大马士革的其他地方,阿萨德总统带着他们游览这座城市。

  女巫本身就让人吃了一惊。她是个身材娇小的女人。面罩上方露出明亮乌黑的双眼,眼神既是好奇,又像在搜寻。她的服装很普通,只在额头上装饰了一排绿松石珠子。除了陪同的翻译，还有三个高大魁梧的男人坐在不远处，他们都穿着贝都因人的服饰，观察着现场。

"女巫生活在极其保守的世界，参议员。"约翰之前说过，"我必须一再强调，她能出现在这里已经是打破传统了，允许她这样做的唯一原因是她是真神之光的妹妹，能够预测未来，并且他们觉得她有魔力。她嫁给了赛义德将军，他的绝妙智慧帮助真神之光屡屡取得军事胜利。她虽然是女巫，而且受过通识教育，但她不是西方人。小心点。这些人很容易被冒犯，而且特别喜欢记仇。还有，老天啊，让塔基扬低调一点。"

格雷格冲着塔基扬挥手，后者像往常一样穿着夸张，但是又有点不同。塔基扬舍弃了缎面，在这种天气里对他来说太热了，所以他现在看起来好像是突袭过广场上的一个集市，完全是电影里典型的酋长形象：宽大的红色丝质长裤，宽松亚麻衬衣，带有复杂织锦缎的外套，珠子和手镯叮当响。他的头发藏在复杂的头饰里，拖鞋的头部突出来又往回卷。格雷格决定不评论。他跟其他人握手之后帮艾伦就座，其他人也找到了位置。他向女巫和她的陪同者点头，此时他们刚把眼神从塔基扬身上移开。

"你们好。"格雷格用阿拉伯语问候。

她的眼睛亮起来了。"我只能说一点英语。"她说得很慢，口音很重，声音很轻，"我的翻译拉希德替我说的话，会方便很多。"

格雷格戴上准备好的耳机。"我们很高兴女巫能过来帮助我们安排与真神之光的会面。我们感到无比荣幸。"

她的翻译轻柔地对着他的耳机说话。女巫点点头，快速说出一串阿拉伯语。"能够离与他会面这么近就已经是一种荣幸了，参议员。"拉希德沙哑的声音翻译道，"经典里说：对于那些不相信真神和他的传道者们的人，我们准备好了燃烧的火焰。"

格雷格瞥了塔基扬一眼，后者微微挑起眉毛，然后耸耸肩。"我们自认为和真神之光一样想要和平的未来。"格雷格缓慢地说。

女巫好像被这种说法逗乐了，"这一次，真神之光选择的是我所提出的建议。他会独自待在沙漠里，直到你们离开……"女巫依然在说话，但是拉希德却陷入沉默不再出声。女巫瞪着他说了些什么，他一脸痛苦。女巫身边的陪同者中有一个狠狠地示意了他。于是拉希德清清嗓子，继续说。

"本来，真神之光打算听从赛义德的建议，杀掉你和你带着的畸形怪物。"塔基扬震惊地靠在椅背上，共和党参议员莱昂斯也被吓到了，凑到格雷格旁边耳语："我还以为巴奈特就算是够恶心的了。"

玩偶人饥饿地搅动着格雷格的内心。就算没有直接的心灵链接，也能感受到情绪的涌动。女巫的陪同人员皱紧眉头，显然被她的坦率惹恼，但却不敢上前干涉，毕竟她是先知双子之一。墙壁旁边的守卫身体紧绷。联合国和红十字会的代表窃窃私语。

在这一阵骚动之中，女巫冷静地坐着，双手交叠放在桌面上，看着格雷格。她的凝视非常严肃，让他害怕，他好不容易才强迫自己不要把目光移开。

塔基扬靠过去，长长的手指交叉握着。"你所谓'畸形的怪物'没有做错什么。"他直截了当地说，"如果要说有谁做错了，那个人应该是我。你的人最好善待鬼牌，而不是用轻蔑和暴行来对待他们。他们遭遇的是一场盲目进行无差别攻击的可怕疾病。你也受到了感染，只不过你比较幸运。"

她的随从听闻之后开始嘀咕，充满恨意地瞪着这个外国人，但是女巫冷静地回答道："真神是超越一切的。病毒也许是盲目的，但真神不是。他奖励那些配得上的人。那些配不上的，会被他击倒。"

"那我们带来的那些王牌呢，他们信仰另一个神，或者甚至不信神。"塔基扬追问道，"那些信佛、信天照或者羽蛇神或者根本不信神灵的呢？"

"真神的行事方式很微妙。我知道他说的是真理。我知道他给我的幻想里包含真理。我知道当真神之光用他的声音说话时，说的是真理。"她的声音里现在带着愠怒的情绪，格雷格知道塔基扬触到了她的痛处。

塔基扬摇摇头。"我觉得最愚蠢的是尝试理解那些创造出这些神灵的人类。"他反驳道。

格雷格听着他们唇枪舌战，心里越来越激动。让女巫成为玩偶：她可能会和真神之光一样有用。在此之前，他一直都小看了女巫的影响力。他以为在宗教国家，女人是不可能真正掌握权力的，但是现在他发现自己的评估有误。

女巫和塔基扬瞪视着彼此。格雷格抬起手，让自己的声音听起来通情达理且安抚人心。

"拜托了，医生，让我来回答吧。女巫，我们所有人都无意侮辱你的信仰。我们到这里来只是为了帮助你们的政府处理百变王牌病毒带来的问题。我的国家对付这个病毒的时间最长，受影响的人也最多。我们也是到这里来学习的，来寻求其他的技巧和解决方式。要想实现这一点，我们必须见到最有影响力的人。走过中东的这段时间，我们发现那个人就是真神之光。没有人比他的力量更强大。"

女巫眼神闪烁，回到格雷格身上。褐色瞳孔里的厌恶之情仍未褪去。"真神的梦中有你。"她说，"我看见你了，你的指尖缠绕着丝线。你一动，线的另一端上连着的人就跟着动。"

天呐！震惊惶恐之下的格雷格差点从椅子上站起来。玩偶人像一只被逼急了的狗一样在他心里低吼。他的太阳穴突突地跳，同时能感觉到脸颊越来越烫。她怎么可能知道……？

格雷格强迫自己大笑，并让笑容留在嘴角。"经常有人梦到这样的政客。"他说得就好像她刚刚是在开玩笑，"我大概是想操纵选民在投票的时候选择正确的方框。"他这半边桌子旁传来窃笑。格雷格

WILD CARDS

再次让声音严肃起来："如果我真的能控制别人，除了当总统之外，我还会动用一切关系让你哥哥和我们见面。也许这就是你那个梦境的意义？"

她双眼一眨不眨地看着他："真神的行事很微妙。"

你必须拿下她。就算塔基扬在这儿，就算这么做很危险——她是个王牌，但你还是必须拿下她，因为她可能会说出不该说的话，因为你也许永远也见不到真神之光。而她现在就在这里。

格雷格内在的力量已经迫不及待了，他把这股力量压下去。"怎样才能劝服真神之光，女巫？"

一阵急促的阿拉伯语。拉希德的声音在他耳边响起："真神会劝服他。"

"还有你。你也是他的顾问。你会怎么和他说？"

"我告诉他真神的梦境指引我来大马士革后，我们起了争执。"她的随从又开始嘀咕。其中一个触碰了她的肩膀，凶狠地和她耳语了些什么。女巫摇摇头，"我会告诉我的哥哥真神在梦境里让我说的话。没有别的。我自己的言语毫无力量。"

塔基扬把椅子向后一推。"参议员，我建议我们不要再浪费时间了。我还要去看看叙利亚政府建立的寥寥几所小医院。也许在那里，我能做些有成效的事情。"

格雷格环视四周，其他人都在点头。女巫的人看起来很不耐烦。格雷格站起来："那么我们等着你的消息，女巫。我恳求你，告诉你的哥哥，有时候你视作敌人的人其实并不想与你为敌。我们是来帮忙的，就这样。"

女巫站起来时把耳机摘了下来，格雷格随意地向她伸手，无视她的随从投来的鄙夷眼神。女巫并没有回应，于是他就一直伸着手。"我们有句俗语，叫入乡随俗。"他评论道，希望她能够明白，或者拉希德能翻译好，"互相理解的第一步就是明白彼此的习俗。我们的习俗之一就是用握手来表达理解。"

在那一瞬间,他以为计策失败了,自己错过了这个机会。他甚至有些高兴,要打开一个王牌的心灵和意志,而且这个王牌的能力已经震慑到了自己,虽然她并未完全明白,但也把他吓得不轻,而且塔基扬就站在旁边看着……

然后她从深色的长袍中伸出相比之下很白皙的手,擦过他的指尖。

你必须……

格雷格沿着神经系统蜿蜒的分支向下,小心屏障和陷阱,尤其注意别让她注意到自己的存在。一旦感觉到这种信号,他就会像进入时一样快速地逃离。他对待王牌时一直极其小心,就算那些他知道没有心灵能力的也一样。女巫似乎没有意识到他的入侵。

他将她打开,建立以后要用的入口,玩偶人惊叹于他在这里发现的情感漩涡。女巫的情绪丰富且复杂,心灵的色彩浓稠且强烈。他能感觉到她对他的态度:明亮的金绿色希望,土黄色的怀疑,掺杂着因为他的话语而萌生的怜悯或厌恶,但除此之外,底下还有闪光的嫉妒,以及一阵渴望,似乎连接着她对兄长的情感。

他跟着这个情感向后走,惊讶地发现纯净尖刻的怨恨。它被小心地隐藏起来,上面是其他层层叠叠的各种安全可亲的情绪,她尊重真神对真神之光的偏爱,并用这种尊重来封存自己的怨恨,但它就在那里,在他的触碰下跳动,活生生地存在着。

她的手一小会儿之后就收回了,但连接已经建立。他在她身上又停留了一会儿,以确保连接没有问题,这才回来。

格雷格微笑着。完成了,他还安然无恙。女巫没有意识到,塔基扬没有怀疑。

"我们都很感激你的到来。"格雷格说,"告诉真神之光我们期盼的只是理解。'以悲悯仁慈的真神之名',不是吗?我们也是因为同样的悲悯而来。"

"这就是你带来的礼物吗,参议员?"她用英语问道,格雷格能够感受到一阵希望从她敞开的心灵里涌出来。"我认为。"他告诉她,"这也是一份你们能给予自己的礼物。"

1987年2月4日,周三,大马士革

有人敲响酒店房间的门,萨拉从睡梦中醒来。天啊,她瞥了一眼她的旅行闹钟:当地时间凌晨一点三十五,但感觉比这迟一点。还在倒时差,但是太早了,不可能是格雷格。

她穿上袍子,揉着眼睛走向门口。安保人员很明确地说过在大马士革会遇到的危险,所以她并没有直接开门,而是凑过去看中间的猫眼。她看到一个阿拉伯女性变形的脸,眼睛、漂亮的脸部轮廓和面罩上的海蓝色珠子都很熟悉。"女巫?"她疑惑地问道。

"对。"低低的声音传来,"请你开门,我有事要说。"

"稍等。"萨拉用手梳了下头发,脱下薄薄的蕾丝袍子,换了一身更保守的,这才解开门闩,把门开了个小缝。

有人猛地推开了门,萨拉差点尖叫。一个高大强壮的男人冲她低吼,他巨大的手掌握着手枪。瞥了萨拉一眼后他就不再看她,开始在房间里翻找,一会儿打开橱柜的门,一会儿看看卫生间里的情况。他嘟嘟囔囔,最后回到了门口,阿拉伯语说了些什么,女巫就进来了。她的保镖替她关好门,站在门旁边守着。

"对不起。"女巫的英语说得不太好,但她的双眼似乎很友善。她指了指保镖的方向,"在我们的文化中,一个女人……"

"我明白。"萨拉说。那个男人无礼地盯着她,萨拉系紧了袍子的腰带,把领口向上拉。她不自觉地打了个哈欠。面罩之下,女巫似乎在微笑。

"再一次对你说抱歉,我把你吵醒了,但是那个梦……"她耸耸肩,"我可以坐下吗?"

"请坐。"萨拉对着窗户旁边的两张椅子挥手。

保镖发出不满的声音,噼里啪啦地说了一串音节。"他说不能坐在窗户旁。"女巫翻译道,"太不安全。"

萨拉把椅子拖到房间中央,这样一来靠着墙站立的守卫似乎满意了。女巫坐在其中一把椅子上,黑色的袍子沙沙作响。萨拉小心地坐在另一把上。

"你也参加了会议?"两人都坐好之后女巫问道。

"你是说后来的媒体见面会?对,我去了。"

女巫点点头。"我看见你了。我在真神的梦里见到过你的脸。我过来是因为今晚的梦。"

"你是说在梦里见过我的脸?"

女巫点点头。萨拉发现面罩将女巫的表情都藏起来了,让她没办法读懂,只能看见面罩之上女巫洞悉一切的双眼,但在这双眼的深处似乎有着善意和同情。萨拉感觉自己在她身边温暖起来。"在……见面会上,"女巫斟酌着用词,"我说真神之光等待着听到我的梦,之后才会决定是否要跟你的人会面。我刚刚梦到了。"

"那为什么要来找我,而不是去找你的兄长?"

"因为梦里要求我来找你。"

萨拉摇摇头:"我不明白。我们都不认识。我只是这里的数十个记者之一。"

"你与他相爱。"

她知道女巫的意思。虽然知道,但还是不由自主地问道:"哪个他?"

"长着两张脸庞的人。操控丝线的人。哈特曼。"萨拉没有说话,于是女巫伸出手,轻柔地抚摸她的手。这个动作饱含姐妹情谊,还带有莫名的了然。"你爱上了曾经厌恶的人。"女巫说着,手一直放在萨拉的手上。

  萨拉感觉到自己无法撒谎，无法对着女巫那双诚挚、脆弱的双眼撒谎。"是的。你是女巫。你能不能告诉我这种转变是如何发生的？"萨拉用开玩笑的口吻说，但女巫要么没读懂，要么选择无视。

  "你现在很快乐，尽管你不是他的妻子，尽管这是你的罪孽。我明白。"女巫的手指紧握着萨拉的手，"我明白仇恨就像一把钝刀，你不断地打磨它，直到认为它是另一种东西。"

  "你让我很困惑，女巫。"萨拉靠后坐，希望自己能完全清醒，希望格雷格在这里。女巫把手收回去了。

  "让我来告诉你我的梦。"女巫闭上双眼，双手放在膝盖上，"我……我看见了哈特曼，他有两张面孔，一个让人愉快，另一个像畸形的怪物一样扭曲。在他旁边的是你，而不是他的妻子，让人愉快的那张脸微笑着。我能看到你对他的感情，看到你的仇恨是如何变化的。我的兄长和我也在那里，我的兄长指向了哈特曼内心的怪物。那个怪物啐了一口，口水落在我身上。我看到了自己，我的脸就是你的脸。我发现我自己在面罩之下也有另一张面孔，一个怪物，脸上带着丑陋的恨意。哈特曼伸出手，扭曲我的脸，直到只剩下怪物的面孔。

  "一时间梦境里的画面让我疑惑。我以为我看见了一把刀，我看见了赛义德，我的丈夫在和我争斗。接着画面清晰了，我看见一个侏儒，他在说话，他说：'告诉她，恨意依然在心底里存在。让她记住，恨意会保护你。'侏儒大笑着，他的笑容很邪恶。我不喜欢他。"

  她双眼睁开，里面带着遥远的恐惧。

  萨拉想开口，但又没说话，会儿又开口："我……女巫。我不知道这些是什么意思。只是一些画面而已，跟我自己的梦差不多。你知道是什么意思吗？"

  "这是真神的梦。"女巫坚持道，声音很严厉，"我能感受到其中有他的力量。我明白意思：我的兄长会和你们见面。"

"格雷格——哈特曼参议员——会很乐意听到这个消息。相信我。我们只想帮助你们。"

"那为什么梦里充满恐惧?"

"也许是因为改变中永远带着恐惧。"

女巫眨眨眼睛。突然那种诚挚的感觉消失了。她藏了起来,像面罩后面的面庞那样。"我曾经和真神之光说过类似的话。他不喜欢这种想法,我现在也一样。"她快速站起来。守卫在门口做好准备。"很高兴和你见面。"她说,"我会在沙漠里和你再次见面。"她走向门口。

"女巫——"她转身,等待她说话。

"你想跟我说的就这么多?"

面罩的阴影藏住了她的眼睛。"我只想告诉你一件事。"她说,"在梦里我戴着你的脸。我觉得我们很相似。我感到我们像是……同类。你爱的这个男人对我做的事情,以后也会对你做。"

她对守卫点点头。他们快速踏入走廊,之后就离开了。

1987年2月4日,周三,叙利亚沙漠中

这是格雷格见过的最荒凉的地方。

直升机叶片卷起的灰尘在窗户上积了厚厚一层。下方的土地一片贫瘠,植被稀少干枯,依靠沙漠平原上的火山石维持生命。海岸附近的土地相对富饶,但在三架直升机离开杜瑞兹的群山之后,棕榈树和耕地就不见了,取而代之的是松树,再往后只剩下山楂树和杂乱的灌木。他们见到的唯一人类生活痕迹就是偶尔看见的聚居地,穿长袍裹头巾的男人在羊群之中抬头,用怀疑的眼神看着他们。

这趟旅程漫长、吵闹且格外不舒服。飞行过程很颠簸,格雷格旁边的人个个面色阴郁。他看了萨拉一眼,她心不在焉地冲他笑笑,耸耸肩。直升飞机开始向着一座小镇下降,小镇位于史前河谷的凹地,外围是一圈色彩明亮的帐篷。太阳落在荒芜的群山后,为它们镀上了一层紫色,这片区域点缀着一堆堆营火。

当直升机卷起灰尘的时候,比利·雷走了过来,"乔安娜说可以着陆,参议员。"因为引擎声音太响,比利只好双手做喇叭状放在嘴边大喊:"我想让你知道我还是不喜欢这一切!"

"我们很安全,比利!"格雷格也在喊,"那个男人除非是疯了才会对我们下手。"

比利斜睨了他一眼。"嗯哼。他就是个疯子。中东各个地方的恐怖活动都跟光派有关系。来他的总部,而且被他一呼即应。我手头资源可是很少,这完全就是要自杀。"

他声音里的兴奋多过担忧——刽子手享受战斗——但是在雷膨胀起来的期待之下,格雷格感觉到一股微弱寒冷的恐惧。他触碰比利的心灵,微微调整那份恐惧,享受情绪被放大时的感觉。格雷格告诉自己这样做不仅是为了趣味,更是因为如果遇上问题,多疑的雷会更加有用。"你的担忧我很感激,比利。"他说,"但是我们已经在这里了。看看我们能做些什么吧。"

直升机落在了寺院旁边的中央广场上。乘客鱼贯而出,仅有塔基扬因为夜晚的冷风颤抖。代表团里只有一部分人从大马士革飞来了。真神之光禁止"恶心的怪物"来到这个地方,所以宾客名单排除了所有明显的鬼牌,比如鱿鱼神父和蝶蛹。拉达和幻想决定待在大马士革,大部分的伴侣和科学组成员也都留下了。真神之光的"邀请"里散发出的傲慢惹怒了代表团里的不少人,还引发了一场要不要赴约的争论。格雷格不断坚持,最终胜出了。

"听着,我也跟所有人一样厌恶他的要求。但是这个男人确实是这里的一股强大力量。他统治着叙利亚,还有苏丹和沙特的大部分地方。谁是投票选出的领导并不重要——真神之光已经团结了所有派别。我也不喜欢他的主张和方式,但是我无法否认他的力量。如果我们假装他不存在,那我们什么都改变不了。他的歧视、他的暴力、他的恨意会继续传播。但如果我们能见到他,至少我们能有机会缓和他的严酷。"

他自嘲地笑了起来,因为自己的话而摇头。"其实我也觉得我们没希望。但是……我们总要面对,就算不去见真神之光,回国之后也要面对那个里奥·巴奈特——偏见不会因为我们的忽略而消失。"

玩偶人出手了,确保海勒姆、游隼与其他被自己打开过心灵的人低声赞同。其他犹豫的人收回了反对意见,不过大部分还是决定留下,以示抗议。

最后,愿意见真神之光的王牌有海勒姆、游隼、布劳恩和琼斯。参议员莱昂斯最后时刻决定一起前往。让格雷格沮丧的是,塔基扬坚持要去。记者和安保人员立马增加了。

直升机的叶片慢下来时,女巫从寺中走了出来,阶梯也从直升机舱门处放下来。他们下来的时候她向他们鞠躬。"真神之光向你们致意。"她说,"请跟我来。"

女巫示意的时候格雷格听到游隼突然吸了口气,与此同时,他感到一阵恼火和恐慌。他回头看到游隼的翅膀保护性地包裹住身体,目光盯着寺院附近的地面。他随着他的目光看去。

建筑之间蹿起火焰,在摇曳的光芒中他们看到三个布满蛆虫的身体瘫倒在墙壁上,周围散落着不少石头。靠他们最近的那个毫无疑问是鬼牌,脸部被拉长,成了长着毛的吻部,手则是号角似的爪子。一股浓郁的难闻味道袭击了他们。格雷格能感受到膨胀的震惊和厌恶。莱昂斯故意大声地犯恶心。杰克·布劳恩低声咒骂。他心里的玩偶人快乐地咧嘴笑着,而格雷格皱起了眉头。

"这场暴行是什么意思?"塔基扬质问女巫。

格雷格飘荡到她的心灵中,发现一阵变换的困惑。她自己也看着尸体,格雷格感到她心中出现一阵背叛的痛苦。但是当女巫的目光转回来时，她已经用平和的绿色信仰将痛苦覆盖住了，她故意让声音显得单调，目光也很平淡。"他们是……怪物。真神为他们做上标记，证明他们没有价值，所以死亡不值一提。这是真神之光的裁决。"

"参议员，我们走。"塔基扬宣布，"这是一个无法忍受的侮辱。女巫，告诉真神之光我们会向你们的政府表示最强烈的抗议。"他那张贵族似的脸上面色严谨，双手在体侧紧紧握着，控制着自己的暴怒。但是他们还没来得及动，真神之光就从寺庙入口的拱门走出来了。

格雷格毫不怀疑真神之光选择了这个最佳时机来展示自己。在昏暗的夜晚，他就像中世纪绘画中的耶稣，闪着神圣的光芒。他穿着薄薄的结拉巴长袍①，皮肤在长袍之下发光，相比之下他的胡子和头发显得比较暗淡。"真神之光是真神的先知。"他用带口音的英语说道，"如果真神想让你们走，你们就走。如果他想让你们留，你们就留。"

真神之光的声音宛如大提琴——低沉美妙。格雷格知道他应该回话，但是他做不到。在场的每个人都一言不发。塔基扬本来准备转身回直升机，但却定住了。格雷格挣扎了半天才能张嘴说话，他的心灵一片混乱，因为玩偶人的力量他才打破了限制。他终于开口回复时，声音尖细刺耳："真神之光允许谋杀无辜者。"

♠

"真神之光允许谋杀无辜者。那不是真神的力量，只是一个人类的缺点。"格雷格喘着粗气。

萨拉想要大声表示赞同，但是她发不出声音。在场的每个人都好像惊呆了。站在萨拉旁边的挖掘者唐斯原本一直疯狂地在笔记本上涂写，但现在他停下了，忘记了手中的笔。

---

① 一种宽松长袍，起源于摩洛哥，流行于北非地区。

萨拉感到一阵快速的惊骇——为自己，为格雷格，为每个人。我们不应该来的，那个声音……他们知道真神之光是个演说家，甚至猜测过这是某种王牌能力的体现，但是没有人提到过他的声音包含这么大的力量。

"一个人类让真神失望时就是完全失败了。"真神之光平静地回答道。他的声音带着温柔的咒力，一种能遮盖一切的麻木感。当他说话的时候，一字一句似乎都成了真理。"你们觉得我疯了，但我并没有。你们觉得我是个威胁，但我只威胁真神的敌人。你们觉得我凶猛残暴，如果真是这样，那也只是因为真神对罪人总是残暴的。跟我来。"

他转身快速回到寺中。游隼和海勒姆已经跟上了，杰克·布劳恩走在先知身后时一脸迷惑。唐斯走过萨拉。萨拉虽竭力对抗，双腿却不由自主地移动着。她蹒跚地跟着众人向前走。所有人当中只有塔基扬对真神之光的能力免疫。他神色不宁，僵硬地站在场地中央。萨拉走过他旁边时，他回头看了直升机，双眼怒视前方，任由自己被那股力量拖向寺中。

柱子之中阴暗的凹陷处放着发光的煤油灯，真神之光站在小讲台的高台上。女巫站在他的右手边，萨拉认出左边那个巨大的身形是赛义德。拿着自动武器的守卫在房间里站好位置，萨拉和其他人则一脸困惑地站在讲台旁。

"倾听真神之言。"真神之光缓慢而庄重地说。他的声音咆哮着，就像是某位神灵在说话。其中的震怒和轻蔑让所有人颤抖，思考着为什么建筑没有因声音的力量而颤抖。"至于那些异教徒，由于他们的恶行，厄运将会不断降临在他们身上，或者蜷缩在他们的门口。"他还说："让那些撒谎的罪人承受灾祸！他听到真神的启示，却假装不曾听到，执意继续。那些听到神圣的启示却嘲讽揶揄的人应该受到惩罚。那些否认真神启示的人应该遭受可怕迫害带来的痛苦。"

WILD CARDS

  萨拉感到眼泪止不住地滑过脸庞。这些话似乎像酸液一样灼烧腐蚀着她的灵魂。她的内心在挣扎，想要对着真神之光大叫，并乞求他的原谅。她四处寻找格雷格，看到他站在讲台附近，脖子上的肌腱紧绷着。他似乎是想要伸手去够真神之光，而且他脸上没有后悔的表情。你看不见吗？她想说。你看不到我们错得有多离谱吗？

  随后，虽然真神之光的声音依旧低沉且带有回响，但是那股能量已经消失了。萨拉怒气冲冲地擦掉眼泪，此时对方明亮轻蔑的脸上带着微笑："你们看见了？你们感受到了真神的力量。你们过来是为了了解你们的敌人——现在你们知道了他有多强大。他有着上帝般的力量，你们不可能打败他，就像你们不可能打断世界的脊梁。"他抬起一只手，在他们眼前握拳，"真神的力量就在这里。利用这股力量，我能够将所有异教徒扫除出这片土地。你们觉得我需要靠守卫才能抓住你们？"真神之光啐了一口。"呸！我就靠声音就能将你们囚禁。如果想让你们死，我只要下达命令，你们就会自己去死。我会将以色列夷为平地。我会带走被真神标记的那些人，让他们成为奴隶。我会杀掉那些拥有能力但拒绝归顺真神的人。这就是我所提供的。不谈判，不妥协，只有真神的拳头。"

  "这个我们不能允许。"这是塔基扬的声音，从寺院后面传来。萨拉允许自己在一阵绝望中感到一丝希望。

◆

  "这个我们不能允许。"听到这句话时，格雷格的手指正伸向真神之光的鞋子。玩偶人增强了他的力量，但是就好像真神之光站在山顶，而格雷格只是徒劳地在山脚下伸着手。一滴滴汗水从额头冒出来。赛义德轻蔑地俯视他，甚至不愿意纡尊降贵地把他的手踢开。

  真神之光嘲笑着塔基扬的话："你在挑战我，你这个不信仰真神的人？我能感觉到你，真神之光。我能感觉到你的力量在我的心里探测。你觉得我的心灵能够被攻破，像你的同伴一样？你错了。真神保护着我，真神会惩罚那些袭击他的人。"

但就在他说话的时候，格雷格看见真神之光的脸上紧绷起来。他放射的光芒似乎也暗淡下来，禁锢着格雷格的壁垒也松开了。不管先知如何吹嘘，塔基扬的心灵攻击都奏效了。格雷格突然感到一阵希望。

就在此时，趁着真神之光的注意力都在塔基扬身上，格雷格碰到了先知闪烁的脚。翡翠色的光芒火热地灼烧着，但他没有在意。玩偶人发出胜利的大叫。

但很快他们就退缩了。真神之光在那里。他意识到了，格雷格还感受到了塔基扬的存在。太危险了。玩偶人大喊。他知道，他知道。紧接着格雷格听到后面传来一声闷响，以及被掐住的喊声，于是他回头，正看见了医生。

一个守卫从后方袭击了塔基扬，用乌兹冲锋枪的枪托打了他的后脑勺。塔基扬跪在地上，双手抱着头呻吟。他挣扎着想要站起来，但是守卫又残暴地将他打倒了。塔基扬失去意识，躺在贴着马赛克瓷砖的地面上，呼吸粗重。

真神之光大笑。他俯视着格雷格，后者的手依然徒劳地伸向先知的脚。"你看见了吗？我是被保护的：真神在保护我，我的人民也在保护我。你呢，哈特曼参议员，女巫说你手指上缠着线？你现在还想要我吗？也许我应该给你看看真神的线，让你为他的欢愉而舞蹈。女巫说你是个危险分子，赛义德想杀掉你，所以也许你应该是第一个献祭者。如果你承认你的罪行，乞求真神的原谅然后再自杀，你的人会如何看待你？你觉得会有效吗？"

真神之光用一根手指指着格雷格。"会的。"他说，"我觉得会的。"

玩偶人恐惧地哭泣着。

♥

"会的，我觉得会的。"

米莎不安地听着兄长的话。他所做的一切像是在她脸上扇了一巴掌：招摇地展示被石头砸死的鬼牌，对塔基扬的攻击，此刻傲慢自大的威胁。之前说的话，纳吉布一个字都没有遵守。

纳吉布利用了她，对她撒谎，和赛义德一起。她以为他让自己去大马士革是让自己代表他们，好像如果能够把美国人带过来，就能有机会达成某种共识。但纳吉布其实根本不在乎。她警告过他太过火了，但他并没有听。怨恨在她心里缓慢郁积，溶解了她的信仰。真神，我相信纳吉布身体里你的声音，但是现在他展示的是自己的面孔。也是你的面孔吗？

她的怀疑冲淡了纳吉布声音里的魔力，她胆敢开口打断他。

"你的行动太快了，纳吉布。"她嘶嘶地说，"别让你的骄傲摧毁我们。"

他发光的脸庞扭曲着，话说到一半就停住了。"我是先知。"他斩钉截铁地说，"你不是。"

"那至少听一个能看到未来的人说一句。这是个错误，纳吉布。这不是通向真神的道理。"

"安静！"他嘶吼着出拳。一阵红色让她头昏目眩。剧痛之下，纳吉布的声音变得模糊，她心中的某些东西泄漏了，阻挡着怨恨的壁垒裂开了。那股暴怒寒冷致命，因纳吉布多年来的羞辱和虐待而越发恶毒，其中还带着沮丧、否认和克制。纳吉布以为她会服从，便转头不再看她。他继续言语激烈地长篇大论，声音的力量再次席卷人群。

但她没有受到影响，因为她心里刚刚流出一汪痛苦的池塘。

她看到了他腰带里的刀，知道自己必须行动。这股冲动无比强烈，她无法抗拒。

她跳向纳吉布，胡乱地喊叫着。

♣

萨拉看见真神之光闪耀的手指正对着格雷格。但随后，她的注意力被女巫吸引了过去。虽然被真神之光的声音控制，可她还是皱起了眉头，因为女巫正在颤抖——她盯着兄长，眼神里只有酸涩，别无他物。她用阿拉伯语喊着什么，他转身迎向她，依然闪烁着光芒和力量。两人对话了几句，他打了她。

似乎这一下让她达到了绝妙的疯狂状态。

女巫像一只捕食的大猫一样跳向他，赤手空拳地袭击他，同时还尖叫着。深色的鲜血让他的脸暗淡了下来。她伸手去够他腰带里的长弯刀，从饰有珠宝的刀鞘中抽出，一气呵成地用刀锋划开他的喉咙。他向后倒去。

在那一瞬间，每个人都因为恐惧一动不动，接着房间里爆发出喊叫声，女巫也惊魂未定地站在真神之光身旁，弯刀在白色的手指之中晃荡。赛义德难以置信地怒吼，挥动巨大的手臂，女巫因此倒在地板上。赛义德笨拙地向前走了几步——萨拉吃惊地意识到这名巨人是个瘸子。两名守卫抓住了女巫，拖着她站起来。其他人蜷曲在被击中的真神之光旁边，想帮他止血。

赛义德终于来到女巫身边。他拿起她掉落的刀，盯着上面的暗色污痕。他哀号着，看向天空，想用刀捅了她。

但他却举着刀呻吟起来。他瘫倒在地，仿佛有巨大的重量正把他往下压。赛义德因剧痛而尖叫，武器也从手中掉落。巨大的躯体崩溃了，他的骨骼再也无法支撑他的血肉，每个人都听到了骨骼断裂的咔啪声，让人作呕。萨拉环视四周，看见海勒姆在流汗，右手握拳，指节发白。

赛义德在哭泣，他现在化成了瓷砖上的一摊不成形状的东西。困惑的守卫放开了女巫。

女巫跑了，有个守卫拿着乌兹冲锋枪去追，却被末底改·琼斯打倒在地。杰克·布劳恩闪着金光，解决了真神之光的另一个守卫，把他的躯体扔到了房间的另一边。游隼正在换羽毛，所以无法飞起，但她还是戴上铁爪，袭击了一个守卫。比利·雷欢快地高喊一声，转动身体踢中了他身边一个枪手的膝盖。

女巫穿过拱门，跑掉了。

在一片混乱之中，萨拉找到了格雷格，一阵宽慰席卷全身。她跑过去的时候，宽慰变成了寒冷。

他脸上没有恐惧，没有担心。

他似乎很冷静，他似乎甚至在微笑。

萨拉倒吸一口冷气。她只感到无聊和空虚。"不。"她低声跟自己说。

他会对我做的事，也会对你做。

"不。"她笃定地说，"不会的。"

♠

真神之光的手指谴责地指向格雷格，格雷格明白现在唯一的希望就在女巫内心的痛苦中。真神之光不是他能控制的，他现在懂了。但是女巫是他的。格雷格残酷无情地控制着她的心灵。他把她心中的一切都扔开了，除了恨意，让它不断奔流膨胀。效果比他预计的还要好。

但是他希望女巫去死，希望她永远沉默。肯定是海勒姆阻止了赛义德，他太具有骑士精神，不愿让女巫接受惩罚。但是他一般不会如此残暴地使用他的力量。格雷格责备自己没有预见到这一点，他本可以控制海勒姆，虽然最近他身上涌现出奇怪的色彩，但毕竟他早就是哈特曼的玩偶了。此时机会已然被错过了，真神之光声音的魔力也消失了。格雷格触碰了海勒姆的心灵,看到了微弱却古怪的色彩。但他没时间细想。

人群在尖叫。一把乌兹冲锋枪震耳欲聋地响动。

在一阵骚乱中,格雷格感受到了萨拉的存在。他一转身,发现她正盯着自己。她内心的情绪汹涌地变换着。她的爱意千疮百孔,成了薄薄的一片,下面是膨胀的黄土色怀疑。"萨拉!"他喊道。她的眼神突然避开,看向围在真神之光身边的那些人。

他身边有人在打架。他好像看见比利了,脸上泛着快乐,正冲向一个守卫。

让我拥有萨拉吧,否则你就会失去她。玩偶人听起来莫名忧伤。无论你说什么都无法抵消已造成的损伤。在这个局面中你唯一能挽回的就是她。把她交给我,否则她就会离开。

不,她肯定不知道。她不可能知道。格雷格抗议道,但他知道自己错了。他能够看到她心里的创伤,无论他怎么撒谎,都不可能修补。

他痛苦地进入她的心灵,抚摸着被撕裂的蓝色爱意。格雷格看着玩偶人缓慢小心地用明亮柔软的虚假爱意掩盖她的不信任。

他快速拥抱她。"来吧。"他粗声粗气地说,"我们走了。"

比利·雷正站在一个毫无意识的守卫身上。他用强硬的声音命令他的安保人员就位。 "动起来!你——去医生那边。哈特曼参议员——现在就去!我们马上就走!"还有些人在抵抗,但是真神之光的人民全都震惊了。大部分跪在他俯卧的身躯旁边。先知还活着,格雷格能够感觉到他的惊骇和痛苦。格雷格也希望真神之光死掉,但是没有机会。

格雷格身边响起枪声。布劳恩现在散发出强光,走向躲在暗处的枪手。能听到子弹从他身上弹开的声音。就在布劳恩把武器从那个男人手上扯下来时,哈特曼一声惊呼。一发子弹擦过他的肩膀,冲击力让他趔趄了一下。"格雷格!"他听到萨拉的喊声。

他跪在地上呻吟着。他把手从肩膀上移开,发现手指上都是鲜亮的血迹。整个房间都在他的意识中旋转,玩偶人胆怯地蜷缩起来。

"乔安娜,带他们出去!参议员被打中了!"比利·雷让萨拉让开,蹲在格雷格旁边。他小心地褪去带血的外套,检查伤口。格雷格能从这个男人身上感到一阵宽慰。"你会没事的——是一道长长的擦伤,仅此而已。我来帮你——"

"我自己可以的。"他从咬紧的牙关中挤出这一句,挣扎着站起。萨拉扶住他没有被击中的胳膊,帮他站起来。他呼吸着空气——他身边全是暴力,玩偶人都惊呆了,忘记了进食。他强迫自己思考,忽略了一阵阵的疼痛。"比利,继续。让其他人都过来。"没有多少可做的。真神之光的人民纷纷走向他们的先知。游隼已经出去了,琼斯和布劳恩保护着莱昂斯和其他要人出去。海勒姆将塔基扬变为几乎毫无重量,帮助他走出去,与此同时这位医生的头无力地摇晃着。没有人过来阻碍他们撤退。

萨拉和格雷格一起逃离,格雷格靠在她身上。跌跌撞撞地坐在直升机座椅上时,她温柔地拥抱了他。"我很高兴你安全了。"她低声说。直升机的叶片撕破夜晚的空气,她握着他的手,格雷格觉得像是握着娃娃的木头手。毫无感觉,一点也没有。

泽维尔·德斯蒙德的日志

2月7日，阿富汗，喀布尔

我今天身体非常难受。代表团的大部分成员都去参观各种历史景点了，但是我再次选择留在酒店。

我们的旅程……我该怎么说？叙利亚登上了世界各地的头条。我们的媒体团人数翻倍，他们都迫切地想要知道沙漠中发生了什么。这一次，我很遗憾没能参与。隼跟我描述了当时的情况……

叙利亚触动了我们每一个人，包括我自己。我的痛苦并非全部由癌症引发。有的时候我异常疲惫，就会回忆我的人生，思考自己是否做过什么好事，又或是所做的一切毫无意义。我试着为我的同类发声，想用理性、尊严和共同的人性来团结我们所有人，而且我一直坚信，从长远来看能让我们走的更远的是沉默的力量、坚持和非暴力。叙利亚让我思索……如何与真神之光那样的人讲理性，如何让他妥协，如何跟他谈话？他甚至不拿你当人看，你如何跟他讨论人性？如果真有上帝，那么我祈求他的宽恕，因为我真心希望他们杀死真神之光。

海勒姆离开了团队，不过只是暂时的。他许诺会跟我们在印度会合。他先从大马士革飞到罗马，再乘坐协和飞机回美国，现在应该已经到纽约市了。他宣称王牌高级餐厅出了紧急情况，需要他亲自处理，但我猜测真相是叙利亚对他的触动很大，只不过他不愿意承认。飞机上盛行的传闻是海勒姆在沙漠里失控了，他用毫无必要的巨大力量袭击了赛义德将军，当然，比利·雷不觉得海勒姆做得过分。"如果是我，我肯定不断加大力量，直到他变成地面上一摊棕色和红色的痕迹。"他告诉我。

沃切斯特自己拒绝谈论这个话题，而且坚称暂时离开我们只是因为他吃厌了葡萄叶饭卷。但就算在他开玩笑的时候，我也注意到他宽阔光秃的额头上涌起的汗珠和手上的一阵颤抖。我希望短暂的休整能让他恢复回来。我们在一起旅行的时间越长，我就越尊重海勒姆·沃切斯特。

不过就像俗语说的"乌云有金边"，叙利亚那场可怕的意外也带来了一件好事：格雷格·哈特曼在死亡边缘走了一遭之后，他的地位好像大幅度提升了。十多年来，他的政治生涯一直被1976年鬼牌镇暴动的阴影笼罩，他在公众面前丢了魂，但是在我看来，他的表现只不过说明他是个普通人——毕竟他刚刚看到一个女性被暴民撕成碎片。但是公众不允许总统候选人像其他人那样哭泣、悲伤或者暴怒，马斯基在1972年证明了这一点，哈特曼在1976年再次确认。

这宗悲剧性的意外最终平息了。在场的每一个人都同意哈特曼的行为堪称楷模——他坚毅勇敢、头脑冷静，面对真神之光残暴的威胁也展示出了勇气。美国的所有媒体都刊登了他们撤退时的照片：背景是海勒姆帮助塔基扬进入直升机，前景是满脸尘土的哈特曼参议员在等待，虽然白色的衬衣上浸透鲜血，但他依旧冷静坚强。

格雷格依然坚称他不会成为1988年的总统候选人，而且确实，所有民调都显示共和党的提名战中加里·哈特领先优势巨大，但是叙利亚和那张照片显然让他声名大振。我发现我急切地希望他能重新考虑。我对加里·哈特没什么意见，但是格雷格·哈特曼是个很特别的人，也许对于我们这些染上百变王牌的来说，他是最后的希望。

如果哈特曼失败了，我的全部希望也会跟着失败，到那时，除了向黑狗求助，我们还有什么选择？

◆

我猜我应该写点关于阿富汗的东西，但并没有多少可记录的。我没有力气去看喀布尔的景点。这里有很多苏联人，但他们都彬彬有礼。我们短暂停留期间，总觉得战争就在不远处。有两个阿富汗鬼牌被展示给我们看，他俩都信誓旦旦地说（通过苏联人翻译），在这里鬼牌过着田园牧歌式的生活。不过我不太相信。如果我的理解没错，整个阿富汗也只有这两个鬼牌。

　　一叠卡牌从巴格达直飞喀布尔。去伊朗是不可能的。在百变王牌的问题上，阿亚图拉的很多观点和真神之光一致，而且他不仅是名义上的领袖，还是实际上的管理者，所以就连联合国也不允许我们在伊朗降落。不过至少阿亚图拉不会区别对待鬼牌和王牌——在他看来，我们都是撒旦的孩子，都是恶魔。显然他还没有忘记吉米·卡特想要解救人质的那次倒霉尝试，六个政府王牌被派去执行秘密任务，却把事情搞砸了。有传闻说刽子手是这些王牌之一，不过比利·雷断然否认。"如果派我去了，我们会把我们的人救出来，而且还会狠狠地踢那个老男人的屁股。"他在司法部的同事黑女士只是把黑色斗篷裹得更紧了一些，然后神秘莫测地笑了。还常常有人会把西北风的父亲飓风和这次可怕的任务联系起来，但这种事情她是不会说的。

　　明天早上我们将会飞跃开波尔山口并进入印度，一个完全不同的世界，一整块延伸的次大陆，这里拥有仅次于美国的世界第二大鬼牌人口。

2月12日，加尔各答

　　和我们这趟旅程中所见过的其他土地一样，印度这块土地既奇怪又绝妙……但我不知道是否应该将其称为一块土地，因为它似乎像是一百多块土地统一而成。我很难将喜马拉雅、莫卧儿人宫殿、加尔各答的贫民窟和孟加拉丛林联系在一起。印度人本身就生活在十几个不同世界里，这里有老迈的英国人，假装总督依旧像1947年之前那样统治印度；还有王公和行政长官，没有正式的名分，但实质上是这里的国王；以及肮脏都市的大街上那些乞讨者。

　　印度有太多东西。

WILD CARDS

在加尔各答,不管你去哪里,都能看见街道上有鬼牌。他们像乞讨者、赤裸的孩童和尸体一样常见,同时以上这些人经常也都是鬼牌。作为一个信奉印度教、伊斯兰教和锡克教的国家,绝大部分鬼牌似乎都是印度教徒,但是考虑到伊斯兰教对鬼牌的态度,这一点也没什么好奇怪的。印度教为鬼牌发明了一个新种姓,比贱民还要低很多,不过至少允许他们活着。

有趣的是,我们发现在印度没有鬼牌镇。这个国家的文化早就因为种族和民族而产生了很大分歧,各方之间的仇恨根深蒂固,从1947年加尔各答鬼牌暴动就能明显看出来,还有同年全国范围内的大屠杀。尽管如此,今天你还是能看到三种不同信仰的居民住在同一条街上,鬼牌和耐特,甚至和极少数有同情心的王牌共享同一片可怕的贫民窟。不过,他们对彼此的善意也就到此为止了。

印度本地的王牌数量也在猛增,其中一些力量强大。挖掘者心情极好,跑到这个国家的各地打算把他们全部采访一遍,或者至少采访那些同意见他的。

相比之下,拉达・奥莱利明显不愿待在这里。她看起来像是印度皇室,至少她母亲那边有皇室的血统……她父亲是爱尔兰探险者。她的族人进行各种围绕象头神和黑色母亲卡莉的印度教仪式,对他们而言,百变王牌赋予了她能力,所以她命中注定要成为象头神的新娘,或者类似的。无论怎样,她似乎非常确信自己处境危险,会被绑架并被迫回到家乡,所以除了新德里和孟买的官方招待会,她都一直待在酒店里足不出户,同时让刽子手、黑女士及其他安保人员随时待命。我觉得她会很愿意再次离开印度。

塔基扬医生、游隼、西北风、幻想、巨魔与哈莱姆铁锤在孟加拉进行了猎虎之旅,刚刚回来。他们的主家是印度的一个王牌,能够点石成金的王公。他创造出的金子内在不稳定,二十四小时之后就会变成原本的形态,不过变换的过程足以杀死任何一个活物。而且他的宫殿被广泛认为是一道壮丽的景观。点石成金故事里的两难局面也被他解决了——他让仆人喂他吃。

探险归来之后塔基扬精神状态不错，自叙利亚之后我还是第一次看见他心情这么好。他穿着金色的尼赫鲁外套，戴着相配的头巾，上面还镶着一个拇指大小的红宝石。看起来王公送礼的时候很阔绰。就算几个小时之后外套和头巾就会变成普通的料子，也没有妨碍我们对今天活动的热情。闪闪发光的捕猎盛会、壮丽的宫殿和王公成群的妻妾似乎都使塔基扬想起自己在家乡作为伊尔卡赞王子所享受的愉悦与特权。他承认，就算在塔基斯星也看不到捕猎之旅最后的景象，这些吃人野兽被逼到绝境，王公冷静地走过去，摘掉金手套，触碰一下，就将这头巨大的野兽变为纯金。

正当我们的王牌们接受变出来的金子或者捕猎老虎时，我一天都在追寻没那么特别的东西，杰克·布劳恩出乎意料地陪在我身边，他被邀请和其他人一起去打猎，但是他拒绝了。我和布劳恩穿过加尔各答去参观了印度人给厄尔·桑德森建立的纪念碑，就在他从一次暗杀行动中拯救圣雄甘地的地方。

这座纪念碑很像印度教寺庙，里面的雕塑看起来像不太重要的印度神，而不是为罗格斯队效力的美国黑人橄榄球球员，不过……桑德森对这些人来说确实像个神。雕像脚下堆满了崇拜者留下的各种贡品。这地方人很多，我们等了很长时间才得以入内。圣雄在全印度都受到尊重，他的名气似乎也让人们更加能够记住为他挡住刺杀者子弹的美国人。

我们进去之后布劳恩几乎没有说话，只是盯着雕像像是希望它能够活过来。这一场参观让我很感动，但也带来了一些不快。在场的高种姓印度人因为我明显畸形的外表而对我眼神冷酷。而且只要有人靠布劳恩太近——在这样一个人群密集的地方，这种情况很常见——他的生物力场就会开始闪烁微光，给他镀上一层鬼魂般的金色光芒。我

WILD CARDS

觉得紧张感占了上风,所以我打断了布劳恩的遐想,匆忙地带着他出来了。也许我反应过度了,但就算那群人中有一个认出杰克·布劳恩,就可能会触发大规模的可怕场景。回酒店的路上,布劳恩郁郁寡欢,缄默不语。

甘地也是我个人心中的英雄,虽然我对王牌的情感很复杂,但是必须承认我很感激厄尔·桑德森挺身而出救了甘地的命。因为如果一个伟大的非暴力先知死于刺客的子弹,那也太过怪诞了。而且我认为如果他这样死了,印度自身会被撕裂开,最后就是世界从来不曾见识过的兄弟相残和血流成河。

如果1948年真纳死后,甘地没能活着领导这片次大陆的重新团结,巴基斯坦这个奇怪的双领袖国家能存在至今吗?全印度国会党会不会像他们威胁的那样,取代所有的小统治者,吞并他们的领地?这个管理分散、有着无尽分歧,却拼凑在了一起的国家本身的形状就是圣雄之梦的体现。我无法想象如果没有他印度的历史会是怎样的走向,所以至少在这个方面四大王牌在世上留下了真正的印记,可能也证明了,一个坚定不移的人真能让历史向好的方向发展。

回去的路上,我发觉杰克·布劳恩沉默寡言,于是说了以上这些。恐怕作用不太大。他耐心地听我说完后,开口道:"救他的是厄尔,不是我。"之后又陷入沉默。

♥

海勒姆·沃切斯特遵守承诺,今天坐着协和飞机从伦敦回到我们团队中。在纽约的短暂停留之后,他整个人都完全不同了。之前热情洋溢的他又回来了,他迅速说服塔基扬、末底改·琼斯和幻想跟他一起去探寻加尔各答最辣的咖喱肉。他还强行拉上游隼一起去觅食,但是这个主意似乎让她脸都绿了。

明天早上鱿鱼神父、巨魔和我会一起去恒河,根据神话传说,鬼牌沐浴圣水之后所有痛苦就都能被治愈。我们的向导告诉我们已经有数千个记录在案的例证了，但是我持怀疑态度，不过鱿鱼神父坚持说在卢尔德也有鬼牌被奇迹般治愈的例子。也许我应该尝试一下，跳进圣水里。我猜一个得了癌症的将死鬼牌没资格当个怀疑论者。

我们也邀请了蝶蛹一起，但是她拒绝了。这几天她似乎最愿意待在酒店的酒吧里，喝着苦杏酒，玩着无止境的单人纸牌游戏。她跟记者团里的两个人关系越来越好，一个是萨拉·摩根斯特恩，还有个是无处不在的挖掘者唐斯。我甚至还听到有人说她和挖掘者睡在一起了。

♣

再说回恒河，我必须实话实说。我脱了鞋子和袜子，卷起裤脚，把脚放在了圣水里。过了会儿，我仍然个鬼牌，唉，双脚都弄湿了的鬼牌。

顺便说一句，圣水很脏，而且在我等待奇迹的时候，有人把我的鞋子偷走了。

♣ ♦ ♠ ♥

印度之泪

沃尔顿·西蒙斯

科伦坡人一早就开始等待类人猿了，警察也很难让他们远离码头。有一些甚至越过木质隔板，被很快抓住，扔进了明黄色的警车里。有些人坐在停好的车里，带孩子的把孩子架在肩头。大部分人都老老实实地待在警戒线后面，伸长脖子等着看一眼当地媒体口中的"了不起的美国怪物"。

两架巨大的起重机从驳船上吊起巨大的类人猿。它被绑起来了，浑身软弱无力，深色的皮毛从钢丝网里透出来。唯一能证明他还活着的就是它缓慢起伏着的十五英尺宽的胸膛。起重机一起旋转的时候发出一阵刺耳的啸叫声。类人猿被带到了最近粉刷的绿色火车车厢上方，然后被放到其中宽阔的钢板上，正在这时，这个无盖货车发出了吱呀一声。人群发出零星的欢呼和鼓掌声。

这和他几个月前的幻象一样——人群、平静的海面、晴朗的天空、他脖子后面的汗水——全都一样。幻象从不撒谎。他明确知道接下来的十五分钟左右会发生什么，那样他就可以回到正常的生活。

他调整了尼赫鲁衬衣的领子，冲着最近的警员亮出自己的政府证件。对方点点头，闪身让他通过。他是内政部长的特别助理，因此他的工作职责非常宽泛。有时他要做的就是当当保姆，会见一下外宾。但比起二十多年在海外大使馆的经历，他更喜欢现在这份工作。

车厢旁有二三十个美国人。大部分穿着浅灰色的安保制服，忙着用链子把野兽锁住。他们一边忙一边留心着类人猿，并没有表现出害怕。一个穿着夏威夷印花衬衫和百慕大格子短裤的高个男人站在远处，和一个穿浅蓝色棉质背心裙的女孩聊天。两人都戴着红黑色的"类人猿之王"鸭舌帽。

他走向高个男人，点点他的肩膀。

"现在不行。"这个男人甚至没有转过头来看他。

"丹佛斯先生？"他更用力地再次点了点对方的肩膀，"欢迎来到斯里兰卡。我是G. C. 贾亚瓦德纳。你上个月打电话跟我说了你的电影。"贾亚瓦德纳会说英语、僧伽罗语、泰米尔语和荷兰语。他在政府里的位置需要他有这种能力。

这个电影制片人转过身来，脸上毫无表情。"贾亚瓦德纳？噢，对。政府里那个人。很高兴见到你。"丹佛斯跟他握了手，"我们现在很忙。你应该能看出来吧。"

"当然。如果不麻烦的话，你们运送类人猿的时候我可以一起吗？"贾亚瓦德纳禁不住对它的大小表示惊叹。这个怪兽比四十英尺的阿华卡纳佛像①还大。"近看显得更大。"

"不是闹着玩的。但是电影上映之后，把它弄过来所耗费的血泪和汗水都值了。"他指着怪兽，"这个宝贝的效果棒极了。"

贾亚瓦德纳用手捂住嘴，试图掩盖困惑的表情。

"宣传效果。"丹佛斯微笑道，"我猜，必须得小心使用业内俗语了。当然了，G. C. 你可以跟我们一起坐在VIP车厢里，就在这位多毛的朋友前面。"

"谢谢。"

巨大的类人猿呼出一口气，张开的嘴巴将尘土搅动起来，化为一小片云。

"效果棒极了。"贾亚瓦德纳说。

---

① 位于斯里兰卡，西元五世纪时，由僧伽罗王朝（Sinhalese）国王达图塞纳（Dhatusena）委托艺匠雕在一块独立的花岗岩断崖上。四十英尺约等于十二米。

WILD CARDS

♠

火车车轮在老旧的铁轨上发出有规律的咔嗒声，让贾亚瓦德纳放松下来。他第一次坐岛上火车时还是个孩子，在之后的四十多年里，他坐过无数次这种火车。穿蓝色裙子的女孩后来自我介绍说叫宝拉·柯蒂斯，她现在正看向窗外梯田上的茶园。丹佛斯则拿着一根红色毡尖笔研究地图。

"好。"他说着把笔尾抵在嘴唇上，"我们坐火车到终点站，也就是卡鲁河上游附近。"他把地图平摊在膝盖上，用笔指出那一点，"那我们就到了乌德瓦拉维国家公园的边缘，罗杰应该已经为我们侦查出了不少好位置。对吧？"

"对。"宝拉回答道，"如果你相信罗杰的话。"

"他是导演，亲爱的，我们必须相信他。我们请不起更好的人，很可惜，但是大部分预算都用来做特效了。"

乘务员端着个托盘走过来，上面有一盘盘加咖喱的米饭和一团团蒸熟的米线。贾亚瓦德纳微笑着拿了一盘，并对这位年轻乘务员表示了感谢。这个男孩长着一张圆脸和一个大鼻子，显然和贾亚瓦德纳一样，他也是僧伽罗人。

宝拉的眼神从窗外回到车内，过了好一会儿才拿了一盘。丹佛斯挥挥手让男孩离开。

"我不确定自己明白了。"贾亚瓦德纳吃了一口米饭，简单嚼了一下就吞下去了。对他来说，咖喱里面的肉桂太少了。"既然有这个五十英尺高的类人猿，为什么还要花钱做特效呢？"

"就像我之前说的，这个怪物的宣传效果很棒。但是这玩意实在不可能按照要求表演，更不要说还会给身边人带来极大危险。我们可能有几个镜头会用到它，还有声效也绝对需要它，但是大部分的东西都要用微缩模型来拍。"丹佛斯用手指从宝拉的盘子里抓了一点饭，送到自己嘴里,然后耸耸肩。"等电影开画的时候,影评人就会说他们甚至分不清哪个是真的哪个是用模型拍的,人们就会觉得这是一项挑战,明白吗。他们觉得自己能看出区别。票就是这么卖出去的。"

"显然宣传价值比不上从纽约穿越半个地球把它运过来的花费。"贾亚瓦德纳用餐巾轻轻擦嘴。

丹佛斯抬起头向上看,咧嘴一笑。"实际上这个类人猿没花钱。是这样的,它时不时会逃出来,到处打砸。每次它这样,纽约城就得陷入各种官司。如果它不在纽约,就造成不了那么大伤害了。我们接手处理这个东西,他们几乎都想付钱给我们。当然了,我们必须确保它不出问题,不然动物园就会失去最大的卖点之一。所以才会有那些穿灰衣服的安保。"

"那如果类人猿在这里逃跑了,你们电影公司就要负责任。"贾亚瓦德纳又吃了一口。

"我们时刻都让它保持麻醉状态,而且跟你说实话,它似乎对什么都没兴趣。"

"除了金发女人。"宝拉指指她棕色的短发,"幸运的我。"她目光回到窗外。"那是什么山?"

"圣足山。亚当峰。山顶有个足迹,据说是佛祖本人的。是个非常神圣的地方。"贾亚瓦德纳每年都去山顶朝圣。他打算最近几年一直去,只要能排出时间。这一次他希望能净化心灵,以后不要再看见幻象。"真的假的。"宝拉用手肘顶了丹佛斯一下,"我们有时间到处转转吗?"

"再看吧。"丹佛斯说着又去够米饭吃。

贾亚瓦德纳把他的盘子放下。"不好意思。"他站起身来走向车厢后部,把门拉开,走向平台。

巨大类人猿的头颅离他站的地方只有大概十二英尺。它的眼睛一眨一眨的,凝视着亚当峰的圆顶。类人猿张开嘴巴,舌头向后,展示出巨大的黄白色牙齿。这头怪兽的喉咙里发出一阵隆隆声，比火车引擎还要响。

"它要醒了！"他冲坐在货车后部的安保人员大喊。

他们小心翼翼地向前，抓住侧面的扶手稳住自己，避开类人猿被铐住的双手。一个安保仔细看住怪兽，步枪对准它的头。类人猿手臂上还插着静脉注射针，其他守卫正在换瓶子。

"谢谢。"一个守卫冲着贾亚瓦德纳挥手，"现在好了。这东西能让他睡上几个小时。"

类人猿扭过头来直直地看着他，又转回去看亚当峰。它叹了一口气，闭上了眼睛。

怪兽棕色的眼睛里有些他无法识别的东西，他停留了一会儿就回到了自己的车厢内。喉咙里咖喱的回味有点酸涩。

◆

他们在黄昏时到达营地，其实应该算是个匆忙用帐篷和移动建筑搭建起来的城市。这里的活跃程度比不上贾亚瓦德纳的预期。大部分剧组人员只是坐着聊天或者玩牌。只有动物园的安保忙忙碌碌，小心地将类人猿送上一辆后车厢很大的卡车。它依然因为药物而昏迷不醒。

丹佛斯让宝拉介绍贾亚瓦德纳给众人认识。导演罗杰·温特斯忙着改剧本。他穿得像演员弗兰克·S. 巴克一样，还戴了遮阳帽来掩盖日渐稀疏的头发。宝拉带着贾亚瓦德纳从导演身边走开。

"你不会喜欢他的。"她说，"没人喜欢他。至少我认识的人都不喜欢。但是他能按时把人都召集起来。这里有个你会感兴趣的人。你还没结婚，对吗？"

"丧偶。"

"噢，对不起。"她冲一个金发女人招手，后者正坐在营地主建筑前面的木头阶梯上。她穿着黑红色的"类人猿之王"T恤衫，紧身蓝色牛仔裤和皮靴。

"宝拉你好。"金发女人甩甩头发说，"你的这位朋友是？"

"罗宾·西姆斯，来见见 G. C. 贾亚瓦德纳先生。"宝拉说完，罗宾伸出手来。贾亚瓦德纳轻握了几下。

"很高兴见到你，西姆斯女士。"贾亚瓦德纳欠身，却尴尬地发现自己的胃部太鼓，衬衣紧紧地裹在身上。他看到营地里仅有两位女士，现在都他身边，这让他受宠若惊。作为外国人，她们俩都很美丽。他擦擦眉头上的汗水，好奇她们身着纱丽时会是什么样。

"我必须先把丹佛斯安顿好。要不你们俩就一起玩一会儿吧。"他们都还没有回答，宝拉就走开了。

"你姓贾亚瓦德纳？跟朱尼厄斯·贾亚瓦德纳总统是亲戚关系吗？"

"不是，这是个很常见的姓。你对这里感觉如何？"他坐在她旁边。这些阶梯很热，不太舒适。

"呃，我才待了几天，但是这里很美。对我来说有点太热了，我是从北达科他州来的。"

他点点头。"我们这里拥有能想象出的所有美景。沙滩、山峦、丛林、城市。每个人都能找到喜欢的。当然，除非喜欢寒冷天气。"

沉默了一会儿后，罗宾开口。"所以。"她的手拍在大腿上，"你干什么了，为什么政府会决定让你过来跟我们一起？"

"我算是外交人员。我的任务就是让外国访客开心，或者至少试图让他们开心。我们喜欢保持友好国家的名声。"

"嗯，我显然没看到跟这个名声相悖的事情。我遇到的人都善良得要命。"她指向营地边缘的一排树木，"但是动物就不一定了。你知道他们今天早晨发现了什么吗？"

他耸耸肩。

"一条眼镜蛇。就在那里。天啊。这种事情在北达科他州绝对遇不上。"她一阵战栗,"大部分动物我都能对付,但是蛇……"她扮了个鬼脸。

"这里的自然完整且和谐。"他微笑着,"但你肯定觉得我很无趣吧。"

"不,完全没有。你肯定比罗杰有趣,还有灯光师和摄影师。你会在这里待多久?我的意思是,会跟着电影公司多久。"

"基本上你们的整个行程我都会跟着,不过我明天要回科伦坡几天。塔基扬医生,还有从你们国家来的一大群人明天会到。为了研究病毒对我们国家的影响。"一阵寒战窜上他的脊柱。

"你真是个大忙人,对吧?"她抬起头来看。摇摆的树顶旁边光亮已经开始暗淡。"我要去睡觉了。你最好也去睡吧。宝拉会告诉你该去哪里。她什么都知道。丹佛斯要是没了她,一部电影都制作不出来。"

贾亚瓦德纳看着她离开,叹了一口气,因为他回忆起了一段他觉得最好还是忘记的快乐记忆,然后他起身走向宝拉离去的方向。他必须睡一会儿,才能保证明天回去的时候神清气爽。但是对他而言,睡觉一直是难事。他惧怕做梦。他已经学会了要惧怕。

♥

他醒来的时候正在狠狠咬着右手,甚至咬出了血。他疲惫地呼吸着,睡衣上沾满汗水。周围的世界闪着微光,慢慢才聚焦。又一个幻象,关于未来的碎片。虽然他进行了祈祷和冥想,但这些幻象越来越频繁了。唯一的些许宽慰是这一次的幻象跟他无关,至少没有直接关联。

他穿上裤子和鞋子,拉开帐篷走到外面。他安静地走向锁着类人猿的卡车。有两个人在守着。一个靠着驾驶室,另一个坐在地上,背靠满是泥土的巨大轮胎。他们两个手里都拿着步枪和点燃的香烟,正在轻声交谈。

"什么事?"贾亚瓦德纳走近的时候靠着驾驶室的那个守卫问道。他懒得举起步枪。

"我想再看一眼类人猿。"

"大晚上的?明天早上天亮了看得更清楚。"

"我睡不着。而且我明天就回科伦坡了。"他走到怪物旁边,"这只类人猿第一次出现是什么时候?"

"1965年纽约城大停电。"坐着的那个回答道,"突然出现在曼哈顿。没人知道它是从哪儿来的。也许跟百变王牌有关。人们是这么说的。"贾亚瓦德纳点点头。"我要走到另一边,看看他的脸。"

"不要把头放在它嘴里就行。"守卫把烟蒂扔到地上。贾亚瓦德纳走过的时候把它踩灭了。

类人猿的呼吸炽热、鲜活,但并不污秽。贾亚瓦德纳等待着,希望这头野兽能够再次睁开眼睛。幻象告诉他这双眼睛背后有什么,可是他还想再看一眼。梦境以前都不曾错过,但要是他跟当局说了一件事情,后来却证明是错的,那他的名誉就全毁了,而且他还会被质疑是怎么知道的。他希望能在不显露自己非凡能力的情况下回答这些质疑。时间太短,这个问题可不太好解决。

类人猿双眼紧闭。

丛林里夜晚的声音比平常还要遥远。动物们都跟营地保持距离。贾亚瓦德纳希望这是因为它们都感知到了类人猿,感知到了其中的错误。他瞥了一眼手表。几个小时之后天就亮了。明天早上第一件事就是去找丹佛斯,之后回科伦坡。向来听说塔基扬医生能创造奇迹,所以转移类人猿会是他的任务。幻象里展示的很清晰。也许这些外国人甚至能帮助他——如果朝圣没有用的话。

他走回自己的帐篷,接下来的几个小时里向佛祖祈祷,希望能少

WILD CARDS

得到一些启示。

♣

丹佛斯睡眼惺忪地从主建筑里出来的时候已经九点多了。贾亚瓦德纳喝了第二杯茶，但还是行动缓慢，好像是身体被泥巴裹住了。

"丹佛斯先生，我在离开之前必须和你聊一聊。"

丹佛斯打着哈欠点点头。"好。听着，在你走之前，我希望拍点照片。你知道的，整个剧组和类人猿。能给通讯社的东西。要是你能在里面就更好了。"丹佛斯又打了个哈欠，更大的哈欠，"老天啊，必须给我来点咖啡了。现在小伙子们应该把一切都布置好了。拍完照之后我会有几分钟空闲时间，那个时候我们可以谈谈。"

"我想最好是现在就谈，私下聊聊。"他看向丛林，"也许可以离开营地一会儿。"

"去丛林里面？我听说他们昨天杀了一条眼镜蛇。我绝对不去。"丹佛斯向后退，"拍完宣传照之后我再跟你聊，之前不行。"

贾亚瓦德纳抿了一口茶，走向卡车。对于丹佛斯的态度他既不吃惊也不厌恶。这个男人肩上扛着几百万美元的项目。这种压力能搞垮任何人，让他们害怕不需要害怕的东西。

大部分剧组成员已经聚集在了巨大类人猿旁边。宝拉坐在前面咬指甲，同时浏览着项目时间表。他在她身旁跪下。

"看你跟我们所有人一样也上了国王陛下的钩。"宝拉说着，并没有抬头。

"恐怕是的。你看起来睡得不太好。"

"不是我睡得不太好，而是我没有睡。我一整晚都跟罗杰还有D先生在一起，不过这种事很平常。"她把头向后仰，缓慢地绕圈，"嗯，罗杰，罗宾和大老板来了之后，我们的快乐就到头了。"

贾亚瓦德纳把剩下的茶喝掉了。晚些时候，一车车的群众演员就会到达，大部分是僧伽罗人，也有一些泰米尔人。所有被选中参演这部电影的都会说英语，这点不太难达到，毕竟这个岛在历史上跟英国有点联系。

丹佛斯跟罗杰一起出现。这个制作人看着眼前的一群人，眯起眼睛："类人猿不应该冲着那一面。来个让卡车调转方向。"

一个穿灰衣服的守卫挥挥手，跳进驾驶室，发动了卡车。

"好的。大家都让开，就能快点把车子转过来。"丹佛斯示意大家往他那边靠。

有人吹口哨，贾亚瓦德纳转过身。罗宾向着人群走过来。她穿着一件银色贴身长裙，脸上并没有笑意。

"我为什么必须现在就穿？拍摄时要长时间穿着就够糟糕的了。我大概会中暑。"罗宾把手放在胯上，皱着眉头。

丹佛斯耸耸肩。"在丛林里拍摄就是很烦人的。你接这个角色的时候就知道了。"

罗宾嘴唇紧抿着，没有说话。

卡车的位置调整好了，丹佛斯拍拍手："好了各位，回到你们之前的位置。我们尽快把这个搞定。"

一个守卫走向丹佛斯，贾亚瓦德纳靠近一点，正好能够听到他们的对话。

"我感觉移动开车的时候把它弄醒了。拍照之前需要我再给他打药吗？"

"不用。如果这个鬼东西能有点活着的样子，照片看起来会更好。"丹佛斯摸摸下巴，"还有拍完之后喂点吃的。再把它弄昏。"

"好的，先生。"

贾亚瓦德纳在卡车前面自己的位置站好。类人猿的呼吸异常了，他转过身，发现类人猿眼睛睁开了，瞳孔扩大。这双眼睛缓慢地移动着，看看照相机，后来停留在罗宾身上，突然明亮起来，闪烁着决心的光芒。贾亚瓦德纳感觉到自己皮肤一阵寒战。

类人猿深吸一口气，怒吼起来，这声音堪比一百头狮子。贾亚瓦德纳立马跑起来，却撞上了另外一个也在逃跑的人，摔倒了。类人猿在卡车里前前后后地晃动。一个轮胎已经没气了。这头野兽继续吼叫，还拉扯着锁链。贾亚瓦德纳挣扎着站起来。他听见金属变形的尖锐声音，随后是砰的一声巨响，锁链断了。随之而来的是四处纷飞的金属碎片。一块击中了守卫，他尖叫着倒下去。贾亚瓦德纳跑过去帮助这个男人站起来。身后的大地颤抖着。他转头想看看，但类人猿已经跑到了他们前面。贾亚瓦德纳又转头面向受伤的男人。

"肋骨断了，我猜，大概断了两根。"守卫咬着牙关说，"我会没事的。"

一个女性在尖叫。贾亚瓦德纳放开身边的守卫向前冲去。越过可移动建筑的锡制屋顶，他能看到类人猿身体的大部分。它弯下腰，用右手拿起什么东西。是罗宾。他听到了枪响，于是想要跑快点。他的体侧隐隐作痛。

类人猿抓起一顶帐篷扔向一个守卫，后者正举起步枪准备再次开枪。帆布帐篷落在他身上，让他失了准头。

"不，不！"贾亚瓦德纳喊道，"你可能会伤到那个女人。"

这头怪兽目光掠过营地，用空着的那只胳膊轻蔑地冲着人类挥动，然后进入了丛林。在它巨大的深色胸膛映衬下，罗宾西姆斯看起来软弱苍白。

丹佛斯双手抱头："妈的。我们现在怎么办！这就不应该发生。锁链可是钛钢制造的。怎么可能发生这种事情。"

贾亚瓦德纳把手放在这位制作人的肩头。"丹佛斯先生，我需要你最快的车和最优秀的司机。你要是跟我们一起就更好了。"

丹佛斯抬起头："我们去哪里？"

"回科伦坡。一群你们国家来的王牌几个小时之后回来。"他笑容勉强,"多年以前我们的岛被称为锡兰,发生幸运巧合的地方。"

"感谢上帝。我们还有机会。"他站起来,脸上又有了血色,"我去筹备。"

"需要找人帮忙吗?"宝拉用袖子轻轻擦拭眼睛上的一道伤口。

"越多人帮忙越好。"丹佛斯说道。

类人猿再次吼叫,但似乎已经是在遥不可及的远方了。

♠

车子沿着道路加速,颠簸地通过路上的每个突起和凹陷。他们还在拉特纳普勒外面几英里。贾亚瓦德纳坐在前排,指挥司机。宝拉和丹佛斯沉默地坐在后排。转过弯之后,他看到前面有几个穿橙红色长袍的佛教僧人。"停下!"他喊道,司机也踩了刹车。车子打滑,离开了路面,滑动了一会儿后停了下来。拿着铲子在路上清理的佛教僧人们让到一边,示意他们通过。

"他们是谁?"宝拉问道。

"僧人。属于一个适用技术组。"司机开回路上时贾亚瓦德纳回答道。路过僧人旁边时他向他们鞠躬,"他们大部分时候都在做这种工作。"

他打算到达拉特纳普勒之后就打电话,让政府了解目前的情况,阻止动用军事力量来袭击这个生物。考虑到它能造成的损坏,要攻击它也很困难。塔基扬和王牌们会是答案。他们必须是。他的腹部像火烧一样。他的计划不应该完全依赖他从未见过的人,但是他没有别的选择。

"我在想是谁让他发疯了?"丹佛斯问道,声音轻柔到几乎听不见。

"嗯。"贾亚瓦德纳转头面向他们,"他看向了照相机,然后是西姆斯女士。就像是他脑子里有哪根弦搭上了,立马就从昏迷状态醒过来了。"

"要是她出了什么事，那就全是我的错。"丹佛斯眼睛低垂，看着泥泞的地板，"我的错。"

"所以我们必须加倍努力，确保她不会出事。"宝拉说，"好吗？"

"对。"丹佛斯软弱无力地说。

"记住。"她拍拍他的肩膀，"是美女杀死野兽，不是反过来。"

"但愿我们能解决这个问题，美女和野兽都别死。"贾亚瓦德纳回过头看路。他看到拉特纳普勒的建筑就在前面，"我们进城之后开慢点。我告诉你怎么走。"他想告诉军方目前的情况，之后再回科伦坡。贾亚瓦德纳窝在汽车座椅里，希望今晚睡得好一点。今天的工作可能会延续到明天，甚至后天。

◆

回到科伦坡时刚过中午，成员们径直去了贾亚瓦德纳的家。是栋很大的白色住宅，屋顶铺着红色瓦片。就算在他妻子还健在的时候，这里的空间也显得太大了。现在他一个人住在这里，像是椰子在空荡的货车车厢里晃来晃去。他给办公室打了电话，发现美国代表团已经到达了，正住在格拉德雷·艾美酒店。把丹佛斯和宝拉安顿好之后，他来到花园圣祠，再次宣誓《五诫》。

之后他匆忙穿上干净的白衬衣和裤子，抓了几口凉米饭吃。

"你现在要去哪儿？"他开门准备走的时候宝拉问道。

"找塔基扬医生和其他美国人说类人猿的事。"她从沙发上站起来的时候他摇摇头，"你们现在最好休息一会儿。不管情况如何，我会打电话的。"

"好。"

"我们可以拿点东西吃吗？"丹佛斯已经打开了冰箱门。

"当然。自便。"

路上车子很多,就连贾亚瓦德纳指示司机走的海滩路都交通堵塞。车子的空调坏了,在去酒店的半路上,他干净的衣服上已经浸满汗水。

电影公司的司机索尔减缓速度,打算停在格拉德雷·艾美酒店门口时引擎熄火了。他转了好几次钥匙,但只听到啪嗒的声音。

"看。"贾亚瓦德纳指向酒店门口。人们三三两两站在主要入口处,有什么东西飘向了空中。它们飘动时贾亚瓦德纳把手放在眼睛上挡住光。一个是成年的印度象,很常见,但是这一只在飞。背上还坐着一个满身肌肉的男人。这只象的耳朵张开着,看起来是在飞行时帮助转向的。

"飞象女孩。"索尔说。街道上的人群纷纷停下脚步,在他们飞过时无声地用手指着。

"你随便处理这辆车。"他告诉索尔,后者此刻已经把引擎盖掀开了。

贾亚瓦德纳快速走向酒店的大门。他推开坐在人行道上摇头的门童,走进昏暗的大厅。酒店工作人员忙着点蜡烛,同时让酒吧和餐厅里的客人安心。

"服务员,拿点饮料过来。"男人的声音从酒吧传出来。他说的是美国口音的英语。

贾亚瓦德纳让眼睛适应了一下昏暗的光线,小心地走到酒吧里。酒保正在吧台后的镜子旁安装灯具。贾亚瓦德纳掏出手帕,擦擦满是汗水的额头。

他们都坐在卡座里。有个高大强壮的男人,留着深色铲形络腮胡,穿着量身定制的蓝色三件套西装。他对面坐着另一个男人,中年,但是健康优雅,坐在卡座里就像是坐在王座上。他觉得这两个男人有点眼熟,接着他立马就认出了坐在他们中间的那个女人。她穿着露肩低胸黑裙子,边上装饰着亮片。她的皮肤是透明的。他很快把眼神从她身上移开。她的骨头和肌肉反射光亮的样子让他难受。

"不好意思。"他走向他们,"我叫贾亚瓦德纳。我是内政部的。"

"有什么事吗?"身形高大的男人从他的饮料里拿起一个牙签串住的樱桃,用精心修剪过的大拇指和食指捏住转动。

另一个男人微笑着站起来,跟贾亚瓦德纳握手。这个姿态是精心设计的,多年练习得来的政治家式问候,"我是参议员格雷格·哈特曼。很高兴见到你。"

"谢谢你,参议员。希望你的肩膀好点了。"贾亚瓦德纳在报纸上读到过那场意外。

"没有媒体说得那么严重。"哈特曼看着卡座的另一端,"折磨着樱桃的那位叫海勒姆·沃切斯特。这位女士是——"

"蝶蛹,我猜。"贾亚瓦德纳鞠躬,"我能加入你们吗?"

"当然。"哈特曼说,"我们能为你做些什么呢?"

贾亚瓦德纳坐在海勒姆旁边,后者庞大的身躯挡住了蝶蛹的一部分。他觉得她看起来格外让人不安,"恐怕有好几件事情。飞象女孩和那个男人是要去哪儿?"

"当然是去抓类人猿。"海勒姆看着他,就好像看着一个丢人的亲戚,"还有保护那个女孩。我们才知道这件事。抓捕野兽也算是个传统了。"他停了一下:"王牌的传统。"

"能抓到吗?我觉得光是飞象女孩和一个男人可能做不到。"贾亚瓦德纳转向哈特曼。

"跟她一起的那个男人是杰克·布劳恩。"蝶蛹说。她的口音偏英国而不是美国。"黄金男孩。他什么都能抓住,包括且不限于巨大类人猿。虽然他最近没怎么休息好,身上的光芒都有点微弱了。"她用手肘推了海勒姆一下:"你不觉得吗?"

"我个人并不在乎布劳恩先生的情况。"海勒姆搅动着他饮料里小小的红色塑料剑,"而且我认为他对我也是这个态度。"

哈特曼咳嗽了一声，"至少他们能够保证女演员的安全。你们政府的工作就会简单很多。"

"是的。但愿吧。"贾亚瓦德纳不断折叠打开一张餐巾纸，"但救援应该先小心谋划。"

"对，他们走的时候确实火冒三丈的。"蝶蛹说完，抿了一口白兰地。

贾亚瓦德纳感到哈特曼的眼中闪过一丝狡黠，不过很快说服自己那是光亮的缘故。"能不能告诉我在哪里可以找到塔基扬医生？"

海勒姆和蝶蛹都大笑起来。哈特曼保持着仪态，给了他们一个不满的眼神，"他现在不方便见客。"

蝶蛹招呼服务员，指指自己的杯子："这次他是想在哪个女服务员那里碰运气？""楼上，一起被困在黑暗里。如果有什么能帮助塔基扬克服他内心的难关，那现在就是最好时机。所以你现在不能去打扰他。"海勒姆一手拈着塑料剑，另一只手握成拳头。塑料剑落下来，插在桌面上。"明白了吗？"

"要不要我们帮你给他带个信？"哈特曼没有搭理海勒姆，问道。

贾亚瓦德纳掏出他的蛇皮钱包，递给哈特曼一张名片。"请让他尽快联系我。我下午会很忙，但是他打我家里电话就能找到我。是下面那个号码。"

"我尽量。"哈特曼说完，站起来和他再次握手，"希望走之前我们还能再见面。"

"很高兴认识你，贾亚瓦德纳先生。"蝶蛹说。他觉得她大概在微笑，但是无法确定。

贾亚瓦德纳准备离开，但是中途停下了，他看到两个人进了酒吧。一个贾亚瓦德纳猜测快四十岁了，身材高大，满身肌肉，肩膀上扛着摄影机。身边的那个女人美若天仙，跟贾亚瓦德纳之前看过的照片一样漂亮。就算没有翅膀她也够引人注目。

游隼这样的美妙景色他愿意为之停留。他闪身,让他们走到卡座上跟其他人坐在一起。

他走的时候大厅里还在点蜡烛点灯。

♥

类人猿逃了之后不太好安排直升机,但是基地指挥官欠他不止一个人情。飞行员胳膊夹着头盔,在直升机里等着贾亚瓦德纳。他肤色深,是个泰米尔人,军队目前正计划整合各方武装力量。飞行器本身是个过时的巨大模型,缺乏新式攻击舰那种光滑的空气动力学结构。橄榄色油漆剥落,露出里面的金属,橡胶也有点平了。

贾亚瓦德纳冲飞行员点点头,用泰米尔语和他说:"我要求带一个扩音器。"

"弄好了,长官。"飞行员打开门爬进驾驶舱。贾亚瓦德纳跟着。年轻的泰米尔人正在对着表检查,打开各种开关,检查仪表盘。

"我还没坐过直升机。"贾亚瓦德纳说着扣上安全带。他拉了拉安全带,想测试一下安全性,发现边缘有磨损,于是有些不快。

飞行员耸耸肩,戴上头盔,转动曲柄,启动引擎,然后抓住操纵杆,让叶片转起来。叶片呼呼的噪声响起,直升机缓慢起飞。"我们去哪里,长官?"

"去拉特纳普勒,亚当峰。"他咳嗽一声,"我们要找一个飞象上的男人。美国王牌。"

"要和他们交战吗?"飞行员的声音冷酷专业。

"不,不,不需要那样。只是观察他们。他们在追逃跑的类人猿。"

飞行员深吸一口气,点点头,然后打开无线电,拿起话筒,"狮子基地,这里是阴影一号。能不能给我一些关于飞象的信息?完毕。"

一阵沉默之后基地的回答带着静电的噼啪声传来:"据报告,你的目标从科伦坡向正东边前进。速度约为一五零千米每小时。完毕。"

"明白。通话完毕。"飞行员检查指南针,调整了航线。

"但愿我们能在他们找到类人猿之前找到他们。我觉得他们可能不知道具体该去哪里找,不过这个国家也不大。"贾亚瓦德纳指向前面的乌云,就在此时其中划过一道闪电,"在这种天气里我们安全吗?"

"相当安全。你觉得美国人会蠢到飞到风暴里去?"他将直升机对准云层当中较薄的一部分。

"难讲。我不了解这些人。不过他们之前抓住过这一只。"贾亚瓦德纳向下看。点缀着茶园、水稻田和贮水池的土地正平稳地向上升。从空中看,涨水的稻田像是一块破碎的镜子,一块块的甚至像能够重新拼凑起来。

"前面有东西,长官。"飞行员从座位下面掏出一副望远镜递给他。贾亚瓦德纳拿过来,用衬衣下摆擦擦镜片,看向飞行员指的方向。确实有东西。他转动调节旋钮,对焦。飞象上的人正指着地面。

"是他们吗?"贾亚瓦德纳把望远镜放在膝盖上说,"靠近点,让他们能听清楚。"他举起扬声器。

"好的长官。"

贾亚瓦德纳的嘴巴和喉咙都干干的。直升机靠近之后他打开窗户。王牌们似乎还没有注意到他们。他打开扩音器,把音量调到近乎最高。他越过树顶看到了类人猿的肩膀,也就明白了为什么美国王牌没有注意到直升机。直升机盘旋时他把扬声器伸出窗外,"飞象女孩。布劳恩先生。"贾亚瓦德纳觉得喊一个成年男性黄金男孩不太适当,"我叫贾亚瓦德纳。我是斯里兰卡政府官员。你们能听清楚我的话吗?"他每个字都说得很慢很小心。扩音器被抓在汗津津的手上,微微颤动。

杰克·布劳恩挥挥手,点点头。怪物也停下来抬头看,露着牙齿。他把一棵树顶上的叶子都弄掉了，罗宾被放在两根光秃枝干中间的弯曲部分。

"尽可能去拯救女人，但是别伤害类人猿。"贾亚瓦德纳的声音从直升机里传出来，有点不清楚，布劳恩却竖了个大拇指，示意他知道了。"我们待命。"贾亚瓦德纳说。

类人猿伸手从地上抓了一把土，用手掌捏实，吼叫着将土球砸向王牌们。飞象向下躲开了，这个球继续往上飞。贾亚瓦德纳看到它就要击中直升机了，于是紧紧抓住座椅。泥土砰的一下打在直升机侧面，导致直升机开始旋转，但是飞行员很快控制住了飞机，并将其拉高。

"最好保持安全距离。"飞行员说，确保能看得见类人猿，"要是近一点，我猜我们已经不在空中了。"

"对。"贾亚瓦德纳缓慢呼气，擦擦额头。雨滴开始落在挡风玻璃上。飞象女孩飞到距类人猿五十码的地方，并且下降到了树顶的高度。布劳恩从她身上跳下来，消失在了下层灌木中。飞象发出呼呼的声音向上飞，远离怪物。类人猿咆哮着捶打胸口，声音就像是地下发生了爆炸。

对峙局面持续了一两分钟，类人猿向后倒，快要碰到地面时才稳住。飞象女孩快速朝着树上的女人飞去。类人猿向她挥舞手臂。飞象立刻回撤，身形有些晃动。

"撞上她了？"贾亚瓦德纳问飞行员，"我们要不要过去帮忙？"

"我觉得我们帮不上什么忙。大概只能分散它的注意。但是我们会被撞上的。"飞行员让操纵杆待在两膝盖之间，擦了擦手掌上的汗。

类人猿嘶吼着向下伸手，拿起了什么东西。杰克·布劳恩在这个生物手里挣扎，想要把巨大的手指撑开。类人猿把他放到张开的大嘴上方。

"不。"贾亚瓦德纳说着把头别了过去。

野兽再次怒吼，贾亚瓦德纳又看过去。怪兽用另一只手抚摸它的嘴。布劳恩显然毫发无损，他背靠着类人猿的其他手指，推开了他的拇指。怪兽像棒球投手一样甩手，把布劳恩打飞了。几秒钟之后他落在丛林中离类人猿几百码远的地方。

泰米尔飞行员嘴巴微张，让直升机转向布劳恩消失的那一点。"它想吃他，但他还是不认输。我猜他打坏了恶魔的一颗牙齿。"

飞象女孩跟在他们身后。类人猿把罗宾从树上拿起，在一阵胜利的怒吼之后它再次开始在丛林中跋涉。贾亚瓦德纳咬着嘴唇，盯着树顶看哪里有断裂的树枝，来定位布劳恩。

雨势越来越大，飞行员打开了雨刮器，"他在那儿。"泰米尔人说，将速度减慢，让飞机盘旋。布劳恩在爬一棵大椰子树。他衣衫破烂，但是没看出来有伤。飞象女孩飞过去，用鼻子卷住他的腰，让他坐在自己背上。布劳恩俯身抓住她的耳朵。

"跟着我们。"贾亚瓦德纳透过扩音器说，"我们带你们回空军基地。你还好吗，布劳恩先生？"

黄金王牌再次竖起大拇指，这一次没看他们。

贾亚瓦德纳沉默了几分钟。也许他的幻象错了。野兽看起来非常邪恶。要是普通人的话早就被它的牙齿绞成烂泥了。不。幻象一定是对的。他不能允许这种自我怀疑，否则类人猿就毫无机会了。

他们在风暴来临之前到达科伦坡。

♣

贾亚瓦德纳在塔基扬门口停住了。对方打电话的时候他还在睡觉。塔基扬道歉说不该这么久之后才打电话，还列举了理由。贾亚瓦德纳打断了他，问自己能不能马上过去一趟。医生答应了，不过声音不怎么热情。

他敲敲门，等待了一会儿，抬起手正要再敲门，就听见脚步从另一头传来。开门的时候塔基扬穿着一件泡泡袖白衬衣,蓝色天鹅绒裤子,腰上系的是红色大围巾。"贾亚瓦德纳先生?请进。"贾亚瓦德纳鞠躬之后就进去了。

塔基扬坐在床上,床头有一幅邓欣达瀑布的油画,床头柜上则放着红色羽毛帽和吃了一部分的一盘米饭。"你就是直升机里那个贾亚瓦德纳先生?拉达跟我提过。"

"对。"贾亚瓦德纳坐在了床边的躺椅上,"我希望布劳恩先生没有受伤。"

"只有原本就破损的自尊受了点伤。"塔基扬闭上眼睛,好像试图积聚力量,一会儿又睁开。"请你告诉我我该怎样帮助你,贾亚瓦德纳先生。""军方计划着明天攻击类人猿,我们必须阻止他们,并且亲自制服那个生物。"贾亚瓦德纳揉揉眼睛,"但我不打算一开始就动手。军方能应对残酷的现实,但是你,医生,你能创造奇迹。我不认识你,但我处在一个必须信任你的位置。"

塔基扬把晃荡的双脚牢牢地放在地板上,肩膀摆正。"我这辈子的大部分时间都在试图不辜负他人的信任。我只能期盼这信任是有根据的。但是你说我们必须阻止军方然后亲自制服类人猿。为什么?他们显然拥有更好的装备——"

贾亚瓦德纳插话:"如果我理解的没错,病毒不会影响动物。"

"我知道病毒不会影响动物。"塔基扬说的时候红色卷发晃动着。"是我帮忙开发病毒的。每个孩子都知道……"他捂住嘴,"先祖们,原谅我。"他从床上滑下来,走向窗户,"二十年来它一直盯着我的脸,但我错过了。就因为我盲目愚蠢,致使很多人生不如死。我又让别人失望了。你不该信任我。"塔基扬的拳头压在太阳穴上,就像斥责自己。

"抱歉,医生。"贾亚瓦德纳说,"将你的能量用在当前的问题上可能更有益。"塔基扬转过来,脸上是痛苦的表情。"我无意冒犯,医生。"他感觉到了对方有多么自责，于是补充道。

"不，你没有冒犯我。贾亚瓦德纳先生，你是怎么知道的？"

"我们国家没感染病毒的人不多。我是少数人之一。我猜能活下来我就应该感激了，但是我们的本性就是喜欢抱怨。我的能力让我得以看到关于未来的幻象。基本都是关于我了解的某个人或者某个地方，通常是关于我自己。细节丰富，非常逼真。"他摇摇头，"最近的一个向我展示了类人猿的真实本性。"

塔基扬坐回床上，指尖轻敲。"我不明白的是它为什么会展现出那么原始的行为。"

"我确定他变回人之后我们的大部分问题就解决了。"

"当然，当然。"塔基扬又从床上跳起来，"还有你的能力。梦境状态下认知自我的时间转移。我的家人创造病毒时想的就是这个。能够超越已知物理学定律。了不起。"

贾亚瓦德纳耸耸肩。"对，了不起。但也是个我很乐意放弃的负担。我想以正常的方式看到未来。这种能力摧毁了生活的自然流动。帮类人猿复原之后，我打算去圣足山朝圣。也许通过灵魂净化，我可以摆脱它。"

"我的医院里曾经成功地逆转过病毒效果。"塔基扬扯动腰带，"当然了，成功率比不上我的期望，而且你自己要承担风险。"

"我们必须先对付类人猿。之后，我的前路可能会更清晰。"

"要是时间多点就好了。"塔基扬抱怨道，"我们的团队后天就要启程去泰国了，所以我们一点错误都不能犯。而且我们不能全都去追那个生物。"

"我觉得政府也不会答应。尤其今天的事情发生之后。你们的人越少越好。"

"同意。我不敢相信其他人就那样走了。有时候我觉得我们都承受着某种潜藏的精神错乱。尤其是海勒姆。"塔基扬走向窗户，打开小百叶窗。光亮从地平线上闪现，短暂地照亮了低空中雷暴云的轮廓。"显然我得参加这次小冒险。拉达能帮到我。她有一半印度血统。你们国家和印度最近有矛盾，对吗？"。

"很不幸，是的。印度人支持泰米尔人，因为他们有同样的文化传承。大部分僧伽罗人认为这就是在支持'泰米尔老虎'，一个恐怖组织。"贾亚瓦德纳看着地板，"这场争端没有赢家，只有太多受害者。"

"所以我们必须有个借口。就说拉达想躲起来，怕有性命危险。她可能会有其他问题的答案。"塔基扬拉上百叶窗，"有哪些武器是我们能用来对付类人猿的？"

"两拨直升机。第一拨会拉着钢丝网靠近。第二拨会是全副武装的战斗直升机。"

"第二拨起飞之后你能不能带我们溜进基地？"塔基扬摩擦着手掌。

"也许。嗯，我想可以。"

"好。"塔基扬微笑道，"还有，贾亚瓦德纳先生，我要为自己辩护一下，我这辈子做过很多事情，建立医院，鬼牌镇的动荡局面，群虫入侵——"

贾亚瓦德纳打断了他的话，"医生，你不用跟我解释。"

"但我得跟他解释。"

♠

他们在靠大门几英里的地方停下，让拉达钻进行李箱。贾亚瓦德纳抿了一口塑料杯子里的茶，铜红色，够浓够烫足以驱散黎明前的寒冷。因为去空军基地的道路颠簸，所以他的杯子没有倒满。不过他内心寒冷的痛苦就连热茶也无法治愈。就算是最好的情况，他也会被迫辞职。他现在正在僭越他的权力，这是无法原谅的。但是他现在不关心接下来自己会发生什么。目前的首要任务是类人猿。他和塔基扬一整晚都没睡，试图想出所有可能发生的状况，以及如果最糟糕的情况发生了该怎么办。

贾亚瓦德纳和索尔一起坐在前排。塔基扬在后排，坐在丹佛斯和宝拉中间。没有人说话。快到灯火通明的大门口时贾亚瓦德纳开始掏他的政府证件。

门口的守卫是个年轻的僧伽罗人。他的肩膀和卡其布裤子上的褶一样平坦。他眼睛明亮，以完全一致的步距，走到了贾亚瓦德纳这一侧。贾亚瓦德纳摇下车窗，把证件递给他："塔基扬医生和美国电影公司的两名代表还有我自己，希望能和迪萨纳亚克将军谈谈。"

守卫看着证件，又看向车里的人。"等一下。"他说完走向了大门旁边的小亭子，拿起了电话。打了一会儿电话之后守卫走回来，把证件和五个塑膜访客卡递给他们："将军会跟你们见面。他现在在办公室。你知道怎么过去吗，长官？"

"知道，谢谢。"贾亚瓦德纳说完把车窗又摇了上去，把一张访客卡夹在了衬衣口袋上。

守卫打开大门，用红头手电筒示意他们进去。车子开过去大门就关上了，贾亚瓦德纳舒了一口气。他给索尔指路，开到了办公楼，然后拍拍司机的肩膀："你知道该怎么做吗？"

索尔把车子缓缓停在两条已经褪色的黄线之间，取下钥匙，用食指和拇指拿着，"只要后备箱能打开，我就不可能搞砸。"

他们走出车子，沿着人行道走向办公楼。贾亚瓦德纳听见头顶有直升机叶片划过空气的声音。进门之后，塔基扬就一直待在贾亚瓦德纳旁边，后者带着他们在铺着油毡的走道里穿行。塔基扬忙着摆弄珊瑚粉色衬衣上的袖扣。宝拉和丹佛斯则紧紧跟着他们，低声交流。

将军外部办公室里的下士正在喝茶，他抬起头，挥手示意他们进去。将军坐在桌子后面宽大的转椅上。他中等身高，身形匀称，长着暗色的深邃双眼，几乎没有表情。军方的某些人觉得只有四十五岁的迪萨纳亚克太年轻，不应该当将军，但他在对付"泰米尔老虎"这个激进分裂组织时坚定而有控制力：既避免了大屠杀，又没有显得软弱无力。贾亚瓦德纳敬佩他。他们进去的时候将军点点头，指着杂乱的桌子对面的几张椅子。

"请坐。"迪萨纳亚克说，嘴唇抿成半个微笑。他的英语没有贾亚瓦德纳那么好，但还是很容易明白。"见到你总是很高兴的，贾亚瓦德纳先生。当然，还要欢迎其他尊贵的访客。"

"谢谢将军。"贾亚瓦德纳等到其他人就座才继续说，"我们知道你很忙，也很感谢你能抽出时间。"

迪萨纳亚克看着他的金表点点头。"对。我应该要准备开始行动了。按照计划，第一拨就在我们说话这会儿起飞。所以，"他拍拍手，"请你们尽可能简洁。"

"我们觉得你不应该攻击类人猿。"塔基扬说，"据我所知，它没有伤害过任何人。到目前为止有伤人的报道吗？"

"没有报道，医生。"迪萨纳亚克向后靠在椅背上，"但是怪兽正向着亚当峰进发，如果不采取措施，几乎可以肯定会造成伤亡。"

"那罗宾呢？"宝拉说，"你用攻击直升机去追类人猿，她有可能会被杀死。"

"如果我们什么都不做，会有数百人被杀死。如果它到达了某个城市，这个数字甚至会达到上千。"迪萨纳亚克咬着嘴唇，"我的责任就是阻止这种事情发生。我明白这意味着你的朋友会处于险境。请你放心，我们会用所有可能的手段营救西姆斯女士。我的人会牺牲他们自己的性命来救她，如果有必要的话。但是对我来说，她的安全和所有受到威胁的人的安全一样重要。请你们试着理解我的立场。"

"不管我们说什么，你甚至都不考虑推迟袭击？"塔基扬用手把眼睛前面的头发捋开。

"类人猿离亚当峰很近。每年这个时候,那里都会有很多朝圣者。没时间将所有人都撤离了。如果推迟行动,肯定会有人丧命。"迪萨纳亚克站起来,从桌面上拿起帽子,"现在我必须去履行我的职责。如果你们愿意,可以观摩这次行动。"

贾亚瓦德纳摇摇头。"不用了,谢谢。感谢你抽出时间来见我们。"

将军伸出手。"我也希望能提供更多帮助。祝我们大家好运,包括那只类人猿。"

天空逐渐亮起来了。索尔靠在门上,叼着一根没点燃的香烟。塔基扬和贾亚瓦德纳走到他旁边,丹佛斯和宝拉进了车。

"计划执行得怎么样?"贾亚瓦德纳问。

"她出来了,躲起来了。应该没人注意到。"索尔掏出一个塑料打火机,"现在?"

"机不可失。"塔基扬说着钻进了车后座。

索尔轻轻一按,盯着火苗看了一会儿,点燃了香烟。"我们赶紧得离开这辆道奇。"

"五分钟。"贾亚瓦德纳快步走到车子的另一边。

他们在大门旁边停下。守卫缓慢走过来,抬起手:"请交出你们的卡。"

贾亚瓦德纳取下他的卡交给守卫,其他人也一一交了。

"该死。"丹佛斯说,"我的掉了。"

索尔打开车内灯。贾亚瓦德纳看着手表。他们没时间搞这个。丹佛斯把手伸进座位和车门之间的缝隙,做了个鬼脸,把卡片拿出来迅速交给守卫,后者接过后回到自己的岗哨,把门打开了。

大门吱呀地在他们身后关上时只剩不到两分钟了。索尔猛踩油门,加速到五十码,同时尽可能地避开路上的大坑。

"但愿拉达能做到。她还从来没有把力量运用到这么大范围。"

塔基扬的手指像打鼓一样敲打在座椅上。他转身回头看："我们够远了，我觉得。在这儿停。"索尔靠边停下，他们全都从车里出来，看向基地。

"我不明白。"丹佛斯蜷缩在车子后部一侧，"我的意思是，她能做的也就是变成大象。这怎么能帮到我们呢？"

"对，但是质量必须从某个地方来，丹佛斯先生。最容易转换的能量来源是电力。"塔基扬看着手表，"还有二十秒。"

"你知道，如果你能让你的电影这么惊险刺激，D先生……"宝拉摇摇头，"加油，拉达。"

整个基地突然陷入寂静与黑暗，"老天。"丹佛斯跳了起来，"她做到了。"

贾亚瓦德纳看着地平线处的灰色天空。一个深色身影从更大的黑暗阴影里跳出，向他们冲了过来，时不时还会发出蓝色光芒。

"我猜她可能电充得太满了。"塔基扬说，"但是没有枪响。估计他们还不知道是怎么回事。""这很正常。"丹佛斯说，"因为我也不太明白到底发生了什么。"

"据我理解，"索尔靠在前排座椅上发动汽车，"这段时间不会有直升机从这里起飞了。还有昨天飞象女孩欠我一个新电池。"

拉达飞过来，在车旁降落。她每在地上走一步，就会有火花溅出来。贾亚瓦德纳觉得她比前一天看起来大一点。塔基扬走过去，踩到了她的前腿，触碰的时候他的头发像是小丑的假发那样全竖起来了。拉达把他拖上背部。

"我们很快会见面，如果一切顺利的话。"塔基扬挥着手说道。

贾亚瓦德纳点点头，"我们开到亚当峰大概要一个小时，用最快速度向西北方飞。"

大象悄无声息地飞向空中，所有人都没有多说什么，他们就消失不见了。

♦

道路很狭窄。密集的树木长在边缘并向前无尽地延伸。除了一辆公交车和几辆马车,他们一直孤独前行。贾亚瓦德纳跟众人解释类人猿到底是什么和他是怎么知道的。这一路上大家都在讨论他的王牌能力。索尔尽可能在满是泥巴的道路上前进,花费的时间比贾亚瓦德纳预想的最佳情况还要短。

"不过有一件事我不明白。"后座上的宝拉凑到前排,脑袋靠着他,"如果幻象永远是对的,那为什么还要这么努力确保事情发生呢?"

"对我来说没有选择。"贾亚瓦德纳说,"我不能让幻象指示我如何生活,所以我试着忽略幻象。而且对未来有一点了解其实很危险。最后的结果不是我唯一关心的。过程中发生的事情也同样重要。我是知道类人猿最终会恢复人性,但如果有人会被它杀死,那我会因为造成了死亡而感到内疚。"

"我觉得你对自己太苛刻了。"宝拉轻捏他的肩膀,"一个人能做到的只有那么多。"

"这些是我的信仰。"贾亚瓦德纳转头看向她的眼睛。她也看了他一眼,然后退回后排,坐在了丹佛斯旁边。

"前面出事了。"索尔用一种平静到几乎漠不关心的语气说。

他们在一个山顶。最近一百码左右的路两旁都没有树,所以他们的视线完全不受阻挡。

圣足山顶依然环绕着清晨的雾气。直升机盘旋在山脚下某个不明物体周围。

"你觉得他们是在追我们的小伙儿?"丹佛斯问道。

"基本上确定。"贾亚瓦德纳心想要是带了望远镜就好了。其中一个盘旋的身影可能是拉达和塔基扬,但是距离太远无法看清。清晰的视野消失了,他们再次进入丛林。

"要我提速吗?"索尔把香烟按在烟灰缸里。

"只要能活着到那儿就行。"宝拉说着系紧了安全带。

索尔在油门上加了一点力道,车后溅起一阵泥土。

♥

他们停在挡住路的两辆废弃公交车后面。除了野兽和攻击它的人之外,现场看不见其他人。朝圣者要么逃上山了,要么顺着路向下去山谷里了。贾亚瓦德纳在石阶上尽可能地快速前进,其他人跟在后面。直升机阻止了类人猿爬太高。

"有看见我们的大象吗?"丹佛斯问道。

"在这里看不见。"贾亚瓦德纳的体侧已经因为尽力攀登而隐隐作痛。就在他停下来小憩时,看见其中一架直升机扔下一张钢丝网。类人猿用一声吼叫作为回应。但是他们看不清钢丝网有没有套中目标。他们继续在石阶上走了几百码,路过一个空荡且完好的休息站。直升机还在攻击,不过似乎数量减少了。贾亚瓦德纳在潮湿的石板上滑了一跤,膝盖撞到了石阶边缘。索尔夹着他的腋下把他拉起来。

"我没事。"他痛苦地伸直腿部,"我们继续。"

一只大象在远处发出呼呼声。

"快点。"宝拉说着,一次跨过两级石阶。

贾亚瓦德纳和其他人在他后面快跑,又爬了几百码之后他让他们停下。"我们必须抄近路越过山的正面。走起来很危险。尽可能抓着树木。"他走上潮湿的泥土,抓着椰子树保持平衡,然后缓慢朝着战斗的方向走去。

走得足够近时,他们凭借比类人猿略高的身高,看清了全局。怪兽一只手上是钢丝网,另一只手上是光秃秃的树木。它像是个拿着网与三叉戟的角斗士一样把拉达和剩下的两架直升机逼上绝境。贾亚瓦德纳没看到罗宾，但是他估计野兽又把她放在树顶了。

"好吧，既然我们都到这里了，该怎么做？"丹佛斯靠着一棵木菠萝树，呼吸粗重。

"我们去救罗宾。"宝拉在短裤上擦拭沾满泥巴的双手，向着类人猿走了一步。

"等一下。"丹佛斯抓住她的手，"我不能再失去你。等等看塔基扬能做些什么吧。"

"不。"宝拉说，"我们必须趁着类人猿注意力分散的时候去救她。"

这两个人狠狠瞪了彼此一会儿，此时贾亚瓦德纳走到他们中间："我们再靠近一点，然后看看能怎么办。"

他们半走半滑地下了斜坡，之后遇上一个淤泥深厚的平台。贾亚瓦德纳感觉有泥土进鞋子了，很不舒服。还是看不到罗宾，但是类人猿没有注意到他们。

最后一架直升机到达类人猿上方，扔下了网。类人猿用手头的树木一端把它打到旁边去了，并把树木砸向正在撤退的直升机，后者不得不突然转弯才得以避开。类人猿敲打胸膛，怒吼着。

拉达和塔基扬从后面接近，他们现在处于树顶的高度。类人猿向下伸手，捡起一张钢丝网，甩动起来。砰的一声，网的边缘打中了拉达的前腿。塔基扬从她背上滑落下来，挂在耳朵上。拉达向上飞，把塔基扬重新拽上她的肩膀。

类人猿赤手空拳地捶打地面，握紧又松开它巨大的黑色双手。"我看不出他们还能怎么办。"丹佛斯说，"那东西太强大了。"

"我们继续看。"贾亚瓦德纳说。

塔基扬凑近拉达的巨大耳朵中的一个。飞象如同石头一样下坠了一会儿，然后快速绕着类人猿的头转圈。类人猿抬起手臂，身体扭来扭去，试图看清敌人。过了一会儿，飞象比类人猿快上了半圈，就在此时,拉达径直飞向类人猿的后背。塔基扬跳上它的脖子,飞象快速退回,以保持安全距离。类人猿弓着背,试图去够正抓着它肩膀上厚实皮毛的塔基扬。怪兽轻而易举地把他扯了下来,拿在手里查看,它吼叫了一声,把塔基扬往嘴里送。

"要命了。"丹佛斯一边说一边拉住宝拉。

怪兽几乎就要把塔基扬放进嘴里了,却忽然停住,痉挛似的抽搐了一会儿,向后倒去。这股冲击力把树叶上的水都震落了,连贾亚瓦德纳和同伴脸上的泥巴都变成了一道道的。贾亚瓦德纳快速向下朝着类人猿跑去,这会儿可顾不上膝盖上的伤了。

到达那个生物身旁时,塔基扬已经从紧握的手指里逃了出来。他快速从巨大的身躯上滑下,扶着贾亚瓦德纳稳住自己。

"老天啊!你是对的,贾亚瓦德纳先生。"他深吸了几口气,"这个野兽体内确实有个男人。"

"你是怎么阻止它的?"丹佛斯问道。他跟其他人都站在远一点的地方。"还有罗宾在哪里?"

"准备回北达科他州了。"附近一个树顶上传来虚弱的声音。罗宾招招手,开始想办法下来。

"我去看看她的情况。"宝拉说完就跑过去了。

"先回答你的第一个问题,丹佛斯先生。"塔基扬数着衬衣上不见了几颗纽扣,"大脑的大部分已经跟类人猿一样了,而且主要内容是一部黑白老电影。但是人类性格还存在,只不过被类人猿的心智压制住了。我暂时给了它们同样的控制力,也就出现了停滞状态,所以它就被麻痹了。"

丹佛斯似懂非懂地点点头,"那我们现在怎么办?"

"塔基扬医生会将它恢复成人类状态。"贾亚瓦德纳揉揉腿,"军方不可能一直不介入。我们没有多少时间了。"像是为了强调他的发言,一架直升机出现了,在他们头上盘旋一会儿,后又离开了。

塔基扬点点头，看向贾亚瓦德纳："你在幻象里看到恢复人形的过程了。好奇地问一句，我受伤了吗？"

贾亚瓦德纳耸耸肩，"很重要吗？"

"不重要，我觉得不重要。"塔基扬咬着指甲，"物质，才是最重要的。我们要恢复他的人类大脑，所有多余物质都会作为能量脱落。附近的任何人，包括我自己，都有可能会被杀死。"

贾亚瓦德纳指着正在帮助罗宾下树的拉达说："如果你在天上，或者总之不在地上，那危险就会最小化。如果能量被导向类似闪电的东西……"贾亚瓦德纳看着头顶的天空。

"嗯，这个想法是可行的。"塔基扬点点头，冲着拉达喊："暂时不要变回去！"

几分钟之后，所有人都就位了。贾亚瓦德纳坐在宝拉旁边，罗宾的头靠在宝拉的膝盖上。索尔和丹佛斯站在几码之外。拉达距离地面十英尺左右，用鼻子卷起塔基扬，让他距离类人猿的头仅几英尺。索尔把衬衫撕了给飞象女孩和塔基扬当眼罩。他们坐得虽然远，也能听见野兽粗重的呼吸声。

"你们最好闭上眼睛，或者把脸转过去。"贾亚瓦德纳说。其他人照他说的做了。

眼前的景象占据了他的感官，贾亚瓦德纳能感觉到被他呼出的空气。他闻着潮湿的森林，听见鸟儿在唱歌，还有远处直升机叶片转动的声音。太阳从云朵里探出来。一只蚂蚁爬上了他的腿。他闭上眼睛。透过紧闭的眼睑，他还是感受到了镁发出来的光亮。只听一声巨响，震耳欲聋。他不自觉地跳起来，等待片刻之后才睁开眼睛。

因为之前的亮光，他眼前依然有道白色条纹，不过他还是看见塔基扬跪在一个瘦弱赤裸的高加索男人旁边。拉达逐一踩灭身边燃起的一圈小火苗。"我怎么跟中央公园动物园解释这个？"丹佛斯一脸迷茫地问。

"不知道。"贾亚瓦德纳说完,缓慢地走向塔基扬,"在我看来,会有很好的宣传效果。"

塔基扬帮着赤裸的男人站起来。他中等身高,长相普通。他动动嘴,但是没发出声音。

"我觉得他毫发无损。"塔基扬说着,肩膀撑着对方的腋窝,"谢谢你。"

贾亚瓦德纳摇摇头,从裤子口袋里拿出三个一样的信封。"该发生的事情总会发生。军方出现的时候,他们会出现的,我希望你把这些给他们,说是我给他们的。一个给总统,一个给国务大臣,最后一个给内政部长。"

塔基扬接过信封,收起来了。"我明白了。"

"至于我,我打算去圣足山山顶朝圣。也许能够帮助我达成目标,摆脱幻象。"贾亚瓦德纳再次走向石阶。

"贾亚瓦德纳先生。"塔基扬说,"如果朝圣没有用,我愿意尽我所能来帮助你。也许可以试着用某种精神阻尼器来阻碍你的能力。我们明天就走了。我猜你们政府也很乐意看到我们离开。但是我们很欢迎你跟我们一起走。"

贾亚瓦德纳鞠躬之后走向宝拉和罗宾。

"贾亚瓦德纳先生。"罗宾声音嘶哑。金发全都缠绕在一起,还混合着泥巴,衣服也成了碎片。贾亚瓦德纳试着不去看。"谢谢你救我。"

"你太客气了,但你应该尽快去医院,先观察一阵。"他转向宝拉,"我打算现在就去朝圣,如果你愿意,可以一起。"

"我也不知道。"宝拉看向罗宾。

"去吧。"罗宾说,"我会没事的。"

宝拉微笑着看着贾亚瓦德纳:"我很愿意。"

♣

  潮湿的人行道上方,各色霓虹灯断断续续地闪烁着。我们身边全是日本人,主要是男人。他们盯着游隼,她美丽的翅膀紧紧裹着她的身躯。她向前看,无视他们。
  我们已经走了很长一段路。我的体侧在灼烧,脚也很痛。她在一个小巷口停住,转身面对我。我点点头。她快速走进黑暗里。我跟过去,害怕制造出会吸引注意力的噪声。我觉得很没用,像一道影子。游隼的翅膀打开,它们甚至几乎能碰到小巷两侧冰冷的石头。她又把它们收起来了。
  一道门打开,小巷里顿时亮堂起来。一个男人走出来。他又高又瘦,深色皮肤,杏仁眼,高额头。他把头向外伸,然后看到了我们。
  "福尔图纳托?"她问道。

♠

  贾亚瓦德纳蜷缩在营火的余烬旁边。其他几个朝圣者不言不语地坐在他旁边。他因为幻象而醒来,甚至在这里他也无法逃离。尽管要等他回到家,朝圣才算是完全结束,但是他知道幻象会继续跟着自己。他染上了百变王牌病毒,也许是在异国他乡工作时染上的。他不可能获得精神上的纯净和完整了,至少现在不可能。
  宝拉走到他身后,双手轻放在他肩膀上。"这里很美,真的。"
  营火旁的其他人猜疑地看着她。贾亚瓦德纳领着她离开。他们站在山峰边缘,望着山下暗色的雾气。
  "每个宗教对这个足印都有不同的解读。"他说,"我们认为是佛祖留下的。印度教说是湿婆留下的。也有人说亚当曾在这里站了一千年,以赎天堂失落的罪。"
  "不管是谁,这个脚都很大,"宝拉说,"脚印有三英尺长。"

WILD CARDS

太阳从地平线上探出头来,缓慢地将光芒洒向下面的雾气漩涡。在这一片灰色之中,他们的影子变得巨大。贾亚瓦德纳屏住呼吸。"布罗肯山的幽灵。"他说完,闭上眼睛祈祷。

"哇,"宝拉说,"我这个周总能遇上巨大的东西。"

贾亚瓦德纳睁开眼睛叹息。他对宝拉的幻想就和这趟朝圣能够清除他能力的期望一样不切实际。他们就像是时钟上的两枚齿轮,虽然卡在一起,但是中心却永远保持距离。"你刚才看见的是这里最罕见的奇观之一。有的人就算是一整年都待在这里,也看不到这个景象。"

宝拉打了个哈欠,无力地笑笑:"听起来我们是时候下去了。"

"对,是时候了。"

◆

丹佛斯和宝拉跟他在机场见了面。丹佛斯刮掉胡子,穿上了干净的衣服,跟几天前他们初次见面时一样,是个过分自信的制片人的样子。宝拉穿着短裤和紧身白T恤。

她似乎已经准备好继续她的生活了。贾亚瓦德纳嫉妒她。

"西姆斯女士还好吗?"

丹佛斯翻了个白眼,"好到最近十二小时里给她的律师打了三个电话了。我现在真是陷入困境了。今后还能待在这一行里都算是幸运。"

"给她提供五部电影的合同,再保证好多戏份。"贾亚瓦德纳把他对电影仅有的了解都塞在了一个句子里。

"把这个人签下来吧,D先生。"宝拉咧嘴一笑,贾亚瓦德纳的手臂,"他能把你拉出我都搞不定的泥潭。"

丹佛斯把大拇指插在皮带里,身体晃动。"这个主意不坏,相当不错。"他跟贾亚瓦德纳握了手,"我真不知道要没你我们该怎么办。"

"血本无归。"宝拉单手给了贾亚瓦德纳一个拥抱,"我猜我们现在必须说再见了。"

"贾亚瓦德纳先生。"一个年轻的政府通讯员一路穿越人潮来到他们身边。他呼吸急促,但是花时间整理了一下制服,才递给贾亚瓦德纳一个信封,上面有总统的标志。

"谢谢。"他说完用拇指把信封打开,安静地读完。

宝拉凑过去看,不过上面写的是僧伽罗语。"写的是什么?"

"我的辞呈没有被接受,现在就当作我的休假期延长了。不算是他能做到的最稳妥的方式,但是我很感激。"他向丹佛斯和宝拉鞠躬,"电影上映时我会去看的。"

"《类人猿之王》,"丹佛斯说,"绝对是怪兽级别的大片。"

♥

飞机上的人比他预计的多。起飞之后人们就开始来回走动,聊天、抱怨、喝酒。游隼站在过道上,和一个高个子的金发男人聊天,之前在酒吧里她就和这个男人在一起。他们聊天声音很低,但是贾亚瓦德纳能从他们脸上的表情看出来聊得不愉快。游隼转过脸,深吸一口气,走向贾亚瓦德纳。

"我能坐在你旁边吗?"她问道,"飞机上的其他人我都认识,有些的熟悉程度非我所愿。""我受宠若惊。"他说。这是真话。她的外表和芬芳都很美妙,但是也具有威胁性,甚至对他来说也是。

她微笑起来,嘴唇弯起的弧度好看到残酷。"你和塔基扬救的那个人,就坐在那边。"她挑起一边眉毛示意,"他名叫杰里迈亚·斯特劳斯,以前是个不怎么出名的王牌,又名放映员。我猜我们都是这架飞机上的笨蛋。啊,他来了。"

斯特劳斯一路手抓着椅背走过来。面色苍白,一脸恐惧。"贾亚瓦德纳先生?"他说得好像刚刚的十分钟里他都在练习发音,"我叫斯特劳斯。我听说了你为我做的。我希望你知道，你的恩情我永远不会忘。我们去纽约之后如果你需要帮忙，乌坦是我家的世交好友。我们会帮你想办法的。"

"你真好，斯特劳斯先生，但是无论如何我都会那样做的。"贾亚瓦德纳伸手握住对方的手。斯特劳斯笑了，挺直肩膀，又抓着椅背回到自己的座位。

"要我说，他需要一点时间来重新适应。"游隼低声道，"二十多年可是很长一段时间。"

"我只希望他能快点康复。想到他的处境，我都不好意思自怜。"

"自怜是不可剥夺的权利。"她打了个哈欠，"简直不敢相信我最近有多能睡。我们到达泰国之前应该有时间睡个长长的午觉。你介意我借用你的肩膀吗？"

"不介意。请就当成你自己的来用吧。"他看向窗外，"澳大利亚。之后是哪里？"

她的头靠在他身上，闭上眼睛。"马来西亚、越南、印度尼西亚、新西兰、中国、日本。福尔图纳托。"最后一个词她说得很轻，几乎听不见，"我猜我们不会遇上他。"

"你会的。"他说道，希望能让她开心，但是她看他的眼神却好像是撞见他正在翻她的内衣。

"你怎么知道？你有过关于我的幻象？"显然有人和她说过他的能力。

"对。抱歉。我无法控制它们。"他再次看向窗外，心里有些愧疚。

她再次把头靠在他肩膀上。"不是你的错。别担心。我相信塔基扬能想出办法帮你。"

"但愿如此。"

♣

她睡了一个多小时。其间，他为了不吵醒她，吃饭都用的是单手。吃下去的烤牛肉现在就像是胃里的一团铅块，不过他知道，在到达日本之前都得吃西方食物。空气掠过飞机的金属外壳时，发出低低的轰鸣声，游隼轻柔的呼吸声就在他耳边。贾亚瓦德纳闭上眼睛，祈祷一场无梦的睡眠。

♣ ♦ ♠ ♥

梦境时光

爱德华·布莱恩特

科迪莉亚·切森这一个月梦到那场谋杀的次数少了点。她居然会如此频繁想起这件事,这让她有些吃惊,毕竟她见过更糟糕的。工作耗尽了她的精力,在全球娱乐游戏公司的职位每天都让她筋疲力尽,晚上她还要筹办5月在德斯蒙德的鬼牌镇开心屋举行的"艾滋病与百变王牌病毒慈善会"。她常常在十一点新闻播完很久之后才去睡觉。五点起床实在太早了。也没时间干别的事。

但她依然常常会做噩梦:

——走出十四街车站,高跟鞋敲击在肮脏的水泥地面上,天桥下的车辆嘀嘀嘟嘟。她听到前面的街面上有人在说,"把钱包给我,贱人!"她犹豫了片刻,但还是走过去了。恐惧,但是——

她听到了第二个声音,澳洲口音:"喂!你好,兄弟。有什么事吗?"

科迪莉亚从楼梯上走下来,进入闷热的夜晚。她看到了戏剧性的一幕,两个没刮胡子的白人混混逼着一个中年女人退到了一小排电话亭和拉上百叶窗的报刊亭之间。这个女人紧抓着狂吠不止的黑色贵宾犬和她的手提包。

被科迪莉亚认为是澳洲人的那位肤色阳光,体形高瘦,正用自信的眼神看着这两个年轻人。他穿着一件土黄色外套,有点像"香蕉共和国"的衣服,但是更粗糙更真实。他手上还拿着一把保养得很好的刀,闪着寒光。

"有事吗,小家伙?"他重复道。

"没有事，白痴。"其中一个混混说着，从夹克里掏出了短柄手枪，冲澳洲人开枪了。

一切发生得太快，科迪莉亚没有来得及反应。男人倒在人行道上时，攻击者跑了。带着贵宾犬的女人尖叫起来，很快她的狗就开始配合她，也狂吠起来。

科迪莉亚跑过去，跪在男人身边。她摸了一下脖子上的脉搏，几乎感觉不到。做心肺复苏可能也来不及了。她不去看男人脑袋下面的血泊。温热的血液散发出的金属气味让她作呕。警笛的声音响起，不到一个街区之外。

"我的钱包还在！"女人喊道。

男人的面孔抖动了一下。他死了，"妈的。"科迪莉亚无助地轻声咒骂。她什么也做不了。

♠

一个穿着深色西装的陌生男人挥手招呼科迪莉亚进"全球娱乐游戏"的一间行政办公室。这下有麻烦了，她心想。有可能是很大的麻烦。两个女人正站在桌旁查看一摞打印出的东西。红色头发、作风飘悍的波莉·雷蒂希是"全球娱乐与游戏卫星"服务部的市场主管。她是科迪莉亚的直接领导。另一个女人是露丝·阿尔卡拉，规划部的副主席，雷蒂希的上司。雷蒂希和阿尔卡拉都没有像往常一样笑脸迎人。穿着黑衣服的男人退回到门边，双手抱臂站在那里。安保？科迪莉亚猜测着。"早上好，科迪莉亚。"雷蒂希说，"请坐。我们马上就跟你谈。"她的注意力回到阿尔卡拉身上，指着手里表格上的东西。

露丝·阿尔卡拉慢慢点头。"要么我们一开始就买，要么我们就完全泡汤。也许该雇个有用的人——"

"想都别想。"雷蒂希微蹙眉头，说道。

"也许必须得这样。"阿尔卡拉说，"他很危险。"

科迪莉亚尽量不让困惑的神情出现在脸上。

"他的力量太强大了。"雷蒂希双手合十,转向科迪莉亚,"告诉我,你对澳大利亚的了解有多少?"

"彼得·威尔导演的电影我都看过。"科迪莉亚犹豫了一下说。到底怎么了?

"你从来没去过?"

"我去过离家最远的地方就是纽约。"家在路易斯安那州的阿特利尔教区。家是一个她不大愿意想起的地方。从某些角度来说,家是个不存在的地方。

雷蒂希看着阿尔卡拉:"你觉得呢?"

"我觉得可以。"年长一些的女人拿起一个厚实的信封,递给桌子对面的科迪莉亚。"请打开。"她发现里面有一本护照、一捆机票、一张美国运通卡和厚厚一叠旅行支票。"你得签字。"阿尔卡拉指着支票和信用卡。

科迪莉亚看着护照第一页上微笑的照片,沉默地抬起头来。"照得不错。"她说,"我不记得申请过护照。"

"时间不多了。"波莉·雷蒂希抱歉地说,"我们就自作主张了。"

"关键在于,"阿尔卡拉说,"你今天下午就出发去地球的另一边。"

科迪莉亚不知所措,然后意识到了内心涌起的激动:"去澳大利亚?"

"商务航班。"阿尔卡拉说,"会短暂停留在洛杉矶、火奴鲁鲁和奥克兰加燃料。你到了悉尼之后会坐安捷航空飞墨尔本,再坐一班飞机去爱丽丝泉。之后你可以租一辆路虎,开去马赫迪裂口。你这一天会很充实。"她干巴巴地补充道。

科迪莉亚现在脑子里想着一千件事情。"那我在这里的工作呢?我不可能丢下慈善会——我这个周末还要去新泽西,找歌手巴迪·

霍利。"

"等你回来再找他也行。慈善会的事情全都可以放下。"雷蒂希坚决地说,"你可以去帮忙联络,但付你薪水的不是鬼牌反诽谤联盟和曼哈顿艾滋工程,这是全球娱乐游戏要你做的。"

"但是——"

"这很重要。"阿尔卡拉的音量调整,听起来像是个声明。

"但是具体要做什么?"她觉得自己像是在听仙境广播的爱丽丝阿姨说话,"到底是怎么回事?"

阿尔卡拉似乎在小心地挑选用词:"你也知道公关在宣传我们计划开启一项通过卫星实现的全球娱乐服务。"

科迪莉亚点点头。"我以为还要好几年才会实现。"

"没错。唯一阻挡计划的就是投资资本。"

"我们有钱。"雷蒂希说,"我们有其他投资者的帮助。现在我们需要卫星和地面站点,才能让我们计划真正实现。"

"不凑巧的是,"阿尔卡拉说,"本来我们已经定好了商用设施的服务,就在马赫迪裂口的通讯建筑里,但突然出现了竞争者。一个名叫里奥·巴奈特的男人。"

"电视里那个传道者?"

阿尔卡拉点点头。

"诱导王牌、狭隘偏执、神经不正常、种族沙文主义的坏东西!"雷蒂希突然激动起来,"电视上那个传道者。有人喊他吐火者。"

"于是你们派我去马赫迪裂口?"科迪莉亚兴奋地说。真棒,她心想。太棒了,简直不像是真的。"谢谢!太感谢你们了。我一定会好好干的。"

雷蒂希和阿尔卡拉交换了一个眼神。"等一下。"阿尔卡拉说。

"你是过去帮忙的,但你不会参与谈判。"

确实不是真的。该死,她心想。

"来见见卡鲁奇先生。"阿尔卡拉说。

"叫我马蒂。"带有鼻音的声音从科迪莉亚身后响起。

"卡鲁奇先生。"阿尔卡拉重复道。

科迪莉亚转身,更加仔细地再次审视这个刚才被她当作安保的人:中等身高,体形匀称,黑色头发,发型时尚。卡鲁奇微笑着,他看起来像个暴徒,亲切和蔼的那种,但仍是暴徒。他的西装看起来不像是店里买的现成的,她仔细一看才发现外套应该是昂贵的手工制作,裁剪得恰到好处。

卡鲁奇伸出手。"叫我马蒂。"他说,"我们接下来的一天一夜都会待在飞机上,最好是亲切友好一点,对吧?"

科迪莉亚感觉到两个年长女性散发出不同意的气场。她不是运动员,但她知道自己握手很有劲。科迪莉亚觉得如果对方有意的话,本可以更用力地握住她的手指。她感觉在他的微笑之后,藏着一丝凶猛的光芒。这个男人不是好惹的。

"卡鲁奇先生。"阿尔卡拉说,"代表一个大型投资人团。他们刚开始与我们合作,已经获得了全球卫星娱乐的大部分股份。他们也提供了很大一笔资本,我们期望能借此初步建立起卫星网络。"

"投了很多钱。"卡鲁奇说。"但五年左右就能十倍赚回来。有了我们的资源和你们的能力,"他咧嘴一笑,"获得人才的能力——我猜我们怎么也不会输。人人都明白这一点。"

"但我们希望能渗透澳大利亚市场。"阿尔卡拉说,"而且地面站点已经就位了。我们现在只需要一张签过字的买卖意向书。"

"我这人很有说服力。"卡鲁奇再次咧嘴一笑。在科迪莉亚看来,这个表情就像梭子鱼在展示牙齿。也许是一匹狼。总之是掠食动物。而且绝对很有说服力。

"你最好去收拾行李,亲爱的。"阿尔卡拉说,"就拿一个手提行李箱吧。一个周的衣服就够了。一套精致点的,再加一套舒服的,去内陆的时候穿。其他需要的在那里买就行了。爱丽丝泉虽然远离尘嚣,但也不至于那么原始。"

"可不是布鲁克林。"卡鲁奇说。

"不。"阿尔卡拉说,"确实不是。"

"四点之前。"雷蒂希说,"到汤姆林机场。"

科迪莉亚的目光从卡鲁奇飘向雷蒂希再到阿尔卡拉。"我之前说的是真心的。感谢。我会好好干的。"

"我知道你会的,亲爱的。"阿尔卡拉说。她深色的瞳孔里透满疲倦。

"但愿吧。"雷蒂希说。

科迪莉亚知道她该离开了。她转身,走向门口。

"飞机上见。"卡鲁奇说,"一路都是头等舱。希望你不介意有人抽烟。"

她犹豫片刻,坚定地说:"我介意。"

这是卡鲁奇第一次皱眉。波莉·雷蒂希咧嘴一笑。就连露丝·阿尔卡拉都微笑了。

♦

科迪莉亚跟一个舍友共同租住在少女巷旁边高层建筑的一间公寓里,靠近沃尔沃斯建筑和喷气机小子之墓。维罗妮卡不在家,所以科迪莉亚潦草地写了一张便条。她花了十分钟收拾好所需的行李,然后打电话给杰克叔叔,问他是否能在她跳上汤姆林特快专线之前和她见一面。他可以。今天他正好休息。

她从街上走到餐厅的时候,杰克·罗比肖已经在等她了。不奇怪。他比任何人都了解曼哈顿地下的交通系统。

科迪莉亚每次见到她的叔叔时都觉得她在照镜子。虽然他是个男的,还比她大二十五岁,重六十磅,但是深色的头发和眼睛是一样的。还有颧骨。家族相似性是肯定存在的。还有些无形的相似之处：他们俩都不愿意在路易斯安那州正常地长大，所以年纪轻轻就都逃离了卡真人的乡村，来到纽约城。

"嗨，科迪。"杰克看到她之后就站了起来，给她一个大大的拥抱，然后在脸颊上亲了一口。

"我要去澳大利亚了，杰克叔叔。"她没想着这么快就把惊喜说出来，但是脱口而出。

"没开玩笑吧。"杰克咧嘴笑了，"什么时候？"

"今天。"

"真的？"杰克坐下，背靠着绿色瑙加海德革座椅，"怎么回事？"她就把开会的情况说了。

提到卡鲁奇的时候杰克皱眉了："你知道我是怎么想的吗？苏珊娜最近一直围着罗斯玛丽和检察官办公室转悠，她给我提供了一点兼职。我不是什么都能听到，但是我知道的也够多了。我觉得他们说的可能是加比恩的钱。"

"全球娱乐游戏公司不可能干这种事。"科迪莉亚说，"他们是合法的，虽然他们也用色情杂志赚钱。"

"绝望的时候就容易盲目。尤其如果钱是通过哈瓦那洗的。我知道罗斯玛丽一直试图将加比恩变成合法生意。我猜卫星电视是其中一项。"

"你说的就是我的工作。"科迪莉亚说。

"总归好过帮大 F 乐队勾搭人。"

科迪莉亚知道她脸红了。杰克看起来后悔了。"对不起。"他说，"我不是故意这么恶毒的。"

"听着，对我来说这是很重要的一天。我只想找人分享。"

"我很高兴你想到我。"杰克的身体越过福米卡桌子凑向她，"我知道你在澳洲会一切顺利的。但是如果你需要帮忙，任何事情要帮忙，尽管打电话。"

"越过半个地球的电话？"

他点点头。"多远都没关系。我本人不能过去，但我可以提建议。如果你需要一只十四英尺的鳄鱼。"他一笑，"给我十八个小时左右。我知道你能再坚持那么久的。"

她知道他是认真的。正因如此，杰克才是罗宾肖家族里她唯一关心的人。"我会没事的。肯定会很棒。"她从卡座里站起来。

"不要咖啡？"

"没时间。"她提起软皮手提箱，"我要坐下一班地铁去汤姆林。帮我跟 C. C. 说说再见。"

杰克点点头，"还想要那只小猫咪？"

"你最好相信我。"

"我送你去车站。"杰克站起来帮她拿箱子。她推脱了一下，又笑着由他去了。

"有些事情我希望你能记住。"杰克说。

"别跟陌生人说话？记得吃药？多吃绿色蔬菜？"

"闭嘴。"他带着笑意说，"你的能力和我的能力，可能是有关联的，但是并不相同。"

"我不能像你那样变成行李箱。"科迪莉亚说。

他没有理睬她。"你使用过大脑里的爬行动物层次来控制某些比较暴力的局面。你曾经为了保护自己而杀人。别忘了也要用这种能力来救人。"

科迪莉亚突然觉得困惑："我不知道怎么用。这让我很害怕。我更愿意忽视它。"

"但这是不可能的。记住我说的话。"他们不顾出租车，穿过大街来到地铁入口。

"看过尼古拉斯·罗伊格的电影吗？"科迪莉亚问。

WILD CARDS

"全看过。"杰克说。

"也许这会是我的《小姐弟荒原历险》。"

"平安回来就行。"

她微笑。"既然我能对付这里的一只大型短吻鳄,我猜也能对付澳大利亚的一群鳄鱼。"

杰克也笑了,温暖友善。但是他的牙齿露出来了。杰克是个变形者,科迪莉亚不是。不过家族相似性是肯定存在的。

♥

当科迪莉亚在汤姆林的航站楼找到马蒂·卡鲁奇的时候,她发现这个男人拿着一只昂贵的短吻鳄旅行袋和类似的公文包。她不怎么高兴,但是也不好说什么。

在票务柜台电脑前工作的女性给了他们间隔一排的两个头等舱座位——吸烟区和非吸烟区。科迪莉亚猜测对她的肺来说没什么区别,但是感觉这是道德上的一次胜利。还有,她觉得自己不跟他肩并肩坐在一起,会更舒服一些。

747 降落在洛杉矶机场时旅行的兴奋感已经消磨了不少。接下来的两个小时里,科迪莉亚基本都在看着傍晚的昏暗,思考着是否有一天能去看看拉布雷亚沥青坑、华兹塔、迪士尼乐园、巨型昆虫国家纪念碑和环球影城。她从礼品商店里买了几本简装书。终于,卡鲁奇和她登上了新西兰航空的飞机。跟第一程一样,他们分别坐在吸烟和非吸烟区。

去火奴鲁鲁的路上,卡鲁奇大部分时候都在打呼噜。科迪莉亚完全睡不着。她要么在读《吉姆·汤普森传奇人生》,要么盯着窗外,看三万六千英尺之下被月光照亮的太平洋。

她和卡鲁奇都在火奴鲁鲁的机场大厅用一些旅行支票兑换了澳元。"利率不错。"卡鲁奇指着兑换柜台窗户上贴着的换算表,"离开美国之前我查过了。"

"我们还在美国。"

他没有接话。

为了有话可聊,她说:"你对金融很了解?"

他的声音里满是自豪:"沃顿金融和商业学院。全额奖学金。家里有关系。"

"你父母很有钱?"

他又没接话。

新西兰航空的喷气飞机装满乘客,起飞了,空姐最后一次发放食物,之后乘客们就可以准备入睡了,漫漫长夜之后,他们就能达到奥克兰。机舱里的灯光暗淡之后科迪莉亚打开阅读灯。后来她听到前面的卡鲁奇在嘟囔:"睡觉吧,小家伙。时差已经够糟糕的了。还要跨越一大片太平洋呢。"

科迪莉亚意识到这个男人说得有道理。她等了几分钟,感觉像是她自己打定主意之后才关灯。她拉着毯子裹住自己,蜷缩在座位里向外看。旅行的兴奋感现在已经完全消失了。她意识到自己真的累了。

她没看到云,只看到闪亮的海洋。世间居然有这样无边无际的存在,如此神秘莫测,让她着迷。她突然想到,太平洋可以吞下整个747飞机,也不会泛起一丝涟漪。

♣

呃－木南!

这些词语她不明白是什么意思。

呃－木南!

这个短语说得太过轻柔,仿佛心上的一句呢喃。

科迪莉亚睁开眼睛。出了大事了。喷气式飞机引擎令人安心的震动不知怎地变调了,混合了上升风的叹息声。她试着扔开突然阻碍呼吸的毯子，手搭上了前排的椅背，手指死死抓住冰冷的皮革把自己撑起来。

当科迪莉亚向下看时，她猛地屏住了呼吸，因为她正对上马蒂·卡鲁奇惊讶圆睁、失去活力的双眼。他的身体依旧面向前方，但是头却拧了个180度。黏稠的血液缓慢地从他耳朵和嘴里滴下来。下眼睑也积了一汪血，正沿着颧骨流下来。

科迪莉亚自己的尖叫声在耳边响起，就像是在木桶里叫喊一样。她终于把毯子完全扔开了，难以置信地盯着过道。

她依然站在新西兰航空的747上。她也站在沙漠中。两者相互重叠。她移动双脚，感受到沙子的颗粒，听到了沙沙的声音。过道上点缀着矮小的植物，随着上升的风而摆动。

喷漆飞机的过道突然延伸到了目不能及的地方，呈透视状向着尾部无限延伸。科迪莉亚看到没有人在动。

"杰克叔叔！"她大喊。当然，并没有回应。

这时她听到了号叫声，声音空洞悠扬，音量越来越大。在走道，也就是沙漠前面有个隧道，她看到有些身影向她跳跃过来。这些生物身形像狼，先出现在走道里，然后在座椅顶上跳跃。

科迪莉亚闻到了腐烂的恶臭。她爬上走道，向后退，直到脊柱贴着机舱前面的隔板。

在昏暗的灯光下，这些生物模糊不清。她甚至不知道数量有多少。它们确实像狼，爪子把座椅抓得裂开了，但是头不对，太短，像是被切掉了。一圈闪亮的突起环绕着它们的脖子。眼睛完全就是黑色的洞，比周围的夜色还要黑。

科迪莉亚盯着牙齿看。针一般的长尖牙太多，嘴里都快放不下了。牙齿咔哒地咀嚼着，吐出一阵深色口水。

牙齿冲着她过来了。

动啊，该死的！她脑海里传来的声音。是她自己的声音。动！

此时,牙齿和爪子搜寻着她的喉咙。

科迪莉亚猛地跳到旁边。领头的狼形生物撞向了金属隔板,痛苦地号叫着,慌乱地踉跄着站直了。此时第二只跳过来的野兽正好撞上它的肋骨。科迪莉亚连滚带爬地越过这团可怕的混乱场面,来到了狭窄的厨房区域。

专心点!科迪莉亚知道什么是她必须做的。她不是动作片巨星查克·诺里斯,手上也没有乌兹冲锋枪。就在狼形生物互相咆哮吐唾沫时,她得到了片刻喘息,此时她再次希望杰克就在这里。但是他不在。集中精神,她告诉自己。

一个缩短了的口鼻部分在厨房的角落处寻觅。科迪莉亚盯着那双空洞无神的眼睛,"去死吧,你这个畜生!"她大喊。她感觉到脑海中爬行动物的力量在伸展,感觉力道涌向了怪物的心灵中,直接袭击了它的脑干。她切断了它的心跳和呼吸。这个生物挣扎着冲她过来,然后瘫倒在地。

另一只野兽出现在角落。到底有多少只?她试着思考。六,八,她无法确定。又一个缩短了的口鼻探过来。又一双爪子,更多闪着寒光的牙齿。去死吧!她感到身体里的力量不断消耗。她以前没有过这种感受,就像是在流沙中慢跑。

狼形生物的尸体堆积起来,幸存的怪兽爬过壁垒,向她扑来。最后一只穿越重重阻隔向她冲过来了。

科迪莉亚试图切断它的大脑,但这个生物从尸体堆上跳下来时她感觉内在力量不断衰弱。长满尖牙的嘴巴就要碰到她喉咙的时候,她挥出双拳,想要把这张嘴打到一边去,颈上的一根刺却插进了她的左手手背。热腾腾的唾沫溅在她的脸上。

她感受到狼形生物断断续续的呼吸声,最后停止了,它倒在了她的脚边。但一阵寒意从手上传来,一直蹿上她的胳膊。科迪莉亚右手紧抓着刺,左手猛地拔出来。这根刺松动了些,但是寒意没有减轻。

WILD CARDS

会扩散到我的心脏,她心想,这是她脑子里想的最后一件事。科迪莉亚感觉自己在向下倒,倒向了胡乱堆叠起来的怪兽尸体。她的耳朵里尽是风声,她的眼里满是黑暗。

"嘿!你还好吗,孩子?怎么了?"这是纽约口音,是马蒂·卡鲁奇的声音。科迪莉亚好不容易才睁开眼睛。这个男人在她面前弯着腰,刚刷过牙,嘴里有薄荷的味道。他抓着她的肩膀微微摇晃。

"呃–木南。"科迪莉亚虚弱地说。

"嗯?"卡鲁奇看上去很困惑。

"你……死了。"

"太对了。"他说,"我都不知道睡了多少个小时,但还是感觉糟糕透顶。你呢?"晚上的回忆涌进来,"怎么了?"科迪莉亚问。

"我们正在降落。飞机还有大概半个小时到奥克兰。你要不要梳洗一下,最好快点。"他把手从她肩膀上拿开,"好吗?"

"好。"科迪莉亚颤抖地坐起来。她的头好像塞满了湿透的棉花。"每个人都还好吗?飞机上没有全是野兽?"

卡鲁奇盯着她。"只有游客。嘿,你做噩梦了?想来点咖啡吗?"

"好的,谢谢。"她抓起包,挣扎着走过他,来到走道上,"对。噩梦,很可怕的噩梦。"

在卫生间里,她交替用冷水和热水拍打脸庞。刷牙也有作用。她吃了三片米朵尔①,整理了头发。科迪莉亚尽量化了妆。最后,她盯着镜子里的自己摇摇头。"要命。"她跟自己说,"你看起来够脏的。"

她的左手有点痒,于是伸到面前来查看。她发现了红肿的穿刺伤口。也许是睡觉的时候乱动,碰到了什么东西——可能这就是那个梦的含义。也许是皮肤上的红斑。两种解释可能性都同样小。也许是新出现的月经副作用。科迪莉亚摇摇头。完全讲不通。她一阵虚弱,不

---

① 一种女性生理期用的止痛片。

得不坐在马桶盖子上。她的头颅里像是被腐蚀了似的。也许她真的一晚上都在跟猛兽搏斗。

科迪莉亚意识到有人在敲卫生间的门,其他人也想要在到达新西兰之前做好准备。只要他们不是狼形生物……

◆

早上阳光灿烂。新西兰北岛绿意盎然。747 几乎没有颠簸就着陆了,然后花了二十分钟时间停在跑道尾端,等待农业部的人上来。科迪莉亚没预料到这种事。她心不在焉地看着身着崭新制服的小伙子们带着笑脸穿过走道。他们双手各拿着一瓶杀虫剂在喷。这种场景不断让她想起她读过的喷气机小子最后时刻的所作所为。

卡鲁奇肯定也在想类似的东西。他承诺过不再抽烟之后,就移到了她旁边的座位。"当然希望里面是杀虫剂了。"他说,"要是百变王牌病毒,那这玩笑太丧心病狂了。"

乘客们窃窃私语、牢骚不断、喘息咳嗽之后,喷气飞机滑向航站楼,众人都下了飞机。飞行员告诉他们两个小时之后,飞机会启程飞往一千英里之外的悉尼。

"时间正好够我们放松下腿脚,买点明信片,打几个电话。"卡鲁奇说。科迪莉亚也愿意伸展一下。

在主航站楼里,卡鲁奇去打越洋电话了。航站楼里似乎异常拥挤。科迪莉亚看到远处有摄制组。她走向通往外面的大门。

她听到身后有人喊她:"科迪莉亚!切森女士!"这不是卡鲁奇的声音。什么人?她一转身,看到一片飘扬的红发,那张脸看起来有点像《喋血船长》里的埃罗尔·弗林。但是弗林从来不穿颜色这么鲜艳的衣服,就连在彩色版的《法比安船长的冒险》里也没穿过。

科迪莉亚停下脚步,微笑着。"所以。"她说,"你现在喜欢新浪潮音乐了吗?"

"不。"塔基扬医生说,"恐怕是不喜欢。"

"我估计,"塔基扬身旁那位长翅膀的高挑女人说,"我们的好塔基扬最多也就是听听托尼·班奈特①,不会更近一步了。"她身上那条样式简单的蓝色丝绸长裙发出轻响。科迪莉亚眨眨眼,游隼很难认错。

"不公平,亲爱的。"塔基扬冲着同伴笑笑,"当代表演者当中我也有喜欢的。比如我很欣赏的多明戈。"他转身面对科迪莉亚,"我太没有礼貌了。科迪莉亚,你跟游隼正式见过吗?"

科迪莉亚伸出手:"我给你的经纪人打了几个星期的电话了。很高兴见到你。"闭嘴,她对自己说,别这么无礼。

游隼迷人的蓝眼睛端详着她。"我很抱歉。"她说,"是关于在德斯俱乐部举行的慈善会?我实在忙于其他项目,没空准备。"

"游隼。"塔基扬说,"这位年轻女士是科迪莉亚·切森。我们在医院认识的。她经常带朋友一起探访作曲家C.C.莱德。"

"C.C.会去开心屋。"科迪莉亚说。

"那真是太好了。"游隼说,"我一直以来都很钦佩她所做的一切。"

"也许我们应该坐下来喝一杯。"塔基扬冲着科迪莉亚微笑。"参议员到奥克兰的地面交通安排迟了,恐怕我们还要在机场滞留一会儿。"这个男人回头瞥了一眼,"还有,恐怕我们还要尽量试着避开团队里的其他人。飞机上的气氛是有点微妙。"

科迪莉亚感觉近在眼前的新鲜空气又要飘远了。"我只有两个小时。"她犹豫地说,"好吧,我们喝一杯。"在去餐厅的路上,科迪莉亚没看见卡鲁奇。他一个人应该没问题。她注意到了不少人的目光在追随他们,毫无疑问有些人是在看塔基扬,他的头发和衣服够吸引眼

---

① 老牌爵士歌手。

球，但大部分人看的是游隼。大概新西兰人不习惯看到背后有一双能飞行的翅膀的高挑美女。她确实是一道亮丽风景，科迪莉亚自己也承认。能有这样的长相、身材和风度是很棒。科迪莉亚瞬间觉得自己很幼稚，几乎像个孩子，满身的不足。真糟糕。

♥

科迪莉亚通常会在咖啡里加牛奶，但是也许黑咖啡能帮她提神醒脑，所以她想试试。她坚持要到靠窗户的位置，就算不能呼吸外面的新鲜空气，至少也要距离近一点。陌生树木的颜色让她想起了曾见过的有关蒙特瑞半岛的照片。

"所以，"他们都跟服务员点过单之后她开口说，"我猜我应该感慨一下世界很小。旅程怎么样？我走之前在十一点新闻上看过巨大类人猿的照片。"

于是塔基扬聊起了哈特曼参议员的环球之旅。科迪莉亚记得坐地铁时在《每日邮报》上常读到这趟旅程的报道，但她一直忙着开心屋的慈善会，没有多加注意。"听起来很累人。"塔基扬的精彩阐述结束之后，她说。

游隼虚弱地一笑："绝对不算是旅游度假。我个人最喜欢危地马拉。你们有没有想过用人类献祭来作为慈善会的高潮？"

科迪莉亚摇摇头。"虽然是慈善会，但我们打算多一点喜庆的节日气氛。"

"听着。"游隼说，"我会尽量跟我的经纪人谈，但与此同时，也许我可以给你介绍几个能做事的人。你知道拉达·奥莱利吗？飞象女孩？"看到科迪莉亚摇头了，她就继续说，"她变成飞象的时候，可比道格·汉宁的任何魔术表演都惊艳多了。你也应该和幻想聊聊。她这种舞者你用得上。"

"那太棒了。"科迪莉亚说，"谢谢你。"她向来凡事都亲力亲为，想向世人展示自己，做不到的时候她会沮丧，但是她也知道什么时候该接受友好的帮助。

"所以，"塔基扬的话打断了她的思绪，"你怎么会出现在离家这么远的地方？"他看起来满脸期待，眼睛闪烁着真诚的好奇之光。

科迪莉亚知道要是说自己是卖女童子军饼干时赢得的旅行机会，他是肯定不会买账的，所以她选择实话实说："我跟全球娱乐游戏公司的一个男人一起去澳大利亚，抢在电视布道者之前买下一个卫星地面站点。"

"啊。"塔基扬说，"那个布道者是里奥·巴奈特吗？"

科迪莉亚点点头。

"希望你成功。"塔基扬皱眉，"我们的朋友吐火者的能力呈指数级别增长，非常危险。我本人很愿意看到他的媒体帝国扩张速度慢一些。"

"就在昨天。"游隼说，"我听蝶蛹说巴奈特的青年组织中的某些暴徒在村庄游荡，一看到他们认为是鬼牌或者弱者的人就暴打。"

"犹太人。"塔基扬喃喃低语。两个女人迷茫地看着他。"历史。"他叹了口气，然后跟科迪莉亚说："你跟巴奈特比拼的时候无论需要什么，都可以告诉我们。我相信王牌和鬼牌都会愿意出一份力。"

"嘿。"科迪莉亚的肩胛骨后传来一个无比熟悉的声音，"这是什么情况啊？"

科迪莉亚都没有回头看，直接说："马蒂·卡鲁奇，这两位是塔基扬医生和游隼。"她还对游隼说："马蒂现在担当我的成年女伴[①]。"

"你们好呀。"卡鲁奇拉开一张椅子，"嗯，我知道你。"这是对塔基扬说的。他盯着游隼，公然审视对方，游隼的全身上下。"我见过你很多次。这么多年来你每场节目的录像带我都有。"他的眼睛眯

[①] 未成年女性的监护人、保护人，通常为已婚女性。

起来了,"据说,你怀孕了?"

"谢谢。"游隼说,"是的。"她瞪着他。

"啊,对了。"卡鲁奇说着转向科迪莉亚。"孩子,走吧。我们要回飞机上去了。"语气更严肃一点,"马上。"

说完再见之后,塔基扬自愿付咖啡的钱。"好运。"游隼特意对着科迪莉亚说。卡鲁奇好像在想别的事,没注意。

他们两人往登机口走时,他说:"愚蠢的臭婊子。"

科迪莉亚猛地停步。"什么?"

"不是说你。"卡鲁奇粗暴地抓着她的手肘,强迫她往安检口走,"那个卖消息的鬼牌——蝶蛹。我打电话的时候碰上她了。我就想省下打电话的钱。"

"所以呢?"科迪莉亚说。

"总一天她那对隐形的乳头会被夹在绞衣机里,然后实打实的鲜红血液就会洒满洗衣店的墙。我跟纽约方面也是这么说的。"

科迪莉亚等了一会儿,但他并没有详细阐述。"所以?"她又问了一遍。

"你跟那两个书呆子说什么了?"卡鲁奇问,声音听起来很危险。

"没什么。"科迪莉亚听到内心警铃大作,"什么都没说。"

"很好。"卡鲁奇邪气一笑,"她会成为鱼食的,我保证。"

科迪莉亚盯着卡鲁奇。声音里那种笃定的感觉让他不再像一个喜剧中的帮派成员。她觉得他是认真的。他让她想起了昨晚似梦非梦中的那些狼形生物。唯一缺少的就是深色唾液。

♣

去澳大利亚的航程并没有让卡鲁奇的心情改善。在悉尼,他们通过了海关检查,转乘 A300 空客。到达墨尔本之后,科迪莉亚终于能把头伸到门外几分钟了。空气闻起来很新鲜。她欣赏停在航站楼前面的DC-3飞机，这时她的同伴催促她去安捷航空的登机口。这一次他们坐的是727。科迪莉亚很高兴自己没有托运行李。马蒂·卡鲁奇心情阴郁的部分原因是觉得他的托运行李会被送错到斐济或者其他错误地点。

"所以为什么不把行李带上来？"科迪莉亚说。

"有些不能带上来的东西。"

727嗡嗡地向北飞，离开了海岸的绿荫。科迪莉亚坐在窗户旁边，向下看着无边无际的沙漠，眯起眼睛，寻找道路、火车轨道和其他人类干涉的痕迹。什么都没有。平坦的棕色荒原点缀着云朵的影子。

在噼啪声中，机上广播播报，飞机即将抵达爱丽丝泉，科迪莉亚收起小桌板，调直椅背，把包塞在前排座椅下之后才意识到自己做了什么。一切都已经形成习惯了。

机场比她预计的要忙碌一些。不知怎地，她以为这里会只有一条积满灰尘的跑道，旁边是个镀锌的锡制棚子。一架泛澳大利亚航空的飞机几分钟前才降落，航站楼里满是游客模样的人。

"我们现在去租路虎？"她问卡鲁奇。对方正不耐烦地伸着头等在行李传送带旁边。

"不不。我们先进城。我订了斯图尔特手足酒店的房，我们得好好睡一觉。我希望在明天的会议上状态尽可能好一些。会议三点开始，已经定好了。"他明显是想了一下又补充道："时差很快就会让我们吃苦头。我建议到爱丽丝之后你跟我一起好好吃个晚饭，后面都是睡觉时间，一直到明天十点或者十一点。如果我们中午之前能租到车开出爱丽丝，那我们有足够的时间去裂口。来了，真是麻烦！"他把短吻鳄箱从传送带上拎下来。

他们坐了安捷航空的大巴去爱丽丝泉。旅程需要半个小时，为了对抗外面炙烤般的炎热，空调辛勤地工作着。大巴驶向爱丽丝泉市中心时,科迪莉亚一直看着窗外。一眼看去,这里跟干燥的美国小城市没有太大差别。当然了,巴顿鲁日比这里更奇怪,科迪莉亚心想。两个版本的《爱丽丝城》她都看过,但眼前的城市和她预料的完全不同。

原来航空中转站对面的那座看上去修建于世纪之交的建筑就是斯图尔特手足酒店,科迪莉亚对此感到很庆幸。乘客们下车拿行李的时候天色已经渐渐黑了。科迪莉亚瞥了一眼手表。上面的数字没什么意义。她得调成当地时间,日期也要调,她提醒自己。她甚至不知道现在是周几。虽然天色渐暗,但是空气中的热浪还是让她很头痛。她真想躺下来,在干净的床单上伸展躯体。要先泡个长长的澡。她想了一下,还是先睡足至少二十或者三十个小时,再想泡澡的事。

"好了,孩子。"卡鲁奇说。他们正站在古老的前台那里。"这是你的钥匙。"他停了一下,"你确定不想帮公司省点钱,跟我住在一个房间?"

科迪莉亚没力气笑。"不想。"她说着拿走了他手里的钥匙。

"你知道吗?你踏上这次郊游可不仅是因为福尔图纳托的婆娘们觉得你很棒。"

他在说什么呢?她用尽全身力气瞥了他一眼。

"我在全球娱乐游戏办公室里见过你。我喜欢我看到的,所以我提议了。"

科迪莉亚叹了口气,足够大声。

"好吧。"他说,"嘿,无意冒犯。我也很累。"卡鲁奇拎起短吻鳄皮包。"我们把东西放好之后就去吃晚饭。"电梯前有个"电梯故障"的标志。他疲惫地转向楼梯。

"二楼。"卡鲁奇说,"至少这一点上运气还不错。"两个人上楼梯时路过一张油印海报,宣传的是个名叫冈瓦纳大陆的乐队。"吃完饭之后,你想去跳舞吗?"不过他甚至连声音都没了多少热情。

科迪莉亚也懒得回应。

楼梯平台连接着一个走道，两侧是深色木头边饰和不显唐突的玻璃展示柜，里面放着土著人的制品。科迪莉亚扫视着回旋镖和牛吼器①。毫无疑问，她明早睡醒后会对这些更有兴趣。

卡鲁奇看着他的钥匙。"房间是挨着的。我实在想进屋了。我真的是要死了。"

他们身后的一扇门猛地打开了。科迪莉亚瞥到一闪而过的两个暗色身影跳出来。他们是怪兽。后来她才意识到他们应该是戴了面具，丑陋的面具。

虽然她很疲惫，但是条件反射依然存在。她朝旁边一躲，不过僵硬的前臂还是打中了她的胸口，她撞上了一个玻璃展示柜。一时间玻璃碎片乱飞。科迪莉亚胡乱摆动着胳膊，想要恢复平衡，此时有人或者有东西想要解决她。她觉得自己听到了马蒂·卡鲁奇的尖叫声。

她的手指摸到了某个硬物——回旋镖的一头——但她只是感觉到了，没有看见。此时行凶者再次向她发起攻击。她把回旋镖扔了出去。本能，完全是本能反应。要命，她心想，我要死了。

回旋镖的尖头插进了一个袭击者的脸部，那声音就像是切肉刀砍在了西瓜上。伸出的手指原本扇在她脖子上，突然落下。身体滚落到地板上。

卡鲁奇！科迪莉亚转身，看见一个暗色身影蹲在她的同事旁边。它站起来，冲她来了。这时她意识到这个攻击者是个男人。但是她没多少时间了。思考！她对自己说。想、想、想。集中精神。她的力量似乎被一层层的疲惫掩盖住了。但它还在那里。她集中注意力，感觉大脑的最底层开始发力，准备攻击。

停下，你这该死的！

---

① 澳洲土著人在庆典中使用的乐器。

那个身影停下了，又踉跄着继续向前，接着摔倒了。科迪莉亚知道她已经关闭了那套躯体里的所有系统。他的肠子放松后释放出的气味让一切更加糟糕。

她从他旁边走过，跪在马蒂·卡鲁奇身旁。他面朝下趴着，但是脸向上——他的头被完全拧过来了，就跟那个似梦非梦里一样。他死气沉沉的双眼看着她身后。

科迪莉亚靠着墙坐在自己的脚后跟上，把拳头放在嘴里，门牙咬着指节。她感到手臂和双腿因为肾上腺素而微微刺痛。每根神经似乎都散发着原始的气息。

老天！她心想。我该怎么办？她看向走道两边。没有袭击者，也没有目击者。她可以打电话给身在纽约的杰克叔叔，或者阿尔卡拉或者雷蒂希。她甚至可以试着联系日本的福尔图纳托——如果她手头的号码还能打通的话。她可以尝试找到身在奥克兰的塔基扬。她突然意识到，附近几千英里范围内都没有一个能信任的人，都没有一个她认识的人。

"我该怎么办？"这一次她说出口了。

她爬到卡鲁奇的短吻鳄箱旁，把它打开了。这个男人过海关时故意装出一副冷冰冰的淡定模样。她毫不怀疑这是有原因的。科迪莉亚在衣服里翻找，寻找她确信存在的武器。她找到一个写着"刮胡刀和转换套装"的盒子，是一把蓝钢枪，很丑，像是前端被切掉且按比例缩小的某种自动武器。拿在手里有点分量，她觉得很安心。

楼梯间的地板吱呀作响。科迪莉亚听到了几个词："……到现在，他和那个贱人应该都已经死了……"

她强迫自己站起来，跨过马蒂·卡鲁奇的尸体，然后跑了起来。

♠

到了走道离楼梯间最远的那一端，窗户外面是消防楼梯。科迪莉亚去推，有点卡住了，她轻柔地推动着。推开之后她钻过去，关上窗户。看到走廊另一端有人影之后她就蹲下来，小心翼翼地沿着台阶向下逃。

这个时候，她真希望自己带了旅行袋，但至少护照、运通信用卡和旅行支票都在肩膀上背的小包里。科迪莉亚突然发现房间钥匙还被她攥在左手上。她把钥匙夹在食指和中指之间。

楼梯是金属的，但是很老旧，吱呀作响。科迪莉亚发现，快速和保持隐秘在这里不可能同时实现。

她看到这楼梯通向一个小巷。大概二十码之外的街道上嘈杂喧闹。一开始她以为是个派对，之后她探查到愤怒和痛苦的暗流。人群的噪音更响了。科迪莉亚听到了闷响声，她猜测是拳头击中身体的声音。

"棒极了。"她低语道，然后突然想到暴乱正好可以掩护她逃脱。她已经开始思考应急计划了。首先，活下来，离开这里。其次打电话给雷蒂希或者阿尔卡拉，让她们了解情况。她们可以找人来替代卡鲁奇，与此同时她会藏起来。很好。又一个穿着定制西装的家伙会在合同上签公司名字。这有多难？她可以做到的。不过这都是在她不死的前提下。

科迪莉亚拿好枪和钥匙，从消防楼梯的最下层走下来，准备去巷口，突然她僵住了。她知道有人就站在自己的正后方。

她一转身，左手挥出，将钥匙对准入侵者下巴正下方，至少她是这么希望的。绝对有人在那里。强壮的手指抓住她的手腕，左手向前的势头被完全化解了。手指把她拽拉进了暗处，只有楼梯的缝隙透出来自斯图尔特手足酒店的微光。科迪莉亚把枪拿起来，枪管抵着袭击者的肚子，就扣动了扳机。

什么都没有发生。

她看到一双深色的眼睛与她四目相对。这个身影空余的手向下伸，扣动了武器侧面的某个东西。男性的声音响起："这儿，小女士，你保险没开。现在就可以了。"

科迪莉亚震惊得连扳机都扣动不了了："好，我明白了。你是谁，我们能出去吗？"

"你可以叫我沃伦。"突然一片光亮穿开了楼梯的缝隙，从头顶洒下来，留下一道道斑马条纹状的光亮。

科迪莉亚看着男人脸上的一道道光。她看到了狂野卷曲的黑发，眼睛和她一样是深色，内双，扁平的大鼻子，突出的颧骨和厚实的嘴唇。她妈妈会说他是个带点颜色的男人。她也意识到，她是她所见过的最醒目的男人。她爸爸会因为这个想法拿鞭子抽她。

消防楼梯上响起脚步声。

"现在我们离开这里。"沃伦说着带她走向巷口。

通常都不会像说的那么简单。"那里有人。"科迪莉亚说。她看到有些男人拿着似乎是砖块的东西。他们在等待，街上的灯光照亮了他们的轮廓。

"有就有吧。"沃伦咧嘴一笑，科迪莉亚看到了白牙闪烁的光芒，"冲他们开枪，小女士。"

我觉得是个好主意，科迪莉亚想着，举起了右手的武器。她扣动扳机之后，那声音像是撕开帆布之后打中了砖块。透过枪口锯齿形的闪光，她看到巷子里的男人已经平躺在地上了。但她觉得自己并没有击中任何人。

"以后再担心准头问题。"沃伦说，"现在我们要走了。"他用右手包裹着她的左手，似乎并没有注意到她手上的钥匙。

她在想他们是否会踩着地上这些人的后背向前走，就像是泰山把鳄鱼当做垫脚石那样儿，踩着向前去。

◆

他们哪儿也没去。

某种类似热量的东西席卷全身。感觉仿佛是能量正从沃伦的指尖流出，进入她的身体。这种热量，她心想，就像是微波炉。

整个世界似乎突然向左动了两英尺，又向下降了一英尺。空气在她身边旋转着，整个夜晚汇聚成了她胸口明亮的一点。

之后就不是晚上了。

沃伦和她站在红棕色的平原上。在远处的平坦地平线上，平原和天空连在了一起。偶尔能看到耐受力很强的植物，感受到一丝微风。就连风也是热的，时而卷起尘土。

她意识到从火奴鲁鲁到奥克兰的航班上，新西兰航空的喷气机机舱就是和这片平原重叠在一起的。

科迪莉亚踉跄了一下，沃伦扶住她的胳膊。"我曾经见过这个地方。"她说，"狼形生物会出现吗？"

"狼形生物？"沃伦一时间有些困惑，"噢，小女士，你是说呃 - 木南，长着长牙，从阴影里出来的。"

"我猜是的。很多牙齿？成群结队？脖子上有一排排尖刺。"她松松地拿着枪，按摩着左手手背上的伤痕。

沃伦皱起眉头检查伤口："被刺穿了？你非常幸运。它们的毒液通常是致命的。"

"可能我们这些短吻鳄有自然免疫力。"科迪莉亚虚弱地笑着。沃伦看上去有些不解，但保持了礼貌。"没什么，我猜我就是运气好。"

他点点头。"确实如此，小女士。"

"这个小女士是个什么话？"科迪莉亚问道，"我刚才在小巷里没时间问。"

沃伦看上去很震惊，然后咧嘴大笑："欧洲的女士似乎都很喜欢这个称呼。带有那种殖民地的感觉。你懂吗？有时候我说话还是像个向导。"

"我不是欧洲人。"科迪莉亚说,"我是卡真人,美国人。"

"对我们来说都一样。"沃伦继续笑,"美国人和欧洲人一样,没区别。在这里都是游客。那我应该怎么称呼你?"

"科迪莉亚。"

他的表情变得很严肃,向前靠过去,把枪从她手上拿走了,小心仔细地检查起来,又关上了保险。"按比例缩小的赫克勒-科赫手枪。很贵的玩意儿,科迪莉亚。打算去打澳洲野狗?"他把武器还给她。

她拿在手上晃动,"属于跟我一起来爱丽丝泉的那个男人。他死了。"

"死在酒店?"沃伦问道,"穆尔高-穆盖的手下干的?有消息说,她打算做掉传道士的特工。"

"谁?"

"那个活板门蛛女。不是个善人,她这么多年来一直想杀我,从我还是个孩子的时候就想了。"他说得像个事实。科迪莉亚觉得他现在看着还像个孩子。

"为什么?"说着她不自觉地颤抖起来。她这人就怕蜘蛛。风吹起的红色尘土掠过她的脸,引得她一阵咳嗽。

"一开始是家族复仇。现在是其他原因。"沃伦似乎在思考,然后又补充道:"她跟我都有某些能力。我猜她是觉得内陆地区容不下两个有超能力的人吧。目光非常短浅。"

"什么样的能力?"科迪莉亚问道。

"你问题真多。我也有很多问题。我们可以一边走一边交流信息。"

"走?"科迪莉亚有点愚笨地问。目前的情况有些超出她的理解力,"去哪儿?"

"乌鲁鲁。"

"在哪里?"

"那儿。"沃伦指向地平线。

太阳挂在头顶正上方。科迪莉亚完全不知道他指的是什么方向。"那边什么都没有。只有一些看上去像是《道路战士》[1]拍摄地的乡村。"

"会有的。"沃伦开始走。他已经身处十几步之外了。他的声音跟着风飘回来。"美腿动起来,小女士。"

科迪莉亚发觉自己没多少选择,皱起了眉头。"传道者的特工?"她说道。那不是马蒂。有人犯了可怕的错误。

♥

"我们在哪儿?"科迪莉亚说。天空上点缀着小积云,但是似乎没有哪片云彩的影子能给她提供阴凉。她强烈地期望能出现这么一片。

"世界。"沃伦说。

"不是我的世界。"

"那就是沙漠。"

"我知道这里是沙漠。"科迪莉亚说,"我能看出来是沙漠,我能感觉到。从这个热度就能明显感受到了。但这里是什么沙漠?"

"这是创造之神的土地。"沃伦说,"是伟大的纳拉伯平原。"

"你确定吗?"科迪莉亚用一小块布擦汗,这是她之前小心地从她香蕉共和国的衬衣上撕下来的,"我在飞机上看了地图,距离不对啊。这难道不应该是辛普森沙漠吗?"

"梦境时光里的距离是不同的。"沃伦说。

"梦境时光?"什么情况,我现在是身处彼得·威尔[2]的电影里

---

[1] 全名为《疯狂的麦克斯Ⅱ:道路战士》,故事发生在澳大利亚的荒原上。
[2] 澳洲著名导演,作品有《楚门的世界》《死亡诗社》等。

面?"她心想,"神话传说里的那种?"

"不是传说。"她的同伴说道,"我们身处曾经、现在和将来的现实中。我们在万事万物的起源。"

"好吧。"我在做梦,科迪莉亚心想。我在做梦——又或者我已经死了,这是我的大脑细胞在一切燃烧殆尽、归于黑暗之前创造的最后景象。

"阴影世界的所有东西都先在这里被创造。"沃伦说,"鸟类,生物,草地,做事的方式,必须遵守的禁忌。"

科迪莉亚环视四周,并没有多少东西可看。"这些才是最初的?"她说,"我以前看的都是复制品?"

他用力地点头。

"我没看到沙漠越野车。"天气太热,她脾气有点上来了,"我没看到航班或者满是冰镇无糖百事可乐的自动贩卖机。"

他严肃地回答道:"这些只是变形。这里,是一切开始的地方。"

我死了,她闷闷不乐地想,"太热了。"她说,"我累了。我们还要再走多久?"

"一段路。"沃伦继续轻松地大步向前。

科迪莉亚停下脚步,把手放在胯上,"我为什么要一起去?"

"如果你不去。"沃伦转头,越过肩膀跟她说,"那你就会死。"

"哦。"科迪莉亚又开始向前,她不得不小跑几步才追上前面的男人。她的脑海里止不住地想冰冷的汽水,铝制罐子外面凝结的水珠。她渴望听到拉环被拉开的咔哒声,以及随后的嘶嘶声,还有那气泡,那味道……

"继续走。"沃伦说。

♣

"我们已经走了多久了?"科迪莉亚说着抬头看天,举起手放在眼睛上遮挡亮光。能看出来太阳离地平线近了很多。沃伦和她身后的影子拉长了。

"你累了吗？"她的同伴问道。

"累得不行了。"

"你需要休息吗？"

她想了一下。她自己得出的结论让她有些吃惊。"不，不，我觉得我不需要。至少暂时不需要。"力量是从哪里来的？她筋疲力尽——但体内似乎升腾起一股力量，就好像她是一株能从土壤里吸取养分的植物。"这个地方很神奇。"

沃伦点点头。"对，是的。"语气实事求是。

"但是，"她说，"我饿了。"

"你不需要食物，但我会留意的。"

科迪莉亚听到了一个声音，不是风声，不是她的双脚踏在沙尘土地上的声音。她转身，看到一只灰棕色的袋鼠跳过来，轻而易举地超过了他们。"我饿到能吃掉一只这个。"她说。

袋鼠用巨大的巧克力色眼睛看着她。"我希望你别这么做。"它说。

科迪莉亚迅速闭上嘴巴，回瞪着袋鼠。

沃伦对着袋鼠微笑，然后有礼貌地说："下午好，米拉姆。我们很快就能找到阴凉和水源吗？"

"对。"袋鼠说，"不幸的是，固兰盖奇的一个表亲正在贮藏殷勤好客。"

"至少，"沃伦说，"不是沼泽怪物。""这倒是。"袋鼠表示同意。

"我能找到武器吗？"

"在树下。"袋鼠说。

"很好。"沃伦松了一口气，"我可不喜欢只用我的双手和牙齿来对付怪兽。"

"我希望你一切安好。"袋鼠说。"还有你也是。"它对科迪莉亚说,"祝你们平安。"这个生物转向与他们的路线垂直的方向跳着离开了,不久就消失在沙漠里,不见踪影。

"会说话的袋鼠?"科迪莉亚说,"沼泽怪物?固南盖奇们?"

"固兰盖奇。"沃伦纠正道,"既是蜥蜴又是鱼的一种生物。当然,也是一种怪物。"她在脑子里拼凑这些信息,"它还独占一片绿洲。"

"完全正确。"

"我们能避开它吗?"

"不管我们走哪条路。"沃伦说,"总会和它遇上。"他耸耸肩,"只不过是个怪兽而已。"

"说得真对。"科迪莉亚很高兴自己还紧紧抓着迷你版赫克勒-科赫手枪。不锈钢有些发烫,而且在手上有点滑。"只不过是个怪兽。"她干渴的嘴唇里嘟囔出这么一句。

♠

科迪莉亚完全没明白沃伦是怎么找到池塘和那棵树的。她觉得现在走的是一条完美的直线。在太阳快要落下的远方出现了一个小点。他俩向前走,那个点就变大。科迪莉亚发现一棵看起来就命硬的沙漠木麻黄,上面带有木炭色的条纹。它似乎在这片贫瘠的土地上屹立几百年,并且被闪电击中过不止一次。一条青草带环绕着这棵树。一个平缓的斜坡通向芦苇,还有三十英尺宽的池塘边缘。

"怪兽在哪里?"科迪莉亚说。

"嘘。"沃伦大步走向树木,开始脱衣服。他浑身肌肉精瘦,轮廓很漂亮。他的皮肤因为出汗而闪烁着微光,光芒在黄昏中看起来近乎深蓝。开始脱牛仔裤的时候,科迪莉亚一开始转头不看,后来又觉得这不是讲究礼貌的时候,不管是真礼貌还是假礼貌。

老天，她心想，他美极了。她的亲戚中有些会诽谤中伤，有些会受到刺激，有股要处私刑的冲动——取决于性别。尽管她已经养成了痛恨这种想法的习惯，但还是想要轻轻地触碰他。她猛地意识到，这一点都不像她。尽管她住在纽约，身边都是各色人种，可他们依旧让她紧张。沃伦引发了那种反应，然而其本质和强度完全不同。她真的想要触碰他。

沃伦赤裸着身体，熟练地叠好衣服，在树下放成一堆。他依次从草地里捡起各种不同的东西。他审视了长棍棒许久，还是放回去了。最后，他站直的时候，一只手拿着矛，另一只手拿着回旋镖。他凶猛地看着科迪莉亚："我完全准备好了。"

她感到一阵寒冷，像是冰水流过身体。这种感觉是恐惧和兴奋的混合体，"现在怎么办？"她试图压低声音，保持冷静，但却略微尖锐。天啊，她真讨厌这样。沃伦没机会回答。他指向黑暗的池塘。远端泛起了涟漪。这些波纹的中心似乎在向着他们移动。水面上的几个泡泡破裂了。

水被推开了，一个噩梦中的身影端详着岸上两人。看起来比我见过的任何鬼牌都可怕，科迪莉亚心想。随着它的身体从水里抬起来，她推测这种生物的体积至少和大白鲨类似。青蛙一样的嘴大张着，展示出大量铁锈色的牙齿。它那双蜥蜴般鼓胀眯缝的眼睛紧盯着人类。"鱼和蜥蜴的比例是一样的。"沃伦口气像在闲聊，就好像是正带着欧洲游客穿过野生动物公园。他向前一步，举起长矛。"固兰盖奇表亲！"他喊道，"我们可以共饮泉水在树下休息。我们可以和平解决问题。如果不能,那我就要像猫人米拉根①对待你的伟大先祖那样对待你了。"

固兰盖奇发出的嘶嘶声像是货运车在刹车。它毫不犹豫地向前猛冲,落在岸边,湿漉漉的啪嗒声如同一条十吨重的鳗鱼。沃伦向后轻轻一跳,铁锈色的牙齿堪堪划过他的面前。他用矛戳中固兰盖奇的鼻子,这只鱼蜥蜴的嘶嘶声更响了。

"你不像米拉根那么轻盈柔软。"它说话的声音像蒸汽从管中喷出来的一样。沃伦拉出长矛再次刺过去的时候固兰盖奇猛地一闪躲,这一次,尖端扎进了怪物右眼下面闪亮的银色鳞屑上。这个生物扭动身体,把矛从沃伦的手指上拉下来。

怪物高高向后跳去,在十英尺之外盯着沃伦看,然后是十五英尺,二十英尺。男人满怀期待地向上看,右手拿着回旋镖。嘶嘶声几乎像是在叹息。"死期到了,小表亲!"固兰盖奇的粗脖子弯曲着,垂了下来。嘴巴大张着。

这一次科迪莉亚没有忘记咔哒一声把保险打开,这一次她双手抓住赫克勒-科赫。这一次子弹正好打在她所希望的位置。

她看到固兰盖奇的喉咙下流过一道黏液。她松开扳机,举起枪,快速朝着怪物的脸射出一股子弹。这个生物的一只眼睛像满是燃料的气球那样炸开了。它痛苦地大叫,绿色凝胶从鼻子里向外溅,脖子上的伤口则冒出深红色的液体。圣诞节的颜色,科迪莉亚心想。控制一下自己,姑娘。别乱想。

固兰盖奇在水里翻滚时,沃伦的胳膊挥出一道短小的弧线,回旋

---

① 澳洲土著传说中的角色。很久以前,在澳洲有许多具有神秘力量的生物,生活在水中的固兰盖奇就是其中之一。而猫人米拉根是著名的渔夫,他不屑去抓小鱼小虾,只对最凶残可怕的生物感兴趣。有天米拉根路过固兰盖奇生活的水中洞穴,正好看见了它。经过一番大战之后,米拉根从固兰盖奇的背上撕下一大块肉,而固兰盖奇逃走了。

镖飞过去，一端插中了这个生物的另一只眼睛，它因此大声哀号。科迪莉亚畏畏缩缩地向后退了一步。固兰盖奇急忙转身钻进水里。科迪莉亚好像看到了蜥蜴似的粗壮尾巴消失在水花中，随后，池塘一片平静，一开始有些小水花溅到岸上来，渐渐地，涟漪也不见了。

"他钻到土里去了。"沃伦蹲着，端详池塘，"他会在那里待很久。"

科迪莉亚给手枪又上了保险。

手上没拿武器的沃伦站起来，转过身不再看池塘。科迪莉亚无法控制自己。她盯着看了。沃伦眼睛一瞥，跟她四目相对。他几乎没有显示出不自在，说道："是因为竞技的兴奋感。"他又微笑起来。"在通常情况下，我带欧洲女士游览内陆地区的时候不会出现这种状况。"

科迪莉亚突然想起来帮他拿衣服，然后递给他。

沃伦毫不害羞地接过衣服。在转身穿衣之前，他说，"如果你愿意，可以现在喝点水休息一下。很抱歉，我没有准备茶叶。"

科迪莉亚说："我会想办法的。"

◆

虽然太阳已经快落下，但沙漠还要花些时间才能变凉。科迪莉亚依然能感受到热量从脚下升腾而来。沃伦和她靠在长着不少疙瘩的半裸露树根上歇息了片刻。空气像是棉被覆盖在她的脸上。她移动时动作似乎迟缓了不少。

"水很好喝。"她说，"但我还是饿。"

"你在这里的饥饿是一种幻觉。"

"那我打算幻想一份比萨。"

"嗯。"沃伦说，"很好。"他叹息了一声，接着双膝跪地，手指抚摸粗糙的树皮。他找到了一根松动的枝丫，把它从树干上拉了下来。他右手向前伸，手指抓住了空气中某些科迪莉亚没看见的东西。

"给你。"他向她展示。

她的第一反应是某种像蛇一样的东西在蠕动。她看到苍白的颜色，环状物，还有好多腿。"这是什么？"她问道。

"巫蛴螬。"沃伦微笑着，"是我们国家的特色食物之一。"他像个调皮的小男孩，把手猛地向前伸。"让你反胃了吗，小女士？"

"去你的。没有。"她有一丝恼怒，"别那样喊我。"你在干什么？在她伸手去拿时，她这样问自己。"必须生吃吗？"

"不是，不一定的。"他转身把这个生物拍在沙漠木麻黄上。巫蛴螬痉挛了一下，尔后停止了挣扎。

她强迫自己不要想，去做就好了，于是拿起巫蛴螬，扔进嘴里，开始咀嚼。上帝啊，她暗想，我为什么要这么做？

"你觉得如何？"沃伦表情严肃地问。

"嗯。"科迪莉亚说，"没有鸡肉味。"

♥

星星出来了，一条闪亮的带子横贯整个天空。科迪莉亚躺在地上，双手交叉放在脑后。她意识到自己在曼哈顿住了快一年了，还从来没抬头寻找过星星。

"努伦德利在那里。"沃伦指着天空，"还有他的两个年轻妻子，是被天空的统治者流放到那里的，因为这两个女人吃了被禁止的食物。"

"苹果？"

"鱼——只有男人才能吃的美食。"他的手移动位置，指向另一个地方，"那里，更远的地方——你能看出七姐妹。旁边是她们的追求者卡拉姆巴尔，你们管他叫毕宿五星。"

科迪莉亚说，"我有很多问题想问。"

沃伦的讲解停下了。"不是关于星星的？"

"不是。"

"那是关于什么?"

"这一切。"她做起来,在夜幕下张开双臂,"我为什么会在这里?"

"我带你来的。"

"我知道。但是怎么做到的?"

沃伦犹豫了很久才开口。"我有阿兰达血统,但是并没有在部落里长大。你知道城里也有土著人吗?"

"就像是《最后大浪》①,"科迪莉亚说,"我还看过《边缘居民》②。城市里没有那种土著部落,对吗?就只是独立的个体?"

沃伦笑了。"什么事你都会说到电影。这就是把所有事情与阴影世界相比。你知道真实的事情吗?"

"我觉得我知道。"她不太确定,但并不打算承认。

"我父母在墨尔本找工作。"沃伦说,"我是在内陆地区出生的,但那里的生活我一点都记不起来了。我是个城市男孩。"他苦涩地笑笑。"我在徒步旅行时总能遇上在水沟旁边呕吐的醉汉。"

科迪莉亚全神贯注地听着,没有说话。

"我还是个婴儿时,差点因为发烧死掉。医生束手无策,我的父母都绝望了,准备带我去白人医生那里看。后来烧退了。医生拿着医疗棍在我的头上摇晃,盯着我的眼睛,告诉我父母我会活下去,还会做出伟大的事情。"沃伦停了一会儿,"镇上的其他孩子也是同样发烧,但他们都死了,父母告诉我那些孩子们的尸体萎缩、扭曲,或者变成了无法言说的东西。他们都死了,只有我幸存下来。其他人的父母都恨我,恨我的父母生了我。所以我们就离开了。"他陷入沉默。

---

① 这部电影里有个角色是生活在城市中的土著人,他因偷窃土著圣物而被部落巫师用神秘的自然力量处决。

② 这部电影讲述的是一个土著家庭试图融入白人社区的故事。

科迪莉亚心里像是有颗星星一般被照亮了:"百变王牌病毒。"

"我听说过。"沃伦说,"我觉得你是对的。我的父母尽量让我的童年保持正常,直到我长出成年人的毛发,然后……"他的声音越来越小。

"然后?"科迪莉亚急切地问道。

"成年之后,我发现我可以随意进入梦境时光。我能够探索先祖们的土地。我甚至能带别人和我一起。"

"那这里就真是梦境时光了。不是某种共享的幻觉。"

他侧躺着,看着她。沃伦的眼睛和她的直隔了十八英寸。他的目光里有些东西触碰到了她的心底。"没有什么比这里更真实了。"

"飞机上我遇到的那个,呃-木南?"

"阴影世界里还有其他人能够进入梦境时光。一个是穆尔高-穆盖,她的图腾是活板门蛛。但是……她这个人有点问题。你会觉得她是精神错乱。在我看来她是个邪恶的人,虽然她说跟人民亲如一家。"

"她为什么要杀卡鲁奇?为什么要杀我?"

"穆尔高-穆盖痛恨欧洲圣人,尤其是从空中来的那个美国人。他的名字叫里奥·巴奈特。"

"吐火者。"科迪莉亚说,"他是个电视布道者。"

"他能够拯救我们的灵魂,但同时他会将我们全部摧毁,无论家族或是个人。再也不会有部落。""巴奈特……"科迪莉亚低声说,"马蒂不是他的人。"

"欧洲人长得很像。他是否为来自天空的男人工作不重要。"沃伦目光锐利地看着她,"你不是为了同样的原因来的吗?"

科迪莉亚没有接话。"那我是怎么活过呃-木南的攻击的?"

"我猜穆尔高-穆盖低估了你的能力。"他犹豫片刻,"也可能是你的经期?大部分怪兽都不会碰流血的女人。"

科迪莉亚点点头。她突然间为经期在奥克兰结束一事感到很惋惜。"我猜我现在必须靠赫克勒-科赫了。"过了一会儿，她说，"沃伦，你多大年纪了？"

"十九。"他犹豫地问道，"你呢？"

"快十八了。"两人都沉默了。一个非常成熟的十九岁少年，科迪莉亚心想。他跟她记忆中老家路易斯那州的那些男孩完全不同，也不像她在曼哈顿认识的那些人。

科迪莉亚感觉到沙漠空气和自己心里都有股寒气。她知道心里的寒冷是因为她现在有时间思考自己的处境。不仅离家几千英里远，而且身边全是陌生人，另外，她甚至不在自己的世界里。

"沃伦，你有女朋友吗？"

"我在这里孤身一人。"

"不是的。"她的声音并不尖锐。感谢上帝。"你愿意抱着我吗？"

时间流逝。然后沃伦靠近，笨拙地用双臂环绕着她。她的手肘一不小心碰到了他的眼睛，之后他们找到了一个双方都舒适的姿势。科迪莉亚贪婪地吸收他身体的温暖，脸靠着他的脸，手指缠绕着他出乎意料的柔软发丝。

他们接吻了。科迪莉亚知道，要是她父母知道她跟这个黑人的事，一定会把她打死。当然了，首先他们会弄死沃伦。她让自己吃了一惊。触碰他和触碰其他她喜欢的人没多大差别，她没碰过多少人，沃伦的触感比其他人好多了。

她又亲了他好多下。他也一样在吻她。夜晚的寒意加重了，他们的呼吸频率加快了。

"沃伦……"她喘息着，终于开口问了，"你想做爱吗？"

他虽然还在她的怀抱里，但却好像离她远了。"我不应该……"

她猜到了。"呃，你是个处男吗？"

"对，你呢？"

"我来自路易斯安那。"她的嘴贴上他的。

"沃伦是我小时候的名字。我的真名叫沃盖尔。"

"是什么意思?"

"回到星星上的人。"

她抬高自己迎接他,感觉到沃盖尔深深地埋在她体内。很久之后,她意识到她没有再去想她的妈妈或者她的家人的反应。一次也没有。

♣

那个巨大的东西一开始只是地平线上最小的一个点。

"我们就是要去那里?"科迪莉亚问道,"乌鲁鲁?"

"具有最伟大魔力的地方。"

他们走在路上,早晨的太阳也升上了天空,热气跟昨天一样逼人。科迪莉亚口渴,但她试图忽略掉。她腿疼,但不是因为走得太多。她喜欢这种感觉。

各种各样的内陆生物在路边晒太阳,审视着路过的人类。

一只鸸鹋。

一只伞蜥蜴。

一只陆龟。

一条乌梢蛇。

一只毛鼻袋熊。

沃盖尔礼貌地一一和它们问好,跟鸸鹋说"戴瓦恩表亲",和蜥蜴说"芒古加利",跟陆龟说"你好,瓦亚北",等等。

一只蝙蝠绕着他们飞了三圈,短促地尖叫着打完招呼就飞走了。沃盖尔礼貌地招招手:"一路顺风,纳拉达恩兄弟。"

他对毛鼻袋熊的问候格外热情洋溢。"它是我年轻时的图腾。"他向科迪莉亚解释,"沃伦。"

他们遇到一只在他们的踪迹旁晒太阳的鳄鱼。

"他也是你的表亲。"沃盖尔在教她该怎么问候。"早上好，库利亚表亲。"科迪莉亚说。这只爬行动物盯着她，在灼人的热浪里没有移动分毫。它张开嘴发出嘶嘶声，一排排白牙在阳光下闪烁。

"一个幸运的信号。"沃盖尔说，"库利亚是你的守护者。"

远方的乌鲁鲁越来越大，过来查观人类的生物越来越少。

科迪莉亚猛地意识到她在自己的思绪里沉静至少一个小时了。她斜睨了沃盖尔一眼："为什么你会刚好在小巷里救我？"

"我是被伟大神灵柏雅玛引导的。"

"这个解释不够好。"

"那天晚上有点像个狂欢会，人们都为了一个目的凑在一起了。"

"某种集会？"

他点点头。"我的族人通常不会参与这种事情。有时候我们不得不使用欧洲的方式。"

"这都是为了什么？"科迪莉亚用手遮住眼睛，眯着向远方看。乌鲁鲁现在有拳头那么大了。

沃盖尔也在眯着眼睛看乌鲁鲁。不知道为什么，他似乎在盯着更远的地方，"我们想让欧洲人离开我们的土地。尤其是不能让那个传道者占领更多据点。"

"我觉得不容易办到。澳洲人不是都很容易管理的吗？"

沃盖尔耸肩。"你没有信仰吗，小女士？就因为我们和他们的人数比是 1∶40 或 1∶50，也没有坦克和飞机，也明白世上没有几个人关心我们的事？就因为在管理组织方面，我们最大的敌人就是自己？"他的声音带着愤怒，"我们的生活方式延续了六千年，你的文化存在了多久？"

科迪莉亚开始说些抚慰人的话。

这个年轻人激动地继续说："我们发现用新西兰毛利人的方式很难有效地组织起来。他们的家族都很大。我们只是小部落。"他郁闷地微笑着,"你可能会说毛利人跟你们的王牌很像,而我们是鬼牌。"

"鬼牌也能组织起来。一些有良知的人会帮助他们。"

"我们不需要欧洲人的帮助。起风了——整个世界都是,就像在内陆一样。看看印第安人的家园,是在美洲丛林里用大砍刀和刺刀建造起来的。看看非洲、亚洲,革命燃烧到的每个大洲。"他的声音提高了,"是时候了,科迪莉亚。就连白人基督都认定历史的伟大车轮在不到十年之内就会吱呀作响,重新启动。火已经烧起来了,虽然你们还没有感受到热量。"

这是我认识的他吗?科迪莉亚心想。她觉得自己认不出他了。她不曾料想会发生这些。但是她心里意识到他的话有些道理。她也并不惧怕他。

"穆尔高-穆盖和我不是唯二发烧的孩子。"沃盖尔说,"还有别人。恐怕还有好多。这可能有点用。我们会带来变革。"

科迪莉亚微微点头。

"整个世界都在燃烧,我们全在燃烧。你的塔基扬医生、哈特曼参议员和整个欧洲代表团知道吗?"他黑色的瞳孔直直盯着她的眼睛,"他们的目光只局限在美国,他们真的想知道世界上其他地方正在发生着什么吗?"

科迪莉亚没说话。不,她心想,可能不。"我猜他们并不想。"

"那么这就是你必须传达给他们的信息。"沃盖尔说。

♠

"我见过图片。"科迪莉亚说,"这是艾尔斯巨石。"

"这是乌鲁鲁。"沃盖尔说。

他们抬头盯着巨大的一整块红色砂岩。

"这是世界上最大的一块单个石头。"科迪莉亚说,"一千三百英尺高,七英里宽。"

"这是魔法之地。"

"侧面的标记。"她说,"看起来像是大脑的剖面图。"

"那只是对你来说。在我看来它们是战士胸口的标志。"

科迪莉亚环顾四周:"这里应该会有上百个游客。"

"在阴影世界里确实有。在这里他们会成为穆尔高-穆盖的饲料。"

科迪莉亚难以相信:"她吃人?"

"她谁都吃。"

"天呐,我真讨厌蜘蛛。"科迪莉亚不再抬头看岩石,她的脖子抽筋了,"我们必须爬上去?"

"有一条平稳点的路线。"他示意两人要沿着乌鲁鲁的底座再走远一点。科迪莉亚觉得这块岩石单单是体量就足以让她震惊了——而且它还有其他东西。她心中一阵敬畏,大石头一般不会在她心里引发这种情感。肯定是魔法,她心想。

徒步了二十分钟之后,沃盖尔说,"这里。"他向下伸手,又一个武器贮藏处。他拿起一把长矛,还有一根被称为努拉努拉的棍子,一把燧石刀,一枚回旋镖。

"真方便。"科迪莉亚说。

"魔法。"沃盖尔用皮绳把武器捆在一起。他把包背在肩膀上,指着乌鲁鲁的最高点:"下一站。"

对于科迪莉亚而言,他这个建议看起来比之前的一路还要困难,"你确定?"

他示意她的手提包和赫克勒-科赫手枪:"你应该把这些扔掉。"

她摇摇头,先看向他的武器,再看看自己的:"不可能。"

♦

科迪莉亚趴在地上,斜睨着石质斜坡,然后向下看。我不应该这么做的,她心想。虽然可能只有几百码,但是就好像要跳过空的电梯井一样。她勉强抓到了一个支撑点,现在左手的手枪作用不大。

"放手吧。"沃盖尔伸手稳住她空着的那只手。

"我们可能会需要用。"

"对抗穆尔高-穆盖的时候这个的力量太微小了。"

"我愿意冒这个险。面对魔法的时候,我需要我所能得到的全部帮助。"她上气不接下气地说,"你确定这是最轻松的上行路线?"

"这是唯一的路线。在阴影世界里,前三分之一路程的石头上固定着粗铁链,这是对乌鲁鲁的冒犯。游客们通过铁链把自己拉上去。"

"我更愿意借助这种冒犯。"科迪莉亚说,"还有多远?"

"大概一个小时,也许不到。取决于穆尔高-穆盖会不会朝我们扔石头。"

"哦。"她思考了一下,"你觉得可能性大吗?"

"她知道我们要来,取决于她的心情。"

"但愿她没有经前综合征。"

"怪物不会流血。"沃盖尔严肃地说。

他们到达了乌鲁鲁宽阔不规则的顶部,找了一块石头歇息。"她在哪里?"科迪莉亚问道。

"如果我们不去找她,她也会来找我们。你有急事吗?"

"没有。"科迪莉亚忧心忡忡地环顾四周,"那呃-木南呢?"

"你在阴影飞机上将它们全部杀死了。这种生物不是无限量供应的。"

老天,科迪莉亚想,我杀光了一个濒危种族。她想要偷笑。

"气喘匀了吗?"

她哼哼着从厚石板上站起来。

沃盖尔已经站起来了,面朝天空,评估着温度和风。山顶比下面的沙漠凉爽许多。"今天是个死亡的好日子。"他说。

"你也看了不少电影。"

沃盖尔咧嘴一笑。

他们几乎绕着顶部走了一圈之后才遇到一块约一百码宽的平坦区域。几码外就是砂岩悬崖，通向下方沙漠。"这里看起来不错。"沃盖尔说。风吹日晒的砂岩表面并不是光秃秃的，各处都散落着足球大小的石头，大概是砂砾。"我们快到了。"

一个声音似乎从四面八方传来，言语刺耳，如同两大块砂岩相互摩擦："这里是我家。"

"这里不是你家。"沃盖尔说，"乌鲁鲁是我们所有人的家。"

"你们入侵了……"

科迪莉亚忧虑地看向四周，但除了石头和稀疏的灌木之外什么都没看到。

"……就得死。"

石头间的空地上，一片十英尺宽的砂岩片突然翻转，砸向乌鲁鲁表面，裂成碎片，石块散落一地。科迪莉亚条件反射地后退，沃盖尔则一动不动。

穆尔高－穆盖，活板门蛛女，从洞穴中钻出来，出现在他们面前。

科迪莉亚觉得自己突然跳入了最可怕的噩梦。家乡的河口处也有大蜘蛛，但没有这么大的。穆尔高－穆盖身体呈深棕色，长满粗毛，有大众汽车那么大，球形的身体晃悠着在八条有节的腿上保持平衡。她的每条腿上都长着一丛丛刺状棕色毛发。

闪闪发光的复眼审视着人类闯入者，嘴巴大张，舌头微微移动，一道清澈黏稠的液体滴在砂岩上。上颚分开了。

"我，的，天。"科迪莉亚说，想要向后退一步，后退很多步。她想要从这场噩梦里醒来。

穆尔高－穆盖冲着他们来了，腿上闪烁着光芒，好像是会时不时地脱离现实,科迪莉亚觉得似乎在看高画质的停格摄影。

"不管穆尔高－穆盖还是什么,"沃盖尔说,"她总归是一种优雅与平衡的生物。这是她的自负之处。"他放下装着武器的包,解开皮绳。

"你的血肉会是一顿美味午餐,表亲。"生硬粗鲁的声音响起。

"我跟你可不是亲戚。"科迪莉亚说。

沃盖尔掂量着回旋镖,似乎是在考虑某种实验,接着他流畅地将其扔向穆尔高－穆盖。磨光的木质边缘擦过这只蜘蛛腹部的硬毛,呼的一声飞向天空,开始回转。可惜高度不够,没有飞上这块岩石。科迪莉亚听到回旋镖撞在乌鲁鲁边缘下方时碎裂的声音。

"运气欠佳。"穆尔高－穆盖说完大笑起来,声音油滑黏糊。

"为什么,表亲?"沃盖尔问道,"你做这些都是为什么?"

"傻孩子。"穆尔高－穆盖说,"你忘记了传统。这会导致你的死亡,也可能导致你的族人的死亡。你大错特错。我必须弥补。"

她显然不着急进食,只是缓慢地向他们走来。她的腿还在高频闪烁,看得人眼晕。"我对欧洲人越来越有胃口。"她说,"今天的多样化食物我会好好享用。"

"我只会有一个机会。"沃盖尔低声说,"如果没用——"

"会有用的。"科迪莉亚说。她走到他旁边,触碰他的胳膊。"让欢乐时光延续下去。"

沃盖尔瞥了他一眼。

"让欢乐时光延续下去。我爸爸最喜欢的一句话。"

穆尔高－穆盖跳起来了。

这个蜘蛛生物落在他们头顶,酷似一把被风吹坏的雨伞,骨架扭曲弯折着。

沃盖尔把长矛的尾部扎进坚硬的砂岩里,把回火抛光过的头部插进怪物的身体。穆尔高－穆盖尖叫起来,既是暴怒,也是在彰显胜利。

矛头擦过其中一个上颚，然后断了。长矛柔韧的杆子先是弯曲，其后咔嚓一声四分五裂，宛如碎裂的脊椎。蜘蛛生物靠得太近了，科迪莉亚都能看见腹部的跳动，还能闻到黑暗刺鼻的恶臭。

现在我们可是有麻烦了，她心想。

她和沃盖尔都匆忙向后退，试图避开搜寻着他们的腿和开合的上颚。努拉努拉轻快地在砂岩上跳动着。

科迪莉亚抄起燧石刀。突然一切都像是慢动作，一条多毛的前腿踢向沃盖尔，尖端踢中了男人的胸膛心脏靠下位置。这力道让他向后飞起来，跌落在石间空地上，此刻的他就如科迪莉亚小时候玩的布娃娃一样柔软。

也一样毫无生气。

"不！"科迪莉亚尖叫着跑向沃盖尔，跪在他身旁，摸他脖子上的脉搏。什么都没有，也没有呼吸。沃盖尔眼无神地盯着空无一物的天空。

她环抱着这个男人尸体，过了一会儿才意识到蜘蛛生物正在二十码之外耐心地端详着他们。"你是下一个，不完美的表亲。"言语伴着研磨般的声音传来，"你很勇敢。但说到我的族人所追求的事业，你和毛鼻袋熊一样没用。"穆尔高-穆盖开始向前。

科迪莉亚意识到自己还紧握着手枪。她用迷你赫克勒-科赫手枪对准蜘蛛生物，扣动扳机。什么都没发生，她打开保险，又关上。再次扣动扳机。还是什么都没发生。该死，没子弹了。

专心点，她心想。她盯着穆尔高-穆盖的眼睛，想用意志杀死她。那股力量还在她体内，她能感觉到。她倾尽全力，但是什么都没发生。她无助地意识到穆尔高-穆盖甚至没有慢下来一丁点。

显然爬行动物拿蜘蛛没辙。

蜘蛛向她冲来，如同一辆优雅的八腿高速列车。

科迪莉亚知道已经不会发生什么了,现在只剩一件让她最为恐惧的事情。

她想知道她脑海里的画面会不会是她这辈子想到的最后一件事。那是很久以前的一幅漫画,画的是金刚在帝国大厦侧面,手里抓着女主演菲伊·雷。双翼飞机里的一个男人冲着女人喊:"迷倒他,菲伊!迷住他!"

科迪莉亚调动起全身上下仅剩的歇斯底里的力量,将手枪扔向穆尔高-穆盖的头。武器击中了对方的一只复眼,怪物微微后退。她向前一跳,胳膊和双腿缠住蜘蛛生物的一条腿。

怪物踉跄了,但是很快恢复过来,然而科迪莉亚迅速将燧石刀插进了她的腿部关节。这条腿蜷曲起来,蜘蛛生物支撑不住自己的重量了,缩成一团,腿胡乱晃动,此时科迪莉亚依然抓着一条多毛的腿。

女人在混乱之中瞥见了前面下方的沙漠。她松手了,撞上了巨石表面,在翻滚之中抓住凸出的一个岩块,停了下来。

穆尔高-穆盖被推到了巨石外面。在科迪莉亚看来,怪兽似乎在那里停留了一会儿才掉了下去,就像是哔哔鸟动画片里的歪心狼①一样。

科迪莉亚看着这个腿部胡乱挥动挣扎的生物越来越小,同时发出指甲刮过黑板的刺耳声音。

最终,她成了乌鲁鲁底部的小黑点。科迪莉亚想象着她粉身碎骨,八条腿都张开的样子,"你活该!"她大喊,"贱人!"

沃盖尔!她转身,一瘸一拐地来到他身边。

他还是毫无生气。

在这一刻,科迪莉亚允许自己流下愤怒的眼泪,接下来她意识到

---

① 华纳公司动画片中的角色,二者是死对头,每次斗智斗勇的结局都是歪心狼输,其中一个经典场景是被追到悬崖边缘时,哔哔鸟可以不受重力影响,而歪心狼会在空中停留片刻,跌下悬崖。

她拥有属于自己的魔法。"只过了一分钟。"她说着，似乎也是在祈祷，"不算长，一点都不长，只有一分钟。"

她朝沃盖尔弯下身子，集中注意力。她感到心灵中的力量被抽出，流到这个男人身上，保护着冰凉的身体。这是她意外想到的。以前她只试过关闭自主的神经系统，还从来没试过开启系统。她从来没想过可以这么做。

杰克的声音从八千英里之外传来，在耳边回荡："你也可以用它来救命。"

能量在流动。

最微弱的心跳。

最轻微的呼吸。

又一次。

沃盖尔开始呼吸。

他呻吟着。

感谢上帝，科迪莉亚想，或者感谢柏雅玛。她环顾着乌鲁鲁顶端。

沃盖尔睁开眼睛，"谢谢你。"他声音微弱，却清晰。

♥

暴乱从两人身边席卷而过，警棍挥舞着，土著的头因此碎裂。"该死。"沃盖尔说，"你肯定觉得这里是他妈的昆士兰。"他似乎是因为科迪莉亚在场才没有加入混战。科迪莉亚后退一点，靠在小巷的墙上。"你把我带回爱丽丝泉了？"

沃盖尔点点头。

"这还是那天晚上吗？"

"在梦境时光里所有的距离都不一样。"沃盖尔说，"时间也是。"

"我很感激。"愤怒的喊声、尖叫声和警笛声，震耳欲聋。

"现在干什么？"这个年轻男人问。

"睡觉。明天早上我会租一辆路虎，开去马赫迪裂口。"她在思考一个问题，"你想跟我一起吗？"

"今晚？"沃盖尔也在犹豫，"嗯，我会和你待在一起。你不像空中布道者那么坏，但是我还是想说服你放弃卫星地面站的事。"

科迪莉亚开始放松了一点。

"当然了。"沃盖尔四下看看，"你得把我悄悄带进你的房间。"

科迪莉亚摇摇头。她心想，简直是高中重演。她的胳膊揽着旁边的男人。

她有好多事情想告诉人们。向南去马赫迪裂口的道路就在前方。她还没有决定是否要先往纽约打电话。

"有一件事。"沃盖尔说。

她给他一个询问的眼神。

"欧洲男人有个惯常行为。"他缓慢地说，"他们会利用土著情人，之后又抛弃。"

科迪莉亚看着他的眼睛。"我不是欧洲男人。"她说。

沃盖尔笑了。

♣ ♦ ♠ ♥

WILD CARDS

泽维尔·德斯蒙德的日志

3月14日，香港

最近我感觉有所好转，对此我很高兴。也许是因为在澳大利亚和新西兰的短暂停留。在拜访过新加坡和雅加达之后，到悉尼几乎就像回家一样，而且我莫名被奥克兰和那相对富饶洁净的小鬼牌镇吸引住了。他们倾向于称呼自己"丑人"，这个称呼比"鬼牌"还冒犯人。除了这一点之外，我在新西兰的这些同伴们跟其他地方的鬼牌活得一样体面。我甚至在我的酒店里买到了上一周的《鬼牌镇呼喊》。读到家乡新闻让我情绪高涨，尽管其中很多标题都是关于我们街道上的一场帮派之争。

香港也有鬼牌镇，跟这座城市的其他部分一样商业化到了无情的地步。实际上，鬼牌商业巨头组成的代表团已经邀请过蝶蛹和我明天跟他们吃午餐，讨论"纽约鬼牌与香港鬼牌之间可能的商业联系"。我对此很期待。

老实说，能远离代表团的各位几个小时是件好事。一叠卡牌上现在弥漫的情绪在最好的情况下也是焦躁易怒，这要感谢托马斯·唐斯和他过度发达的新闻直觉。

正要从基督城出发来香港时，我们的信件到了，包裹里还有最新一期的《王牌》杂志。上了飞机之后，挖掘者在过道里前前后后地走动、分发，这是他的习惯。他应该先读一遍。我觉得，这一次，他和他那恶劣的杂志又拉低了底线。

这一期的封面故事是他写的，关于游隼怀孕。我觉得很有意思的一点是，杂志明显认为隼的宝宝是旅程中的大新闻，所占版面比挖掘者以前的文章大了一倍，包括叙利亚那场可怕的意外。不过也可能只有这样才能理直气壮地放上横跨四页且用亮光纸打印的游隼美图，从过去到现在，穿着各种服装，包括没穿衣服的样子。

早在我们停留于印度时,就有人悄悄说她怀孕了,到泰国时她承认了,所以不能怪挖掘者乱编故事。《王牌》杂志依靠的就是这类事情。不过,隼之前说过她的"微妙情况"是件私事,但挖掘者明显不同意,他挖得太深了,这不仅会损坏他自己健康,还伤害了一叠卡牌上的同伴友谊。

封面上写着,"谁是隼孩子的爸爸?"打开杂志,就看到一幅占据两页的艺术作品,描绘的是游隼怀里抱着一个婴儿,但这个婴儿只有黑色轮廓,脸上有个问号。"爸爸是个王牌,塔基扬说道"——这是小标题。旁边还有个大很多的橙色条幅,上面写着,"朋友恳求她堕掉可怕的鬼牌宝宝"。传言说他们俩一起去探寻新加坡夜生活中有伤风化的那一面时,挖掘者灌了塔基扬不少白兰地,所以诱导他说了些不慎重的话。他没打探到父亲的名字,但是酒喝到一定程度之后,塔基扬就毫无保留地列出了游隼应该堕胎的所有理由,最重要的就是孩子有9%的可能是鬼牌。

我承认,读完这篇文章,心里满是寒冷的怒气,同时很庆幸塔基扬医生不是我的私人医生。这样的时刻也总会引得我思考塔基扬如何能够假装成我的朋友,或者任何鬼牌的朋友。酒后吐真言,他们说。塔基扬说得很明白,任何女性面对游隼这种情况,最佳选择都是堕胎。塔基斯星人憎恶畸形,所以他们的习俗是出生后不久就"选择性处理"(如此文雅的词)畸形的孩子(数量极少,因为他们并没有在自己身上使用病毒,而是慷慨地赠予了地球人)。你想说我太过敏感也可以,但塔基扬显然是在暗示死亡都比当鬼牌更好,从未活过比作为鬼牌而活更好。

我把杂志放下的时候气得脸色铁青,我知道我不可能再理智地与塔基扬交流,所以我站起身来,去媒体舱跟唐斯分享我的看法。我希望我至少能语气坚定地指出,从语法上来说,"鬼牌宝宝"前面的那个形容词"怪物似的"是可以省略的,但是《王牌》杂志的编辑显然觉得非加上不可。

不过挖掘者猜到了我的意图,截住了我的话头。我触动了他的良心,至少他知道我有多沮丧,因为他立马开始找借口。"嘿,我只是写了文章而已。"他说,"标题是纽约那边加上的,还有绘图,我无权过问这些。听着,德斯,下一次我会和他们谈谈——"

他没机会许下这个承诺了,因为就在这时乔什·麦考伊走到他旁边,用卷起来的《王牌》杂志戳戳他的肩膀。唐斯转头时,麦考伊一拳挥过来。第一下打断了挖掘者的鼻子,引发一声令人恶心的声音,我都有点晕眩。麦考伊又冲着挖掘者的嘴唇来了几下,几颗牙齿因此松动。我抓着麦考伊的手臂,用长鼻子卷住他的脖子,想要拦住他,但是他本身就壮实,现在又是暴怒状态,轻而易举地推开了我。我从来就不是靠身体力量的人,再说我现在的身体也很虚弱。好在比利·雷在麦考伊造成严重伤害之前及时过来把他们分开了。

航程的剩余时间里,挖掘者都待在飞机的后部,狂吃止痛药。比利·雷也被他惹恼了,因为他的白色衣服上沾了血。比利最斤斤计较的就是他的外表,他再三对我们说:"那些该死的血迹根本弄不掉。"麦考伊到前面去了,他跟海勒姆、西北风和贾亚瓦德纳一起安慰隼,她因为这篇报道伤心不已。麦考伊在飞机后部暴打挖掘者时,她在前面跟塔基扬争执。他们的对峙没有那么多身体接触,但同样充满戏剧张力,这是霍华德说的。塔基扬一遍遍地道歉,但不管说多少遍似乎都无法平复游隼的暴怒。霍华德还说,幸好她的爪子都被放在行李箱里托运了。

后来,塔基扬一直一个人坐在头等舱休息室里,还带着一瓶人头马,脸上的表情活像一只刚在波斯地毯上尿尿的小狗。要是我残忍一点,肯定会上楼跟他解释我个人的不满,但是我不愿意。塔基扬身上有种特别的东西,你不会跟他生太久的气,不管他的行为有多无知或者糟糕。我对这点很好奇。

不管怎么说。我很期待行程中的这部分。我们会从香港前往广东、上海、北京以及其他同样具有异域风情的地点。我想在长城上走走，看看紫禁城。二战时期我选择加入海军，为的是看看世界，远东对我来说一直带着特殊的光彩，但我却被分配到新泽西贝永市的办公室里。我和玛丽本来打算之后再弥补，但是宝宝已经有点大了，我们必须先确保资金充裕。

嗯，我们是有计划的，但同时，塔基斯星人也有他们的计划。

在这些年里，中国逐渐成为一个象征，它代表着我想做但没做过的事情，想去但没有去成的远方，它是属于我的《一代歌王》的故事。而现在，它终于出现在了不远处。现在我也真正相信我的终点就快到了。

♣ ♦ ♠ ♥

零时

刘易斯·夏尔纳

这家商店的橱窗里像金字塔似的堆放着好多电视机,都调成同一个频道。它们追踪了一架降落在成田机场的747,然后镜头拉回,在荧幕上展示了一则公告,然后机场场景切换成一张漫画,画的是塔基扬、卡通飞机和英文的"一叠卡牌"。

福尔图纳托在商店前面停步。天色渐渐变黑,银座的各色霓虹的开始闪烁。隔着橱窗玻璃他什么都听不见,所以他只好无能为力地看着屏幕上的哈特曼、蝶蛹和杰克·布劳恩。

他刚想到他们要拍到游隼了,她就出现在了屏幕上,嘴唇微张,眼神躲闪,风吹过她的头发。就算他依旧拥有百变王牌带来的力量,他也不需要借助那些力量就能预测到。他知道他们会拍她,因为这正是他所害怕的。福尔图纳托看着自己的玻璃上的倒影,与她的样子叠加,他模糊不清,如同鬼魂。

他买了一份《日本时报》,东京最大的英文报纸,头条是《王牌入侵日本》,里面还有带彩图的大张折叠插页。人潮自他身边汹涌而过,主要是男性,大多穿着西装,基本上是自动运行状态,注意到他的那些投来震惊的一瞥后,就把目光移开了。他们注意到了他的身高、瘦削和外国人的感觉。他们不在乎他有一半的日本血统,因为他的另一半血统是美国黑人。在日本,和世界上其他很多地方一样,肤色越白越好。

报纸上说代表团会下榻新近改建的帝国酒店,离福尔图纳托现在所处的位置只有几个街区。福尔图纳托心想,不管先知愿不愿意,山都向他走来了。

是时候洗个澡了，福尔图纳托心想。

♣

福尔图纳托弯腰站在水龙头旁边，给全身抹上肥皂，仔细地用他的塑料水桶冲洗干净。对日本人而言，带着一身肥皂进大浴盆和穿鞋子坐榻榻米一样，都是决不能容忍的礼仪忌讳。洗干净之后，福尔图纳托走到浴池边，像日本当地人一样熟练随意地将毛巾围在腰间，遮住下半身。

华氏115度的热水给他带来了痛苦的愉悦。汗水和冷凝的混合物立刻从头上冒出来，顺着脸向下流。肌肉放松了，不过他自己却没有。他身边的男人闭着眼坐在大浴盆里，没有人在意他。

他几乎每天都在这个时候泡澡。在日本待了六个月之后，他和身边的几百万日本人一样，成了被习惯支配的生物，每天早上九点就起床了。可在纽约的时候，他这样早起的次数屈指可数。他早上会冥想或者学习，每周穿过海湾两次，去千叶市的一间禅宗寺。

下午他就化身为游客参观游览，从普利司通的法国印象派到立家的木雕，漫步帝国花园，在银座购物，拜访神庙。

到了晚上则是"水商卖①"，也就是各种带来欢愉的地下经济，从最保守的艺伎屋，到最肆无忌惮的妓女，从四面都是镜子的夜店到小小的红灯区酒吧，在深夜，清酒喝多了的女店主会被挑唆着在福米卡（红木板材）柜台上赤裸地跳舞。福尔图纳托从来没见过完全是为了满足淫欲而存在的世界。他在纽约也有业务，他学着日本将手下的高级妓女们称为艺伎，不过数量上跟这里完全不能比。虽然在他身上发生了很多事情，虽然他想要在寺院里过与世隔绝的生活，但他还

---

① 水商卖：此为日语词汇，指的是那种接待客人的行业。

是做不到完全离开这些女人。就算是只是看着她们，和她们聊天，再回到他的小隔间里自慰也很好，这样可以阻止他损耗完的百变王牌能力重新恢复，以防密宗能量在他的海底轮里堆积。

水已经不再烫到让他疼痛了，他走出来，再次擦上肥皂冲洗干净，回到大浴盆里。他想，是时候做个决定了，要么去酒店直面游隼和其他人，要么完全离开这个地方，也许应该在千叶市的寺院待上一周，就不会偶然撞见他们。

或者，他心想，还有第三条路。让命运来决定。继续做他的事情，如果他命中注定要遇到他们，那他会遇到的。

♠

那是在五天之后，周二日落之前一会儿，而且完全不是意外。他刚和他认识的竹叶亭厨房里的一个服务生说完话，正通过后门走进小巷，一抬起头来，发现她就在那里。

"福尔图纳托。"她说。她的翅膀在身后伸开，甚至都触碰到了小巷的墙壁。她穿着一条深蓝色露肩针织裙，紧贴着身体。看样子，她怀孕有六个月了，在他看过的所有报道里，都没提到这一点。

有个男人跟她一起，大概是印度人，或者是那周边的。年约五十，发福，头发稀疏。

"游隼。"福尔图纳托说。她神情沮丧、疲惫又宽慰——这些情绪同时出现。她的胳膊抬起来，福尔图纳托走向她，轻柔地拥抱她。在某一瞬间，她把额头靠在了他的肩膀上，然后立刻又移开了。

"这是……贾亚瓦德纳。"游隼说。那个男人双手合十，手肘向外，低下头。"是他帮我找到你的。"

福尔图纳托也向他鞠躬。天啊，他心想，我快变成日本人了。接下来我会在每句话开头加上毫无意义的音节，于是就连话都不会说了。"你是怎么知道……"他问道。

"百变王牌。"贾亚瓦德纳说,"我一个月前就见到过这个时刻。"他耸肩。"幻象不由我控制。我不知道为什么会有幻象,也不知道是什么含义。我是它们的囚徒。"

"我知道这种感觉。"福尔图纳托说完,再次看向游隼。他伸出一只手,放在她的小腹上。他能感觉到孩子在她身体里动。"是我的孩子,对吗?"

她咬着嘴唇点点头,"但我不是因为这个才到这里来的。我原本不想打扰你,我知道这也会是你想要的。但是我们需要你的帮助。"

"什么帮助?"

"是海勒姆。"她说,"他不见了。"

◆

游隼需要坐下。不管是在纽约还是伦敦或者是墨西哥城,步行范围内永远都会有个公园。但是东京实在寸土寸金。福尔图纳托的公寓在一栋灰色建筑里,要坐半个小时地铁才能到,他的房间够摆放四张榻榻米,六英尺宽十二英尺长。这里过道狭窄,只有公用厕所,没有草地或者树木。而且,只有疯子才会在交通高峰期坐地铁,站点里甚至有戴白手套的员工专门负责把乘客推进已经满满当当的车厢。

福尔图纳托带他们去街角一家咖啡厅风格的寿司店。装修是红色人造革,白色福米卡家具和铬合金。寿司被放在一条传送带上,穿梭于所有卡座之间。

"我们可以在这里聊。"福尔图纳托说,"不过我不会尝试这里的食物。如果你们想吃东西,我带你们去其他地方——那意味着要排队等待。"

"不用。"游隼说。福尔图纳托看出来店里浓烈的酸味和鱼腥味让她不太舒服。"这里就可以了。"

走过来的路上他们已经互相问过近况了,两个人的回答也都很愉快且含糊。游隼跟他谈到了宝宝。她说，健康，看过的人都说正常。福尔图纳托也问了贾亚瓦德纳几个礼貌的问题。此刻他们只能直奔主题。

"他留下一封信。"游隼说。福尔图纳托仔细看过了。书写似乎不太整齐，不像海勒姆平时强迫症似的笔迹。上面写着他因为私人原因而要离开代表团。他向所有人保证他身体很健康。他希望能在不久之后重新回归。如果不能回来，那就跟大家在纽约见。

"我们知道他在哪里。"游隼说，"塔基扬找到他了，通过心灵感应，还确认了他没有受伤之类的。但是他拒绝进入海勒姆的大脑，查看哪里出了问题。他说他没有这个权利。他也不让我们跟海勒姆谈。他说，如果有人想离开代表团，那我们也无权过问。也许他是对的。我知道如果我试图跟他谈，也不会带来什么好结果。"

"为什么这么说？你们关系一直很好啊。"

"他现在不一样了。12月之后他就变了。离开加勒比之后他像是被巫医下了咒。"

"是发生了什么具体的事情之后，才转变的吗？"

"是发生了些事情，但具体的我们不知道。我们周日在宫殿和中曾根康弘首相，还有其他官员一起吃午饭，突然来了一个穿着廉价西装的男人。他就这么走进来，递给海勒姆一张纸，海勒姆立马脸色惨白，但什么都不肯说，当天下午就独自回到了宾馆，说是不舒服。他肯定是在那个时候收拾行李走了，因为晚上他就不见了。"

"你还记得西装男有什么特征吗？"

"他有个文身。在他手腕上，也不知道延伸到胳膊的哪个位置。相当清晰，那些绿色、红色和蓝色。"

"可能覆盖了他的整个身体，"福尔图纳托说。他揉揉太阳穴，他的日常头痛又开始了。"是黑道。"

"黑道……"贾亚瓦德纳重复道。

游隼的眼神投向福尔图纳托,又向着贾亚瓦德纳,最后又回到福尔图纳托,"是坏事吗?"

"非常坏。"贾亚瓦德纳说,"就连我都听说过。他们是帮派成员。"

"类似黑手党。"福尔图纳托说,"只不过没那么集中,每个家族——他们这么称呼自己的帮派的——都是独立的。日本大概有两千五百个帮派,每个都有自己的'亲分',也就是老大、教父的意思。要是找海勒姆麻烦的是黑道,那我们根本连哪个帮派在追杀他都查不出来。"

游隼又从包里拿出一张纸。"这是海勒姆所在酒店的地址。我……答应塔基扬不会去见他。我跟他说应该把地址告诉我们当中的一个人,以防出现紧急情况。后来贾亚瓦德纳先生跟我说了他的幻象……"

福尔图纳托把手放在纸上,但是没有看。"我不再拥有那种力量了。"他说,"我倾尽全力对抗钦天士,现在一点力量都不剩了。"

那是在9月,纽约的百变王牌日。喷气机小子就是在十四年前的这一天搞出大麻烦的,孢子落在城市里,包括他自己在内的数千人因此丧命。而在十四年后,一个名叫钦天士的男人选择在这个日子报复那个一直追捕他、破坏他秘密埃及共济会的王牌。他和福尔图纳托在东河上用炫目的火球大战一场,赢的是福尔图纳托,但他也因此失去了一切。

这天晚上,他第一次也是最后一次与游隼做爱。这天晚上,她的孩子被孕育出来。

"没关系。"游隼说,"海勒姆尊重你,他会听你的。"

实际上,福尔图纳托想,他是害怕我,而且还怪我害死了他曾经爱过的女人。福尔图纳托用这个女人来当棋子对付钦天士,一个福尔图纳托多年前也曾深爱过的女人,但失败了。

WILD CARDS

可如果他现在走开，那就永远不会再见到游隼。知道她就在附近却必须远离她，这对他而言已经够难的了。而当她就在面前时，要想站起来走开，难度更是翻了许多倍。她那么高挑、有力，又涌动着各种情绪，还怀着他的孩子，这让一切难上加难，于是他许下一个还没仔细思考过的诺言。

"我会试试看。"福尔图纳托说，"看看我能做些什么。"

♥

海勒姆住的是赤坂酒店，火车站附近的商务酒店。除了狭窄的过道和门外的鞋子，这里和美国中等价位的酒店差不多。福尔图纳托敲响了海勒姆的门，突然，房间内的所有声音都停住了，一阵安静。

"我知道你在里面。"福尔图纳托在虚张声势，"是福尔图纳托，兄弟。你最好让我进去。"几秒钟之后，门开了。

海勒姆把房间变成了贫民窟。衣服和毛巾散落在地上，盘子里有放干了的食物，污迹斑斑的海波杯，一堆堆报纸杂志。房间里有股淡淡的丙酮味，以及汗液和陈年酒的味道。

海勒姆瘦了不少，衣服松垮地在他身上挂着，像是还挂在衣服架子上。他开门让福尔图纳托进来之后就直接回到床上，一句话也没说。福尔图纳托关上门，把椅子上的脏衬衣扔到地板，坐了下去。

"所以。"海勒姆终于开口了，"看来我被找出来了。"

"他们很担心。觉得你可能是有麻烦了。"

"没什么事。完全不用担心。他们看到我留的信了吗？"

"别糊弄我，海勒姆。你跟黑道扯上关系了。这些人可不会让你占到任何便宜。告诉我发生了什么事。"

海勒姆盯着他。"如果我不告诉你，你就会直接进来，对吗？"福尔图纳托耸耸肩，再次虚张声势："对，没错。"

"我只是想帮你。"福尔图纳托说。

"呃,不需要你的帮助。只是金钱方面的小问题。没别的。"

"多少钱?"

"几千块。"

"当然了,是美金。"一千日元兑换成美元才五块多,"怎么回事?赌博?"

"哎,说起来挺难为情的。我不愿意多说,好吗?"

"你在跟一个做了三十年皮条客的人说话。你觉得我会看不起你?你到底做了什么?"

海勒姆深吸一口气。"我猜你确实不会。"

"跟我说说。"

"我周六晚上出去散步,当时挺晚的,我去了六本木街……"

"一个人?"

"对。"他又不好意思了,"我听到很多人说起那里的女人。我只是想……逗弄一下自己,你懂吧?神秘的东方。能够满足你最狂野的梦想的女人。我离家太远了。我就只是……想看看而已。"

这跟福尔图纳托最近六个月来做的事情没多大差别。"我明白。"

"我看到一个标志牌,上面写着会说英语的女招待。我就进去了,经过一条很长的走道,我肯定是错过了标志牌所指的那家店。我往建筑里走了很久,尽头是一间公寓一样的地方,没有标志,什么都没有。进去之后,他们脱掉我的外套,不知道拿到哪里去了。没人说英语。随后那些女孩算是把我拖到的桌子旁边,让我给她们买酒。她们总共三个人。我自己也喝了一两杯。不止一两杯。我们好像是玩了大冒险之类的。她们用的是手语,还教了我一点日语。老天,她们太漂亮了。特别……精致,你懂吗?但是那一双双深色大眼睛会一会儿看着你,一会儿又迅速移开视线。又害羞又……我也不知道,挑逗。她们说还没人能喝完十瓶清酒,没人能这么爷们儿。所以我就开始了挑战。当时她们的意思很明显就是如果我做到了,她们三个就是给我的奖励。"

海勒姆开始流汗，汗珠顺着脸流下来，他用沾着污渍的衬衣袖口擦汗，"我是……呃，特别有性致，你明白我意思吧。又还喝多了。她们一直跟我调情，还轻轻地抚摸我的手臂，像是蝴蝶落在我皮肤上。我建议我们到别的地方去，可她们一直推脱，帮我点酒。后来我就失控了。"

他看着福尔图纳托。"我最近……不太对劲。那天突然就爆发了。我想我是抓住了其中一个女孩，大概试图脱她的裙子，她开始尖叫，三个人就都跑了。保安把我往门口推，在我面前挥动账单。总共五千日元。就算喝多了我也明白这里面有问题。他指着我的外套，又指着一个数字，然后是清酒瓶和更多数字，然后女孩，然后又是数字。我猜我生气的点就是这个。花了那么多钱，就买了个调情。"

"你找错人了。"福尔图纳托说，"这个地方有一百万的女人在卖身。你只要找个出租车司机问问就行了。"

"好，好。我犯了个错。任何人都会犯错。但是他们做得太过分了。"

"所以你就走了。"

"我走了。他们想追我，我把他们定在地板上了。我好不容易才回到酒店，费了不少时间才打到车。"

"好吧。"福尔图纳托说，"这个地方具体在哪里？你能再次找到吗？"

海勒姆摇头。"我试过了。我花了两天时间找。"

"那标志牌呢？你还记得多少？能简单画出来是什么样的么？"

"你是说上面的日语？不可能。"

"肯定有些什么。"

海勒姆闭上眼睛。"好吧。似乎有个鸭子的图片，侧面图。像个诱饵。只有轮廓。"

"行。俱乐部里发生的一切你都告诉我了。"

"一五一十。"

"第二天子分在你吃午饭时找到你了。"

"子分？"

"黑道的士兵。"

海勒姆又脸红了。"他就那样走进来了。我都不知道他如何通过安检的。他就站在我坐的桌子前面。双腿分开，向我鞠躬，右手向这样伸出来，手掌向上。他自我介绍了，但我太害怕了，所以没记住名字。他递给我一张账单。上面的数字是250000日元。底下还有一行英文，说每天午夜数字都会翻倍，直到我付清。"

福尔图纳托在脑海里算着数字。换算一下，他现在的欠款接近七千美元。

海勒姆说："如果周四之前还没付款……"

"会怎样？"

"他们说我甚至到死都不会知道是谁杀了我。"

♣

福尔图纳托用公用电话打给游隼，红色的电话亭里只能打本地号码。他投进去一把十日元的硬币，这样就不至于每三分钟就哔哔地提醒他。

"我找到他了。"福尔图纳托说，"他不怎么合作。"

"他还好吗？"游隼听起来很困倦。福尔图纳托轻而易举地就想象出她只盖着薄薄的白色被子，在床上伸展的样子。他已经没有超能力了。他不能让时间停止、投射自己的魂灵、扔出一团团火球，也不能在别人的思绪里穿梭。但是他的感官还是很敏锐，比染上病毒之前还要敏锐。他依然记得她的香水、头发和欲望的味道，就好像它们就在他身旁。

"他很紧张,整个人都瘦了。但是目前暂时还没出什么事。"

"暂时?"

"黑道想让他给钱,几千块。基本上算是个误会。我试着劝他回来,但是他不愿意。这关系到尊严。他这真是选对了国家。每一年,这里都有几千人因为尊严而死。"

"你觉得他也会那样?"

"对。我告诉他我愿意帮他付钱。他拒绝了。我打算背着他把钱给了,但是我不知道他欠的是哪个家族的钱。真正让我恐惧的是他们拿某种隐形的杀手来威胁他。"

"你是说,一个王牌?"

"有可能。我在这里这么久,只听说过一个确认了的王牌,是北海道地区北部的一个禅师。一方面,我觉得大部分孢子都到不了这里。就算是到了,也不会听到有人谈论——这里的文化把低调谦逊当作宗教了,没有人想要显眼。所以我们如果要面对的是某个王牌,很可能从来没有人听说过他。"

"需要我做些什么吗?"

他不太确定她说的是什么意思,也不打算太放在心上。"不。"他说,"现在不用。"

"你在哪里?"

"公用电话亭,六本木区域。海勒姆惹上麻烦的俱乐部就在附近的什么地方。"

"嗯……我们没有机会好好聊一聊。贾亚瓦德纳在旁边,还有其他的那些事。"

"我知道。"

"百变王牌纪念日之后我去找过你。你妈妈说你去寺院了。"

"是的,后来我到了这里,听说了北海道的那个禅师。"

"那个王牌。"

"对。他名叫道元，能够创造心灵壁垒，有点像钦天士的能力，但没那么猛烈。他能够让人们忘记事情，或者带走会影响冥想的俗世技能。还能——"

"还能清除百变王牌带来的能力。比如说你的。"

"比如说我的。"

"你见到他了？"

"他说他会收留我，但我要先放弃能力。"

"但你不是说你已经没有能力了么？"

"到目前为止是没有。我也没给它恢复的机会。如果我去寺院，就会是永久性的了。有时候壁垒失效了，他就又要去重建。有时候壁垒永不失效。"

"你不知道你是否想要那样。"

"我想。可我还是觉得……负有责任。这个力量不仅仅是我个人的，你明白吗？"

"有点。我从没想过放弃我的能力。我跟你或者贾亚瓦德纳不一样。"

"他是认真的？"

"看起来绝对是。"

"也许等一切都结束了。"福尔图纳托说，"他可以和我一起去见道元。"他身边的交通开始繁忙起来，早间巴士和送货货车在减少，昂贵的轿车和出租车渐渐变多。"我必须走了。"他说。

"答应我。"游隼说，"答应我你会小心。"

"嗯。"他说，"我答应你。"

♠

六本木地区在银座西南方约三公里。整个东京只有这一区域的俱乐部是营业到午夜之后的。最近这里出现了许多外国生意，也就是有西方女招待的舞厅和酒吧。

　　福尔图纳托花了很长一段时间才适应这么早的打烊时间。离开市中心的最后一班地铁在午夜开出，所以刚到东京的那个周里他不止一次步行到六本木来，寻找无法解释的满足感。他想要的不仅仅是性爱和酒精。他不敢冒险去嗑药，因为在日本，一旦被抓到，惩罚会非常凶残。最后他放弃了。他在六本木看到一大堆旅行者，用母语大声地说个不停，以及预料之中充斥着嘈杂的音乐，然而俱乐部也就只能带来那么一丁点愉悦，所以不值得。

　　他去了三个地方，没人记得海勒姆，也没人认出鸭子标志。最后他进了该区域两家伯尼旅店中的一家。这是家英式酒吧，卖吉尼斯黑啤酒、腰子派，到处是红色天鹅绒。一半的桌子上三三两两地坐着外国游客，还有些大桌子旁边坐着日本商人。

　　福尔图纳托注意着其中一桌日本人的互动。公款吃喝养活了休闲餐饮业。跟办公室里的兄弟出来晃悠一晚上是工作的一部分。他们当中最年轻、最没自信的往往是说话声音最大、笑得最厉害的。在这里，有了酒精做借口，身上的压力终于消失了，职员们只有在这种时候才能胡作非为而且不受惩罚。年长的那些脸上带着纵容的微笑。福尔图纳托知道，就算他能够读心，也不会在他们脑海里发现多少东西。完美的日本商人能够隐藏起自己的所有想法，连他们自己都不知道自己的想法。这些人能够做到完全低调，甚至没人会注意到他们。

　　酒保是日本人，大概是刚开始干这一行。他看着福尔图纳托，表情又惊恐又敬畏。日本人从小到大接受的观点就是外国人是巨人的种族。福尔图纳托身高超过六英尺，身形瘦削，肩膀向上缩，像只秃鹫，宛如童年噩梦的活化身。

　　"你好。"福尔图纳托客气地问候，头部微微致意。"我在找一家夜店。"他继续用日语说，"有一个这样的标志。"他抽出酒吧里一张红色纸巾，在上面画了之后给酒保看。酒保点点头向后退，脸上的是恐惧引发的僵硬笑容。

一个外国服务员向下一蹲,进了吧台里,微笑着看着福尔图纳托:"我感觉托森在这里干不长久。"她说话是英格兰北部口音,深棕色的头发用筷子盘在头上,瞳孔是绿色的。"需要帮忙吗?"

"我在找附近的一家夜店。有个鸭子标志,就像这个。小地方,不怎么做外国人生意。"

这个女人看了看纸巾。在某一瞬间,她的表情和酒保一模一样,但很快转变成了完美的日式笑容,不过在她的欧式面孔上,这种笑容有些可怕。福尔图纳托知道她不是在害怕自己,而是跟那家店有关系。"不认识。"她说,"抱歉。"

"听我说,我知道这事跟黑道有关系。但我不是警察,也不想找麻烦,只想帮某个人还债,是我的朋友。相信我,他们会很愿意见我。"

"抱歉。"

"你叫什么名字?"

"梅根。"但是她想了一下才回答,所以福尔图纳托觉得她是在撒谎。

"你来自英国哪里?"

"我不是英国来的。"她随意地将纸巾揉成一团,扔到了吧台下面,"我来自尼泊尔。"她再次摆出冷淡的笑脸,之后就走开了。

◆

他把这个区域的每间酒吧都看过了,大部分还看了两遍。至少他是这么觉得的。当然,海勒姆可能沿着错误的方向走了半个街区,也许只是福尔图纳托错过了那家。到了下午四点,他已经疲惫不堪,无法再去寻找,甚至无法回家。

他看到六本木十字路口的另一边有家情人旅馆。入口旁边没有窗户的高墙上挂着每小时的费用。午夜之后的价格其实还挺便宜的。福尔图纳托走过昏暗的花园，把钱塞进了墙上的缝隙里，一只手递给他一把钥匙。

走道里满是外国男人的 10 码皮鞋，旁边还搭配着一双双小巧的日式便鞋或者娃娃大小的锥根鞋。福尔图纳托找到了他的房间，进去之后就关上了门。床上的粉红缎子床单是刚铺好的，屋顶上装着镜子和摄像机，连着角落里的大电视。按照情人旅店的标准，这家平平无奇。有的地方会装饰成丛林或者荒岛，床会做成船或者车或者直升飞机的样子，还有灯光秀和声效。

他关上灯，脱下衣服。他过分敏感的听力捕捉到周围细小的哭泣声和尖叫声，还有被堵住的笑声。他用枕头盖在头上，睁着眼睛看一片黑暗。

他四十七岁了。近二十年来，他一直生活在超能力带来的茧里，都没有意识到自己在变老。最近的六个月开始告诉他他错过了什么。这样的长夜之后带来可怕的疲乏。关节疼痛得厉害以至于早晨很难起床。重要的记忆开始消失，琐事阴魂不散地缠着他。最近，他又开始头疼，消化不良，肌肉痉挛。他不断地意识到自己是人类，终有一死，终会虚弱。

没有什么像能力那么让人上瘾，相比之下，海洛因就如同一杯寡淡无味的啤酒。有时候，他晚上去银座或者新宿看各式各样的美女走过，几乎全都是卖身的。即便是这种时候，他依然觉得没有力量就了无生趣。他像个酒鬼一样反复跟自己许诺，只要再坚持一天就可以了。但不知道怎么的，他坚持下来了。一方面是因为他在纽约同钦天士的那次交手——也就是他的最后一战——的记忆依然清晰，提醒着他力量带来的痛苦。另一方面是因为他不再确信力量还存在，他不知道代表生命力的巨蛇昆达里尼是死了还是暂时沉睡。

今天晚上，他无助地眼看着一百多个日本人骗他、无视他，宁愿让自己丢脸,也不把显然知道的事情告诉他。他开始借助他们的眼睛看到自己:巨大、笨拙、喧闹、无礼,一个可怜的原始巨人,某种连最基本的礼貌都做不到的巨型猴子。

一点密宗魔术能够改变这一切。

明天,他告诉自己,如果你明天还有这种感觉,那就大胆去吧,试着把它拿回来。

他闭上眼睛,终于睡着了。

♥

他醒来的时候勃起了,这是数月来第一次。这是命运,他告诉自己。命运把游隼带回他身边,让他再次拥有运用能力的需求。

这就是真相吗?或者只是他找了个借口想要再次和她做爱,发泄一下六个月来性生活上受的挫?

他穿好衣服,打车去帝国酒店。新建好的三十一层大楼里,代表团占据了整整一层,里面的所有东西都为这些外国人加大了。走道和电梯内部在福尔图纳托看来似乎都很大。他来到三十层时,手都是颤抖的。他靠在游隼的门口,轻轻敲门。几秒之后,他用力地再次敲门。

她穿着一件垂在地上的松垮睡衣来开门,她的羽毛竖起来了,眼睛还没完全睁开。接着她看到他了。

她把门上的链条松开,站到了旁边。他进来之后关上门,双手拥抱她。他能感觉到此刻她腹内的小生命在动。他亲吻了她。他们身边似乎有火花咔嚓作响,但可能只是因为他自身的欲望挣脱了束缚它多年的锁链。

他顺着胳膊把她睡衣的带子往下拉。睡衣挂在腰上,她的胸口露出来,他用舌头舔舐着其中一边,品尝她甜美的乳汁。她呻吟着,用胳膊环绕着他的头。她的皮肤柔软芳香,如同丝质古着和服。她把他拉向还没整理的床铺,他放开她,脱掉自己的衣服。

她躺在床上,怀孕的腹部是她身体的高峰,所有的曲线都通向这里。福尔图纳托在她身旁跪下,亲吻她的脸庞、喉咙、肩膀和胸脯。他似乎快要喘不过气了。他让她侧卧,不再面向自己,亲吻她的后背。接着他的手伸到她双腿之间,用手掌感受那股温暖和潮湿。手指缓慢穿过她的毛发,她的身体随之轻微起伏,双手紧紧抓着一个枕头。

他躺在她后面,从身后进入她。她柔软的屁股压着他的腹部,他的眼神开始涣散。"噢,老天。"他说。他开始缓慢地在她身体里抽动,他的左手被压在她身下,包裹着她的一侧胸部,右手则轻轻抚摸着她小腹的轮廓。她和他一起律动,两个人速度都很慢,她的呼吸越来越粗重、急促,最后她叫喊着用胯部在他身上摩擦。

到了最后一刻,他才伸手阻止了射精。温热的液体流到了他自己的胯部,身边似乎有光亮闪烁。他放松下来,准备好让魂灵脱离肉身。

但这并没有发生。

他的双臂环绕着游隼,野蛮地抱着她。他的头贴在她的脖子上,任由长发覆盖他的头。

现在他确定了。能力消失了。

他体会到了瞬间的恐慌,之后筋疲力竭的倦意将他带入睡梦。

♣

他睡了大概一个小时,醒来时依然疲倦。游隼躺在床上看他。

"你还好吗?"她说。

"嗯,还好。"

"你没有发光。"

"没有。"他看着自己的手说,"没用。昨晚很美妙,但是能力没有回来。我已经彻底失去它了。"

她侧躺过来,面对他。"哎。"她抚摸他的脸颊,"我很抱歉。"

"没关系。"他说,"真的。我最近这六个月一直心烦意乱,害怕能力恢复,又害怕不恢复。至少现在我确定了。"他亲吻着她的脖子。"听着。我们该聊聊孩子。"

"可以聊,但是我从来没有期望从你那里获得什么,好吗?还有,有件事情我之前就应该告诉你。我们代表团里有个叫麦考伊的,他是我们在拍的纪录片的摄影师。我们俩的关系是认真的。他知道孩子的事情,但是他不在乎。"

"噢。"福尔图纳托说,"这个我不知道。"

"我们几天前大吵了一架。后来我又再次见到了你——嗯,在纽约的那一晚,真是很难忘。你让我印象深刻。但是你知道我们之间永远也不可能天长地久。"

"嗯。"福尔图纳托说,"我猜是不会。"他的手条件反射似的顺着苍白肌肤上的蓝色血管抚摸她凸起的腹部,"真怪,我从来没想过要孩子。但是现在有孩子了,却跟我以为的完全不同。就好像我以为的并不重要。我负有责任。就算我永远不会见到这个孩子,我也有责任,永远都有。"

"别把这事弄得更复杂了。别让我后悔过来找你。"

"不是的。我只想知道你会一切顺利。你和宝宝都是。"

"宝宝很好。唯一的问题就是我们俩都不能给它一个姓氏。"

有人敲门。福尔图纳托紧张起来,突然觉得自己待在了不该待的地方。"隼?"塔基扬的声音,"游隼,你在吗?"

"等一下。"她穿上长袍,把福尔图纳托的衣服递给他。她开门的时候他还在扣扣子。

塔基扬看着游隼,看着凌乱的床,看着福尔图纳托,"你。"他说完点点头,就好像是他最担忧的事情刚刚被证实了,"隼告诉我你在……帮忙。"

"嫉妒了,小男人?福尔图纳托心想,"对。"他说。

"嗯,希望我没打搅你们。"他看着游隼,"去明治神宫的车十五分钟后就出发了。如果你去的话。"

福尔图纳托无视他,走向游隼,轻吻她。"我会给你打电话。"他说,"我查出什么之后。"

"好的。"她捏捏他的手,"小心点。"

他从塔基扬旁边走过,进入走道。一个长着大象鼻子的人在那里等待。

"德斯。"福尔图纳托说,"很高兴见到你。"这句话不完全是真的。德斯看上去非常老,脸颊凹陷,身体也消瘦不少。福尔图纳托在想他自己的痛苦是否也这么明显。

"福尔图纳托。"德斯说。他们握了手。"好久不见。"

"我以为你永远都不会离开纽约。"

"我早就计划看看世界了,但岁月不饶人。"

"嗯。"福尔图纳托说,"一点不假。"

"呃。"德斯说,"我要去坐旅游大巴了。"

"当然。"福尔图纳托说,"我送你去。"

有段时间德斯是他最好的客户之一。看起来那段时间已经完全结束了。

他们等电梯的时候塔基扬过来了。"你想怎么样?"福尔图纳托说,"你就不能让我一个人待着吗?""隼跟我说了你的能力。我想告诉你我很抱歉。我知道你恨我。虽然我不知道具体是为什么。我猜是因为我的穿衣风格、行为举止,对你的男子气概是种莫名的威胁。或者至少说你选择如此看待我。但这是你的看法,不是我的。"

福尔图纳托愤怒地摇头。

"我只想要你给我一秒钟。"塔基扬闭上眼睛。电梯发出叮的一声,门开了。

"一秒钟到了。"福尔图纳托虽然这样说,但并没有动。德斯上了电梯,忧伤地看着福尔图纳托,电梯门又关上了。福尔图纳托听到竹子花纹的门后面缆线吱呀作响。

"你的能力还在。"

"屁话。"

"是你自己把它关闭了。你的心里满是冲突和矛盾,把它压制在体内了。"

"我跟钦天士战斗的时候倾尽了全力。我已经空了,到了木桶最底部了。全都没有了。也没办法重新加满。就好像是车子的电池耗尽了,怎么推都没用了。结束了。"

"就用你这个比喻,就算电池有电,钥匙没转的时候车子也打不着火。这个钥匙。"塔基扬说着指指他的额头,"就在你体内。"他走开的时候福尔图纳托用手啪的一声按在了电梯按钮上。

♠

他在大堂里给海勒姆打电话。

"过来。"海勒姆说,"我在门口等你。"

"出什么事了?"

"别问了,先过来。"

福尔图纳托拦了一辆出租车,看到海勒姆在赤坂酒店灰色墙壁前面来回踱步。"怎么了?"

"进来看看。"海勒姆说。

房间之前看起来就够糟糕了,现在完全是一场灾难:墙上洒满剃须膏,抽屉都被扔在了角落里,镜子碎了,床垫成了碎片。

"我可没想到会发生这种事。我一直都在这里,但是什么都没看见。"

"你这是什么意思?你怎么可能没看见?"

海勒姆的眼神里闪烁着疯狂,"我早上大概九点钟去了洗手间,倒了一杯水。当时一切都很正常,之后我回来打开电视,看了有半个小时,后来听到有像是摔门的声音,抬头一看,房间就是现在这个样子了。还有,这张便条出现在我的腿上。"

便条是用英语写的:"明天就是最后时刻。你会这么轻而易举地被杀死。零男。"

"那这就是个王牌。"

"这不会再次发生了。"海勒姆这样说,但显然自己都不相信,"我知道该小心什么。他不可能耍我两次。"

"我们不能冒险。什么都别管了。衣服可以下午再买。你去街上走走,十点左右走进你看到的第一家酒店,要个房间。打电话给游隼,告诉她你的位置。"

"她……她知道情况吗?"

"不知道。她只知道是金钱方面的问题,仅此而已。"

"好。福尔图纳托,我……"

"别说了。"福尔图纳托说,"继续走就行了。"

◆

榕树的树荫为清晨提供了一点凉意。头顶的牛奶色天空中满是雾霾。日语中雾霾一词来自西方。通过这些外来词就能窥探出他们对西方的看法:交通高峰期;工薪阶层、行政人员;厕所。

在帝国花园里感觉还不错,这里是东京心脏地带一片沉静的绿洲,空气比其他地方更清新,不过樱花还有一个月才会开。开了之后,整个城市里都会满是照相机。跟纽约人不同的是,日本人愿意欣赏眼前的美景。

福尔图纳托刚才在公园外面买了份盒饭,吃完里面的最后一只水煮虾后,扔掉了盒子。他心神不宁,现在只想和道元禅师聊聊,但是见到对方要花一天半时间,而且他必须坐飞机、火车、巴士外加步行。游隼因为怀孕不能飞,他估计西北风也没有强壮到能飞1200英里来回。他要是去了北海道,就肯定没时间帮助海勒姆。

几码之外,有个男人在用破旧的竹耙子整理石林里的碎石。福尔图纳托想起了道元严格的身体训练:38000公里的步行,相当于一趟环球之旅,持续一千天,就绕着田中山;用完美坐姿一直坐在寺庙的硬木地板上;还有不停地耙子整理师父石林中的碎石。

福尔图纳托走到那个老人身旁。"不好意思,"他指着耙子,"可以让我来吗?"

老人把耙子递给福尔图纳托。从他的表情来看,他好像还不知道自己该恐惧还是该高兴。作为一个外乡人,身处地球上最礼貌的人群之中还是有点好处的,福尔图纳托心想。他开始耙碎石,试着扬起最少的尘土,想仅仅利用他的意志力来将碎石组成和谐的线条,所以只是偶尔用耙子引导一下。老人坐在了榕树下。

福尔图纳托一边做事一边想着道元。他看起来很年轻,但大部分日本人在福尔图纳托看来都很年轻。道元头剃得光亮,展现出头颅的原本形状。他说话的时候有酒窝。他的手显然是自愿结出手印,无事可做时,他的食指就会去触碰拇指顶端。

你找我做什么?道元的声音在福尔图纳托大脑里响起。

师父!福尔图纳托心想。

现在还不是你师父,道元的声音响起,你依然生活在尘世中。

我不知道你能做到这个,福尔图纳托想。

这不是我的能力,是你的。你的心灵探寻到了我。

我没有能力,福尔图纳托想。

你全身都满是能力。我能感觉到,就像花椒一样强烈。

为什么我感觉不到?

WILD CARDS

　　你在躲避它，就好像一个胖子试图躲开他身边的烤鸡肉串。在尘世里就是这样。尘世需要你使用力量，但使用它却会让你感到羞耻。现在的日本就是这样，我们在世界上占据了一席之地，可为了拥有这份力量，我们放弃了灵魂。你必须做出抉择。如果你想要生活在尘世中，你必须认可你的力量。如果你想要滋养你的灵魂，就必须离开尘世。现在，你被这两种想法撕扯着。

　　福尔图纳托跪在碎石里，深深鞠躬。多谢，师父。虽然他嘴上说的是感谢，但是实际上他想表达的是疼痛。福尔图纳托感觉到了字面意思中的真意。如果他不相信道元的话，那就不会如此疼痛。他抬起头，看见那个老园丁用恐惧到绝望的眼神盯着他，但同时又怕显得无礼，于是不停紧张地鞠躬。福尔图纳托微笑着看他，对着他深深鞠躬。"别担心。"他用日语说完，站了起来，把耙子还给老人，"只是个疯狂的外国人。"

♥

　　他的胃又痛了，他知道不是因为盒饭，而是源自心头的压力正从内部吞噬他的身体。

　　他回到晴海大街，前往银座。他闲逛了好几个小时，太阳落下，夜色降临。整个城市好似电子丛林。街上被竖直的长招牌塞得满满当当，亮眼的霓虹灯闪烁着标识和英文字母。路上除了普通市民，还有穿灰色西装的上班族。

　　福尔图纳托停下脚步，靠在线条优美的F形街灯上。就是现在，他心想，最美的时刻。这个尘世中再没有另外一个地方如此沉迷金钱、器具、酒水和性爱。而仅仅数小时的路程之外，就是松林中的木头寺庙，男人们跪坐着，试图将心灵化为河流、尘土或星光。

　　决定吧，他告诉自己。你必须做出选择。

　　"外国先生！你喜欢女孩？漂亮女孩？"

福尔图纳托转身,看到一个为粉红沙龙拉客的人,这是日本独有的场所,客人按小时付费,就可以无限量饮用清酒,并获得一个赤裸上身的女人。她会坐在客人腿上,任由客人玩弄她的胸脯,直至喝到准备好回家见妻子的状态。福尔图纳托觉得,这是个预兆。

他付了三千日元,买了半小时,走进昏暗的门厅。一只柔软的手牵住他的手,领着他下楼进入一个完全黑暗的房间,里面摆满了桌子,还有一对对男女。福尔图纳托还听到身边有人在谈生意。他的女招待带他来到房间的一头,他的腿被卡在低矮的桌子下面,背部靠着无腿的木椅支撑,而她则优雅地坐在他的大腿上,打开和服,展示乳房,他听到了衣服的沙沙声。

这个女性身材娇小,带着蜜粉、檀香油肥皂味道,夹杂着一丁点汗味。福尔图纳托双手向上抚摸她的脸,手指划过她的下颌线条。她并没有在意。"清酒?"她问道。

"不。"福尔图纳托说,"不用了。"他的手指顺着她脖子上的肌肉向下,抚摸她的肩膀,再到和服边缘,又继续向下。他的手指轻拂她小巧精致的胸脯,小小的乳头在他的触碰下硬挺起来。这个女人紧张地咯咯笑,抬起一只手捂住嘴。福尔图纳托把头靠在她的双乳之间,闻着她皮肤的香味。这是尘世的味道。现在他要么转身离去,要么缴械投降。他将自己逼入了绝境,他已经无力抵抗。

他轻柔地按下她的头,与她接吻。她嘴唇僵硬紧张。她再次咯咯笑。在日本,他们觉得亲吻是有异域情调的事情。只有青少年和外国人才会这么做。福尔图纳托再次亲吻她,感觉到自己越来越紧绷,还有电流从身上流向这个女人。她的笑声停止了,开始颤抖。福尔图纳托也在颤抖。他能感觉到大蛇昆达里尼开始苏醒了。它就在他的腹股沟游动,开始顺着他的脊柱伸展。这个女人开始缓慢地用她的一双小手抚摸他,但她像是不明白自己在做什么,也不明白为什么要做,接着她把手放在他的脖子后面,用舌头轻轻舔舐他的嘴唇、下巴和眼脸。福尔图纳托解开她的和服，完全打开。他握住她的腰部，轻松将她举起，让她坐在桌子边缘，腿架在他的肩膀上。他弯下腰用舌头开拓她。她尝起来很香，很异域。几秒钟之后她在他身下活了过来，又热又湿，胯部不自觉地移动。

她把他的头推开，凑上去帮他脱裤子。福尔图纳托亲吻着她的肩膀和脖子。她轻声呻吟。此时，似乎这个房间里的其他人都消失了，似乎全世界的其他人都不见了。真的实现了，福尔图纳托心想。他现在已经能在黑暗中看清一点了，她长着平淡无奇的方脸，眼睛下有了些皱纹，看到她的长相之后他明白了为什么她要待在黑暗里，但他更想要她了，因为他看到了她心里藏着的欲望。他让她坐在自己身上，他进入她时，她猛地吸了一口气，指头嵌在他的肩膀里，他的眼睛向上翻。

对，他心想。就是这样，就是这样。尘世，我向你屈服。

力量像融化的岩浆，在他身体里流淌。

♣

他进入伯尼宾馆的时候刚过十点，之前告诉他自己叫梅根的那个女招待正好从厨房走出来。她看到福尔图纳托时立马僵住了，后面端着一盘肉派的女招待差点撞上她。

她盯着他的额头。福尔图纳托不用照镜子就知道他的额头又开始肿胀了，其中充满了力量。他走向她。"走开。"她说，"我不想跟你说话。"

"那家夜店。"福尔图纳托说，"有鸭子标志的。你知道在哪里。"

"不知道。我从来都没有——"

"告诉我在哪里。"他命令道。

她脸上一点表情都没有了。"穿过六本木，从警亭右转，走两个街区，向左，再走半个街区。前面的酒吧叫高桥家。"

"后面那个地方呢？叫什么？"

"没有名字，黑道的地盘。不是山口组，不是大帮派之一。只是一个小家族。"

"那你为什么那么怕他们？"

"他们有个忍者，阴影武士。他就是你们口中的王牌。"她看着福尔图纳托的额头，"跟你一样。他们说他杀了上千人，从来没人见过他，他可能现在就在这里。就算现在不在，之后也会来。他会因为我告诉你而杀死我。"

"你不明白。"福尔图纳托说，"他们想见我。我正好有他们想要的东西。"

♠

这里跟海勒姆描述的一样。走道是粗犷的灰色水泥，尽头的门包着青绿色的人造革和黄铜的大钉头。其中一个女招待过来脱福尔图纳托的外套。"不用。"他用日语说，"我想去见你们的头目，是要紧事。"

她本来就因为他的外表而有些震惊，他的无礼更是让她无法应对。"我听不懂。"她结结巴巴地说。

"你懂。你完全明白我的意思。去告诉你的大老板我要跟他谈，就现在。"

他在门口旁边等待。这个房间狭长，屋顶很低，左边墙壁上贴着镜面瓷砖，就在一排卡座上方。右边的墙前面有个吧台，旁边放着铬制高脚凳。这里大部分男人是韩国人，穿着廉价的聚酯纤维西装，戴宽领带。领口和袖口能看到文身的边沿。他们一看他，福尔图纳托就瞪回去，他们就把目光移开了。

已经十一点了。就算体内有力量在流动，福尔图纳托也还是有些紧张。他是个外国人，身处敌人的大本营，局面可能超出他的控制范围。我不是来这里找麻烦的,他提醒自己。我是来帮海勒姆还债的,还完就走。

再然后,他心想,一切就会好起来。现在还不到周三午夜,海勒姆的事情就快要解决了。周五747就会启程去韩国,往后是苏联,海勒姆和游隼就走了。他也会再次孤身一人,能够思考接下去该怎样。也许他自己也该上飞机,回到纽约。游隼说他们之间没有未来,也许这不是真的。

他爱东京,但是东京并不爱他。它能够满足他的所有需求,他就算是展现了一丁点礼貌,这里也回报他巨大的认可,用美丽让他炫目,用精妙的快感让他疲惫。但是他永远都会是个外国人。在这样一个看重家庭超过其他任何东西的国家,他永远不会有家庭。

女招待弯腰站在最后一个卡座旁边,跟一个烫了长发、穿着丝质西装的日本人说话,他左手上没有小指。以前,黑道会因为犯错误而切掉成员的手指。福尔图纳托听说,年轻一辈的人不怎么喜欢这个方式。福尔图纳托深吸一口气,走向那个桌子。

头目靠墙坐着,福尔图纳托猜测他四十岁上下。他身边坐着两个女人,还有一个坐在他对面,两个身强力壮的保安中间。"走开。"福尔图纳托命令女招待。她的抗议说了一半就离开了,一个保安站起来想把福尔图纳托扔出去。"还有你。"福尔图纳托看着桌上的每个男女。

亲分安静地笑着看这一切。福尔图纳托冲他弯腰鞠躬。亲分低下头说:"我叫仮名桓,你愿意坐下吗?"福尔图纳托在他对面坐下。"外国人海勒姆·沃切斯特派我来偿还他的欠款。"福尔图纳托拿出他的支票簿,"据我计算,数额是两百万日元。"

"啊。"仮名桓说,"又一个王牌。你们已经给我们带来了不少快乐,尤其是红头发的小家伙。"

"塔基扬?这事跟他有什么关系?"

"这事？"他指着福尔图纳托的支票簿，"没关系。但是这几天来有许多女人都试图带给他欢愉，但是他似乎无法一展雄风。"

塔基扬？福尔图纳托心想，硬不起来？他想笑，这完美解释了为什么他在酒店里情绪那么差，"这跟王牌没有关系。"福尔图纳托说，"这是生意。"

"啊，生意。很好。那我们就按照生意的方式解决。"他看了看手表，微笑着说，"对，是两百万日元。几分钟之后就会变成四百万。真可惜。我猜你无法在午夜之前将外国人沃切斯特先生带到这里来。"

福尔图纳托摇摇头。"沃切斯特先生没必要亲自到这里来。"

"有必要。我们觉得他的信誉有些问题。"

福尔图纳托盯着对方的眼睛。"我在请求你做必须做的事情。"他把这话说得像个命令，"我会给你钱。债务就算还清了。"

仮名桓的态度很强硬，几乎就要说出他喉咙里的那几个字了，但他没有，而是以一种被扼住的声音说："我给你面子。"

福尔图纳托写下支票，递给仮名桓。"你能理解我的意思。债务还清了。"

"是的。"仮名桓说，"还清了。"

"你手下有个人。一个刺客。我猜他自称零人。"

"莫里·瑞石。"这是依照日本的起名方式，姓在前。

"没有人会去伤害沃切斯特先生，他不会受到伤害。这个零人，莫里，会远离他。"

仮名桓陷入沉默。

"什么意思？"福尔图纳托问他，"你为什么不说话？"

"太迟了。莫里已经去了。外国人沃切斯特会在午夜丧命。"

"老天。"福尔图纳托说。

"莫里来东京的时候名声很了不得，但是我们没看到真凭实据。他非常希望留下个好印象。"

福尔图纳托突然想到他还没联系游隼。"哪家酒店？沃切斯特住在哪家酒店？"

仮名桓摊开双手："谁知道？"

福尔图纳托起身。在他和仮名桓谈话的时候，保安已经带着增援回来了。他们围在桌子旁边。福尔图纳托没空和他们纠缠。他创造出楔形力量，环绕着自己，把保安一个个推开，全速跑向门口。外面的六本木依然熙熙攘攘。在新宿站，深夜酒徒们正试着挤上晚上的最后一班地铁。而在银座，人们会在出租车站前排队。还有十分钟就是午夜了。没时间了。

他让自己的魂灵跳出身体，在夜色中飞向帝国酒店。他提速之后霓虹灯、镜面玻璃和铬制品都成模糊一片。直到穿过酒店墙壁，跳入游隼的房间之后才停下来。他让自己不再隐形，展示出肉体的样子，只不过闪着玫瑰金色的光芒。

游隼，他心里想着。

她在床上翻了个身，睁开眼睛。福尔图纳托看到她不是一个人，心里闪过一丝细小且遥远的疼痛。

我得知道海勒姆在哪里。

"福尔图纳托？"她低语道，过后才看见他，"天呐。"

快点。酒店的名称。

"等一下。我写下来了。"她赤裸着走向电话。福尔图纳托的魂灵不会感觉到情欲或者渴望，但她的模样还是让他心动了。"银座第一酒店。801房间。他说是新桥站旁边一个大的H形建筑——"

我知道在哪里了。尽可能赶去那里。多带点人去帮忙。

他来不及等待她的回答，直接回到自己的肉身，并将其抬高到空中。

他讨厌这种公开展示。在日本待了一段时间之后他比在纽约时还要容易难为情。但是他别无选择。他直接飘浮到空中，直到那些抬头看他的人都面容模糊,径直向着第一酒店冲去。

◆

他来到海勒姆房门口时已经是午夜十二点了。门是锁的,但是福尔图纳托用意念把门锁强行打开了,旁边的木头碎裂一地。

海勒姆从床上坐起来,"怎——"

福尔图纳托让时间停止了。

如同一辆火车突然停下,酒店里数不清的细小声音全都被化为低吟,随后悬挂于寂静之中。福尔图纳托自己的呼吸声都停下了。

房间里只有海勒姆一个人。福尔图纳托连转头都很困难,在海勒姆看来,他现在是一团模糊。卫生间的滑动门开着,福尔图纳托没看到里面有人。

他回想起来钦天士是怎么在他面前隐藏,又怎么躲在福尔图纳托的眼皮底下的。他重新启动时间,使其缓慢从眼前掠过。他对抗紧贴身体的沉重空气,抬起双手,用食指和大拇指摆成一个长方形的框子,看着房间。橱柜,开门。一面竹子花纹的墙,上面什么都没有。床脚板,武士刀的边缘缓慢地向海勒姆的头移动。

福尔图纳托向前移动,他的身体花了不知道多久才上升到空中,才飘向海勒姆。他张开双臂,把海勒姆扔到地板上,同时感觉到某个硬物刮过他的鞋底。他一转身,看见床单和床垫缓慢地分成两半。

是那把刀,他心想。一旦他确定刀就在那里,他就能看见刀了。现在是手臂,他心想,随后整个人的形象缓慢地出现在他面前,是个年轻的日本男人,穿着白衬衣和灰色羊毛裤子,光脚。

在角力让他精疲力竭之前,他让时间重新开始。他听到了走道里的脚步声,但他不敢转头查看,因为他怕会放走杀手。"把刀放下。"弗尔托纳托说。

"你能看见我。"男人转头看向门,用英语说。

"放下。"这一次,福尔图纳托是用命令的口吻,然而太迟了。他没有抓住眼神交汇的机会,现在对方在反抗他。

福尔图纳托不由自主地看向了门口。是穿着红色丝绸睡衣的塔基扬,身后跟着西北风。塔基扬正要冲进房间,福尔图纳托知道这个小外星人的死期快到了。

他再次看向莫里时,莫里不见了。福尔图纳托一阵寒战。他想到了那把刀,得找到那把刀。他看向那刀如果想要杀掉塔基扬可能会出现的地方,并再次停止时间。

在那里,刀锋,弯曲且锋利到不可思议,如阳光一般耀眼。冲着我来,福尔图纳托这样想着,用自己的意念将刀锋拉过来。

他只想把它从莫里的手里拿出来,但他误判了自己的力量。刀旋转着,擦过塔基扬又转了十到十五圈之后,插在了床后面的墙上。

在这个过程中,它切掉了莫里的头。

♥

福尔图纳托用力量隔离着他们,直到到达街上。这也是零人使用的招数。一路上都没人看到他们。他们把莫里的尸体留在房间里了,他的血染红了地毯。

一辆出租车靠边停下,游隼钻了出来,跟她同睡一床的男人跟着她下来。他比福尔图纳托矮一点,金发,留着胡子。他站在游隼旁边,游隼伸手牵着他。"一切都还好吗?"她说。

"嗯。"海勒姆说,"还好。"

"这意味着你归队了?"

海勒姆看看身边的人。"嗯,我猜是的。"

"那就好。"游隼说完,突然意识到大家有多严肃,"我们都很担心你。"

海勒姆点点头。

塔基扬来到福尔图纳托旁边。"谢谢你。"他轻声说,"不仅是因为你救了我的命,而且你可能还拯救了整趟旅程。在海地和危地马拉还有叙利亚之后,如果又出现一次暴力意外,嗯,可能毁掉我们尝试着做到的一切。"

"不用谢,"福尔图纳托说,"我们不该在这里待太久。不要冒险。"

"嗯对。"塔基扬说,"我觉得对。"

"哦对了,福尔图纳托。"游隼说,"这是乔什·麦考伊。"

福尔图纳托和他握了手,点点头。麦考伊微笑着再次牵起游隼的手。"我听说了很多你的事情。"

"你衬衣上有血。"游隼说,"出什么事了?"

"没什么。"福尔图纳托说,"现在没事了。"

"好多血。"游隼说,"就像跟钦天士那一战似的。你身上有太多暴力。有时候很可怕。"

福尔图纳托什么都没说。

"所以。"麦考伊说,"现在怎么办?"

"我猜。"福尔图纳托说,"我和 G.C. 贾亚瓦德纳要去寺院里见一个人。"

"你在开玩笑?"麦考伊说。

"不是。"游隼说,"我觉得他是认真的。"她看了福尔图纳托好一会儿,然后说:"你照顾好自己,好吗?"

"当然。"福尔图纳托说,"还有别的事吗?"

♣

"到了。"福尔图纳托说。那座寺院散落在山坡的各处,远处是石艺园林和梯田。福尔图纳托拂掉路旁石头上的雪,坐了上去。他头脑清晰,胃部安静。也许是因为山中洁净的空气,也许是别的什么。

"这里很美。"贾亚瓦德纳蹲坐在自己的脚后跟上说。

北海道的春天还要再等一个半月才会来。天空晴朗，甚至能够看见远处有架747，但747飞机从来不会飞到北海道上空，尤其是那些飞往韩国的，几乎是飞在西南边一千英里的地方。

"周三晚上发生了什么事？"贾亚瓦德纳几分钟之后问道，"当时有各种各样的骚动，结束之后海勒姆就回来了。你想聊聊吗？"

"没什么好说的。"福尔图纳托说，"人们为了钱财争执，有个男孩死了。其实他从来没杀过人，他很年轻，很害怕。他只想做成一件事，不辜负他为自己编出来的名声。"福尔图纳托耸耸肩。"世界就是这样，东京这种地方总是会发生这种事。"他站起来，拍拍裤子，"准备好了吗？"

"嗯。"贾亚瓦德纳说，"这一刻我等待了很久了。"

福尔图纳托点点头。"那我们就把这事了结了吧。"

♣ ♦ ♠ ♥

泽维尔·德斯蒙德的日志

3月21日，去首尔的路上

在东京时，我的一位故人突然出现在我面前，尔后他的脸就一直萦绕在我心头。两天前，我决定无视他和他的出现引发的问题，也决定不在这份日志里提起他。

我已经打算好了，这本日志会在我死后出版，我没想着它会成为最畅销书目，但凭借一叠卡牌上的名人和我们制造的各种热点新闻，我猜这本书至少能在美国民众心中激起一点兴趣，所以它可能会拥有一些读者。不管赚到的版税是多是少，鬼牌反诽谤联盟都乐意接受，而且我也已经写好遗嘱，把财产都留给联盟。

此书出版时我已经死了，安然躺在泥土中，任何随之而来的指责都伤害不了我，但我在写不写福尔图纳托的问题上还是很犹豫。你要说我懦夫就说吧。如果你听过笑话，恶意满满，甚至不能在电视上播出那种，你就会发现鬼牌都是恶名昭著的懦夫。我可以为不写他找到很正当的理由，我这些年来与他的交往都是私人事务，很少涉及政治或者世界事务或者其他我在此日志中提到的话题，更与这趟旅程无关。

但我在这本日志里一直畅谈在飞机上无可避免地听到的流言，关于塔基扬医生、游隼、杰克·布劳恩、挖掘者唐斯以及其他所有人的各种怪癖和不检点行为，我能打心底里认为公众只对他们的弱点感兴趣，对我的就没兴趣吗？也许可以……公众向来为王牌着迷，对鬼牌厌恶……但我不想这样，我希望这本日志里都是真情实感。我还希望读者们能够理解作为鬼牌活了四十年是什么感受。如果想达到这个效果，我就必须写写福尔图纳托，不管我内心会感到怎样的羞耻。

福尔图纳托现居日本，在东京时，海勒姆突然一言不发地离开团队，不知道干什么去了。是福尔图纳托以某种模糊的方式帮助了

WILD CARDS

他，我无法假装知道细节，因为所有相关人士都缄口不语。海勒姆在加尔各答与我们重聚时，几乎回到了过往的状态，可很快又恶化了，他看起来一天比一天糟糕，反复无常、令人厌恶又神神秘秘。不过我想说的不是海勒姆，我对他一无所知。重点在于福尔图纳托不知怎地卷入其中，来到了我们的酒店，我和他在走道上聊了几句。现在的情况就是这样。但在过去的很多年里，我与福尔图纳托有其他方面的交往。

♠

原谅我，这实在太难说出口。我是个老人，还是个鬼牌，年龄和畸形都让我变得敏感。我现在唯一剩下的就是尊严，我却要将它丢弃。

我要写的是自我厌恶。

是时候来点残酷的真相了，第一个就是普通人都觉得鬼牌很恶心。这些人中的一部分顽固不化，随时准备好憎恶与他们不同的人，从这一点来看，鬼牌与所有被压迫的少数群体并无太大差别，那些原本就心怀恶意的人像恨其他少数族裔一样憎恨我们。

但也有些普通人更倾向忍耐，他们尝试着去看鬼牌外表下的人性。这些人心怀善意，而非憎恨，他们慷慨善良，比如……嗯，我身边就有两个例子，塔基扬医生和海勒姆·沃切斯特，多年以来，这两位绅士已经证明了他们对鬼牌的深切关怀。海勒姆匿名赞助了慈善机构，塔基扬则通过在医院的研究帮助鬼牌。不过我心里很确定，他们和真神之光以及里奥·巴奈特一样对大部分鬼牌身体上的畸形感到恶心。你能从他们的眼神里看出来，不管他们试图表现得多么淡然和包容，他们最好的朋友中确实有鬼牌，但是他们不会允许自己的姐妹嫁给这些鬼牌。

这是身为鬼牌第一个不能言说的真相。

抱怨责骂这一点很简单，指责塔基扬和海勒姆这样的人太虚伪，太"形象主义"也很简单（某个白痴鬼牌活动家创造出了这个可怕的词，后来汤姆·米勒的鬼牌正义会〈JJS〉在全盛时期也使用过这个词。），然而这一做法并不正确。他们是好人，但也只是人，不能因为他们拥有普通人的情感就丑化他们。

因为，告诉你，身为鬼牌的第二个无法言说的真相是，不管我们如何冒犯普通人，我们更多的是冒犯自己。

自我厌恶是鬼牌镇的心理瘟疫，这种疾病常常会致命。五十岁以下的鬼牌最常见的死因一直都是自杀。不过从理论上来说，任何一种疾病在鬼牌身上都比在普通人身上更严重，因为我们体内的化学物质和身体形态千差万别、难以预测，所以没有哪种疗法真正安全。

在鬼牌镇，你得费一番功夫才能找到卖镜子的地方，但是每个街区都有卖面具的商店。

如果这还不算充足的证据，那再想想名号问题，也就是别称。但它们的意义远不仅如此。它们照亮了鬼牌心灵深处的自我厌恶。

如果这本书真的能出版，我会坚持要求取名为《泽维尔·德斯蒙德的日志》而非《一个鬼牌的日志》之类。我是一个人，一个具体的人，而不是鬼牌当中的一个。名称是很重要的，不仅仅是称呼而已，它们能够塑造和包装事物本身。女权主义者们早就意识到这一点了，鬼牌们却还没完全明白。

这些年来我只回应喊我名字的人，其他称号一概不理，我想表明我的立场。不过我认识一个鬼牌牙医，自称鱼脸，还有个颇有成就的繁音拍子钢琴家，别人叫他猫砂盆他也答应，也有个了不起的鬼牌数学家，论文上写的名字就是黏液人，就连在这个代表团中都有三个这样的：蝶蛹、巨魔和鱿鱼神父。

当然，我们不是第一个承受这种压迫的少数群体，黑人也承受过。一代代黑人曾经坚信，皮肤颜色浅的黑人女孩才是最美的，因为这样最接近白种人的模样,后来终于有人看穿了这个谎言,宣布黑也是美。

时不时的,有些好心但愚蠢的鬼牌也想做同样的事情。比如鬼牌镇里一个比较放荡的地方"怪人吧"每年情人节都会举行"扭曲小姐"比赛,不管这些努力是真心诚意还是出于讽刺,他们显然搞错了状况。要知道,我们的朋友塔基斯星人在他们的恶作剧里加了一点小创意。

问题就在于,每个鬼牌都独一无二。

感染病毒之前,我也不算帅气,感染之后,我也算不上恐怖。我拥有约两英尺长的象鼻,前端还长着手指。从我的经历来看,人们在我身边待几天之后就会习惯我的模样。我喜欢跟自己说,一个周左右,你就不会注意到我有什么不同了,也许这话里藏着几分真理。

如果病毒能够好心一点,让所有鬼牌都长上象鼻,那别人适应起来可能会简单得多,"象鼻也很美"活动也许能带来些实在的益处。

但据我所知,我是唯一一个拥有象鼻的鬼牌。我可以倾尽全力无视我身处的普通人审美文化,说服自己我才是帅气迷人,其他人才是怪胎。可在我下一次看到被称为"鼻涕虫"的可怜生物睡在开心屋后面的垃圾桶里时,我的自信就会烟消云散。可怕的现实是,我看到比较极端畸形的鬼牌时也会反胃得厉害,跟我想象中塔基扬的反应一样,只是我更觉得羞愧。

说到羞愧,就要再回到福尔图纳托,他是……或者至少曾经是……一个皮条客。他手上有一群高级应召女郎。所有这些女人都是妙人,美丽、性感、精通各种异国才艺,她们本身就很有意思,不管是床上还是床下,他将她们称为艺伎。

二十多年来,我是他的最佳顾客之一。

我认为他在鬼牌镇做了不少生意,单我就知道蝶蛹常用性来交换情报,就在她的水晶宫殿楼上,只要那个她需要情报的人正好被她看上。我认识不少相当富有的鬼牌,都没结婚,但是几乎都有普通人情人。我们收到的家乡报纸上说五家族和影拳会在街头混战,我知道原因——卖淫和毒品以及赌博一样,在鬼牌镇上是大买卖。

　　成为鬼牌后,失去的第一样东西就是性向。有些人完全失去性欲,或无法进行性行为,但即便那些生殖器和性欲都没被百变王牌病毒影响的人也不知道怎样定义自己的性向。身体的变化稳定下来之后,他们就不再是男人或女人,而只是鬼牌。

　　正常的性欲、不正常的自我厌恶,加上对已失去的东西的渴望……男子气概、女性特征、美、任何失去的东西。这些都是鬼牌镇常见的恶魔,我对它们很熟悉。癌症和化疗已经联合起来毁掉了我的性欲,但我的记性和羞耻心毫发未损。我一想到福尔图纳托就觉得羞耻。不是因为我经常召妓,也不是因为破坏了那些傻规矩——我鄙视那些规矩,让我羞耻的是,尽管多年来我一直在努力,但始终无法对鬼牌女性感兴趣。我认识好几个值得爱的,她们善良温柔、关怀他人;她们需要承诺和体贴;还有,她们和我一样需要性。她们中的一些成为我的挚友,但是我对她们起不了反应,她们在我眼中毫无性吸引力,相信她们对我也毫无性趣。

　　所以在鬼牌镇上就是会兴起那种生意。

　　安全带的提示灯亮了,我现在感觉不太好,所以就写到这里。

♣ ♦ ♠ ♥

永远的布拉格之春

卡里·沃刚

1987 年 4 月

安保检查过酒店和周边街道之后,代表团安顿下来。王牌委员会特工乔安妮·杰佛逊给了自己片刻休息时间,站在一间高层套房的阳台上鸟瞰布拉格,欣赏城市美景。这个酒店位于伏尔塔瓦河南岸,正好将查理大桥尽收眼底——这座文艺复兴风格的桥梁上排列着各式雕塑,如同朝圣者的鬼影——还能越过灰蓝色的河水看到对面山上的城堡。这个城市拥有独一无二的天际线,明显的欧洲和中世纪风格,但又带着超脱世俗的异域情调。教堂突出的怪异尖顶、巴洛克式穹顶、锯齿状的屋顶线条和浪漫的新艺术风格立面,都是上个世纪的乐观主义留下遗物,通过窄窄的街道将临近区域连接起来。这个共产主义城市现在似乎疲惫了,但它作为昔日欧洲文化中心的荣光还是依稀从灰暗中透出来,在午后的阳光里,山上的城堡外墙和尖顶都在发光。

她现在就在环游世界,可以算是梦想成真了,但讽刺的地方在于,跟着世卫组织代表团出访了五个月之后,乔安妮觉得自己反而需要好好休假。

她回到走廊上,前往作为临时行动中心的房间,在路上她遇到了比利·雷,他刚刚结束自己负责的安全检查。他总是做出一副凶狠的专业人士模样,穿着白色制服,受过伤又以奇怪方式修补的脸让他怎么看都咄咄逼人。但他是个勤勉认真的特工,两人已经一起工作好多年了。

"情况如何?"他问道。

"还好。风平浪静。我猜大家都累坏了。"

"那真是太好了。这些人总算能老实待在房间里,别惹麻烦了。"他双手抱臂,哼了一声,像是在展示这事对这群人来说,有多么不可能。

"那你的照片就不能出现在报纸上了,不是吗?"此话一出,雷就轻笑起来。

他瞥了一眼站在另一侧的她。大部分人和她在一起时都会保持距离,她也习惯了。但是雷的眼神像是在估量她——盘算着以他的超级力量和恢复力,对上她汲取生命的能力时,可以支撑多久。

她裹紧了银黑色的斗篷,头低着,藏在兜帽下,心里知道自己正展现出一副危险神秘的样子。她有时也不愿意这样,但斗篷能帮她控制力量,阻止她汲取身边所有东西、所有人的力量。自孩童时期起,她只要触碰鲜活的生命,就只会给对方带来伤害。他开口:"你最好把眼睛睁大——街对面的建筑里有几个间谍。典型的间谍对间谍戏码。他们可能会采取行动。"

"要了解代表团的情况,监视我们还不如去读报纸。"

"嗯,你要是想休息,那我就先值班。"

"谢谢,那我去休息。"她说完,他走向行动室,挥手与她道别。

◆

代表团成员们住的是豪华套间,但随行安保没有这个待遇,但这始终是个五星级酒店,乔安妮对她的普通房间也十分满意,里面有超大尺寸的床、独立洗手间和弓足浴缸。她正想着要不要泡个热水澡享受一下,房间里的电话响了。

"黑女士,我是克莱默代表,能和你谈谈吗?"

"当然了,代表女士。有什么事吗?"她在心里抱怨地哼了一声,如果有事,也不该给她拨电话,而是应该联系行动中心。除非不是官方事务,是私事,而且很棘手。

"如果可能的话,我希望面谈。"用的是请求的句式,但语气明显是命令。泡澡是不可能了,乔安妮又瞥了一眼大床,向午睡说再见。

参议员卡罗尔·克莱默是共和党,来自密苏里州,她成为政客算是意外。她的丈夫在连任竞选活动中心脏病突发去世,她因此步入政坛。三年前她为他赢下选举,而后为自己赢下连任,政治生涯似乎还会延续很久。跟团队里的大部分低级别政客一样,她一直保持低调,她的主要任务似乎是当好团队里的共和党代表,同时避开会有损自己今后政治前途的丑闻,所以她打电话要求密会王牌委员会安全特工这事就显得格外出人意料。乔安妮安慰自己:卡罗尔·克莱默这种来自西南部的和善女性能惹上多大麻烦呢?

克莱默在等着她,她刚到门口,房门就打开了。对方邀请乔安妮坐下,但她拒绝了,准备好专心致志地聆听。克莱默来回踱步。她五十多岁,穿着剪裁合身的浅蓝色套裙,卷曲的灰白色短发被固定得很好,她是那种出房门之前一定要检查,确保自己的衣服、发型、妆容等等一切都完美无缺的人。

"我有件事……嗯,想请你帮忙。但是我希望你能保密,我保证不是什么违法的事,但是……有点敏感,黑女士,我想请你帮我找个人。"

乔安妮挑起眉毛等待进一步解释。"我有些朋友,呃准确来说是政治捐款人,所以我不想张扬。他们有个二十岁的女儿,今年早些时候从史密斯学院退学,之后就消失了。当然,她家人的关系网很大,也雇了人去查,但是查到的不多,他们觉得她在布拉格,所以让我去确认,如果有可能的话和她谈谈。"

她从抽屉里拿出一个皱巴巴的信封,打开之后,从里面抽出一沓照片和一份打印的报告,乔安妮走过去看。

从标签上看女儿叫卡特里娜·杜博斯,是个鬼牌。她没有左手臂,取而代之的是一条条橙色的蛇状肢节,宛如美杜莎。她坐在躺椅上时这些肢节抓住了扶手,应该有一定抓握力,明亮闪光的橙色从这些奇怪肢节向上延伸,横贯脖子,还盖住了脸颊的一部分,感觉像是她戴了半张面具。这张照片是偷拍的,貌似是在某个后院派对。背景里有群大学生模样的人在玩飞盘。她穿着背心,用正常的那只手抓着一听可乐,翻着白眼,就好像那个拍照的人在要求她摆造型。这个年轻女士似乎有些害羞,但并不难为情。她完全没有躲避镜头,也没想掩盖自己的畸形。她的棕色眼睛很灵动。

"她是鬼牌。"乔安妮实话实说。

克莱默闭上眼睛叹了口气,好像这是出悲剧。"对,是几年前的事。她被感染了,病了很久,之后——恐怕自那之后整个家庭都受到了影响。"

"我想象不出来。"乔安妮讽刺地说。从这张照片看来,卡特里娜似乎很自在,甚至可以说是开心。她似乎已经适应了身体上的变化,不过家里的其他人就难说了。

打印的报告上列出已知的她去年的行踪:卡特里娜取出了储蓄账户里的钱,买了张飞往伦敦的机票,到了之后闲逛了一阵,消失了几周,又出现在欧洲的另一个城市。她似乎在进行背包之旅,任何一个大学生都可能离开大学去旅行几周,但杜博斯家的这个女孩似乎将其当成了生活方式。

"她那时候在学校学艺术。"克莱默说,"她想去欧洲她父母也理解,但是这种方式?他们原本可以帮她,可她几个月都没和他们联系。"

乔安妮知道事情的真相不止如此,因为这样的故事她看过太多了:富裕家庭突然发现成员中间出现了一个鬼牌,在他们洁净的小世界里多了一块不和谐的拼图,第一反应就是掩盖问题——这就是某些人所谓的"帮助"。乔安妮在想卡特里娜的父母有没有提议过截肢或者整形手术,因为他们觉得半截躯体也比畸形强。卡特里娜要离开这样的家庭,谁都能理解,除了克莱默这种人。

她不应该盲目揣测克莱默、杜博斯一家或者其他任何事情,但她也不应该花时间处理这种肥皂剧,她的任务是保护整个代表团的安全。

"女士,这实在不是我的职责范围,你应该去找大使馆,他们的人员比较能帮得上忙。"

"如果我去了,会引发公众关注,这是他们家不希望看到的,所以我想避开官方渠道,他们家也不打算向官方求助。"

这也让这件事蒙上了可疑的色彩,乔安妮很不喜欢,"私下解决"通常意味着"帮我们收拾烂摊子"。这个家庭到底想要隐藏什么?当然了,克莱默不想有人发现她为一个捐赠人大费周章。

"这孩子已经满十八岁了,她想做什么都可以。我们没有权利强迫她回家。"乔安妮说。

"我知道,但我想和替马克和芭芭拉跟她谈谈。

代表团会在布拉格待两天,照顾他们的任务当地安保会分担一些,因此她这两天原本可以轻松一点。从理论上来说,她可以花几个小时去晃晃树,看看杜博斯家的女孩会不会掉下来。估计不会。对此乔安妮也不会太遗憾。

"我尽量帮忙,但是不能保证结果。"

"谢谢。"克莱默代表说完,想要跟乔安妮握手。这完全是条件反射式的举动,典型的政客感谢方式。乔安妮一直把手藏在斗篷下面,并且抿紧嘴表示抱歉。她从来不握手,戴着手套时也不握,她不能靠别人那么近。克莱默把手收回了,尴尬地搓搓,乔安妮便自己出去了。

♥

  第二天早上，乔安妮没有采用其他人的策略，直接联系了她在大使馆的线人。情报人员不是傻子，他们会追踪出入境的美国公民，尤其是那些可能会引发安全问题的。卡特里娜·杜博斯不一定会引出什么岔子，但是如果克莱默说得没错，她可能跟一大群会惹麻烦的人在一起，而且在这样的区域里鬼牌是很显眼的。她无需解释自己的意图，就像克莱默要求的，调查都私下进行。不过乔安妮有股将一切都摆上台面的冲动，因为她想看看到底背后是怎样的故事。这种事情是她工作的一部分，但是她想先看看情况再决定是否深入调查。

  很快，她就得到了她所需要的：一个起始点。大使馆的文书列出了一系列心怀不满的大学生和波西米亚艺术家的聚集地。真正的波西米亚人，最早的波西米亚人，就在这片区域里。她在想这里的人是否会注意到这一点。

  她拿着列表，打算走一趟。

  既然她要去搜寻一番，不如索性当个游客。于是她在街道间闲逛，欣赏建筑，在角落的商店里购物，一路看过去，从19世纪新艺术风格的壮丽剧院，到有着怪异尖顶的泰恩教堂。走过西欧城市常见的两旁长满阔叶的街道，就来到了老城广场，这里又有各种引人注目的19世纪建筑，还有个巨大的马术雕像。虽然经历了二战和四十多年的社会主义，这个城市还保留着犹太区，其中有一座保存完好的中世纪犹太教堂，屋顶是标志性的锯齿形。在这里她遇上一个会说英语的热心导游，坚持说著名的罗夫拉比泥人①就被保存在屋顶上。听完这个泥人获得生命的传说之后，乔安妮笑笑给了他丰厚的小费。

---

  ① 传说在16世纪，犹大·罗夫拉比为对抗反犹太主义者的攻击创造了泥人（Golem），并在其额头写下意味"真理"的词语，赋予其生命。——编注

WILD CARDS

在老城边缘她转了个弯就碰上了一位迷人女性的画像，她有着瀑布般的红色卷发，身着半透明长裙，被叶子和百合花环绕。这是阿尔丰斯·穆夏的画，莫名其妙地出现在城市里的一条走道上方的拱形上，画因为煤烟而有些模糊，但很明显是穆夏的作品。她在那儿看了一会儿，一个多么古怪、不协调的城市啊。

她爸肯定会喜欢这里，乔安妮花了点时间给爸爸寄了张查理大桥的明信片。他应该有不少张了，海滩、纪念碑、日出和艾尔斯巨石、吉萨金字塔、东京天际线还有布宜诺斯艾利斯的玫瑰宫。

也许等她有空了他们可以一起去旅行，她会向他提议的。

列表上的那些聚集地和她预料的差不多。酒吧、咖啡厅、废弃书店和地下室，都带着一股神秘气息。就算在铁幕之下，有些东西也不会变，也几乎没有人能够阻止年轻人聚在一起喝一杯聊聊他们想如何改变世界。就算是在这样一个城市，这样一个国家，年轻人们还是会这么做，只不过声音小一点，说的时候会四下张望而已。

她一路上都被人盯着看，也许因为她是黑人，或者是因为她的身高和飘动的斗篷吸引了注意。她在纽约城里就很显眼，她已经习惯了。这也意味这很少有人会招惹她。裹上黑色斗篷之后她能聚拢能量，让自己化为一道阴影，这样她在咖啡厅里巡视搜索鬼牌、艺术家，或者任何看起来会认识卡特里娜的人时，就不会引起太大骚动。

黄昏时分，她找到了一个地方，列表上第六个，位于老城边缘的一条小街上，从正面看就是普通书店，但是走下一截楼梯后就能看到地下有个门，这座石头建筑下方有个地窖。她退后观察，两个穿牛仔裤的短发年轻女性推门走出来，手挽着手，用捷克语轻声交谈，边说边笑。

门没锁，没有暗语，也没有守卫，就这样藏在大众眼前，除非知道，不然走过去也不会注意到。她快速溜了进去。

她裹好斗篷，保持阴影状态，不想吸引任何注意力。当一个两眼迷糊的孩子夹着根前头已经是烟灰的香烟跟跄着冲她走来时,她让路了。他向门口走去,没再看她一眼。她顺着楼梯继续向下,进入一个大房间,处于萌芽状态的反主流文化的喧嚣映入眼帘。天花板上的插口连着电线,下面挂着光秃秃的灯泡,给这幅场景打上了朴素的光。这个地方被布置成咖啡馆加工作室。所谓桌子,也就是夹合板放在锯木架上,旁边三三两两坐了人。空气里弥漫着醇厚咖啡和烈性啤酒的味道。人们大声地聊天。一个穿着牛仔外套的黑发姑娘在弹吉他,唱得很真诚,不过有点跑调。墙上贴着传单、朋克海报甚至还有涂鸦。这里人肯定都不超过二十五岁,全部都穿着破烂的牛仔裤、T恤和剩余军用物资店买的军装、吉普赛裙子及褪色短袍,都是时髦的便宜货。一种她预料到的能量在这里流动,人群凑在一起做着东西,兴奋地聊着天,这些孩子像是《发型》杂志里走出来的,二十年前的《发型》杂志。

而他们身处的地下室可能有六百多年历史,墙壁苍白,顶部呈拱形,年代久远的石头散发出一阵寒意。这些中世纪石墙现在覆盖着标语和涂鸦,她有点想哭,但是时间不会停留,不是吗?这是座城市,不是博物馆。

她看到大厅后面有个美国鬼牌,凑过桌子,在一大块牛皮纸上作画。乔安妮第一遍扫视房间时没有注意到她。她左半边身体对着墙,从这个角度她有点像穆夏画的仙女,长长的卷发披下来,眼神明亮,五官秀美。不过她没穿垂顺的衣服,而是穿着军队外套,外面围了个大披肩,里面是印花裙子和长筒袜,脚上是马丁靴。

乔安妮没有上前,只是观察。

卡特里娜并不是房间里唯一的鬼牌,乔安妮还看到三个,一个长着湿润的杂色皮肤,像只蝾螈,一个多长了一条加长无骨的胳膊,插在无袖外套的一个口袋里,还有一个是亮蓝色头发,她原本以为是染的,但后来看到头发自己动了,就好像水流里的水草。鬼牌们没有聚在一起，而是散落各处，忙着各自的事情。他们人数太少，还不足以组建自己的小圈子，小集体。奇怪的是，少数派人数过少时，反而不会受到什么歧视，因为他们不足以引发其他人的焦虑。乔安妮经常体验到这种现象。卡特里娜待在这里是因为她想成为一名艺术家，而不仅是个鬼牌。她看起来不错，还算健康，正微笑着。也许她应该多吃点。

乔安妮在观察的时候，群体的行为模式出现了。不同人群似乎在关注各自的项目，各自聊天。但进一步观察就发现，所有项目都有类似之处：标志、横幅、条幅还有噪音制造机，显然是为某种展示活动准备的道具。乔安妮心头一沉，知道这些孩子是想和捷克警察对峙，也许还想对抗苏联占领势力。这些事情向来没有好结果。

一个身材瘦长的男人似乎是核心人物，他一头刺猬式发型，面容憔悴，如果能增点重的话，也许可以算个不修边幅的帅哥。他在房间里转悠，查看各群人的情况，指出对作品的建议。他穿着一件褪色的T恤，上面写着某个乐队的名称，但已模糊不清，下身是破烂牛仔裤。他走动的时候自带权威感，跟众人说话时会点头以示赞同，或者摇头。这个小艺术家领地里的所有人都对他肃然起敬，所以他最有可能是这里的负责人。

这个男人走到卡特里娜身边，充满占有欲地用胳膊环抱着她，将她拉近，然后亲吻了她。她笑了。当她想结束亲吻继续画画时，他不愿放开。他们说了几句话。这个男人的英语带德国口音。

他跟卡特里娜说笑完之后继续巡视众人，此时乔安妮才靠过去，吸引这名年轻女性的注意力。

"卡特里娜·杜博斯？"乔安妮轻声问道。

对方双眼瞪圆，一种被戳穿的感觉，她紧贴着墙壁。"你怎么知道我是谁？"

"我叫乔安妮·杰佛逊。你认识卡罗尔·克莱默议员吗？她是你父母的朋友。"

"你是警察?"她问道,"还是私家侦探之类的?"

大概算是,不知道如果说了她是联邦特工会有什么后果?"不算是。"她回答道,"至少现在不是。我只是帮克莱默参议员一个忙,她是联合国代表团的一员,请我帮忙找你,你认识她吗?她想跟你谈谈。"

卡特里娜放松下来,轻蔑地一笑:"对,我认识她。我家人以前经常把我拉去参加她的慈善晚宴。我还从来没见过么多虚伪的捕食者。你告诉她我很好,我不想跟她谈。"

"我懂。"乔安妮说,而且我也觉得你做得没错。

"但我觉得你家人很担心你,要不留个消息吧,你有什么想和他们说的吗?"

"他们并不是真的担心我,你知道的吧。只是关于我的情况他们还没编好故事,不知道怎么跟朋友们说。"她体侧的蛇似乎被激怒了,扭曲着蠕动着,如同一面盾牌似的环绕在她胸口。这样她看起来像是在双手抱胸。

"好吧,我会告诉克莱默你很好。"那个德国朋克小子正站在房间另一头凝视他们。卡特里娜很快就转移了视线。

"你最好赶紧走。"她对乔安妮说,"你融入不了这里,明白吗?你让大家都很紧张。"

乔安妮微笑着说:"经常有人这么说我,那能不能给点提示,你们在这里做什么?"

这个鬼牌愤怒了。"怎么?你觉得我会给你当间谍?"

"我只是好奇,我不想看你们惹上麻烦。"

"你的意思是比现在的麻烦更大?我父母的朋友派人来找我那种?"

"世上有各种各样的麻烦。"乔安妮说,"总之小心为上,别头脑发热。我不知道你们什么时候会进行这项显然在准备的抗议活动，但是参与其中之前你最好三思。"

"谢谢你关心。"卡特里娜的回应满是讽刺和轻蔑。

乔安妮提醒自己，她不是小女孩了，应该给这个年轻女性一点信任。

卡特里娜拿起两块木炭，一块使用正常的手拿，另一块用到蛇肢，它们缠绕着炭块，仿佛拿着一把剑。她弯腰用这两块木炭添加符号、扫过纸面、添加螺旋和线条，逐渐构成一幅画。卡特里娜的作品很美，虽然只用了一种颜色，但是创造了一系列深浅度不同的图案：一条铺着鹅卵石的街道变化为一阵花雨，后又幻化成一个女性的卷发，其后这个女性的面庞回转，一脸坚定。看来不止乔安妮一个人在街上闲逛时看到了穆夏的作品。

"很不错。"乔安妮的言语不足以表达她的感受。

卡特里娜脸上闪过一丝笑容，既是感激又是讽刺。

"你好，我是艾瑞克。"德国小伙又回来了，手臂护着卡特里娜，瞪着乔安妮，后者差点被逗乐了，但忍住没有笑。"你呢？"

"我叫乔安妮。"她冷静地回答道，"你这里有些规模啊，艾瑞克。我希望你们一切顺利。"

"你来这里做什么呢？"

"我只是个游客，过来欣赏卡特里娜的作品。"他给了她一个怀疑的锐利眼神，跟她预料的一样，"我马上就走。祝你们度过一个愉快的晚上。"

跟他们俩点头致意之后，乔安妮离开地下室回到街上。

♣

乔安妮回大使馆的路上一直被跟踪，她一点都不吃惊，可能是雷发现的那些在酒店外面监视的间谍。安保人员已经再三警告代表们，一旦他们进城,就有可能会被外国情报人员尾随,她没觉得自己会被区别对待。晚上很容易发现这些人,因为街上行人很少。总共两个,离她几个街区,走在街道两侧。跟她同一侧的那个人中等身高,削瘦的脑袋上顶着极短的深色头发,穿西装和深色皮外套,看上去是在找某个地点,不断对着手上的卡片查看街角的道路名称和商店门口上方的标志。他已经这样查看了十个街区了,所以乔安妮有理由相信他并不是在找什么地方,更不要说他每隔五分钟就要瞥一眼街对面的同伴。这个同伴身形高大,比走过他身边的普通人高半个头,奇怪的是,现在天气清朗,寒冷但舒适,他却像是在风暴中行走,慢吞吞的。她原本可能将他看作一个晚上出来散步的普通老人,但是那个矮一些同伴总是看他,他也偶尔点头回应。

不管旧城区的中世纪街道如何弯弯绕绕,比如突然转弯然后汇入广场,又以奇怪的角度分开,这些都没能让他们跟丢。毕竟这是他们的城市——她估计他们是当地人,不是克格勃。

穿过老城,沿着主要的游览路线回到酒店,街上亮着几盏灯,但也足够了。乔安妮把斗篷向后褪,挂在肩膀上,抬起一只手,像是在感受空气中是否有湿气。她将注意力对准灯光,吸收能量。她前后的两盏灯闪了一下,立刻熄灭了。一道昏暗的光线追随着她的手,这意味着电能转化为了她的一部分。她感觉到电能在皮肤上微微震动,温暖着她的躯体甚至骨骼,几乎可以算是愉悦的感觉,不过她还有些事情要担心:她是个人体电容器,装着一道闪电,被绝缘斗篷包裹着才没有滚滚而出——直到她想释放的那一刻。

她离开了铺着鹅卵石的道路,沿现代化的柏油路向前,角落里有条金属排水管,哗啦啦地响,就在她和跟踪她的特工之间。她把斗篷向后一掀,甩出双臂,一道能量飞向这块金属,雷鸣般的声音回荡着,紧接着是一阵火花。乔安妮利用这个分散对方的注意力,拐了个弯溜掉了。她的闪电不会造成太大问题,大概会烧坏柏油,但看起来挺刺激的。

　　让他们去琢磨吧。他们该不会觉得能一直跟她回酒店吧？过了几个街区之后，她躲在一个走廊里观察，显然他们没有跟过来。她满意地搓搓手。

　　回到酒店，乔安妮大概有几个小时休息时间，可以睡一会儿，醒来就又要继续工作了。她走进门厅时碰上了比利·雷，可能他就是在这里等着她。

　　"散步愉快吗？"雷挑起一边眉毛，面色不善地问道，也可能是他的嘴和下巴形状比较奇怪，造成了这副表情。

　　"相当愉快。一路上都有人陪同，两个人，我猜是街对面的朋友。"

　　"他们找你麻烦了吗？"

　　"没，完全没有。"没必要让他知道自己费了一点力气才甩掉他们。

　　"我明白，你完全有能力照顾好自己，不用提醒我。"

　　她拉下兜帽，把头露出来。一头极短的深色头发，脸上带着微笑。她感到一阵静电掠过她的脸颊和头皮，房间里的电线、灯泡、甚至是雷跳动的心脏都散发着能量，呼唤着她。她必须在一分钟之内重新把兜帽戴上，否则能量的低鸣就会变为瘙痒，尔后是灼烧。她可能会开始吸收能量，再通过一阵无法控制的冲击波返还能量。

　　"雷，你不会是心痒痒地想要照顾我吧？"

　　他咧嘴一笑："亲爱的，你是我认识的人里最爱调情的。"

　　"是吗？"

　　他向她走了一步，危险的一步。能量从他身上倾泻而下，那股王牌能量涌动着，她只需要伸出手，触碰一下他那张凹凸不平的脸……他也知道这一点，所以虽然嘴角在笑，但眼睛却一直阴云密布，也许他有些害怕了。

"总有一天我会试试，只为看看会发生什么。"他说，此时他们只有一只手的距离，她只需要凑过去亲他就可以。

"你知道在哪里能找到我。"她说完戴上了兜帽，侧身从他旁边走过，他在她身后轻笑。

♠

在乔安妮的记忆中，她的每一次触碰都会致人死亡。第一个受害者是她的母亲。值得庆幸的是，这段记忆模糊不清。那一个个日日夜夜，她都被意外和恐惧的情绪笼罩着，她试图弄明白发生了什么，最终却意识到这是自己的错。她被隔绝在医院里，等待医生查明她致命能力的具体情况，父亲会在她哭泣时抱住她，但是得穿着防护服，避免跟她有一丁点接触。他们之间隔着厚厚的橡胶、光滑的塑料以及嘶嘶作响的呼吸面罩。他可以抱她，但是不能触碰她。她再也无法感受到肌肤相贴的温柔。他也不能用亲吻来让她快乐起来。

她常常会想如果父亲没有留在她身边，她的生活会有怎样的不同。如果他没有原谅她，而是责备她；如果他没有拥抱她——比喻意义上的拥抱——而是排斥她和她怪异的能力，那会怎样？在那些她想要哀号痛哭、打碎窗户、撕烂自己身体的日子里，他在她身边，劝她冷静下来。如果不是他再三保证这一切总有一天会是值得的，她能撑下来吗？

"你的能力确实危险。如果你运用不当，可能会是毁灭性的。但是电力、刀具和汽车也都是这样，同时它们也是我们需要的工具。乔安妮，你必须想办法用你的能力来做好事。用它来建造，而不是毁灭。"

因为父亲，她进入了政府部门，而不是收容所。在大部分时候，她知道自己选择了正确的道路，她自己选了黑女士作为她的王牌称呼，其中有好几层意思。黑色是她斗篷吸收面的颜色，也是她皮肤的颜色，代表了她黑暗力量的危险性，而女士则提醒人们对待她时要有礼。

第二天代表们的行程被会面和游览占满了。计划的任务和实际情况再次不符。表面上，代表们应该不偏不倚地观察东欧共产主义政府在处理百变王牌病毒时的创新，并且了解百变王牌受害者的情况，但实际上，他们被带去了一座崭新的收容所。见面会也是精心安排的，鬼牌都经过事先选拔培训，甚至还在受控制的环境下见了几个王牌，简直是一场盛大的政治秀。美国代表很客气，没人问捷克斯洛伐克能力较强的王牌们有多少为情报部门工作，多少被克格勃招募；捷克向导也很懂规矩，没有透露相关信息。

经过昨晚的巡游，乔安妮明白这里藏着一些百变王牌病毒受害者，但至少这个国家没有将鬼牌完全隔绝。她觉得这已经比其他很多国家好多了。

乔安妮作为保镖和陪护跟着去参观了，同去的大部分是美国政客和世卫组织官员，名流们则都跟着比利去老城拍各种游客照了。数周以来，已经形成了规律：塔基扬医生盘问那些目瞪口呆的当地医疗专家，后者结结巴巴地用英语或法语或者通过翻译回答；政客们代表情呆滞，但假装有兴趣地听着。克莱默也在，但是乔安妮没有机会找她聊卡特里娜，过了好几个小时之后，大部分代表都在酒店餐厅里喝下午茶时，乔安妮又被请进了克莱默房间的前厅。

"我找到她了。"乔安妮说完，克莱默长舒一口气，"她不愿意回家，也不想谈。"

"她还好吗？没惹麻烦吧？"她坐在饰有复杂花纹的靠背椅边缘，是从餐桌旁边拖过来的。

那取决于你对麻烦的定义了。"我觉得她还好。"乔安妮小心翼翼地选择用词，尽量不带情感，"但是就像我之前说的，她是成年人。如果她不想谈，我们不能逼她。"她希望此事能到此为止。

"你觉得……我想和她谈谈，黑女士。既然你知道她在哪里，能不能安排一下？"

这不仅仅是乔安妮的职责范围之外，而且克莱默这是在利用身份获得特殊照顾——当然，政客们从古至今都或多或少会以权谋私。这虽然不是大事，但如果乔安妮告发她，肯定也会被算作是滥用职权。并且她实在不想去追捕边缘艺术家。

"杜博斯女士很确定——"

"她的家人很担心她，请你体谅。如果我能跟她谈谈，至少我能给她父母关于她的第一手消息。安排一下也没有那么难，对吗？"

"我尽量吧。"正式接待会今晚举行，她真的没有时间。但是说实话，她也好奇。再去市中心一趟，也许她能查出来这些孩子们的抗议计划是怎样。

◆

就在她靠近地下艺术组织所在的弯曲小巷时，发现这里被顶灯闪烁的警车封锁了。几个穿制服的警察百无聊赖地闲逛着。一些警察正从地下室门口进进出出，手里拿着从墙上撕下来的海报、纸张甚至还有一桶桶颜料和绘画工具。他们把这些都扔上停在小巷里一端的卡车，毫不在意是否会摔坏。如果她上前去问，他们肯定会说是在收集证据，不管场面在外人看起来多么怪异。这些人是标准的执法者，不是可怕的秘密间谍之类的。她占据了街角的有利位置，观察整个过程，偷听他们用一种她不懂的语言对话，她也猜不出来这是在调查什么罪行，不过这不重要。他们找到了艺术家的基地，于是查封了。

要是在纽约，会有一堆看客挤在巷子两头，推推搡搡地想要挤到前面看个清楚，然后会有警察放置路障，就为了不让围观人群靠近。在这里，一个人也没有。过路者径直走开，头低着，目光投向别处。流连这种地方会吸引不必要的注意，乔安妮意识到这一点，匆忙离开了。

她特意留心了她的朋友们，就是昨天尾随她的两个间谍。她突然想到可能是他们导致了警察查封地下室，而给他们带路的正是自己。那俩人现在似乎不在，但也没必要再跟踪她了。

在下一个路口，一个身影出现，一堆橙色的触手缠上她的胳膊。乔安妮一感觉到被触碰之后立马就向后跳，离开了对方的接触范围，裹紧了斗篷。

卡特里娜穿的毛衣披肩和裙子都跟那天不同。此刻她正站在角落，冲她嘲讽地一笑。

"我就这么让你觉得恶心吗？"她问。

"被我碰到是会死人的。"乔安妮说，"要是你碰过我的皮肤，你就已经死了。"女孩脸色突然苍白，嗯，这种反应乔安妮经常看见。比无法触碰他人更糟糕的就是必须向人们解释为什么——接着看到对方明白其隐含意义时同情的模样。

"你是个王牌？"卡特里娜问道。她眯着眼睛想瞥一眼乔安妮兜帽之下的样子。"王牌还是鬼牌？"

这是延续了数十年的哲学问题。有人看见乔安妮就恐惧畏缩，所以她应该算是鬼牌，不管她自己在镜子里看到的模样如何。

"我们边走边说吧，卡特里娜。"乔安妮示意向前走。于是两个人并排前行，女孩和她保持着距离。

乔安妮正要开口时卡特里娜问她："值得吗？当个王牌，付出这种代价？"

从来没有人这么直白地问过，但是这个问题问得很好。虽然好，可也无法回答。她不是付出代价后才成为王牌的，能力和代价都是莫名施加给她的。

"跟你说实话吧，我不常将自己当成王牌。我只是尽可能利用我的能力来做事。"

"嗯，我也是。"她说。

又走了几步，乔安妮问道："大家都还好吗？"

"还好，我们知道他们要来。可不是托你的福。"

就算警察不是乔安妮引来的，这群孩子也会怪她。那就随他们去吧，而且这还能让他们危险的抗议计划暂时搁置。

"克莱默代表想跟你见面，你能为她抽出几分钟时间吗？酒店旁边有个咖啡馆，你们在那里应该不会吸引太多注意。"

"我不想和她谈，她只是想拍我父母的马屁。"

这孩子有见地。乔安妮点点头以示同意。

卡特里娜说："你为什么要为克莱默做事？我查了一下你和世卫代表团，这似乎完全超出了你的工作范围。"

"我很好奇。你和你的朋友们显然是在谋划什么，或者曾经在谋划。"

"现在还在。这不会阻止我们。所有需要的东西我们都拿出来了，他们阻止不了我们。如果想的话我们今晚就可以行动。"

乔安妮看着她的眼神和微笑的样子，觉得她不是在乱说。"你们到底想干什么？"乔安妮问道。

"你明天会在报纸上看到的。"

"这不是游戏，卡特里娜。如果这些人因为你做了什么他们看不惯的事情而抓捕你，你会被伤害的。大使馆和你父母可能都无法保释你。"

她做了个鬼脸。"哦，我知道。我父母才懒得管我死活。突袭只不过是想威吓我们，恐惧战术。没用的。"她抬着下巴，握紧拳头，有股子年轻人的正义感。

"那个艾瑞克这么说的？这些是他让你干的？"

"因为像我这样容易上当受骗的小东西不可能有自己的想法？还是只要有男人愿意看我这个扭曲的怪物一眼，我就该感激涕零，愿意付出一切？"她把胳膊抬起来，蛇群扭动着，橙色的鳞片闪烁着光芒，看起来像是她着火了，"我做这些并不是因为艾瑞克，也不是因为我疯了，或者想要报复父母，或者加入了邪教，或者其他什么原因。我这么做是因为我想做，因为这是件正确的事情，因为我可以帮助别人。我可以用我的信托基金做些好事，而不是去买很多花哨没用的东西。布拉格很美，穆夏、德沃夏克、卡夫卡都曾生活在这里，不管外人觉得这种抗议活动有多蠢，其实是有作用的。再说了，有梦想不是坏事，对吗？"

乔安妮目光低垂，噢，有着坚定信念的年轻人啊。"卡特里娜，小心点。我还会在布拉格待一天。如果你遇到了什么事，或者需要帮助，联系我。"

"我会没事的，转告克莱默我很好。"

她猛地转身离开，裙角飞扬，触手胳膊保护性地缠在腰部。

♥

乔安妮直到黄昏才回酒店，在门口碰到了雷。

"你迟到了，"他瞪着她，"我们半个小时之内就要去大使馆。"

"对。"她擦着他的肩膀走过，"我不在的时候发生了什么你一个人无法解决的事情吗？"

"那倒没有。"

"现在我回来了，我会履行职责，我不希望听到别人说三道四。"

"你是不是在外面惹了什么事？"

她抬起头，好让对方看清兜帽之下的表情，她挑起一边眉毛："我说了，不想听到有人说三道四。你难道不信任我？"

他皱起眉头。"我没有不相信你。但是你的表现有点奇怪，你知道吧？"

这话从比利·雷嘴里说出来，几乎算是褒奖。"雷特工，我是王牌，也就是说我和你的古怪程度是一样的。现在，是不是应该召集代表们出发了。"

他对着大堂做了个手势："带路吧，公主。"

♣

布拉格的美国大使馆是个实实在在的 17 世纪宫殿，有庭院、侧厅、巴洛克式线脚、洞穴般的屋顶，以及好几百个房间。代表团穿过拱形门口，走在通往接待厅的花园路上时，就连塔基扬医生都被震撼到了。人类通常都达不到他的标准。

乔安妮早就发现，大使馆的接待会都差不多。大使和伴侣彬彬有礼，手下们都超乎寻常地擅长处理困难、失礼行为和其他小事故，避免演变为国际丑闻。食物、酒水和音乐都会很棒。有的地方会凸显当地特色——阿根廷的探戈，日本的生鱼片等等。在宗教国家酒精饮料可能有可能没有，如果没有，会用别的来补偿，比如绝赞的咖啡。但这里是东欧，酒精少不了。

在乔安妮看来，这一切就像是看电影，同一群人演的电影。塔基扬往杯子里倒满香槟，海勒姆·沃切斯特又回到了团队中，至少现在是的。他一边吃一盘开胃小菜，一边高谈阔论。政客们四处交际，相互握手交谈。乔安妮看到了克莱默代表，她穿着保守的高领长裙，更像是裙子长一点的套裙，而非正式礼服。泽维尔·德斯蒙德也在交际，不过他肯定会坚持说自己不是政客。蝶蛹则没有去交际，她穿着无肩带的紫色礼服，透明皮肤下的肌肉系统收缩舒张的轮廓很吸引眼球。她坐在一边，仔细地观察。现在跟旅程刚开始时有一点变化：游隼不再穿着高档的衣服，身形曼妙地出现在各个场合。不过她穿着闪亮的孕妇装也很好看，隆起的腰腹被艺术地遮盖起来。

所有这一切都发生在大使馆装饰着美丽窗帘和地毯的接待厅里。一场奇怪的集会，既带有政治性，又是公共事件，又轰动又严肃。跟往常一样,乔安妮置身事外,披着斗篷戴着兜帽待在附近。她只是观察而已。

当克莱默结束交际,向她走来时,乔安妮心一沉,又怎么了?不可能有事情重要到要在接待会中途找她。作为一个想要低调的人,克莱默吸引了不少注意。乔安妮站直身体,提醒自己保持专业,别躲到角落里。

"黑女士,杰佛逊特工。可以跟你聊聊吗?"

乔安妮在心里叹了口气。"我们为什么不去外面呢,克莱默代表?"这个王牌带着她穿过侧厅,进入露台的僻静角落,这里没有灯光,也不会被偷听。

克莱默不耐烦地质问:"到底能不能安排我们见面?"

"不能,克莱默代表。杜博斯女士似乎不希望和她的家庭扯上任何关系。"她说你是想拍马屁,这一句没有说出口。

"她很明智。"克莱默说完表情就变了,像是很痛苦。乔安妮挑起一边眉毛,礼貌地表示询问。

这个女人开始在大理石露台边缘徘徊。"今天下午我跟卡特里娜的父母打了个电话。恐怕……我是有点误解。他们要我去联系她时,我以为他们是想要她回家,我这么觉得,是因为如果是我女儿,我肯定想她回家。"

"那实际上他们想怎么样?"乔安妮轻声问道。

肯定是坏事,因为她深吸了一口气才开口:"他们想要她违反信托协议的证据,好跟她断绝关系。如果她被捕了,哪怕是只比开罚单严重一点的事情,她就会失去信托基金。然而这不是因为她跑掉了,也不是因为她做错了什么,完全是因为她的身体状况。这太不公平了,所以你要知道,卡特里娜跟他们保持距离是很明智的。她是他们的女儿,他们原本应该照顾她。"

信托基金和被父母断绝关系的孩子不是乔安妮擅长的领域,但能明显看出克莱默的惊愕。家庭肯定比百变王牌病毒或者其他任何东西都重要。这一点,乔安妮能够理解。

她同时也明白:卡特里娜现在想做的事情,恰好就会让她惹上麻烦,并失去继承权。克莱默会想知道卡特里娜在做的事,但她最好别知道,卡特里娜自己应该知道目前的情况。为了不失去信托基金,她一定会选择不惹麻烦,而且这样还能气一气父母。

现在,要是乔安妮知道卡特里娜的具体位置和正在做什么就好了。

克莱默继续说:"我只是想帮她。她要是出事了,显然不可能去找父母。但我希望她有些资源可用。我们投身政坛是因为我们想解决世上所有的问题,让世界有所改变。我知道这很艰难,看看这趟旅程,我们做了多少好事?但我想我至少能够帮助这一个人。"

乔安妮没听进去多少,这已经不再关乎克莱默了。她决定要离开这里去找卡特里娜,保护她远离警察,其他事情以后再说。

"我会再去跟她谈一次。"她告诉议员女士。

"我非常感激你的帮助,杰佛逊特工。"

这话说得很贴心,但现在乔安妮只在意卡特里娜会不会感激自己。

她环视接待厅,宴会正热闹地进行着。美国大使馆对于代表们来说是个再安全不过的地方了,她有几小时自由活动时间。

比利·雷直直地站在花园和接待厅之间的拱门入口,一个人就展示出了不得的力量感。他穿着白色制服,双手抱臂,面色阴沉地查看每个进出的人。她悄悄走过去,身后的斗篷飘动着。她越过他的肩膀和他说话。

"比利,能帮我盯着点吗?"

"为什么?怎么了?"

"代表让我帮忙的私人事务,现在有点失控了。但我已经插手了,所以必须有始有终。"

"亲爱的,你在说什么啊。到底怎么回事?"

她把他带到外面,找了一丛茂密的灌木作为掩护,将整件事情和盘托出。

"嗯,很好。"他噘着嘴说,"你知道你不欠这些人吧?不欠克莱默,也不欠那个有钱的女儿。"

"这跟克莱默已经没有关系了,关键在于——"乔安妮说完叹了口气,转头看着城市夜景,像是在期盼着他们策划的抗议活动能燃起烟花。在夜晚的灯光下,河流闪烁着星星点点的光,如同液态铅,泰恩教堂的尖塔仿佛恶魔的权杖。"60年代的时候,有群孩子为了抗议苏联统治而自焚,我担心她卷入这种事情。"这个孩子的生活被百变王牌搅得天翻地覆,可她决心向前,寻找生活的意义,做点了不起的事情,乔安妮能够理解她。

"如果这就是她的计划,那你打算怎么阻止她?"

"我只想找到她,和她谈谈。"

"那我帮你。"

"不用了,真的。你不需要——"

"讲真的,听起来比这宴会有趣多了。"确实,微醺的塔基扬刚刚突然和一直演奏背景音乐的钢琴家搭讪,还恳求对方唱莫扎特的曲子。雷斜睨了一眼:"再说了,你也需要有人帮你盯着身后。"

带上他能有什么坏处呢?哈。

他俩一起悄悄离开了接待会,走在通往大门的路上时,他碰上了她的肩膀,催促她向前。他连想都没想,这个动作就像阳光刺眼时伸手挡一下一样自然。她斗篷的料子保护着他,和她。这么近,这么远。她第一百万次这样想。

♠

下午下了一场春雨,湿润的街道闪着光,空气中带着清爽的凉气。她的斗篷擦过人行横道，边缘沾湿了。

乔安妮细思考片刻之后，他们的目的地就很明显了：老城广场。几十年来这个宽阔地带就是政治集合和抗议示威的最佳地点，不管卡特里娜和艾瑞克那群人在策划什么，肯定想引人注目，所以肯定会去那里。她和雷步行前进，打算离开大使馆区域后就找辆出租车，但是这么晚了，又在这个地方，出租车很少。好在市中心不大，所以就步行着穿过了河流走向老城。

在这里，雷立马被一个穿长外套的巨大身影袭击了。是昨天尾随她的人。这个高大的男人抓着王牌的腰部，把他提起来，扔向街对面。

乔安妮背靠最近一栋建筑的外墙，四处寻找男人的搭档，他就在街对面等待着。壮汉还在攻击，将雷的身体撞上墙，从各个角度撞击砖块。雷晕乎乎的，但还没有跌倒在地，他站着给了对方一拳，打在对方肚子上，一声闷响。随后壮汉又把他拎了起来，向墙上撞去。他们肯定知道雷的王牌能力，要撞好多下才能把他放下。壮汉似乎就打算这么办。

乔安妮不会让他得逞。她跑起来，让斗篷挂在肩膀上，向壮汉伸手。他的搭档并没有任何反应，这让乔安妮怀疑起来，他在等待什么？或者更有可能的是，他在隐藏什么？

乔安妮一边留心站在半个街区外的搭档，一边伸手拍壮汉的后背，为她的能力打开通道。那感觉像是腹部中央的一道漩涡，正渴望能量，能量也源源不断地涌入，直到她整个人都爆炸。她已经计划好了，他身上的能量快要被吸干时就放开，反过来用他的能量击败他。他就算不立马毙命，也要在床上躺上几周。

但什么都没发生。她紧紧抓着他，却没有能量流出来，她一点火花都没感觉到。可能是他已经死了，可还站着，还在动。他转过身来用石头般冰冷的眼神看着她，出乎意料地以娴熟手法将她也拎了起来。还是没有反应。她尝试了相反的做法,双手抓住他的肩膀,向他注入相当于一个炸弹的能量。伴随着一连串闪光,能量被弹回了。他依然紧抓着她。现在她开始挣扎了,又是踢又是用指尖掐他坚不可摧的古怪皮肤。他很坚固,肌肉紧绷,加大力道时几乎面无表情。

这里有个能触碰她的人,不会倒下,不会死。她能碰他,他也能碰她,他不会死。这个事实让她兴奋地震颤。虽然他明显想杀她,但她几乎想凑近亲吻他。她冒出一个想法:每种王牌能力都应该有个与之同等级别但相克的能力;每个王牌都有个对立者,王牌的力量对他们无效。这样宇宙之中就会存在奇异但令人安慰的平衡感。她的力量是吸取别人的生命力,为什么就不能有个生命力不会被吸收的王牌存在呢?

当然,墨菲法则开始发挥作用了——那个能够触碰她的男人,正在试图杀死她。

她的双手动弹不得,只能用腿踢他的膝盖和胯部,他却连眉头都没皱一下。她的脚趾踢到了坚硬的肉体,仅此而已。乔安妮在事业上有个大秘密:她并不像一般负责安保的联邦特工那样擅长武术或者拥有近身格斗技巧,她能学做动作,但实际无法跟别人比试,因为她的能力使对方有丧命的危险。既然挥挥手就能杀人,也就没有学习近身搏斗的必要。好吧,现在需要了。她被一个强壮有力的王牌抓住了,唯一能做的就是向下压,于是他抓得更紧。她的肋骨咔咔作响,肺部也开始拒绝扩张,她差点窒息。

去他的。她扭动着,让自己尽可能滑溜,以从他手中滑下来,只留下斗篷,壮汉对她的作用力消失了。他抓着的是斗篷,而她踉跄着向前跑。没来得及思考,她只凭直觉,转身释放出一阵储藏的能量,一道向外的闪光两期,雷鸣在石头间回荡。

那个王牌向后一退,扔掉斗篷用胳膊遮挡眼睛。她的这道光没能杀死他,但好像把他弄瞎了。

他的搭档依然在旁观,雷已经站起来了,他揉着头,气得冒火。

"雷——"乔安妮提醒道。

"去他妈的,我能搞定!"他低吼道,跳了起来。

壮汉抡圆拳头想打雷,但是白衣王牌已经跳起来了,从上向下直冲他的脑袋去。他的胳膊勒着壮汉的脖子,扭动着,拳头打上壮汉的脸,几片石块飞了出来。

等一下,石块?

另一个捷克特工难以置信地喊了一句,跑过来。乔安妮做了个"停下"的手势,对方停下了。他们两人一同转头观战。

壮汉困惑地眨眨眼。雷伤到他了——脸上已经出现了好几条裂缝,从脸颊到眼睛周围,额头上也有一条,穿过一个记号,如同某种疤痕或者文身。他用手去抓,又有几块石头掉下来,那记号完全裂开了。

壮汉呆住了,像个雕塑,完全就是雕塑。他脸上的裂痕在扩大,损伤处越来越多,蔓延到了全身,最后他轰然倒地,化为一堆碎石,他的外套和其他衣物落在这石堆上。

一阵怪异的沉默降临在这几个困惑又小心的人周围。乔安妮跪在那一堆石块和沙土旁边,用手指去触摸。她困惑地眨着眼,雷从解体的壮汉身上摔落,倒在地上。这是怎么回事?

剩下的捷克特工表情愈加凝重,悲痛化为冷淡。最后他终于开口说话:"没关系,我可以再造一个,再造好多个。"

他才是王牌,那个身形高大的搭档并不是。他的能力是赋予石头生命,创造石头人。

乔安妮突然瞪大眼睛:"你是犹太人,你的王牌能力来自于泥人传说——"

"我是个优秀的共产党人。"他坦诚地说,好像早就习惯了一遍遍说这句话,"我和我的手下是优秀的特工,我会查清你们的计划——"乔安妮沮丧地叹了口气。

"我们没有任何计划!"

"我知道你们正在和外国示威者密谋发动平民动乱。"

她忍不住笑起来。"你完全搞反了,我——"她摇摇头,随他怎么想吧。

她握住拳,感到一股力量。她现在轻轻一碰就能让他当场毙命。他是人类,跟那个石头手下不同,体内有正常的能量流动和普通的神经系统,但她没有这么做,因为他只是站在那里而已,没做别的。她拍掉手上的尘土,拿回自己的斗篷,熟练地披上斗篷,包裹好自己的力量。

"乔安妮,你还好吗?"雷已经站起来了,他脸上有瘀青,细细的血流从额头上滴下来。不过衣服倒是好得很,她在想要不要告诉他血快流到衣服上了。

"嗯,我很好。"她感觉肋骨受伤了,但是会复原的。她打量着捷克特工:"我真的不是到这里来找事的。我们现在就各走各路,谁也没必要汇报。"

"你们能力强,你们说了算。"他傲慢挑衅地抬起下巴。

他以为他们要杀他,如果角色对调,他就会这么做。她只要抬手就好了,或者说句话,雷就会把这人脑袋拧下来。

"雷,我们走。"乔安妮裹紧了斗篷开始走,"我们已经浪费了太多时间。"

"你确定?"雷问。

"嗯。"

他们一起走到了下一个十字路口,此时她回头看,捷克特工已经不见了。

◆

心里有座钟在嘀嗒作响——卡特里娜身处困境了吗?她距离被逮

捕还有多久?

这么晚了,街上没什么车,但他们在路上遇到了十几辆警车,乔安妮以为肯定会被拦下来。她的斗篷暗色一面向外,完全不起眼,可雷的白色外套就像灯塔一样引人注目。不过警车似乎有任务,正快速冲着和他们大致相同的方向行驶。这可不是好兆头。乔安妮赶紧跑起来,雷跟在后面观察情况。

广场进入视野时乔安妮听到了笑声和叫喊声,她终于看到了他们了。

一群年轻人,从青少年到二十五六的朋克,在前面几个街区之外的街道上跑着笑着,队形松散。她以为自己看到了卡特里娜的裙子毛衣和蛇一般的肢节,但她不确定,可能是某个人的围巾。这群人确实像地下室里那群,乔安妮想追赶他们,但人群本来就在前面,也无意停下来等待。不管他们的计划是什么,都已经实施并获得了成功了,现在要撤退了。年轻人在街上飞奔着,到了远处的拐角处转弯,就统统看不见了。乔安妮觉得追他们也没什么意义,就放缓脚步停了下来,站在广场上看四周和中心的温塞斯拉斯国王雕塑。

雕塑身上满是花朵,马的脖子和挟腹处披着鲜花毯子,头上戴着花环,骑着马的国王身上绕着花朵编的绳子。他的长矛上也缠绕着,一直到矛尖,像条横幅一样垂下来。雕塑旁的灌木丛里散落着很多花朵,还有些挂在街道两旁的树上。这几英亩的纸花就是年轻人在地下室做艺术手工活动时做的。他们用奇思妙想将纪念碑装饰成一座花园,城市里春意盎然的地方。

除了花,这些孩子还把横幅、标志和海报绑在树上,贴在商店门面上,糊满雕塑底座,那些符号、漫画、标语大部分是用捷克语写的,所以乔安妮看不懂。有些是德语或者英语,没有俄语。是些支持民主、支持和平的话。他们在坦克和炸弹上画了大红叉,有和平标志还有歌词等等。卡特里娜漂亮的炭笔画也在其中,注定要被洒上水,被撕掉，被当作垃圾。乔安妮几乎想要抢救这幅画，小心地卷起来，保存好，但是不行，它属于这里。

这就是他们的抗议。不游行，不叫喊，不扰民。没有东西被炸毁，没有交火。黎明将至，整个城市的居民、警察和苏联人——还有摄影记者——将会看到一幅充满艺术感、活力和希望的多彩作品。

"就这样？"雷走到她旁边问道，"这就是他们的抗议？"

"就这样。"乔安妮笑起来，"很漂亮，你觉得呢？"

雷看着眼前的场景，困惑地抓抓他的短发。"我猜是吧。不知道该不该说这是艺术还是什么。"

她看看他。"比利，就算艺术扇了你一巴掌然后带你去吃晚餐，你也不会认识艺术。"

"乔安妮，这听起来好像是你想约我出去。"

此刻重力似乎突然变化了，又或许大气中的氧气含量变了，总之她有些头晕。她知道她可以给出肯定回答。她可以邀请这个男人去吃晚餐，但什么都不会发生，没什么意义所以这么做没有必要。可是⋯⋯可是万一有意义呢？她可以说她想，可以说她不想，但她什么都没说，只是傻子似的站在那里看他。他也一脸茫然地看着她，接着他凑近。

他就像个在悬崖边挪动的孩子，想看看能靠得多近又不至于摔死，也许他很确定就算摔下去也能毫发无损。毕竟这是比利·雷。他可能被打倒，但不会被击垮。

这一次，她没有躲开，没有戴上兜帽转身就走，没有保护旁人或者自己。他的指尖划过她的下巴，向上来到她的左脸颊。他的触碰伴着一点震颤，她自嘲了一下，这种感觉是来自肌肤被人类触碰的震惊。这只诱惑的手竟然如此轻柔地抚过她的侧脸，邀请她凑近一点。她可以转过脸，在他的手掌上擦过，然后伸手触碰他。她这一辈子都在和人保持距离，克服这种习惯突然变得很简单。

雷可能也有片刻幻想，因为他突然大胆起来，不再试探，而是将手完全贴在她脸上，又向前走了一步，好像是真的要亲她。但是那股愉快温暖的震颤并非调情或是萌发的前戏带来的快感，而是能量。生命里在他们之间闪烁，从雷的手上流动到她的皮肤上，冲刷着她的神经末端，在她身上奔涌，她的血液仿佛要熔化一般。雷痛苦地倒吸一口气，身体颤抖，眼睛向上翻。

他昏迷着向后倒去，乔安妮没有像正常人一样上前扶住他，而是裹紧斗篷，后退了。隔绝自己的力量，聚拢起来，虽然心脏猛跳但强迫自己均匀呼吸保持冷静。她控制住了自己，她这辈子都在练习控制。

雷摔倒在地，头撞在人行道上。在地上躺了一会儿之后他长长地呻吟了一声，一只手放在头上。所以他没死，她放心了。

"你这下，我感觉就像是被卡车撞了，你知道么？"他嘟囔道。

他是最强悍的王牌之一，是能扛得住很大伤害的。在某一瞬间她觉得也许，他也许能够……但是不行。

这没什么，当然没什么。

"你知道你在冒险。"她歪着嘴笑。

"不入虎穴，"他继续嘟囔，大口喘气同时假装自己的呼吸很正常，"我想有人拉我一把……但是算了。无意冒犯。"他自己站起来，像个老人似的浑身吱呀作响。

"我们该回大使馆了。"她说，"确保喝醉酒的代表安全回酒店。"

"我宁愿你再把我打昏一次。"

乔安妮很淡定，所以她笑了起来。

♥

世卫代表团第二天下午出发去克拉科夫，但乔安妮还是成功安排了克莱默和卡特里娜见面，就在当天早上，老城和酒店间的一家咖啡馆里。她们不会吸引太多注意，相对比较隐秘。

卡特里娜进来的时候克莱默和乔安妮已经坐在桌边了。她一脸倦意，这是肯定的，那群人昨晚成功地重新装饰老城广场后彻夜狂欢庆祝了。警察很快就清理干净，但图片还是见报了，甚至连外国媒体都在追踪这个故事。也许卡特里娜是对的，这样的抗议，只要够多，终究会有效果。

克莱默站起身来，紧张地整理衣袖，好像要见的是她自己的女儿。卡特里娜看到她们了，叹了口气，走了过来。

克莱默伸出手。"亲爱的卡特里娜，我不知道你还记不记得我——"

"我记得，克莱默女士，很高兴见到你。"她说完礼节性地跟对方握了手。富裕人家懂礼貌的女儿形象现身了。看过她眼神明亮的艺术家形象之后就会觉得现在这一面跟她很不匹配。

三人坐下之后，卡特里娜的蛇状左臂落在桌子上。克莱默盯着看着一会儿，脸色微微发白，好在她很快就恢复了镇定，诚挚地说道："我必须承认，我对你父母很失望。"

"但我确定你还是会拿他们的钱。"

"你也会从信托基金里取钱。这跟钱无关，至少对我来说无关。我只希望你知道——你有朋友，我知道你不愿意寻求他们的帮助，不过我希望你明白你并非孤身一人。"

"我知道我不是，女士，谢谢。"

"如果你想回家——"

"我很确定我跟其他人一样有能力买张机票。"卡特里娜说。

乔安妮用手挡着嘴笑了起来。

卡特里娜由着议员女士请她喝了杯咖啡，尴尬地闲聊了半个小时后，克莱默说她必须回酒店跟其他代表一起去机场了。乔安妮送卡特里娜出咖啡馆时，和她单独待了几分钟。

"她跟我父母一样。"卡特里娜说,"不是完全一样,她至少还有正常人的基本礼节。但是我父母想让我觉得现在是世界末日,我的生活完全被毁掉了。"她抬起手臂,蛇群愤怒地翻滚着,波浪一般。"但我还能画画,能看世界,交男朋友。我的生活还在继续,而且我活得很好,他们看不出来吗?"

"我们能看出来。"乔安妮回答了,因为这不像是个反问句,卡特里娜需要一个回答,一个确认。不过乔安妮也得停下来问自己这个问题。她也能够拥有美好生活。该死的,她已经为自己创造了美好生活。她在环游世界,这是很多人梦想着却没有做成的事情。她有朋友,有目标。也许某一天,在某个地方,她会遇到一个与她能力完美平衡的王牌。也许这个人能够莫名创造出源源不断的能量,也许他聪明、帅气、睿智、善良……

做梦总没坏处,对吧?

"照顾好你自己,卡特里娜。"乔安妮和这个年轻女孩道别之后,就跟着克莱默代表一起回酒店了。

♣ ♦ ♠ ♥

WILD CARDS

泽维尔·德斯蒙德的日志

4月10日,斯德哥尔摩

很疲惫。恐怕我的医生说的没错——这趟旅程对我的健康没有好处。我觉得最开始几个月里我状态很好,因为一切都新鲜有趣,但是到了后来,我逐渐精疲力竭,每天的工作几乎难以忍受,飞行、晚宴、无休止的接待会、参观医院、鬼牌贫民区或者研究机构,全都快要变成由高官、机场、翻译、巴士和酒店餐厅混合而成的一片模糊了。

我有时候吃不下饭,我也知道自己日渐消瘦,可能是因为癌症、旅行的疲惫或者我的年纪……谁知道呢?我猜是这些的共同作用。

好在这趟旅程很快就结束了。我们预计4月29日飞回汤姆林机场,只剩下几站了。我承认我期盼着回家,而且我不是惟一一个。我们都很累了。

虽然我为这趟旅程付出了代价,但期间的经历是无可替代的。我见到了金字塔和长城,还曾走在里约、马拉喀什和莫斯科的街道上,很快这张清单上还会添上罗马、巴黎和伦敦。我亲眼见到、亲身体会到美梦和噩梦中的东西。我觉得自己也学到了很多。只能祈祷自己活得久一点,能够用得上学到的东西。

访问过苏联和其他华沙条约国之后,瑞典就显得如此不同且令人振奋。我对社会主义没有什么强烈感觉,但实在厌倦了被再三带去参观模范鬼牌"医疗旅社"和居住其中的模范鬼牌。社会主义医学和社会主义科学毫无疑问将会战胜百变王牌病毒,而且已经取得了很大进步,这是我们被反复告知的。但就算相信这些话,被苏联承认的那几个鬼牌要付出的代价也是一生的"治疗"。

比利·雷坚持说这里其实有上千个鬼牌,全都被关在巨型灰色"鬼牌仓库"里,外人是看不见的。这些地方名义上是医院,其实就是监狱，有着大把守卫和稀有的几个医生和护士。雷还说苏联拥有十几个王牌，都秘密地被政府、军队、警察或者党组织招募了。如果这些是真的——当然了，苏联全部否认——我们离这些人远着呢。虽然政府向联合国保证会"全面配合"代表团，但实际上苏联旅行社和克格勃小心地操纵着访问过程中的方方面面。

塔基扬医生和他的社会主义同行不仅仅是合不来而已。他对苏联医学的蔑视程度只有海勒姆对苏联菜的鄙夷可以匹敌。不过他们两个对苏联伏特加都赞赏有加，也喝了不少。

在冬宫还进行了一场有趣的小辩论。东道主中有人向塔基扬医生介绍了历史辩证法。告诉他在社会成熟的过程中，封建主义必然让位于资本主义，而资本主义必然让位于社会主义。塔基扬非常有礼貌地听完，然后开口："在银河系的一小部分区域里有两个能够穿越星系的伟大文明，我的族人在你们看来应该是封建制度，而网际人①的资本主义之贪婪和恶毒远远超出你们的想象，不过我们都没有演化为社会主义的迹象，谢谢了。"他停了一会儿，又补充道："不过换个角度，群虫可以算是社会主义，只不过不太文明。"

我必须承认这是很聪明的一番话，但要是塔基扬没穿那一整套哥萨克服饰的话，他所说的话会给苏联人更大震撼。他到底从哪里搞来的这些衣服？

♣

至于其他华沙条约国，没什么好说的。南斯拉夫最温暖，波兰最阴沉，捷克斯洛伐克最像家乡。唐斯竟然为《王牌》杂志写了一篇引人入胜的文章，其中猜测，许多匈牙利和罗马尼亚农民口中描述的

---

① 网际（network）是一个庞大的贸易组织，其成员包括上千个星球上的137个种族。

WILD CARDS

当代吸血鬼实际上是百变王牌造成的。这可以说是他最棒的一篇作品,有的地方写得精彩,而且想到整篇文章是他在布达佩斯和面包师聊了五分钟之后写的,就更觉得厉害了。他们在华沙找到了一个小型鬼牌贫民窟,那里传言有个"团结王牌"很快会带领其非法工会走向胜利。还好,待在波兰的这两天这个王牌没有出现。哈特曼参议员克服了种种困难,好不容易安排与莱赫·瓦文萨①会面。我相信他们两个见面的照片肯定会提升他在国内的声望。在匈牙利时海勒姆曾短暂离团——他说纽约又有"急事"——我们到瑞典时他回来了,状态莫名好了许多。

♠

在我们去过的那么多地方中,斯德哥尔摩是最意气相投的。我们遇到的每个瑞典人都能讲一口流利的英语。我们来去自由(当然,残酷的日程表限制着我们)。国王对我们很亲切,在这么北的地方鬼牌很罕见,但他接见我们的时候态度镇定,就像是这辈子都在接待鬼牌。

虽然我们在这里的停留很愉快,可仍有一个意外值得记录。我认为我们的这项发现会让全世界的历史学家坐直了竖起耳朵听。一个至今无人知晓的事实让我们从令人震惊的全新角度观察到了中东近期发展史。

那原本是个平淡无奇的下午,几名代表跟着诺贝尔奖委员会成员待在一起。我认为他们只是想见哈特曼参议员。虽然参议员在叙利亚和真神之光的会面以暴力结束,但这里的人明白他为什么想与真神之光见面商讨——这是一次为了和平和相互理解进行的真诚且勇敢的尝试,也正因如此,在我心中他理应成为下一届诺贝尔和平奖的候

---

① 波兰政治活动家,1990 年至 1995 年任波兰总统。——编注

选人。

总之,其他几个代表和格雷格一起去了,虽然气氛热烈,但远远算不上精彩刺激,后来我们发现对方有人曾在贝纳多特伯爵商谈《圣地和平条约》时担当他的秘书,而且令人伤感的是,他也见证了伯爵两年后死于以色列恐怖分子的枪下。他告诉了我们不少关于贝纳多特伯爵的趣闻,显然他对伯爵非常敬重,同时他还展示了他自己关于那一场场谈判的大事记,除了笔记、日志和过渡性的草稿,另有一本相片册。

跟大部分同伴一样,我粗略看了一眼后就传给下一个人了。坐在我旁边沙发上的塔基扬之前似乎觉得这场会见很无聊,但他很仔细地翻看着相片。大部分相片里都有贝纳多特,这是肯定的,他跟他的谈判团队站在一起,还有跟戴维·本-古里安①聊天的照片,下一张则是跟费萨尔国王聊天的。各位副手,包括我们见到的这位姿态就没那么正式了。有的跟以色列士兵握手,有的跟一帐篷的贝都因人一起吃饭等等。没什么特别的。看到现在唯一抓人眼球的是贝纳多特被纳斯尔环绕着,这些塞得港王牌和约旦训练有素的阿拉伯军团一加入,整个战局就被奇迹般地扭转了。卡夫和贝纳多特一起坐在照片中央,他全身黑色,宛如死神,旁边围绕着年轻一些的王牌。讽刺的是,照片中只有三个人现在还活着,包括不会衰老的卡夫。就连未曾宣布的战争也要付出代价。

但引起塔基扬注意的并不是这张照片,而是一张不怎么正式的随手拍:贝纳多特和队里的一些成员在某个酒店房间里,前面的桌子上胡乱地放着文件。照片的一角里有个年轻人,我在其他照片里没见过他——瘦削,深色头发,眼睛里有股紧张的神色。他正在倒咖啡。我觉得没什么异样,塔基扬却盯着看了很久,然后找那个秘书私下了

---

① 以色列政治家、首任总理。——编注

解。"很抱歉麻烦你，但我非常想知道你是否记得这个人。"他指向照片，"是你们队里的一员吗？"

我们的瑞典朋友凑近仔细看了看，轻笑起来，"哦，他啊。"他的英语说得极好，"他是……你们用什么词来着？就是干杂七杂八的活的小伙子。"

"跑腿。"我说道。

"对，跑腿的。实际上是个年轻的新闻学学生，名叫约书亚，姓什么想不起来了。他说希望能从内部观察谈判过程，回去之后写报道。贝纳多特一开始觉得这个想法很荒唐，立刻否决了，但这个年轻人很坚持，他后来终于逮到了个机会，把自己的想法当面跟伯爵说了，不知怎么地居然成功了。所以他虽然不是官方成员，但从那时起一直到结束，他都跟着我们。我记得他不算是个很称职的跑腿，但是人不错，每个人都喜欢他。我估计他那篇文章一直没写出来。"

"没写。"塔基扬说，"他不可能写，他是下象棋的，不是写手。"

我们的朋友突然回忆起来了："对啊！他总是在下棋，你一说我记起来了。下得很棒。你认识他，塔基扬医生？我常常想他后来怎么样了。"

"我也是。"塔基扬没多说，语气很悲伤，他合上相片册，转移了话题。

我跟塔基扬认识的年代之久远我都懒得回忆。那晚出于好奇，吃饭时我坐在杰克·布劳恩旁边，问了他几个无伤大雅的问题，我确定他没有怀疑什么，很乐意跟我讲四大王牌的事情，他们做了什么，试图做什么，去过的地方，还有更重要的，他们没去什么地方。至少明面上没说去过的地方。

后来，我找到塔基扬，他正一个人在房间里喝酒。他邀请我进去，但很明显他心情郁闷，完全沉浸在可怕的回忆里。他和我认识的所有人一样活在过去。我问他照片里的年轻人是谁。

"不是谁。"塔基扬说,"我只是跟他一起下过棋。"我不知道他为什么要跟我撒谎。

"他不叫约书亚。"我说,他似乎震惊了。我在想他是不是觉得我的畸形影响了我的心智和记忆?"他叫大卫,他本不应该出现在这里。根据官方说法,四大王牌从来不曾涉足中东。但杰克·布劳恩说1948年年末,团队成员就各走各路了,比如布劳恩去拍了电影。"

"差劲的电影。"塔基扬语气恶毒。

"与此同时。"我说,"使者试图带来和平。"

"他去了两个月,我还记得他告诉我和布莱思他要去度假。我从没想过他会卷入这个。"

世上的其他人也没有想到,也许他们应该想到。据我对大卫·哈恩斯坦的一丁点了解,他不是个虔诚的教徒,但他是犹太人。当塞得港的王牌和阿拉伯军队威胁到新生的以色列时,他行动了。

他拥有和平的力量,而非战争。不是恐惧、风暴或晴朗天空中的一道闪电,而是能让别人喜欢他,迫切地想要取悦他、赞同他的费洛蒙,也就意味着只要这个名叫"使者"的王牌在场,谈判成功就有保障。但那些认识他知道他能力的人总是在他和他的费洛蒙一离开就撕毁先前达成的种种共识,这让人很恼火。他一定考虑到了这一点,这一次失败的代价太大了,所以他决定小心地隐藏身份,看看会发生什么。《圣地和平条约》就是答案。

我在想贝纳多特知不知道他的跑腿是何许人也,想知道哈恩斯坦现在在哪里,他如何看待自己精心播撒下的和平,而且我再次开始回忆黑狗在耶路撒冷说的话。

如果本就岌岌可危的《圣地条约》的起源被公之于众,会带来怎样的影响?我越想越觉得应该在出版之前把这几页撕下来,只要没有人把塔基扬灌醉,这个秘密也许能保住。

他后来做过这种事情吗?非美活动调查委员会听证会之后,他被

WILD CARDS

关进监狱受辱,众所周知他之后被招募,又消失了,在这一切之后,他有没有在整个世界没有察觉的情况下出现在其他谈判队伍里?不知道我们会不会找到答案。

我觉得不会,但我希望会。因为据我这趟旅程在危地马拉、南非、埃塞俄比亚、叙利亚、耶路撒冷、印度、印度尼西亚、波兰等等地的所见所闻,这个世界比以往任何时候都更加需要使者。

♣ ♦ ♠ ♥

玩　偶

维克托·W. 米兰

歌词里唱过，"麦克西斯有把弹簧刀"。

麦基·梅塞尔有更好的东西，而且很容易藏起来。

◆

伴着库达姆大街上凉爽的空气和燃油气味，麦基闯进了一家照相机商店。他原本在用口哨吹着歌曲，现在停下了，由着门在身后嘶嘶地关上。他的手揣在夹克口袋里，查看四周。

灯光投射在柜台上，相机的曲线显露无遗，黑色材质加上透明的镜头。他感受到自己肌肤之下有光芒的轻哼声。这个鬼地方使得他很不爽。太干净太整洁了，让他想到医生的办公室。他讨厌医生，十三岁的时候汉堡市法庭送他去见的那个医生说他疯了，把他关进一个青年精神病病房，里面还关着一个来自蒂罗尔州的死猪，呼吸的时候一股酒精加大蒜味，还想让他帮他撸……自那之后他就恨死医生了。不过后来他展现出王牌能力，大摇大摆地离开了那里，一想到这个他脸上泛起了笑容，心头涌起一股自信。

展示柜旁边的凳子上放着一份折叠起来的《柏林日报》，只见头条写着："百变王牌代表团今日参观柏林墙。"他小小地笑了一下。

好。很好。

迪特尔从后面过来，看到了他。他立马停下脚步，蠢兮兮地笑起来："麦基。嗨。有点早啊，是吧？"

他脑袋细长，面色苍白，黑色头发用头油向后梳。他穿着蓝色西装，垫肩厚得夸张，还系着荧光色的细领带，下嘴唇现在有点哆嗦。

麦基站着没动。他有着鲨鱼般的眼神，又像钢制弹珠一样冷酷灰暗，毫无情绪。

"我只是，你知道的，在这里出现一下而已。"迪特尔挥着手说，他旁边是照相机、霓虹灯管以及各种戴着墨镜、露出很多颗牙的小麦色美女的海报。在人造光的照射下，这只手发出死鱼肚子般的白光。"出现是很重要的，你知道。必须打消资产阶级的疑虑。尤其是今天。"

他尽量不看麦基，但是眼神总是飘过去，好像整个房间都向着他站的地方倾斜似的。这个王牌外表没什么特别的，大概十七岁，看起来还不到，但他的皮肤与年龄不符——有股干燥的感觉，像羊皮纸。他一米七多一点，比迪特尔还瘦，身体也有些扭曲。他穿着黑色皮夹克，迪特尔知道肩部是因为磨损才变灰的，牛仔裤是从达莱姆的一个垃圾桶里翻出来的，还穿着一双荷兰木鞋。一丛稻草般的头发杂乱地长在乏味的脸上，他看起来像是格列柯笔下的殉道者，带着莫名的脆弱感。他还生着一双薄唇。

"所以你把日程表提前，早点来找我了。"迪特尔干巴巴地说。

麦基闪到前面，抓住耀眼的领带，把迪特尔向前拉。"也许对你来说是太迟了，同志。也许也许。"

照相机销售员面色苍白得可疑，像是镀膜纸一般。现在他皮肤的颜色就像是《柏林日报》被扔在布达佩斯街头吹了一个晚上的风。他见过麦基的那双手有什么能耐。

"麦、麦基。"他结结巴巴地说着，紧抓着对方芦苇般纤细的胳膊。

他冷静下来，讨好地拍拍麦基的夹克袖子。"嘿，嘿兄弟。怎么了？"

"你想把我们卖了，混账东西！"麦基叫道，口水喷到迪特尔刮过胡子的脸上。

迪特尔向后躲,拧着胳膊想擦脸,"你他妈的说什么呢,麦基?我从来没有——"

"凯莉。那个澳大利亚贱人。沃尔夫冈认为她表现怪异,所以去诈她了。"麦基脸上泛起一丝扭曲的笑容,"她永远都去不了该死的德国刑警局了。她是肥肉,正好午餐可以吃掉。"迪特尔的舌头舔了舔泛蓝的嘴唇,"听着,你搞错了。我跟她没有关系。我知道她就是个追星族,一直——"

他的双眼盯着他,身体微微向右移动。他的另一只手突然从收银机下面抬起来,拿着一把黑色短左轮手枪。

麦基的左手嗡嗡响起来,像电锯的刀片一样转动。它把枪切开了,连同弹巢和里面的子弹,并从离迪特尔的大拇指一厘米处砍开了扳机护圈。这根手指抽搐着紧绷起来,击锤向后,发出咔嗒一声,弹巢后半部分的新鲜切口像银一样闪光,它直接掉在柜台上,玻璃碎裂了。

麦基抓着迪特尔的脸把他向前拖。这个照相机销售员双手着地保持平衡,在他们穿过柜台时尖叫着。破碎的玻璃像利爪刺破他蓝色外套的袖子和蓝色法式衬衣,划伤了他鱼腹般的肌肤。他的血流留过蔡司镜头和日本进口的照相机,尽管沙文主义大行其道,关税也很高昂,但这些进口货正在占领联邦德国,这下它们的外观都被摧毁了。

"我们是同志啊!为什么?为什么?"麦基纤弱的身体因为内心受伤而暴怒地颤抖着。眼睛里全是泪水。双手开始震动起来。

它们嘶嘶地擦过他整洁外表上唯一的瑕疵,也就是永远也刮不掉的胡楂时,他开始尖叫起来。"我不知道你在说什么!"他尖声说,"我不是有意的,我只是陪她玩玩——"

"骗子!"麦基喊道。他身上的愤怒像是输电轨里的一道电流,双手嗡嗡作响。脸颊上的肉被切下来时迪特尔颓然地坐在地上哀号着，麦基下手更重了，双手震动得更快，切过颧骨直达柔软的大脑。照相机销售员的眼皮一翻，舌头伸了出来，狂暴的搅动让他头骨里的液体都沸腾了，最后他的大脑炸裂开来。

麦基放开他，咆哮着舞动着后退，像个身上着火的男人，擦去眼睛里沾上的东西，黏在对方的脸颊和头发上。他现在能看到了，于是绕过柜台，踢开颤抖着的躯体。它滑向铺着油毡的地板。收银机此刻闪烁着橙色的故障信号，展示柜里全是血，到处都沾着一团团油腻的黄灰色大脑。

麦基拍拍夹克，发现手上黏糊糊的，于是再次叫喊起来，"你这个混蛋！"他又一脚踢向无头尸体，"你的这些鬼东西溅了我一身，你个蠢货。蠢货，蠢货，蠢货！"

他蹲下来拎起迪特尔的衣服，擦掉自己脸上、手上以及夹克上较大的黏液块。"哎呀，迪特尔迪特尔。"他呜咽道，"我是想跟你谈谈的，蠢货——"他抓着对方冰冷的手，亲吻了一下，温柔地放在溅上了污渍的翻领上，最后去了厕所尽可能地清洗自己。

出来的时候愤怒和伤感都已经消散了，只剩下莫名的快乐。迪特尔想整死帮派，现在他付出了代价，就算麦基没找出迪特尔这么做的理由又怎么样？无所谓，一切都无所谓。麦基是个王牌，他就是歌词里的麦克西斯，百战百胜，几个小时之后他就会让那帮混蛋看看——前面的玻璃门开了，有人走进来了。

麦基对着自己笑了一下，改变身体状态，穿墙而去。

♥

雨点时不时地打在奔驰豪车的顶棚上。"这次午餐会，我们会见到一帮很有影响力的人物，参议员。"一个瘦长脸的黑人小伙说道，脸上表情无比真诚，他坐在背对司机的位置，"可以借这个绝好机会向他们展示您的忠诚和忍耐——不仅给鬼牌，也会给各种被压迫的组织。真是非常好的机会。"

"我相信是这样的,罗尼。"哈特曼单手托腮,目光从年轻的助手身上移开,转向满是雾气的车窗。车子开过一排排没什么特点的黄棕色公寓。如此靠近柏林墙总是让人很压抑。

"援助与友谊组织在国际上以推广宽容待人而著名。"罗尼说,"柏林分会的会长布拉勒先生致力于促进公众对土耳其'外来工'的接受度,他的努力最近受到了认可,不过我知道他的性格,嗯,比较有争议——"

"是个混蛋。"前排的摩勒嘟囔道。这个高大健壮的金发小伙是便衣警察,一双大手加上招风耳,让他看起来像只小猎犬。出于对美国参议员的尊重,他讲的是英语,但其实哈特曼的祖母是德国人,加上在大学里的一些课程,他的德语还算过得去。

"布拉勒先生在红色帮助组织里很活跃。"坐在后排的布鲁姆解释道,他是摩勒的搭档,坐在末底改·琼斯旁边,后者有时候会不太客气的回应哈莱姆铁锤这个别称。琼斯正旁若无人地专心完成《纽约时报》的填字游戏。"他是个律师,你懂的。从安迪·巴德尔的青少年时期就开始为那些激进分子辩护了。"

"你是说帮助那些该死的恐怖分子免受重罚。"

布鲁姆大笑着耸耸肩。他比摩勒瘦一点,肤色也较深,黑色卷发蓬松杂乱,就算是根据出了名自由散漫的柏林警察的规章制度,估计这头发也不达标。但他那双艺术家似的棕色眼睛很机警,他本人的姿态表明了他知道如何使用腋下手枪套里的小东西,就是他灰色外套上突起的那一块,可能就连最一丝不苟的德国裁缝都不知道该怎么藏。

"就算是激进分子,也有权利请律师。这是柏林,高贵的人。我们的自由是来真的——要是我们的邻居能学学就好了,哈?"摩勒怀疑地轻哼了一声。

罗尼在座位上心神不定地查看手表:"能不能稍微开快一点?我

们不想迟到。"

司机脸上闪过一丝笑容，他长得像年轻版的汤姆·克鲁斯，不过他的脸有点像雪貂。他的实际年龄不可能有他相貌那么年轻。"这里街道很窄。我们可不想出事故。那我们会迟到更久。"

哈特曼的助手闭上嘴，开始翻膝盖上打开的公文包里的文件。哈特曼又瞥了一眼铁锤，他还是完全无视在场的所有人。玩偶人向来害怕王牌，现在却异常淡定。也许靠琼斯这么近反而让他有些兴奋。

琼斯看起来并不像王牌，更像是个三十几岁接近四十岁的普通黑人，有胡子，头发日渐稀疏，体格强壮，穿西装打领带对他来说毫无舒服感。完全就是个普通人。

实际上他有四百七十磅重，必须坐在奔驰的中央，否则车子会倾斜。他可能是世界上最强壮有力的人，可能比黄金男孩还要健壮，但是他不愿意参与任何比试。他不喜欢当王牌，不喜欢当名人，不喜欢政客，觉得这整个旅程都是浪费时间。哈特曼猜测他参加只是因为他在哈莱姆区的邻居们迫切地想看到他出现在聚光灯下，而他不想让他们失望。

琼斯是有象征意义的，他知道，他不愿意这样。哈特曼正是因为这个理由才鼓动他参加援助与友谊组织的午餐会的，不仅如此，还有德国人虽然假装十分团结友爱，但大部都不喜欢黑人，光是待在黑人身边都不舒服。他们虽然会假装，但是可躲不过玩偶人。他觉得铁锤对主家的气恼和不快很有趣，几乎值得把琼斯收作玩偶。不过还没到那一步。许多人认为铁锤是个力量型王牌，实际上他的能力到底有多强仍是个秘密，所以对玩偶人来说他是个过于冒险的选择。

午餐会不仅让每个人都不太淡定的内心略微动荡了一下，不能让哈特曼趁机离开他受够了的比利·雷。哈特曼在柏林墙旁边甩开刽子手和团队的其他人，指派他护送哈特曼夫人以及两位高级助理回酒店，他当场发飙，气势汹汹，但不管他说什么，都会涉及当地安保，也就会冒犯主家,所以他也没说太多。再说,有铁锤在场,能出什么事呢?

"该死。"司机说。他转过弯之后发现一辆灰白色的电信小货车停在大开的检修井旁边,挡住了路。他一踩刹车,停下了。

"白痴。"摩勒说,"他们不应该这样。"他解锁了车门。

哈特曼旁边的布鲁姆看了后视镜一眼:"不好了。"他声音很轻,右手插进外套里。

哈特曼伸长脖子。又有一辆货车拐进了这条街,在他们后面不到三十英尺的地方。车门开了,一群人走在被阵雨淋湿的人行道上。手拿武器。布鲁姆大喊着提醒他的搭档。

一个身影靠近他们的奔驰,可怕的金属声在豪车里回荡。一只手伴着一阵火花穿过车顶,哈特曼喉头一紧。

摩勒皱起眉头向后靠,从枪套里抽出一把MP5K超短冲锋枪,抵在车窗上一阵扫射。玻璃向外爆裂开。

那只手抽回去了。"老天啊!"摩勒喊道,"子弹从他身体穿过去了!"

他把车门打开。站在通信货车后的一个戴滑雪面罩的人用突击步枪开始射击。

噪音片刻不停地透过厚实的车窗传进来,听上去莫名的遥远。挡风玻璃上已经布满了星星点点的裂痕,那个手穿过车顶的男人尖叫着倒下了。摩勒向后跳了三步,靠在奔驰车的挡泥板上,瘫坐在人行道上,颤抖着尖叫。他的外套已经开了,胸口是蜘蛛网一样的鲜红血印。突击步枪的子弹打完了。突然的寂静却宛如惊雷。玩偶人的手指紧握着门把手,摩勒内心的尖叫冲击着他。那股疯狂的红色欢愉和他自身冰凉的恐惧让他倒吸一口气。

"手举起来!"他们后面那辆货车旁的一个人用德语喊完,又换了英语,"手举起来!"

WILD CARDS

末底改·琼斯的大手放在哈特曼肩膀上，让他躲在车底板上。琼斯跨过哈特曼，小心翼翼地把重量都倚靠在门上，以防压到他。金属吱呀一声跟他一起离开了车子，布鲁姆用的方式更传统一些，他拉动门上的控制杆，解锁了密封装置，然后扭转，用肩膀把门打开。他左手掏出 MP5K，紧紧抓着短小的辅助握把，用这把超短冲锋枪瞄准货车，正在这时，哈特曼喊道，"别开枪！"

铁锤正冲向电信货车。枪击了摩勒的恐怖分子将枪口对准了他，手指慌张地扣动扳机，活像一出谐趣的哑剧。琼斯轻轻反手打了他一下，他向后飞去撞上了建筑外墙，又弹开，最后倒在人行道上。

这一时刻停留在空中像是一个挂留和弦。琼斯蹲下，手放在货车下。他一发力站了起来，货车跟他一起，司机惊恐地尖叫着。铁锤变换了一下姿势，把货车举过头顶，仿佛那是个不算太重的杠铃。

一阵枪声从另一个货车处传来。子弹撕开了琼斯外套的背后。他摇摇晃晃，差点就失去平衡了，他笨重地转了个圈，货车依然举在头顶。几个恐怖分子立刻开火，他一脸苦相地向后倒去。

货车正好落在他身上。

豪车司机也把车门打开了，手里还拿着把黑色 P7。铁锤倒下时布鲁姆冲着后面的货车一通快速扫射。9毫米子弹打穿薄薄的金属时一个男人蹲下躲避，哈特曼注意到那是个鬼牌。这到底是什么情况？

他的头躲在窗户下面，抓着布鲁姆的衣服边缘。他能感觉到车子因为被子弹击中而颤动。司机倒吸一口气，从车上栽倒下去。哈特曼听到有人用英语喊停火。他也大声命令布鲁姆停止开枪。

这位警察转向他。"好的，先生。"他说道。这时一阵子弹穿过打开的车门，击碎了车窗玻璃，布鲁姆倒在参议员身上。

罗尼愣愣地靠在驾驶座的后面。"老天啊。"他呻吟道，"我的老天！"他借着铁锤扯开的车门开口跳出去，撒腿就跑，公文包里的文件海鸥似的在他身边飞舞。

被末底改·琼斯推开的恐怖分子恢复过来了，至少能单膝跪地，将弹夹装进他的AKM。他把这枪架在肩膀上，对准参议员的这位助手咔嗒咔嗒一通射击，清空了弹夹。伴随着一声尖叫，血雾从罗尼口中喷出。他倒在地上翻滚。

哈特曼在车地板上蜷缩着，心里半是恐惧半是狂喜。布鲁姆奄奄一息，抓着哈特曼的手臂，胸口的弹孔像是蛇妖拉弥亚的嘴，他的生命力像无规则的浪潮冲击着参议员。

"我受伤了。"这个警察说道，"哦，妈妈，求你了妈妈——"他死了。最后一丝生命力涌入时，哈特曼如被鱼叉捕获的海豹一般抽搐着。

外面的街道上，哈特曼年轻的助手向前爬动，眼镜歪着，身后留下一道血痕。那个射中他的纤瘦恐怖分子慢步走来，又在枪里装了一个弹夹。他站在了受伤的男人面前。

罗尼抬起头眨着眼睛看他。哈特曼突然想到他是个超级近视，没有眼镜就可以算是瞎了。

"求你。"罗尼说话的时候鲜血从嘴里涌出，"求求你了。"

"来个吻吧。"恐怖分子说完开了一枪，打中了他的额头。

"老天啊。"哈特曼说。一道黑影出现在他头上，和死尸那样沉重。他抬起头，看见灰色天空映衬下的黑色身影。一只手抓住了他的胳膊，电力流过他全身，意识爆炸开来，他在臭氧的气味中陷入惊厥。

♣

再次心满意足的麦基跳起来，摘掉自己的滑雪面罩。"你开枪打我！你可能会杀掉我的。"他冲着安内克叫道。他的脸几乎全黑了。

她对着他笑起来。

麦基像是柯达胶卷似的，整个世界的颜色都投射在他身上。他向她走去，手开始嗡嗡作响，此时身后一阵骚动引得他转头去看。

乌尔里奇的枪被人抓住了，那个侏儒拽着依然发烫的枪口制退器，强迫他转身，跟麦基说的话差不多，但略有不同。"你这个蠢货，你差点把他杀了！"他喊道，"你差点把参议员搞死了！"

乌尔里奇的子弹刚才全用来打豪车后排的警察了。虽然他会举重，但是面对侏儒惊人的力量，也只能勉强握住自己的枪。他们两个在街上转着圈子互相吐口水，像猫一样。

麦基忍不住笑了。

旁边的闪电将戴着手套的手放上他肩头："走吧，我们得快点。"

麦基像猫一样弓起背迎接他的触碰。闪电同志还在担心他因为安内克开枪打他，现在又笑他为这事生气。

但这事已经过去了。安内克刚杀完人，站在尸体旁边笑，麦基只好和她一块儿笑。

"一个黑吻。"他说，"你说他想要个黑吻。哼，哈。说得很棒。"黑吻的意思是黑色之吻，一种外层是巧克力的蛋糕。尤其有趣的是他们告诉他黑吻是过去某个品牌的商标，那时候除了沃尔夫冈他们都还是孩子。

这是紧张不安的笑声，如释重负的笑声。那个死猪开枪打他的时候他以为自己要完了。他看到枪的时候刚好来得及变换形态，他怒火中烧，想要让手震动起来，直到像刀锋一样坚硬，把那个该死的警察切开，让他感受到嗡嗡声，体会到温暖的血液流过他的胳膊、喷洒在他的脸上。但那个混蛋居然死了，现在已经太迟了……

那个黑人举起货车时他又担心起来，还好乌尔里奇同志射中了他。他很强壮，可也敌不过子弹。麦基喜欢乌尔里奇同志，他很令人安心，又帅气又健壮。女人们都喜欢他，安内克老是对他毛手毛脚。麦基要不是个王牌的话可能都会嫉妒他。

麦基自己没有枪，他讨厌枪，再说他也不需要武器——没有哪样武器比他自己的身体更棒。

一个名叫刮擦的美国鬼牌把哈特曼软弱无力的身躯从豪车里拖出来。"他死了？"麦基用德语喊道，突然一阵恐慌。侏儒松开了乌尔里奇的步枪，狂躁地扫视着车。乌尔里奇差点摔倒。

刮擦抬头看着麦基，脸上因为外骨骼的限制而没有表情。不过他歪着头，明显没听懂。麦基切换成磕磕巴巴的英语，他是从母亲那里学的，那个没价值的贱人后来死了，把他抛弃了。

闪电同志戴上了另一只手套。他没戴面具，麦基注意到在血染的街道映衬下，他看起来有点绿。"他没事。"他替刮擦回答，"我把他电得失去知觉了。走吧，我们得快点。"

麦基咧嘴一笑，点点头。他想要取悦这个俄国王牌，就和取悦自己的领导沃尔夫冈一样。闪电的过分敏感让他觉得很满足。他想要帮助刮擦，不过他不喜欢离鬼牌太近，他怕会一不小心碰到他。一想到这个，他浑身鸡皮疙瘩。

沃尔夫冈同志站在旁边，一只巨大的手上抓着一把还没开火的卡拉什尼科夫冲锋枪。"把他弄到货车里。"他命令道，"还有他。"他冲着威尔弗莱德同志点点头，后者刚从货车驾驶座上下来，跪在潮湿的沥青路面上，把早饭都吐出来了。

又开始下雨了，人行道上的大片血泊像风吹过的横幅那样飘动起来。远处响起了让人毛骨悚然的警笛声。

他们把哈特曼送上后一辆货车。刮擦开车，闪电跟着他上车。这个鬼牌先倒车，然后转弯，开走了。

麦基也坐在了方向盘后面，还随着重金属音乐在大腿上打拍子。我们做到了！我们抓到他了！他几乎坐不稳，裤子里的阴茎都硬了。

从车窗看出去，乌尔里奇在墙上喷着红色字母：RAF。他又笑了。那群资产阶级肯定屎都吓出来了。十年前，这几个字母在联邦德国就是恐惧的同义词。现在它们将再次出现。想到这个，麦基就心情很好。

一个浑身上下都裹在破旧斗篷里的鬼牌走出来，用绑着绷带的手在下面又喷上了三个字母：JJS。

货车的车轮碾过倒下的美国黑人王牌，倾斜着开上路，之后绝尘而去。

♠

萨拉一只胳膊夹着日本电气公司产的笔记本电脑，牙齿咬着脸颊内侧，大步走过凯宾斯基布里斯托酒店。她脚步轻快，外人看起来可能以为她很自信，一直以来，这种误解让她受益良多。

她条件反射地躲进柏林最奢华的酒店酒吧里。这趟旅程已经很久没爆出料来了，至少没有能见报的，她心想，但是怎么回事？想到她自己也是团里不能见报的小插曲之一，她耳朵都有些发烫。

酒吧里灯光昏暗，这是当然。所有的酒吧都差不多，光亮的木材和黄铜，还有柔软的皮革和血桐树让这一间与众不同。她下午的时候把头发向后梳，扎了一个很紧的马尾，现在她把太阳镜架到泛白的头发之上，让眼睛适应，比起亮处，她向来能更快地适应昏暗。

酒吧里人不多。系着袖箍、衬衣领子硬挺的服务生像被雷达指引一样在桌子间穿梭服务。三个日本商人坐在桌边拿着报纸聊天，要么在谈论汇率，要么在谈当地脱衣舞酒吧，不确定。

角落里的海勒姆在跟凯宾斯基的蓝带厨师聊他的本行，当然用的是法语，厨师比他矮一点，但跟他一样圆润。他在说话的时候总是习惯于快速挥舞短小的手臂，这让他看起来像个还没掌握飞行要领的小胖鸟。

蝶蛹正一个人孤零零地坐着喝酒。这里没有鬼牌小妞。蝶蛹发现在德国没人围着她看，大家都小心地避开她。

她正好碰上萨拉的眼神，冲她眨眨眼。在这样昏暗的灯光下萨拉之所以能看出来是因为蝶蛹刷了睫毛膏的睫毛在凝视的眼球上忽闪着。她微笑着。在纽约的时候她们干的是同样的活,以前她们曾经是信息交换业的竞争对手,这在鬼牌镇是常见的生意,在这趟旅程中她们变成了朋友。比起那群名义上的同事,萨拉跟黛博拉-乔的共同点更多。

至少蝶蛹穿上衣服了,她在欧洲表现出来的样子跟在假装不是自己家乡的国家完全不同。有时候萨拉会暗暗嫉妒她。人们看向她的时候看到的是个鬼牌,独特、诱人、怪异。但他们看不到她本人。

"在找我吗,小姑娘?"

萨拉吓了一跳,转过头看见杰克·布劳恩坐在吧台的一头,距他不到五英尺。她没有注意到他,她总是会忽略他。他的力量让她不舒服。

"我要出去了。"她说完啪的一声合上电脑,其实没必要动作这么大,她的手指都微微刺痛了,"要去那个大邮局用网络发送我的最新材料。只有那里的跨大西洋链接能保证不把数据弄乱。"

"我很吃惊你居然不是去跟格雷格参议员一起推销饼干。"浓密眉毛下的一双眼睛盯着她看。

她感觉自己脸红了。"哈特曼参议员正在参加一个宴会,我那些喜欢追逐名人的同事可能会感兴趣。不过也不算是什么重要新闻,对吧,布劳恩先生?"

这个下午他们没有安排,也就没什么能吸引读者关心世卫代表团的新闻,西德的领袖们早就直白地告诉过访客们他们的国家里没有百变王牌问题,显然他们是用代表团作为棋子,跟东边的孪生兄弟玩着某种游戏——今天早上那场沉闷无聊的庆典就是个例子。不过他们也没说错:百变王牌受害者只占人口比例极小的一部分。有几千个状况比较可怜,不能见人,都被小心翼翼藏在了政府住房或者医院里。德国人看不上六七十年代美国对待鬼牌的态度,但现在也为自己的所作所为感到愧疚。

"我猜取决于宴会上大家说了什么。汇完文件之后你准备做什么，小姑娘？"他对着她咧嘴一笑，就像是 B 级片里的男主角。金黄色的亮光在他的面部轮廓上闪烁。他正试图展现符合他王牌名字的模样。一丝恼怒爬上她的眼角，他要么是真心想跟她调情，要么就只是撩拨一下。不管怎样，她都不喜欢。

"我还有事要做。而且我还想趁这个机会歇歇。有些人在旅程中还是很忙碌的。"

格雷格暗示说带你去晚宴可能不太合适时，你就因为这个原因才松一口气的？想到这个她皱起眉头，自己居然会有这种想法。她干脆地转身走了。

布劳恩的大手抓住她的胳膊，她倒吸一口气回身面对他。她现在很生气，又有些慌张。这个男人能徒手举起一辆大巴，她该怎么办？她内心里疏离的旁观者，那个记者，意识到了一个讽刺的事实，这些年来第一个让她愿意被其触摸的男性就是她曾经恨过，没错，恨得要命的格雷格——

但杰克·布劳恩只是皱着眉头越过她看向酒店大堂，那里满是目标明确、高大威猛的年轻男人，个个穿着西装外套。

其中一个走进酒吧盯着布劳恩，跟手里拿着的一张纸对照："布劳恩先生？"

"是我。有什么事吗？"

"我是柏林警察。恐怕我得要求你不要离开酒店。"

布劳恩抬起下巴，"这是为什么？"

"哈特曼参议员被绑架了。"

◆

艾伦·哈特曼关上门后转身往套间里走，地毯上褪色的花茎像是正缠绕着她的脚踝,她来到床边坐了下来。

她的眼睛干涩,刺痛,干涩。她浅浅一笑,一直以来她早就习惯了在相机前控制情绪,所以几乎不会真情流露。而格雷格——

我知道他是个什么人。但他就是我所拥有的全部。

她从床头柜上拿起一张纸巾,很有条理地开始将其撕碎。

♥

"欢迎回到活人的世界,参议员,至少暂时如此。"

参议员缓慢地恢复了意识。他嘴里有股锡味,耳边嗡嗡直响。右胳膊上半部分像被晒伤了一样痛。有人在哼着一首熟悉的歌。电台正滴滴嘟嘟。

他睁开双眼,却只看到一片黑暗。突然失明让他焦躁不安。有东西挤压着他的眼球,加上后脑勺被拉扯的刺痛,他猜测是被蒙了纱布。他的手腕被绑在木头椅背后面。

自从意识到自己被抓之后,最让他印象深刻的就是气味:汗液、油脂、霉菌、灰尘、湿布、陌生的香料;陈年尿液和新鲜的枪油,争着往他的鼻孔里钻。

他把这些味道都梳理了一遍之后才开始辨认那个刺耳的人声。

"汤姆·米勒。"他说,"我真希望能说一句见到你是我的荣幸。"

"没错,参议员。但是我能说。"他能感觉到吉姆利沾沾自喜的笑容,因为他闻到了他呼吸的臭味——牙膏和漱口水只属于崇拜表象的普通人世界,"我还能说你不知道我为此等待了多久,不过你知道,你完全了解。"

"既然我们都这么了解彼此了,为什么不让我睁开眼睛看看,汤姆?"与此同时他开始施展实力。上一次跟这个侏儒发生肢体接触还是在十年前,不过他认为连接一旦建立,就会永远存在。玩偶人最害怕失去控制力和被人发现,但被发现本身就代表着完全失去权力。如果他能再次连上米勒的灵魂，那至少能压下岩浆一样不断从他喉咙向上冒的恐慌感。

"吉姆利！"侏儒高喊的时候他的口水喷到了哈特曼的嘴唇和脸颊上。

哈特曼瞬间连接上了，玩偶人出击。在那一瞬间，他感受到吉姆利的恨意像白炽灯一样耀眼。他在怀疑！

他感受到的大部分情绪是恨意。但是在恨意之下，在吉姆利心灵的意识表层之下，他意识到了格雷格·哈特曼有不同寻常之处，而且跟血流成河的鬼牌镇暴乱有密不可分的关系。吉姆利不是王牌，哈特曼很确定。可吉姆利天生多疑，本身就像有第六感。

有生以来第一次，玩偶人觉得自己可能失去了他的一个玩偶。

他知道他吓得脸发白，知道他畏缩了，好在对方认为他只是因为被口水溅到而觉得恶心。

"吉姆利。"侏儒重复道，哈特曼感觉到他在转身，"那是我的名字。面罩是要继续戴的，参议员。你认识我，但并不认识这里的所有人。而且他们也不想让你认识。"

"那样不会有什么好结果的，吉姆利。你觉得滑雪面罩能藏住长着毛茸茸猪鼻子的鬼牌？我——也就是说，如果有人看到你把我拽走了，要认出你和你的团队可没多大难度。"

他后知后觉地意识到说得太多了——他不希望米勒过多地考虑哈特曼能认出他和他同伙这件事。不管他是被什么放倒的，那玩意儿把他的脑袋搅得像炒蛋似的。

他想到，是电击之类的。60年代的时候他曾经短暂地当过自由骑手，当时很流行这种事情，跟新边疆之类的有关。而且永远有浓醇的恨意，总是有可能出现暴力，深红色靛蓝色。在塞尔玛抗议的时候，有个混蛋白人用赶牛棒打了他，当时那种感觉太直接了，所以他立马赶回北边了。但是在豪车里的感觉跟那个时候很像。

"得了吧，吉姆利。"一个坚毅的男中音说的是英语，虽然有口音，不过很清晰，"为什么不把面罩摘掉？这个世界很快就会知道我们是谁了。"

"哎，那好吧。"吉姆利说。玩偶人不用触碰就能尝到他的怨气。汤姆·米勒必须得跟某人分享舞台，他很不喜欢这样。哈特曼心中最开始翻涌的恐慌里冒出了感兴趣的小泡泡。

哈特曼听见脚步刮擦在地板上的声音。有人手忙脚乱地开始拆纱布，其间还咒骂了几句，他不自觉地屏住了呼吸，纱布被犹犹豫豫地从他头上拿开了。他第一个看见的是吉姆利的脸，还是像一袋烂苹果。满脸的喜悦也无法加分。哈特曼的目光越过侏儒，扫过房间的其他部分。

这就是间破烂的小廉租公寓，跟这个世界上大部分地方的破烂小廉租公寓差不多。木质地板上满是污痕，条纹墙纸上有一团团潮湿的痕迹，就像是工人腋下的汗渍。根据散落脚边的各种脆生生皱巴巴的垃圾，哈特曼猜测这里还是个废弃公寓。不过，头顶还算有个灯照着，而且他感觉暖气片发出的热量太过了，德国所有的暖气片都是这样，直到6月才算完。

他觉得自己可能在东德，这个想法简直太让人高兴了。不过他以前去过德国人家，闻起来不是这样的，总之不对。

房间里还有三个人明显是鬼牌。一个从头到脚包裹着似乎布满灰尘的长袍，还戴有一个头罩；一个浑身覆盖着黄色甲壳，点缀着红色疙瘩；还有一个长着毛，他之前在货车旁边见过。哈特曼还能看见三个普通人，相比较之下完全就是正常模样。他的能力感知到了身后有人，这很奇怪，他通常无法感知到别人的情绪，除非情绪非常激烈，或者对方是他的玩偶。他感觉到内心的能力在以特定的方式扭动。

他扭头一看，又看到了两个人，看上去像是普通人，不过其中一个骨瘦如柴的正靠在暖气片旁边的肮脏墙壁上，他觉得这人面相很奇

WILD CARDS

怪。一个三十多岁的男人坐在他旁边的俗气塑料椅上,双手抄在大衣口袋里。哈特曼觉得年长的那个潜意识里想远离年轻的那个,当他们目光相交的时候他捕捉到了一闪而过的悲伤。

这很奇怪,他心想。也许紧张的状态提升了他的感知力,也许他是在胡思乱想。但是那孩子冲哈特曼笑的时候有什么东西流露了出来,让他心里很不舒服。而且他再次感觉到玩偶人在回避躲闪。

鞋子踩上碎片的声音。他转过头来,看到一个身形巨大的普通人,穿着西装外套,裤子是古怪的棕绿色,类似军服。这个男人没系领带,衬衣领子也没扣好,露出细细的脖子以及一丛金色胸毛。一双大手放在胯部,衣服后摆在身后飘动,看起来有点像小剧院在演《天下父母心》。他脑门很大,长发向后梳成背头。

他在微笑。他是那种一脸沧桑的糙汉子,女人喜欢,男人信任。

"见到你真是莫大的荣幸,参议员。"就是这个汹涌海浪般的声音敦促吉姆利帮他把眼罩拿下来。

"你们有优势。"

"没错。哦对,我敢说我的名字你并不熟悉。我叫沃尔夫冈·布拉勒。"

哈特曼身后的某个人夸张地发出啧啧声。布拉勒先是皱眉,继而大笑,"啊,闪电同志,我是说了不该说的话吗?这个嘛,我们不是已经达成了一致吗?要完成如此重要的任务,我们必须从阴影里走出来。"

他跟所有受过教育的柏林人一样,说英语的时候明显是英式发音。站在他内心深处的玩偶人听到俄语的闪电一词时一阵恼怒。苏联有一系列通讯卫星都叫这个名字。

"这到底是怎么回事?"哈特曼质问道,说完之后他的心猛地一跳。他没想用这种语气跟冷血杀手说话,而且他的命还抓在这些人手上。然而突然傲慢起来的玩偶人却接管了他的表达:"难道就不能等到援助与友谊组织宴会之后再跟我结识?"

布拉勒的笑声从胸腔里传出来。"很好。但你还没想明白吗?我们就没打算让你到达宴会场地,参议员。按照你们美国人的话来说,你中圈套了。"

"咬了饵,也就中了套。"穿着黑色高领衫和牛仔裤的小个子红发女人说道,"抓老鼠要用奶酪,抓阁下就要用美妙的宴会。"

"老鼠和阁下。"一个声音重复道,"好老鼠。好阁下。"一阵轻笑声。是个少年的沙哑声音,是那皮衣男孩。哈特曼感到阴囊瘙痒,像是被妓女的手指抚摸着。很显然,他能接收到他的情绪,某种强大的力量——可怕的力量。难得一次,玩偶人不愿意继续探查。

他害怕这一个。这群人里有布拉勒,拿着枪的小年轻,甚至还有吉姆利,但他最怕的是这一个。

"你费了这么大劲,就为了帮这个吉姆利报复一个本就是想象出来的陈年旧仇?"他这样说道,"你可真慷慨。"

"我们这样做是为了革命。"一个理着平头的金发小伙说道,他似乎是加热灯用多了,皮肤晒得有点黑,说话的感觉就像是好不容易才记住这句台词。在高领衫和牛仔裤的包裹下,运动员般的身材显露无遗。他就站在墙边,抚摸着脚边苏联突击步枪的枪口。

"你并不重要,参议员。"那个女人说着,整理了一下平齐的刘海,"只是个工具罢了。别太高看自己了。"

"你们到底是什么人?"

"我们有一个神圣的名字,红色军团(RAF)。"她告诉他。她的上身越过一个盘腿坐着的健壮小伙。他正在把玩变形的木床头柜上的收音机,眼睛并没有抬起来看哈特曼。

"沃尔夫冈同志把这个名字给我们了。"金发男孩说,"他曾经和巴德尔还有闪电还有他们在一起。他们曾经亲密无间。"他抬起紧握的拳头。

哈特曼抿起嘴。自从 70 年代初期反恐战争实打实地开始以来,律师因为接了案子而深陷其中的事情并不罕见,尤其在德国和意大利。如果那孩子说的是真话,显然布拉勒一直以来就是巴德尔 - 闪电组织以及红色军团的领袖,而当局对此毫不知情。

哈特曼看着汤姆·米勒。"我重新措辞,你是怎么卷入其中的,吉姆利?"

"我们刚好在正确的时间出现在正确的地点,参议员。"

侏儒得意地一笑。玩偶人迫切地想要暴打那张神气活现的脸,把他五脏六腑都扯出来塞在他嘴里。沮丧感真是折磨人。汗滴像蜈蚣一样从哈特曼的额头爬下来。奇怪的是,他跟玩偶人的情绪完全不同。玩偶人在暴怒和恐惧中摇摆,而他最主要的感觉是疲惫和烦恼。

还有伤心。可怜的罗尼,他是好心。他很努力了。

红发女人突然一巴掌拍在坐着的男人肩膀上:"你这个白痴,威尔弗莱德,就在那里。你弄过头了。"他嘟囔了一句抱歉,然后又往回拨。

"——被红色军团抓捕,跟鬼牌正义会合作,后者因为在美国被迫害而逃亡。"是沃尔夫冈同志的声音,像液体琥珀一样从小收音机里流淌出来,"释放他的条件是:巴勒斯坦自由战士穆安金,用装有足够燃料的飞机将他送到一个自由的第三世界国家。本行动队成员不受迫害。我们要求拆除喷气机小子纪念碑,并在原处建立救助所,给因为美国的狭隘而受苦的鬼牌受害者提供庇护和医疗援助。还有,为了戳中资本主义猪猡最大的痛处,我们要求获得一千万美元现金,这笔钱将会用来在中美洲被侵犯的受害者们。

"如果今晚十点之前不满足我们的条件,柏林时间,格雷格·哈特曼参议员就会被处决。

"现在你们可以继续听原本的节目了。"

♣

"我们必须有所行动。"海勒姆·沃切斯特的手指缠绕着胡子，目光看向窗外的柏林天空。

挖掘者唐斯翻过一张牌，梅花3。他咧嘴一笑。

比利·雷来来回回地在海勒姆房间的地毯上走，像头焦躁不安的霸王龙，"要是我在，这种烂事根本不会发生。"说完之后他嫉妒的目光锁定了末底改·琼斯。

铁锤正坐在装饰着花朵纹样的橡木沙发上，这沙发跟酒店里大部分家具一样，躲过了战火。还好19世纪80年代的人也能制造结实牢靠的家具。

琼斯发出变速轮的闷响，盯着自己交缠在膝盖间的那双大手。

门开了，游隼飞进房间。至少从表面上看来她的翅膀确实在身后晃动。她穿着丝绒衬衣和牛仔裤，怀孕的肚子不太明显。

"我刚刚听到广播了——太可怕了。"然后她闭上嘴盯着铁锤，"末底改——你现在在这里干什么啊？"

"跟你一样，游隼女士。他们不让我出去。"

"但你为什么不去医院？报道上说你伤得很严重。"

"被打了几枪而已。"他拍拍胸脯，"但我皮厚，就跟《大众科学》里说的凯夫拉之类的东西一样。"

唐斯又翻开一张牌，红桃8。"该死。"他嘟囔道。

"但是有辆货车砸在你身上了。"游隼说。

"没错，不过你要知道，我骨头里不是钙而是重金属，所以既结实又柔韧，我的内脏也比大部分人顽强。而且我的康复速度超快，变成王牌之后连病都没生过。我是个什么苦头都能吃的男人。"

"那你怎么会让他们跑了？"比利·雷挑衅道，几乎像在喊叫，"该死的，参议员是你的职责！你应该把那些人都打趴下。"

"我跟你实话实说,雷先生,我那时候疼得不行了。我有段时间都觉得自己要不行了。"

他说先生的语气和说女士不同,比利·雷抬起头,狠狠盯着他,琼斯无视了他。

"放过他吧,比利。"刽子手的搭档黑女士说道,她此刻正坐着,长腿的脚踝搭在一起。

游隼伸手抚摸末底改的肩膀。"你肯定很难受。我很吃惊他们居然让你出院了。"

"他们没有。"唐斯正掀开左手拿着的一摞牌,想偷看一眼,"他自己出来的。把墙都打坏了。公共卫生那群人都不怎么高兴。"

琼斯低头看地板。"我不喜欢医生。"他小声说道。

游隼环顾四周,"萨拉呢?这个小可怜,肯定痛不欲生了。"

"他们让她去市政厅的危机控制中心了。团里的记者中只有她一个去了。"唐斯做了个鬼脸,继续跟自己玩。

"萨拉采访了琼斯先生,问他在绑架发生时看到了什么听到了什么。"黑女士说,"是在他离开医院之后。"一场事故刺激了他的百变王牌病毒后,琼斯就被俄克拉荷马州公共卫生部作为实验室样本收押起来,跟犯人一样。这场经历让他近乎病态地害怕医疗和所有相关的东西。

"奇怪的鬼事情。"琼斯摇摇头说道,"那个操——货车轧着我胸口的时候,我躺在那里试着呼吸,接着我听到那群人不停吵着对方喊叫,像是在操场上打架的小孩子。"

海勒姆的目光从窗外转回来。自旅程之初就存在的皱纹现在更加明显了,"我明白。"他双手交叠在胸口。这双手很娇小,却与他庞大的身躯莫名相称。"我明白当前的情况。对我们来说都是个打击。哈特曼参议员不仅是鬼牌获得平等权利的最好机会,也可能是最后机会——也许他对王牌也有同样意义,毕竟那个疯子巴内特还在到处流窜——他还是我们的朋友。我们绕着圈子不谈正题，以为这样能好受点。但是这样没用的。我们必须行动起来。"

"我刚才就是这么说的。"比利的拳头打中自己的掌心，"我们去干翻那些混蛋！"

"干翻谁？"黑女士疲惫地问道，"哪些混蛋？"

"先拿那个臭矮子吉姆利开刀。去年夏天他在纽约瞎晃悠的时候我们就应该揪住他——"

"你准备去哪儿找他？"

他挥着手臂。"所以，我就说我们要出去找他，而不是坐在这里绞着手说参议员丢了之后我们有多他妈的难过。"

"有几万个警察在外面沿街排查。"黑女士说，"你觉得我们能更快找到他？"

"那我们怎么办，海勒姆？"游隼脸色惨白，颧骨上的皮肤紧绷，"我已经不知所措了。"她的翅膀微微张开又合上。

海勒姆粉红色的舌头舔过嘴唇。"隼，我也希望我能有点想法。肯定有点什么——"

"他们提到了赎金。"挖掘者唐斯说。

海勒姆无意识地模仿着刽子手，用拳头击打了手掌两次，"对，有道理！也许我们可以筹集足够的钱，把他买回来。"

"一千万可不是小数目。"末底改说。

"还有讨价还价的余地。"海勒姆摆摆小手，阻止了反对的声音，"可以让他们降点。"

"那释放那个恐怖分子的要求呢？这我们没办法做到啊。"

"钱给足了。"唐斯说，"谁还管其他的屁事。"

"说得不太得体。"海勒姆开始像云朵一样飘来荡去，"但没错。我们要是能筹集到足够的钱，他们肯定很乐意放人。"

"等一下——"刽子手开口。

"我这个人没什么太大的本事。"海勒姆路过银质托盘的时候从里面抓了一把薄荷糖,"能贡献出一部分——"

"我有钱。"游隼激动地说,"我能帮忙。"

末底改皱眉。"我不是政客的狂热粉丝,但是,该死的,我觉得是我把他弄丢了,然后才有这些烂事。算我一个。"

"等一下,你们一个个的!"比利·雷说,"里根总统已经宣布了不会跟恐怖分子谈判。"

"我们要是扔本《圣经》再加一堆火箭发射器的话可能他就愿意了。"末底改说。海勒姆抬高下巴,"我们是公民,不代表官方,雷先生。我们自己乐意,干什么都可以。"

"看在上帝的分上,你们——"

门开了。泽维尔·德斯蒙德走了进来。"我受不了一个人坐着了。"他说,"我太担心了——老天啊,末底改,你怎么会在这里?"

"别管这个了,德斯。"海勒姆说,"我们有个计划。"

♠

市政厅危机中心的联邦犯罪局里,一个男人把一包烟放在桌子边缘敲敲,抽出一支,叼在嘴里。"你到底在想什么啊,没跟我商量就让那东西播出!"他没准备点烟。这个男人脸很年轻,但皱纹像老者,还有一双山猫一样的黄色眼睛和招风耳。

"纽曼先生。"市长代表将电话话筒夹在肩膀和好几层下巴之间,上面沾满汗水,"在柏林,我们倾向于不审查。以前的可怕日子我们都受够了,你也知道对吧?"

"我不是那个意思。他们都已经开展这种行动了,我们居然还完全不知道,那怎么控制局势?"他向后靠,伸出一根手指抚摸环绕嘴边的皱纹,"可能会成为慕尼黑事件的重演。"

前一天塔基扬在库达姆买了一双靴子,现在他在研究高跟上镶嵌的电子钟。除了钟之外他这一身完全是17世纪的服饰。这趟旅程就是政治作秀,他心想,但是我们可能的确做了些好事。会就这样结束吗?

"这个穆安金是谁?"他问道。

"他名叫达乌德·哈桑尼,是个能用声音搞破坏的王牌,有点像你们美国已故的王牌咆哮者。"纽曼说。也许他注意到了塔基扬的痛苦表情,但他并没有什么反应,"他来自巴勒斯坦,是真神之光的人,在叙利亚之外活动。他声称对去年6月以色列航空客机坠落事件负责。"

"恐怕他不是真神之光的最后一个信徒。"塔基扬说完,纽曼一脸阴沉地点点头。代表团离开叙利亚之后,世界范围内已经有三十多起因为代表团的"无耻行径"而要为这位王牌"讨公道"的炸弹袭击。

要是那个可怜的女人成功了该多好,塔基扬想。他很小心,没有说出来。这些东德人可能对这种事情很敏感。

汗水从他的脖子侧面流入衬衣的蕾丝领子。取暖器嗡嗡地响着,散发出热量。我希望他们别对寒冷这么敏感。为什么这些德国人非得把这个火热的星球变得更热?

门开了。挤在外面走廊里的各国记者们吵吵嚷嚷。一个政治助理溜进来跟市长的人耳语了几句,后者暴躁地挂断了电话。

"摩根斯特恩女士从凯宾斯基过来了。"他说道。

"马上把她带进来。"塔基扬说。

市长手下噘着下嘴唇,在灯下闪着水色。"不可能。她是媒体的人,我们现在不接待媒体。"

塔基扬顺着他漂亮直挺的鼻子线条向下看着这个男人:"我要求立刻把摩根斯特恩女士带来。"他说话的语气就好像对方是踩到刚擦好的鞋子上的马夫,是把汤洒到了前来做客的贵族身上的女仆。

"让她进来。"纽曼说,"她是来送琼斯先生的口供的。"

萨拉穿着一件白风衣,系着红色宽腰带,就像沾血的绷带。塔基扬摇摇头,她的衣着一如既往的可怕。

她走向他。他们短暂地拥抱。她转身放下沉重的手提包。

塔基扬在想,她那双如水的眼睛里究竟有没有些许勇气,还是只有眼泪?

◆

"听见了吗?"名叫安内克的红发女人尖声说道,"我们抓来的这几头猪里还有个犹太人。"

刚过中午,电台里全是关于绑架的报道。恐怖分子都兴高采烈,个个斗志昂扬。

"又一次为我们在巴勒斯坦的兄弟们报仇。"沃尔夫冈浑厚的声音响起。

"那个黑鬼王牌呢?"一个看上去像救生员的人在问,他名叫乌尔里奇,"他死了吗?"

"他还能活很久呢。"安内克说,"新闻里说,他进了医院还不到一个小时就自己走出来了。"

"胡说八道!我一半弹夹都用在他身上了,我还看见货车砸他身上了。"

安内克悄悄从收音机旁边走开,来到乌尔里奇旁边,手指划过他的下巴,"既然他能举起货车,那么就肯定没么容易受伤,你觉得呢甜心?"

她踮起脚尖亲了他的耳廓后面一点。"再说,我们杀了两个——"

"三个。"仍在留心广播的威尔弗莱德同志说道,"另外一个,呃,警察,刚死。"他吞咽了一下口水。

安内克愉快地拍手。"你看到了?"

"我也杀人了。"那个男孩的声音从哈特曼身后飘来。就连这声音都能让玩偶人躁动起来。好了,冷静点,哈特曼提醒另一个自己。我能拥有这一个吗?有可能创造了一个玩偶但不自知吗?还是他的情绪意志如此强烈地放射着,以至于我不用链接也能感受到?

他内心的力量并没有回答。

皮衣男孩往前挪了挪,哈特曼发现他是驼背。是个鬼牌?

"迪特尔同志。"少年说道,"我把他干掉了,嗞嗞——就像这样!"他抬起手,举到眼前,突然他的双手开始震动,如同电锯,致命武器。

一个王牌!哈特曼一口气滞在胸口。

震动停止了。少年向周围人咧着嘴,展现出两排黄牙。众人没有说话。

哈特曼耳边嗡嗡响。穿外套的男人从椅子上站起来的时候,他还听见金属管子刮过木头的声音,"你杀人了,麦基?"他柔声问道。他的德语说得太完美,反而不自然。"为什么?"

麦基低着头。"他是警察的线人,同志。"他斜着眼睛,眼神在沃尔夫冈和这个人之间飘忽,"沃尔夫冈同志命令我收押他。但是他——他想杀我!就是这样,他拿枪对着我,我就把他嗞嗞了。"他又激动地挥着震动的手。

这个男人缓缓向前走到哈特曼能看见的地方。他中等身高,衣着得体,但也仅此而已,一头清爽的金发。样貌虽然不普通,但也算有点帅气。他身上唯一引人注意的是那双手,包裹在厚皮革手套之类的东西里。

"为什么没人告诉我,沃尔夫冈?"声音很平静,但是玩偶人感觉到了愤怒的咆哮,还有悲伤,他内心的力量正在拉扯它,现在已经很明确了。而且还有无尽的恐惧。

WILD CARDS

沃尔夫冈耸起宽阔的肩膀:"今天早上发生了很多事情,闪电同志。我知道迪特尔计划背叛我们,所以派麦基去追他,后来事情有点失控。但现在都解决了,已经没有问题了。"

他突然想明白了。闪电。他一下子知道了在豪车里自己是怎么被弄昏的:这个戴手套的男人是个王牌,使用了某种电流能量来对付他。

哈特曼紧咬着牙关,甚至要把牙齿咬碎了才把恐惧压下去。一个不为人知的王牌!他知道了,他会揭露我⋯⋯

他的另一个自我很冷静。他什么都不知道。

但是你怎么确定?我们连他的能力都不知道。

他是个玩偶。

他好不容易才没让情绪从脸上流露出来。这怎么可能?

他电我的时候我把他收下了。我甚至什么都不用做。他自己的力量短暂地融合了我们的神经系统,就这么简单。

麦基像是个在地毯上尿尿被抓个正着的小狗一样来回扭动,"我得对吗,闪电同志?"

闪电嘴唇紧抿,但是能看出来刻意地点点头。"嗯⋯⋯在那种情况下。"

麦基因此又神气活现起来。"对,就是这样,我处决了革命的敌人。这事不是只有你们才能做。"

安内克咯咯笑,指尖擦过麦基的脸颊,"忙着找机会显摆自己,同志?如果你想成为红色军团的一部分,就得小心这种追名逐利的倾向。"

麦基舔舔嘴唇,红着脸躲闪。玩偶人知道他心里在想什么,像太阳表面之下一样翻滚涌动。

他怎么样?哈特曼问道。

他也是,还有那个金发男。俄罗斯人电完我们之后他们都碰到我们了。那一下刺激之后我高度敏感。"

哈特曼头低下来，掩藏他皱眉的表情。这一切我怎么都不知道？

我是你的潜意识，记得吗？永远尽忠职守。

♥

闪电同志叹了口气，回到他的座位上。过分活跃的神经元开启之后，他觉得自己手背和脖子上的汗毛都竖立起来了。这种低级别的放电他自己也无法控制。压力之下这种情况会自然发生。所以他才戴手套——所以关于他婚礼之夜的可怕故事从水族馆传开，现在越来越多人相信。

他不得不微笑。有什么好紧张的呢？就算他的真面目被看出来了，也不会引发什么国际反响。这个游戏就是这样，他高人一等的地位让他安心。

没错。

老天啊，我到底做了什么，要让我被卷入这种疯狂的计划？他不知道哪一项更疯狂，集结一群扭曲的穷人加上嗜血的政治新手，还是他自己的领导们。

他们告诉他这事十年一遇的好机会。穆安金现在被克格勃关得死死的。要是我们把他救出来，他肯定感恩戴德，投靠我们，替我们卖命，甚至有可能把真神之光带过来。

冒这么大的险做这个，值得吗？他曾经质问。值得暴露花了十年才在联邦德国建立起的地下组织吗？值得拿战争冒险吗？不管双方漂亮的纸张上写了怎样的战争计划，这场战争根本不会有赢家。里根是总统，他是牛仔，是疯子。

但你只能做到这一步了，就算你是个王牌，是个英雄，就算你在1979年圣诞那天成为第一个踏入喀布尔的巴拉·海撒的人。大门在他面前关上了。他有命令在身。他不需要其他。

这不意味着他不赞同那些目标。他们的主要竞争对手克格勃——国家安全委员会——傲慢无礼，他们的能力绝对配不上受到的褒奖。军事情报局的任何一个人都会同意该煞煞那群混蛋的威风。作为一个爱国者，他知道达乌德·哈桑尼这样有价值的资源该交给军事情报局而非名声更大的克格勃，才能让其发挥更大作用。

但是方式……

他并不是在担心自己，而是在担心妻女以及整个世界，一旦出了问题，代价太巨大了。

他从口袋里掏出一包香烟和一个打火机。

"一个坏习惯。"乌尔里奇用他那种缓慢吃力的语气说。

闪电只是看着他。

过了一会儿，沃尔夫冈笑了起来，几乎听不出是故意的，"现在的小孩啊，他们跟我们的标准不同。以前，瑞奇宝贝，也就是迈因霍夫同志，她是个老烟枪，总是在抽烟。"

闪电什么都没说，只是盯着乌尔里奇。他的眼睛有点内双，是蒙古铁轭的特征。过了一会儿，金发年轻人看向了别处。

俄罗斯人点烟，为自己轻而易举的胜利而不耻。但是他必须控制住这些嗜杀的年轻人。多么讽刺啊，他退出俄罗斯特种部队，来到苏联总参谋部的总情报部工作就是因为无法再接受暴力，但现在他却不得不和一群嗜血成瘾的生物合作。

哦，玛利亚，玛莎，我还能再见到你们吗？

♣

"医生。"

塔基扬挠挠鼻子的一侧，在这里关了两个小时之后，他越来越不耐烦了，也不知道自己能够帮上什么忙。外面……呃，没什么可做的。但他可以回到团里，安慰其他代表，向他们保证一切都会好的。

"纽曼先生。"他回应道。

联邦犯罪局来的那个男人坐在他旁边,手上拿着一支烟,虽然浑浊的空气里弥漫着烟草气息,但他这根并没有点燃,他只是在不停地把玩着。"我想听听你的想法。"

塔基扬挑起紫红色的眉毛。他一直以为德国人把他留在这里完全是因为哈特曼不在了之后他就是代表团的领袖,不然的话他们怎么会在意一个医生,而且还是个外星人,还有,穿梭在危机中心里的公务人员或者警察要么因为他的地位而尊重他,要么完全无视他。

"尽管问。"塔基扬说的时候挥了挥一只手,只带有一丁点嘲弄意味。纽曼似乎真心想问,而且他至少展现出了智慧的萌芽,在塔基扬看来,这一点在他们那种类型的人里已经算罕见了。

"你是否知道在过去的一个半小时里,你们代表团的几位成员一直在筹集绑匪要求的赎金?"

"不知道。"

纽曼缓缓点头,好像是在仔细思量着什么。他黄色的眼睛耷拉着,"他们遇到了无比的困难。你们政府的立场——"

"不是我的政府。"

纽曼点头。"美国政府的立场是不和恐怖分子谈判。更不用说因为美国的货币限制,代表团成员根本不能带那么多钱出国,现在美国政府又冻结了代表团所有成员的资产,所以更加限制了他们达到目标。"

塔基扬觉得自己的脸颊在变烫,"这也太专横了。"

纽曼耸耸肩。"我很好奇你怎么看待这个计划。"

"为什么问我?"

"你是鬼牌问题上公认的专家——所以你能来我们国家我们都觉得很荣幸。"他用香烟在桌上柏林地图的一角旁边轻敲,"而且,如果我的认知没错的话,你来自一个绑架事件不算罕见的文化。"

塔基扬看着他。尽管他是个名人，但大部分地球人对他的背景知之甚少，只晓得他是个外星人。"显然，我不能代表红色军团说话。"

"现在的红色军团里主要是中产阶级家庭的年轻人——跟以前类似，大部分一战革命团体差不多都是这样。对他们来说金钱不怎么重要，作为我们所谓经济奇迹时成长起来的孩子，他们一直都是丰衣足食的。"

"JJS 显然是不同情况。"萨拉·摩根斯特恩加入了谈话。一个助手走过去拦他，伸出一只手想把她驱逐出这场严肃的男人对谈。她像触电一样躲开他，然后怒目而视。

纽曼快速说了句什么，连塔基扬也没听清，但助手退了回来。

"摩根斯特恩女士。我非常想知道你带来了什么样的消息。"

"鬼牌正义会的成员是真的穷。我至少知道这个。"

"那金钱能够引诱他们吗？"

"这很难说。他们很坚定，我猜红色军团成员都做不到他们那样，但是——"手指翻动——"他们没有失去任何中东王牌。另一方面，他们说要钱是为了帮助鬼牌，我相信他们。毕竟这对红色军团的成员来说没太大意义。"

塔基扬皱起眉头，让他耿耿于怀的是要求推倒喷气机小子的纪念碑，建立鬼牌安养院。他跟大部分纽约人一样，并不会想念那座纪念碑——用那么个碍眼的东西来纪念失败，而且对他个人来说还是个恨不得忘记的失败。但是要求建安养院简直是打他的脸：我的医院曾经拒绝过哪个鬼牌吗？有过吗？

纽曼正在观察他。"你不同意，医生先生？"他轻声问道。

"不不，她是对的，但是吉姆利——"他打了个响指，然后伸出食指，"汤姆·米勒很关心鬼牌。但他也喜欢寻觅好机会。你可以试着诱惑他。"

萨拉点点头。"但是你为什么要问呢，纽曼先生？毕竟，里根总统拒绝了谈判。"她的声音里有苦涩。但塔基扬还是很吃惊,他原本以为她这么一个神经过敏的人肯定会因为格雷格的事而崩溃。

但似乎旅途让她变得越来越坚韧了。

纽曼看了她一会儿,塔基扬在想他是否知道了她和失踪的参议员之间的秘密情事,毕竟大家都心知肚明。

他总觉得这双黄色的眼睛——现在因为烟雾而泛起血丝——能洞察一切。

"你们的总统作出了他的决定。"他轻声说,"但我的职责是向我的政府建议该怎么走下一步。这也是个德国问题,你们明白的。"

♠

两点半时,海勒姆·沃切斯特上电台用英语读了一则声明。塔基扬在他说话的间隙将其翻译成了德语。

"沃尔夫冈同志,吉姆利,如果你们在听的话。"海勒姆的声音里包含情感,"我们想让参议员回来。我们愿意代表自己跟你谈。"

"请你们看在上帝的分上,看在鬼牌王牌和我们所有人的分上,给我们打电话。"

♦

闪电盯着门看,白色搪瓷一片片掉下来,底下绿色粉色和棕色的条纹显现出来,在这些地方还有孔洞,似乎有人曾经用这扇门来练习投掷飞镖。房间里其他人的动静他都了如指掌,包括疯子男孩持续不断的哼哼声,他早就学会屏蔽掉这个,不然会疯的。

我不应该让他们走的。

他开始回想,吉姆利和沃尔夫冈都想跟代表团见面,这出闹剧开始之后他们第一次意见一致。

他想要禁止他们去,他不喜欢这种会面,有种不祥的气息……但这太蠢了。里根关上了公开谈判的大门，但是美国人现在搞的伊朗门听证会，不就证明了虽然他在公众面前对待恐怖分子态度强硬，但其实并不反对通过私人渠道解决与其交涉吗？

还有，他心想，我早就知道不要发布我认为不会被遵守的命令。

特种部队跟这里完全不同，他所率领的人都是专业的，是苏联军队里的精英，极富团队精神，像外科医生一样技术娴熟。与这群愤世嫉俗的外行和嗜杀的半吊子形成鲜明对比。

要是能拉几个人回家训练一下也是好的，或者在苏联友好国家的某个营地里，比如朝鲜、伊拉克或者秘鲁。但吉姆利就算了，他猜测，这么多年来除了手术，没什么能打开这个侏儒的心扉，让他听从他人的话，尤其是普通人的话。

他希望自己至少能去参加会面，但他得留在这里，守着人质。要是哈特曼没了，他们就什么都没了——只剩下一大堆的麻烦。

克格勃的傀儡们也会给他们带来这么多麻烦吗？他的理性告诉他答案是肯定的。这些年来他们曾经惹上几个大人物——提到墨西哥，老兵们还是会一脸苦相——军事情报局也有证据证明克格勃犯过不少错误，虽然他们以为已经掩盖起来了。

但是在铁幕两边活动的克格勃公关专员够厉害。就连在闪电的脑海里，克格勃的形象也是无所不能的傀儡大师，手上的线如同蜘蛛网般包裹着地球。

他试着想象自己是蜘蛛大师，然后他微笑起来。

不，我不是蜘蛛，只是个曾经被称为英雄但现在已经充满恐惧的小人物。

他想到了鲁迪米娅拉，她的女儿。他一阵战栗。

我身上也连着线，没错。但我不是控制线的。

♥

我想要他。

哈特曼环顾邋遢的小房间。乌尔里奇在踱步，因为被留下来而闷闷不乐，威尔弗莱德强迫症似的清洁着突击步枪。他似乎手上总要做点事情。剩下的两个鬼牌单独坐着，没有说话。俄国人坐着抽烟，盯着墙。

他故意没有看穿着旧皮夹克的男孩。

麦基·梅塞尔哼着一首老歌，内容是关于鲨鱼和牙齿和一个拥有大折刀与华丽手套的男人。哈特曼记得含糊其词的版本在他青少年时期流行过，是巴比·达林或者其他某个青少年男偶像唱的。他还记得另一个版本，是原版的直译，他是在耶鲁老校园里的一间弥漫着大麻烟雾的昏暗房间里第一次听到的，演唱者是男中音歌唱家托马斯·马里昂·道格拉斯，他跟贝尔托·布莱希特本人一样乐意扮演丰产之神，同时也是命运组合里注定悲剧的主唱。他还记得在那个遥远的晚上，这些词句是如何让他脊背一凉，现在想来还是一阵颤抖。

我想要他。

不行！他的心灵喊道。他是个疯子，他很危险。

他可能会有用，等我们出去之后。

哈特曼的身体因为恐惧而紧绷。不！别这样！恐怖分子已经去谈判了。我们会平安回去的。

他感觉到了玩偶人的厌恶。他的另一个自我很少如此疏离，如此像个旁人。那群蠢货。海勒姆·沃切斯特做成过什么事情吗？肯定谈不拢的。

那我们就等着。迟早问题会解决的。事情就是这样的。他感觉被沾血的衬衣和背心包裹的身体上流动着一道道汗液。

你觉得我们要等多久？你觉得我们的鬼牌朋友们和那些恐怖分子什么时候会谈崩？我有玩偶。他们是我们唯一的机会。

他们能做什么？我不可能简单地指挥某个人放我们走。我不是那个能搅乱心灵的塔基扬。

他感到内心里一阵洋洋自得。

别忘了1976，他告诉自己的力量，你也以为你可以控制住局面。

力量大笑起来，最后他不得不闭上眼睛集中精神，强迫它冷静。

它是否变成了一个附在我身上的恶魔？他想。我是否也只是玩偶人的一个玩偶？

不，我才是主人。玩偶人只是个幻象。我能力的具象。一场我与自己玩的游戏。

在他灵魂深处纷乱复杂的走道上，回荡着胜利的笑声。

♣

"下雨了。"泽维尔·德斯蒙德说。

塔基扬做了个鬼脸，忍住没有吐槽这位鬼牌说的是明摆着的事。毕竟，德斯是朋友。

他与德斯蒙德打着同一把伞，他换了一种撑伞方式，还试图安慰自己狂风很快就会过去的。柏林人有的在绿草如茵的蒂尔加滕公园小道上漫步，有的沿着联邦大道的人行道疾走，他们显然是这么认为的，而他们肯定了解这里的气候。戴着洪堡毡帽的老人，推着婴儿车的女性，穿着深色羊绒衫的紧张小伙，脸像成熟蜜桃的热狗小贩，这些普普通通的德国人在经历了普鲁士的漫长严冬之后都趁着天气转好一点出来活动。

他瞥了一眼海勒姆，这个膀大腰圆的餐馆老板穿着华丽的细条纹三件套，斜戴帽子，黑色的胡子卷曲着。他一只手撑着伞，另一只手拿着黑色亮面皮包，萨拉·摩根斯特恩一本正经地站在他旁边，没有什么身体接触。

便宜的塑料雨伞没有完全遮住塔基扬的羽毛帽子，雨水从帽子边缘落下。一条细流从德斯的象鼻一侧流下。塔基扬叹了口气。

我是怎么摊上这个事情的？这是他第四或第五次问自己。这根本没用。海勒姆打电话说有个不愿透露姓名的西德企业家愿意支付赎金,他就知道他得加入了。

萨拉僵硬地站着。他感觉到她在颤抖,几乎是无意识的。她的脸和雨衣的颜色一样,眼睛里则是与之形成对比的暗淡。他真希望她没有坚持跟过来。但她也是团队里的首席记者,他们必须把她见绑架哈特曼的人,这样她才能有第一手消息。还有她的私人原因。

海勒姆清清嗓子。"他们来了。"他的声音比往常略尖。

塔基扬没有扭头,只是往右边斜睨了一眼。就是他们没错。西德的鬼牌还没有多到能经常看见两个走在一起,其中一个是身形矮小的胡子男,旁边那个看起来像是直立行走的食蚁兽。

"汤姆。"海勒姆的声音低沉起来。

"吉姆利。"侏儒回答道。他的声音毫无暖意。看到海勒姆手中的皮包之后他的眼睛亮了起来,"你带来了。"

"当然……吉姆利。"他把伞递给萨拉,然后打开了包。吉姆利踮起脚往里看。他的嘴唇噘起来,做出一个吹口哨的嘴形,"两百万美金。你把哈特曼参议员还给我们之后还会有两百万。"

他咧嘴一笑,展现出一嘴乱牙。"这可是打了折了。"

海勒姆脸红起来。"你在电话里答应了——"

"我们答应的是,你要是能展现足够的诚意,我们会考虑一下。"跟吉姆利一同前来的一个普通人说道。他身材高大,穿着雨衣更显魁梧。深色金发向后梳成背头,被阵雨淋湿之后显示出秃顶的迹象,"我是沃尔夫冈同志。我想提醒你,我们的同志穆安金必须重获自由。"

"到底为什么德国的社会主义者要冒着失去生命和自由的风险,去拯救一个恐怖分子?"

"在对抗西方帝国主义的战斗中,我们都是同志。为什么一个外星人要冒着生病的危险在这样可怕的天气出门拯救一个曾经像驱赶疯狗一样将你赶出国境的国家的参议员？"

听到这番话，塔基扬瞠目结舌。接着他笑了。"说得好。"他和沃尔夫冈一脸完全相互理解的样子。

"但是我们只能给你钱。"海勒姆说，"我们没办法找到关系释放哈桑尼先生。我跟你说过了。"

"那就做不成交易了。"另一个普通人说，她的下嘴唇肿胀、苍白、突出，肤色透着蓝，如果不是有这些特点的话塔基扬会觉得这个红发女人很迷人，"你们这些钱对我们来说就像厕纸，我们提这个要求只是为了让你们这些猪猡难受。"

"等一下。"吉姆利说，"这些钱能帮鬼牌买很多东西。"

"你就这么沉迷购物？这是消费法西斯主义。"红发女人轻蔑地说道。

吉姆利脸色发紫。"钱就在这里。哈桑尼在里克斯，离这里很远。"

沃尔夫冈皱着眉头打量着吉姆利。此时某个地方的引擎逆火了。

女人像猫一样发出呼噜声，向后跳，脸色苍白，眼神像野猫。

塔基扬眼角余光捕捉到了一些动静。

圆乎乎的香肠小贩打开了手推车的盖子，从里面拿出一把赫克勒-科赫小型自动手枪。

向来多疑的吉姆利跟着他的目光看过去。"是个陷阱！"他尖叫起来，敞开大衣，里面藏着小型突击步枪。塔基扬抬起优雅的靴子，用脚尖踢掉了吉姆利手上前端被削短的卡拉什尼科夫冲锋枪。那个女性从衣服里面掏出一把AKM，单手扫射。塔基扬的耳膜快被这阵声响震碎了。

萨拉在尖叫。塔基扬整个人扑过去，她倒在潮湿芳香的草地上，此时那个女恐怖分子把枪从左手换到右手，脸上笑容扭曲，似乎是陷入了狂喜。

到处都有人在行动。戴洪堡毡帽的老人,推婴儿车的女性,穿着毛衣的紧张小伙,全都掏出了自动手枪向这两把伞旁边聚集的人推进。

"等等。"海勒姆喊道,"停一下!这是误会!"

其他恐怖分子也把枪拿出来了,正在向各个方向射击。

路过的星人尖叫着四散逃开。一个挥舞着自动手枪的男人在草地上脚下一滑,枪在他身下走火了。一个拿着MP5K冲锋枪和公文包的男人撞上一辆婴儿车,推车的人倒在了他身上。

萨拉被塔基扬护在身下,像雕塑一样浑身僵硬。紧绷的臀部压在他的胯部,紧实程度超出他的预期。我这辈子可能只有这么一次机会在她上面,他伤感地想。塔基扬意识让她紧张成这样并不是因为害怕头顶唰唰飞过的子弹,而是与他的身体接触,他的身体几乎都因为这个想法而隐隐作痛。

格雷格,你真幸运。要是你能在这场纷乱中活下来的话。

吉姆利手忙脚乱地去拿他的枪,却遇上一个想抓他的普通人。吉姆利身材虽小,力量却不小,他抓住来者的一条腿,扔向他的另外三个同伴,像个苏格兰人在投棒。

德斯正在与草地缠绵。聪明的男人,塔基扬心想。他头上满是枪支里的氧化粉末和绿色棕色的潮湿草皮。海勒姆迷茫地在混乱的交火中游荡,挥舞着手臂喊叫,"等一下——不该是这样的。"

恐怖分子在撤退了。吉姆利躲在一个普通人的两腿间,后者挥舞手臂想要抓住他,他跑出来一拳打在对方胯部,立马去追赶同伴。

塔基扬听到一声痛苦的尖叫。那个口鼻突出的鬼牌瘫倒在地,一道道黏稠的黑色血液从他身体里涌出。吉姆利跑过去抓住他,扛在肩上,像是卷起地毯。

这群逃犯撤离的时候正好穿过一群梳着马尾辫的天主教女学生,她们立马像蓝色鹌鹑一样散开了。塔基扬看到有人单膝跪下,枪口对着恐怖分子，准备扫射。

塔基扬用心灵触碰他，这个人倒在地上睡着了。

一辆货车的引擎响起来，从路边出发，吉姆利奔跑着伸出短小的手臂试图抓住敞开的车门上的把手。

海勒姆坐在潮湿的草地上，双手捂着脸痛哭，身边散落着从黑色皮包里调出来的成捆现金。

♠

"政治警察。"纽曼说话的方式像是要把嘴里的一点变质食物弄出来，"他们可是来真的。"

"纽曼先生——"穿着机修工式连体工作服的男人开始恳求。

"闭嘴。塔基扬医生，我个人向你表示歉意。"恐怖分子逃跑之后还不到五分钟，纽曼就到了，他要是迟来一步，大声斥责警方胡乱干涉的塔基扬就要被逮捕了。

塔基扬感觉到萨拉就在他旁边，像一道苍白的影子。她才对着夹在外套翻领上的麦克风叙述完事情的概况，情绪似乎还算冷静。

此刻警方已经拉起了警戒线，不少救护车停在旁边，顶上的蓝灯闪烁着。塔基扬头上还戴着因为这场事故而沾满污泥的帽子，指着救护车的方向说："你的那些疯子手下杀了多少人？"

"三个行人被子弹打中，还有一名警察。有一个官员也需要送往医院，但是他，呃，并没有中枪。"

"你们在搞什么啊？"塔基扬尖叫道。他以为他已经把火全发出来了，发泄在了这些到处质问怎么能让恐怖分子逃掉的便衣人员身上，但现在火气又回来了，他简直怒不可遏："你们说说看，你们的这些人到底脑子里装的是什么？"

"他们不是我的人。"纽曼说，"是柏林警察。跟联邦刑事犯罪局没有关系。"

"这根本是一场骗局!"泽维尔·德斯蒙德用浅灰色手指抚摸着自己的象鼻,"愿意借给我们赎金的那个百万富翁——""是在帮政治警察钓鱼。"

"纽曼先生。"一个政治警察说道。他曾经笔挺的长裤在膝盖处沾了青草痕迹,此刻他正用手指着塔基扬,并将责任归咎在他身上。"是他放恐怖分子走的。泡利本来能打中他们的,但是他——他用心灵控制的力量把泡利弄昏了。"

"那个人瞄准的时候恐怖分子正从人群中穿过。"塔基扬不安地说,"他要是开火肯定会伤及无辜。也可能我对哪些人是恐怖分子有误解。"

这个便衣男人的脸都涨红了。"你干扰了我的手下!我们原本可以阻止他们——"

纽曼伸手捏住对方脸颊。"到别处去。"他轻声说,"我说真的。"男人忍气吞声地走开了,还不忘回过头来满是敌意地看了塔基扬一眼。塔基扬咧嘴一笑,还以中指。

"唉,格雷格,我这是干了什么?"海勒姆哭着说,"我们永远不可能把他带回来了。"

塔基扬拉着他的手肘,与其说是想拉他起来,倒不如说是想鼓励他自己站起来。他一时间忘记了海勒姆能控制重量,这个胖子立马站了起来。"你在说什么,海勒姆,我的朋友?"

"你就没觉得吗,医生?他们现在肯定已经杀掉他了。"

萨拉倒吸一口气。塔基扬瞥向她时她迅速移开目光,像是不愿意与他四目相对。

"不是这样的,我的朋友。"纽曼说,"游戏不是这样玩的。"

他把双手抄进口袋里,目光越过雾气迷蒙的公园,看向作为动物园围栏的一排树木。"但现在价格会上涨。"

WILD CARDS

♦

"狗杂种！"吉姆利转身就是一拳，打在斑驳的墙壁上，雨水顺着他雨衣的后部飞溅而出，"混蛋，他们骗我们！"食蚁兽正躺在床垫上轻声呻吟，裹尸布和刮擦也挤在这张肮脏的薄床垫上。其他人似乎都在这间潮湿拥挤的房间里来回走动。

哈特曼把头缩在沾满汗水的衣领里。他同意吉姆利对那些人的评价。这些蠢货是想我被杀掉吗？

一个想法像鱼叉似的刺中了他的脑海：塔基扬！那个外星怪物起了疑心？是不是他设计了这个复杂的阴谋，想在不引发丑闻的情况下除掉我？

玩偶人在嘲笑他。"能用愚蠢解释的就别往恶意上想。"他说。哈特曼想起来黑女士曾经这样对刽子手说过，就在某次他暴怒的时候。

麦基·梅塞尔站着摇头。"不对。"他的语气里半是恳求，"参议员还在我们这里。他们不知道吗？"

他像头被逼急的狼一样在房间里暴怒起来，咆哮着用手对着空气挥舞。其他人推挤着躲开他的那双手。

"他们以为现在的情况是怎样？"麦基尖叫道，"他们不知道自己惹上的是什么人吗？我来告诉你们。我跟你们说。也许应该从这位参议员身上弄点东西下来送给他们，让他们搞清楚状况。"

他的手在离俘虏几英寸的地方嗞嗞作响。

哈特曼把头向后仰。老天啊，他差点就碰到我了！他是打算这么干的，来真的——玩偶人也感觉到了，在最后那一毫秒才犹豫。

"冷静点，德特勒夫。"安内克甜声说道。她似乎因为公园里的枪战而心情大好，回来之后她就一直欢快地走来走去，还莫名其妙地笑起来，脸红红的像是画上了油彩。

麦基的脸都白了。玩偶人感觉到他心中的愤怒像炸弹一样。"麦基！我叫麦基·梅塞尔，你这个臭婊子！麦基刀，就像我的歌里说的！"

德特勒夫在俗语里是男同性恋的意思，哈特曼记得。他屏住了呼吸。

安内克冲着年轻王牌微笑。哈特曼眼角余光看见威尔弗莱德脸色苍白，乌尔里奇拿起 AKM 的姿势带着精心编排的随意感，哈特曼没想过这个金发恐怖分子还有这一面。

沃尔夫冈的胳膊圈住麦基的肩膀。"好了，麦基。安内克没有恶意。"她的微笑证明了他显然是在撒谎。但是麦基靠着沃尔夫冈，允许他安抚自己。闪电清清喉咙，乌尔里奇又把枪放下了。

哈特曼屏住的那口气呼出来了。炸弹没有爆炸。暂时没有。

"他是个好小伙。"沃尔夫冈说着又拥抱了麦基，放开手，"他是美国逃兵和汉堡妓女的孩子——你们帝国主义在东南亚投机行为的又一个受害者，参议员。"

"我父亲是个将军！"麦基用英语喊道。

"对，麦基，你说是就是。这个孩子从小就在穿梭于各种码头和大街小巷，被送往不同的收养机构。最后他辗转来到柏林，因为我们这里疯狂的消费文化而变得愈加无助。他看见了海报，开始加入自由大学的学习团体——他几乎算是文盲，这个可怜的孩子——然后就被我找到了，招募了。"

"而且他真是太太太有用了。"安内克冲着乌尔里奇翻了个白眼，后者大笑。麦基瞥了他们一眼，然后快速移开视线。

你赢了，玩偶人说。

什么？

你是对的。我的控制并不完美。而且这一个太难预测，太……

可怕。

哈特曼甚至要笑出声了。他从未想过他心里的这个力量居然能谦虚一回。

真浪费，他肯定会是个完美的玩偶。他的情绪，如此凶残，如此可爱——像是药品。但是致命。

所以你放弃了。他现在放心了。

不，这个孩子必须死。

但是没什么大不了的，我已经全都想好了。

♣

裹尸布像个热心的木乃伊似的蹲在食蚁兽身边，用自己的绷带裹住他的额头，而且事先用卧室里的五升塑料桶里的水浸泡过了。他摇摇头，低声自言自语。

安内克眼睛里闪烁着恶意的光芒，跳到他旁边问："在心疼那些可爱的美元吗，同志？"

"鬼牌再一次洒下热血。"裹尸布平静地说，"最好别是白白受苦。"

安内克漫步到乌尔里奇身边，"你应该看看他们的样子，甜心。一个个都打算为了一个塞满美元的皮包把猪猡参议员还回去。"她噘起嘴，"我觉得他们兴奋到忘记了我们发誓要解救的那位前线斗士。他们本要把我们都卖了。"

"闭嘴，你这贱人！"吉姆利喊道，唾沫从他的胡子中间喷射出来，然后他冲向了红发女人。随着甲壳划过木头的声音，刮擦冲了过来，角似的手臂袭向他的领袖，此刻有人把枪拿出来了。

砰的一声巨响，所有人都定住了。闪电双手掌心向上放在面前，手指弯曲，好像举着一个球。一道短暂的蓝色闪烁勾勒出他手上的神经线条，之后就消失了。

"如果我们内斗，"他冷静地说，"那就让我们的敌人占便宜了。"

只有玩偶人知道他的冷静是装出来的。

闪电故意又戴上手套。"我们遭到了背叛。资本主义制度不就是这样的吗？"他微笑着，"我们必须更加坚定。只要我们团结一致，就能让他们为背叛付出代价。"

而潜在的反叛者们躲开彼此。

哈特曼恐惧。

玩偶人狂喜。

♠

城市西边的勃兰登堡平原上，这一天就这样过去了，像一层污水飘过。隔壁的街区里，广播传来近东音乐。虽然整个建筑是废弃的，但是巧手的威尔弗莱德同志搞定了取暖器和电力供应，取暖器散发的热量加上人体在压力之下散发的湿气，使得这个小房间里宛如热带。

乌尔里奇放下了廉价窗帘，不再看窗外。"老天，这房里的味道。"他伸展了下身体，"那些该死的土耳其人在这里干吗了？在角落撒尿了？"

食蚁兽躺在墙边的床垫上，呜咽着缩成一团保护着他受伤的腹部。

吉姆利来到他身边，试了一下他额头的温度。他那张丑陋的小脸因为担忧而蹙在一起，"他不太好。"侏儒说道。

"可能我们应该送他去医院。"刮擦说。

乌尔里奇抬起方下巴，摇摇头。"不行。我们商量好的。"

刮擦跪在他的领袖面前，抓着食蚁兽的手，感受长着绒毛的前额，"他发烧了。"

"你确定？"威尔弗莱德一脸担忧，"他可能天生就比普通人体温高，类似狗那种。"

吉姆利瞬移一般从房间另一头过来。他腿部一记横扫,将威尔弗莱德放倒在地,跨坐在他的胸口,连续用拳头打他。裹尸布和刮擦过来把他拖走了。

威尔弗莱德用手护着脸。"嘿,嘿,我怎么你了?"他似乎要哭了。

"你这个愚蠢的混蛋!"吉姆利不停地抡着拳头吼道,"你跟那些狗屁普通人一样坏!你们这群人都是一样的!"

"同志,请你——"闪电开口。

但是吉姆利并没有听。他的脸变成了生肉一般的红色。他肩膀一耸,两个同伴就被震开了。他大步走向食蚁兽身旁。

◆

玩偶人也不想这样放过吉姆利,由着他离开。他想着总有一天要杀掉这个小恶棍。

但现在的首要任务不是报仇而是生存。玩偶人目前要做的是剔除所有对自己不利的可能性。这是最快速的方式。

♥

泪水流过吉姆利凹凸不平的脸庞。"够了。"他啜泣道,"我们带他去治疗,现在就去。"他弯下腰用软弱无力的胳膊圈住他的脖子。裹尸布绷带之上的眼睛注意到了他的举动,于是走过去帮他。

沃尔夫冈同志堵住了房门。"谁也不准走。"

"你他妈的以为自己是谁啊,小东西?"乌尔里奇挑衅地说,"他的伤没那么严重。"

"谁说的?"裹尸布说。哈特曼第一次注意到他有加拿大口音。

吉姆利的脸扭曲得像一块破布,"放屁。他很痛苦,快要死了。妈的,让我们走。"

乌尔里奇和安内克悄悄走向他们的武器,"合则立,兄弟。"沃尔夫冈吟咏道,"不合则亡。这是你们阿美族的俗语。"

突然传来咔咔两声,所有人都转头去看。刮擦站在远处的墙边,刚刚上膛的突击步枪对着金发恐怖分子腰上军队腰带的搭扣,"那我们可能刚刚已经亡了,同志。"他说,"因为如果吉姆利说要去,那我们就去。"

沃尔夫冈瘪了瘪嘴,像一个忘戴假牙的老人家那样。他瞥了一眼乌尔里奇和安内克。他们已经包抄了鬼牌们。如果他们同时行动……

裹尸布一只手抓住食蚁兽的手腕,另一只拿着AKM。"别惹事,耐特。"

麦基感觉到他的手又开始震动了。要不是闪电的手一直放在他胳膊上,他可能会去切一点鬼牌肉下来。丑陋的怪兽!我就知道不该相信他们。

"那我们想做的那些事呢?"苏联人问道。

吉姆利抓着食蚁兽的手。"这就是我们想做的事。他是个鬼牌。他需要帮助。"

沃尔夫冈同志的脸变成了茄子色,太阳穴处血管暴起。"你要去哪儿?"他咬牙切齿地说道。

吉姆利大笑:"就在这堵墙的另一边,我们的朋友们正等着呢。"

"那就走啊。离开我们,扔掉所有你想为你那些怪物同胞做的好事。参议员还在我们手上,赢的还是我们。要是我们能抓住你——"

刮擦大笑。"这件事恐怕会搞得你们气都喘不上来。那群猪一定会跟你们没完,我保证。我都能闻出来你们搞砸了。"

虽然被一把步枪对准腹部,但乌尔里奇挑衅地翻了个白眼,"不。"闪电说,"让他们走。如果我们打起来,就什么都没有了。"

"滚出去。"沃尔夫冈说。

"好。"吉姆利说。他和裹尸布轻柔地扛着食蚁兽走入这栋废弃建筑物里没有灯光的走道。刮擦举着枪掩护他们，直到他们离开视线，之后他迅速走到房间另一边，停留片刻，甲壳脸庞上对着他们泛起一道笑容，然后关上了门。

乌尔里奇把他的卡拉什尼科夫冲锋枪砸向墙面，所幸没有走火，"混蛋！"

安内克耸耸肩，显然她对这种心理剧感到厌烦。"美国人。"她说。

麦基走近闪电。每件事情似乎都出问题了。但是闪电会让一切走上正轨。他知道他能做到。

♣

俄罗斯王牌搞定了。

♠

乌尔里奇双手握拳转过身来。"所以现在怎么办？哼？"

沃尔夫冈坐在一张矮凳上，他的肚子压在大腿上，双手放在膝盖上。冒险的刺激消退之后他老态尽显。也许是他本以为这次能捞一笔，以负担他的双重生活，但眼看这比交易就要黄了。

"你什么意思，乌尔里奇？"律师疲惫地问道。

乌尔里奇一脸暴怒地看着他："我的意思是已经到我们的截止期限了。十点了。你听到电台里说的了。他们到现在还没满足我们的要求。"

他拿起 AKM，装入一个弹夹。"现在能把这个狗娘养的杀了吗？"

安内克银铃般的笑声响起，"你在政治上的老练总是让我吃惊，亲爱的。"

沃尔夫冈撸起外套的袖子，查看手表。"现在要做的是，你，安内克，和你，威尔弗莱德，去打电话给当局设立好的危机中心，把我们商量好的消息告诉他们。事实证明我们双方都很会玩等待游戏,是时候加速一下了。"

此时闪电同志说:"不。"

◆

恐惧正在蔓延,一点点地累积成大脑里黑色、无形的恶性肿瘤。随着时间流逝,闪电的心越跳越快。他的肋骨像是因为脉搏的速度而震动起来。他的嗓子又干又痛,脸颊也有些灼伤,仿佛他在盯着火葬场看一样。他的嘴里有股内脏的味道。他必须出去,这是其他所有事情的前提。

所有事情。

不行,他心里的一部分在哭喊。你必须留下来,那才是我们的计划。

他恍惚中看到了女儿鲁迪米娅拉坐在碎石堆里,眼睛熔化了,脸颊上满是水泡。如果出了纰漏,她就会身处险境,瓦伦汀·米哈伊洛维奇,另一个低沉一些的声音回答道,你真的愿意放手让这些青少年去完成任务吗?

"不。"他干渴的嗓子勉强说出这个词,"我也去。"

沃尔夫冈皱了皱眉,然后嘴角上扬,弯成一个笑容。毫无疑问他意识到闪电离开后自己就掌控全局了。很好。就让他这么以为吧。我必须得出去。

麦基挡在门口,眼睛里噙满泪水。闪电感到内心涌动着恐惧,甚至想拿掉手套把这个孩子电倒在地。但是他知道这个年轻的王牌永远不会伤害他,而且他知道为什么。

他含糊地说了一句抱歉,随即侧身从他旁边走过。门在身后关上时他听到了一声啜泣,只剩下自己在黑暗走道中的脚步声。

♥

可以算是我最棒的表演之一，玩偶人在祝贺自己。

搞定。

♣

麦基一巴掌拍在门上。闪电抛弃了他。他很受伤，而且无法缓解这种痛苦。就算用嗞嗞的双手切割钢板也不能让他心情好起来。沃尔夫冈还在这里。沃尔夫冈会保护他……但是沃尔夫冈以前没有过。真的没有。沃尔夫冈由着别人笑话他——他，王牌麦基，麦基刀。最近几个周里为他挺身而出的是闪电。是闪电在保护他。

闪电走了，他不应该走的，但是已经走了。

他转身哭泣，背靠大门缓慢向下滑坐在地上。

♠

玩偶人喜不自胜。一切都按照他的计划进行着。他的玩偶们按照他的指示活动，没有丝毫怀疑。现在他坐在他们身边，畅饮他们的激情。危机只不过是一点小小的意外，他是玩偶人，他掌控全场。

终于，是时候让麦基·梅塞尔出马了，之后自己就能离开这里。

安内克看着麦基，嘲弄道："哭泣宝宝，你还自称是革命者？"他呜咽着站起身来，像个走失的小狗。

玩偶人伸手抓住一根线，扯动起来。

乌尔里奇同志说："为什么你不跟其他的鬼牌一起走，你这丑陋的小基佬？"

♦

"克罗伊茨贝格。"纽曼说。

塔基扬瘫倒在椅子里，几乎没有力气抬头。"请你再说一遍？"十点的期限早就过了，他正担心格雷格·哈特曼参议员的情况。

纽曼咧嘴一笑，"我们找到他们了。花了很多时间，但是追踪到了那辆货车。他们在克罗伊茨贝格区。墙旁边的土耳其贫民窟。"

萨拉倒吸一口气，迅速看向别处。

"GSG-9大队的反恐队伍已经就位。"纽曼说。

"他们是专业的吗？"塔基扬还记得下午那场惨败。

"他们是精英。1977年恐怖分子劫持了一架汉莎航空737飞机去摩加迪休，解决这场危机的正是他们。汉斯－约阿希姆·里克特亲自领兵。"第九边境防卫队，即GSG-9，是在1972年的慕尼黑惨案之后为打击恐怖主义而建立的。防卫队的领袖里克特是德国备受爱戴的英雄，人们都知道他是王牌，但没人知道他的能力具体是什么。

塔基扬站起来。"我们走。"

♥

麦基的左手切开了乌尔里奇同志的身体右侧，从脖子下面一直到胯部。切东西的感觉太棒了，尤其是碰到骨头的时候，他浑身兴奋得颤抖。

乌尔里奇的胳膊掉了下来。他盯着麦基，嘴向后咧，完美的牙齿展露出来，开合了三次，仿佛是新奇商店的橱窗里拜访的某种玩意。

他眼神向下，看着曾经完美的躯体，然后惊声尖叫。

麦基入迷地看着眼前的景象。尖叫让对方暴露在外的肺部扩张又收缩，宛如一个吸尘袋，潮湿，泛着灰紫色，上面的血管则是蓝与红。他的内脏从侧面露出来，堆在掉落地面的步枪上，紧接着汹涌流出的血液带走了他身上的力量。他再也站不住了，瘫倒在地。

"圣母玛利亚啊。"威尔弗莱德说。他从同伴的身体残骸旁连连倒退时，嘴角已经溢出了呕吐物。他看着麦基大喊一声："不——"

WILD CARDS

安内克用卡拉什尼科夫冲锋枪瞄准小王牌的后背，因为惊恐，她的手指紧紧贴着扳机。

麦基改变了身体形态。那阵扫射打在威尔弗莱德身上，墙壁上沾满了他残破的躯体。

♣

闪电靠着沃尔沃车站着，双手放在膝盖上大口呼吸着柏林柴油机味道的夜晚空气。大部分陌生人都不会在这片区域待很久。让他担心的不是这个。他恐惧的是恐惧本身。

我怎么了？我以前从来没有过这种感觉。

他在一阵亮眼的恐慌之雾中逃离公寓，但刚一到达户外，那雾气便消失了，好像水滴落在太阳炙烤下的石头上。现在他正试着让自己冷静下来，暂时不知道该继续前进，还是回去派几个沃尔夫冈的邪恶崽来执行任务。

纸锡说得对，他告诉自己，我变得软弱了。我——

头顶上传出了熟悉的声音，是某个结巴很严重的人。他抬起头看见三楼的棉布窗帘着火了，血管里的血液一下子奔涌起来。

结束了。

如果我没有在这里被找到，他心想，那可能——可以这么想——第三次世界大战今晚不会发生。

他转身沿着街道离开，脚步匆匆。

♠

哈特曼侧躺在地板上，颧骨上被他们弄出来的瘀伤隐隐作痛。场面刚开始混乱时他就把椅子弄倒了。

到底是哪个地方出问题了？他绝望地想。那个混蛋不应该说话的，应该直接射击。

又跟 1976 年一样。玩偶人又因为傲慢而玩得过火了。结果可能是他要付出生命的代价。

哈特曼闻到热乎乎的润滑油和鲜血的味道，再加上新鲜潮湿的粪便的臭味，他听到两个幸存的恐怖分子在房间里蹒跚而行，互相叫喊，他看到乌尔里奇躺在几英尺之外，喘息着迎接死亡。哈特曼能感觉到这个将死之人身上的能量在消散，如同退落的潮水。

"他在哪里？那个混蛋去哪儿了？"沃尔夫冈问道。

"他穿墙而过了。"安内克气喘吁吁地说道，这一句话像布料一样飘在空中。

"好吧，小心他。啊，我的天。"

他们拿着枪，想要同时监视三面内墙，能明显看出他们的恐惧。哈特曼跟他们一样。那个内心扭曲的王牌已经疯了。

有个人尖叫着死去。

◆

麦基站在那里，手臂插入安内克的后背，只有大臂露在外面，他的手不再发出嗞嗞声，只如同一把尖刀似的从胸骨刺出。黏稠的血液从麦基的皮衣袖子周围涌出，而他的前臂完全嵌在她的躯体里。他享受这景象，安内克的心正拥抱着他的胳膊，这种亲密感让他快乐。他从卧室穿墙而过的时候这些蠢货甚至都没注意到他过来的那个方向，不过就算注意到了也没用。快速的三步，就够解决红头发的安内克同志了。

"操你的。"他说完就咯咯直笑。

麦基手臂旁边的心脏跳动了最后一次，停了下来。麦基开启轻微的转动模式，收回手臂，把尸体推到一旁。就在此时威尔弗莱德脸颊颤动地站在旁边，麦基转身时他举起了枪。他开枪了，麦基大笑着改变了身体形态。

WILD CARDS

沃尔夫冈颤抖着一下子打空了一整个弹夹。房里满是石灰粉。安内克的尸体倒在参议员身上。麦基又穿墙回来了。

沃尔夫冈尖叫着求情，德语英语一起上。麦基拿走他手上的卡拉什尼科夫冲锋枪，把他按在墙上，慢慢地从正中间将他的头切成两半。

♥

萨拉·摩根斯特恩坐在装甲车里，柏林城区斑斓的色彩印在她的脸上，GSG-9的士兵和武器就在她的面前。萨拉心想，我这是怎么了？

萨拉不确定她在想的是现在，还是几个周之前，也就是格雷格和她的婚外情开始之时。

多奇怪，太奇怪了。我怎么以前怎么会认为我爱……他？我现在对他毫无感觉。

但也不完全是完全没有。爱意不再之后留下的真空地带渗入了之前的一种情感，带着背叛的可怕滋味。

安德莉亚，安德莉亚，我到底做了什么？

她咬住嘴唇。坐在她对面的突击队员看到之后咧嘴一笑，黝黑的脸上展现出一排牙齿，有些吓人。她立刻警起来，但是那个笑容绝没有性意味，只是同伴友谊，是一个对战斗又爱又怕的男人在试图转移注意力。她也用微笑回应，朝旁边的塔基扬身上靠了靠。

他搂着她。这不仅是个兄弟间的友爱姿势，就连眼前可能出现的危险都不能让他完全忘记性爱。奇怪的是，她不介意他的特殊关注。也许是因为她敏锐地意识到了他们有多么不协调：就像两只艳丽的小鹦鹉跟黑豹同行。

至于格雷格……她真的关心他的安危吗？

还是我应该期望他别活着从那房子里出来？

♣

尖叫停止了，只能听见电锯的嗞嗞声。哈特曼害怕这声音会永远响下去。因为摩擦而焦煳的头发和骨头散发的气味让他想呕吐。

他觉得现在仿佛博斯①笔下的某则中世纪寓言：一个贪吃者被奉上了最丰盛的宴席，但他放入口中时这些美食却全部变成了灰烬。这些恐怖分子的死亡没有给玩偶人带来任何养分，他跟他们一样恐惧。

哼唱的声音越来越近：《麦基刀之歌》。这个疯狂的王牌现在陷入杀戮的狂暴状态，他向着参议员走去，恐怖的手上还沾着大脑，正往下滴。被绑住的哈特曼不断扭动。麦基刺穿的那个女人沉重地压在他的腿上。他要死了。除非……

一想到将要做的事，胆汁便涌上了喉咙。他强压下去，伸手抓住一根线，扯动。更用力地扯动。

哼唱声停止了。木屐走在木头上的咔嗒声也停止了。哈特曼抬头一看，麦基凑到他面前看他，眼神发着光。

他把安内克从哈特曼腿上移开。就他的身材来说他算是力气很大了。或许是受到了鼓舞，他把哈特曼的椅子摆正。哈特曼一脸苦相，害怕触碰，恐惧死亡，也恐惧死亡之外的另一种结果。

他的呼吸声之大，都快把自己震聋了。他能够感觉到麦基的情绪在膨胀。他让自己冷静下来，抚摸这种情绪，戏弄它，让它长大。

麦基在椅子前面跪下。他解开哈特曼裤子上的拉链，手指伸进去掏出参议员的下体，用嘴唇裹住。他的头开始上下晃动，最初很缓慢，然后渐渐加快。他的舌头在不断舔舐。

哈特曼呻吟着。他不该让自己享受这个。

如果你不这样，就永远不会了结，玩偶人奚落道。

---

① Hieronymus Bosch（1450－1516），荷兰画家。——编注

你把我怎么了？

我在救你，还有保住最棒的玩偶。

但是他太强大了——太……难以预料。不由自主的愉悦将他的思绪打破成碎片。

但他现在是我的了。因为他想要成为我的玩偶。他爱你，那个神经衰弱的贱人萨拉永远不会像他这样爱你。

老天，老天，我还活着吗？

你还活着。你要把这个生物悄悄带回纽约。从现在起，挡我们路的人都得死。

现在放松点，尽情享受。

玩偶人掌控了局面。麦基给他口交时，玩偶人在吸食他的情绪。又热又湿又咸的情绪涌入他体内。

哈特曼头向后仰，不自觉地喊出来。

他高潮了，女妖死后他还不曾这样高潮过。

♠

格雷格·哈特曼参议员穿过一扇玻璃早就残破了的门，他靠在冰凉的金属门框上盯着空旷的街道，这里除了报废汽车和人行道缝隙里奋力生长的杂草之外别无他物。

对面楼顶上射出一道强烈的白光，他抬起头，眨眨眼。

"上帝啊。"一个德国声音喊道，"是参议员！"

街道上似乎一瞬间就满是警灯闪烁的车辆和噪声了。哈特曼看见塔基扬亮眼的洋红色头发宛如火花，刽子手穿着漫画式的服装。正门和后面的汽车里钻出一身黑的男人，谨慎地举着短自动手枪小步向前走。

他看到萨拉也在人群之中，身上的白色外套一点保护色的作用也没有。"我……逃出来了。"他的声音像一扇久未使用的大门，吱呀作响,"结束了。他们——他们互相残杀。"

电视聚光灯全都对准了他,炙热的白光如同胸口流出的鲜奶。他对上了萨拉的眼睛。他微笑了。但是她的眼神却像铁棒一般直戳他的内心。

冰冷坚硬。她溜走了!他想。这个想法让他痛苦。

然而玩偶人不需要痛苦,今晚不需要。他通过她的眼神进入她的心。

她张开手臂向他奔来,红色的双唇吐出爱意满满的字句。哈特曼感觉到他的玩偶用手臂环住他的脖子,沾着化妆品的眼泪流入他的衣领。他恨帮助他活下来的那部分自己。

在他的内心深处灯光照不到的地方,玩偶人微笑着。

♣ ♦ ♠ ♥

灵魂的镜子

梅琳达·M. 斯诺德格拉斯

四月的巴黎。粉色和白色装饰下的栗子树美丽动人。花朵仿佛芳香的雪花,随风飘落在杜伊勒里宫花园的雕塑底座,或者如同五彩的泡沫,掉落在塞纳河浑浊的河水上。

四月的巴黎。他站在蒙马特墓园里一座简单的墓碑前面,脑海里冒出这首不和谐的歌曲。非常不适宜。他想把它压回去,但它却变本加厉。

暴躁的塔基扬缩起一边肩膀,更用力地抓住手中那束简单的紫罗兰和百合花束。包裹花束的绿纸在午后的空气中哗啦啦地响。左边,诺问思路上的拥挤车流向着圣心大教堂缓慢前行,催促的喇叭声此起彼伏。大教堂有着反光的白墙和圆形穹顶,在这个夜与梦的城市里,它就像是个一千零一夜的梦境。

我上一次见到巴黎。

厄尔的表情像是一尊乌木塑像。莉娜热情地红着脸。"你必须走!"她看向厄尔寻求安慰和帮助,"这样可能是最好的。"阻力最小的道路。所有人之中居然是他说出这样的话。

塔基扬跪下,拂去石板上的花瓣。

小厄尔·桑德森

"黑鹰"

1919 – 1974

你活了很久，我的朋友，至少人们是这么说的。如果你能大发慈悲地死在50年代，那么那些忙碌吵闹的活动家或许能更好地利用你。不对——最好是还死在解放阿根廷或西班牙，或者是拯救甘地的时候。

他把花束放在墓前。一阵微风吹动了纤弱的白色百合，像是年轻女孩被亲吻之前睫毛的轻颤，又像是布莱思啜泣之前睫毛的颤动。

我上一次见到巴黎。

一个阴冷的十二月，纳伊的一个公园。

布莱思·范·伦斯勒，也就是智囊，昨天去世了……

他毫无风范地站起来，用一块手帕掸去膝盖上的灰尘。快速地重重擤了下鼻涕。过去的事情就是这样，永远不会只停留在过去。

石板上放置着一个精致的大花圈，上面有玫瑰、剑兰和一条条缎带。一个为死去英雄献上的花圈。一个拙劣的复制品。塔基扬轻蔑地走过去，花圈轻轻颤动，娇嫩的花朵被踩在他的鞋跟之下。

我们永远不可能安抚先祖，杰克。他们的鬼魂永远会追随我们。

他就肯定会。

◆

他在艾戴科斯路上拦下一辆出租车，找了小纸条，用生涩的法语念出"左岸咖啡厅"。说完他靠在椅背上观赏还没点亮的霓虹闪过窗口。×××，女孩们！性感佳人！很难想象这些色情招牌是在一座名叫殉道者山的脚下。曾经有圣人死在蒙马特，1534年，耶稣会于这座山上建立。

这一路开得断断续续，要么速度快到让人心跳加速，要么突然停下，脖子都能扭伤。喇叭嘟嘟直响，还夹杂着你来我往、极富想象力的污言秽语。他们飞快地越过旺多姆广场，代表们居住的瑞兹酒店也从眼前掠过。塔基扬蜷缩在座位上，不过这样他就更不容易被看到了。他实在厌烦他们所有人。萨拉,安静美好,但像只猫鼬一样神秘。叙利亚之后她就变了,但却不承认。游隼到处炫耀她的肚子,拒绝相信她的孩子很可能会有问题。西北风,年轻美丽。她一直聪明老练,帮他保守着耻辱的秘密。幻想,狡猾又顽皮。她没有帮他保密。血气涌上他的脸。他的羞耻状态被呈现给了大众,人人都可以窃笑,可以讨论,态度从同情到调侃。他的手紧紧抓住纸条。至少有一个女性他能够毫无愧疚地面对,是来自他过去的鬼魂,但比许多活着的人更欢迎他。

她选择了拉丁区中心的圣米歇尔大道上的一家咖啡店,这个区域一直看不起资产阶级。塔基扬在想达尼埃尔是否也一样,还是岁月已经磨掉了她的革命热情?只能期盼着她的其他热情不要被磨掉了。然后他想起来了,蜷缩得更厉害了。

好吧,就算他以后再也无法享用热情,但至少他还能够记住。

1950年8月他们相遇的时候她十九岁,是个主修政治哲学、性和革命的大学生。当时法国的左派知识分子最喜欢搞猎巫行动,所以达尼埃尔迫切地想要安抚备受折磨的受害者们。她以他的苦难为傲,仿佛身体接触能够去除他殉道的神秘性。

她利用了他。但是他也利用了她,将她作为掩护,作为缓冲期来对抗痛苦和记忆,让自己沉迷在性爱和酒精当中,抱着酒瓶待在莉娜·戈尔多尼位于香榭丽舍大道的顶层公寓里,听着激情澎湃的革命宣言。在意的并不是宣言本身,而是那份激情。达尼叼着呛喉咙的高卢烟,不熟练地吐着烟圈,红色的指甲和嘴唇的一抹红色相映成趣。丰满的胸部被限制在一件过紧的毛衣里,他时不时能瞥到短裙下面白皙的大腿内侧,诱惑迷人。

老天,他们真是乱来!除了相互利用之外还有别的情感吗?也许吧,因为她是最后一批谴责、排斥他的人之一。他离开的那一天是在寒冷的1月,她甚至过来目送他了。那时候他还有行李箱和类似尊严的东西。就在蒙帕纳斯的火车站站台上,她塞给他钱和一瓶白兰地,他没有拒绝。他很乐意接受白兰地,而这笔钱意味着他还能再买一瓶。

1953年他给达尼打过电话,当时他和德国政府又进行了一场徒劳无功的签证之战,结果就是他被送回了法国。他打给她是希望能够再得到一瓶白兰地、一次救济,能够再私通一次。但是接电话的是个男人,他还听见背景音里有孩子的哭声,等到她终于接电话的时候,传递的信息很明确。操你的,塔基扬。他尴尬地傻笑着解释说这正是他打电话的原因。随后嘟嘟的声音响起,对方挂断了。

后来在纳伊那个寒冷的公园里,他读到了布莱思的死讯,一切似乎都没有意义了。

但代表团到达巴黎的时候,达尼却主动和他联系了,在他位于瑞兹酒店的邮箱里留了小纸条。她约他在左岸咖啡馆见面,此时巴黎的银灰色天空变成了玫瑰色,埃菲尔铁塔中透射出钻石般的光彩。也许她是在乎的,也许。让他感到羞愧的是,他并不在乎。

"穹顶"是典型的巴黎工人阶级咖啡馆,有一部分小桌子挤在人行道上,或灰或蓝或白的遮阳伞,忙碌的服务生穿着不太干净的白色工作服,皱着眉头穿梭其间。咖啡和烤肉的味道。塔基扬看到顾客不多。对于巴黎来说,现在时间还早。他希望她选择坐在外面。里面的烟味太重。他的目光时不时地飘向一个穿着破旧黑外套的壮实身影。这张浓妆艳抹的脸上有着某种强烈的情绪,而且——

老天啊,难道……不可能!

"晚上好,塔基扬。"

"达尼埃尔。"他好不容易才轻声说道,然后靠向椅背。

她高深莫测地一笑,喝了点咖啡,把一根香烟摁在肮脏的烟灰缸里,又点了一根,身体往后靠。以前她这样做时很性感,但现在则是可怕。她透过烟雾打量着塔基扬,"你没变。"

他的嘴动了动,她悲伤地笑起来,"连客套话都说不出口了?当然,我变了——都过去三十六年了。"

三十六年。布莱思要活着该七十五岁了。

理智上,他知道人类的寿命短得可怜。但是他从来没有真正体会过。布莱思死了。布劳恩还跟以前一样。大卫不见了,所以他像布莱思一样给人留下的是年轻和迷人的模样。而他的新朋友汤米、天使脸和海勒姆都正要进入令人不适的中年期。马克只不过是个孩子,但四十一年前,正是他的父亲扣押了塔基扬的船。那时候马克还没有出生呢!

很快(至少根据他的族人度量时间的标准),他将不得不看着他们一个个地从青年走向必然的衰老,最后步入死亡。他的臀部碰上冰冷的熟铁时,椅子提供了支撑。

"达尼埃尔。"他再次说道。

"给我一个吻吧,塔基扬?念在旧日的情分上。"

沉重的泛黄眼袋挂在失去神采的眼睛下面。干枯的灰发被漫不经心地梳成一个圆髻。嘴唇上涂着鲜红的口红,像是流血的伤口,唇边是深深的皱纹。她凑近时,一股口臭味击中了他。浓烈的烟草、便宜的酒水、咖啡、烂牙,组合成令人作呕的臭气。

他畏缩了,这一次,她的笑容似乎很勉强,似乎她没预料到这种反应,所以想掩盖受伤的情绪。剧烈的咳嗽结束了刺耳的笑,塔基扬从椅子上站起来,走到她的身边。她恼怒地甩开了他安慰的手。

"肺气肿。你别想教育我,小医生。我年纪大了,不可能戒掉香烟,而且我太穷了,死期到的时候也不会有钱治病,所以我多抽点烟,希望能早点死,那就花不了多少钱了。"

"达尼埃尔——"

"老天啊,塔基扬!你真是迟钝。不念在往日的情分给我一个吻,也不打算和我聊聊。不过我记得你以前也不是个爱说话的人。"

"我觉得只要能跟白兰地的瓶底交流就够了。"

"好像没给你造成什么坏影响。看吧!一个伟人!"

她看到了世界闻名的形象,穿着锦缎和蕾丝的苗条身形,但是他,越过数千块记忆的反射,看到了迷失的岁月。满是汗味、呕吐味、尿味和绝望的便宜房间,差点被打死然后在汉堡的小巷里呻吟,接受了笑容温柔的男人提供的魔鬼条约,但是为了什么呢?为了再来一瓶。关在图木斯监牢里的他是个行走的幻象。

"你在做什么,达尼埃尔?"

"我在洲际酒店做女工。"她似乎感受到了他的想法,"没错,对于一个曾经满腔革命热情的人来说这不算是个光彩结局。"

"我没那个意思。"

"也没让你心碎。"

"不。我从来都不赞同你——你们所有人——关于乌托邦的想法。"

"但你跟我们在一起。直到我们把你扔出去。"

"对。我需要你,我利用了你。"

"老天,如此直击灵魂的忏悔?这样的会面应该只是互道声你好,问问过得怎么样,然后说说'你一点都没变'吧。但我们已经完成了这一套流程了,不是吗?"苦涩的嘲讽口吻给这番话带来了尖锐的感觉。

"你想怎么样,达尼埃尔?为什么约我见面?"

"因为我知道这会让你难受。"她手中的高卢烟跟上一根一样被摁在烟灰缸里,在烟灰中死去,"不,不是的。我看到了你们的小车队开进来。各种旗子和豪车,让我想到了以前的岁月和那些横幅。我觉得我想要回忆起来。天啊,一个人年纪越大,年轻时的记忆就越模糊,越不真实。"

"很不幸,我没有享受到这种仁慈。我们这一种族永远不会忘记。"

"可怜的小王子。"她又开始咳嗽，一种黏腻的声音。

塔基扬伸手从胸前的口袋里掏出钱包，抽出几张纸币。

"这是干什么？"

"你给我的钱和白兰地，加上三十六年利息。"

她向后靠，眼睛因为泪水而显得明亮。"我不是为了你的钱或者同情才给你打电话的。"

"对，你是想撕开我的伤口，想伤害我。"

她移开目光。"不。我是想回忆起曾经的时光。"

"那些并不是多么美好的时光。"

"对你来说可能不算美好。但我爱那个时候。我很快乐。你别得意，不是因为你。"

"我知道。革命是你的初恋，也是你的最爱。我很难接受你居然放弃了。"

"谁说我放弃了？"

"但是你说……我以为……"

"老人也能够乞求变革，也许比年轻人还要狂热。顺便说一句——"她动静很大地喝完了杯子里剩下的咖啡，"你为什么不帮我们？"

"我帮不了。"

"啊，当然了。小王子，尊贵的保皇党。你从来就不关心人民。"

"你也不关心。你把他们简化成口号。我生下来就是要领导、保护和关怀每一个人。我们的方式更好。"

"你是个寄生虫！"在她脸上，他看到了过去那个女孩的影子，转瞬即逝。

他的嘴唇上扬起一个近乎悲伤的笑容。"不，我是个贵族，你可能会辩称两者是同义词。"他细长的手指把玩着一小叠法郎，"不管你怎么想，我不是因为贵族的敏感才不用我的能力帮助你的。你的所作所为没什么害处——不像最近出现的那群为了成名不惜杀人的家伙。"

她缩起肩膀，"请你说重点。"

"我那时候已经失去能力了。"

"什么？你没有告诉我们。"

"我怕如果说了，我会失去神秘色彩。"

"我不信。"

"是真的。因为杰克的懦弱。"他脸色一沉，"众议院非美活动调查委员会把布莱思推上前台。他们要求给出所有已知王牌的名字，因为她拥有我的心灵，所以她知道。她准备出卖我们，于是我用我的能力来阻止她。由于我和她的心灵断开了连接，所以这个我深爱的女人陷入了癫狂，开始胡言乱语。"他颤抖的指尖抚上汗湿的额头。在这个城市里重新讲述这个故事给予了他新的力量和新的伤痛。

"我花了好多年时间才克服内疚，是灵龟教我的。我摧毁了一个女人，但是拯救了另一个。算是抵消了吗？"他现在更像是自言自语，而不是对她说话。

但她对他彼时的痛苦不感兴趣，她自己的记忆太过强烈。"莉娜怒不可遏。她说你很恶心，一直索取索取，从来不曾回馈。每个人都希望把你赶走，因为你破坏了我们的美妙计划。"

"没错，没有一个人站在我这一边！就连厄尔也弃我而去。"他的目光越过时光摧残，看见了他记忆中的漂亮女孩，表情缓和下来。"不，不是这样的。你维护了我。"

"对。"她冷漠地承认，"没什么好处。我花了好几年才重新赢回同伴们的尊敬。"她眼神涣散地看着桌面。

塔基扬瞥了一眼鞋跟上的表，站起身来。"达尼，我必须走了。代表团八点之前要去凡尔赛宫。我得换个衣服。已经过了……"他重新说道，"很高兴你联系我。"这番话就连他自己听着都觉得生硬不真诚。

她的脸皱成一团，然后又冷酷起来，"就这样？四十分钟就再见，连酒都不跟我喝一杯？"

"对不起，达尼。我的时间安排——"

"啊，对，了不起的大人物。"那叠纸币依然放在桌上，他们俩之间，"好吧。我就收下这些，权当是你贵族风范的体现。"

她拎起毫无形状可言的背包，掏出一个钱包。她把法郎塞进破烂的钱包之后突然停住了，盯着一张照片看。一个残酷的细微笑容爬上来布满皱纹的唇边。

"不，我要跟你等价交换。"患关节炎的扭曲手指抽出照片，扔在桌上。上面是一个令人屏息的美丽姑娘：河流般的红发遮住带有阴影的消瘦脸庞，上挑的眼睛里是调皮和会意的神态。精致的食指压在丰满的下嘴唇上，像是在让旁观者闭嘴。

"这是谁？"塔基扬问道，但他对答案十分确定。

"我的女儿。"他们四目相对，达尼的笑容更明显了，"也是你的女儿。"

"我的！"这个词像是一声疑问又愉悦的叹息。

突然之间旅程中所有的疲惫和痛苦都消失了。他目睹过恐怖：里约贫民窟里的鬼牌被砸死，埃塞俄比亚的大屠杀，南非的压迫，到处都有挨饿的人和疾病痛苦。这一切让他觉得被现实打败了，一切都毫无希望。但是如果她生活在这个世界上，那它就还有救。就连他的性无能所带来的痛苦都不见了。失去生殖力之后他也在很大程度上失去了自我。现在丢失的又回来了。

"噢，达尼，达尼！"他伸手抓住她的手，"我们的女儿。她叫什么名字？"

"吉赛尔。"

"我必须见见她。她在哪里?"

"在地里。她死了。"

这些话似乎自空中炸裂开来,冰凉刺骨的碎片扎进他的灵魂里。他痛苦地呼喊着,哭泣着,泪水透过手指流下来。

达尼埃尔走了。

♥

凡尔赛宫,史上所有给献给君王的建筑中最伟大的一座。鞋跟哒哒哒踏在拼花地板上的塔基扬停了下来,透过香槟杯子上的水晶观赏扭曲过的景象。在某一瞬间,他像是回家了,那种求之不得的感觉过于强烈,甚至像是个实在的东西一样紧紧抓着他。

这个世界确实没有美可言。我真希望我能够永远离开。

不,不对。他的目光落在朋友们的脸庞上。这里也有些值得爱的东西。

哈特曼身边的一个优雅助手来到他身边。这就是幸运地在绑架事件中活下来那个?还是专门飞过来给这趟旅程当炮灰的?嗯,也许日渐加强的警力能够保护这个年轻人平安到达纽约。

"医生,德·瓦勒米先生想见见你。"

这个年轻人帮塔基扬开道,而这个外星人则审视着自戴高乐以来法国最受欢迎的总统候选人。弗朗索·德·瓦勒米,许多人都说他会是下一任总统。他瘦高的身影轻松穿梭在人群中,浓密的胸毛中间有一道两英寸的白色长条,非常惊人。更惊人的是,他感染了百变王牌,他是个王牌,虽然这一点不太明显。这个国家为王牌疯狂。

哈特曼与德·瓦勒米握手。真是一场杰出的政治秀。两个渴望成功的猎手利用对方的力量和人气来将自己送上国内政治舞台的更高位置。

"先生,这是塔基扬医生。"

德·瓦勒米那双难以抗拒的绿眼睛盯着塔基斯星人看。塔基扬生长在一个极其注重迷人和魅力的文化里，他觉得就算是按照塔基斯星的标准，对面这个男人也都达到了满值。他在想这是不是百变王牌带来的礼物。

"医生，见到你是我的荣幸。"他用英语说道。

塔基扬的小手按在胸口，用法语回答："是我的荣幸才对。"

"我很想听听你怎么看待我们的科学家在百变王牌病毒研究方面的工作？"

"呃，我才刚到。"他的手指摆弄着翻领，抬起眼睛狠狠看了德·瓦勒米一眼，"我是不是要跟所有候选人汇报？他们是不是也想听我的看法呢？"

哈特曼参议员向前走了一小步，德·瓦勒米却笑了起来，"你真是精明。嗯，我这是——你们美国人怎么说来着——还没孵出来就忙着数小鸡了。"

"你这么做是有理由的。"哈特曼微笑着说，"总统先生一直在培养你做继任者。"

"显然是个优势。"塔基扬说，"但你的王牌身份也不是个累赘。"

"不是。"

"我很好奇你的能力是什么。"

德·瓦勒米捂住眼睛说："噢，塔基扬先生。我都不好意思说。是个无足挂齿的小能力。客厅里玩玩的小把戏而已。"

"你太谦虚了，先生。"

哈特曼的助手瞪圆了眼睛，塔基扬也冷静地瞪回去，不过他后悔带有那一丁点讽刺意味。他不该把自己的疲惫和不悦投射到其他人身上。

"我不想利用我所获得的优势取胜，医生，我希望用我的政策和领导力来赢得总统之位。"

塔基扬轻笑了几声，格雷格·哈特曼看了他一眼，"真够讽刺的，不是吗？在这个国家，百变王牌能给人增加声望，帮助人们身居高位，但是在我们国家，同样的信息却能把人从高位上拉下来。"

参议员的脸色一变，"里奥·巴奈特。"

"请问你说什么？"德·瓦勒米困惑地问道。

"一个到处宣讲的激进人士，有不少追随者。他将要重塑旧的百变王牌法规。"

"噢，可不仅是如此，参议员。我觉得他会把他们全都送进集中营，实行大规模消毒杀菌。"

"好吧，这是个让人不快的话题。但我还想跟你谈另一个让人不快的话题，弗朗索，就是你对欧洲逐渐淘汰中程导弹有什么看法。倒不是说我对当前政府有什么看法，只是我在内阁里的同事们……"他挽起德·瓦勒米的胳膊，拉着他走开，他们的各位助手跟在后面，距离他们几步远，像一群领航鱼。

塔基扬大口喝下香槟。水晶吊灯倒映在一长条镜子里，几百个影子同时闪闪烁烁，就像玻璃碎片扎进他疼痛的大脑中，他又喝了一大口香槟，虽然他知道自己目前的不适有一部分是酒精造成的。除此之外，还有几百个不同的说话声和音乐声，还有外面仰慕王牌的公众。作为一个敏感的心灵感应者，一切仿佛汹涌澎湃的海水，同时冲击着他。

车队开过两边长满栗子树的大街时，他们同时看到了上百名挥手致意的围观群众，伸长脖子只为看一眼神奇的王牌。在经历的其他国家的恨意和恐惧之后，这样的待遇让他们感到安心。还有一件事让他高兴，那就是只剩最后一个国家，他就可以回家了。虽然等待他的只有更多的问题，别无其他。

在曼哈顿街头，有詹姆斯·斯派克特。死亡的化身自由地漫步。另一个我的干预所制造出的恶魔。到家之后我必须处理这个问题。寻觅他的踪迹，找到他。阻止他。我真是蠢，竟然为了追求露莱特而放弃了他。

那露莱特呢？她又会在哪里？我释放她难道是个错误吗？在女人的问题上我真的是个傻瓜。

"塔基扬。"游隼的声音浮现在莫扎特的曲调之上，将他从自省的迷雾里拖回来，"你得看看这个。"

他强迫自己扯出一个笑容，并且眼睛完全没有看明显突出的肚子。末底改·琼斯，哈莱姆铁锤，穿着西装的他看起来不太习惯，紧张地盯着镶着金子和水晶的落地灯，似乎是觉得它会发动袭击。长长的一排镜子让他回想起开心屋和德斯，象鼻前端的手指会轻微颤动，愈加清晰的回忆。过去。有如重担压在他的肩头。

朋友和旅伴散去，一个驼背的扭曲形象出现。这个鬼牌转过身来，对着塔基扬微笑。脸倒是很英俊。尊贵，有些疲惫，眼角和嘴角的皱纹彰显出曾经的苦难，总之是一张和善的脸——实际上就是他的脸。塔基扬对着他自己的形象倒吸一口气时，团队里的其他人大笑起来。

紧接着是一阵变换，类似陶土被压扁了或者海绵被挤压那样，总之这个鬼牌的脸变成了另一种形象。大方脑袋，有趣的棕色眼睛，一丛灰发，下面是瘦小扭曲的身体。

"原谅我，机会难得，我必须抓住。"鬼牌轻笑道。

"你的表情太棒了，塔基扬。"蝶蛹说道。

"你尽可以笑，你是安全的。他模仿不了你。"德斯干咳道。

"塔基扬，这是克劳德·伯奈尔，镜子先生。他在利多夜总会的演出特别精彩。"

"戏弄政客。"末底改嘟囔道。

被笑声吸引来的杰克·布劳恩游走在这群人边缘。他的眼睛对上了塔基扬的，随后外星人的眼神越过他，杰克则快速走开，直到与他处于这个圆圈的两端。

"克劳德正试着给我们解释法国政坛是怎么回事。"挖掘者说,"关于德·瓦勒米如何了不起地团结起了各个党派,比如保卫共和联盟——"

"不,不,唐斯先生,别把我的政党和支持弗朗索德·瓦勒米的那些混在一起。我们共产主义者的品味更好,我们有自己的候选人。"

"你们的那个不会赢的。"布劳恩脱口而出,皱着眉头俯视矮小的鬼牌。

他的五官模糊了,随后,小厄尔·桑德森轻柔地说:"有人是支持世界革命的目标的。"

杰克的脸立马白了,他踉跄地后退。他手里的杯子咔哒一声被捏碎了,紧接着一道金色光芒闪过,他的保护性生物力场开启。这个高大的王牌离开之后众人尴尬地缄口不语,只有塔基扬冷酷地说:"谢谢你。"

"我的荣幸。"

"你是作为百变王牌代表过来的?"

"算是,而且我还是官员。我是党代表之一。"

"你是共产党的大人物。"挖掘者吹了声口哨,像往常一样不知得体为何物。

"对。"

"你为什么会模仿厄尔?还是你想借此来研究我们代表团的成员?"蝶蛹问道。

"我能做到一点心灵感应。我能够选出对人们有深刻影响的人的形象。"

哈特曼的助手再次出现在他身旁。"医生。科维萨医生刚刚到达,想要和你见面。"

塔基扬扮了个鬼脸。"任务来了,玩乐就要推后了。先生们,女士们。"他鞠躬致意,然后走开了。

一个小时之后,塔基扬站在室内小型交响乐团旁边,感受迷人的门德尔松乐曲带来的魔力。他的腿开始疼了,这时他才意识到在地球待了四十年之后,自己已经失去了长久站立的能力。他回想起了很久以前的礼仪课,把胯骨往回收,肩膀向下沉,抬起下巴,立马就觉得好多了,但他还是决定再喝一杯,缓解疲乏。

他招来一个服务生之后伸手拿了一杯香槟,却突然踉跄了一下,重重摔倒在对方身上。他这是被胡乱的心灵攻击打穿了防御。

心灵控制!

源头?

外面……某个地方。

目标?

震惊的服务生将他扶起来时他隐约听到了杯子碎裂的声音。他强行睁开沉重无比的眼皮。他自己的心灵能力加上让人惊叫的心灵控制,整个现实世界都光怪陆离起来。接待会的嘉宾们原本五彩的衣衫全部褪成灰色。他能看到一束透视心灵的探照灯。从源头弥漫开来,无法明确指出位置。但是闪着光晕。

一个男人。

穿着制服。

安保队长之一。

公文包。

炸弹!

他伸出自己的心灵,抓住了那个人。一时间,这个人扭曲跳动,像是火光里的蛾子,因为他的控制者和塔基扬正在比拼。作为一个人类,他的心灵承受不了这种压力,于是意识离他而去,他成了被熄灭的蜡烛。少校两腿叉倒在光滑的木地板上。塔基扬看到他的手指扔紧紧抓着黑皮箱边缘,但已经不记得该如何行动了。

控制者知道他会支撑不住。是到时间就引爆还是需要人来引爆？没时间想这个了。

他都没有细想就采取了行动。他的心灵伸出去，找到帮手。杰克·布劳恩浑身一怔，杯子掉落在地，他跑到能俯瞰前花园和喷泉的大窗户前面。这个高大王牌跑来跑去，不少人被他撞到，塔基扬伸出手来向先祖祈祷力量和准头，然后扔了出去。

杰克就像40年代橄榄球电影里的英雄一样跳起来，在半空中接过旋转的箱子，抱在胸口，然后飞出窗外。他闪着金光的躯体旁边是玻璃碎片形成的光晕，一秒钟之后，雷鸣般的爆炸声震碎了镜子大厅里的其他窗户。刀锋般尖锐的玻璃碎片扎入毫无保护的皮肤，女性的尖叫声响起。玻璃碴和院子里的碎石雨滴似的落在木地板上。

人们涌向窗户查看布劳恩。

塔基扬背对窗户跪倒在呼吸急促的少校身旁。人应该分得清轻重缓急。

♣

"我们再来过一遍。"

塔基扬调整了一下坐在坚硬的塑料椅上疼痛不堪的屁股，偷偷看了一眼手表。看来全世界的警察都是一样的。他们并没有因为他阻止了一场悲剧而对他表示感谢，反而把他当成罪犯一样对待。但杰克·布劳恩就不用参与这些，因为官方坚持要护送他去医院。他当然没事，塔基扬就是因为这个才选他的。毫无疑问，明天早上的报纸肯定满是对这位美国王牌的溢美之词，塔基扬酸溜溜地想。没有人注意到我的贡献。

"先生？"法国安全局的让巴蒂斯塔·罗尚博问道。

"为什么？我已经都告诉你了。我感受到了一股强大、自然的心灵控制力。因为使用者缺乏练习和掌控，所以我无法确定源头。但我能确定受害者。在我与对方争夺控制权时，我读了控制者的心，了解到炸弹的存在，所以我控制了布劳恩，把炸弹扔给他，他飞出窗外，炸弹爆炸，对他来讲不会有什么伤害，顶多损害了某些植物景观。"

"镜子大厅的窗户下面没有植物景观。"罗尚博的助手吸了吸鼻子，他声音尖细，略带鼻音。

塔基扬坐在椅子里前后晃动。"这是个小玩笑。"他温和地解释道。

"塔基扬医生，我们不是在质疑你的故事。只不过这完全是不可能的。没有那么强大的……心灵控制者——"他看着塔基扬寻求确认——"存在于法国吧。就像科维萨医生解释的，每一个感染者，不管是潜伏的还是显性的，全被我们记录在案。"

"那就是你们漏了这一个。"

科维萨是个傲慢自大的灰发男人，脸颊肥肥的像个花栗鼠，嘴巴很小。现在正冲他倔强地摇头。

"婴儿一出生就会被检测登记，每个移民也会在边境检测。游客也要先检测才能拿到签证。唯一的解释是病毒变异了，我对此已经怀疑了好多年。""这还真是新奇的说法，而且完全是胡说。恕我直言，医生，不管在这里，还是在世界的其他地方，我都是百变王牌病毒的第一权威。"

可能说得夸张了一点，但是也不离谱。他已经忍了这些蠢货好几个小时了。

科维萨气得浑身发抖。"我们的研究工作是最好的，这是全世界认可的。"

"啊，但是我从不发表东西。"塔基扬站起来，"我不需要。"他向前走了一步。"我有些特殊的优势。"又走一步，"是我协助发明了这个毁灭性的东西！"他冲着法国人的脸吼道。

科维萨倔强地保持着强硬姿态："你错了。心灵控制者确实存在，而且不在档案里,也就是说病毒变异了。"

"我想看你的笔记,复制你的实验,查看你们大肆吹嘘的档案。"这些话他是对罗尚博说的。他可能是有一颗警察的心,但他至少不算是白痴。

这个安全局官员挑起一边眉毛:"你有异议吗,科维萨医生?"

"我没有。"

"现在就开始吗?"

"为什么不呢?反正这个晚上已经毁了。"

♠

他们把他安排在科维萨的办公室里,使用的是一台令人赞叹的电脑。满满当当的研究档案打印稿,一英尺高的一叠磁盘,再加上一杯强力咖啡,塔基扬还从随身酒瓶里倒了白兰地进去。

研究做得很棒,但是被引导着去证明科维萨的假设。想通过一个变异——科维萨式百变王牌?——来走上成名之路,所以他对收集来的数据的分析都有些许倾向性。病毒没有变异。

谢谢众神和先祖,塔基扬衷心地祷告着。

他随意地翻看着百变王牌登记的记录,此时一个异常情况引起了他的注意,有些不太对。现在是早上五点,着实不适合把前几年都翻看一遍来证实他的想法,但是他的生长环境和好奇的天性毫无疑问发挥着作用。他在电脑上敲敲打打了几分钟之后,屏幕被分成两半,文件并排对照着。他靠着椅背,紧张的手指穿过已经乱七八糟的卷发。

"好吧,我真该死。"他大声地在安静的房间里喊道。

门开了,带鼻音的中士把头探进来:"先生?你需要帮忙?"

"不用,没事。"

他动手擦除了要命的文件,既然是他发现的,那就他一个人知道就好。因为这是政治炸弹,一旦泄露,不仅会严重影响选举,会让一个人失去总统之位，还可能动摇选民内心最基本的信任。

塔基扬的双手撑着后背伸展，直到脊椎舒展开来，终于像一匹疲惫的小马一样摇摇头。"中士，我恐怕没有找到什么有用的东西，而且我太累了，无法继续。能不能让我回酒店？"

◆

但是他在瑞兹酒店的床并不能让他舒适地休息，所以他正靠在协和桥的栏杆上，看着运煤的驳船来来往往，使劲嗅着似乎弥漫于全城的烤面包香气。他小小躯体的每一部分好像都在承受某种不适。他的眼睛感觉像是毯子上烧穿的两个洞，背部到现在都因为那把奇葩椅子而疼痛不已，他的胃迫切地想要被填满。但最糟糕的是他在心理层面上的消化不良。他看见了或者听见了某些很重要的东西，如果不能明确地了解其中真相，他的大脑就会一直像炉子上的果冻一样咕嘟冒泡。

"有时候。"他严肃地告诉自己的心灵，"我觉得你有一套自己的想法。"

他开始沿协和广场散步，玛丽·安托瓦内特就是在这里上的断头台，那个地点现在立起了一个庄严的埃及式方尖碑。这里有不少餐馆可供选择：克利翁酒店，洲际酒店，跟广场只有两条街之隔，达尼就是在那里辛勤工作的，再往前是瑞兹酒店。前一晚的戏剧性场面发生之后他就没有再见过他的同伴们。他进酒店之后，迎接他的会是欢呼，恭贺……他开始想念那种混乱场面了。

他还穿着参加接待会的衣服。浅薰衣草色加玫瑰色，还有一大片蕾丝。有个司机看到之后倒吸一口气，把车开上了路牙，差点撞上一个中央喷泉，塔基扬皱起眉头，然后不好意思地快速穿过纹样反复的铁栏杆进入杜伊勒里宫花园。两边隐约能看见网球场美术馆和橘园美术馆，前面则是整齐的一排排栗子树、喷泉与各种雕塑。

塔基扬疲惫地坐在一座喷泉的边缘，它突然之间活了起来，细腻的水雾沾湿了他的脸。他闭上眼睛，感受了水汽冰凉的触碰。之后他来到附近的长椅上，拿出吉赛尔的照片，细细端详她精致的模样。为什么不管他何时来到巴黎，总会遇见死亡？

突然之间，一切都明朗起来了。拼图已经完整了。他开心地大喊一声，跳了起来，疯狂地奔跑着。他的正装半高跟鞋的鞋跟在碎石路上有些打滑，他咒骂着跳到一边，把鞋子脱下来，两手各拎一只，飞奔上阶梯，来到了里沃利路。一时间，汽车喇叭纷纷响起，轮胎吱呀着，司机咒骂着。他完全没有在意这些，只顾继续跑，到了洲际酒店玻璃和大理石装饰成的入口处时才停下来大口喘气。对上门童困惑的眼神之后他穿上了鞋子，整理好外套，轻拍乱糟糟的头发，闲庭信步地走进安静的大厅。

"你好。"

前台认出了眼前这个衣着华丽的人物，眼睛因为吃惊而瞪得老大。他三十多岁，长相英俊，深棕色的头发梳得油光水滑，深邃的眼眶里长着一双蓝色眼睛。

"有个女人在你这里工作，达尼埃尔·蒙塞。事关重大，我必须和她聊聊。"

"蒙塞？对不起，塔基扬先生。我们这里没有一个叫——"

"该死！她结婚了。我忘了这一点。她是个女工，五十多岁，黑眼睛，灰头发。"他的心怦怦直跳，太阳穴也突突地应和着。这个年轻男人紧张地看着塔基扬的双手，此刻这双手正紧紧抓着他的翻领，他的身体有一半已经越过了柜台。塔基扬放开了前台，搓着手说，"原谅我。你也能看得出来，这件事很重要……对我来说非常重要。"

"对不起，但是工作人员里没有叫达尼埃尔的。"

"她是个共产党。"塔基扬的最后一次尝试。

对方摇摇头，但是钱币兑换柜台的金发女人突然插嘴："啊，不是的,弗朗索瓦。你认识的,达尼埃尔啊。"

"所以她是在这里工作?"

"哦,是的。她在三楼——"

"能不能帮我找她?"塔基扬露出他最完美最诱惑的笑容。

"先生,她在工作。"前台抗议道。

"我只要和她待一小会儿。"

"先生,我不能让一个清洁工站在洲际酒店的大厅里。"这几乎像是哀号。

"别说了!那我去找她。"

♥

达尼埃尔正忙着把床单扔进篮子里,看到他的时候她倒吸了一口气,随后想要推着清洁车直接撞向他。他一个闪身,抓住了她的手腕。

"我想聊聊。"他咧着嘴,笑得像个傻瓜。

"我在工作。"

"请一天假。"

"我会丢掉工作的。"

"反正你也不需要这份工作了。"

"哦?为什么?"

一对夫妇从房间里走出来,好奇地看着他们两个。

"不能在这里说,"她打量着他,然后看了一眼她的廉价腕表,"快到我的休息时间了,我在莫朗咖啡跟你见面,从酒店出去直走,就在朱丽叶街上。帮我买包烟,就点我常点的东西。"

"是什么?"

"他们知道的,我休息的时候总是去那儿。"

他双手捧着她的脸亲吻了她,看着她困惑的表情微笑起来。

"你这是怎么了?"

"到了咖啡馆我会告诉你的。"

就在他脚步匆匆地回到大厅时,看见前台正站在电话亭里,刚刚挂断电话。年轻的金发女人挥手喊他:"你找到她了吗?"

"找到了。非常感谢你。"

♣

塔基扬焦躁不安地坐在被挤出咖啡馆外的小桌子旁边。这条街实在太窄,路旁停着的车子都有两个轮子占用着人行道。

达尼来了,点上香烟。"所以这是怎么回事?"

"你对我撒谎了。"他的一根手指在她鼻子底下晃动,"我们的女儿没有死。在凡尔赛宫……那个不是百变王牌,是我的血亲。你想伤害我,我不怪你,但是让我补偿你吧。我会把你们两个都带回美国。"

一辆小车开着枪扫射街道。它驶过的时候,自动武器的哒哒声回荡在灰色的石质建筑之间。达尼埃尔猛地向后躲,塔基扬过去抓住她,带着她一起躲到路旁停着的汽车后面。一个滚烫的东西打中了他的大腿,手肘也嘭的一声撞上了地面。他一动不动地趴在地上,脸贴着人行道,某种温暖的东西流过他的头。他的腿已经麻木了。

达尼埃尔呼吸急促。塔基扬触碰了她的心灵。吉赛尔出现了,经过一百万个不同记忆反射了一百万次的她。吉赛尔。一个美妙的萤火虫般的存在。他拼命想要抓住她,但是她逐渐后退,慢慢消失在她将死的母亲心灵里那些幽暗的小路上。

达尼埃尔死了。

吉赛尔死了。

但是她留下了她的一部分。一个儿子。尽管连接一个死去的心灵违背了高级心灵感应者的所有规则,但塔基扬还是抓住了她。

恐慌涌上心头,他立马从那恐怖的边界撤了回来。

WILD CARDS

在现实世界中，空气里充斥着起伏的警笛声。喔，先祖啊，我该怎么办？被发现和一个被谋杀的酒店女工在一起？荒谬。肯定会问我许多问题。他们会知道她的孙子。如果百变王牌携带者是全国的宝藏，那塔基斯星混血会不会也备受欢迎呢？

塔基扬开始感觉到疼痛，他试着移动腿部，发现子弹没有打到骨头。这一番努力让他额头冒汗，喉咙里满是苦味。他怎么可能回到瑞兹？他咬紧牙关。他可是伊尔卡赞家族的王子。只不过两个街区，他这样鼓励自己。

他轻柔地将达尼埃尔放在旁边，帮她把双手交叠在胸前，亲吻了她的额头。我孩子的母亲。他今后会好好地为她哀悼。但是现在他要先去复仇。

子弹干净利索地穿过了他大腿上的肉。没有流多少血，暂时还没有。他开始走路时血就往外涌了。伪装——他需要藏起伤口，直至走过前台，回到他的房间。他查看了停着的车。一叠报纸，车窗开着。不算完美，但也够了。现在他要做的就是控制好自己，从前台到电梯的这几步不要一瘸一拐。

小菜一碟，马克会这么说。只要训练有素就可以了。还有血，最重要的是藏住血。

♠

他想试着睡一会儿，却是徒劳。终于在六点钟时，杰克·布劳恩踢开乱成一团的被子，脱掉被汗水浸湿的睡衣，穿好衣服去寻找食物。

五个月的时间里，他都蜷缩着肩膀，紧张地时不时向后看。五个月，他都没怎么说过话。甚至不愿意有什么眼神交流。为了恢复原本的生活状态而遭这样的罪，真的值得吗？

该责怪的是群虫入侵。这个事件将他从保护膜里拉出来，远离了豪宅、加利福尼亚的夜晚和泳池边的性爱。那是一场真实的危机。不管是多么声名狼藉的王牌都会受到欢迎。而且他的表现很好，在肯塔基和得克萨斯暴揍了那些怪物。后来他发现了些有趣的事情：大部分的年轻王牌都不知道他是谁，有几个人知道，比如海勒姆·沃切斯特和灵龟，这也影响了他们对他的态度，但也在他的承受范围内。所以他也许可能回到原本的生活，再重新做回英雄。

哈特曼宣布要进行世界之旅。

杰克一直很钦佩哈特曼。钦佩他能带头反抗异能控制法案里的某些条款。他之前打给参议员，表示愿意给他捐款。政客们永远都欢迎金钱，就算是不被用来资助竞选活动也行。随后杰克登上了环球之旅的飞机。

旅程的大部分都不算坏。跟女性的交往很密切——主要是和幻想。在意大利时他们在一起睡了一晚，她跟他说了塔基扬是个性无能。他笑了，笑得很大声，而且笑了很久。他想要贬低塔基扬，想要不把他当成威胁。

这些年来，他通过各种采访，对塔基斯星文化也有些了解。复仇绝对是核心部分之一。所以他一直小心翼翼，等待塔基扬行动。但是什么都没发生。

这种紧张感让他焦躁不安。

接着就是昨晚的事情。

他把黄油抹在篮子里的最后一片面包上，咬下去，抿了一口莫名浓烈的法式咖啡，咽下了坚硬的面包皮。他真希望这些法国人能知道真正的早餐是什么样的。他当然可以点一份美式早餐，但是价格和这里的咖啡一样，贵到难以想象。这一篮干面包加上一杯咖啡就要十美元，如果再加鸡蛋和培根，那就要飙升到三十美元。就吃个早餐！

突然，他意识到了这个想法的荒谬之处：他是个富人，不是北卡罗来纳州穷困潦倒的农场男孩。他为这趟旅程贡献的钱够买这架大

747 的一部分了，至少能买下飞机燃油——

塔基扬进入了酒店，杰克脖子后面的头发有点痒。透过小餐厅的门，他能看到的不多，很快，外星人就不见了。杰克感觉到脖子和肩膀上的肌肉放松下来，他叹了口气，抬起手指，点了一份美式早餐。

塔基扬看起来很怪异。叉子机械地从盘子移动到嘴边，总是很僵硬，像个阅兵仪式上的士兵一样在大腿上折叠报纸。这个混蛋要干什么跟他无关。

但昨天晚上跟他有关。

他的腹部升腾起愤怒，甚至像是生理上的疼痛。当然，炸弹伤不到他，但是他触碰了我的心灵。那么随意，就像是品尝一块薄荷糖。他从一个人降级成了一个物件。

杰克吃完最后一点蛋黄，心中的愤怒进一步升级。该死的！我真蠢，居然害怕这个穿漂亮裙子的小矮人。

不是害怕，杰克的心灵快速修正道。他跟这个外星人保持距离是出于礼貌，表示明白塔基扬有多恨自己。但是塔基扬改变了规则。他触碰了他的心灵。这绝不能放过。

♦

它们看起来就像是两瓣红色的小嘴。子弹进去了，子弹出来了。塔基扬穿着内裤，给自己皮下注射，推进止痛药物之后等待着起效。他还给了自己一记破伤风针，又打了青霉素。用过的皮下注射器胡乱地扔在桌上，纱布准备好了，还有一卷棉花。但现在他由着血液往外流，开始想自己的事情。

所以达尼埃尔没有撒谎。她只是没有完全说实话。吉赛尔是死了，问题在于，怎么死的？或者这重要吗？也许不重要。重要的是她结婚了，生了个男孩。我的孙子。必须找到他。

他的父亲是？嗯，他是什么人？假设他还活着，他绝对不适合抚育这个孩子。这个父亲——或者其他人——会利用他的塔基斯星特长来制造恐慌。

那么该从哪里开始。毫无疑问是丹尼埃尔的公寓。再去档案大厅查找结婚登记和出生证明。

但是对达尼埃尔和自己的袭击并非意外。他们,不管是谁,都正在监视着。所以,不管他多么不愿意,也要试着融入人群。

♥

布劳恩在走道上踌躇了好一会儿,最终暴怒压过了谨慎。他试着开门,发现锁上了,使劲拧了一下,把门把手弄坏了。他走进房间之后被眼前的景象惊呆了:塔基扬手上拿着剪刀坐在房间里,旁边是一圈被剪下的红色头发。

塔基斯星人也倒吸一口气,手里还抓着最后一束古怪的头发。

"你好大胆!"

"你在干什么啊?"

这是四十多年来他们第一次单独见面,似乎少了些什么。

眼前的各种事物像照相机快门一样咔嚓咔嚓闪过,他终于把一切拼凑起来了。杰克伸出食指。

"那是枪伤。"

"胡说。"沾了一些红色金色头发的白皙大腿很快被裹上了纱布,"从我房间出去。"

"等我先得到我想要的答案。是谁开枪打了你?"他打了个响指,"凡尔赛宫的炸弹。你得到了情报——"

"不!"答得太快,语气太强烈。

"你告诉当局了吗?"

"没有必要。这不是枪伤。我对恐怖分子一无所知。"剪刀残酷地剪掉了最后一点头发。它掉在地上。有意思的是,正好形成一个类似问号的形状。

"为什么要剪掉头发？"

"我想剪就剪！趁着我没有控制你的心，逼着你出去，自己走。"

"你要敢这样，我就回来拧断你的脖子。你从来没有原谅我——"

"你说的没错！"

"你把一个该死的炸弹扔给我了！"

"真可惜，我知道那东西伤不了你。"

细长的手指玩弄着剪短的头发，整理着卷毛，直到它们聚集在脸旁边。这样一来他突然年轻了不少。

布劳恩走向他，手放在椅子的两边扶手上，有效地困住了塔基扬。"这次旅程非同小可。如果你要发疯，可能会影响每个人的声誉。你，我是不在乎，但是格雷格·哈特曼很重要。"

外星人移开目光，眼神木讷地盯着窗外。虽然他只穿了衬衣和内裤，但还是彰显出了尊贵的感觉。

"我会去找哈特曼。"

淡紫色的眼睛里闪过警戒的神色，但是很快被压抑下去。"好，你去。只要你能离开就行。"

他们之间一阵沉默。突然布劳恩开口问："你是不是遇上麻烦了？"塔基扬没有回答。"如果是，告诉我。也许我能帮忙。"

长长的睫毛抬起，塔基扬全神贯注地看着他。现在他的眼神里没有一点年轻的神采，只剩下冷酷、衰老和无法避免的死亡。

"你给我的帮助已经够我用一辈子的了，谢谢你。"

杰克几乎是跑着离开的房间。

♣

塔基扬摘下头顶上柔软的棕色软呢帽，怒气冲冲地紧抓在手上。

小小的一室一厅公寓看起来像是被龙卷风袭击过。抽屉全部打开，伤痕累累的桌子上孤苦伶仃地立着一枚廉价相框，里面并没有照片。到底是什么这么重要，必须得拿走呢？

警察干的？他心想。不会。他们不会这么不小心。所以杀害达尼的人来过这里，警察还没来过，也就是说塔基扬必须快点。新买的牛仔裤穿着有点硬。前面的房间里堆放着各种纸袋，塔基扬一边翻找，一边烦躁地拉扯着裤子的胯部。

一声轻微的刮擦声从卧室里传来。塔基扬一愣，踮着脚轻轻来到煤气炉旁边，拿起了边上的小刀。他快速穿过房间，紧贴着墙壁站立，时刻准备着捅向从房门走出来任何东西。脚步声谨慎轻巧，但造成的震动足以让塔基扬意识到他的对手块头不小。

墙壁两边的两人都在小心地呼吸。塔基扬屏息等待。那个男人快速穿过房门，塔基扬压低身体冲过去，准备让刀锋沿着肋骨自下而上划过。刀片崩断了，金色光芒照耀在公寓墙上。是杰克·布劳恩。他的手作出手枪的形状，食指牢牢抵在塔基扬双眼之间："砰砰，你死了。"

"你他妈的！上帝诅咒你。"他一下子脾气上来了，把坏掉的刀扔向墙壁，"你在这里干什么？"

"我跟着你来的。"

"我没看到你。"

"我知道。我很擅长这个。"他的暗示很明确。

"你为什么就不能让我……自己……待着？"

"因为你在冲动行事。"

"我能照顾好自己。"

对方嘲讽地哼了一声。

"如果不是你，肯定被我搞定了！"塔基扬喊道。

"真的吗？如果不止一个人呢？如果他们有枪呢？"

"我没时间跟你讨论这个。警察随时都可能出现在这里。"外星人一转身快速走入卧室,继续搜索。

"警察!等一下!出了什么事?为什么会有警察?"

"因为住在这个公寓里的女人今天早上被谋杀了。"

"这可真是太好了。那又怎么和你扯上关系的?"塔基扬嘴唇紧抿着。布劳恩抓住外星人的衬衣前部,把他拎了起来,两双眼睛平齐,鼻尖几乎要碰到一起,"塔基扬。"这是警告的低吼。

"是私事。"

"涉及警察就不是私事了。"

"我自己能解决。"

"我不这么认为。你连被我跟踪都没发现。"塔基扬一脸愠怒,"告诉我发生了什么。我也许可以帮助你。"

"真棒。"他气冲冲地回了一句,"我在搜索跟我孙子有关的信息。"

这需要解释一番。他们在这堆烂摊子里四处翻找,同时,塔基扬噼里啪啦地快速讲完了整个故事,到最后,他们什么都没找到。

"所以,在法国政府发现他的能力之前,我必须先找到他,并把他带出这个国家。"他的手放在门把上,总结道。这时他们听见锁上传出刮擦声。

"妈的。"塔基扬低声说。

"警察?"杰克用嘴形问道。

"显然是的。"塔基斯星人也用嘴形回答。

"消防梯。"杰克指向他肩膀后面。

他们逃走了。

"来看看我们手头上有什么。"布劳恩点起一根烟。塔基扬不再狼吞虎咽地吃着超大份午餐,从牛仔裤里掏出一张纸,扔给布劳恩,但却掉在了芥末酱里。"天呐，小心点。"杰克不高兴地说道，用餐巾纸擦拭着。

塔基扬继续吃。杰克不耐烦地嘟囔着掏出一副阅读眼镜，还瞥了一眼塔基斯星人红润的手。

吉赛尔·巴库尔与弗朗索瓦·安德鲁于1971年12月5日结婚。

育有一子，布拉斯·让内·安德鲁，出生于1975年5月7日。

1984年11月28日，吉赛尔·安德鲁和工业家西蒙·德·蒙特福的私人保镖同时死于一场枪战。

夫妻双方都是法国共产党党员。

弗朗索瓦·安德鲁曾经被传唤问话，但是并没有找到什么确凿的证据，因此被释放。

他们尝试了最简单的方式——查找电话黄页。毫不意外，里面并没有这个安德鲁。杰克叹了口气，向后靠着椅背，把眼镜摘下来放回衬衫口袋。埃菲尔铁塔长长的影子投射在露天咖啡馆里。

"天色不早了，我们必须去参加埃菲尔铁塔酒店的晚宴。"

"我不去了。"

"噢？"

"不去。我要去找克劳德·伯奈尔谈谈。"

"谁？"

"伯奈尔，伯奈尔！镜子先生，记得吗？"

"为什么？"

"因为他是共产党里的大人物。也许他能帮我搞到安德鲁的地址。"

"如果搞不到呢？"他俩之间飘动着一个烟圈。

"我不想思考这个。"

"呃，你最好想想，如果你真想找到这个人的话。"

"那你有什么建议？"

"试着去查炸弹里使用的材料。总要去某些地方买的。"

塔基扬做了个鬼脸,"听起来费时又费力。"

"确实是。"

"那我只好寄希望于伯奈尔了。"

"好吧,你尽管希望,我去追查炸弹。当然,我还不确定如何能够获取信息。我猜你随时都可以去找罗尚博拿起他的脑子……"塔基扬用手指捂着脸,从指尖上试探地看着杰克,"我有个想法。"

"什么?"

"别这么疑神疑鬼。你和比利·雷可以去跟罗尚博聊聊炸弹的事,就说你觉得是冲着参议员来的——我们也确实都是这么想的——然后提议大家集中资源。"

"或许行得通。"杰克摁灭了香烟,"比利·雷是司法部的王牌,哈特曼的保镖,他自然有权利询问为什么我也要牵涉其中。"

"就说因为你是黄金男孩。"语气百分之百纯正的尖酸。

♦

伯奈尔位于利多夜总会后台的化妆间很典型:浓烈的雪花膏、油彩和发胶味道,加上弱一些的陈年汗液和过期香水味。

塔基扬跨坐在椅子上,胳膊搭在椅背上,看着这个鬼牌化妆的最后工序。

"能不能把飞边递给我?"

伯奈尔把它扣在脖子上站起来,最后审视了一下身上的黑白色小丑戏服,坐回破旧的木椅子。

"可以了,医生。我准备好了。跟我说说需要我做什么吧。"

"我想你帮个忙。"他们说的是法语。

"什么忙?"

"你有没有人员列表之类的,你们人员的地址?"

"我猜你说的是党员?"

"喔,对不起,是。"

"回答你,是的,我们有的。"

伯奈尔没有再想帮他的意思。塔基扬只好尴尬地继续:"你能不能帮我获得一个地址?"

"这取决于你为什么想要这个地址。"

"没想做什么坏事,我向你保证。是私事。"

"嗯……"伯奈尔整理着化妆台上已经摆放整齐的瓶瓶罐罐,"医生,你想得太多了。我们只见过一次面,但你却要求我给你提供私人信息。我还想再问一句为什么。"

"我不想说。"

"我猜到你会给我这种回答。所以我必须拒绝。"

筋疲力尽、紧张不安和腿上跳动的疼痛感如风暴一样一波波袭来。塔基扬的头靠在胳膊上,强忍住泪水,想着干脆放弃吧。一只轻柔但稳固的手捏住他的下巴,逼着他抬起头来。

"这真的对你很重要,对吗?"

"超出你想象的重要。""那你应该告诉我,我才能知道。你不相信我吗?一点都不信吗?"

"我很久以前在巴黎居住过。你入党很久了吗?"他突然问道。

"我有能力理解政治之后就入党了。"

"那我很惊讶那时候没见过你。他们我全都认识。罗伦,莉娜·戈尔多尼……达尼埃尔。"

"我那时候不在巴黎。我在马赛,被我本应是正常人的邻居们打得满地找牙。"他笑容苦涩,"法国并非一直以来都善待百变王牌受害者。"

"对不起,"

"为什么你要说对不起?"

"因为是我的错。"

"这是一种极其愚蠢且自我放任的态度。"

"非常谢谢你。"

"过去已经过去了,已成定局,无法改变了。重要的是现在和将来,医生。"

"我觉得你这是一种愚蠢且过分简化的态度。过去的行为对现在和将来造成了影响。三十六年前我来到这个国家的时候穷困潦倒满心仇恨。我跟一个年轻女孩上了床,现在我回来了,才意识到在这片土地上留下了一个出乎我意料的印记——我有过一个孩子,她曾经生活在这里,后来她去世了,从生到死我都不曾知晓。我可以埋怨她的母亲没有告诉我,但也许她这么做是明智的,因为在吉赛尔十三岁之前,她的父亲一直都是个无家可归的醉汉。我能给她什么?"他踱步走开,僵硬地站在旁边盯着一面墙看,最后他转身靠在冰冷的墙面上。

"我失去了和她相处的机会,但是我现在有了另一个机会。她有个儿子,我的孙子。我想要得到他。"

"孩子的父亲是?"

"你们党员中的一个。"

"你说你想要他。意思是?你想从他父亲身边把他偷走?"

塔基扬疲惫地揉揉眼睛。他已经四十八小时没睡了,困倦袭上心头。"我不知道。我还没想那么远。我只想见到他,拥抱他,看着我未来的那张脸。"

伯奈尔双手拍在大腿上,从椅子上站了起来。"好吧,医生。人们理应获得机会看着他们过去现在和未来的交集,我会帮你找到这个人。"

"把他的地址给我就行了,你没必要牵扯进来。"

"他有可能会受到突然的惊吓。我可以让他安心,帮你们安排见面。他的名字——?"

"弗朗索瓦·安德鲁。"

伯奈尔记下了。"很好。我会去跟这个人说,然后会打电话去瑞兹找你——"

"我现在不住那里了,你可以打去左岸的利斯找我。"

"我明白了。有什么特别的原因吗?"

"没有。"

"我也必须练习一下这种无辜的表情。非常迷人,但是没什么说服力。"塔基扬脸红了,伯奈尔大笑,"好了好了,别见怪。今天晚上你告诉我的秘密够多了。我不会强迫你再说。"

♥

代表团在昂贵的埃菲尔铁塔酒店用晚餐。

塔基扬靠在观景台的栏杆上焦躁不安地等待布劳恩出现。透过餐厅的窗户,他看到晚宴已经进行到了白兰地-咖啡-雪茄-高谈阔论的阶段。门开了,西北风咯咯笑着快步出来,后面跟着的是多纳西安·拉辛队长,法国最著名的王牌之一。他唯一的能力是飞行,但是因为曾经是职业军人,所以媒体称呼他为三色旗。他讨厌这个名字。

拉辛揽着美国美人的细腰,两人一起来到防护栏旁边。西北风轻吻了他,推开环绕在腰际的胳膊,顺着掠过铁塔的微风飘远。她美妙的蓝银双色披风飘荡在身后,像是只充满异域风情的蛾子,被铁塔上的点点光芒吸引。塔基扬看着这两个人在空中飞舞,仿佛在玩着复杂的捉迷藏游戏,他突然间觉得异常疲惫、无比苍老,意识到自己永远被束缚在了地面之上。

餐厅的门被推开了,代表团成员一股脑地涌出,宛如流过破损大坝的河水。经历了五个月的正式晚宴和无休止的演讲,也难怪他们想逃。

WILD CARDS

布劳恩停下来点烟,他身着白色燕尾服,系着白色领带,显得很是优雅。塔基扬用心灵感应触碰了他。

杰克。

他立马全身僵硬,但是外人看不出来。

格雷格·哈特曼向后瞥了一眼:"杰克,你来吗?"

"我一会儿就过去。我打算先享受下空气还有景色,再看看这个小疯子玩花式跳伞。"他指着西北风和拉辛。

过了一会儿他来到塔基扬身旁。

"伯奈尔准备安排见面。"

布劳恩嘟囔了一声,弹掉烟灰。"我回去的时候安全部在酒店里。他们试图隐晦地向代表团成员打听你的事情。但新闻猎犬闻出味道了。他们感觉到其中有故事。"

驼着背的塔基斯星人耸了耸肩。"你要跟我一起去吗?去见面?"

先祖啊,我怎么会说出要他帮忙这句话的!

"当然。"

"我可能需要有人帮我跟那个父亲交流。"

"所以你是想……"

"不管要付出什么代价,我都要得到他。"

♣

蒙马特。各种艺术家,不管合不合法,蝗虫似的聚集在这里,随时准备扑向不够警觉的游客。给您美丽的妻子画幅画像吧,先生。价格永远都是不会事先提及的,等到画完之后,那花费足够买一幅早期大师的作品了。

旅游大巴吃力地攀上小山坡,吐出迫不及待的游客们。秃鹰似的吉普赛小孩立马围了上来。欧洲旅客很了解纯真的小脸下会伸出贼手,所以用大声呵斥来驱赶他们,但日本和美国游客被深色脸庞上忽闪的黑色眼睛迷住了心智,允许他们靠近自己。过一会儿等他们发现自己的钱包、手表和珠宝统统不见了的时候就会追悔莫及了。

这么多的人里找一个小男孩。

布劳恩双手放在胯骨上,目光越过圣心大教堂前面的广场。那里人潮涌动。画架林立,有如一片色彩斑斓的海域里的桅杆。他叹了口气,查看他的手表。

"他们迟到了。"

"耐心点。"

布劳恩再次盯向他的手表。被这支浪琴细表带金表吸引的吉普赛小孩蹑手蹑脚地凑过来。

"滚开!"杰克吼道,"老天啊,他们都是从哪儿来的?是不是有个吉普赛工厂啊,就跟妓女工厂一样那种。"

"他们都是被他们的母亲卖给法国或者意大利的'星探'。他们的主人训练他们偷东西、像奴隶一样工作。"

"天呐,简直像是狄更斯的故事。"

塔基扬用一只纤瘦的手遮住亮光,搜寻伯奈尔。

"你知道你今天要主持研究人员会议吧?"

"知道。"

"呃,你取消了吗?"

"没有,我忘记了。我现在心里想的是比遗传研究更重要的事情。"

"我也能猜到你心里想的是什么。"布劳恩干巴巴地回答道。

一辆出租车靠边停下,伯奈尔好不容易才下来。他身后跟着一个男人和一个小男孩。塔基扬的手指紧紧抓着杰克的肱二头肌。

"看啊,上帝啊!"

"什么?"

"那个男人。他是酒店的前台。"

"哼?"

"他是洲际酒店的。"

这三个人冲他们走来。突然间那个父亲定住了，指着杰克，做了做强调的手势，抓起孩子的手腕，就冲回出租车。

"不，上帝啊，别这样！"塔基扬向前跑了几步，他的心灵像老虎钳一样抓住了他们。他们定住了。他慢慢地走过去。当他看到那张红发下的倔强小脸时，他觉得自己有些呼吸困难。这个孩子在反抗，力量还不小，而且他只拥有四分之一的塔基血统。骄傲之情涌上塔基扬心头。

突然之间他摔倒在地，雨点般的拳头和石块落在他身上。那些吉普赛孩子一边对他又拉又拽，拿走了他的钱包和手表，一边还继续疯狂毒打，塔基扬绝望地支撑着心灵控制。杰克出手相助，把这些野孩子从他身边赶走。

"别，别，抓住他们。别担心我！"塔基扬尖叫道。他一击扫腿，把两个放倒在地，单膝跪地，用指尖直插其中一个瘦弱青少年的喉咙。这个男孩仰面倒下，透不过气来。

杰克犹豫了，转身面向安德鲁和那个男孩，跑了起来。心烦意乱的塔基扬看着他前进。没能看见飞过来的靴子。太阳穴炸裂般的疼痛。他听见远处有人在喊，接着便坠入了苦涩的黑暗。

♠

他终于醒来的时候伯奈尔正在用一条沾湿的手帕帮他擦脸。塔基扬拼命用手肘将自己支撑起来。这个动作让他头痛得厉害，所以他立刻又躺下了，喉咙里满是恶心想吐的感觉。

"你抓到他们了吗？"

"没有。"杰克拿着个保险杠，好像在展示战利品，"你倒下后他们就跑了，进了出租车。我试图拦住那辆车，但是只碰到了保险杠。

然后就掉下来了。"他毫无必要地加了一句。杰克看了看被吸引来的围观群众,发出嘘声把他们赶跑了。

"所以我们再也见不到他们了。"

"你以为呢?你跟一个犹大王牌在一起。"伯奈尔气愤地说。

杰克后退了一点,僵硬的嘴唇轻声嘟囔:"那是好久以前了。"

"我们当中的有些人还没遗忘。另外那些人也不该遗忘。"他怒视塔基扬,"我以为我可以相信你。"

"杰克,走吧。"

"好,去你的吧。"他迈着大步,一副混蛋的样子走进人潮,之后就看不见了。

"我居然会感觉这样做很不好,真奇怪。"他摇摇头,"所以我们现在怎么办?"

"首先,我希望你答应我以后不再搞今天这样的噱头。"

"没问题。"

"我今天晚上会重新安排你们见面。这一次你一个人来。"

◆

杰克也不太知道他为什么要这样做。昨天塔基扬羞辱过他之后,他应该直接洗手不干,或者把他知道的一切都告诉安全局。但他并没有,而是带着冰袋和阿司匹林出现在利斯。

"谢谢你,但我这里有医药包。"

杰克抛接了瓶子好几次。"哦?是吗?拿给我用吧。这整件事情让我头痛。"

塔基扬把冰包从眼睛上移开,"为什么是你?"

"躺下来把那东西放在你的眼睛上。"他抓抓下巴,"听着,让我来提示你一下。你不觉得整个事件有点太顺利了吗?"

"什么意思?"但杰克从这个小外星人谨慎的语调中听出他也有

类似想法。

"伯奈尔并没有直接给你安德鲁的地址,而是坚持要安排你们见面。他们试图分开——"

"因为你在那里。"

"嗯,对。你用心灵控制了他们,后来你正好被一群吉普赛小孩袭击。我做了点调查,他们从来不会这么做,我猜测是有人提前安排了这一切,以确保你无法使用心灵控制。还有那个安德鲁,你说他是酒店前台。那他为什么当时说自己不认识达尼埃尔?那是他的岳母啊。这事情绝对有蹊跷。"

塔基扬把冰包扔向墙壁。"那你的建议是?"

"别再跟伯奈尔合作了,别去见面。等我去查查炸弹材料。罗尚博已经同意和雷合作了。"

"那要花上好几周。我们几天之后就离开了。"

"你对这件事真他妈够执着的!"

"对!"

"为什么?因为你性无能?这对于你来说这么重要?"

"我不想讨论这个。"

"我知道你不想,但是必须讨论!你还没想明白,塔基扬。这会对怎样影响代表团,影响你自己——还有我。我们掌握的是一场谋杀案的关键证据。"

"你没必要卷入其中。"

"我知道,有时候我真心希望自己不要卷入进来。但是我现在已经身处其中了,所以我就要善始善终。你愿不愿意老实待着,等着我的发现?"

"好,我等着你的发现。"

杰克的眼神满是怀疑。"好吧,我猜这样就可以了。"

"噢,杰克。"高大的王牌停步,手放在门把上回头看,"我想为下午的事情道歉。我不该让你走。"

从塔基斯星人的表情能够看出他说出这些有多不容易。"好吧。"杰克冷漠地回答。

♥

这是座老房子,非常老,位于大学区。脏到发黑的石膏墙上有些裂痕,空气中混杂着霉味。伯奈尔使劲捏了塔基扬的手臂。

"记住,期望别太高。这孩子并不认识你。"

塔基扬几乎没听见他说话,也没有留心。他已经走上了楼梯。

房间里有五个人,但是塔基扬眼睛里只有那个男孩。他坐在一张矮凳上,一条腿晃荡着,有节奏地用脚后跟踢着破损的木质椅子腿。他顺滑的直发不像祖父那样泛着铜一样的金属光泽,但依旧算是饱满的深红色。在这个孩子身上看到自己的遗传特征让塔基扬很是骄傲。红色一字眉让布拉斯看起来有些严肃,这样的表情在孩子的小脸上显得不合时宜。他的眼睛是明亮的紫黑色。

安德鲁站在儿子身后,保护性地将手放在孩子的肩膀上。塔基扬用塔基斯星贵族审视家畜的挑剔眼神打量着他。不算太糟,明显是人类,但不算太糟。绝对够英俊,而且看起来还算聪明。不过也很难说,要是他能做点测试就好了……他试图关闭心灵,不去想这个男人可能与达尼的死亡有关系。他的目光回到布拉斯,却发现这孩子也在饶有兴趣地看着他。他的眼神里没有丝毫羞怯。突然间,塔基扬的心灵屏障弹回了一次颇为强力的心灵攻击。

"想为昨天的事报复我?"

"没错。你控制了我的心灵。"

"你能控制别人的心。"

"当然。没人能阻止我。"

"我能。"眉毛皱起,拧成一团,"我是塔基扬。我是你的祖父。"

"你看起来不像我的祖父。"

"我的族人能够活很久。"

"我也会吗?"

"会活得比人类久。"男孩对隐约提到的外星血统似乎感到很高兴。

就在他们聊天的时候,塔基扬大概探查了一下他的能力。对于他这个年纪来说。他的心理控制能力达到了难以置信的高度,而且还是自学成才,这一点才是最让他惊叹的。加以适当指导,他会成为一股了不得的力量。没有预知,更糟糕的是没有心灵感应。他在心灵上完全是盲的。

这就是无限制、无计划的育种带来的坏处。

"医生,"克劳德说,"为什么你不坐下?"

"首先,我想给布拉斯一个拥抱。"他用眼神征求孩子的意见,后者做了个鬼脸。

"我不喜欢拥抱和亲吻。"

"为什么?"

"让我觉得有蚂蚁在我身上。"

"这是很正常的反应。但跟我一起的时候就不会。"

"为什么?"

"因为我是你的亲人,你的同类。我比世界上的任何一个人都更了解你。"弗朗索瓦·安德鲁愠怒地变换着姿势。

"好吧,那我试试。"布拉斯做出了决定,从矮凳上滑下来。塔基扬很高兴看到他如此从容自信。

就在他的手臂环住孙子小小的身躯时,泪水涌入眼眶。

"你在哭。"布拉斯指责道。

"对。"

"为什么?"

"因为我很高兴我找到你了,很高兴知道你存在于这个世界上。"

伯奈尔小心翼翼地轻咳了一声。"尽管我不愿意打断这一切,但是恐怕我不得不这么做,医生。"塔基扬身体僵硬起来。"我们得谈点正事。"

"正事?"说这个词的时候声音低得可怕。

"对。我们已经给了你你想要的。"他朝着布拉斯挥动小手,"现在你要给我我想要的。弗朗索瓦,把他带走。"

父亲和儿子离开了,塔基扬疑问地看着剩下的人。

"请别想着利用心灵控制力来逃脱,这个房间外面还有其他人在等着,而且我的同伴都有武器。"

"我大概猜到他们是这样。"塔基扬坐在一个凹陷的沙发上,一堆灰尘腾了起来,"所以你属于某个快速扩张的恐怖分子团体?"

"不,先生,我是领头的。"

"嗯,那就是你派人杀了达尼。"

"不,那是赤裸裸的愚蠢,完全是弗朗索瓦的错。我不赞成下级自以为是的行动。他们总是搞砸。你说对吧?"

塔基扬的已故表亲拉布丹立刻出现在他脑海里,然后塔基扬发现自己在点头。他立马让自己停下来。这段小对话实在古怪,毕竟面前这个人试图杀掉凡尔赛宫里的几百个人。

"天呐,亲爱的,我真希望安德鲁够聪明。"塔基扬心想,又问道:"这是那种要赎金的绑架吗?"

"当然不是,医生,你的价值不是金钱可以衡量的。"

"我也一直是这么想的。"

"我需要的是你的帮助。两天之后,所有总统候选人都会参加一场大型辩论。我们计划能杀多少就杀多少。"

"连你们自己的候选人也不例外?"

"在革命之中,有时候牺牲无可避免。但是希望你能明白,我对党派没有多少忠诚可言。他们背叛了人类，不愿意也无法做出困难的决定。现在统治权应该交给我们了。"

塔基扬用手撑着额头，"哎呀，别跟我说那些口号标语。你们这些人最讨厌的地方就是这个。"

"我是否可以概述一下我的计划？"

"我不觉得我能阻止你。"

"安保无疑会非常严格。"

"毫无疑问。"伯奈尔听出了讽刺的语气，狠狠瞪了他一眼。塔基扬无辜地看回去。

"与其拿着我们的武器冲进去，不如借别人的手。你和布拉斯可以尽可能多地用心灵控制安保人员，让他们用自动武器扫射舞台，应该会得到理想的效果。"

"有意思，但是这对你有什么好处呢？"

"法国的精英阶层倒台之后全国都会陷入混乱。到那个时候，我就不需要你的能力了。枪炮就足够了。有时候最简单的方式是最好的。"

"你真是个哲学家。也许你可以成为年轻人的楷模。"

"我已经是了。我是布拉斯亲爱的克劳德叔叔。"

"嗯，你说的这些让我大开眼界，但是我恐怕必须拒绝。"

"毫不意外。我预料到了。但是考虑一下，医生，你的孙子在我手上。"

"你不会伤害他的，他对你来说太宝贵了。"

"没错，我没有打算杀他。如果你拒绝帮助我，我就不得不对你做一些很不友好的事情，但同时会保证你能够活命，之后我会和布拉斯一起消失。你会发现要找到我们不是件易事，毕竟你那时候将是个只能卧床的瘸子。"

他心满意足地微笑着看塔基扬脸上的惊恐。"让会护送你进你的房间。你可以在那里好好想想我的提议，然后我确定，你会愿意帮我。"

"我对此表示怀疑。"塔基扬回过神来，咬牙切齿地说。但这完全是虚张声势，而且伯奈尔非常明白。

♣

这个所谓房间其实就是这房子的地下室，十分阴冷潮湿。几个小时之后，布拉斯和他的晚餐一起出现了。

"我来看你。"他说道。塔基扬叹了口气，再次对伯奈尔的狡猾表示赞叹和遗憾。这个鬼牌很显然仔细研究过塔基扬，包括他的态度和文化。

他吃饭的时候布拉斯双手撑着脸，看着他陷入沉思。

塔基扬把叉子放下。"你很沉默。我还以为你想跟我说话。"

"我不知道该和你说什么。这很奇怪。"

"什么？"

"知道你的能力。现在我就不再特别了，这让我很困扰，但我又很高兴知道……"他在思考。

"你并非孤身一人。"塔基扬温柔地提醒。

"对，就是这样。"

"你为什么帮助他们？"

"因为他们是对的，旧制度必须被推翻。"

"但是有人因此而死。"

"对。"他欢快地表示赞同。

"这不让你觉得困扰吗？"

"不觉得。他们是资产阶级猪，就该死。有时候杀戮是唯一的方式。"

"非常塔基斯星的态度。"

"你会帮助我们的，对吗？那会很有趣。"

"有趣！"

他的成长环境影响了他，塔基扬自我安慰道。给任何一个孩子这样不受监管的强大力量，他们都会是这种表现。

他们聊了起来。塔基扬拼凑出了他的生活画面，毫无干扰的自由，从来不曾进入过正规学校，一直与当局玩躲猫猫的刺激游戏。最让他浑身发冷的是受害人死去之后布拉斯不会从他们的心灵上抽离出来。他尽情享受对方生命最后时候的恐惧与痛苦。

会有时间改正这些的，他向自己许诺。

"所以你会帮助我们吗？"布拉斯从椅子上跳下来问道，"克劳德叔叔让我问你。"

他思考的时候时间像是被拉长了。正确的道路应该是让伯奈尔去死。但他想到了伯奈尔委婉的威胁，一阵寒战。他从小受到的教育就是抓住机会，化劣势为优势。他决定相信自己的这一信条，毕竟到了集会的时候那些人不可能近距离地看守着他。

"告诉克劳德我会帮忙。"

一个大大的拥抱。

布拉斯走后，塔基扬一个人又陷入了思考。他还有一个优势，杰克……他肯定意识到情况不对，并且通知了安全局。但是他现在要依赖的是一个他很清楚弱点何在的男人，而他惧怕的对象则是个看似文质彬彬，实则毫无人性的家伙。

♠

那个小混蛋失踪已经近二十四个小时了。杰克对着墙壁挥拳，及时收回了拳头。在瑞兹酒店拆墙并不会带给他什么帮助。

塔基扬是遇上麻烦了吗？

他不顾承诺，去找伯奈尔了？这就一定意味着会遇上麻烦吗？有没有可能他只是去找孙子玩玩呢?

如果他只是去动物园或者其他地方游玩了,然后杰克汇报给了安全局,那么他们就会知道布拉斯的事,塔基扬永远不会原谅他——那就是又一次背叛,也许是最后一次了。塔基斯星人这一次会想办法跟他扯平。

但要是他真的遇上麻烦了呢?

敲门声将他从思绪中拉回来。哈特曼身边的一个助手站在走道里。

"布劳恩先生,参议员想邀请你和他一起参加明天的辩论。"

"辩论?什么辩论?"

"所有的 1011 位——"居高临下的轻笑声——"或者不管这场疯狂的竞赛里有多少参与者,都会参加在卢森堡公园举行的循环辩论赛。参议员希望代表团成员尽量参加。展示出我们对伟大的欧洲民主国家的支持——就是这样。布劳恩先生……你还好吗?"

"没事,嗯,我很好。你告诉参议员我会去的。"

"塔基扬医生呢?他一直不在,参议员很担心他。"

"让参议员放心,我相信医生也会到现场的。"

关上门之后,杰克快速走到电话旁边,打给了罗尚博。可能会有恐怖分子想袭击候选人。没必要提到那个孩子。只是需要紧急调用军队。

一整个晚上他都在祈祷自己的猜测没错,祈祷自己做了正确的决定。

◆

他应该睡觉,为明天做好心灵和身体上的准备。他的生活和未来都取决于他的技巧、速度和狡黠。

还有杰克·布劳恩。真是讽刺。

如果杰克能得出正确的结论；如果他能够提醒安全局；如果有足够的安保人员；如果塔基扬能够将能力发挥到极致，掌控住难以想象的人数。

他坐在简陋的小床上，蜷缩着抱住自己，然后躺下来试图休息。但这是回忆不停歇的一晚。过去的面庞浮现在眼前。布莱思，大卫，厄尔，达尼。

我将我和我孙子的生命压在那个毁掉了布莱思的男人身上。真棒。

但是死亡的可能性总会激发出一个人的自省力，迫使他剥开安慰着他、保护着他的那些小谎言，面对最私密的愧疚和遗憾。

"那就把名字都告诉我！"

"好……好。"

能力——出击——震碎了她的心灵……她的心灵……她的心灵。

要不是杰克，他们都不会知道。要不是福尔摩斯，她就不会吸收他们的心灵，要不是整个国家的偏执多疑，她也就不会出现在那里。一个人要是不出生就不会受苦，塔基扬想到了他父亲最喜欢的一句格言。有时候我们必须停止找借口，为自己的行为承担责任。

毁掉布莱思的不是杰克·布劳恩，是我。

他的脸皱成一团，准备好承担这个想法带来的痛苦，但是他却感觉好了一些。负担轻了，更自由了，这么这么多年来第一次获得平静。他开始大笑，然后不出意料地，这笑演变成了静静的哭泣。

他哭哭笑笑了好一段时间。结束之后，他躺在床上，疲惫不堪但却内心平静。他为明天做好准备了。过完明天之后他会回家，然后建立一个家庭，抚养一个孩子。他镇定又略带遗憾地将过去抛在身后。

他是缇西安·布兰特·扎拉·泽克·哈利马·泽克·拉格纳·泽克·欧米安塔佳，易卡赞家族的王子，明天，他的敌人们会在痛苦和悔恨中明白与他作对意味着什么。

♥

  克劳德，布拉斯和一个司机待在距离花园约一个街区以外的车里。面无表情的安德鲁用伯莱塔枪抵着塔基扬，和他一起走在汹涌的人潮边缘。巴黎人对政治有着极具热情。但是能看见在人性的海洋之中隐约存在着危机，那就是伯奈尔的其他十五个同伙。等待着血色将至，滋养他们暴力的梦想。

  候选人站在台子上——全部七位都在。代表团成员来了一半，正对着彩旗飘飘的舞台就座。如果塔基扬失败了，安保人员开始举枪扫射的话，每个人都不可能毫发无损地全身而退。杰克出现了。他双手插在裤子口袋里走过来，对着人群皱起眉头。

  布拉斯驾驭着塔基扬的心灵，最细微的心灵感应他都能感应到。虽然这样一来他的能力有限，但是他足够敏锐，能通过这样的心灵交流探测到聚焦点的变化。他的存在没给塔基扬带来什么困扰。只会让接下来他要做的一切变得更容易。

  塔基扬小心翼翼地为目前的场景建立了心灵幕布。这种虚假情景是为了迷惑他的孙子。他在旁边建了屏蔽场，展现给布拉斯看。之后他借着这层掩护触摸了杰克的心灵。

  别动，继续皱眉。

  你在哪里？

  靠近门口，树木边缘。

  明白。

  安全局？

  到处都是。

  恐怖分子？

  也到处都是。

  怎么……？！

他们会去找你。

什……???

信任。

他收回心灵的触碰,小心地构造陷阱。跟飞船升高时他与宝宝之间的连接很像,当时他放大了原本的能力,使跨宇宙通讯成为可能,但是现在比那时的强度还要更大。它的咬合很深。布拉斯会受到什么影响?不,没时间犹豫畏缩了。

心灵陷阱布置好了。男孩发出精神警报。绝望地挣扎、喘息、放弃。驾驭者成了被驾驭的。

塔基扬获取了布拉斯的能力,就像是一道白热的光。他仔细地将其分成一束束,每一束都像燃烧的鞭子一样伸出来,碰上塔基扬之后它们都成了冻结的雕塑。

他因为倾尽全力而喘息,额头上也涌出汗水,汇入眼眶。他让他的僵尸军团迈步向前。安德鲁来到他身边时,塔基扬强迫自己把手握在伯莱塔枪上,把它从对方软弱无力的手中抢下来。

布劳恩在跳跃,在打手势,大幅度挥舞手臂寻求帮助。

快点!快点!

他必须拖住他们。他们所有人。如果他失败了……

布拉斯又开始挣扎了。感觉像是腹部被人踢了一脚又一脚。一根线断了。去找克劳德·伯奈尔。塔基扬呼喊一声,断开了心灵控制,跑向大门。在他身后响起了乌兹冲锋枪的咆哮。显然之前被他控制的一个人也想跑,但是被法国安全部门拿下了。也许是安德鲁。更多枪声,还混杂着时不时的尖叫。一群人奔过来,差点把他撞倒。他紧紧抓着伯莱塔,喘得上气不接下气。茫然的司机准备插钥匙启动车辆时,塔基扬溜到了拐角处。塔基扬用心灵使出一击,司机瘫倒在方向盘上,整个混乱场面里又加上了车喇叭的声音。

伯奈尔抓住布拉斯的手腕,挣扎着从车里出来。他踉踉跄跄东倒西歪地走上狭窄荒凉的小街。

塔基扬飞一般地冲过去，抓住了布拉斯的另一只手，猛地把他拉了回来。

"放开我！放开我！"

尖利的牙齿咬住他的手腕。塔基扬通过心灵控制让这个男孩安静下来。他一只胳膊支撑着沉睡的男孩，和伯奈尔相互审视着彼此。

"棒极了，医生。你比我精明。但是我的审判会在媒体上掀起多大风浪呢？"

"恐怕不会有任何风浪。"

"嗯？"

"我需要一个尸体，感染了百变王牌的尸体。国家安全局一旦找到了神秘的心灵控制王牌，就不会再追究下去了。"

"你在开玩笑！你绝不可能无情地杀掉我！"他从塔基扬充满仇怨的紫色眼睛里读到了答案。伯奈尔蹒跚后退，碰上了一堵墙，他舔了舔嘴唇，"我待你很好。我没有伤害你。"

"但你对其他人就没这么好了。你不应该派布拉斯来找我。他迫不及待地把你的其他骄人战绩都告诉我了。一个无辜的银行家，被布拉斯控制，带着死亡武器走进他的银行。那枚炸弹炸死了十七个人，显然是场大胜。"

伯奈尔的脸发生了变化，开始模仿托马斯·托特伯里——也就是伟大而强力的灵龟的模样，"我请求你，至少给我一个审讯的机会。"

"不。"脸又变了——马克·梅多斯，远行队长困惑地看着枪口，"我觉得这个结果你应该预料到了。"达尼埃尔，但是多年以前的模样，"我只是提前为你行刑。"

他最后又变了一次脸。齐肩黑发顺滑地落在肩膀上，乌黑的长睫毛投影在脸颊上，接着眼睑抬起，一双深邃的蓝眼睛宛如午夜。布莱思。

"塔基扬，求求你。"

"对不起，但是你已经死了。"

塔基扬开了枪。

♣

"啊，塔基扬医生。"弗朗索·德·瓦勒米从桌旁站起身来，冲他伸出手，"法国对你感激不尽。我们如何才能回报你？"

"给我一本护照和签证。"

"我不太明白。你当然——"

"不是给我。是给布拉斯·让内·安德鲁。"

德·瓦勒米把玩着一支钢笔。"为什么不去申请呢？"

"因为弗朗索瓦·安德鲁现在正被关押着。申请的话就会进行各种检查，我不允许。"

"你对我有些过于直率了，不是吗？"

"不是。我知道你是伪造文件方面的专家。"法国人愣住了，缓慢走到椅子背后，"我知道你不是王牌，德·瓦勒米先生。我在想法国人民会如何看待这样的欺骗行为？你会因此输掉选举。"

德·瓦勒米咬牙切齿地说："我是个有能力有才干的公务员。我能够为法国带来变革。"

"是的，但那些都没有百变王牌吸引人。"

"你的要求是不可能的。要是追查到我怎么办？要是——"塔基扬的手伸向电话，"你要干什么？"

"打给媒体。我也能在片刻之间安排媒体见面会。这是名人的特权之一。"

"你要的东西会给你的。"

"谢谢。"

"我会查出来你这么做的原因。"

塔基扬在门口停了一下，回头一瞥。"那我们都知道彼此的一个小秘密了，不是吗？"

♠

深夜，他们的飞机飞向伦敦，机舱里一片昏暗。头等舱只有塔基扬、杰克和布拉斯，男孩在祖父的怀抱里沉睡。这个小画面散发出莫名的生人勿近的气场。

"你还要让他昏睡多久？"一盏孤零零的阅读灯照亮了相似的两丛火红头发。

"直到我们到达伦敦。"

"那时他就会原谅你？"

"他不会知道。"

"伯奈尔的事情可能不知道，但是其他的他都记得——你背叛了他。"

"对。"在引擎的轰隆声中，这个词几乎听不清，"杰克？"

"嗯？"

"我原谅你。"

他们的眼神交会。

人类伸手轻柔地抚摸着孩子额头上的一缕丝绸般的秀发。"那我猜也许你也还有希望。"

♣♦♠♥

传 奇

迈克尔·卡苏特

I

虽然已是四月,但莫斯科人依旧忍受着异常寒冷的冬日。南风曾经短暂地拂过,将男孩子们送上了泛出绿意的足球场上,也鼓励着漂亮女孩脱掉厚重外套。但后来,天空又暗淡下来,现在一场平凡无奇的凄风苦雨又开始了。波利亚科夫觉得这个场景很有秋天的味道,所以出现在这个时节毫不奇怪。他的主子们,迎合着克林姆林宫的新风尚,已经决定这是波利亚科夫在莫斯科待的最后一个春天。更年轻单纯的尤尔琴科将会接替他,波利亚科夫会退休,去往远离莫斯科的一座乡间别墅。

也好,波利亚科夫心想,科学家也说了西伯利亚的空中爆炸改变了天气模式,也许永远都不会再有美好的莫斯科春日了。

但是,就算是秋天模样的莫斯科也能给他灵感。透过这扇窗户,他看到绕着高尔基公园的莫斯科河畔一丛丛的树木,以及远处圣巴西尔大教堂的穹顶和克林姆林宫,在烟雨迷雾之中颇有些中世纪风情。在波利亚科夫看来,年岁也是一种力量,但他也承认自己老了。

"你想见我?"一个声音打断了他的沉思。一个穿着总参谋部军事情报局——偶尔也被称为 GRU——制服的年轻少校走了进来。他大约三十五岁,这个年纪不应该还只是个少校,波利亚科夫心想,尤其他还拥有一枚苏联英雄奖章。他是典型的白俄罗斯人长相,一头黄发,就像是每天占据《红星》封面的模特军官。

"闪电。"波利亚科夫喊了他的代号而非教名或者姓氏。建立正式感是审讯中的一个技巧。他伸出手，少校犹豫片刻之后才与他握手。波利亚科夫很高兴看到闪电戴着黑色橡胶手套。到目前为止他手头的信息都是正确的。"坐吧。"

二人隔着锃亮的木制会议桌相对而坐。有人细心地奉上了水，这是波利亚科夫指示过的。"这个会议室很舒适。"

"我确定跟捷尔任斯基广场的那些不能比。"闪电的回应带着恰到好处的傲慢。捷尔任斯基广场是克格勃的大本营。

波利亚科夫大笑。"实际上那儿跟这里几乎一样，感谢中央规划。但据我所知，戈尔巴乔夫正要废除它。"

"我们也会阅读政治局的信件。"

"很好。那你就知道我为什么会在这里，以及是谁派我来的。"

闪电和军事情报局已经收到命令要求他们配合克格勃，而且这命令来自最高层。这是波利亚科夫心理上的小优势……但是这个优势，就像俗语所说，如同水上写的字一样不可靠……毕竟他是个老人，而闪电是厉害的苏联王牌。

"你听说过亨廷顿·谢尔顿这个名字吗？"

闪电知道这是在试探自己，疲惫地回答道："他是中央情报局在1966至1972年间的局长。"

"对，是个彻底的危险人物……上一周《时代》杂志刊登了一张他站在卢比扬卡广场前面的照片——手指着捷尔任斯基的雕塑！"

"也许应该吸取教训……表亲。"关心好你们自己的安全问题，让我们来处理我们的行动！

"你们要不是做得如此失败，我就不会在这里。"

"跟克格勃的完美记录没法比。"闪电丝毫没有掩饰他的不屑。

"喔，我们也失败过，表亲。区别在于，我们的所有行动都是情报委员会批准的。你现在是党员了，而且是哈尔科夫高等工程学院毕业的，难道就一点集体意识都没学到吗？成功是集体共享的，失败也是。你和多尔戈夫想出来的这个行动——你们在想什么呢,怎么完全没有吸取奥利佛·诺斯的教训?"

提到多尔戈夫时闪电轻颤了一下——这是国家机密,更重要的是,这是军事情报局的机密。波利亚科夫继续说:"你是在担心我们的对话会泄露吗,上校?别担心。这是整个苏联最干净的房间。"他微笑着。"我的管家负责打扫。我们所说的一切都只有我们自己知道。"

"所以,告诉我。"波利亚科夫说,"在柏林到底出了什么鬼状况?"

♦

哈特曼绑架案的后果非常恐怖。虽然只有几家德国右翼报纸和美国报纸提到了苏联可能牵涉其中,但是中情局和其他西方情报部门还是探查到了其中的联系。中情局找到了红色军团小混混们的尸体,虽然已经被肢解,但足以查到他们的住址、假名、银行账号和联系人,没过几天就摧毁了一个存在二十年的网络。威尼斯和柏林的两名陆军军官被除名,可能还会有更多后续。

这样一桩残忍无能的事件牵扯到了布拉勒律师,就意味着他这样的卧底特工无法采取任何行动……而且也很难招募新人。

而且天知道那个美国参议员还说了什么。

"你知道,闪电,这么多年来,我的人深入了到英国情报系统最核心的圈子里……甚至还有一个和中情局合作的。"

"菲尔比、伯吉斯、麦克莱恩和布劳恩特。还有那个老男人丘吉尔,如果你相信西方的间谍小说的话。你告诉我这些奇闻逸事有什么意义吗?"

"我只是想让你知道你所造成的损害。这些探子让英国瘫痪了二十多年,我们身上也可能发生这种事……我们两家都可能。你们军事情报局的头头们永远不会承认。就算承认,也不会跟你讨论。但是清理烂摊子的人是我。"

"所以……如果你对我有一点认知——"波利亚科夫知道闪电对他的了解和克格勃一样多,也就是说有个重要的一点他不了解,"你知道我很公平。我又老又胖,这张脸平淡无奇……但我很客观。我四个月之后就退休了。挑起两家的新争端对我来说没有一点好处。"

闪电勉强回看了他一眼。好吧,波利亚科夫对他也没多少期待。军事情报局和克格勃之间的竞争向来血雨腥风。过往的岁月里,双方都曾经数次成功地让对方的领导者遭受枪击。没有什么比机构记忆更长久。

"我明白了。"波利亚科夫站起来,"很抱歉麻烦你了,上校。显然总书记搞错了,你跟我无话可说——"

"问出你的问题!"

♥

四十分钟之后,波利亚科夫叹了口气,坐回椅子里。他的头微微偏转,看向窗外。军事情报局总部被称为水族馆是因为它的玻璃外墙。有一天,他的同事开车带着他路过空间生物学研究所,它和鲜少使用的伏龙芝中央机场一起环绕着水族馆,他发现作为莫斯科城里最难接近,甚至可能是最隐形的建筑,水族馆其实几乎是完全透明的:一栋十五层的建筑,什么特征都没有,只有从下到上的窗户!

他不该觉得这一点很有趣。波利亚科夫同情那些理论上存在的临时访客。在到达中心区域之前,他们必须穿过外围,其中包含三个秘密的飞行器设计局,一个更加秘密的切洛梅航天器设计局,或者是红色旗帜空军学院。

火葬场在下面院子的另一端,靠着牢不可破的水族馆外部围墙。据说,军事情报局的最后一关面试时,所有候选人都会被带去参观这个低矮的绿色建筑，然后看一部特殊的电影。

电影内容是1959年处决军事情报局的波波夫上校，他是中情局的间谍。波波夫被无法挣脱的绳子绑在担架上扔进了火海，活活烧死。突然情节被打断了，因为要先处理一个光荣的军事情报局工作人员的棺材。

传递的信息很明确：想离开军事情报局，只有一种方式，就是通过火葬场。我们比家庭、国家都更加重要。被这种机构训练出来的闪电对波利亚科夫的审讯技巧几乎免疫。在将近一小时的时间里，波利亚科夫从他嘴里套出的只有行动细节……名字、日期、地点、时间，全都是波利亚科夫已经掌握的资料。他确定还有些东西——某个秘密——有待发掘。这个秘密闪电没有告诉过任何人。也许除了波利亚科夫，没人能意识到这个秘密的存在。怎么才能让闪电开口？

对于这个男人，有什么能比火葬场还重要？

♣

"当个苏联王牌肯定很难吧。"

波利亚科夫这句冷不丁的陈述并没有惊到闪电，或者说他并没有表现出受惊的样子。"我的能力只是对抗帝国主义的另一个工具。"

"我确定你的上级是这样想的。他们不会允许你为了私欲而使用能力。"波利亚科夫再次坐下，这一次他给自己倒了一杯水。他把瓶子递给闪电，后者摇摇头，"你肯定厌倦了这种玩笑吧。水和电。"

"对。"闪电疲惫地说，"下雨的时候我必须格外小心。我不能洗澡。我唯一喜欢的水是雪……考虑到认识我的人数，我听到的玩笑数量可以算是惊人了。"

"你的家人在他们手上，对吗？别回答。我并不知道，我只是……觉得这是唯一能控制你的方式。"

百变王牌病毒到达苏联的时候效力已经相对较弱了，但是依旧能够制造鬼牌和王牌，所以对付这个问题的秘密国家机构也就应运而生。王牌被从人群中挑选出来，送到特殊营地受教育，这是种非常斯大林式的处理方式。鬼牌们则完全消失。消失的方式比大清洗时还要恐怖，波利亚科夫青少年时期曾经见过。三十年代的时候敲的是党员的门——那些心怀不轨的党员。但是百变王牌大清洗时每个人都逃不了。

就连克林姆林宫里的那些高层也不安全。

"我认识一个人很像你，闪电。我曾经为他工作，就在离这里不远的地方。"

闪电第一次放下防备，他是真的好奇了。"传说是真的吗？"

"哪个传说？斯大林同志是鬼牌，还是被感染的其实是李森科？"波利亚科夫能看出来这些闪电都听说过，"这样伪造的虚假故事居然能在军事情报部门流传，我很震惊！"

"我想到的传说是，斯大林没有剩下什么可以埋葬的部分……葬礼上展示的尸体是天才们人工制造出来的。"

猜得接近了，波利亚科夫心想。闪电是怎么知道的？"你是战争英雄，闪电。但是你像个新兵一样从柏林那栋建筑里跑出来。这是为什么？"

又是老掉牙的审讯技巧，突然回到某个更迫切的话题。

闪电回答说他并不记得自己跑掉了，此时波利亚科夫绕过桌子，拉过一把椅子，坐在了闪电旁边。他俩靠得很近，波利亚科夫闻到了被肥皂味掩盖的汗味……还有可能是臭氧的味道。"你能看出来别人是不是王牌吗？"

闪电终于变得紧张了："如果对方不展示的话……看不出来。"

波利亚科夫压低声音，一根手指戳着闪电胸口挂着的英雄奖章，"现在呢？"

闪电脸红了，眼眶含泪。他用戴着手套的手推开波利亚科夫。一瞬间就结束了。

"我在燃烧!"

"没错,几秒钟之后,就会变成焦煳的肉。"

"你就是那一个。"闪电的脸上既有入迷——毕竟他们有很多相似之处——又有恐惧,"有传说里讲过,还有第二个王牌。但是你应该在党的统治集团里,是勃列日涅夫的人。"

波利亚科夫耸耸肩,"第二个王牌不属于任何人。他很小心地保持这种状态。他只忠于苏联。苏联的理想和潜能,不是可悲的现状。"他依然和闪电靠得很近,"现在,你知道我的秘密了。我们两个王牌之间聊一聊……你有什么可以告诉我的吗?"

♠

他很乐意离开水族馆。机构之间延续多年的仇怨给这个地方建立一层几乎实体化的壁垒——就像是电网——抗拒着所有敌人,尤其是克格勃。

波利亚科夫现在的心情应该是欢欣鼓舞的:他从闪电那里得到了一些非常重要的信息。就连闪电自己都没有意识到有多重要。没有人知道为什么绑架哈特曼的行动最终失败了,但是根据闪电的经历,最好的解释就是当时现场有一个隐藏的王牌,这个王牌能够控制其他人的行为。闪电当然不知道类似这样的事情不久前在叙利亚发生过,但是波利亚科夫看了报道。他已经有了答案。

那个很有可能会当选下一任美国总统的男人是个王牌。

II

"主席现在可以见你。"

波利亚科夫吃惊地看到前台是名年轻貌美的金发女郎,完全是美国电影里走出来的。安德罗波夫的老守门人塞瑞金走了,那个男人看起来就像个短柄斧头——这形容足够恰当——性格跟长相也很搭配。

塞瑞金能让一位政治局成员在外部办公室等到天荒地老，必要的时候也能把任何一个突然造访国家安全委员会主席，也就是克格勃头头的蠢货赶出大门。

波利亚科夫想象着这个婀娜多姿的女人也许和塞瑞金一样是致命武器，但觉得目前这个情况荒唐透顶，简直是在老虎脸上加笑容。来看一看充满关爱的崭新克里姆林。亲切有爱的今日克格勃！

塞瑞金走了。但是安德罗波夫也走了。顶层办公室不再欢迎波利亚科夫……除非有主席的邀请。

主席从座位上站起来亲吻了他，打断了波利亚科夫的招呼，"格奥尔基·弗拉基米尔维奇，见到你真高兴。"他被领向一个沙发——是最近才添加的，原本斯巴达式的办公室里多了适宜聊天的清幽之地，"这个地方你不太常来。"是你不让我来，波利亚科夫想这么说。

"我有我的职责要履行。"

"当然，你要到处去调查。"主席并非特工或者分析师，自斯大林时代以来，大部分克格勃高层都是党内指定的，主要任务是告密，所以他很适合领导一个拥有一百万密探的组织。"和我说说你去水族馆的收获。"

这么快就谈正事，又一个戈尔巴乔夫式作风的人物。波利亚科夫冗长啰嗦地重述了审讯过程，只漏掉了一个关键点。主席是出了名的不耐烦，他想要利用这一点，结果没让他失望。

"这些行动细节都很好，格奥尔基·弗拉基米尔维奇，但是糟糕的官僚让一切都白费了，哼？"一个自我反对的笑容，"军事安全局有没有像总书记指示的那样全权配合你？"

"有的……真不容易。"波利亚科夫说完，主席的招牌笑声响起。

"获得的信息能否抢救我们在欧洲的行动？"

"能。"

"接下来你会怎么做？我知道德国的网络正在被铲除。每一天，俄罗斯航空都会把我们的特工送回来。"

"是的，都是没有在西德受审的。"波利亚科夫说，"对我们来说柏林已经是荒地了。德国的大部分都是，今后的好多年里会一直是。"

"迦太基。"

"但我没有其他资源。多年没有使用的隐藏资源。我提议激活一个名叫舞者的。"

主席拿起钢笔写下便条，要求从注册处调来舞者的档案。他点点头，"要花多长时间才能……恢复元气，你客观地估计一下。"

"至少两年。"

主席的目光飘远了。"对此，我自己有个问题想问。"波利亚科夫说道，"关于我退休问题。"

"嗯，退休。"主席叹了口气，"我觉得唯一的方法就是尽早让尤尔琴科加入进来，毕竟后面他也要接手。"

"除非我延迟退休。"波利亚科夫说出了不可说的话。在他的目光注视下，主席搜肠刮肚，不知道该怎么怎样回应这句不符合常理的要求。

"嗯。这会是个问题，不是吗？所有的文件都已经签了，尤尔琴科的提拔也批复了。你会被升上将军的位子，收到第三块英雄奖章，我们已经准备好在下个月全体会议上宣布了。"主席向前凑，"是不是金钱上的问题，格奥尔基·弗拉基米尔维奇？我不应该提到这个，但是如果做出了……重大贡献，那退休金里会有额外奖金。"

没用的。主席可能只是个政客，但是也有自己的一套技巧。他接到命令要整治克格勃，所以肯定会用心整治。现在，比起老间谍，他更害怕戈尔巴乔夫。

波利亚科夫叹了口气。"我只想完成我的工作。如果……党不希望我这样做，那么我会按计划退休。"

主席以为他要大吵一番，所以很高兴地看到他如此轻易地放弃了,"我明白你的处境很艰难,格奥尔基·弗拉基米尔维奇。我们都知道你的资历。我们这里没有多少你这样的人。但是尤尔琴科很能干,毕竟……是你训练了他。"

"我会把情况告诉他。"

"告诉你。"主席说,"你要到八月底才正式退休。"

"我的六十三岁生日。"

"我觉得在那之前我们都应该好好利用你的才能。"主席又在给自己写便条了,"这很不常见,你要知道。但我还是想说你为什么不和尤尔琴科一起呢?哼?那个舞者在哪里?"

"目前在法国,或者英格兰。"

主席很满意。"去那边出差也不算糟。"他又开始写,"我授权你陪着尤尔琴科……协助交接。"迷人的官僚术语。

"谢谢你。"

"别这样,是你应得的。"主席站起身来走向餐具柜,这个至少没变。他拿出一瓶没剩下多少的伏特加,倒了满满两杯就倒光了。"一个不被允许的祝酒——敬一个时代的终结!"他们喝了起来。

主席再次坐下。"闪电怎么了?不管他在柏林做错了什么,他都是个宝贵人才,不该在那个可怕的熔炉里浪费时间。"

"他在教导战术,就在莫斯科。假以时日,如果他表现良好,可能会回归实战。"

主席明显颤抖了一下。"真是一团糟。"他勉强微笑,露出一排钢牙,"手下有个百变王牌!我真想知道这样能睡得着吗?"

波利亚科夫喝完了自己那一杯。"我肯定睡不着。"

Ⅲ

波利亚科夫喜欢英语报纸,《太阳报》……《镜报》……《环球报》……三英寸高的大标题凸显着最新的皇室风波和各种裸体女人,

WILD CARDS

真是又有面包又有杂耍的双重快乐。目前，有几个议员正在受审，他们被指控花了五十镑嫖妓，用《太阳报》的话来说，"钱花得不值！"（"'结束得太快了，'妓女如是说！"）所以这是更大的罪状？波利亚科夫心里暗想。

同一版面上有一小块提到了王牌代表团已经到达伦敦。

也许波利亚科夫对报纸的喜爱是缘于他的职业：每次去西方，他的假身份都是记者，所以他需要对记者行业有足够的了解才能让别人信服，不过他见到的大部分西方记者都直接认定他是间谍。他从来没学过如何写好文章——肯定不可能像他在福利特街的同事们那样有种醉汉般的滔滔不绝——但是他能喝酒，也能嗅出故事。

毕竟至少在这个层面上，新闻业和情报侦察也不是没有类似的地方。

哎，波利亚科夫过去常去的地方不适合于舞者见面。要是有人认出了他们俩中的一个，那对他们两个人都是灾难性的。实际上，他们不能在任何公共场所见面。

更糟糕的是，舞者是个不受控制的特工——用莫斯科中央越来越平淡的术语来讲就是个"合作资源"。波利亚科夫都有二十多年没见过他了，而且那一次见面还是意外，再往前又是很多年不见踪影。没有预先安排的信号，没有留下消息，没有中间人，没有任何渠道通知舞者波利亚科夫来找到他了。

因为舞者的坏名声，所以通过常见方式根本不可能联系上他，但是这也让波利亚科夫的工作简单起来了：如果他想找到这个特定的人——

——他只需要拿起一份报纸。

◆

他的助手和未来继任者尤尔琴科忙着在伦敦给自己找乐子，他们俩都对波利亚科夫的来来去去没有什么疑问。只是开玩笑地说这个快要退休的朋友去国王十字街找妓女了——"确保你别上报纸，格奥尔基·弗拉基米尔维奇。"尤尔琴科戏谑地说，"就算上了报纸……至少得值那个价钱！"——毕竟这种行为对于波利亚科夫来说并非头一遭。嗯……他一直也没结婚。而且在德国，尤其是在汉堡待了那么多年之后，他也愿意为年轻漂亮又价钱公道的小嘴付款。还有个因素就是克格勃永远不会信任一个没有明显弱点的特工。恶习是可以忍受的，只要是可控的就行——酒精、金钱、或者女人——而不是比如说宗教那种。波利亚科夫这种远古特工——他可是在贝里亚手下干过的！——喜欢美色……嗯，一般都会觉得这是随意潇洒，甚至还算是他的魅力。

波利亚科夫从福利特街附近的俄通社办公室独自去往格罗夫纳酒店，他坐在英国著名的黑色出租车里——这一辆基本是大使馆专属的——沿着公园路一直向前到骑士桥再到肯辛顿路。现在是工作日的清早，出租车在车辆和人群的海洋中缓慢移动。太阳出来了，驱散了清晨的薄雾，这将会是一个美好的伦敦春日。

到达格罗夫纳酒店之后，波利亚科夫不得不走过几个显眼的警卫，同时还注意到了几个不太明显的。他只被允许走到前台，在这里他恼火地发现又一个年轻女性取代了原来的老人，这个甚至跟主席的新守门人长得还有点像。"能不能帮我接通王牌代表团所在的楼层？"

前台皱着眉头组织语言回复。显然并不是所有人都知道代表团住在这里，但是波利亚科夫抢先一步堵住了她的问题，就像刚才搞定警卫时一样，他拿出了证明自己记者身份的各项文件。她一一检查——显然都是真的——然后带着他来到电话旁，"这个时间他们可能不会接电话，但是线路是通畅的。"

"谢谢。"他等到她走了之后，才要求接线员接通大使馆跟班刚才提供的房间号。

"你好?"波利亚科夫没想过对方嗓音会有变化,但是听到毫无变化之后还是有些吃惊。

"好久不见……舞者。"

电话线那头的人沉默了很久,波利亚科夫并不意外:"是你,对吗?"

他很高兴,舞者拥有的间谍情报技术足以让整个电话对话寡淡如水。"我以前不是答应过有空要来拜访你的吗?"

"你想怎么样?"

"见面,不然呢?我想见你。"

"这里不适合——"

"门口有辆出租车在等着。很容易看见,因为目前只有一辆在门口。"

"我几分钟之后就下去。"

波利亚科夫挂断电话,快步走向出租车,还不忘向前台点头致意。

"顺利吗?"

"很顺利。谢谢。"

他钻进出租车,关上车门。他的心怦怦直跳。我的天,他心想。我就像是等待姑娘的少年。

没过多久,门开了。波利亚科夫立马被舞者的香味包裹住了。他像个西方人一样伸出手:"现在该叫,塔基扬医生。"

♥

司机是个大使馆里一个年轻的乌兹别克斯坦人,他的专业是经济分析,但最大的优点在于能够把嘴闭紧。他完全不在乎波利亚科夫在做什么,再加上伦敦街道车水马龙,穿梭其中也很费神,因此,波利亚科夫和塔基扬有了一些隐私。

波利亚科夫的百变王牌感染没有显示在脸上，所以从来没有人怀疑他是王牌或者鬼牌。还有，他只用过两次他的能力。

第一次是在1946至1947年的漫长严冬，那时病毒才刚释放。波利亚科夫当时是中尉，伟大卫国战争时，他在乌拉尔的军需品共产担当政治干事。纳粹包围期间，莫斯科中心调他去另一支武装队伍，镇压乌克兰民族主义者的叛乱——这些"森林里的人"之前一直在与纳粹战斗，而且没有放弃的意思。（实际上他们的战斗直到1952年才停止。）

波利亚科夫的上司是个名叫苏文的恶徒，他有天晚上喝多了，承认大清洗时期在卢比扬卡做过刽子手。苏文是真心热爱严刑拷问。波利亚科夫觉得，当你的工作要求你每天都要朝着党员伙伴脖子后开枪的时候，这种热爱大概是唯一可能的应对方式。某个晚上，波利亚科夫在审一个乌克兰青少年。苏文一直在喝酒，然后毒打这个孩子，想让他招供，但这是浪费时间，因为这个男孩已经承认他偷了东西。苏文想把他跟反叛军扯上关系。

波利亚科夫记得大部分时候他都对此感到厌倦。那一年，所有苏联人都一样，包括最高层的那些，他们都很饥饿。他扑向苏文。把他推开是因为疲乏，他现在愧疚地想到，不是因为人类的同情心。苏文将矛头转向他，两人打了起来。虽然被压倒了，但是波利亚科夫还是成功地双手卡住了对方的脖子。他绝对不可能把他掐死……但是苏文突然变红了——红得吓人——最后燃烧起来。

年轻的犯人被打得不省人事，所以什么都没看到。战场上的伤亡都会例行公事地归咎为是敌人所为，因此在官方报告里，苏文这个恶霸"英勇地"死于"严重胸外伤"和"烧伤"，就是烧成一堆灰烬的委婉说法。这个意外着实吓到了波利亚科夫。一开始他没明白发生了什么，毕竟百变王牌病毒的信息是保密的，但是他后来意识到了自己拥有某种能力……他是个王牌。他发誓永不再使用这个能力。

他只破过一次戒。

1955年秋天,格奥尔基·弗拉基米尔维奇·波利亚科夫已是"组织"里的一个队长,他的假身份是俄通社驻西柏林的初级记者。在那个时候王牌和鬼牌已经是新闻报道中的常客了。俄通社监控华盛顿听证会时心中满是惊恐——因为让他们想起了大清洗——但又很是愉悦:了不起的美国王牌被他们自己的同胞消灭了!

据说第一场众议院非美活动调查委员会听证会之后,一些王牌和操控他们的塔基斯星人(《真理报》是这样描述的)就逃离了美国。他们很快就成了第八指挥部的首要目标,克格勃的这个分部负责的是西欧,波利亚科夫的目标是塔基扬。也许这个塔基斯星人了解百变王牌病毒的某些秘密……能够解释它的原理……能让它消失。当他听说这个塔基斯星人在汉堡穷困潦倒时,便立马出发去找他。

因为波利亚科夫前期"调查"过汉堡的红灯区,所以他知道哪些妓院比较有可能招待塔基扬这种不同寻常的客人。他试了三家之后找到了这个外星人。那时候快要到黎明了,塔基斯星人醉得不省人事,而且身无分文。塔基扬应该心怀感激:德国人不太喜欢醉倒的穷人,汉堡妓院的老板更是厌恶这种人,把塔基扬扔进河里——活着,就已经算是对他很好了。

波利亚科夫把他带到了东柏林的一间安全屋,随后,经过一番漫长的争执,还是在塔基扬康复的过程中给他提供了适量的酒精和女人……在此期间,波利亚科夫和其他至少一打人员审讯过他,就连谢列平本人都抽出时间从莫斯科赶来了。

三周之后,塔基扬显然已经给不出什么有用的信息了,波利亚科夫猜测这主要是因为他基本恢复了元气,能够抵挡住审讯了。但是他给出的关于美国王牌、塔基斯星历史和科学,以及百变王牌病毒本身的数据够多了,波利亚科夫都觉得上级可能会给这个外星人颁发个奖牌加退休金。

他们差点就这么做了。跟战后被捕的德国火箭工程师们一样,塔基扬最终的结局是被静悄悄地遣返……对他来说,也就是送回西柏林。同时将波利亚科夫转移到那里的非法住宅,希望同时进入这座城市的两个人能有些后续联系——因为东柏林,他们永远不可能成为朋友;又因为他们在西区的那段时光,他们永远不可能成为完全的敌人。

"我在这个世界待了四十年,明白了一个道理:每天都可能会有出乎意料的事发生。"塔基扬告诉他,"我真心以为你已经死了。"

"就快了。"波利亚科夫说,"但是你看起来比在柏林时好多了。时间在你们族人身上走得确实慢一切。"

"有时候太慢了。"他们安静地在车里坐一会儿,假装欣赏风景,实则梳理对彼此的记忆。

"你为什么会到这里来?"塔基扬问道。

"来讨债。"

塔基扬微微点头,这个动作展现出他已经完全被同化了,"我也是这么想的。"

"你知道总有这么一天。"

"当然!别误解我!我的族人尊重许下的承诺,你救了我的命,你有权拿走我的一切。"然后他紧张地一笑,"就这一次。"

"你和格雷格·哈特曼参议员的关系密切吗?"

"他是代表团中的高级人员,所以我和他有些联系。在柏林的可怕事件发生之后就不太频繁了。"

"你觉得他……这个人怎么样?"

"我跟他不太熟所以不好评论。他是政客,通常来说我都鄙视政客。从这种角度来说,他给我的感觉是坏人堆里最好的一个。比如,他似乎是真诚地支持鬼牌权益,在你们国家这可能不算是个问题,但在美国这是很敏感的话题,堪比堕胎权。"他停了一下,"我觉得他

WILD CARDS

不是容易被各种……安排所影响的人，如果你是想说这个的话。"

"我看出来了，你在看间谍小说。"波利亚科夫说，"我更感兴趣的是……就叫政治分析吧。他有没有可能成为美国总统？"

"非常有可能。目前的危机让里根不堪重负，而且据我判断，他不是一个很好的人。他没有明显的继任者，还有，大选之前美国的经济可能会继续恶化。"

拼图中的第一块：这个美国政客身后跟着一系列离奇死亡的案例，甚至比得上贝里亚和斯大林……第二块：还是这个政客，被绑架了——两次。莫名其妙逃出来了——两次。

"民主党有好几个候选人，全都有明显缺点。哈特自己就是自己的敌人。拜登、杜卡基斯，其他的那些明天就有可能消失。如果哈特曼能够组织起强大的团队，又碰上了合适的机会，他会赢的。"

最近莫斯科中心的简报预测下一任美国总统会是杜尔。美国协会的战略专家们已经开始为这个来自堪萨斯的参议员建立专业的心理学模型了。但这群专家之前也预测说福特会击败卡特，卡特会击败里根，总体上来说，结果永远跟专家们预测的不一样。所以波利亚科夫倾向于相信塔基扬。

就算哈特曼当选只是理论上的可能，也应该审慎对待……万一他真是个王牌！他应该被监视，如果有必要的话还要被阻止，但是莫斯科中央永远不会授权这种行动，况且这还与他们昂贵的研究结果相左。

司机根据预先安排将他们送往格罗夫纳酒店。之后的一路上他们都在回忆着两个柏林，甚至还有汉堡，"你不满意，是吗？"塔基扬最后说道，"你想从我这里得到的不仅是浅显的政治分析，对吧。"

"你知道答案。"

"我没有什么秘密文件可以给你。我这样招摇的人连当间谍都不合格。"

"你有你的力量,塔基扬——"

"也有我的原则!你知道我会做什么,不会做什么。"

"我不是你的敌人,塔基扬!现在只有我还记得你的债,而我8月份也要退休了。此时此刻,我只是一个想要完成拼图的老人家。"

"那跟我说说你的拼图——"

"你很明白不该问这个。"

"那我要怎么帮你?"波利亚科夫没有回答,"你连直截了当地问我个问题都不愿意,怕我知道太多。你们这些俄国人啊!"

在那一刻,波利亚科夫期望他的王牌能力是读心。塔基扬有很多人类特质,但他是塔基斯星人……尽管波利亚科夫拥有多年经验,但是依旧无法确认他是否在撒谎。只能相信塔基斯星人都有荣誉感吗?

出租车停在路边,司机打开车门,但是塔基扬没有下车。"你以后会做些什么?"

对啊,做些什么?波利亚科夫心想。"我会成为被受尊敬的退休人员,就像赫鲁晓夫,能够排在队伍的最前面,每天就着一瓶伏特加,向人们讲述我的往日荣光,重新体验那种感觉,但是听众们并不会相信。"

塔基扬犹豫了一下。"我恨了你好多年……不是因为你利用了我的弱点,而是因为你救了我。我去汉堡是因为我想死。但是现在,我终于有了活下去的理由……是最近的事。所以我想告诉你,我很感激。"

他下了车,关上门。"我会跟你再见面的。"他这样说,以为对方会拒绝。

"会的。"波利亚科夫说,"你会的。"司机开车了。波利亚科夫透过后视镜看到塔基斯星人看着他们离开之后才进酒店。

他显然在想波利亚科夫会在何时何地再次出现。波利亚科夫也在想。他现在是孤家寡人……同事们嘲笑他,党组织遗弃了他,他所效忠的理念也只是勉强记得。从某种角度来说很像闪电，被派去一个执行一个搞错了的任务，之后就被抛弃了。

苏联王牌的命运就是遭到背叛。

♣

按照计划，他在伦敦还要待几周，但既然舞者这种比较合作的人身上都打探不出什么有用信息，那也没必要留在这里了。当晚他收拾行李准备回莫斯科，迎接退休生活。他在红牌伏特加的陪伴下，吃完晚餐之后离开酒店出去散步，沿着斯隆街，走过各种时尚精品店。他们管在这里购物的年轻女性叫什么来着？对了，斯隆大小姐。根据这个点还在街上赶着回家的样本，结合橱窗里的奇怪模特，能看出出这些大小姐都很瘦，几乎像是幽灵。对于波利亚科夫来说太脆弱。

不管怎样，他的最终目的地……他对伦敦和西方世界的道别……是在国王十字车站，那里的女人有料得多。

但刚一到达蓬特街，他就注意到一个下了班的黑色出租车在跟踪自己。他心里盘算着是什么人想攻击他，可能是叛逃的美国特工，或者真神之光手下的恐怖分子，也可能是英国暴徒……他在商店橱窗的反光中看见了车牌，是苏联大使馆的车。再仔细察看之后发现司机是尤尔琴科。

波利亚科夫不再回避，直面出租车。后排的那个男人他不认识。"格奥尔基·弗拉基米尔维奇。"尤尔琴科喊道，"上来！"

"没必要大喊。"波利亚科夫说，"你会吸引注意的。"尤尔琴科是那种非常聪明的年轻人，间谍情报技术他学起来很轻松，但如果没人提醒，他常常会忘记使用那些技巧。

波利亚科夫刚坐上前排座椅，车就开动了。显然是要去某个地方。

"我们以为把你弄丢了。"尤尔琴科欢快地说。

"这是什么情况?"波利亚科夫示意后排沉默不语的男人,"你的这位朋友是谁?"

"军事情报局的多尔戈夫。他给我带来了一些让我不安的消息。"

这是波利亚科夫多年以来第一次真正感到恐惧。是打算这样让他退休吗?在异国他乡死于一场"意外"?

"别让我的心悬着,尤尔琴科。我记得我还算是你的上司。"

尤尔琴科没法看他。"那个塔基斯星人是个双面间谍。他为美国人工作,已经三十年了。"

波利亚科夫转头面向军事情报局来的男人:"所以军事情报局分享了宝贵的情报资源。对于苏联来说这是多么美好的一天啊。我猜有人怀疑我是间谍。"

军事情报局来的那位第一次开口:"塔基斯星人给了你什么?"

"我不会和你说话。我的线人给我什么消息,是归克格勃管的——"

"那军事情报局愿意和你分享。塔基扬有个孙子叫布拉斯,是上个月在巴黎找到的。布拉斯是一种新型王牌……有可能是世界上最强大最危险的王牌。塔基扬把他从我们手上抢走了,正要带回美国。"

车穿过拉姆贝斯桥,向着压抑沉闷的灰色工业区前进,那里是安全屋的绝佳位置……有着完美的行刑环境。

塔基扬有个能力超群的孙子!要是这个孩子接触到了哈特曼——会碰撞出令人毛骨悚然的结果。世界将会被王牌版本的罗纳德·里根所控制,其恐怖程度远超原子弹的威胁。他怎么会如此愚蠢。

"我不知道。"他终于开口,"舞者不完全算是特工,所以没有理由一直监视他。"

"不,有理由。"多尔戈夫坚持道,"首先,他是个该死的外星人!如果他出现在代表团里这件事本身还不够的话,那巴黎那场意外总该算理由了。"

WILD CARDS

军事情报局要想监视巴黎的某个人是很容易的,那里的大使馆满是他们的人,而且他们可舍不得把宝贝信息拿来和克格勃分享。波利亚科夫要是知道布拉斯的事,就会采用完全不同的方式来对待闪电!

现在他需要时间思考。他才意识到自己刚刚屏住了呼吸。一个坏习惯。"这是件大事。我们必须合作。我已经准备好尽一切努力——"

"那你为什么要收拾行李?"尤尔琴科插话,语气听来十分苦恼。

"你们在监视我?"他的目光从尤尔琴科转向多尔戈夫。我的上帝,他们真的以为他会叛变!

波利亚科夫微微转头,他的手抚摸着尤尔琴科,后者像被扇了一巴掌似的畏缩了一下,但是波利亚科夫没有松手。出租车擦过路边停着的一辆车,侧滑着回到车流中。波利亚科夫看到尤尔琴科眼睛向上翻……热量已经煮沸了他的大脑。

多尔戈夫立马靠向前排稳住方向盘,随即撞向另一辆停在路边的车,他们停下了。波利亚科夫为撞击做好了准备,但尤尔琴科冒烟的尸体不再压在他身上了,他也因此得以伸手去抓多尔戈夫,后者迎上了他的手,这是个大错。

一瞬间,多尔戈夫的脸变成了伟大领袖的脸……苏联人民亲切仁慈的父亲……成了个残忍无情的鬼牌。波利亚科夫只是在克林姆林宫和斯大林乡村别墅之间传递信息的年轻通讯员——他深受信任,所以可以知道这位领袖的秘密,伟大的斯大林所受到的诅咒——他不是个刺客。他从来没想过要当刺客。但是斯大林下令要除掉所有百变王牌。

如果他命中注定要背负这个能力,那使用这个它也是命中注定。他会除掉多尔戈夫,就像除掉他的前任领导人一样。

他没让这个男人说一个字,连抵抗的动作都没让他做,就把他活活烧死了。

撞车之后两扇前门卡住了,所以波利亚科夫必须爬到后排,但在此之前,他先拿走了多尔戈夫的配枪和消音器……原本会抵在波利亚科夫脖子后面的就是这把枪。他对着空气开了一枪，放回多尔戈夫原本放枪的地方。让苏格兰场和军事情报局自己去猜吧……又一场悬案，密谋杀人的反而死于不幸的意外。

两具尸体身上的火焰遇上了因为碰撞而泄漏的一小股汽油……多尔戈夫是不需要火葬场了。

爆炸和烈火会引来注意，波利亚科夫知道自己该走了……但是火焰中有些迷人的东西。一个尽职尽责的老克格勃上校也迫切地渴望着重生为超级英雄，成为真正的苏联王牌。

这将会是一个由他自己创造的传说。

IV

英国航空在罗伯特·汤姆林国际机场的航站楼里有许多俄语写的标志，是犹太救济组织放上去的，他们的总部救灾布莱顿海滩旁边。对于那些设法逃离了东边的犹太人来说，这里就是他们的新世界，就连梦想着最终定居巴勒斯坦的那些也这么认为。

在5月的这一天走下飞机的所有人中，有一个六十出头的健壮男人，他穿的是棕色衬衣，扣子从上到下全部扣好，外面套着灰色旧夹克，看打扮是典型的中产阶级移居者。来自救济组织的一个女性上前帮助他。"欢迎来到美国。"她用俄语说道。

"谢谢。"男人用英语回复。

女人很高兴："如果你的语言没问题，那么你会发现一切都很简单。需要我帮忙吗？"

"不用，我知道我在做什么。"

此刻塔基扬在外面的城市里等待着，对他们的下一次见面感到恐惧。他想知道他那位非常特殊的孙子会面对什么。去南边，华盛顿，还有哈特曼参议员，一个可怕的目标。但是波利亚科夫不会独自行动。他在英格兰地下秘密活动了一阵，联系上了闪电团体的剩余人员。下一周吉姆利也会到美国来和他会面。

　　等待海关人员检查他少得可怜的行李时,波利亚科夫透过窗户看到了美丽的美国之夏。

♣ ♦ ♠ ♥

泽维尔·德斯蒙德的日志

4月27日，大西洋上空某处

内部灯光是几个小时前关上的，我的大部分同伴早就睡着了，疼痛却让我无法入眠。我吃了药，也有作用，但我还是睡不着。不仅如此，我的状态还莫名的好……几乎可以算是平静。我的旅程快要结束了，从各种意义上来说都是。我走了很长的一条路，嗯，就这一次，我感觉很好。

我们还有一站——在加拿大短暂停留，旋风般快速走过蒙特利尔和多伦多，在渥太华有个官方接待，之后就回家了。汤姆林国际机场，曼哈顿，鬼牌镇。能再次见到开心屋了，真好。

我希望我能说这场旅程完成了出发时定下的目标，可它并没有。一开始进展还算顺利，也许吧，但是在叙利亚、西德和法国都出现了暴力事件，我们曾默默想过要用这一趟旅程来让公众忘记百变王牌日的杀戮，现在这个目的显然达不到了。我只能期盼着大部分人能够明白，恐怖主义是我们身处的世界里冷酷丑陋的一部分，不管有没有百变王牌，这一部分都会存在。柏林血案是由一拨人挑唆的，包括鬼牌、王牌和耐特。我们必须全力记住这一点，并且提醒整个世界记住。要是把这场屠杀简单地归咎于吉姆利和他可怜的同伴，或者那两个目前还在被德国警方通缉的落跑王牌，那我们就是在助长里奥·巴奈特或真神之光那种人的气焰。就算塔基斯星人从未将他们的诅咒带给我们，这个世界也不会缺少绝望、疯狂和邪恶的人。

我觉得有些讽刺的是，格雷格的勇气和同情心让他身陷险境，拯救他的却是恨意——绑匪之间因相互仇恨，最终自相残杀。

真的，这是个奇怪的世界。

我向上天祈祷不要再见到吉姆利这样的人，而与此同时我又很高兴。叙利亚事件之后，应该没有任何人会质疑格雷格·哈特曼在重压之下的冷静沉重,不过这一次在柏林,所有的担心都被一扫而空:萨拉·摩根斯特恩的独家专访登上《邮报》之后,我看到哈特曼在民调中上涨了十个点。他现在几乎跟哈特并驾齐驱,飞机上的各位都觉得哈特曼肯定要参选了。

在都柏林的酒店里,我跟挖掘者喝着吉尼斯黑啤酒,吃点不错的爱尔兰苏打面包,聊着形势,当时我就是这么说的。他也同意。实际上他更进一步,预测哈特曼会得到提名。我就不那么笃定了,提醒他加里·哈特依然算是个强有力的对手,但是唐斯断掉的鼻梁下面那张嘴神秘一笑:"对,是啊,我有种预感,加里会搞砸,他会做些非常愚蠢的事情,别问我为什么。"

如果我的健康状况允许,我会尽可能地号召鬼牌镇支持哈特曼。我觉得他的支持者不止我一个人。根据我们在国内外看到的情况,越来越多杰出的王牌和鬼牌可能会站在他那一边的。海勒姆·沃切斯特、游隼、西北风、鱿鱼神父、杰克·布劳恩……可能还有塔基扬医生,尽管他出了名的厌恶政治和政客。

♠

虽然经历了恐怖主义和流血杀戮,但我还是相信我们的旅程带来了一些好事。我们的报告能打开官方的眼界,我只能这么期望,追逐着我们去往各处的媒体聚光灯也让公众了解到了第三世界鬼牌的困境。

再说更私人的层面,杰克·布劳恩为了自我救赎,做了很多事情,甚至跟塔基扬一起放下了三十年的仇怨;隼怀孕的样子也是容光焕发;虽然迟了很久,但我们始终是将可怜的杰里迈亚·斯特劳斯从类人猿皮囊的束缚中解救出来了。我记得以前的斯特劳斯,那时候开心屋是安琪拉的,我只不过是领班,我跟他说,等到他再次作为放映员登上舞台时,我会预定他的演出。他表示了感谢,但没有承诺什么。我不嫉妒他的适应力,毕竟他是时空旅行者。

至于塔基扬医生……他最新的朋克发型丑到极致,他还是喜欢用那条伤腿,而且现在飞机上所有人都知道他的性功能障碍了。不过布拉斯在法国上飞机之后似乎就没有人再去打扰他了。塔基扬在公开表态中对这个男孩含糊其词,可每个人都知道是怎么回事。他曾经在巴黎待过,这不是国家机密,再说,就算不看男孩的头发,心灵控制力也足以证明两人是血亲。

布拉斯是个古怪的孩子。他刚加入我们时似乎对鬼牌有一丝敬畏,尤其是蝶蛹,她的透明肌肤明显让他入迷。另一方面,作为一个没有上过学的孩子,他天性里的残酷显露无遗(相信我,每个鬼牌都知道小孩子能残酷到什么程度)。在伦敦的某一天,塔基扬接了个电话,必须离开我们几个小时。他走了之后,布拉斯觉得无聊,就想找乐子,于是控制了末底改·琼斯,迫使他爬到桌子上吟诵"我是个小茶壶",这是布拉斯在英语课上刚学的。桌子被铁锤的重量压塌了,我觉得琼斯不会忘记这次羞辱。他本来也不怎么喜欢塔基扬。

当然,也不是所有人回忆这趟旅程时都是心怀愉悦。对于我们中的一些人来说这一路很艰难,毫无疑问。萨拉·摩根斯特恩写了好几个重要事件的报道,有几篇可以算是她职业生涯的高峰,但这个女人却每天都变得愈加不安和神经质。在飞机后部坐着她的同事乔什·麦考伊,他一会儿疯狂地爱着游隼,一会儿又对她怒不可遏,全世界都知道他不是游隼孩子的父亲,这对他来说肯定很难受。与此同时,挖掘者也变了。

唐斯虽然不可靠,倒也算是不屈不挠。前几天,他告诉塔基扬,如果能给布拉斯做个独家,那塔基扬性无能的事情他就不会报道了。这话没有收到很好的效果。挖掘者最近跟蝶蛹亲密无间。某天晚上在伦敦的酒吧里,我一不小心听到他们俩之间的有趣对话:"我知道他是。"挖掘者说。蝶蛹则告诉他知道和证明是两回事。挖掘者说他能嗅出来他们的不同点，还说他们一见面他就知道了，蝶蛹只是笑着说那很好，但是别人无法探测到的味道可不是好证据，就算是证据，他自己的伪装也就毁了。我离开酒吧的时候他们还在聊。

我觉得就连蝶蛹都很高兴能回到鬼牌镇，她显然很爱英格兰，但是她毕竟一直是亲英派，所以也没什么好惊讶的。接待会时她被介绍给了丘吉尔，后者粗暴地询问为什么她要假装英式口音，是想证明什么，一时气氛相当紧张。由于蝶蛹的特殊形态，很难读懂她的表情，但在那一瞬间，我很确定她要在女王、首相和一打英国王牌面前杀了那个老男人。还好，她只是咬牙切齿，并归咎为温斯顿爵士年纪大了，说话直率。其实他以前也从来不是个说话会拐弯的人。

代表中最受苦的应该是海勒姆·沃切斯特。他身上仅剩的能量储备在德国消耗殆尽，自那之后他就似乎筋疲力尽。我们离开巴黎时他把特殊定制的椅子砸坏了——他的重力控制方面出现了误判。因为要维修，我们耽搁了三个小时。他的脾气也变差了。维修座椅的时候，比利·雷说了太多关于肥胖的笑话，海勒姆终于发火了，怒不可遏地说他是个"无能的臭嘴巴"。这已经足够惹恼刽子手了，他露出丑陋的笑脸，说，"准备好被踢屁股吧，胖子"，然后从座位上站起来。"我没说你可以站起来。"海勒姆回应道，他握紧拳头，让自己达到比利体重的三倍，直接把他打回座位上。比利还是挣扎着想起来，可海勒姆让自己越来越重，我不知道如果塔基扬没有通过心灵控制让他们睡去，最后会怎么收场。

看到世界著名的王牌像小气的小孩一样争吵不休，我不晓得好气还是好笑。幸好海勒姆至少还有糟糕的健康状况作为借口。他最近看起来很不好：苍白浮肿，不停流汗，气喘吁吁。脖子上有个恐怖的巨大疮痂，就在衣领下面，他觉得没人注意时就会去挠。我强烈想建议他去看医生，但他近来性情乖戾，估计不会听我的。不过他每次从纽约回来后都会好一些，我们只能期望回家之后他的身体和心灵都能恢复。

◆

最后，说说我。

观察评论我的同伴们，他们得到了什么失去了什么，这部分很容易，总结我自己的经历就要难一些。我现在比离开汤姆林国际机场时更老，我希望也更智慧，而且不可否认，我离死亡又近了五个月。

阿克罗伊德先生已经向我保证，不管我的日志是否能够出版，他会亲自将书送给我的孙儿们，并且倾尽全力确保他们阅读。所以也许我最后这些总结的话是写给他们的……以及所有像他们一样的人……

罗伯特、凯西……我们从没有见过面，这要怪你们的母亲还有祖母，也要怪我自己。如果你们不明白为什么，请记住我写过的自我厌恶，请你们理解我未能幸免，别对我太苛刻……也别对你们的母亲或祖母太苛刻。乔安娜年纪太小，不明白她的父亲怎么变了，而玛丽……我们曾经相爱过，我无法带着对她的恨意走入坟墓。实际上，如果我们角色调转，我可能也会做出同样的事情。我们只是凡人，在命运的大手之下我们只能尽力而为。

你们的外祖父是个鬼牌，没错。但是我希望当你们读这本书时，能够意识到他不仅是鬼牌——他做出了一些成绩，为他的人民高声呼喊，做了些好事。鬼牌反诽谤联盟是我留下的遗产，在我心中它是比金字塔、泰姬陵或者喷气机小子之墓更棒的丰碑。总的来说，我做得不坏。我将会离开爱我的朋友们，丢下珍藏的回忆，还有些未竟的事业要放手。我曾经踏入恒河，听过大本钟的整点钟声，漫步过中国的长城。我见过我的女儿出生，将她抱入怀中，我和王牌以及电视明星一起吃饭，还有国家领袖和国王。

最重要的是，我让这个世界比以前好了一点，这应该是我们每个人所期望做到的吧。

WILD CARDS

如果可以的话，把我的故事告诉你们的孩子们。

我的名字叫泽维尔·德斯蒙德，我是个有血有肉的人。

♣ ♦ ♠ ♥

《纽约时报》的报道

1987 年 7 月 17 日

  泽维尔·德斯蒙德，鬼牌反诽谤联盟的创立者和名誉主席，二十多年来一直是百变王牌受害者们的领袖。他长期患病，于昨日逝世于布莱思·范·伦斯勒纪念医院。

  德斯蒙德作为"鬼牌镇镇长"而广为人知，他所拥有的开心屋是夜间玩乐的好去处。他从 1964 年开始参与政治活动，当时他创立了反诽谤联盟，对抗人们对百变王牌病毒受害者的歧视，提升公众对病毒极其效果的认识。一段时间之后，联盟成了全国最具规模也最有影响力的鬼牌权益组织，德斯蒙德也成了广受尊敬的鬼牌发言人。他参与过好几个市长的咨询委员会，加入了世界卫生组织最近赞助的环球之旅。尽管他于 1984 年因为年纪和健康问题而卸任联盟主席，但是他持续影响着联盟的政策。

  他身后留下了前妻玛丽·拉德福德·德斯蒙德，女儿乔安娜·霍顿，及外孙罗伯特·范尼斯，外孙女卡桑德拉·霍顿。

♣ ♦ ♠ ♥

洗 牌

或称之为乔治·R. R. 马丁的卷四和世界之旅

包含剧透！请确保读完《王牌旅途》和之前的三本书之后再阅读！

《百变王牌》的合同一开始是三本书，但这个系列我一直都想做成开放结局。前三本出版之后评论很好，销量也很棒，班塔姆就让我再多写一点，我的作者和我也都很愿意。我们很爱笔下这个世界，以及其中的人物，而且知道还有好多关于他们的故事可以写。

问题在于我们该如何继续写？

《疯狂鬼牌》已经给前三本画上了高潮和句点：钦天士死了，他的埃及共济会会员也散了，群虫在被驯服之后也离开了地球……但是我们的角色还在，没有几个能永远幸福快乐地生活下去。自由民还拿着弓在街上游荡，以一己之力面对阴影拳头。克里登·科伦逊每次屈服于睡眠之后醒来就会发现又变形了。詹姆斯·斯派克特依然在逃，他的眼睛里充满死亡气息。伟大而强力的灵龟在《疯狂鬼牌》里被害死了……真的吗？那天晚上被看到的是他本人吗？钦天士的兵团逼迫他坠入哈德逊河之后，他到底怎么了？

我们还有更大的问题要处理。我们让我们的王牌对抗群虫和邪恶的钦天士，这很有意思，但这是前人写过几千次的故事。从世界上第一次出现小人书开始，外星人和超级反派就是其中不可或缺的标志。我们的版本也许更坚韧更发自肺腑，但是这类探险故事毫无新奇之处。

前三本书里最受好评的故事是沃尔特·乔·威廉斯写的《证

WILD CARDS

人》，入围了星云奖。这是个饱含力量的人性故事，其中的反派并非群虫或钦天士，而是众议院非美活动调查委员会（有些读者似乎以为这个组织是沃尔特编出来的，但是没有关系）。如果我们想让《百变王牌》达到我们希望的样子，那么我们要学习这一篇。许多漫画书里都有超级英雄大战超级反派或者对抗外星侵略的情节，但是很少会严肃地探讨一小撮"能力远超凡人"的超级人类会给整个世界带来怎样深层的问题：无规律发放的强大力量所带来的责任感和诱惑力，世人会怎样对待这些超级人类，还有新生的下层阶级，鬼牌——王牌是英雄崇拜的对象，鬼牌则是恐惧的对象。以及对名人的狂热追逐。这些都是我们磨坊里的材料，也是《百变王牌》的心脏和灵魂。

我们还想扩展画布，前三部主要聚焦纽约市。哦对了，还略微提到了群虫之战时期世界其他地方的情况，四大王牌把贝隆赶出阿根廷，并在中国输给共产主义者……但也就是浮光掠影。大部分时候我们的目光聚焦在曼哈顿的高楼和鬼牌镇的街巷。是时候展现塔基斯星病毒给世界其他地方带来的改变了。

在电子版《疯狂鬼牌》的后记中，我谈到既然这么多个故事线共享同一个背景世界，那就该让这些故事互有联系，最大化地利用好这个共享的世界。这是第二个三部曲里要讲述的。我们希望这系列能成为一个整体，不仅仅是一部分一部分的生硬结合。我很幸运地找到了最有天赋的一群作者来共同合作完成这个作品，在前三部里，他们给我们带来了一个层次丰富的世界，有着自己的历史，充满迷人的角色和冲突……但是为了在这个基础上继续发展，我们需要更加密切的合作。我希望情节能相互串联，将《百变王牌》的第二个三部曲编织成密集的故事网络。

后来，我们在网上为《百变王牌》制订计划，就在精灵讨论版的私人板块上。但那个时候，这个系列和网络都还没有完全发展起来，所以新墨西哥的"百变王牌分部"在第二街上梅琳达·史诺格拉斯老宅的客厅集结，我们边喝咖啡边争执讨论，时不时地打电话给位于外地的投稿者，让他们也参与讨论。

跟上一个三部曲一样，前两本主要是一系列独立的故事，但相互交织，第三本，也就是最后一本会跟《疯狂鬼牌》一样把所有东西汇集起来讲述。钦天士和他的共济会邪教是前三本里的最大威胁，新三部曲里，格雷格·哈特曼参议员会填补他的位置，这是个复杂有趣的角色，他向世界展示出的是理想主义者的高贵模样，总在为鬼牌的权益奔走呐喊，但内心却隐藏着残酷成性的王牌玩偶人。第一本书讲到哈特曼 1976 年参选总统失败，但他有可能再次尝试。

哈特曼的故事会是串联接下来三本书的一条主线，但还会有其他的冲突。约翰·米勒和琳恩·哈珀都向我们简要展示了纽约犯罪丛生的地下社会。约翰的亚洲帮派和琳恩的老派黑手党家族肯定会起冲突，所以会是第二条主要情节线，第二本，也就是整个系列的第五本中重点会聚焦于此，名字会叫《深入污秽》。

第四本，就是你们刚读完的这一本，主要关注哈特曼参议员带领的全球之旅，官方的目的是调查百变王牌病毒在全球范围内的影响，这样一来可以再次引入哈特曼和玩偶人，让主线剧情就此展开，与此同时讲述一些之前因为聚焦纽约而不曾讲述过的故事。

当然了，没这么简单。《百变王牌》中的事情都不简单。有时候我会把《百变王牌》比喻成一场大型交响乐团，但是作者们并不习惯于有人指挥。在这个乐团里，有时候两个人会跳出来开始独奏，决心把对方比下去。有时候大部分人在演奏贝多芬第五交响曲，但角落里有个双簧管固执地演奏着莫扎特，还有个吹口琴的在演奏《老爷车》的主题曲。作为编辑，有时候我觉得我养了一群猫，大猫，但我没有驯兽师那种椅子或者鞭子……但我有支票簿，对于作者们来说比鞭子有用。

《王牌旅途》开启的下一个三部曲情节绝对比前一个紧凑……但

比不上再后面的那个三部曲。情节上的交织胜过之前（以及之后，从这一点上来说）的其他共享世界，也意味着我们在处女地上探寻，所以大家都不是太清楚该怎么做。就连你们谦恭的编辑也不知道，虽然编辑们向来是一贯正确的。这么多年后再回看《王牌旅途》，我觉得我的支票簿好像失效了几次。一趟旅程中哈特曼被绑架了两次，有点过了，真的。应该坚持让作者们先多玩一会儿已经扔在空中的球，而不是急着加入新球。剧情紧凑是好事，但要是太紧凑了，那你搅动局势的时候都能把手腕弄伤。

不过，到最后一切都进展得很不错，或多或少吧。如果觉得新加入的角色太多了，那么，他们当中的大部分人在后面的书里会有进一步发展，极大地丰富整个系列。我们在这一本里第一次见到活着的神灵和恶意，麦基·梅塞尔在我们的心上都切下一道血淋淋的痕迹，英雄双子、黑狗以及塔基扬医生的宝贝孙子布拉斯也都第一次出现，还有女巫和真神之光。波利亚科夫第一次登上舞台，以及埃德·布莱恩特的土著萨满沃盖尔……不过注定要担当最主要戏份的那个新人物其实并不新。

是杰里·斯特劳斯，第一本书里介绍过这位放映员，后来他当了十五年的巨大类人猿。在《王牌旅途》中，我们的读者和塔基扬医生一样，在他恢复了人形之后才拍着脑袋想起来动物不会感染百变王牌病毒。作为放映员和类人猿，杰里都只是串场，但之后他会从籍籍无名变成大人物，可以这么说。

《王牌旅途》也是一本说再见的书。路易斯·谢纳笔下的英勇皮条客福尔图纳托从第一本开始就是《百变王牌》的常驻角色。根据我们收到的邮件和见面会上读者们的反应，一开始时他是最受欢迎的两个角色之一（受欢迎程度能够与他匹敌的是塔基扬医生，但是爱塔基扬的读者都会恨福尔图纳托，反之亦然——我们称之为懦夫和皮条客的二分法）。《疯狂鬼牌》中福尔图纳托与钦天士惊天一战，之后路易斯将他送到日本,算是给了他一个结局。但是盖尔·格斯特纳-米勒又把他带回来了,因为游隼怀了他的孩子……后来我们把代表团带到了日本,他的门口,于是哄骗路易斯写了最后一个福尔图纳托的故事……这位皮条客随后永远地走下了舞台,让懦夫独享万千宠爱。

《王牌旅途》中,我自己的泽维尔·德斯蒙德也离场了,他是鬼牌镇的镇长,我用他的叙述来填补故事。《百变王牌》系列中最具挑战性的任务之一就是写填补缝隙的部分,你不仅需要讲好自己的故事,还要和其他故事连结起来,填补其他作者可能留下的缺口,并修补主线剧情中的漏洞。在后面的书中,我会把这种部分移交给其他勇敢的灵魂,但是一开始全都是我完成的。我觉得"泽维尔·德斯蒙德的日志"是我写过最棒的插播式故事,也是我为《百变王牌》写的故事中最有力的一个。

总之,《百变王牌》第二个三部曲将快速开展,我们的王牌和鬼牌登上一叠卡牌周游世界,没有意识到前方会有怎样的风暴在等待——作者和编辑也一样——包括疯狂的《深入污秽》和第六卷里各种可怕的展开。

但这些故事要等到以后再说了。

乔治·R. R. 马丁
2002 年 1 月 2 日